rororo

Isabel Beto arbeitete als Malerin, bevor sie anfing zu schreiben. Die Farben Südamerikas haben sie schon immer besonders fasziniert, und sie liebt es, ganz in ihre Geschichten und Bilder einzutauchen und so fremde, exotische Welten erleben zu können. Im Rowohlt Taschenbuch Verlag erschien bereits «Die Bucht des grünen Mondes» (rororo 25701).

ISABEL BETO

# An den Ufern des goldenen Flusses

Roman

Rowohlt Taschenbuch Verlag

Originalausgabe

Veröffentlicht im Rowohlt Taschenbuch Verlag,
Reinbek bei Hamburg, Dezember 2012

Umschlaggestaltung Hafen Werbeagentur, Hamburg
(Foto: Michele Falzone / Getty Images;
Rozhkovs, Anastasiya Igolkina / Shutterstock.com)
Satz aus der Adobe Jenson, PageOne,
bei Dörlemann Satz, Lemförde
Druck und Bindung CPI – Clausen & Bosse, Leck
Printed in Germany
ISBN 978 3 499 25977 7

In der Nacht vom 4. zum 5. Juli, unter 16 Grad Breite, sahen wir das südliche Kreuz zum ersten Mal deutlich; es war stark geneigt und erschien von Zeit zu Zeit zwischen den Wolken, deren Mittelpunkt, wenn das Wetterleuchten dadurch hinzuckte, wie Silberlicht aufflammte. Wenn es einem Reisenden gestattet ist, von seinen persönlichen Empfindungen zu sprechen, so darf ich sagen, dass ich in dieser Nacht einen der Träume meiner frühesten Jugend in Erfüllung gehen sah.

Alexander von Humboldt
*Reise in die Aequinoctial-Gegenden des neuen Continents*

# Prolog

## 1533
*irgendwo in den nördlichen Anden*

Ihr Name war Yutid. Er nannte sie Judith. Nicht nur, weil er imstande war, Namen zu ändern, hielt sie ihn für einen Gott. Die Männer ihres Volkes sagten, die Männer seines Volkes seien Götter, denn sie beherrschten das Meer, die Tiere, den Donner und den Sapa Inka, den sie gefangen gesetzt hatten. Und der war selbst ein Gott.

«Ich nehme dich mit ins Heilige Römische Reich, Judith», sagte er. «Ich schenke dich meinem Kaiser.»

Da sie die Worte nicht verstand, versuchte er mit Gesten und in die Erde gekratzten Strichen zu erklären, was er meinte. So vieles war ihr unangenehm in seiner Gegenwart, aber auch, dass sie so begriffsstutzig war. Sie wünschte sich, er würde einfach ihre Sprache benutzen. Er war schließlich ein Gott. Er wäre dazu sicherlich fähig.

«Das geht nicht», entgegnete sie, als sie den Sinn erkannt zu haben glaubte. «Ich bin nur eine Frau der Hueta. Ein Hueta ist für einen Inka nichts wert; ein Inka ist für den Sapa Inka nichts wert; und der ist ein Gefangener deines Volkes – ich kann also nicht vor deinen Herrscher treten, ohne dass sein Blick mich umbringt.»

Er nickte und lächelte. Ihm fehlte ein Schneidezahn. In seinem zerzausten Bart nisteten Läuse. Seine filzigen

Haare sahen aus, als ließen sie sich niemals wieder entwirren, und er schwitzte und stank. Yutid nahm an, dass ein Gott zum Leiden verdammt war, wenn er in seiner menschlichen Gestalt steckte. Dennoch war er unter all dem Schmutz betörend schön. Sein Haar besaß die Farbe des Goldes.

Zum dritten Mal, seit die Sonne nach dem Blutbad aufgegangen war, wälzte er sich auf sie und schob ungeduldig mit Händen und Knien ihre Schenkel auseinander. Sein Amulett in Form zweier gekreuzter Stäbe schlug gegen ihre Wange, während er mit roher Kraft in sie stieß. So taten es Männer, die noch Kampflust im Blut hatten und sie anders nicht mehr loswurden oder seit Monaten darben mussten. Ihr Körper passte jedoch nicht zu dem eines Gottes. Ihre Scham war wund; ihre Glieder fühlten sich an wie zerschlagen. Trotzdem schaffte sie es auch diesmal, stillzuhalten und nicht zu weinen.

Seit sie in seiner Gewalt war, fragte sich Yutid, ob man ihn – oder einen der anderen zwanzig Götter – töten konnte. Sie nahm es nicht an. Ihr Vater, der Häuptling der Tiri-Hueta, hatte sie und ihren Gefährten Bocata ausgeschickt, dem Sapa Inka den Goldschatz des Dorfes zu bringen. Ein Bote hatte es gefordert. Alles Gold und alles Silber gehörten ohnehin dem Sohn der Sonne, also hatten sich alle kampffähigen Männer des Stammes aufgemacht, Yutid und Bocata zu begleiten. Es war eine ehrenvolle und schwierige Aufgabe. Bocata sollte beweisen, dass er reif war, die Häuptlingstochter zu bekommen, und Yutid, einen Mann zu wählen. Doch am Ende einer schmalen Hängebrücke, die sich in schwindelerregender Höhe über einen reißenden Fluss spannte, waren sie von den fremden

Göttern überfallen worden. Mühelos hatten die hellhäutigen, bärtigen Männer mit überaus langen Messern und Donner aus schwarzen Rohren die hundert Krieger niedergemacht. Nicht einer der Götter war bei dieser ungleichen Schlacht verletzt worden. Nicht einer!

Der weiße Gott rollte sich neben ihr auf den Rücken. Sichtlich zufrieden mit sich, schob er die Hände unter den Nacken.

«Weißt du, wer Judith war?» Dem Tonfall nach war es eine Frage. Yutid wartete, ob er sich wieder die Mühe machte, die Worte mit Gesten zu erklären, doch er ließ die Hände unter seinem Kopf. «Das war eine gottesfürchtige jüdische Frau, deren Stadt von einem assyrischen Heer belagert wurde. Sie ging ins Zelt des Feldherrn Holofernes und betörte ihn mit Wein und ihrer Schönheit. Als er betrunken auf seinem Lager schlief, hat sie ihm mit seinem Schwert den Kopf abgehauen. Sie und ihre Magd sind dann unbehelligt mitsamt dem Kopf in die Stadt zurückgeschlichen. Am andern Morgen fanden die Soldaten die Leiche und waren darüber so entsetzt, dass sie flüchteten. Aber ich habe mein Schwert natürlich nicht hier unter meiner Hängematte liegen, und außerdem heiße ich Hans von Sprenger. Verstehst du?» Er lachte rau, legte eine Hand auf seine Brust und drehte den Kopf nach ihr, um sie eindringlich anzusehen. «Hans von Sprenger! Einen wie mich nennt man einen Konquistador.»

Die Geste deutete an, dass er seinen Namen genannt hatte. Aber Yutid war sich nicht sicher. Er war ja ein Gott, der Namen veränderte, wie es ihm gefiel, und ihr fiel kein Grund ein, weshalb sie den seinen wissen sollte.

Er wälzte sich auf die Seite und legte den Arm über

ihren Bauch. Seine vollen, rissigen Lippen zupften an ihrer Brustwarze. Yutid presste die Nägel in die Handflächen, denn der Schmerz lenkte ab. Mittlerweile waren Nägel und Hautfalten rot gefärbt. Als er den Kopf hob, um sie anzusehen, krauste sich seine Stirn. Weiße Fältchen verrieten, dass seine Haut gewöhnlich noch heller war. Wie viele Jahre er wohl zählte? Oder – Jahrhunderte? Narben auf seinem Arm verrieten, dass er verletzt werden konnte. Er selbst hatte sich verletzt, als er sich Mückenstiche und Flohbisse aufgekratzt hatte. Ihm fehlte sogar ein kleiner Finger.

«Judith ...» Genüsslich züngelte er nach einem Schweißtropfen zwischen ihren Brüsten. «Dort, wo du und deine Leute herkamt – gibt es da noch mehr Gold?»

Er fragte etwas. Hilflos sah sie ihn an.

«Gold!» Mit dem Daumen langte er nach dem Kettchen um seinen Hals und ließ das Amulett pendeln. «So wie das da. So wie das, was ihr in dem Sack mit euch herumgeschleppt habt. Gold!»

Mit dem Nicken seines Kopfes wies er auf den Sack, der an der Zeltwand lehnte zwischen einem ledernen Sitzmöbel und einem Gestell, auf dem die metallene Hülle steckte, die beim Kampf seine Brust umschlossen hatte. Darüber ein ebenso metallener Hut. Das harte Material sah ähnlich aus wie Bronze, war aber an vielen Stellen rotfleckig und dünstete einen Gestank aus, der an Blut erinnerte. Das rundliche Ledermöbel war auf dem Rücken eines gewaltigen Reittieres festgezurrt gewesen, wie es mehrere solcher Tiere in diesem Lager gab. Auch jetzt hörte Yutid sie unruhig mit den Hufen scharren. Offenbar störten sie sich an dem Blutgeruch.

«Gold?», wiederholte sie hilflos, da sie spürte, wie Zorn über ihre Begriffsstutzigkeit in dem Gott brodelte.

«Ja, Gold!» Er deutete auf den Sack, als wolle er ihn mit seinem Finger aufspießen. Ah, sie verstand. Er wollte noch mehr Schätze. Sie schüttelte den Kopf. Ihr Dorf hatte alles gegeben, was es derzeit besaß. Die Tiri-Hueta selbst förderten das Gold ja nicht. Andere Stämme brachten es, damit sie es zu Schmuck und rituellen Gegenständen verarbeiteten, die wiederum den herrschenden Inka gegeben werden mussten. Nur dass der Bote der Inka dieses Mal sehr früh gekommen war und nichts als Gegenleistung versprochen hatte. Nicht wie sonst Getreide, Fleisch, Werkzeuge und Waffen.

Enttäuscht stöhnend ließ der Gott den Kopf auf ihren Bauch fallen.

«Wo wolltet ihr damit eigentlich hin?» Er fuhr fort, mit ihren Brüsten zu spielen. «Etwa auch nach Cajamarca? Wahrscheinlich, oder? Schade, dass du mich nicht verstehst.»

Cajamarca? Er erwähnte den Ort, an dem der Sapa Inka von den weißen Göttern gefangen gehalten wurde. Aus dem ganzen gewaltigen Reich des Sohnes der Sonne hatten sich Abgesandte der unterworfenen Völker aufgemacht, ihr Gold und Silber auf den Rücken der Lamas in Cajamarca abzuliefern.

«Ich hörte, dass Atahualpa, euer gefangener Inkakönig, dem Konquistador Francisco Pizarro angeboten hat, eine große Kammer bis obenhin mit Schätzen zu füllen, als Preis für seine Freilassung. Er soll eine Hand in die Höhe gereckt und gesagt haben, er könne so viel Gold beibringen, dass es bis zu den Fingerspitzen reicht. Und dann soll

Pizarro so verblüfft darüber gewesen sein, dass Atahualpa noch anbot, eine zweite Kammer zu füllen, und da die kleiner als die erste sei, sogar zweimal. Derzeit sollen die Wilden damit beschäftigt sein, Gold von überall herbeizuschleppen.» Er schlug sich mit dem Handballen gegen die Stirn. «Drei Kammern voller Schätze! Ich kann mir das nicht vorstellen.»

Man sagte, der Sapa Inka wolle sich mit Schätzen freikaufen. Hatte der Gott nicht eben seinen Namen genannt? Aber er hatte ein wenig anders geklungen. Nicht *Ataw Wallpa*. Die weißen Götter veränderten sogar den Namen des Sohnes der Sonne.

«Ich weiß nicht, was ich tun soll, und du kannst es mir nicht raten, meine Schöne. Soll ich das Gold meinem Herrn bringen, dem Statthalter Venezuelas? Es würde mich ja reizen, den Schatz zu behalten und mich damit in die entgegengesetzte Richtung davonzumachen. Schließlich ist es ein weiter Weg bis nach Cajamarca, und bis dahin kann viel geschehen.» Sein Zeigefinger umkreiste ihren Nabel. «Allerdings riskiere ich, auf dem Sitz einer Garotte zu enden, die Pizarro höchstpersönlich zudreht. Und wer will das schon, meine liebe Judith. Außerdem möchte ich diese Kammer voller Gold und Silber gerne mit eigenen Augen sehen. Bei allen Heiligen, so viel Gold …»

Da, wieder dieses Wort – *Gold*. Jedes Mal, wenn er es aussprach, leuchteten seine Augen wie die eines verliebten Mannes. Schlimmer noch, er war besessen davon. Er würde ihr den Schatz stehlen. Nein, nicht ihr, das hatte er ja bereits getan. Dem Sohn der Sonne.

Grunzend kroch er über sie und verlangte Einlass. Zum vierten Mal. Ergeben schloss Yutid die Augen und wartete, dass der brennende Schmerz, der ohnehin nicht mehr nachlassen wollte, ihr den Verstand raubte. Doch der Mann sackte über ihr zusammen und begann von einem Moment auf den anderen zu schnarchen.

Sie wartete. Sie wartete lange. Es kostete sie große Überwindung, die Hände auf seine Schultern zu legen und ihn so weit nach oben zu drücken, dass sie unter ihm hinweg aus der Hängematte kriechen konnte. Dass er nicht erwacht war, machte sie mutiger. Breitbeinig wankte sie durch das Zelt, fand einen Krug mit Wasser, den sie gierig an die Lippen setzte, und in einer Schale ein Stück Brot. Es war so trocken, dass sie husten musste, aber auch das weckte ihn nicht.

Draußen prustete eines der großen Tiere; die Schritte eines Mannes näherten sich und verklangen wieder, und aus den anderen Zelten wehten leise Stimmen herüber. Noch war es Tag. Aber die Dämmerung pflegte schnell wie eine Raubkatze zu kommen. Yutid überlegte, ob sie flüchten und allein und in Schande zu ihrem Vater zurückkehren sollte. Nein. Sie würde den Schatz nicht diesen Dieben überlassen. Denn mochten sie Götter sein, sie waren diebische Götter.

Sie fand ihren buntgewebten Schurz und schlang ihn sich um die Hüften. Daneben lag die seltsame Kleidung, die er sich, zitternd vor Erregung, von seinem großen, straffen Leib gerissen hatte. Der Stoff, den er auf dem Oberkörper getragen hatte, musste einstmals weiß gewesen sein, weiß wie das Gewand des Sapa Inka. Seine Hüften waren von üppiger roter Stofffülle umschlossen gewesen, während seine Beine in ledernen Hülsen gesteckt hatten, die fürchterlich unbequem aussahen. Yutid bückte sich nach dem Gürtel, in den beeindruckend viel Metall eingearbeitet war. Doch eine Waffe hing nicht daran.

Lautlos schlich sie zu dem Sack und schnürte ihn mit fliegenden Fingern auf. Sie griff hinein, ertastete die Kanten von Figuren, Sonnen, Augen, eckig und rund. Es war unerträglich, so langsam vorgehen zu müssen, damit das Gold nicht aneinanderklickte. Ihre Finger umschlossen den gesuchten Gegenstand. Unendlich behutsam zog sie ihn heraus. Es war die kleine Figur des Inti, des Sonnengottes, das göttliche Selbst des Sapa Inka. Er stand auf einer Stele. Der weiße Gott hatte diesen Gegenstand bewundernd in den Händen gedreht, doch nicht erkannt, was er wirklich war.

Yutid zog die Stele mit einem Ruck ab. Eine goldene Messerklinge kam zum Vorschein. Und alle Furcht und alle Zweifel, ob sie es wirklich tun sollte, flohen.

Erstaunt lauschte sie in sich hinein – war wirklich sie das, die an die Seite der Hängematte trat und mit beiden Händen den Messergriff umschloss? Die die geschundenen Finger hin und her bewegte, um ihn möglichst sicher zu halten? Ja, Vater Sonne mochte ihr beistehen, ja! Sie riss das Messer hoch und stieß es mit aller Kraft und allem Hass nieder, dorthin, wo sich hoffentlich das Herz des weißen Gottes befand.

Er tat einen gurgelnden Laut. Fassungslos riss er die Augen auf, stierte Yutid an und langte nach seiner Brust. Sein riesiger Körper zuckte so heftig, dass die Hängematte ins Schwanken geriet und er bäuchlings in den Staub fiel. Yutid wurde für einen entsetzlich langen Augenblick schwarz vor Augen. Sie schwankte und musste sich an einem der Zeltpfosten festhalten. Allmählich kehrte die klare Sicht zurück. Der Gott lag still. Unter seiner Brust breitete sich Blut aus, so glänzend, rot und Übelkeit verursachend wie jedes menschliche Blut.

Yutid warf sich auf den Sack, umschloss ihn mit beiden Armen und schleppte ihn durch den Spalt des Zeltvorhangs ins Freie. Hinter ihr stieß er gurgelnde Laute aus, die seine Männer heranlockten. Sie bewegten sich gemächlich, so als hätten sie wohl gehört, dass etwas Übles geschehen war, doch sie mochten es noch nicht glauben. Oder sie waren noch zu benommen von ihrer Raserei und den schweren Bäuchen, die sie sich ebenso gierig mit den Lamas vollgeschlagen hatten. Auch als Yutid mit ihrer Last zwischen den ermordeten Kriegern der Tiri-Hueta lief, schreckte sie nicht auf.

Einige der Krieger hatten vor kurzem noch gestöhnt. Jetzt hörte Yutid kein Stöhnen mehr. Sie hastete, den stechenden Schmerz im Unterleib missachtend, zu den Pfählen, zwischen denen Bocata gebunden war. Sein kräftiger Leib war blutüberströmt. Jetzt erinnerte sie sich, ihn schreien gehört zu haben. Sie hatte ihre Ohren davor verschlossen, während der weiße Gott zum ersten Mal über sie gekommen war.

«Lauf weg», sagte er; sie konnte die Worte kaum verstehen, da seine Lippen blutig und geschwollen waren. «Du kannst mich nicht retten.»

«Ich weiß.»

Ihr Herz wollte zerspringen, weil es so schrecklich war, ihn besiegt und gedemütigt zu sehen. Allen Schmuck hatten ihm die Fremden heruntergerissen, obwohl es nur einfaches Kupfer an ledernen Schnüren gewesen war. Durch seinen schwarzen Schopf war ein Messer gefahren und hatte einen blutigen, an manchen Stellen kahlen Kopf zurückgelassen. Die Ohrläppchen waren aufgerissen, auch sie des Schmuckes beraubt. Quer über die Wangen zogen sich Striemen. Doch die Augen, die feurigen schwarzen Augen, es waren dieselben, die sie zuletzt liebevoll angesehen hatten. Yutid trank ihren Anblick. Sie trank noch, als sie hörte, dass die Fremden brüllten und durch das Lager stapften, auf sie zu.

«Da ist die Hure, sie hat das Gold!»

Yutid riss sich von Bocata los, drückte den Sack fest an sich und rannte, einem der Weißen ausweichend, auf den Rand der Schlucht zu. Und darüber hinaus.

# AVENTURA

## 1. KAPITEL

# *1815*

Nach fünf Wochen Schmalhans machten die gedünsteten Haie, die in Butter gewendeten Kartoffeln und das Cassoulet aus gepökeltem Fleisch, Speck und Bohnen den Magen schwer. Janna hatte dem deftigen Essen so reichlich zugesprochen, dass sie froh war, statt eines altmodischen Korsetts das kleine Kurzmieder gewählt zu haben. Selbst das hätte sie jetzt gerne gelockert. Noch musste das Weihnachtsessen mit einem Mince Pie abgerundet werden, das ihr der Steward soeben mit Weinschaumsoße begoss. Sie drückte die Dessertgabel in die verheißungsvolle Kruste. Nicht dass sie mit all den Köstlichkeiten letztlich die Fische fütterte!

«Einen Augenblick», raunte Reinmar in ihr Ohr.

Die gepflegte Hand ihres Verlobten legte sich auf ihren Oberschenkel, von den Anwesenden rund um den ausladenden Eichentisch unbemerkt. Von allen? Auf ihrer anderen Seite saß Frau Wellhorn, der gewöhnlich nichts entging. Janna zog die Serviette über ihren Schoß, um seine freche Hand zu bedecken. Seine andere nestelte in der Westentasche. Ein kleines, in Seidenpapier gewickeltes Kästchen kam zum Vorschein.

«Mein Aguinaldo für Sie, meine Liebe. So nennt man in Venezuela die Weihnachtsgeschenke.»

In seinen Augenwinkeln bildeten sich zauberhafte Fältchen, als er es ihr in die Hand schob. Er hätte gut und gerne warten können, statt den Ablauf des Essens zu stören, aber Reinmar Götz war das Gegenteil hanseatischer Akkuratesse. Seine Haare waren so dunkelblond wie ihre, und er trug sie nach der neuesten Herrenmode wild, als sei er in einen Sturm geraten. Er musste einige Zeit darauf verwendet haben, sie so dramatisch hinzubekommen. Janna riss den Blick von seinem markanten Gesicht mit der Kerbe am Kinn und schenkte der Runde ein entschuldigendes Lächeln. Dann zog sie die Schleife ab und wickelte das Papier auf. Die Männer am Tisch schauten neugierig, während sie sich weiterhin über die Wochen auf der *Seuten Deern* unterhielten: dass die Passatwinde günstig geweht hatten; dass die Mannschaft keinen Mann verloren hatte und dass man die Reise nicht vor der Ankunft loben solle, denn auch außerhalb der Orkanzeit könne das Wetter verrückt spielen. Nur Frau Wellhorn schwieg, während sie mit ihrem Spitzentaschentuch und geradezu bedrohlichen Bewegungen ihr Lorgnon polierte.

Janna öffnete das samtene Kästchen.

«Oh!»

«Darf ich?» Reinmar nahm die fingerbreite Goldkette heraus und legte sie ihr um den Hals. Eine in Gold eingefasste Granatrose ruhte schwer auf Jannas Haut. Dieser Schmuck war viel zu groß. Geradezu anstößig groß! So etwas trug man bestenfalls zu einem besonderen gesellschaftlichen Anlass. Den Herren wuchsen denn auch die Augen, und niemand Geringerer als der Kapitän stieß einen leisen Pfiff aus. Wie peinlich!

Dennoch reckte Janna stolz den Kopf. Sie sah sich aufs genaueste von Frau Wellhorn lorgnettiert.

Reinmar konnte es nicht lassen, noch einmal hinzugreifen und den Sitz zu korrigieren. Dass er Frau Wellhorn immer reizen musste! Nun hauchte er auch noch einen Kuss auf Jannas Nacken. Das tadelnde Räuspern Frau Wellhorns war wie ein Pistolenschuss.

«Ich habe auch etwas», sagte Janna leise. «Aber ich wollte erst nachher ...»

Er drückte ihre Hand, was Frau Wellhorn ärgerlich mit der Gabel klappern ließ. «Nachher ist wunderbar», sagte er mit seiner dunklen Stimme, die Jannas Körper auf noch gänzlich ungeklärte Weise zum Schwingen brachte. «Nach der Christmette, wenn alle schlafen, treffen wir uns, ja?»

Er hatte es laut gesagt. Dieser Leichtfuß! Die alte Dame zerteilte ihr Küchlein so heftig, dass die Gabel über das Porzellan schrammte. Wahrscheinlich feilte sie hinter ihrer faltigen Stirn bereits an einer Standpauke. Sie war das schwerste Geschütz, das Hinrich Sievers hatte auffahren können, seine Tochter während der langen Reise vor Nachstellungen aller Art zu schützen. Die strenge Anstandsdame war schon in der elterlichen Villa auf der *Bellevue* keine angenehme Gesellschafterin gewesen. Doch während der Überfahrt von Hamburg an die Nordostküste Südamerikas hatte sie sich in einen Kettenhund verwandelt, der sich die Bezeichnung Anstandswauwau redlich verdiente. Matrosen waren schließlich ein so zügelloses Volk! In jedem Winkel der geräumigen Dreimastbark konnte eine Frau belästigt werden. Und der windige Reinmar Götz, bei Gott, sollte seine Rechte gefälligst erst dann wahrnehmen, wenn er die Tochter aus einer der besten hanseatischen Handelsfamilien an ihrer beider Ziel, Angostura am Orinoco, geehelicht hatte. Bei Gott!

«Eine Frau lungert nicht auf dem Oberdeck herum. Schon gar nicht nachts.» Frau Wellhorns dünnlippiger Mund bewegte sich kaum, doch die Worte waren scharf. «Versprechen Sie mir, dass Sie sich das aus dem Kopf schlagen.»

«Versprochen», antwortete Reinmar an Jannas Statt. Er neigte sich Janna zu. «Ich wollte sowieso nach unten, nach Pizarro sehen. Wenn die Bilge ein genehmer Ort wäre, mir Ihr Geschenk zu überreichen?»

Diesmal hatte er es so leise gesagt, dass es Frau Wellhorns gespitzten Ohren entgangen sein musste. Ärgerlich verstaute sie ihre Scherenbrille wieder in ihrem Etui. Janna nickte Reinmar zu. *Einverstanden,* formten ihre Lippen.

«Ist Ihnen nicht gut, Frau Wellhorn?», fragte Pastor Jensen mitfühlend.

«Mir liegt das Essen schwer im Magen.»

Er klopfte sich den prallen Bauch. «Das geht uns allen so. Ich habe meine Seekrankheit erst überwunden, als heute früh die südamerikanische Küste in Sicht gekommen ist. Glücklicherweise rechtzeitig zum Weihnachtsessen. Wir sollten ein wenig frische Luft hereinlassen.»

Kapitän Vesterbrock nickte mit seinem bärtigen Seemannsgesicht dem Moses zu, der während des Dinners auf einer Fidel aufgespielt hatte und nun auf seinen nächsten Einsatz wartete. Der schlaksige Junge öffnete eines der schrägen Heckfenster. Janna reckte den Kopf. Man konnte in der Abenddämmerung, die hier in den Tropen sehr kurz war, die Küstenlinie Venezuelas erkennen. Ganz deutlich sah sie die Wipfel der gefährlichen Mangrovenwälder. Die helleren Flecken neugieriger Möwen huschten vorbei. Seit dem Morgen kreuzte die *Seute Deern* vor der nördlichsten Ecke des Orinocodeltas. Eines der Beiboote war an Land gerudert, um einen Lotsen anzuheuern. Die noch vom Tag aufgeheizte Luft wallte herein, schwer zu atmen und doch erfrischender als der stickige Geruch nach Holz, Tauwerk, Schweiß und den Hinterlassenschaften all der Menschen an Bord, den man sogar hier im feinen teakholzgetäfelten Salon nicht aus der Nase bekam. Durch das geöffnete Fenster erklang ein schöner, wehmütiger Shanty, unterbrochen von Gegröle und Gelächter und dem Quietschen eines Schifferklaviers. Mit einem Mal kam es Janna vor, als hätte die Reise nur fünf Tage gedauert und nicht fünf Wochen. Hatten sie nicht gestern erst in Port of Spain auf Trinidad haltgemacht? Und vorgestern die steilen Küsten Madeiras gesehen und tags zuvor die Kreidefelsen von Dover? Und dann die Zeit davor: Wohlig hatte Janna schlaflose Nächte damit verbracht, sich über Büchern zu gruseln, in denen anschaulich die Rede davon war, dass man von Stürmen und Haien verschlungen werden oder, falls man es ans Ufer schaffte, im Schlick der Mangrovensümpfe versinken konnte, welche die Küsten des östlichen Südamerika säumten. Und danach, wie würde es werden in dem fremden Land, wo alles andersartig war? Wo es Vögel gab, die wie eine Explosion aus Farben wirkten, wo Echsen fast so groß wie Drachen und raubzahnbewehrte Fische so gefährlich wie Wölfe waren?

«So, Sie wollen also *in Pferden machen,* wie man so schön sagt, Herr Götz», hörte sie durch ihre Träumerei hindurch den Kapitän. «Venezuela soll dafür ja eine außerordentlich gute Gegend sein. Die Ebenen am Orinoco sind die schönsten und besten Viehweiden der Welt, heißt es.

Ein Pferdenarr kann dort wohl sein Glück machen.» Er hob sein Portweinglas in Reinmars Richtung.

Elegant erwiderte Reinmar den Trinkgruß. «Genau deshalb will ich dorthin.» Er strich sich eine Locke aus der Stirn, was Janna innerlich aufseufzen ließ. «Was dem Seemann sein Salzwasser, ist mir das Pferdeblut. Es liegt in der Familie. Alter Pferdezuchtadel, sozusagen. Das Gestüt meines Vaters hatte die Ehre, von Napoleon Bonaparte höchstpersönlich geplündert zu werden. Die besten Pferde landeten in den Bäuchen französischer Soldaten.»

«Ah, dann wissen Sie ja schon, wie das vor sich geht, wenn Milizen der Criollos, Llanero-Banden oder gar Cimarrónes eine Hazienda heimsuchen.»

Janna hob die Brauen.

«Verzeihung, Fräulein Sievers», Kapitän Vesterbrock nickte in ihre Richtung. «Criollos sind die Nachkommen spanischer Einwanderer, die mit Sklaven und Kakao fürchterlich reich geworden sind und die herrschende Kaste bilden; Llaneros sind das, was anderswo Gauchos oder Cowboys sind, und Cimarrónes nennt man entlaufene Haustiere und demzufolge auch flüchtige Sklaven.»

Das wusste sie wohl. Aber nicht, dass von ihnen Gefahr drohte. «Angostura soll ruhig und friedlich sein. Mein Vater hat sich bei berufener Stelle erkundigt.»

«Auf der ganzen Welt gibt es keinen ruhigen Flecken», ließ sich der Pastor vernehmen. «Dazu hätte man einige Jahrzehnte früher geboren sein müssen. Da hatte auch in Europa alles noch seine Ordnung: oben König und Adel, unten das arme Volk, und dazwischen konnte man sich irgendwie einrichten, wenn Gott es gut mit einem meinte. Aber dann kam ja dieser freigeistige Flächenbrand aus

Frankreich und danach der gierige Korse. Ich zum Beispiel musste wegen der französischen Pferde meine Kirche zu einem Stall umfunktionieren. Einer der jungen Messdiener geriet mit dem Kopf unter die Hufe. Er hat es überlebt, ist aber seitdem schwachsinnig.» Und er selbst hatte es vorgezogen, über den Atlantik zu reisen, um den Einheimischen in irgendeiner gottverlassenen wilden Einöde Gottes Wort zu verkünden, wie er zu einer anderen Zeit erzählt hatte. Nun hatte er während der Überfahrt als Seligmachersmaat gedient.

«Ich wäre Ihnen dankbar, wenn Sie solche Schauergeschichten in Gegenwart des Fräuleins unterlassen würden», sagte Frau Wellhorn.

Janna hatte oft von solch schlimmen Dingen gehört; überall waren sie geschehen. Das Colonialhandelshaus Sievers war weitgehend verschont geblieben, denn ihr Vater hatte einen Großteil seines Vermögens geschickt eingesetzt, um für sich und die Familie etliche Vergünstigungen zu erkaufen. Niemals hatte er fremde Männer beherbergen müssen; und als die Villa an der Alster, das Kontor gegenüber am Harvestehuder Weg und die Lagerräume im Freihafen nach englischen Waren durchsucht worden waren, hatte er zumindest verhindern können, dass alles konfisziert oder zerschlagen wurde. Ein kleiner Teil war geblieben, und sie hatten nicht wie andere Familien Kaffee aus gebrannten Eicheln zum trockenen Kuchen essen müssen. Oder Zigarren aus Kastanienblättern zum wässrigen Tee geraucht. Trotzdem dachte sie entrüstet: *Ich bin doch nicht aus Zucker!*

Die Konversation schwenkte von der Franzosenzeit auf die hanseatische Vorliebe für alles Britische um, was sich in der Zusammenstellung des Menüs widerspiegelte, und wie es auf Auswanderer- und Sklavenschiffen zuging, wo sich die Menschen dicht zusammendrängen mussten und es kaum mehr als Schiffszwieback zu essen gab, an dem man sich nur dann nicht die Zähne brach, wenn man das zweifelhafte Glück hatte, auf eine fette Made zu beißen. Kapitän Vesterbrock erzählte von dem, was sein Schiff geladen hatte, nämlich französisches Empire-Ameublement, das bei den mächtigen Criollo-Familien in Caracas sehr beliebt war, und was er zurück nach Europa bringen würde, hauptsächlich den begehrten Kakao. Er hielt inne, als es klopfte und ein Matrose erschien.

«Ah, der Lotse ist da.» Vesterbrock stand auf und rückte seinen Rock mit dem breiten, goldbestickten Stehkragen zurecht. «Ich bedaure, dass unser weihnachtliches Beisammensein gestört wird. Aber bei diesem Mann sollten wir eine Ausnahme machen.»

Eine kleine Gestalt kam hereingetapst, nackt bis auf dicke Hüftschnüre, die im Grunde nichts verhüllten. Frau Wellhorn schnappte nach Luft und presste ihr Taschentuch an den Mund. «Sehen Sie zum Fenster hinaus!», zischte sie Janna ins Ohr.

Dies war ein Einheimischer, ein Indio! Aber war es wirklich ein Mann? Oder doch ein Kind? Arme und Knie waren mit Lederschnüren umwunden, an denen Muscheln und Federn hingen. Das glatte schwarze Haar lag wie eine Kappe um sein Gesicht. Der quer in der Nase steckende Knochen schob sich hinauf, als der Indio breit lächelte. Zwei einsame Zähne in der Farbe alten Elfenbeins beantworteten die Frage nach seinem Alter.

«Frohe Weihnachten, Heidenmensch», murmelte Pastor Jensen. Ganz unbemerkt hatte er seine Pfeife entzündet und schmauchte nun genüsslich. Er schmunzelte, als der Indio, in der Tat wie ein Kind, neben ihn trat und die Pfeife beäugte. Der Gnom fasste den silbernen Kandelaber an, grübelte über die Schlingerkante des festgenagelten Eichentisches nach, befingerte die Seekarten in ihrem Wandregal, den Globus und zuckte kichernd zurück, als dieser sich drehte. Keckernd lachte er, während er mit dem Bleilametta und den roten Schleifen der jungen Fichte auf dem Sideboard spielte und die Nadeln rieseln ließ. Seine hochgeschnürte Unaussprechlichkeit wackelte bei jedem Schritt. Als er bei Frau Wellhorn anlangte, schlug sie sich schwer atmend gegen die enggeschnürte Brust.

«Wollen Sie das nicht unterbinden, Kapitän?»

«Das wäre unklug.»

Auch Janna sah sich gemustert, dann Reinmar, den das alles sichtlich amüsierte; lediglich den beiden Nautischen Offizieren und dem jungen Schiffsarzt widmete das seltsame Männlein keinen längeren Blick. Schließlich stand der Indio wieder lächelnd neben Vesterbrock.

«Das ist Geoffrey», Vesterbrock stellte der Tischgesellschaft den Matrosen vor, der mit den Händen an der Hosennaht Aufstellung nahm. «Er diente auf einer britischen Fregatte. Wegen irgendeines geringen Vergehens wurde er gekielholt, hier vor der Küste – die Briten sind da wenig zimperlich. Der Kerl schnitt sich unter Wasser los, schwamm ans Ufer und kroch bei den Indios unter. Reife Leistung! Allerdings hatte er sich das wilde Leben im Delta doch anders vorgestellt: Er war froh, nach drei Jahren von der *Seuten Deern* aufgelesen zu werden. Und da ihm noch immer in England der Galgen droht, ist er hier sehr umgänglich. Ist's nicht so, Geoff?»

«Aye», stieß der Mann hervor, der bei der Erzählung mit keiner Wimper gezuckt hatte.

«Jedenfalls, er kennt die Sprache der Warao. So heißt der Indianerstamm, zu dem dieser Herr hier gehört.»

«Herr?», schnappte Frau Wellhorn. «Mir wäre wohler, der Engländer würde das Delta kennen und nicht bloß die Sprache. Wir sollen uns in die Hände dieses … Zwergs begeben?»

«Im Gegensatz zur Waraozunge ist das Delta ständiger Veränderung unterworfen.» Vesterbrock nickte dem Matrosen zu, der sich dem Indio zuwandte. Janna fand es schwer vorstellbar, dass die eigenartigen Laute, die er vorbrachte, irgendeinen Sinn ergaben. Das Lächeln des Indios veränderte sich nicht, als er antwortete.

Geoffrey zögerte.

«Nun?», drängte Vesterbrock.

Der Matrose schielte in Jannas Richtung. «Er will den Schmuck der Miss.»

«Bitte?»

Nicht Janna hatte dieses Wort schneidend ausgestoßen, sondern Frau Wellhorn. Alle waren zusammengezuckt, sogar Vesterbrock. Nur der Indio nicht. «Das ist doch Tünkram», schnaufte sie. «Unsinn!»

Pastor Jensen, der den Schreck als Erster verdaut hatte, saugte an seiner Pfeife. «Für diese Fälle hat's doch sicher Glasperlenklimbim?»

Vesterbrock schritt zu seinem Sekretär und entnahm ein Kästchen. Dabei ging er langsam vor; jede seiner Bewegungen wirkte gewichtig, als enthülle er einen Goldschatz. Unverhohlene Gier breitete sich im Gesicht des lächelnden Zwergs aus.

Janna sah nicht, was das Kästchen enthielt, doch der Indio warf nur einen kurzen Blick hinein und fuchtelte mit zwei Fingern vor dem Gesicht herum.

«Ich rate, das heißt Nein», schmauchte Jensen.

Der Indio deutete auf ihren Hals, über den sie sofort schützend die Hand legte.

«Sagen Sie dem Mann, Geoff, dass das, was er will, kein angemessener Preis ist», befahl der Kapitän. Während er seinen verschmähten Schatz wieder wegschloss, flogen die Worte zwischen dem Warao und Geoffrey hin und her.

«Käpt'n, er sagt, für den Schmuck bringt er uns durch. Sonst nicht.»

«Unerhört!», schrillte Frau Wellhorn, und diesmal zog sogar der Indio die Schultern hoch.

«Er sagt, wir würden auflaufen, wenn wir es allein versuchen. Und dann in die Fänge des Kannibalen geraten.»

«Schauermärchen über Kannibalen erzählen sie jedes Mal», warf einer der Nautischen Offiziere ein. Vesterbrock und die anderen Herren nickten zustimmend, doch Janna war etwas aufgefallen.

«Er redet von *dem* Kannibalen. Ein einzelner Mann?»

«Fräulein Sievers, er meint bestimmt den schwarzen Klabautermann.» Das kam natürlich wieder vom Pastor, und Reinmar lachte.

Geoffrey und der Indio debattierten weiter. «Kein schwarzer Mann», übersetzte der Brite. «Seine Haut ist so wie meine, sagt er. Ich glaube, er meint braungebrannt, aber weiß.»

«Ein weißer Kannibale?», fragte Reinmar neugierig. «Wer soll das sein, und wen hat er gefressen?»

«Er sagt, er hat ein schwarzes Boot mit einer roten

Schlange. Und gefressen hat er weiße Männer und eine Frau.»

Frau Wellhorn wurde unter ihrem Puder bleich. Ihre Finger krallten sich um den eigenen Halsschmuck, als sei er eine Garotte, mit der sie erwürgt werden solle. Vesterbrock trat erneut an den Sekretär. Aus einer Schublade holte er ein Messer von beeindruckenden Ausmaßen. Er zog die Klinge ein Stück aus der ledernen Scheide und bot es dem Warao dar. Der strahlte über das ganze Gesicht.

Man war sich einig. Frau Wellhorn entspannte sich wieder, und Reinmar meinte heiter: «Da der Schmuck meiner Verlobten geschont wurde, setzen Sie das gute Stück auf meine Rechnung, Käpt'n.»

Sowie der Indio wieder draußen war, wedelte sich Frau Wellhorn mit der Serviette Luft zu, als habe er die Luft verpestet. «Ich hoffe, es bleibt bei einer Begegnung dieser Art, Kapitän!»

Vesterbrock deutete einen zackigen Diener in ihre Richtung an. «Selbstverständlich, Frau Wellhorn.» Janna konnte sich des Eindrucks nicht erwehren, dass sämtliche Herren am Tisch verzweifelt darum kämpften, nicht zu lachen.

* * *

Im Geplapper und Geschrei der drei Dutzend Indios, die wie ein Heuschreckenschwarm über das Schiff gekommen waren, ging Pastor Jensens Lesung aus dem Matthäusevangelium gänzlich unter. Er stockte, als sich eine barbusige Schönheit reckte, um ihm ein Blütengebinde um die Schultern zu legen, und zerrte umständlich ein Taschentuch aus seinem Rock, mit dem er sich die schweißfeuchte Stirn trocknete. Die Adamsäpfel und Mundwinkel der steif dastehenden Matrosen hüpften verdächtig. Zwischen ihnen rannten die nackten Gestalten umher. Männer, Frauen und auch Kinder verteilten zwitschernd Blumenschmuck. Was ihnen seltsam vorkam, fassten sie an, jedes Tau, jede Spiere und jeden Nagel. Eine Traube hatte sich auf dem Galion gebildet und bestaunte die geschnitzte Galionsfigur unter dem Bugspriet. Zwei besonders Wagemutige kletterten die Wanten hinauf und ließen Blüten herabregnen. Die Decksluken waren geschlossen worden. Doch irgendwo hatte jemand einen Weg in den Bauch des Schiffes gefunden, und so hörte Janna unter sich das Trampeln von Schritten und trillerndes Jauchzen, wenn wieder einmal eine Seltsamkeit entdeckt worden war. Nur der angeheuerte Lotse stand neben Vesterbrock und schien der christlichen Heilsbotschaft zu lauschen, als sei seine Neugier längst befriedigt. Vesterbrocks bärtiges und von zahllosen Wetterlagen gezeichnetes Gesicht war angespannt. Wahrscheinlich überlegte er, ob wenigstens die Kapitänskabine mit dem Sextanten, dem Chronometer und all den anderen lebenswichtigen Instrumenten sorgfältig verschlossen war.

Janna nutzte die Aufregung, von Frau Wellhorn unbemerkt die Hand in Reinmars angewinkelten Arm zu schieben. Er legte seine Hand über ihre und zwinkerte ihr zu. Die Eingeborenen verstummten, als mehr als hundert volltönende Matrosenkehlen *Stille Nacht* anstimmten. Auch vom Schwesternschiff, der *Amsinck,* wehte Gesang herüber. Im Dunkel der Nacht waren nur die Lichter der Laternen in der Rigg zu sehen und die Wellen, wenn sie sich am Schiffsrumpf brachen. Janna schätzte das Schiff fünftausend Fuß entfernt. Auch an der *Amsinck* besaß Hinrich Sievers Anteile, wie an drei weiteren Schiffen, die über den Atlantik fuhren, um Tabak, Kakao, Rohrzucker und viele andere begehrte Kolonialprodukte einzuhandeln. Dass die beiden Schiffe ohne sie und Reinmar zurückfahren würden – dieser Gedanke war nach wie vor unwirklich. So unwirklich wie die Entscheidung des Vaters, sie mit Reinmar ziehen zu lassen. Lange hatte sich Hinrich Sievers geweigert – *so schnell lass ich meine jüngere Tochter nicht nach Venezuela. Heißt das überhaupt so? Oder Neugranada? Oder noch ganz anders? Ach, egal. Südamerikanische Wildnis halt* – und auf bessere Zeiten verwiesen, wenn die schlimme napoleonische Besatzung in Hamburg endlich vorbei wäre. Dann, so der Vater, habe er Kopf und Blick frei, um sich darüber Gedanken zu machen, ob er das jüngste seiner drei Kinder mit einem Pferdezüchter ziehen ließ. Danach war Napoleon entmachtet worden, und er hatte gemeint, wegen der sich rasend schnell erholenden Wirtschaft habe er keine Zeit für Heiratsthemen. Schließlich hatte er das Ende des Wiener Kongresses abwarten wollen, auf dem die königlichen Köpfe das europäische Riesenreich des Korsen aufzuteilen gedachten. Als Napoleon plötzlich aus seinem Exil zurückgekehrt war und wieder in Paris herrschte, hatte Hinrich Sievers die Zeitung sinken lassen, langsam ein Glas teuren Hamburger Rotspon getrunken, den die gierige französische Soldateska übersehen hatte, und zu Reinmar gesagt: *Also nehmen Sie meine Tochter, und bringen Sie sie fort, bevor der Kerl noch mal herkommt.*

Napoleon war bei Waterloo endgültig geschlagen worden. Aber Reinmar hatte Jannas Hand nicht mehr hergegeben.

So wie jetzt.

Sie sah ihm in die Augen, während sie zum Abschluss *Ich steh an deiner Krippen hier* sang. Betrachtete die Bewegungen seines Mundes. Das Vaterunser und den abschließenden Segen Pastor Jensens bekam sie nur am Rande mit. Kaum war die Mette beendet, kam Leben in die Mannschaft. Die Männer begannen mit den Wilden zu tanzen, und das Deck verwandelte sich in eine brodelnde Masse ausgelassener Leiber. So mancher riss sich das gestreifte Hemd vom Körper und bewies seinem indianischen Gegenüber, dass man sich auch anderswo darauf verstand, allerlei Bildnisse auf der Haut zu verewigen. Kapitän Vesterbrock bot der verzweifelten Frau Wellhorn den Arm, um sie unter Deck zu geleiten.

Reinmar ließ sich Zeit, Janna hinunterzuführen. Sie hatte es nicht eilig; zu aufregend war das alles. Allein der Sternenhimmel war prächtig mit seinen vielen andersartigen Sternzeichen, aus denen das kleine Kreuz des Südens strahlend herausragte. Von der nahen Küste wehte der würzige Duft der Mangrovenwälder herüber. Aber schließlich stand sie vor einer der Niedergangsluken, die ein Matrose für sie öffnete. Reinmar sprang hinab ins Zwischendeck und half ihr hinunter. Sie hörte Frau Wellhorn in der gemeinsamen Kabine brummeln. Hätten die Wilden dort Unordnung gemacht, so hätte sie geschimpft und geklagt.

«Ihr Gesicht sah aus wie aus Stein gehauen.» Reinmar seufzte tief. «Und wie ein solcher liegt mir im Magen, dass diese Frau in unserem gemeinsamen Haushalt leben wird.»

Janna knuffte ihn in die Seite, damit er die Stimme senkte. «Wir werden oft ausreiten. So oft, dass wir abends zu müde sind, um uns an Strafpredigten zu stören.»

«Einverstanden. Aber nur, wenn wir des Nachts für einiges andere *nicht* zu müde sein werden.»

Ihr zweiter Stoß fiel so heftig aus, dass er sich die Seite rieb. Was er meinte, ahnte sie. Nur wissen tat sie darüber noch nichts. Schließlich öffnete sie die Kabinentür, drehte sich im Hineingehen und legte eine Hand an den Türrahmen.

«Kiek mol wedder in», sagte sie kokett zum Abschied.

«Aber gern, Liebste.» Er lachte, und sie wollte die Tür schließen. Doch er hielt sie zurück. «Wir wollten doch nach Pizarro sehen.»

Sofort war sie wieder draußen.

Er half ihr die weiteren Niedergänge hinab bis in den untersten Frachtraum. Hier stank es fürchterlich; überall knarrte und krachte das Holz, und das schmutzige Bilgenwasser schwappte unter den quer zum Kiel genagelten Brettern. Hier musste sich der arme Pizarro den knapp bemessenen Platz mit Sekretären, Toilettentischen, Schränken und anderem teuren Ameublement teilen, das in strohgepolsterten und mit Öltuch verzurrten Kisten darauf wartete, die Räumlichkeiten exotischer Stadtpalais in Angostura zu schmücken. Müde hing der englische Braune in seinem Geschirr. Reinmar strich über das stumpfe Fell. Dort, wo das Leder scheuerte, war die Haut blank und wund.

«Es tut mir leid, dass ich dir das zumute», sagte er, während er über die glanzlose Mähne strich. «Aber bald ist es geschafft. Es geht noch einmal ein kurzes Stück aufs Meer hinaus, damit wir schneller zu der Stelle gelangen, an der wir mit Hilfe der Flut durchs Delta segeln. Und dann noch etwa zweihundert Seemeilen auf dem Fluss; hoffen wir auf kräftige Winde. Wir müssen uns einem Wilden anvertrauen, aber Vesterbrock sagt, dass es bisher immer gutgegangen ist. Mein Alter, hast du das verstanden?»

Auch Janna strich behutsam über die zarten Nüstern. Das stille Leiden des Pferdes schnitt ihr ins Herz. «Pizarro wird sich wieder erholen. Bald wird er über herrliche Weiden und Savannen galoppieren, wie er sie sich noch gar nicht vorstellen kann, und die Überfahrt vergessen.»

«Pferde haben ein gutes Gedächtnis. Ich weiß auch noch, dass Sie mir für nachher ein Geschenk versprochen haben. Und jetzt ist nachher.»

«Oh. In all der Aufregung habe ich vergessen, es aus der Kabine zu holen.»

«Aber nein, das Geschenk ist ja in persona hier, ich halte es gerade fest. Möchten Sie es vollkommen machen?»

«Wie?»

Statt einer Antwort neigte er leicht den Kopf. Janna hielt ihn auf, indem sie einen Finger auf seine leicht geöffneten Lippen legte.

«Hier? Das ist doch Tünkram.»

Als er enttäuscht eine seiner wilden Strähnen aus dem Gesicht blies, lachte sie auf. In seinem dunkelblauen Rock, dem blütenweißen Hemd mit dem überaus hohen Stehkragen und der seidenen türkischen Krawatte sah er aus wie ein Dandy, jene reichen Lebemänner, die den lieben langen Tag nichts anderes taten, als sich um den perfekten Sitz ihrer Garderobe zu kümmern. Nur dass Reinmar dazu kniehohe Stiefel trug, deren schmucke, wenngleich an Bord äußerst nutzlose Sporen andeuteten, womit er sich tatsächlich beschäftigte. Ein Mann der Tat und zugleich elegant – dies erschien Janna als der Inbegriff männlicher Vollkommenheit. Und tief im Bauch des Schiffes zu sein, so viele schreckliche Gerüche in der Nase und aufregende Geräusche im Ohr, dazu ein fremdartiges Ziel vor Augen, und das alles an *seiner* Seite – war das nicht der Inbegriff des Abenteuers?

«Also gut. Sie dürfen mich küssen.»

Seine Finger spielten mit einer ihrer hellen Schläfenlocken. Plötzlich legte er die Hand auf die Haarschnecke auf ihrem Kopf, sodass sie sich nicht rühren konnte, und berührte mit seinen Lippen die ihren. Das tat er nicht zum ersten Mal, doch immer wussten ihre Hände nicht, wohin mit sich. Als sie erstmalig seine Zungenspitze an ihrer spürte, war das ähnlich wie an Deck, wenn sie bei stärkerem Wellengang die Augen schloss und den Schwankungen des Schiffes nachsann. Dann meinte sie eine Handbreit über dem Boden zu schweben. So auch jetzt. Seine andere Hand gab ihr im Rücken Halt.

Sie hörte es knarren und das Pferd ängstlich wiehern. Ihr Magen hob sich. Aber das lag nicht an dem Kuss! Die Taue spannten sich um knirschende Kisten. Irgendwo polterte etwas, und oben trampelten zahllose Füße über das Hauptdeck.

Reinmar räusperte sich. «Scheint so, als würde es etwas windig werden. Ich bringe Sie doch besser in Ihre Kabine.»

«Dann kann ich Ihnen auch Ihr Aguinaldo geben. Also das richtige.»

«Nein», sagte er, sie noch einmal rasch auf die Schläfe küssend. «Geben Sie mir Ihr Geschenk, wenn wir angekommen sind.»

Er sagte es, als könne noch irgendetwas passieren.

## 2. KAPITEL

Janna war die Kojenschaukelei allmählich leid. Ebenso den säuerlichen Gestank aus dem Eimer, den Frau Wellhorn füllte. Nicht wie sonst machte Janna das Rollen in das vor die Koje gespannte Tuch müde. Übel war ihr nicht; es lag an ihren kreisenden Gedanken. Das neue Leben in Angostura war ein Traum. Doch die Nähe der Küste, die vibrierenden Körper der fremdartigen Menschen hatten sie mit Schärfe daran gemahnt, dass sich der Traum bald in Wirklichkeit verwandeln würde, der es sich zu stellen galt. Aber andere Frauen hatten es ja auch geschafft! Wie etwa die des Augsburger Welsergeschlechtes, das Venezuela zu Zeiten Kaiser Karls des Fünften als Lehen bekommen hatte. Im Geschichtsunterricht ihres Privatlehrers war zwar nur von Männern die Rede gewesen, aber sie hatten ja sicher nicht ohne ihre Frauen in dem fremden Land gesiedelt. Und als Konquistadoren hatten die Welser das sagenhafte Goldland Eldorado gesucht. Waren sie nicht sogar gestorben dabei, getötet von Indios? Janna überlegte, ob sie in ihrem dicken Konversationslexikon stöbern sollte.

«Ich halte das nicht mehr aus», stöhnte Frau Wellhorn. «Mir ist so schlecht, bei Gott!»

Janna schob das Leetuch ein Stück beiseite. Im schwachen Schein der schwankenden Laterne konnte sie ein Gespenst mit einer weißen Haube sehen. Sie verwarf den Gedanken, sich lesend auf die gepolsterte Bank zu setzen, während Frau Wellhorn litt.

«Die Glasenuhr hat eben zur Morgenwache geschlagen», sagte sie betont munter. «Heute werden wir ins Delta fahren, und dann hat die schlimme Schaukelei ein Ende. Vielleicht legen wir ja sogar an einem der schwimmenden Indianerdörfer an. ‹Palafitos› heißen die Pfahlbauten, und weil sie die Entdecker Amerigo Vespucci und Alonso de Ojeda an Venedig erinnerten, nannten sie das Land Klein-Venedig. So kam Venezuela zu seinem Namen, wussten Sie das?» Frau Wellhorn knurrte nur. «Andererseits berichtet Martín Fernández de Enciso, der mit Vespucci segelte, dass man Einheimische Veneciuela nannte, weil sie auf einem flachen Felsen hausten. Stellen Sie sich vor …»

«Ich bin Ihnen für den Versuch einer Ablenkung dankbar, aber mir könnten nur ein Stück trockenes Brot und ein Schluck Wasser helfen.»

Janna schlüpfte aus der Koje in ihre Pantoffeln und wollte nach der Türklinke greifen.

«Wollen Sie etwa mit nichts als Ihrer Chemise bekleidet auf den Gang gehen?»

Es war nicht zu erwarten, dass ihr jemand auf dem kurzen Weg in die Kombüse begegnete, dennoch nahm Janna ihr Cape vom Haken und warf es sich über die Schultern.

«Ich danke Ihnen», seufzte Frau Wellhorn zum Gottserbarmen. Janna rollte die Augen. Sie nahm den Blechnapf entgegen, öffnete die schmale Tür und huschte auf den stockdunklen Gang hinaus. Der kräftige Seegang ließ sie von einer Wand zur anderen taumeln. Fast hätte sie sich das Knie am Treppengeländer des Niedergangs gestoßen. Überall knarrte und knackte das Holz des Schiffsrumpfs, und das Wasser fuhr dumpf rauschend an den Bordwänden entlang. Weiter vorne klapperte die Tür der Kombüse. Janna kam an der Kabine des Schiffsarztes vorbei, der sie sich mit Reinmar teilte. Sie lauschte. Das Schnarchen, das Tote aufwecken konnte, kam aus der Kehle des Arztes. Das Würgen jedoch … Reinmar litt auch? Janna überlegte, ob sie es wagen konnte, die Kabine der Mannsleute zu betreten. Sie trug ja das Cape, also schlich sie hinein zu Reinmars Koje und schob sein Leetuch ein Stück beiseite.

«Janna! Was machen Sie denn hier?» Seine angestrengte Stimme verriet, dass er mit sich kämpfte.

Sie setzte ihren allerunschuldigsten Gesichtsausdruck auf. «Auf hoher See und in der Liebe ist alles erlaubt, hat Napoleon gesagt.»

«Ich glaube, er sagte, im Krieg und vor Gericht sind wir in Gottes Hand. Falls es nicht doch ein alter Römer war. Meine Liebe, an Land werden Sie wohl wie ein echter Seemann schwankend gehen, so sehr, wie Sie sich an den Wellengang gewöhnt haben. Ich stattdessen werde … Ah, wo ist der Eimer?»

Rasch tastete sie nach dem Blecheimer und hielt ihn hoch. Doch nach einer Weile ließ sich Reinmar wieder zurück auf die Matratze sinken. «Falscher Alarm. Wie geht es Frau Wellhorn?»

«Sie hält den Eimer im Arm wie einen Säugling.»

«Dass es der alten Fregatte nicht besser geht, ist ein kleiner Trost.»

«Wie können Sie so reden!», tadelte sie ihn und konnte sich das Lachen kaum verbeißen. «Ich hole ihr zu trinken. Möchten Sie auch etwas?»

«Janna! Sie sollten nicht allein herumlaufen. Sie könnten fallen und sich den Kopf stoßen. Da! Hören Sie das?»

Ein Brausen erhob sich und ließ die Segel knallen. Schritte erklangen an Deck; eine Glocke ertönte, dann Rufe. «Da kriegen wir anscheinend kurz vor dem Ende noch einmal richtig schlechtes Wetter. Dabei finde ich es schon ausreichend schlecht. Gehen Sie zurück in Ihre Kabine, bitte.»

Irgendein ärztliches Instrument fiel klirrend zu Boden. Hinter ihr fluchte der Arzt, als er in sein Leetuch geschleudert wurde, und schnarchte sofort weiter. Himmel, das Schiff schwankte ja immer schlimmer! Auch die Rufe der Matrosen wurden lauter und drängender. Gott im Himmel, was kam da auf sie zu? Zu dem Klappern der Kombüsentür hatten sich alle möglichen Geräusche gesellt. Reinmar schwang sich aus der Koje, schlüpfte rasch in seinen chinesischen Seidenschlafrock und legte den Arm um ihre Taille. Sie verzichtete auf den Hinweis, dass er besser liegen blieb, denn ihren Protest würde er ohnehin nicht beachten. Er führte sie zu dem auf dem Gang befestigten Wasserfass. Sie hob den Deckel, tauchte den Blechnapf hinein und nahm einen tiefen Schluck. Es schmeckte abgestanden und fischig. Nun, auch das schlechte Wasser wäre bald nur noch eine Erinnerung … Sie füllte den Becher erneut und schwankte an Reinmars Arm in Richtung ihrer Kabine.

Salzwasser schwappte die Stufen des Niedergangs herunter. Wie das Meer jetzt wohl aussah? Der Gedanke, hinaufzusteigen und wenigstens kurz den Kopf in die Gischt zu strecken, war so verlockend wie undenkbar. Erschrocken prallte sie zurück, als der in nassem Ölzeug steckende Kapitän die Stufen herabsprang.

«Was tun Sie denn hier?», rief Vesterbrock unfreundlich, ihr ein Windlicht vors Gesicht haltend. Von seinem

Südwester troff das Wasser. «Fräulein, Sie müssen sich in Ihrer Koje festbinden, los!»

«Ich verbitte mir einen solchen Ton», sagte sie ruhig, und er rannte kopfschüttelnd den Gang entlang.

Reinmar tadelte sie mit einem Zungenschnalzen. «Gelassenheit ist eine Tugend, meine Liebe, aber unterschätzen sollten Sie die Lage nicht.»

«Sie denken, wir sind in Gefahr?»

«Ich hoffe, nicht ernsthaft.» Er geleitete sie zu ihrer Kabine, wo Frau Wellhorn in heilloser Auflösung war. Die alte Dame stolperte herum und kramte in Koffern und Seekisten.

«Ihr Wasser, Frau Wellhorn», Janna streckte den Napf vor, aus dem die Hälfte wieder herausgeschwappt war.

«Wasser? Was soll ich denn damit? Wir werden untergehen!»

«Ach, das glaube ich nicht. Stürme sind selten im Dezember.»

«Und *das da*, bei Gott, ist etwa kein Sturm?», schrillte Frau Wellhorn. Sie hatte sich angekleidet und ihr Cape übergeworfen; vergessen war offenbar ihre Übelkeit. Mit der schiefsitzenden Schute auf dem Kopf machte sie einen derangierten Eindruck. «Hinaus mit Ihnen, Herr Götz!»

«Aber Frau Wellhorn …»

«Lassen Sie nur.» Reinmar drückte Jannas Hand. «Ich muss hinunter, nach Pizarro sehen. Kommen Sie zurecht?» Er wartete nur ihr verwirrtes Nicken ab und verschwand.

Janna hängte den Napf an seinen Haken und wollte in ihre Koje kriechen, doch Frau Wellhorns Hand an der Schulter hielt sie zurück.

«Ziehen Sie sich an, Johanna», befahl Frau Wellhorn in einem so düsteren Ton, dass es Janna schauderte. «Ich weiß, Sie sind überaus wohlbehütet aufgewachsen und denken, das Leben ist ein bunter Teller, aber diese Stunde wäre eine gute, endlich erwachsen zu werden.»

Janna stand der Mund offen. Was redete sie denn da?

«Und an Ihrer Stelle, Fräulein Janna, würde ich nicht dieses leichte französische Zeug wählen, sondern das kräftige braune Kleid in altdeutschem Stil. Es ist das beste, was man tragen kann, um als Schiffbrüchige von irgendwelchen Fremden aus dem Wasser gezogen zu werden.»

*Du meine Güte!* War sie jetzt vollends übergeschnappt? Doch als aus den Tiefen des Schiffsbauchs ein Krachen kam, lauter als alles zuvor, eilte sich Janna, ihre Schnürbrust über der Chemise zu binden. Dann schlüpfte sie, durch die wankende Kabine tänzelnd, in ihr geliebtes blaues Empirekleid und das cremefarbene Spenzerjäckchen. Sollte es wirklich ernst werden, wollte sie sich wenigstens bewegen können.

«Sie haben doch den kleinen schwarzen Koffer?» Inzwischen war das Getöse so laut, dass Frau Wellhorn rufen musste. «Tun Sie alles hinein, was Sie mitnehmen wollen!»

Janna spürte eine schmerzhaft geballte Faust in der Magengrube. Es war eindeutig Angst. Mochte sie neugierig und mit ihrer Herumträumerei auch ein wenig weltfremd sein, wie ihr Vater gerne anmerkte – für tapfer hielt sie sich nicht. Das nächste, schwere Krängen des Schiffes ließ sie auf die Knie fallen. Sie löste die Knoten, die ihren Koffer unter der Koje an seinem Platz hielten, und klappte ihn auf. Ihre Aquarellfarben, ein Zeichenblock und einige Bücher waren darin. Aus einer Ecke ihrer Koje fischte sie die spanische Übersetzung des *Robinson Crusoe* und stopfte ihn dazu. Dann noch ihr Réticule mit Reinmars Schmuckbeutelchen darin, der Füllfederhalter, die Taschenuhr …

«Doch nicht die ganzen Bücher!», schimpfte Frau Wellhorn. «Was wollen Sie denn damit, wenn das Schiff untergeht?»

«Was soll ich denn sonst einpacken?», gab Janna trotzig zurück. «Soll ich alles hinauswerfen und meinen Turner einpacken? Aber der ist zu groß.»

Ihr Lieblingsgemälde befand sich sowieso beim großen Gepäck in einem der unteren Decks. Hoffentlich blieb es trocken! Den Ölfarben würde das Wasser nichts ausmachen, aber ein paar Tropfen auf die ungeschützte Rückseite der Leinwand, und das Bild wäre hässlich verzogen. Wie es dem armen Pizarro jetzt wohl erging? Aber solche Gedanken vergingen ihr, als sie schmerzhaft gegen den kleinen Schreibtisch gestoßen wurde, in dem bereits mehrere Briefe an den Vater lagerten. Um die würde sie sich später kümmern. Frau Wellhorns Geschrei, dass sie sich endlich sichern möge, brachte ihre Gedanken nurmehr durcheinander. Schließlich saß sie in der Koje, die Füße gegen das Leetuch gestemmt und die Sicherungsseile um die Taille geknotet, so, wie man es ihr zu Anfang der Reise erklärt hatte. Den Koffer schob sie sich unter die Beine. Sie wünschte sich, Reinmar säße neben ihr. All das war so unwirklich! Es war doch erst ein paar Stunden her, dass sie sich auf das Ende der Fahrt gefreut hatte. Und jetzt sollte sie plötzlich untergehen? Tünkram!

Ihrem Gefühl nach musste längst der Morgen angebrochen sein. Das Schiff wollte nicht aufhören, sich zur einen, dann zur anderen Seite zu neigen, und das so stark, dass sie alle Kraft aufbringen musste, sich in der Koje zu halten. Schuhe, Decken und Blechnäpfe purzelten umher. Auch der Eimer, dessen Inhalt dafür sorgte, dass die Luft noch schwerer zu atmen war. Frau Wellhorn würgte, betete und würgte. Auch Janna hatte sämtliche Gebete bereits mehrfach aufgesagt. Doch ihre Gedanken waren bei Reinmar und dem, was er jetzt wohl tat. Bei den armen Matrosen, die ihr Leben wagten, um das Schiff nicht der Gewalt des Ozeans zu überlassen – und es auch verloren, wie der mehrmalige Ruf «Mann über Bord» verriet. Bei Pizarro und …

Frau Wellhorns Entsetzensschrei kam beinahe früher als das Bersten. Das ganze Schiff schien wie von einer gewaltigen Faust getroffen. Janna glaubte, ihre Muskeln und Sehnen wurden von den Knochen geschüttelt. Die Wände der Kabine bogen sich leicht. Oder war das nur eine optische Täuschung?

Ein dünner Wasserstrahl schoss durch die Schiffswand.

«Bei Gott», stieß Frau Wellhorn hervor.

Als die Kabinentür aufflog, schrie auch Janna. Im Schein einer Petroleumlampe, die Reinmar hochhielt, sah sie sein besorgtes Gesicht. Er trug nur ein offenes Hemd, das er sich in den Bund seiner Pantalons gestopft hatte.

«Janna …»

Mit fliegenden Fingern löste sie die Seile, sprang von der Koje und warf sich in seinen freien Arm. Er hielt sie auf Abstand.

«Sie müssen an Deck», ordnete er mit bewundernswerter Ruhe an.

«Gehen wir unter?», fragte Frau Wellhorn mit Grabesstimme.

«Das wissen wir noch nicht. Der Orkan hat nachgelassen. Unser Schiff hat den Sturm auch ganz gut überstanden, die *Amsinck* jedoch weniger. Sie hat ihren Fockmast verloren, ist vom Kurs abgekommen und hat uns gerammt. Die Rettungsboote werden gerade klargemacht. Nehmen Sie alles, was Sie in einer Hand tragen können, und dann gehen Sie aufs Oberdeck. Keine Angst, es hört sich alles schlimmer an, als es ist.»

«Wie könnte es denn bitte schön noch schlimmer sein?» Frau Wellhorn warf ihm einen bösen Blick zu, als sie sich an ihm vorbeischob, als sei er für das Unglück verantwortlich.

Er wartete, bis Janna ihr Köfferchen unter den Arm geklemmt hatte. Sie ergriff seine Hand und lief auf den Gang, auf dem es nach dem stank, was eigentlich in die Latrine gehörte. Am Niedergang warteten zwei durchnässte Matrosen, um ihr beim Aufsteigen zu helfen. Als Janna durch die Luke an Deck trat, überraschte sie der helle Himmel. Der Sturm hatte sich wahrhaftig verzogen. Aber die See war noch rau, sehr rau, und sie musste sich von Reinmar, der den Arm um ihre Schultern gelegt hatte, über das schwankende Deck helfen lassen.

«Sehen Sie?», rief er gegen das Brausen des Windes an. «Dort drüben ist die Küste.»

Zunächst sah Janna nur erschreckendes Chaos. Scheinbar ohne jede Ordnung rannten die barfüßigen Matrosen über die Planken, zerrten an den Schoten, holten zerrissene Segel ein, drehten die beiden Pinassen und die kleine Jolle aus ihrem Gerüst auf dem Vorschiff und wuchteten sie zu den Lastkränen. Inmitten der geschäftigen Männer marschierte Kapitän Vesterbrock hin und her und brüllte Befehle, ebenso Drohungen, die Männer zur Hölle fahren zu lassen, falls sie nicht flink genug gehorchten. Als er Janna sah, tippte er sich an den Zweispitz. Der Wind verwandelte seinen Bart in ein lebendiges Wesen.

«Gewähren Sie mir für diese Unannehmlichkeit Pardon, Fräulein Sievers?»

Sie legte eine Hand auf die Brust. «Gewährt», sagte sie leichthin, obwohl ihr nach Weinen zumute war. Die Schiffe boten einen fürchterlichen Anblick. Die *Seute Deern* schien stabil, abgesehen von ihrer Schieflage, doch Masten und Takelage der *Amsinck*, die mit der größeren Bark verkeilt war, waren von den Gewalten gebrochen und durcheinandergefegt worden.

«Gehen Sie an Deck der Jolle.» Vesterbrock deutete auf eines der Beiboote, das bereits an den Kränen vor dem Schanzkleid schwebte. «Ein Fischkutter hat uns gesichtet; er hat uns signalisiert, dass er so viele aufnehmen wird, wie er kann. Er wartet eine viertel Seemeile voraus.»

«Und wo in dieser riesigen Ansammlung von sumpfigen Flussinseln und Wasserläufen wird er uns abladen?», platzte Frau Wellhorn dazwischen. Sie hing am Arm Pastor Jensens, der beruhigend ihre Hand tätschelte. War Reinmar wie ein Fels in der Brandung erschienen, so machte der lächelnde Pastor den Eindruck, als sei seine von der Gischt nasse Pfeife das größte Unbill. Auf einer solchen Delta-Insel war Robinson Crusoe gestrandet. Aber das war ja nur ein Abenteuerroman. In Wahrheit würde der Kutter sie doch in einen richtigen Hafen bringen?

«Reinmar.» Janna krampfte die Finger in sein offenes Hemd. «Ohne Sie gehe ich nicht.»

«Liebste, Janna», er strich ihr über die Wange. «Was wäre ich für ein Mann, der im ersten Boot flüchtet? Ich komme mit einer der Pinassen nach. Und ich muss erst Pizarro befreien. Retten kann ich ihn nicht, aber ...» Er schluckte. Ja, das verstand sie. Und sie wollte es ihm nicht noch schwerer machen, indem sie sich zierte.

Sie reckte sich; er umschloss ihre Schultern und küsste sie auf die Stirn. «Wir sehen uns bald wieder», raunte er ihr so leise ins Ohr, dass sie es im Rauschen des Windes kaum hörte. Die nächsten Schritte nahm sie wie in einem betäubenden Traum wahr: sich von kräftigen Matrosenhänden auf das Fallreep führen lassen, dann über die Bordwand der schwebenden Jolle. Sich einen Platz auf einem der Sitzbretter suchen, den Koffer zwischen die Knie klemmen und die Hand Frau Wellhorns ergreifen. Auch der Pastor hatte Platz gefunden, dazu zwei bei dem Aufprall verletzte Seemänner. Der Schrei, der ihr entfloh, als das kleine Boot abgefiert wurde und auf den Wellen aufkam, hallte ihr in den eigenen Ohren. Sechs Matrosen hockten sich an die Riemen und ruderten es fort von den havarierten Schiffen, über denen kreischende Möwen im Wind tollten.

Der Sturm kehrte zurück. Mit ihm ein warmer Tropenregen, der alle bis auf die Haut durchnässte. Plötzlich schien der Tag wieder zur Nacht zu werden. Janna weinte, und Frau Wellhorn und Pastor Jensen stimmten *Eine feste Burg ist unser Gott* an. In einem Winkel ihres Verstandes, der noch nicht von Angst überflutet war, bewunderte Janna ihre Anstandsdame, im Angesicht des Todes so viel Rückgrat zu zeigen. Es war ihr letzter klarer Gedanke. Wellen schwappten über ihre Knie, und eine Wand aus Regen machte sie blind. Das musste nun doch das Ende sein.

* * *

Das Auf und Ab wollte nicht aufhören. Janna reckte die Hände nach dem Licht. Die Welle hob sie, doch ihr Kopf geriet nicht außer Wasser. Ihre Lungen brannten, gierten nach Luft. Vergebens strampelte sie mit den Füßen, denn ihre Kleider machten sie schwer, wollten sie wieder in die undurchdringliche Schwärze hinabziehen. Auf und ab, auf und ab ... Janna riss den Mund auf, wollte atmen – und schmeckte schleimigen Sand.

Sie zwang die schweren Lider auseinander. Grelles Licht blendete sie. Wasser umspülte ihren Mund. Sie wollte trinken, doch es war salzig. Zwischen den Strähnen ihres gelösten Haares sah sie eine hellbraune Fläche. Allmählich begriff sie, dass sie bäuchlings darauflag. Vorsichtig bewegte sie die steifen Finger. Dieser endlose Sand, über den eine dünne Schicht Wasser floss, war die Wirklichkeit ... Ihr Verstand begann zu arbeiten, obwohl sie sich der Frage, was geschehen war, noch nicht stellen wollte. Da war der Orkan gewesen. Die Havarie. Die Flucht in der Jolle. Ihr Entsetzen. Das alles war noch ein Dröhnen in den Ohren, von dem sie nur langsam begriff, dass es in Wahrheit einer Ruhe gewichen war, in der es nur diese leise, platschende Dünung gab und das Rauschen eines besänftigten Meeres und des Windes, der durch Blattwerk fuhr.

«Reinmar», wisperte sie. Hatte er überlebt? Dass er tot sein könnte, war zu gewaltig, um es ernsthaft in Erwägung zu ziehen. Sie war doch Janna. Die jüngere Tochter von Hinrich Sievers, Sohn eines Hamburger Senators, Hanseat vom Scheitel bis zu den Zehen, reicher Kaufmann und Mitglied der Loge *Zu den drei Rosen*. Es tat gut, sich diese Gewissheiten vor Augen zu führen. Denn sie, Johanna Sievers, neunzehn Jahre jung, die Verlobte von Reinmar Götz, *konnte* nicht hier am Saum der südamerikanischen Wildnis liegen, von Gott und allen Menschen verlassen.

Aber sich umsehen, wie ihre Lage nun tatsächlich beschaffen war, war dennoch angebracht. Sie hob den Kopf und erblickte in einiger Entfernung einen seltsamen Wald, wie einem Märchen entsprungen: dicht an dicht stehende Bäume, deren mannshohe, von hellgrauem Salz überkrustete Stelzwurzeln wie eine vielgestaltige Armee verwunschener Gestalten wirkten.

Der gefürchtete Mangrovenwald.

«Nein. Nein, nicht das noch. Bitte … bitte … nicht.»

Sie wagte kaum, die Hände in den Sand zu pressen. Allzu rasch merkte sie, wie leicht die Finger darin versanken. Blasen stiegen auf und brachten einen stechenden, modrigen Geruch. Sofort füllten sich die von den Händen eingedrückten Kuhlen mit Wasser. Janna drehte den Kopf nach allen Seiten, erhoffte, eine der Pinassen zu sehen, vielleicht sogar den Kutter. Aber auf dem Schlick schwamm nur Treibgut. Ein Fass, sicherlich von einem der Schiffe. Es rollte hin und her, blieb liegen, rollte weiter und wieder zurück. Zwei Möwen beäugten es so misstrauisch wie neugierig. Abgerissene Taue lagen wie dösende Schlangen im sonnenüberfluteten Sand, völlig nutzlos, selbst wenn sie erreichbar gewesen wären.

Auf der anderen Seite entdeckte Janna ihr Köfferchen. Sie streckte den Arm aus. Ein Krebs wich zurück, den Scherenarm drohend erhoben. Ihre Fingerspitzen berührten den Griff, bekamen ihn jedoch nicht zu fassen. All die Bücher darin, was nützten sie ihr jetzt? Trotzdem schob sie sich auf dem tückischen Grund langsam näher heran, packte den Koffer und zog ihn zu sich, sodass sie die Arme und den Kopf darauflegen konnte. Vielleicht ließ sich so schlafen. Schlafen und aufwachen und feststellen, dass all dies nur ein besonders beeindruckender Traum war. Wenn nur die Sonne nicht so heiß niederbrennen würde ... Zwischen ihren Zähnen knirschte Sand, und sie wünschte sich, ihn herunterspülen zu können. Wasser, o ja, ein Schluck Wasser wäre jetzt gut.

## 3. KAPITEL

Sie war eingenickt. Als sie wieder zu sich kam, schien alles unverändert. Nein, ihr Körper hatte sich gedreht, sodass sie jetzt längs zum Wassersaum lag. Der endlos breite Strand verlor sich im sonnigen Dunst. Auch in dieser Richtung war Treibgut angespült worden: eine Spiere, ein Tau, ein Stück Segeltuch, noch ein Tau … Jedoch kein Boot. Das türkisfarbene Meer wirkte wie ein geschmolzener Edelstein mit grünen Einsprengseln; es waren flache, gänzlich überwucherte Inseln. Pelikane und Fregattvögel mit aufgeplusterten roten Kehlsäcken tummelten sich auf dem satten Grün. Vergebens kniff Janna ihre Augen zusammen, um in dem grellen Farbenspiel die Beiboote oder Spuren der beiden Barken auszumachen. Was mochte mit dem Pastor und Frau Wellhorn geschehen sein? Vesterbrock? Waren sie alle tot? Janna lauschte in sich hinein, erhoffte, tief in sich eine Antwort zu finden. Wenn Reinmar tot wäre, so würde sie es doch spüren. Oder war das romantischer Unsinn? Sie spürte nichts. Nein, er war nicht tot. Er war ja noch auf der Bark gewesen, und bevor er eines der anderen Boote bestiegen hatte, hatte das Unwetter bestimmt wieder nachgelassen. Die See lag ruhig und verlassen. Kein Wölkchen trübte den stahlblauen Himmel. So war es oft nach einem Unwetter, hatte der Kapitän erzählt. Irgendwo war Reinmar bereits dabei, sie zu suchen.

*Ganz, ganz sicher,* dachte sie inbrünstig.

Sie musste daran glauben, um nicht verrückt zu werden.

Aber wie sehr sie den Regen jetzt ersehnte! Er brächte Wasser, er würde ihr die salzige Kruste vom Leib waschen, die ihre Haare und den Stoff ihrer Kleidschichten steif und schwer machte. Wasser. Wasser! Mit einer trockenen Zunge fuhr sie sich über die ebenso trockenen, sandverklebten Lippen. Allmählich wurde es Zeit, der Wahrheit ins Auge zu blicken: Dies war kein Traum. Und niemand würde kommen und sie auflesen. Sie musste es irgendwie zu den Bäumen schaffen. Dass es dort etwas anderes gab als Dreck und Sand, war zu bezweifeln. Aber wenigstens Schatten.

Sie grub Finger und Fußspitzen in den Sand und bewegte sich leicht hin und her. Sofort brach ihr der Schweiß aus. Es war anstrengend, und es war nutzlos. Auch die sanfte Dünung, die seitwärts gegen sie schwappte, half ihr nicht. Also konzentrierte sie ihre mageren Kräfte darauf, sich zu drehen, um in die andere Richtung blicken zu können. Vielleicht …

Rasselnd holte sie Luft. Etwa dreißig Schritte voraus dümpelte ein Körper in der Dünung. Gott im Himmel! Janna schlug eine Hand vor das Gesicht. Dennoch hatte sie genug der grausigen Einzelheiten gesehen. Eine Seite des zwergenhaften indianischen Lotsen war aufgerissen; Blut sickerte aus reingewaschenem weißen Fleisch. Janna würgte Galle zwischen ihren Fingern hervor. Ihr war danach, sich wieder in die andere Richtung zu schieben; doch sie musste nachsehen, ob außer diesem armen Menschen noch andere dort waren. Sie hob den Kopf und zwang sich, den übel zugerichteten Leichnam nicht wahrzunehmen. Wahrhaftig, dort war ein schmales Boot, und zwei Menschen schritten über den Sand. Weiter hinten, fast am Horizont, bewegten sich dunkle Punkte. Anscheinend hatte das Schiffsunglück diese Leute herbeigelockt.

Janna wollte um Hilfe rufen. Aus ihrer Kehle kam nur ein Krächzen. Als sie sich hochstemmen wollte, versanken ihre Hände. Sie versuchte zu winken, aber selbst das war schwierig. Zum Donnerwetter, am Ende würden diese Leute sie übersehen, nur weil sie nicht imstande war, sich bemerkbar zu machen!

Mittlerweile waren die beiden Männer bei dem Toten angekommen. Sie bewegten sich äußerst vorsichtig. Dass sie nicht versanken, lag offenbar daran, dass dort drüben der Boden nicht gar so schlüpfrig war. Sie hatten sich mit einem Seil gesichert, das an einem schmalen, langen Boot festgemacht war. Wer sie wohl waren? Ihre sehnigen Körper waren nackt, bis auf zerschlissene Kniehosen. Auf den Rücken trugen sie Macheten. Einer drehte den Leichnam, gänzlich unbeeindruckt von dieser schrecklichen Haifischwunde, löste den armseligen Schmuck von den Gliedern und stopfte ihn sich in die Hosentaschen. Er grunzte erfreut, als er Vesterbrocks kostbares Messer an den Hüftschnüren entdeckte. Als er die Schärfe der Klinge erprobte, indem er es dem armen Indio ins tote Herz stieß, presste Janna das Gesicht in den Sand.

Von denen wollte sie nicht gefunden werden. Dann lieber ertrinken oder verdursten.

Ein Schatten fiel auf sie. Sie sah auf. Wie war diesen Männern so rasch gelungen, den Weg zu ihr zurückzulegen? Eine schwielige Hand griff in ihr Haar. In dem wettergegerbten Gesicht, von zotteligen Strähnen und einem

Bart umrahmt, der wild wucherte und irgendwie lebendig wirkte, erschien ein schmieriges Grinsen.

Plötzlich war da doch Kraft. Viel Kraft. Janna war auf den Füßen, ohne dass sie hätte sagen können, wie sie hochgekommen war. Sie warf sich herum und schaffte zwei schwere Schritte. Sofort versank sie bis zu den Knien im Schlick. Sie sackte nach vorne; ihre Hände gruben sich in den Boden. Noch einmal kämpfte sie sich hoch, doch wiederum nur um den Preis, noch tiefer im Sand zu versinken.

«Hilfe! Reinmar! Herr Kapitän! Hilfe, so helft doch, ich bin hier! *Hilfe!*»

Eine Hand umschlang ihren Fuß und zog ihn aus dem Sand. Janna rollte auf den Rücken. Auch der vordere der beiden Männer hatte sich auf den Boden gelegt, während der andere darauf achtete, dass er sich nicht in dem Seil verhedderte. Seine kräftige Hand hielt mühelos ihr Bein, während sie vergebens nach ihm zu treten versuchte, und schlang ein weiteres Seil darum. Derweil sprachen die Männer ruhig miteinander. Janna verstand kaum ein Wort, auch wenn sie meinte, hier und da etwas Spanisches herauszuhören. Schließlich schob sich der Kerl rücklings über den Sand, richtete sich dann auf, und gemeinsam machten sie sich auf den Rückweg zu ihrem Boot.

Das Seil spannte sich. Ihr anderer Fuß steckte noch im Schlick! Janna schrie, als sich ihre Beine schmerzhaft spreizten. Die Männer schien das nicht zu bekümmern. Schmatzend kam der Fuß frei.

Sie schleiften sie hinter sich her. Ihr Gesicht war verklebt von nassem Sand; sie sah kaum, wie diese Leichenfledderer sich nach ihr bückten und ihre Arme packten. Grob wurde sie ins Boot gezerrt. Es tat weh, aber sie war entschlossen, nicht mehr zu schreien. Fest biss sie die Zähne zusammen. Ihre Hände griffen in allerlei in Bilgenwasser dümpelndes Treibgut, hauptsächlich Seile und Segelfetzen. Sie kämpfte sich auf die Knie, versuchte auf der anderen Seite wieder aus dem Boot zu klettern. Aber der Sand machte sie schwer. Erschöpft sackte sie auf die Knie.

Mit den Paddeln stemmten die Kerle das Boot in einen Priel. Einer hockte sich an die Ruderpinne; der andere langte in Jannas Haar und zwang ihren Kopf hoch. Das Grinsen des Mannes ließ sie fast ohnmächtig werden vor Furcht.

Doch als der Mann an der Ruderpinne etwas rief, ließ der andere von ihr ab. Die beiden starrten in Richtung des Waldes. Dort segelte durch den Priel ein größeres Boot. Ein Mann stand darin. Mit einer Hand hielt er die Pinne, während er sich über die Bordwand neigte und irgendetwas aus dem Schlick fischte und in seine Piroge warf. Noch ein Leichenfledderer? Sein Weg führte ihn auf das Gefährt der beiden anderen zu. Obwohl er die Männer nicht weiter beachtete, duckten sie sich wie zwei Hunde vor einem Wolf. Tatsächlich, als sein Blick sie streifte und interessiert an Janna hängen blieb, warfen die Strandräuber sie kurzerhand wieder über Bord. Janna wusste kaum, wie ihr geschah. Das kleinere Boot verschwand. Das größere kam so scharf längsseits, dass sie schon befürchtete, es werde sie zwischen dem Rumpf und dem Rand des Priels zerdrücken.

Erneut wurde sie an den Armen hochgezerrt und ebenso grob ins Boot gehievt.

Janna kauerte sich am Bug zusammen. Der Fremde löste den Stopfen einer Kalebasse und beugte sich über sie.

Eine kräftige Hand stützte ihren Nacken; die andere hielt den Flaschenkürbis an ihre Lippen. Kaum rannen die ersten Tropfen in ihren Mund, begann sie gierig zu saugen. Als er die Kalebasse viel zu früh wieder fortzog, musste sie sich beherrschen, nicht die Hände um sein Handgelenk zu legen.

Gemächlich machte er sich am Segel zu schaffen, ohne ihr weiter Beachtung zu schenken – eine hochgewachsene Gestalt, die geschmeidig mit Schot und Pinne hantierte. Auf dem braungebrannten, muskulösen Leib trug er ein ärmelloses Hemd. Eine tief sitzende Kniehose, die sich um seine Oberschenkel bauschte und oberhalb der Knie mit Lederschnüren gebunden war. Und am Gürtel zwei Messer und einen Offizierssäbel. Ob er den auch am Strand gefunden hatte? Die schwarzen Haare hatte er zu mehreren schmalen Zöpfen geflochten und im Nacken zu einem Strang gebunden, der ihm weit bis auf den Rücken fiel. An den Handgelenken und den bloßen Füßen trug er barbarischen Schmuck, Lederschnüre, auf denen Schneckenhäuser aufgereiht waren. Auf einem nackten Oberarm prangte eine Tätowierung, eine gekrönte Frau und ein fremdartiges Tier, auf dem sie saß.

Ganz so wild wie ein Indio sah er nicht aus. Zivilisiert jedoch auch nicht.

War er etwa einer jener … Cimarrónes?

Er fing den Wind in seinem Segel; die Piroge drehte sich und glitt über den nassen Morast hinweg wie über Seife.

Ihr Koffer! Janna warf sich auf die Seite, wollte sich über die Bordwand beugen, um danach zu schnappen. Das Boot neigte sich. Sie schrie, als der Mann sie grob an der Schulter packte und zurückriss.

«¡Burro!», knurrte er. Das war kein feines Wort. Mochte er sie gerettet haben – einen freundlichen Eindruck machte er nicht. Ganz und gar nicht. Unter geschwungenen Brauen funkelte er sie aus schwarzen Augen an. Ihr war danach, sich unter diesem Blick zu ducken.

«Mein Koffer», wiederholte sie. Vor Schreck fiel ihr das spanische Wort nicht ein. Sie hielt diesem Blick stand, mit dem er ihr Inneres nach außen zu kehren schien, und deutete hinaus. Endlich hatte er den vom Morast fast verschluckten Koffer entdeckt. Er ergriff einen langen Bootshaken. Einen Augenblick später warf er ihr den Koffer mit einem ärgerlichen Knurren in die Arme, sodass es sie fast rücklings über die Sitzbank warf. Dann beugte er sich über sie und entblößte wie eine angriffslustige Raubkatze die Zähne. Sein warnend erhobener Zeigefinger dicht vor ihren Augen ließ sie sich hinter dem Koffer ducken. Herr im Himmel, an wen war sie da nur geraten?

*Reinmar, wärst du doch nur hier!* «¿El náufrago?», fiel ihr das Wort für ‹Schiffbrüchiger› ein.

Er beachtete sie nicht.

Weiter ging die Fahrt, hinein in einen Wasserlauf, der durch den Mangrovenwald schnitt. Schwerer, erdiger Geruch stieg auf und stach in der Nase. Rote Stelzenvögel stoben vor dem Boot davon, elegant mit den Flügeln schlagend. Zwei Wasserbüffel hoben die geschwungenen Hörner aus dem Wasser, schlackerten mit den Ohren und schauten neugierig herüber. Die Pforten zum himmlischen Paradies, so hatte Christoph Kolumbus die Mündung des Orinoco genannt. Janna bedauerte, derzeit nicht imstande zu sein, diese Aussage nachzuempfinden. Die Sonne brannte heiß und buk den Sand auf ihrer Haut. Vergeblich versuchte sie ihn herunterzuklopfen. Er war überall, in den Falten ihres Kleides, in den Haaren, sogar im Mund.

«¿Más agua?», rief sie, auf die verschlossene Kalebasse und dann auf ihr Kleid deutend.

«No.»

Es würde auch so gehen. Sie beugte sich tief über die Bordwand, spritzte sich Flusswasser ins Gesicht und versuchte die Brocken zu lösen. Plötzlich schwankte das Boot unter schweren Schritten. Der Mann hob sie auf die Arme. Bevor sie nach ihm schlagen konnte, hatte er sie in den Fluss geworfen. Prustend und strampelnd versuchte sie den Kopf über Wasser zu behalten, während die Piroge ungerührt Fahrt machte. Das Seil, das sich noch immer an ihrem Fuß befand, spannte sich. Sie schlug um sich, während sie durch gelblich-trübes Wasser gezogen wurde. Ihr wurde schwarz vor Augen. Der Kerl wollte sie ersäufen! Doch mit einem Mal prallte sie gegen das Boot. Wasser ausspuckend, hing sie an der Bordwand. Sie japste und blinzelte. Ihr Blick fiel auf die abblätternde Malerei am Bug.

Das schwarze Boot mit der roten Schlange.

*Gott steh mir bei. Der Kannibale.*

Er zerrte sie wieder hinein. Janna duckte sich noch tiefer auf die Bank am Bug. Halbwegs sauber war sie jetzt – trotzdem hätte sie diesem Kerl für die rüde Bestrafung, nur weil sie das Boot geneigt hatte, am liebsten die Augen ausgekratzt. Trotz des Fahrtwinds fror sie nicht. Als Kind war sie in einen Tümpel in den Elbmarschen beim Schlittschuhlaufen eingebrochen. Liebend gern würde sie jetzt noch einmal erleben, wie beißende Kälte in ihre Glieder fuhr, statt hier in einer wunderbar erfrischenden Brise zu sitzen, nur wenige Schritte von einem Halunken entfernt.

Dass sie in seiner Blickrichtung saß, machte es nicht besser. Wer war er, wohin wollte er, und was wollte er von *ihr?*

«Was haben Sie mit mir vor? Wollen Sie mich fressen?»

Auf seiner Stirn erschien eine grüblerische Falte. In ihrer Verwirrung hatte sie Deutsch gesprochen. «Me … me llamo Janna Sievers», versuchte sie es mit Contenance, legte eine Hand auf ihre Brust und wies dann auf ihn. «¿Cómo se llama usted?»

Er starrte nur. Janna sah an sich hinunter – die nassen Stoffschichten schmiegten sich an ihren Körper. Sie presste die Schenkel fest zusammen, ebenso die Füße, die wie ein Wunder noch in den Pantoffeln steckten, rückte den kleinen Spenzer zurecht und verschränkte die Arme. Leider war der Mast zu schmal und das Segel zu hoch, um sich dahinter verstecken zu können.

«Soy alemana. ¿De dónde viene?»

Entweder taugte ihr Privatlehrer nichts, mit dem sie die letzten zwei Jahre bis zum Steinerweichen die Sprache gepaukt hatte, oder er wollte nicht verraten, wie er hieß und woher er kam. Zu komplizierteren Sätzen fühlte sie sich noch nicht fähig.

Sie rief sich ins Gedächtnis, was sie über die Bevölkerung Venezuelas wusste: Es gab die kleine weiße Oberschicht, schwarze Sklaven, schwarze Freie, Indios. Dass er hier im Delta in dieser Nussschale herumschipperte, wies auf einen Indio hin. Doch dazu erschien er ihr zu kräftig und vor allem viel zu groß; und seine Haut, wenngleich tief gebräunt, wies nicht den rötlichen Teint auf, den man den Eingeborenen nachsagte. Ein indigofarbener Schimmer in seinem Haar indes verriet, dass er indianisches Blut in den Adern hatte.

Nein, er gehörte ganz eindeutig den Pardos an, den *bunten Rindern.* Ein Mischling.

Im Gegensatz zu ihr schützte ihn ein flaches Dach aus Bananenblättern. An den Bordwänden waren Säcke festgemacht. Ein kleines Fass, eine Pfanne, mehrere Netze. Ordentlich waren das Tauwerk und der Bootshaken verstaut. In der mittleren Sitzbank steckte eine Axt. Lediglich seine Fundstücke waren unordentlich auf den Bootsplanken verteilt. Hatte er mit dieser Axt Menschen getötet und in der Pfanne gebraten? Nichts wies darauf hin, doch unter dem Deck gab es einen flachen, mit einer Luke verschlossenen Laderaum. In Gedanken sah sie, sowie man die Falltür anhob, Berge abgenagter menschlicher Knochen herausquellen.

Himmel, was war denn *das?*

Auf einem der Säcke hockte ein Drache. Ein richtiger Drache! Mit grünschillernden Schuppen, einem Kamm mit langen Zacken, schwarzgeringeltem Schwanz und Klauen. Nur die Flügel fehlten. Ob er Rauch spucken konnte? *Sei nicht dumm,* ermahnte sie sich. Das war eine Echse, und hoffentlich ungefährlich.

Eine Braue spöttisch erhoben, bewegte der Mann zwei Finger. Der kleine Drache kletterte von dem Sack herunter und tapste auf ihn zu; behäbig schwang sein Körper hin und her. Als der Mann aus einer Hosentasche eine dicke Samenkapsel holte, hob sich das Tier auf die Hinterbeine und forderte, ein Vorderfüßchen auf das Menschenknie gestützt, mit dem anderen pfötelnd den Leckerbissen ein.

Der Fremde warf eine zweite Kapsel in Jannas Schoß. Sofort machte die Echse kehrt und watschelte auf sie zu.

Als das Tier Anstalten machte, an ihr hochzuspringen, schob sie es mit dem Fuß beiseite. Allerdings behutsam – wer mochte wissen, wie der Mann reagieren würde, wenn sie grob zu seinem merkwürdigen Freund war?

«¿Cómo se llama el animal?»

«Pizarro.»

Janna wusste nicht, was sie erstaunlicher finden sollte: dass das Tier genauso hieß wie Reinmars Lieblingspferd oder dass der Kerl den Mund aufgetan hatte.

«¿Cómo se llama usted?», versuchte sie noch einmal seinen Namen zu erfahren. Doch jetzt schwieg er wieder stur. Sie beschloss, ihn bei sich den Drachenherrn zu nennen.

Irgendwie musste sie ihm begreifbar machen, dass sie kein Treibgut war, das er einfach auflesen und mit sich nehmen konnte. Sie musste so bald wie möglich ins nächste Dorf oder besser den nächsten Hafen! Die Ungewissheit, was mit den Menschen von der *Seuten Deern* war, machte sie ganz kribbelig. Vorsichtig streckte sie sich an der Echse vorbei nach ihrem Koffer. Ihre tastenden Finger fanden die Lederrolle, das Weihnachtsgeschenk, das sie Reinmar nicht mehr hatte geben können. Sie zog die Zeichnung heraus und entrollte sie vorsichtig.

«Esto es Reinmar Götz.» Sie hob sie hoch. «Mi novio …»

Sie hatte durchaus mehr sagen wollen, als dass Reinmar ihr Verlobter war. Doch sie bekam es mit der Angst zu tun, als der Drachenherr aufstand und zu ihr kam. Er bewegte sich schnell und zugleich sicher; das Boot schwankte nicht einmal, als er sich unter dem Segelbaum hinwegduckte. Er nahm ihr die Zeichnung aus der Hand.

Seine Mundwinkel zuckten. Was rief seinen Spott hervor? Doch nicht etwa ihre Zeichenkünste? Die fand sie durchaus bemerkenswert. Er gab das Blatt zurück, das jetzt natürlich Schmutz von seinen Fingern aufwies.

«¿Disculpe, hay un puerto aquí?»

«No.» Er kehrte an die festgeklemmte Ruderpinne zurück. Kein Hafen weit und breit.

«¿Un pueblo?»

Er nickte sparsam. Ein Dorf gab es immerhin. Sie hoffte nur, es war nicht bevölkert von Leuten von seinem Schlag. Er fuhr fort, sie so ungeniert anzustarren, wie es nicht einmal einer empörten Frau Wellhorn eingefallen wäre. Gierig wirkte diese Musterung nicht – aber wer wusste schon, was im Kopf dieses Mannes vorging? Es gelang ihr, sich auf der Sitzbank zu drehen, ohne mehr als die Knöchel zu entblößen und das Boot zum Schwanken zu bringen. Sollte er ihren Rücken anstarren!

Der atemberaubende Ausblick ließ sie ihre missliche Lage vergessen. Die Piroge glitt über eine kräuselnde Wasserfläche, auf der sich das tiefe Blau des Himmels spiegelte. Die Natur hatte grüne Pflanzenteppiche darauf geflochten. Die darauf nistenden Vögel flatterten hoch wie buntes Feuerwerk und stießen trillernde Laute aus. Auf einer Sandbank lagerten Hunderte von Flamingos. Sie störten sich nicht an dem Boot, das dicht an ihnen vorüberkam. Auch nicht an dem rundlichen grauen Leib, der in ihrer Nähe das Wasser teilte. Was war das? Ein Delfin? Eine Seekuh? Oder Schlimmeres? Janna hatte von Krokodilen gelesen, die man auch Alligatoren nannte; sie konnten stundenlang mit geöffnetem Maul verharren, um Schmetterlinge zu fangen, oder schnell wie der Blitz sein, um Menschen zu reißen. Doch viele der Vögel hatten sorglos die langen Hälse auf ihre Rücken gelegt und die Köpfe in ihren wunderschönen Gefiedern vergraben. Manche schnäbelten miteinander; andere trugen einen Wettstreit aus, wer den Hals länger machen konnte. Das vielstimmige Geschnatter klang kaum anders als das der Hamburger Kaufmannsdamen auf einer Soiree. Und mit einem Mal stoben sie alle auf und flogen fort. Janna duckte sich. Was blieb, war ein weißer Fleck auf dem Ärmel ihres Spenzers.

Sie hasste es, das Jäckchen ablegen zu müssen. So klein es war, bot es ein wenig Schutz vor diesem stechenden Blick in ihrem Rücken. Peinlich genau achtete sie darauf, sich über den Bug zu recken, damit das Boot im Gleichgewicht blieb. Nicht dass er wieder zornig herangestapft kam ...

«Lass die Finger aus dem Wasser, Mädchen.»

Janna fuhr herum. Er hatte gesprochen – und auch noch Deutsch!

«Piranhas.»

«Bitte?» Fassungslos kauerte sie sich auf der Sitzbank zusammen. «Eben hatten Sie mich ins Wasser geworfen!»

«Dort waren keine.»

Ihr schwindelte vor Entsetzen. So genau hatte er das wissen können? «Wieso sprechen Sie meine Sprache? Warum sagen Sie das erst jetzt? Und was fällt Ihnen ein, mich zu duzen?»

Er verzog das Gesicht, als bereue er schon, seine Sprachkenntnisse verraten zu haben.

«Ist ein Hafen in der Nähe? Ein Dorf?»

Unheilvoll zogen sich seine Brauen zusammen. Na schön, sagte sie sich, auf Deutsch hätte die Antwort nicht anders ausfallen können, als er sie auf Spanisch gegeben hatte. Trotzdem – er musste ihr doch erklären, was er beabsichtigte! Stattdessen setzte er die Fahrt schweigend fort. Janna schlüpfte wieder in ihren Spenzer. Das Wasser hatte wenigstens den Ärmel erreicht; der Schmutz war fort. Sie dachte, dass sie erleichtert sein sollte, sich mit diesem Mann verständigen zu können. Doch es nahm nichts von seiner Bedrohlichkeit. Unwillkürlich stellte sie sich vor, dass er sich die Sprachfertigkeit einfach mitsamt dem Fleisch eines Deutschen einverleibt hatte.

Er lenkte das Boot in einen schmalen Wasserlauf. Tief neigten sich die Bäume, sodass die Kronen einander zuneigten. Wie lebendige, nur eben erstarrte Finger ragten die Wurzeln mannshoch auf. War das eine Schlange, die sich dort im Geäst bewegte? Vögel pickten in den Wurzeln nach Insekten. Hier war das Brandungsgetöse fern; stattdessen zirpte und trillerte es von überall her. Dicht über dem Wasser flogen Libellen einen gezackten Kurs. Waren es wirklich Libellen? So große und tiefblaue hatte sie daheim am Gartenteich nie gesehen.

Sie dachte, dass Oma Ineke dort jetzt saß – das tat sie immer. Nein, dort war jetzt sicher Nacht und außerdem Winter; das hatte sie ganz vergessen. Trotzdem bereitete es ihr keine Mühe, sich die prallen, stets geröteten Bäckchen Oma Inekes vorzustellen. Die kleinen Augen, die sie immer zusammenkniff, weil sie keine Brille benutzen wollte. Die leise Stimme: *Kopf hoch, auch wenn der Hals dreckig ist.* Mit ein bisschen Rum im Tee hätte die Oma das auch auf Plattdeutsch gesagt. Und Janna aufmunternd zugezwinkert.

*Ich gebe mir Mühe, Oma Ineke, versprochen,* dachte Janna, und da verschwamm das Bild unter den aufsteigenden Tränen. Sie zog aus dem Ärmel ein nasses Taschentuch und schnäuzte hinein.

Der Drachenherr dachte nicht daran, ihr beim Aussteigen zu helfen. Sie kletterte über die Bordwand und betrat festen Sand. Es tat gut, sich strecken und bewegen zu können. Warum er hier angelegt hatte, erklärte er natürlich nicht. Sie konnte es sich denken: Die Strömung der Ebbe verstärkte die des Flusses, sodass er nicht mehr dagegen ansegeln konnte, wenngleich er, das musste sie zugeben, ein hervorragender Segler war. Als Hamburgerin, die beim Flanieren auf den Alsterpromenaden und am Hafen oft den seemännischen Manövern zugesehen hatte, waren ihr die Handgriffe nicht fremd. Sie wusste auch, dass man dieses viereckige Segel ein Gaffelsegel nannte. Er blickte nach Osten, wo hohe, verzerrte Wolken gutes Wetter für den nächsten Tag versprachen, und entschied sich, nicht abzutakeln.

«Wann fahren wir weiter?», fragte sie.

«Morgen.»

«Sie – Sie wollen die Nacht hier verbringen?» Entsetzt drehte sie sich um die eigene Achse. Es war eine kleine Insel, bis auf einen schmalen Sandstreifen von Gebüsch überwuchert. Sie wusste nicht, was sie hatte glauben lassen, heute noch einen zivilisierten Ort zu erreichen. Aber dass es nicht so war, ließ sie erzittern. Sie hockte sich auf eine dicke Wurzel, legte den Koffer auf den Schoß und hob den Deckel. Die Bücher waren feucht geworden und wellten sich, ebenso das Aquarellpapier und ihr seidenes Réticule. Ihre Finger ertasteten unter dem Stoff Reinmars Granatrose.

Nein, die nicht, keinesfalls! Schlimm genug, dass sie im Sand oder vielleicht schon vorher ihren Verlobungsring verloren hatte. Sie zog die Perlenhalskette aus dem Beutelchen und nach einigem Zögern auch die Perlenohrringe aus ihren Ohrläppchen.

«Ich kann Sie bezahlen, dafür dass Sie mich schnellstmöglich in die nächste zivilisierte Ortschaft bringen.» Sie hob die Hand mit dem Schmuck. Der Drachenherr hörte auf, das halb am Strand liegende Boot nach schadhaften Stellen abzusuchen, und stapfte auf sie zu. Er klaubte den Schmuck auf und ließ ihn auf der Handfläche rollen. Ehe sie es sich versah, hatte er auch das Seidenbeutelchen an sich genommen und schüttelte Reinmars Geschenk auf seine Handfläche.

«O nein, nicht ...»

Ihr stand der Mund offen. Er ließ ihren Schmuck in einem der vielen Lederbeutel an Bord verschwinden und fuhr ungerührt fort, den Bootsrumpf zu prüfen.

«Was fällt Ihnen ein!»

Flüchtig hob er den Kopf. «Mädchen, was ist dir dein Leben wert?»

Was meinte er? Dass er sie gerettet hatte? Oder dass der Schmuck die Bezahlung dafür war, sie *nicht* zu verspeisen? Er konnte sich ohnehin nehmen, was er wollte; und wahrscheinlich musste sie dankbar sein, dass er noch nicht den Koffer an sich gerissen hatte. Sie schluckte Tränen der Wut hinunter. Als sie sicher war, dass ihre Stimme nicht zitterte, sagte sie hoheitsvoll: «Ich wäre Ihnen sehr verbunden, wenn Sie mich nicht duzen würden.»

Die Zopfstränge klatschten auf seinen Rücken, als er sich aufrichtete. Sein Blick war verwirrt. Als wüsste er nicht, wovon sie sprach.

Er brauchte nur zwei Minuten, um mit zwei Holzscheiten, die er aneinanderrieb, ein Lagerfeuer zu entfachen.

Was bald darauf in einer zerbeulten Kanne kochte, duftete tatsächlich nach Kaffee. Janna wagte nicht, nach Milch zu fragen, als sie einen ebenso zerbeulten Becher entgegennahm. Das Gebräu war sowieso nicht genießbar; vielleicht lag es am Flusswasser. Aus einem Beutel nahm der Drachenherr zwei schwarze Stangen und reichte ihr eine.

«Tasajo», sagte er und fügte mit einem eiskalten Lächeln, das ihr einen Schauer über den Rücken jagte, hinzu: «Sklavennahrung.»

Kräftig biss er ein Stück ab. Er besaß helle, starke Zähne. Janna legte das Ding beiseite. Es roch entfernt nach Fleisch, und sie wollte nicht wissen, wessen Fleisch. Während er aß und trank, hielt er der Echse, die auf seinen ausgestreckten Beinen hockte, einen belaubten Zweig vor das suchende Maul. Nachdem sich beide gestärkt hatten, hob er sie auf die Schulter und holte aus dem Boot ein Moskitonetz. Ohrenbetäubender Zikadenlärm setzte ein, als die tropische Dämmerung früh und schnell kam. Er warf das Netz über einige Äste. Janna kroch darunter.

«Bleib beim Feuer und auf dem Sand», wies er sie an.

Sie dachte, dass sie so müde niemals werden würde, um hier schlafen zu können. Schon gar nicht, wenn sie den schmalen Raum unter dem Netz mit diesem Mann teilen musste. Doch er ließ sich jenseits des Feuers nieder. Anscheinend verschmähten die Mücken seine Haut.

Den Säbel hatte er neben sich gelegt. Seine Hand ruhte auf dem Griff. Doch bald verriet sein Atem, dass er tief und fest schlief. Janna starrte in einen Himmel voller Sterne. Schatten flogen über sie hinweg. Die Zikaden waren verstummt; stattdessen hatte ein Froschkonzert begonnen. Das Buschwerk raschelte, das Wasser plätscherte, und irgendwo hinter ihr krachte etwas zu Boden. Tausend Gefahren mochten ganz in der Nähe sein. Sie war in eine Laterna-magica-Illusion geschlüpft, während die wahre Janna in ihrer Koje schlief, wie all die Nächte zuvor. Oder sie saß sogar daheim in der elterlichen Villa in ihrer Leseecke, und das heimelige Licht des Argandbrenners beleuchtete den auf dem Schoß aufgeschlagenen *Robinson Crusoe*. Gleich würde sich die Tür öffnen und Frau Wellhorn sie daran erinnern, dass das künstliche Licht den Augen schadete. Oder Gisela, die ältere Schwester, würde sie schelten, dass sie sich mit Abenteuerliteratur beschäftigte, statt ihre Nase in Anstandsbücher zu stecken, wie es eine junge Dame tun sollte.

*Schwesterchen, du hast zu viel Phantasie, damit kann eine Frau doch nichts anfangen.*

Janna hatte solche Störungen gehasst. Jetzt sehnte sie sich sogar nach Giselas hochnäsiger Miene. Nach Frau Wellhorns Tadeln. Nach Friedhelm, dem großen Bruder, der brav und unzufrieden in den Fußstapfen des Vaters herumtrat, während er davon träumte, mit dem großen Naturforscher Alexander Baron von Humboldt zu reisen, seit er dessen Brief an den Vater gelesen hatte. Mehr noch nach Vater und Oma Ineke. Was würden sie alle denken, wüssten sie, in welcher Lage sich das Hausküken befand? Und Reinmar …

Leise schniefte sie in ihr Taschentuch.

Sie kroch unter dem Netz hervor, langsam, um den Drachenherrn nicht zu wecken. Ihre Finger berührten den Sand und noch anderes, eine Schnecke vielleicht – sie bemühte sich, nicht darüber nachzudenken. So leise wie möglich tastete sie den Bootsrand ab, wo er den Beutel mit ihrem Schmuck aufgehängt hatte. Keinesfalls würde sie diesem Räuber Reinmars Geschenk überlassen. Sie würde den Schmuck unter dem Kleid verstecken und sagen, sie hätte ihn verloren. Der Mann war kein Gentleman, der eine solch offensichtliche Lüge akzeptieren würde, doch sie musste wenigstens versuchen, damit durchzukommen. Was besaß sie denn sonst noch? All ihr anderer Schmuck lag auf dem Grund des Meeres, ihre Kleider und Möbel und ihr Geburtstagsgeschenk der Familie, das Gemälde des berühmten englischen Landschaftsmalers ... Da, dieser Beutel war es gewesen. Oder der andere?

Hinter ihr knirschte der Sand unter schnellen Schritten. Es gelang ihr nicht einmal mehr, sich umzuwenden. Der Drachenherr riss sie an der Schulter herum. Das Moskitonetz fiel über sie. Er rollte sie über den Sand, sodass sie vor Furcht, in der Glut zu landen, aufschrie. Vergebens versuchte sie sich aus der Umschlingung des Netzes zu befreien.

«Wenn du dich anstrengst, kannst du es zerreißen.» Im Dunkel der Nacht war seine Stimme rau. «Aber dann hast du nichts mehr, das dich vor den Mücken schützt.»

Zitternd und schniefend blieb sie liegen. Sie richtete sich auf die unbequemste Nacht ihres Lebens ein.

## 4. KAPITEL

In der Nacht kam die Flut. Der Drachenherr befreite Janna aus ihrer misslichen Lage. Sie kauerte sich auf ihrem Platz am Bug zusammen, während er gemächlich das Boot lenkte. Es war schnell, denn die Flut kehrte die Strömung des Orinoco um. Wäre ihre Lage nicht so misslich gewesen, hätte Janna diese Fahrt durch das Meer der gespiegelten Sterne genießen können. Hinter seiner Silhouette am Heck begann sich der Himmel zu röten.

Eine Hand an der Schot, kramte er einen weiteren Streifen Tasajo aus den Proviantbeuteln. Plötzlich flog etwas in Jannas Schoß. Ein Stück Schiffszwieback. Vermutlich hatte er den auch am Strand gefunden. Ihr Magen knurrte. Und eine Kalebasse, in der es verheißungsvoll gluckerte, hing in Griffweite an der Bordwand.

«Iss und trink schon, Mädchen.»

Wütend kratzte sie einen dicken Mückenstich am Handrücken auf. Dass ihre Zähne mit dem steinharten Zwieback nicht fertig werden würden, war nicht das, was sie befürchtete. Mochte der Mann seine Notdurft halb verborgen hinter Büschen verrichten – sie hatte nicht die Absicht, das ebenfalls zu tun.

«Wann werden wir ein Dorf erreichen?», fragte sie.

«Gleich.»

Oh. Gleich? Sie schickte ein Dankesgebet in den Himmel. Gleich würde sie Häuser sehen. Vielleicht auch nur Hütten. Solange sich dort nur Menschen aufhielten, die anders waren als dieses Raubein! Die Venezolaner galten ja gemeinhin als gastfreundlich und hilfsbereit. Vielleicht waren Gestrandete von der *Seuten Deern* dort! Aufgeregt drehte sich Janna, um die Nase in den Fahrtwind zu halten. Im Nacken spürte sie bereits die Tropensonne, und die Luft begann heiß und schwer zu werden. Silbern glitzerte das Wasser vor den grünen Ufern, über die sich büschelartige Wipfel riesiger Palmen erhoben. Vögel flatterten von ihren Schlafplätzen in die Kronen und machten sich an glänzenden tiefroten Früchten zu schaffen. Im vielstimmigen Lärmen der erwachenden Tierwelt waren sogar Töne zu vernehmen, die wie Kinderlachen klangen. Aber das waren ja tatsächlich Kinder! Drei, vier Einbäume kamen um eine Biegung gepaddelt. In jedem saß eine kleine nackte Gestalt.

Sie scheuten sich nicht, nah heranzukommen. Eines der Kanus schrammte gegen den Bug der Piroge. Ein schwarzköpfiges Mädchen reckte eine Hand nach Janna.

«Sie betteln», erklärte der Drachenherr auf seine knappe Art. Er schleuderte einen der lederartigen Fleischstreifen ins Wasser. Kreischend paddelten die Kleinen los, so, wie es die Enten auf der Alster taten, wenn man ein Brotstück hineinwarf. Verblüfft sah Janna zu, wie sie sich darum prügelten, wenngleich sie wohlgenährt aussahen. Dann richtete sie wieder den Blick nach vorne. Und erstarrte.

«*Das* ist das Dorf?», krächzte sie.

«Ja.»

«Aber – aber das sind ja noch nicht einmal Hütten! Da sind Unterstände, sonst nichts!»

Auf einer schwimmenden Plattform erhoben sich drei auf Pfählen errichtete Palmblattdächer. Das also waren jene Palafitos, von denen sie gelesen hatte. Darunter hockten vielleicht zwanzig Indios, kleine nackte Gestalten. Sie schnatterten miteinander wie die Flamingos, während sie mit den Fingern mehlige Pasten kneteten und die roten Palmfrüchte kleinhackten. In der einzigen Hängematte lag eine dicke Frau mit einem Säugling an der Brust. Zwei Männer plagten sich, aus einem Einbaum eine riesige Schildkröte zu hieven. Sie alle hoben neugierig die Köpfe.

Dieser erbärmliche Ort konnte unmöglich gemeint sein. Doch als die Piroge mit geblähtem Segel auf die Palafitos zuhielt, wusste Janna, dass es keine Hoffnung gab. Sie sprang auf, raffte ihr ramponiertes Kleid und stakste über das Deck auf den Drachenherrn zu. Das Boot schwankte, doch das war ihr gleich. Eine Hand am Mast, deutete sie mit der anderen auf ihn.

«Es reicht mir jetzt!», schrie sie ihm entgegen. «Die ganze Zeit schon kujonieren Sie mich, warum auch immer. Sie elender Schuft haben mir meinen Schmuck gestohlen! Also tun Sie endlich etwas dafür und bringen mich zu zivilisierten Leuten!»

Er ließ die Schot, mit der er das aufgefierte Segel in Stellung hielt, fahren. Das Segeltuch knatterte; der Baum schwang herum und prallte gegen ihre Schulter. Ehe sie es sich versah, schlug das trübe Flusswasser über ihr zusammen. Sie bekam irgendein Seil zu fassen. Und so schleppte er sie ein weiteres Mal durch den Fluss. Hoffentlich war er sich dieses Mal ebenso sicher, dass es hier kein gefährliches Getier gab. Dieser Schurke! *O Gott, ich hasse ihn! Ich hasse ihn so sehr!*

Er zog sie heraus und wuchtete sie auf die Plattform. Sofort wurde sie von den Indios umringt. Fremde Hände betasteten ihr Kleid und ihre triefenden Haarsträhnen. Janna flüchtete ans äußerste Ende des schwimmenden Dörfchens. Am liebsten hätte sie sich davongemacht, bestünde auch nur der Hauch einer Möglichkeit, woanders Hilfe zu finden. Sie hockte sich nieder und zog die Knie an. Ihre Wangen brannten vor Scham. Schluchzend und schniefend machte sie sich so klein wie möglich.

Wenigstens ließen die Wilden von ihr ab. Nur ein kleiner Junge sah sie mitleidig an. Plötzlich schob sich etwas Weißes aus seinem Mund. Es war eine dicke, weiße Raupe, die er ihr entgegenhielt. Da sie das Geschenk nicht annahm, zerkaute der Kleine das grässliche Ding selbst.

Die stämmigen Frauen kümmerten sich ums Essen: Sie schürten ein Feuer, köpften die Schildkröte und meißelten den Panzer auf. Das war eine solch blutige Angelegenheit, dass Janna es vorzog, den Drachenherrn zu beobachten. Er hatte sich auf die Fersen gekauert, zu Füßen der in der Hängematte thronenden Frau. Offenbar regierte sie über die kleine Schar. Er öffnete einige seiner Beutel, präsentierte ein Messer, Schnüre, ein Stück Segeltuch, irgendwelche Nüsse oder Samen. Während er sich mit ihr in einer äußerst fremdartig klingenden Sprache verständigte, standen hinter ihm die Kinder und streichelten den Leguan auf seiner Schulter. Auf einen Wink der Frau hin brachten die Männer einen Korb randvoll mit roten Palmfrüchten. Ebenso drei große Kalebassen und Bündel mit langen Strünken. Dorfherrin und Drachenherr tranken aus einer gemeinsamen Kokosnussschale, was offenbar den Handel besiegelte.

*Schön*, dachte Janna. *Könnten wir jetzt bitte wieder aufbrechen?*

Aber es kam, was sie befürchtete: Man machte es sich gemütlich und plauderte. Die Frauen kicherten unentwegt. Janna entging nicht, dass er hin und wieder zu ihr herübersah. Wahrscheinlich wollte er sie mit seiner Trödelei strafen. So hatte es Frau Wellhorn immer gemacht, wenn sie als kleines Kind gedrängelt hatte. Andererseits war es vermessen zu glauben, in den Kopf dieses Scheusals schauen zu können.

Während die Frauen kochten, beschäftigten sich die Männer mit Schnitzarbeiten. Die erfreuten Rufe, wenn ein leckeres Essen aufgetragen wurde, waren wohl auf der ganzen Welt gleich. Alle machten sich über ihre Palmblätter her, auf denen das Schildkrötenfleisch dampfte. Janna bekam nichts. Sie sagte sich, dass sie sowieso nichts wollte. Ihr Magen, der Verräter, begann schmerzhaft zu knurren. Ab und zu sah jemand herüber und stieß seinen Sitznachbarn mit dem Ellbogen an. Doch niemand brachte ihr etwas.

Es war der Drachenherr, der sich sein Palmblatt noch einmal füllen ließ und aufstand. Eine alte Frau rannte an ihm vorbei zu ihr, deutete auf ihn und tat so, als beiße sie sich in den Arm. Sie konnte sich vor Lachen nicht halten, während sie mit dicken Backen Luft kaute und wiederum auf ihn zeigte. Als er sie verscheuchte, kehrte sie gackernd zu den anderen zurück.

«Haben Sie von denen gelernt, Menschenfleisch zu essen?», fragte Janna. So ausgesprochen, kam ihr der Verdacht albern vor. Aber es stimmte doch: Konquistadoren und Siedler hatten immer wieder davon berichtet.

Er ging vor ihr in die Hocke und legte das Palmblatt in ihren Schoß. «Das ist Schildkrötenfleisch, und es schmeckt hervorragend. Kümmere dich nicht um die anderen. Iss!»

Wenn er wollte, konnte er reden.

Sie zwang sich ein Lächeln ab. «Verraten Sie mir Ihren Namen?»

«Arturo.»

Arturo? Mit allem hätte sie gerechnet, doch nicht damit. «Und weiter?»

«Nur Arturo.»

Sie schob zwei Finger unter das kleingehackte Fleisch. Der erste Versuch, einen fettigen Brocken in den Mund zu bekommen, schlug fehl. «Wo haben Sie meine Sprache gelernt?»

Er schwieg wieder. Schade. Sie fand, er hatte eine angenehme Stimme. Tief, rau und wohlklingend.

«Wohin werden Sie mich bringen?»

Nichts. Es gelang ihr, einen Bissen zu kauen, und der war tatsächlich lecker und zart. *Gut, dass ich gesehen habe, dass es eine Schildkröte war.*

«Ich muss irgendwie nach Angostura kommen», sagte sie. «Das ist die Hauptstadt der Provinz Spanisch-Guayana am Orinoco. Begreifen Sie das?»

«Die Warao haben gesagt, dass gestern ein Boot mit fremden Menschen hier war. Einer davon hatte das Haar fast so hell so wie du.»

«Bitte?» Ihr fiel der nächste Brocken aus den Fingern. «So wie ich? Blond?»

Er musterte ihre Haare, als müsse er erst überlegen, was ‹blond› bedeutete. «Ja.»

«Herrje, das muss Reinmar gewesen sein. Reinmar Götz, mein Verlobter! Und andere von unserem Schiff! Wo sind sie jetzt?»

Unwillig runzelte er die Stirn. «Sie sollen noch am Nachmittag weitergesegelt sein.»

«Wir müssen ihnen sofort nach!» Janna legte das Blatt beiseite und sprang auf. Auch der Drachenherr erhob sich.

«Später.»

«Später? Aber wir könnten sie vielleicht einholen!»

«Setz dich wieder hin und iss!»

Er wollte sich abwenden. Sie konnte nicht anders: Sie schlug ihm ins Gesicht.

Dafür würde sie mit einem dritten unfreiwilligen Bad bezahlen, das war ihr klar. Aber das war es ihr wert. Nachdenklich rieb er sich das Kinn, wo sie ihn getroffen hatte. Seine andere Hand zuckte, als wollte er den Schlag auf gleiche Art vergelten. Sie reckte ihm das Kinn entgegen. Sollte er doch! Er hatte sie schikaniert und lächerlich gemacht – darauf käme es auch nicht mehr an. Aber er starrte wieder nur auf seine eindringliche, unangenehme Art. Sie verschränkte die Arme vor der Brust. Er hockte sich zurück auf seinen Platz. An der Unterhaltung der Indios beteiligte er sich nicht mehr. Stattdessen sah er immer wieder finster herüber. Zum ersten Mal kam ihr der Gedanke, dass nicht nur er ihr nicht geheuer war. Sie war es ihm auch nicht.

Eine geschätzte Stunde später setzte er das Segel. Das Boot war mit Vorräten so gut beladen, dass es schwer auf dem Wasser lag. Die Warao verabschiedeten sich mit fröhlichem Winken und Rufen. Der Wind kam stramm von achtern und ließ die Piroge munter über kleine Wellenkämme hüpfen. Weiter ging die Fahrt durch die weitläufige Landschaft des Deltas, vorbei an kleinen und großen sandigen Inseln, an blühenden Wasserpflanzen, schwimmenden Baumstämmen und durch Schwärme fliegender

Fische, die wie silbrige Flecken vor dem Bug hin und her sprangen. Janna gab auf, nach der Pinasse Ausschau zu halten. Längst war sie wieder trocken. Doch die Kleidschichten rochen und fühlten sich unangenehm auf der Haut an. Überall juckte es, hoffentlich nur von Sandkörnern. Sie holte ihr Réticule aus dem Koffer, fand das Fläschchen Kölnisch Wasser und verteilte großzügige Spritzer im Gesicht und auf den Händen. Doch das war ein Fehler; die Mücken wurden nur mehr lästiger. Auch dafür, dass ihn die Moskitos kaum belästigten, hasste sie den Drachenherrn.

Am Nachmittag türmten sich Wolken im Osten auf. Ein gewaltiges Krachen ließ Janna zusammenfahren. Dicke, warme Tropfen zerplatzten auf ihrem Kopf. Kurz darauf ging ein kräftiger Regenguss auf das Boot nieder. Durch die übereinandergeschichteten Bananenblätter des Bootsdaches drang kaum ein Tropfen; sie jedoch war von einer Sekunde auf die andere durchnässt. Nach einer Weile bedeutete er ihr mit einer knappen Handbewegung, zu ihm ins Trockene zu kommen. *Ach, auf einmal soll ich nicht nass werden?*, dachte sie bissig. Sie rührte sich nicht von der Stelle.

Dennoch wurde ihr mulmig zumute. In der grauen Wand zuckten Blitze in schneller Folge, und das Donnern setzte in immer kürzeren Abständen ein. War es nicht gefährlich, auf dem Wasser zu sein? Der Regen wurde so dicht, dass das Ufer nur noch zu erahnen war. Doch plötzlich war das Unwetter vorbei. Der Drachenherr – Arturo, verbesserte sie sich – warf ihr eine hölzerne Schale zu. Was sie damit tun sollte, bedurfte keiner Erklärung. Er selbst benutzte einen Blecheimer. Seite an Seite schöpften sie, bis ihr die Glieder schwer wurden und auch er erschöpft zurück an seine Ruderpinne sackte. Es nieselte noch; trotzdem legte sie sich hin, wo sie war. Augenblicklich war sie eingeschlafen.

* * *

Jimmys warme Zunge leckte über ihr Gesicht. Im Halbschlaf fragte sich Janna, wie der Jagdhund des Vaters das tun konnte, da er doch auf der anderen Seite des Atlantiks war. Wenn das nur Frau Wellhorn nicht sah; sie würde wieder erklären, dass eine junge Dame über die Kinderei, einem Hund das Gesicht hinzuhalten, hinaus sein müsste. Wie schön, dass er hier war! Janna hob eine Hand, um ihn zu kraulen. Aber das war nicht Jimmys seidiges Fell, das fühlte sich an wie ledrige Warzen ... Janna zwang sich aufzuwachen und öffnete die Augen. Auf ihrer Brust saß der Leguan. O Gott, hatte er sie etwa abgeleckt? Sie lag starr, während sich das Tier auf ihr drehte. Der lange Schwanz streifte ihre Wange; der hässliche Lappen unter dem Kinn schaukelte hin und her. Anscheinend wollte Pizarro sich auf ihr sonnen. Nichts erinnerte mehr an das Unwetter, außer dass ihre Kleider dampften. Unter dem Bananenblattdach surrte und summte es wie zuvor, und das Wasser plätscherte leise gegen den Bootsrumpf. Das Gaffelsegel war gerefft. Es herrschte Windstille.

Sie hatte sich am Bug schlafen gelegt. Jetzt aber lag sie im Schatten des Daches. Hatte der Drachenherr sie etwa hierhergetragen? Er saß nah bei ihr, seitlich auf der Heckbank, und hatte ein Buch auf dem Schoß.

Ein Buch? Woher hatte der Halunke ein Buch? Natürlich, er hatte in ihrem Koffer geschnüffelt.

Sie wollte auffahren und ihn zurechtweisen. Aber jeglicher Protest würde an ihm abprallen, und sie fühlte sich noch zu müde für die nächste Auseinandersetzung. Außerdem war es ihr nicht geheuer, das Tier zu verscheuchen. Also hielt sie still und beobachtete ihn zwischen halb zusammengekniffenen Lidern. Dass sie erwacht war, schien er nicht bemerkt zu haben. Er blätterte interessiert. Aha, es war der erste Band von Baron Humboldts Südamerikareise. Reinmar hatte ihn ihr geschenkt. Darin berichtete der Gelehrte ausgiebig von seiner Atlantiküberquerung, von Gebieten im Norden und ihrer Pflanzenwelt, über christliche Missionen, die Sklaverei und so manche Eigenart der Indios. Bedauerlicherweise waren die Berichte über die Landschaften des Orinoco, die für Janna hätten nützlich sein können, erst für die Folgebände angekündigt. Ob der berühmte Naturforscher wohl auch einem so sonderbaren Mann wie dem Drachenherrn begegnet war?

Arturo betrachtete lange das Frontispiz, auf dem die Götter der alten Welt, Minerva und Merkur, die von den Konquistadoren besiegte Allegorie Amerikas, einen Mann im Gewand und mit dem Kopfschmuck eines Inkakönigs, tröstend aufrichteten. Mit dem französischen Text konnte er offensichtlich nichts anfangen. Er legte es beiseite, versuchte es mit Byrons *Pilgrimage* und der deutschen Übersetzung des *Robinson*. Angestrengt runzelte er die Stirn und bewegte seine Lippen. Wie alt war er eigentlich? Älter als fünfundzwanzig schätzte sie ihn nicht. Schließlich verstaute er die Bücher wieder im Koffer. Zu Jannas grenzenlosem Erstaunen nahm er Nadel und Faden zur Hand und nähte einen Riss in einem Kleidungsstück. Eine Schnur, die an der Pinne befestigt war, ruckte. Er legte das Nähzeug beiseite und holte sie ein. Ein Fisch zappelte am Haken. Ein schneller Schnitt mit einem der Messer an seinem Gürtel, und das Tier rührte sich nicht mehr. Auf der Heckbank nahm er es aus und filetierte es; die Abfälle flogen über Bord. Janna hörte, wie das Wasser in Wallung geriet, da Raubfische danach schnappten. Schließlich fädelte er die Stücke auf und band sie zum Trocknen an den Segelbaum.

Sein verwaschenes Hemd hing aus dem Bund seiner Kniehose. Über dem tiefen Ausschnitt sah Janna einige hell glänzende Narben mit rötlichen Rändern. Waren das etwa Brandnarben? Auch unterhalb eines Auges hatte er eine solche Narbe, wenngleich feiner und unauffälliger.

Was mochte da passiert sein? Wann und wo? Wer war er? Ein Strandräuber, der die Dinge, die er auflas, bei Indios gegen Nahrungsmittel eintauschte, so viel wusste sie inzwischen. Viel war das nicht. Lebte er in seinem Boot? Was bedeutete die Frau mit dem seltsamen Tier auf seinem Arm? War er früher zur See gefahren, wo man ja zu solchen Tätowierungen kam?

*Und vor allem: Warum stelle ich mir diese Fragen?*

*Weil man seinen Feind kennen muss,* gab sie sich die Antwort.

Und wie war es zu dem Gerücht gekommen, er sei ein Kannibale? Sie sagte sich, dass er, falls es stimmte, sie längst umgebracht hätte. Denn gewiss fand sich so zartes Fleisch nicht häufig auf seinem Speiseplan. Gott, wie albern das klang, wenn man darüber nachdachte. Wahrscheinlicher war, dass er es einmal aus Not getan hatte. Wie manche der Konquistadoren, als sie sich in unwirtlichsten Gegenden verirrt hatten.

Sie musste sich eingestehen, dass es nicht unangenehm war, ihm bei seinen Tätigkeiten zuzusehen. Er bewegte sich geschickt, geschmeidig; jede seiner Bewegungen verriet, dass er genau wusste, was er tat. Als Nächstes nahm er sich ein Seil vor, das er auf Beschädigungen prüfte. Ab und zu griff er beiläufig an die Ruderpinne, fast ohne hinzusehen, um den Kurs zu korrigieren. Aber das Segel – es war doch gar nicht gesetzt?

Janna fuhr so schnell auf, dass ihr schwindelte. Pizarro wieselte von ihr herunter.

«Wir treiben ja ab!»

Sein Blick war sofort finster. «Nein.»

«Nein? Wieso nein? Die Strömung bringt uns ans Meer zurück!»

Hart stieß er den Atem aus. «Dieser Weg macht eine Biegung in westliche Richtung.»

Janna sah sich um. Woanders wäre dieser Wasserlauf ein Fluss gewesen, doch hier in den unermesslichen Weiten des Orinocodeltas kam er ihr schmal wie ein Bach vor. Palmen warfen Schatten auf helle Sandstrände. So nah am Land war der Geruch wieder modrig, und treibende Zweige kratzten am Boot. Ein längliches Stück verwittertes Holz, das halb im Sand vergraben lag, weckte ihre Aufmerksamkeit. Es bewegte sich. Es war … Sie zuckte zurück.

«Das Krokodil tut uns nichts», sagte Arturo, ohne genauer hinzusehen. Wenigstens lenkte er das Boot jetzt aufmerksamer, doch das lag wohl eher an treibenden Ästen. Die Ufer rückten näher zusammen. Nun erst sah Janna, wie groß die Palmen, Moriche hatte er sie genannt, tatsächlich waren. Die fächerförmigen Blätter mit Hunderten langer spitzer Finger waren mehr als zehn Fuß breit. Manchmal bebten sie, und das kam nicht vom Wind. Affen schnatterten empört, als das Boot an ihnen vorüber in einen anderen Wasserweg glitt.

«Sind Sie sicher, dass Sie sich hier zurechtfinden?»

Und konnte es Reinmar? Oder die anderen, die hoffentlich mit ihm im Beiboot waren? Wenn nur auch Kapitän Vesterbrock gerettet war; er würde am ehesten wissen, wie man sich am Stand der Gestirne orientierte. Aber es war sehr unwahrscheinlich, dass die Pinasse genau denselben Weg genommen hatte. Das Delta war ein riesiges Labyrinth.

Der Drachenherr wies zur Antwort mit dem Kinn voraus.

Und wieder stand Janna der Mund offen. Was da zwischen den Bäumen zu sehen war, war ganz eindeutig ein Kirchturm.

Sie raffte ihr Kleid und stieg aus dem Boot. Dies war eine Mission. Und das bedeutete: Zivilisation! Ihr war danach, den Boden zu küssen. Endlich anständige Leute, und dann auch noch freundliche Männer Gottes. Rasch versuchte sie ihre strähnigen Haare zu ordnen und das zerknitterte Kleid halbwegs zu glätten. Dann schnappte sie ihr Köfferchen und lief los.

«Mädchen, warte!»

Wenn der Drachenherr tatsächlich glaubte, dass sie sich jetzt noch von ihm gängeln ließ, so hatte er sich geschnitten. Sie hielt auf einige morsch aussehende Bretter zu, die im Erdreich der Böschung als Treppe dienten.

«Bleib stehen, habe ich gesagt.» Sein Knurren dicht an ihrem Ohr erinnerte an ein Raubtier. Grob drehte er sie an der Schulter herum. «Du tust, was ich dir sage, Mädchen!»

Schwarze Augen unter ebenso schwarzen Brauen funkelten böse. Janna reckte das Kinn.

«Wehe!», rief sie. «Wehe, Sie werfen mich jetzt wieder ins ...»

Seine Hand schoss vor und legte sich auf ihren Mund. So fest gruben sich seine Finger in ihre Wangen, dass sie glaubte, ihre Kiefer würden unter dem Druck brechen. Vergebens versuchte sie seinen Arm fortzuschieben; unter den Nägeln spürte sie nichts als rohe Kraft. Der Zeigefinger seiner Linken schwebte warnend vor ihren Augen. Dann legte er ihn an seine Lippen.

Langsam löste er den Druck. Janna wagte keinen Mucks mehr. Tränen drohten sich zu lösen; mit aller Macht zwang sie sie zurück.

«Fällt dir denn nicht auf, dass es völlig still ist?», knurrte er, dann schob er sich an ihr vorbei und stieg die Treppe hinauf. Die Hand lag um den Säbelgriff an seiner Seite.

Was sollte denn dieses Getue, nur weil es ruhig war? Es war schließlich Nachmittag. Da hielt man in heißen Ländern ein Nickerchen. Siesta hieß das.

Sie raffte den Koffer auf, den sie vor Schreck fallen gelassen hatte, und eilte die Böschung hinauf. Der Weg wurde eben und schlängelte sich zwischen dichtem Unterholz hindurch. Fast hätte sie Arturo aus den Augen verloren. Sie duckte sich unter dem abgeknickten Blatt einer Bananenstaude hinweg und fand sich auf einem Dorfplatz wieder. Fünf Fachwerkhäuschen und eine kleine Kirche umstanden im Halbkreis einen Ziehbrunnen. Jedes besaß ein ordentlich angelegtes und umzäuntes Vorgärtchen.

Neben den Eingängen luden Bänke zum Verweilen ein. Von den tiefen Dächern abgesehen, die aus den riesigen Moricheblättern gefertigt waren, wirkte die Szenerie auf putzige Art vertraut. Wäre da nicht im Hintergrund eine Ansammlung gewöhnlicher Hütten und Unterstände gewesen, wie jene bei den Warao, und die sich in den Himmel reckenden Blätter einer Bananenplantage. Und die farbenprächtigen Aras, die sich einen Spaß daraus machten, mit Krallen und Schnäbeln im steilen, ebenso aus Blattwerk gefertigten Kirchturm herumzuklettern.

Auch von Missionen hatte der Baron erzählt. Christliche Missionare waren den Konquistadoren gefolgt, um das Wort Gottes zu verbreiten und den Einheimischen die spanische Kultur beizubringen. Was mehr oder weniger schlecht gelungen war. Viele Indios waren wieder gegangen oder geflohen. Reinmar war nicht hier, andernfalls würde Janna bereits in seinen Armen liegen. Er war wieder weitergefahren, falls er je hier gewesen war. Aber das würde sie sofort in Erfahrung bringen. Sie lief zum ersten der Häuschen. Ein rascher Blick über die Schulter: Arturo war beschäftigt; er betrat soeben mit halb gezogenem Säbel eines der anderen.

Unter Jannas klopfender Hand schwang die Haustür nach innen auf.

Das Erste, was sie sah, waren zwei haarige Füße in Sandalen. Ein braunes Ordensgewand. Der Mönch lag auf dem Boden.

Ein Mann schritt über ihn hinweg und griff nach ihr.

*Arturo!*, wollte sie schreien.

Sie brachte es nicht über sich, seinen Namen zu rufen. So blieb ihr nichts, als in ein kaltes, von zotteligen Haaren und einem wuchernden Bart umringtes Augenpaar zu blicken. Ein Messer blitzte dicht vor ihrem Gesicht auf. Was dann kam, begriff sie nicht: Arturo war plötzlich da – hatte sie doch nach ihm geschrien? – und ging mit der Hand dazwischen. Janna bekam einen Stoß und flog rücklings zu Boden. Strampelnd rollte sie herum, sprang hoch, hörte das hässliche Reißen des Kleides unter ihren Schritten und rannte. Hinter dem Brunnen wagte sie sich umzuwenden.

Der Angreifer, irgendein zerlumpter Strolch, lag in einem Kräuterbeet.

Zwei andere stürmten aus dem Haus. Brüllend und Macheten schwingend, stürzten sie sich auf Arturo. Janna presste die Augen zusammen. Ganz deutlich war zu hören, wie die Klingen in Fleisch schnitten.

Sie presste die Hand an den Mund und würgte. Eine leise Stimme riet ihr, in die Plantage zu flüchten. Doch ihre Knie waren wie aus Wasser.

«Mädchen, du kannst aufstehen.»

Ungläubig öffnete sie die Augen. Auf seinem Säbel glänzte Blut. Die Männer lagen übereinander und rührten sich nicht mehr.

Mit der freien Hand zerrte er sie hoch und stieß sie in die Kirche.

«Bleib hier, bis ich mich umgesehen habe», befahl er so leise wie bedrohlich, und sie nickte. Sie flüchtete zwischen Sitzbänken hindurch zum Altar aus grobgefertigten Ziegelsteinen und kauerte sich davor nieder. *Lieber Herrgott, nimmt das Elend denn gar kein Ende?*, warf sie der hölzernen Christusfigur an ihrem Kreuz vor. Ein ohrenbetäubendes Kreischen ließ sie zusammenfahren. Ein Ara empörte sich über ihr Eindringen. Der sonderbare Anblick eines tänzelnden Papageis auf dem Querbalken des Kreuzes half ihr, den Schrecken zu verdauen. Sie richtete sich auf. Das Innere des Kirchleins ließ die sonst übliche Pracht katholischer Andachtsräume vermissen, was der kargen Gegend geschuldet war. Trotzdem standen auf Wandpodesten allerlei Heiligenfigürchen, mehr oder minder geschickt aus edlen Tropenhölzern geschnitzt. Janna hockte sich auf eine Bank und knetete ihren gerissenen Kleidsaum. Ab und zu sah sie den Drachenherrn draußen herumlaufen.

Unwillkürlich pochte ihr Herz, als seine Gestalt den Eingang verdunkelte. So musste sich eine Indiofrau gefühlt haben, wenn plötzlich ein Konquistador mit gesenktem Säbel in ihrem Haus stand.

«Ist die Luft rein?», fragte sie.

«Die Luft ist wie immer.» Er winkte sie hinaus.

Janna zählte sieben Mönchsleichen, die er nebeneinandergelegt hatte. Ihre Gesichter waren von den Kapuzen bedeckt; andernfalls hätte sie diesen Anblick nicht ertragen. Sowieso war das alles vollkommen unwirklich – sie hatte sich doch eben noch im Paradies am Ende eines langen Leidensweges gewähnt?

«Was ist denn hier passiert? Wer waren diese Strolche?»

«Ich weiß es nicht. Banditen, Cimarrónes, Piraten. Jedenfalls Leute, die verzweifelt waren.»

«Und aus Verzweiflung haben sie gemordet?»

«Entweder waren sie auf der Flucht oder ausgesetzt worden. Anders verirrt man sich nicht in diese Einöde», erklärte er, und sie musste an Geoffrey denken, den britischen Matrosen, der auch so ein verzweifelter Mann gewesen und jetzt vielleicht tot war. «Und dann ist ihnen ein Menschenleben nichts mehr wert, falls es das vorher je gewesen war. Diese Männer hatten Hunger – die Küche ist geplündert. Wahrscheinlich waren es noch ein paar mehr, aber die sind inzwischen fort. Vielleicht waren es ja die Leute, die du suchst?»

«Was fällt Ihnen ein, das auch nur zu denken? Reinmar Götz ist ein anständiger, kultivierter Mann! Und sollten Matrosen bei ihm sein, die sich nicht anständig zu benehmen wissen, würde er sie schon zur Räson bringen!»

*Mit Ihnen würde er dasselbe tun,* fügte sie in Gedanken hinzu – was er ihr sicherlich von der Stirn ablesen konnte. Wenn Reinmar erfuhr, wie übel dieser Kerl sie behandelt hatte und es wahrscheinlich noch tun würde, würde er ihn zum Duell fordern. Nein, das bedauerlicherweise nicht; ein armseliger Pirogenbesitzer war nicht satisfaktionsfähig, daran änderte auch ein geklauter Offizierssäbel nichts. Aber bestrafen würde er ihn.

Er brachte sie in eines der Häuser. «Hier ist die Küche. Mach dich nützlich, Mädchen, und schau nach, ob noch Vorräte da sind. Ich sehe mich noch einmal um.»

Auch die Küche wirkte vertraut. Es gab einen Buffetschrank, einen großen Tisch, der in wassergefüllten Eimern steckte, wohl um Schädlinge abzuhalten, Stühle und eine lange Bank an der Wand. Aßen Mönche nicht in einem Speisesaal? Als Protestantin hatte sie von derlei Dingen keine Ahnung. Das schlichte Ameublement war mit dicken Wurmlöchern verschandelt und an den Füßen morsch. Und das, was sich wohl ehemals im Schrank und in den beiden Truhen befunden hatte, lag auf dem Boden verstreut. Janna tapste über Berge von Steingutscherben,

Glas, das aus den Türen des Buffets geschlagen worden war, hölzerne Teller und geflochtene Körbe. Sie schaute durch die aufgerissenen Türchen, zog Schubladen auf und fand bis auf davonhuschende Käfer und Spinnen immerhin ein Windlicht und Zubehör zum Feuermachen. Darin war sie allerdings nie gut gewesen. Mit einem Besen kehrte sie den Schutt zusammen und klaubte einige verlorene Früchte und Wurzeln auf. Sie fand auch rote Kerzenstummel, kleine, rot angemalte Holzkugeln, die wohl Äpfel darstellten, und Engelchen. Nur langsam dämmerte ihr die Bedeutung.

Sie sackte auf einen der Stühle und barg das Gesicht in den aufgestützten Händen. An Weihnachten war sie ins Unglück gestürzt, und an Weihnachten waren diese Männer gestorben. Ihre Schultern bebten, ihr ganzer Leib zitterte. Ein verzweifeltes Stöhnen kam aus ihrer Kehle; es klang wie ein Tierlaut. Vor sich selbst erschrocken, ließ sie die Hände sinken.

«Reiß dich zusammen», befahl sie sich.

Sie fuhr fort, Ordnung zu schaffen und alles, was unversehrt war, in Körben zu sammeln. Fast hätte sie einen Tontopf fallen lassen, als plötzlich eine Hand nach der Tischkante griff. Auf der Bank lag jemand! In der fahlen Düsternis hatte sie die in eine dunkelbraune Kutte gehüllte Gestalt nicht bemerkt. Ein dürrer Mönch versuchte sich aufzusetzen. Janna eilte um den Tisch. Sie wollte ihm helfen, doch er ließ sich wieder fallen. Offenbar war er nicht mehr Herr seiner Sinne. Sein Blick irrlichterte umher, ohne sie zu bemerken. Um seine Stirn lag ein Verband.

Sie kniete an seiner Seite. Der Leinenstreifen sah aus wie frisch angelegt. Arturo musste das vorhin getan haben.

«Dieser maulfaule Kerl!», schimpfte sie halblaut. Hätte er ihr nicht sagen können, dass hier ein Verletzter lag?

«¿Cómo está usted?», fragte sie. Zugleich fiel ihr Blick auf den Herrgottswinkel und das eingerahmte Tuch über der Bank, auf das ein Spruch gestickt war. *Alle Geschöpfe der Erde lieben, leiden und sterben wie wir, also sind sie uns gleichgestellte Werke des allmächtigen Schöpfers.*

Natürlich! Dass sie das nicht längst begriffen hatte: Dies war eine deutsche Mission! «Wie geht es Ihnen?», wiederholte sie ihre Frage. Ihr war, als sähe der Mönch sie an. Seine Lider sanken.

Blut tränkte den Verband. Hinter seinem Kopf stand ein Korb, aus dem Arturo sich bedient haben musste. Sie fand weitere, halbwegs saubere Leinenwickel. Vorsichtig löste sie den Verband. Eine schmale, sickernde Wunde teilte den ergrauten Haarkranz. Janna wickelte zwei Binden um den Kopf, wobei sie es kaum wagte, ihn anzuheben. So etwas hatte sie noch nie getan, doch sie kannte den Anblick verletzter oder verkrüppelter Männer; der war während der französischen Besatzungszeit auch einer behüteten Kaufmannstochter geläufig gewesen. Sanft ließ sie den Kopf sinken. Ob der Ordensbruder unter Schmerzen litt? Sie fand unter der Bank eine Kiste, die die Plünderer übersehen hatten. Darin befanden sich, in Leder eingeschlagen, noch mehr Verbandswickel, ein Kräuterbüchlein und ein paar kleine Fläschchen, deren Etiketten unleserlich waren. Und ein Kochbuch. *Coloniale Küche und ihre Eigenarten.* Zu jeder anderen Zeit hätte sie neugierig darin geblättert. Und wäre es ihr nicht wie Diebstahl vorgekommen, hätte sie es zu der kleinen Büchersammlung in ihren Koffer gesteckt.

Arturo betrat die Küche. Sofort verschwand sie um den Tisch herum auf den hintersten Hocker. Er beugte sich über den Mönch. War das Sorge in seinem Gesicht? Das war schwer zu sagen, denn die hereinbrechende Dämmerung warf tiefe Schatten in den Raum. Flüchtig strich er dem Alten über die Wange, dann entzündete er die Lampe. Was er nun tun sollte, schien er nicht so recht zu wissen. Schließlich setzte er sich auf einen Hocker.

«Sie haben hier Deutsch gelernt, nicht wahr?», brach sie das unangenehme Schweigen.

Er nickte zögernd.

Nun, das mochte erklären, weshalb er sie nicht siezte: Er war das nicht gewohnt, weil es die Brüder untereinander nicht getan hatten und Indios gegenüber sicherlich erst recht nicht. «Und die Mönche haben Ihnen diesen spanischen Namen gegeben?»

Er hasste es, dass sie Fragen stellte. Sein Gesicht spannte sich. «Ja.»

«Und wie kamen sie auf ‹Arturo›?»

Schwer schluckte er. Gleich würde er seinem Zorn freien Lauf lassen. Und sie in den Brunnen werfen.

Seine Lippen bewegten sich verkniffen, während er sich sammelte. «Mein indianischer Name klang so ähnlich», presste er hervor.

Das war alles? Irgendwie fand sie das traurig. Womöglich hatte er noch nie von der Artussage gehört. Aber so gut, wie er sprach, musste er schon recht lange hier leben. «Sind Sie hier aufgewachsen?»

Er nickte.

«Und Sie stammen von den Warao ab?»

«Nein.»

«Sondern?»

«Kariben.»

Kariben – über dieses Indiovolk hatte sie gelesen. Die großgewachsenen Kariben galten als kriegerisch; sie hatten selbst andere Stämme unterworfen, bevor die Spanier gekommen waren. Nach ihnen war die Karibik benannt. Ja, und sagte man ihnen nicht nach, dass es unter ihnen Kannibalen gab? Sie hätte es sich denken können: Natürlich floss das Blut dieses Volkes in seinen Adern und nicht etwa das der schmächtigen, fröhlichen Warao.

«Und warum …»

«Sind alle weißen Frauen so wie du?», unterbrach er sie scharf.

«Wieso, wie bin ich denn?»

«Neugierig. Bockig. Hochmütig.» Er ballte die linke Faust um ein Stück Tuch. «Nicht einzuschätzen.»

Janna warf den Kopf hoch. «Reden Sie von sich?»

Abrupt sprang er auf und schob sich zwischen Bank und Tisch. Sie duckte sich. Doch er kramte nur einen Lederbeutel und ein Tonfläschchen aus dem Verbandskorb. Er setzte sich wieder, holte Nadel und Faden heraus und zog das geknüllte Tuch von der Hand. Zwischen Daumen und Zeigefinger war ein blutiger Schnitt, den er sich zugezogen haben musste, als er die Angreifer abgewehrt hatte. Er gab aus dem Fläschchen eine Flüssigkeit darauf, die nach Essig roch. Zu ihrer Verblüffung begann er im Schein der Lampe die Wunde zu nähen. Die Art, wie der Schmerz ihn zwang, die Lippen über die Zähne zu ziehen, ließ sie an einen wütenden Wolf denken.

# 5. KAPITEL

Janna wappnete sich gegen den Anblick der Leichname und trat blinzelnd ins Freie. Doch wo die Männer gelegen hatten, schwirrten nur schillernde Fliegen, als suchten sie danach. Die Sonne stand bereits über den Palmwipfeln. Janna ging zum Brunnen und zog einen Eimer hoch. Das Wasser schmeckte erdig und war trüb; trotzdem spritzte sie es sich reichlich ins Gesicht. Sie sehnte sich nach Seife. In der Küche hatte sie keine gefunden, und in den anderen Häusern zu suchen erschien ihr pietätlos. Tief atmete sie die Luft ein, die wieder schwer und warm war. Seit wann schuftete der Drachenherr in der glühenden Sonne? Das Grab, das er hinter dem Kirchlein aushob, war mehrere Schritte breit und bereits knietief.

Noch in der Nacht musste er mit der Arbeit begonnen haben. Janna erinnerte sich, dass er das Moskitonetz über der Essecke aufgehängt und für sie eine Decke auf dem Tisch ausgebreitet hatte. Sie war auch sofort darauf eingeschlafen. Er selbst hatte die Nacht offenbar auf einem der Hocker verbracht. Und den Verband des Mönchs irgendwann erneuert. Janna ordnete ihr durchgeschwitztes Kleid und trat zwischen Blumenbeeten hindurch, denen man ansah, dass er die Männer hindurchgeschleift hatte. Er hatte sein Hemd über einen Ast geworfen. Seine schmalen Zöpfe schwangen auf seinem Rücken hin und her, während er die Schaufel in die sandige Erde stieß, das Blatt tiefer trat, den Griff umfasste und den Aushub kraftvoll auf einen Haufen warf. Seine Muskeln schienen mit dem Licht zu spielen, das sich auf seiner schweißnassen Haut spiegelte. Ab und zu schüttelte er die mit einem Verband umwickelte linke Hand aus.

Auch er hatte seinen Schrecken an diesem Ort davongetragen. Davon war zwar wenig zu bemerken, dennoch war es wohl angebracht, ein wenig netter zu ihm zu sein. *Großer Gott, dieser christliche Ort muss der Grund dafür sein, dass mir ein solcher Gedanke kommt.* Sie wollte sich mit einem Räuspern bemerkbar machen. Da warf er schon einen dunklen Blick über die Schulter.

«Ich möchte Ihnen helfen», sagte sie und rang sich ein Lächeln ab.

«Wobei?»

Ahnte dieser großgewachsene Klotz das wirklich nicht? «Beim Graben natürlich. Sie müssen müde sein.»

Er stieß einen Laut aus, der so ungläubig wie höhnisch klang, und arbeitete weiter.

«Ich sehe doch, dass Ihre Hand Ihnen zu schaffen macht.»

Diesmal ließ er sich immerhin dazu herab, sich aufzurichten. Er langte nach einem Zipfel seines Hemdes und wischte sich damit über das Gesicht. «Ich bin sicher, in deinem kühlen Land kann man sich viel Zeit lassen, die Toten unter die Erde zu bringen. Hier ist das anders.»

Sie musste sich eingestehen, dass er recht hatte. Und dass es ihr zuwider gewesen wäre. Nun meinte sie auch einen süßlichen Geruch wahrzunehmen, der von einem flachen palmblattgedeckten Hügel ausging. Sie kehrte in das Küchenhaus zurück, um zu sehen, ob der Mönch vielleicht erwacht war. Unter dem Spruch an der Wand hatte sie einen kleinen Namen entdeckt: Franziskus von Assisi. Also war der Mönch ein Franziskaner. Sie setzte sich an den Tisch und versuchte sich im Beten.

«Durst ...» Er hob den Kopf. Janna eilte, frisches Wasser zu holen, und hob das Moskitonetz an. Sie kniete neben dem Mönch. «Können Sie mich verstehen?»

Seine schmalen Lippen bewegten sich. Sie gab ihm zu trinken und tupfte die Tropfen von seinem Kinn. Plötzlich leuchtete Klarheit in seinen trüben Augen auf. «Ein Engel», murmelte er, glücklich seufzend. «Wenn's nur wirklich der Himmel wäre und nicht die Küche. Was ist ... Ah, mein Kopf.»

«Kein Himmel und kein Engel», erwiderte sie.

«Wie kommt ... eine Frau ...» Seine Züge bebten. Langsam ließ sie seinen Kopf auf das Kissen sinken, das Arturo ihm untergelegt hatte. «Ich bin Frater Christoph.» Er sagte es so leise, dass sie das Ohr dicht an seinen Mund halten musste. Gleichfalls wollte sie sich vorstellen; da stöhnte er so erbarmungswürdig, dass sie zurückzuckte. Der arme Mann musste furchtbare Schmerzen haben.

«Braune ... Flasche.»

Wie? Oh, sie verstand. Hastig kramte sie in dem Korb eines der Fläschchen hervor. Sie entkorke es und schnupperte. Ja, diesen Geruch kannte sie; man hatte dieses Mittel früher bei jeder Unpässlichkeit eingenommen. Sogar Gisela hatte es als Kind bekommen, wenn sie besonders quengelig gewesen war. Irgendwann hatte es geheißen, Laudanum sei schädlich, und sehr zum Verdruss Frau Wellhorns hatte der Vater es weggeschlossen. Janna hielt

Bruder Christoph das Fläschchen an den Mund. Schon nach zwei kleinen Schlucken war er eingeschlafen.

Sie stand auf und ordnete das Moskitonetz. Als sie Arturo bemerkte, erschrak sie. Sein Blick, seine ganze Ausstrahlung überschütteten sie mit Misstrauen. Er stellte eine Waschschüssel auf dem Tisch ab und schlüpfte unter das Netz. Janna wandte sich ab. Während er den Kranken wusch, redete er mit ihm, doch leise, und sie mochte nicht lauschen. Aber einen Blick über die Schulter wagen, das tat sie. Was ein Mensch wohl tun musste, um so sanft von ihm behandelt zu werden? Auch er sah über die Schulter. Ihre Blicke trafen sich; ihr Kopf ruckte wieder nach vorn, und sie knetete verärgert, dass er sie erwischt hatte, die Hände.

«Er hat mich aufgezogen», sagte er. Anscheinend hielt er es für nötig, sein sonderbares Verhalten zu erklären.

«Schwer …» Janna räusperte sich. «Schwer vorstellbar, dass Sie in diesen Häusern groß wurden.»

Sie hörte das Netz rascheln. Wasser tropfte, als er den Waschlappen auswrang. «Gewohnt habe ich in einer der Hütten dahinten.»

«Sind Sie Katholik?»

«Kann man hier etwas anderes sein? Das Bild auf meinem Arm ist Maria Lionza, die Mutter Gottes. Ich habe mein Boot nach ihr benannt. Ist deine Neugier jetzt befriedigt?»

Nicht, wenn er so redselig war. Das musste sie ausnutzen.

«Wie kam es hier zu dieser Mission?»

«Sie entstand mit den Welsern. Die sind einer Frau, die so viele Bücher besitzt, sicher ein Begriff.»

Immerhin noch eine Antwort, wenn auch auf seine gewohnt bissige Art. *Wenn Sie wüssten, wie viele ich daheim habe,* dachte sie ebenso giftig. «Nein, leider habe ich über die Welser noch nichts gelesen.» Das war eine glatte Lüge, aber, zum Kuckuck, er sollte reden. «Wenn Sie bitte so freundlich wären und es mir erklären würden?»

Er zögerte. Sie glaubte förmlich zu hören, dass es ihn ärgerte, sich mit dem Anschneiden des Themas eine Bringschuld aufgeladen zu haben. «Die Welser waren eine bedeutende Familie aus deinem Land. Spanien hatte ihnen erlaubt, über Venezuela zu herrschen.»

«Und was hatten die Spanier davon?»

«Sie bekamen Geld für die Rechte und später Gold und Sklaven.»

«Also haben einstmals deutsche Händler als Spaniens Statthalter über dieses Land geherrscht?» Bis sie auf der Suche nach Gold umgekommen waren, das wusste sie ja. «Aber doch nicht im Delta?»

«Nein, es ist zu unwirtlich.»

«Aber den Franziskanern war es nicht zu unwirtlich?»

Allmählich war es ihr zu dumm, ihm den Rücken zuzukehren. Noch immer kniete er an Frater Christophs Seite. Seine Hand lag an der Wange des Alten. Sein Blick war weich. Dann bemerkte er, dass sie ihn beobachtete; ruckartig stand er auf und ordnete den Inhalt des Kastens.

«Sie wollten unter den Warao ihren Glauben verbreiten und was sie ihre Kultur nennen. Aber hier im Delta gelang das nicht. Trotzdem hat man die Mission nie aufgegeben. Vielleicht gerade deshalb. Sie stand schon oft leer. Weißt du, Mädchen ...», in seinen Worten schwang wieder dieser höhnische Ingrimm mit. «Man kann überall auf viele Arten sterben: durch Krankheiten, Tiere, Räuber. Hier kommt noch die Macht des Deltas hinzu. Du hättest besser bleiben sollen, wo du hergekommen bist.»

«Räuber, ach ja? So wie Sie einer sind? Tun Sie nicht so, als sei ich von einem paradiesischen Flecken hierher in die Hölle geraten. Ich komme aus einer vom Krieg gebeutelten Stadt. Ich habe auf deutsche Art reiten gelernt. Und meine Mutter starb bei meiner Geburt – ein Vorgang, den eine zähe Wilde hierzulande sicherlich leichter übersteht. Also geben Sie nicht so mit Ihren Gefahren an, ja?»

Himmel, was brachte sie dazu, ihm so etwas zu erzählen? Sie lief hinaus.

Der Leichengeruch war verschwunden; die Männer waren unter der Erde. Es wäre wohl angemessen gewesen, an den Gräbern zu beten. Doch es zog sie hinaus auf die Plantage. Verwilderte Bananenstauden, doppelt mannshoch, mit riesigen Blättern, beschatteten die Hütten. In welcher mochte Arturo gelebt haben? Janna betrat die erstbeste und fand nur eine alte Hängematte und von Tieren hinterlassenen Unrat, sonst nichts. In den anderen sah es nicht besser aus. Sie befingerte eine Hängematte, die noch stabil aussah. Ihr war aufgefallen, dass die Warao-Herrin nicht längs darin gelegen hatte, sondern quer. Janna tat es ihr nach, stieß sich mit dem Fuß vom Boden ab und schaukelte. Das war wirklich sehr bequem. Sie dachte an Oma Ineke, die für sie die Mutter ersetzt hatte. An die Zähigkeit der alten Dame und daran, dass sie einmal gesagt hatte, alle Siever'schen Frauen seien so. Deshalb hatte sie auch nichts dagegen gehabt, dass Janna nach Südamerika ging. *Dich wird schon nichts umhauen*. Na, wenn die Oma sie nun sehen könnte!

Aus Richtung der Küche kam ein gequälter Aufschrei.

Janna setzte sich auf. Sie ahnte, was geschehen war.

* * *

Sie machte sich tunlichst unsichtbar, während er am Grab von Frater Christoph Abschied nahm. Hinter der Kirche hörte sie ihn in einer fremden Sprache reden. Er klang wütend, dann brach seine Stimme, und das folgende Schweigen hörte sich nach dem verzweifelten Kampf an, die Fassung zu bewahren. Waren es wirklich nur Tränen, die er zu unterdrücken versuchte? Oder den Drang, seiner Verzweiflung Luft zu machen, indem er mit seinem Offizierssäbel um sich schlug? Vor Jahren hatte sie auf der Straße gesehen, wie eine Frau sich über einen toten Soldaten geworfen hatte, dann wieder aufgesprungen und jene, die ihn ihr gebracht hatten, mit den Fingernägeln angegangen war. Ob es ihr gelungen war, ihnen die Gesichter zu zerkratzen, hatte Janna nicht gesehen – Frau Wellhorn hatte sie rasch weitergezogen.

Der Durst trieb sie zum Brunnen. So leise wie möglich zog sie einen Eimer des erdigen Wassers herauf. Arturo kam vom Friedhof und verschwand in der Kirche. Den Geräuschen nach stellte er das Innere auf den Kopf. Janna zuckte zusammen, als eine Bank herausflog. Eine zweite folgte. Dann hörte sie Hammerschläge. Worte, die wie Flüche klangen. Als er herausstapfte, floh sie in ein Gebüsch und raffte einen losen Ast auf.

«Mädchen, komm heraus!», schrie er.

«Ich denke nicht daran!»

Plötzlich war er da, packte sie am Kragen ihres Spenzers und zerrte sie zurück auf den Dorfplatz. Den Ast riss er ihr aus den Händen und warf ihn fort. «¡Carajo!», zischte er einen unziemlichen Fluch. «Was soll das?»

Sie krümmte die Finger. Ihre Nägel waren längst nicht mehr glatt. Er würde es spüren.

Zum Brunnen wollte er sie zerren. Zum Brunnen! Sie schlug nach ihm; es gelang ihr, einen roten Strich über seine Wange zu ziehen. Eine Sekunde später flammte ihre eigene Wange von der kräftigsten Ohrfeige ihres Lebens.

«Hier», er stieß ihr ein Blatt Papier vor die Brust. «Lies mir das vor.»

Das Blatt flatterte in ihren zittrigen Fingern. Sie musste erst die Schmerzen und die Tränen wegblinzeln. Verwirrt starrte sie darauf, während er sich einen Eimer Wasser über den Kopf schüttete, um den Schweiß seiner Arbeit abzuwaschen. Es war kein Papier, sondern ein altes Pergament, das an den Falzkanten auseinanderzubrechen drohte.

«Was soll das sein?»

«Die Lage eines Goldschatzes.»

«Bitte?» Sie ließ den Bogen sinken. Das musste ein Scherz sein. «Wie …»

«Du sollst keine Fragen stellen, Mädchen, sondern lesen.»

«Aber das geht nicht so ohne weiteres!»

«Warum nicht?»

«Herrgott noch mal – weil das hier ein paar Jahrhunderte alt zu sein scheint, und damals pflegten sich die Leute *etwas* anders auszudrücken als heute! Daher könnte alles, was Sie darüber wissen, hilfreich sein!»

Er baute sich vor ihr auf. So dicht, dass er sie fast berührte. In ihm brodelte die Ungeduld. Das Schaufeln der Gräber hatte dafür gesorgt, dass sich seine vielen Nackenzöpfe gelöst hatten und ihm die blauschwarzen Strähnen wild um die Schultern fielen. Das Brunnenwasser troff über sein schmutziges Gesicht und seine nackte Brust.

Janna konnte nicht anders, als den Kopf in den Nacken zu legen und ihn anzustarren wie ein Tier, das vom Blick einer Schlange gebannt wurde. Er roch nach Schweiß, Erde und Mann. Ihre Nasenflügel bebten.

Er sagte etwas, das nicht durch die Watte in ihren Ohren drang. Sie keuchte auf, als seine Hand in ihren Nacken fasste und sie schüttelte.

«Hör gefälligst zu, ich werde die Geschichte nicht wiederholen. Frater Christoph hat sie mir erzählt, als ich noch ein Junge war. Irgendwann vor langer Zeit kam ein Mann aus dem Landesinneren. Hier schrieb er diesen Brief an die Welser, und dann starb er an einem Fieber. Den Brief bewahrten die Franziskaner auf, bis er irgendwann in Vergessenheit geriet. Frater Christoph hatte ihn in irgendeinem alten Eisenkasten wiedergefunden. Er verriet mir damals, dass er die Lage eines Schatzes beschreibt. Nur herausrücken wollte er den verdammten Brief nie. Genügt dir das, Mädchen?»

Er trat wieder an den Brunnen und zog noch einen Eimer mit Wasser herauf, das er sich über den Körper goss.

Janna betrachtete das alte Pergament. «Und jetzt hat er Ihnen den Brief endlich auf dem Sterbebett gegeben?»

«Er hat mir nur verraten, wo er versteckt war. Ich hatte gehofft, er sagt mir noch, was er darin gelesen hat, aber leider war er dazu nicht mehr in der Lage.»

Aha, das also war der Grund seines Rumorens in der Kirche gewesen; dort irgendwo war das Pergament verborgen gewesen. «Und jetzt wollen Sie diesen Schatz holen?»

Darauf gab er keine Antwort, aber das war auch nicht

nötig; sie konnte sich die vollständige Geschichte zusammenreimen: Vermutlich träumte dieser habgierige Kerl seit langem davon, den Schatz an sich zu bringen. Frater Christoph hatte ihm den Brief vorenthalten, weil er gewusst hatte, dass sein Schützling dann gehen würde. Oder aus anderen gewichtigen Gründen – vielleicht war das Unternehmen zu gefährlich; vielleicht …

«Vielleicht hat sich einer der Mönche diese Geschichte ausgedacht und den Brief gefälscht», sagte sie. «In einer so abgelegenen Gegend kommt man sicher leicht auf solche Ideen.»

Arturo warf die Haare zurück. Wassertropfen spritzten in Jannas Gesicht. Aus schmalen Augen musterte er sie, dass ihr wieder ganz anders wurde. Er ging in eines der Häuser und kehrte mit einem Gegenstand zurück, der sich bei näherer Betrachtung als eine uralte Armbrust entpuppte.

«Dies gehörte dem Mann.» Er strich über die brüchige Waffe in seinem Arm. «Frater Christoph gab sie mir und heizte damit meine Neugier an. Eine Zeitlang habe ich damit Krokodile gejagt. Aber den Mönchen war das Fleisch nicht geheuer, und die feuchte Hitze setzte der Waffe zu. Sie ist nicht mehr zu gebrauchen.»

Janna versuchte sich vorzustellen, wie er auf seiner Piroge stehend selbstgeschnitzte Armbrustbolzen auf Krokodile schoss. Bei keinem anderen Mann wäre es ihr gelungen. Bei ihm mühelos.

Die nächsten Stunden verbrachte sie auf einer der schattigen Bänke vor den Häusern, den eigenartigen Brief auf dem Schoß. Arturo brachte ihr ein Buch, von dem er annahm, dass es ihr helfen könne. *Eldorado,* stand in geschwungenen Lettern auf dem Einband. *Die Legenden des Goldenen Mannes und der Abenteurer, die ihn suchten und dabei ihr Leben und ihre Seelen ließen.* Die abgegriffenen Seiten verrieten, dass oft darin gelesen worden war. Von Arturo? Der hatte wahrscheinlich nur geblättert und die Stiche darin betrachtet. Sie las von Hernando Cortés, der das Reich der Azteken zu Fall gebracht hatte, und von Franzisco Pizarro, dem Schweinehirten, der die Inkas besiegt hatte. Sie las von den Kammern voller Gold des Inkakönigs Atahualpa und dass ihn dieses gewaltige Lösegeld doch nicht vor der Garotte bewahrt hatte. Sie las von den Chibcha, die ihren König mit Goldstaub einpuderten, damit er zum Abglanz der Sonne wurde; von Goldgruben bei Maracaibo und von einer geheimnisvollen weißen Stadt in den Bergen von Honduras. Sie las von besessenen Männern, welche auf der Suche nach all dem Gold durch gefährliche Urwälder marschiert waren. *… der Tod war immer bei ihnen, sei es durch reißende Bergflüsse, gefährliche Sümpfe, wildes Getier, giftige Schlangen, tückische Wilde oder den Zorn ihrer eigenen Schwerter, wenn der Wahnsinn sie überkam.*

O ja, Arturo hätte wunderbar in ihre Reihen gepasst.

Er ließ sie sich in Ruhe festlesen und wieder und wieder das Pergament studieren. Als sie hochschrak, da er plötzlich vor ihr stand, war die Sonne fast hinter den Wipfeln verschwunden.

«Und?», fragte er.

Sie legte das Buch in den Schoß und betrachtete noch einmal den Brief. Die unruhige, längst verblasste Tintenschrift ließ jetzt noch die Erregung des Schreibers erahnen.

Gerne hätte sie seinen Namen erfahren. Doch den hatte sie nicht gefunden. «Der Schatz liegt unter dem Orinoco.»

«Unter dem Orinoco?»

«So steht es hier: ‹Der Fluss schoss über mein Haupt hinweg, sodass ich mein eigenes Wort nicht mehr verstand.› Er beschreibt eine Höhle mit rot gebänderten Felswänden und Tongefäßen, in denen mumifizierte Indianerleiber bestattet waren. Eine Grabstätte. Dort versteckte er das Gold in einer schmalen Felsspalte und legte Steine darauf. Und der Ort, wo das war, soll in der Nähe der Mission des heiligen Vinzenz von Saragossa liegen.»

«Und weiter?»

«Er berichtet von der Herkunft des Schatzes. Der Trupp, zu dem er gehörte, stieß auf eine Häuptlingstochter mitsamt ihrer Eskorte. Sie hatte das Gold nach Cajamarca bringen sollen, wo Atahualpa gefangen gehalten wurde. Ihre Krieger wurden getötet, sie selbst von dem Befehlshaber des Trupps gefangen genommen. Der war ein deutscher Konquistador, der im Dienst der Welser stand. Die Indiofrau brachte ihn um, als er schlief. ‹Sie floh mit dem Schatz in den Tod›, steht hier – was immer das heißen mag. Die Männer fanden ihre Leiche und zerstückelten sie. Dann machten sie sich ostwärts auf, um den Schatz dem Herrn der Welser zu bringen. Aber einer nach dem anderen kam dabei um. Bis nur noch einer übrig war, der das Gold versteckte.» Sie hob den Brief. «Eben der, der das hier schrieb.»

«Erzähl weiter.»

«Er entschuldigt sich, dass er wegen seiner körperlichen Schwäche und weil er allein war, den Schatz nicht mitnehmen konnte.» Janna ließ das Pergament sinken. «Der Mann muss die ganze Zeit am Tropenfieber gelitten haben …»

«Weiter!»

«Nichts weiter.» Sie begann an ihren zerstochenen Handrücken zu kratzen. «Mehr habe ich nicht herauslesen können.»

«Habe ich das richtig verstanden? Er verriet, wie der Ort aussah, wo er den Schatz versteckte, aber nicht, wie man ihn findet?»

«So ist es.»

«Mädchen, wenn du mich anlügst …»

«Das tue ich nicht!»

«¡Carajo!», fluchte er. «Was hat er sich dabei gedacht?»

Diese Frage hatte sich Janna ebenfalls gestellt. «Wahrscheinlich wollte er das noch schreiben – bevor ihn das Fieber dahingerafft hat. Der Brief ist nicht mehr unterzeichnet worden.»

Arturo setzte sich an ihre Seite. Sie presste sich dicht an die Armlehne der Bank, um zu verhindern, dass seine nach Männerart gespreizten Schenkel ihr Knie berührten. Vermutlich begann er bereits seine Ein-Mann-Expedition zu planen. Trotz allem. Hier gab es ja wohl auch nichts mehr, was ihn hielt.

«Sie verdanken mir das Wissen, dass flussaufwärts ein Schatz auf Sie wartet. Dafür könnten Sie mich nach Angostura bringen, finden Sie nicht auch?»

Er schnaubte. «Zu fordern hast du gar nichts, denn dein Wissen ist spärlich. Eine Mission des Vinzenz von Saragossa gibt es bis weit hinter Angostura nicht. Wer weiß, wie lange man den Fluss hinauffahren muss, um sie zu finden.»

«Was nichts daran ändert, dass Sie ohne meine Hilfe noch nicht einmal wüssten, in welche Richtung Sie aufbrechen müssten.»

Abrupt stand er auf, beugte sich über sie und stieß ihr den Finger vor die Brust, dass es wehtat. «Du verdankst mir dein Leben, hast du das vergessen?»

Sie sprang hoch. «Dafür haben Sie sich mit meinem Schmuck ja schon selbst entlohnt!»

Sein schwarzer Blick loderte; wütend entblößte er die Zähne – es fehlte nur, dass er fauchte wie eine Raubkatze. «Da ich an Angostura vorbeikomme, lasse ich dich dort heraus. Morgen früh brechen wir auf.» Er wandte sich ab und stapfte in die Küche.

Ein bohrendes Gefühl der Furcht machte sich wieder in Jannas Magen breit. Keinen Augenblick durfte sie vergessen, dass er ein Wolf war. Keinen Augenblick.

* * *

Zwei Reisetage später sah sie ihre wunderschöne Granatrose in den schmutzigen Händen eines Mannes verschwinden, der an Zwielichtigkeit Arturo noch übertraf. Wie auch alle anderen Bewohner dieses Dorfes. Oder war es nach hiesigen Maßstäben schon eine Stadt? Die Menschen lebten im Schatten einer zerfallenen Festung der Spanier. Es gab eine Reihe von Ziegelhäusern und etliche schäbige Hütten und Zelte. Mischlinge, Schwarze und Indios bevölkerten die einzige Gasse. Arturo hatte Janna angewiesen, nicht aus dem Boot zu steigen, und sie hätten auch keine zehn Pferde aus der *Maria Lionza* herausgeholt. Er kehrte mit Beuteln voller Proviant, zwei Messern, einem Kompass und Segeltuch zurück. Noch beim Ablegen sah Janna über die Schulter, wie der fette Kerl, der mit seiner bunt zusammengewürfelten Kleidung an einen Piraten erinnerte, einer leichtbekleideten Mulattin die Kette mit der Rose um den Hals legte.

«Das werden Sie bereuen», presste Janna zwischen bebenden Lippen hervor.

Japsend holte sie Luft, als ihr Kopf wieder außer Wasser geriet. Arturo packte sie am Kragen ihres Jäckchens und hievte sie zurück ins Boot. Dann kniete er neben ihrem zitternden Körper und hielt ihr das ekelhafte braune Zeug unter die Nase. «Gehorchst du jetzt, oder soll ich dich noch einmal in den Fluss werfen?»

«Sie … Sie … Widerling», keuchte sie. Mühsam schob sie sich in eine sitzende Haltung und lehnte sich schwer atmend an den Mast. Arturos ausgestreckte Hand folgte ihr. «Sie Widerling!», fauchte sie, langte in die schmierige Pampe und strich sie sich ins Gesicht, aufs Dekolleté und auf die Hände. Daran, dass er den Tabak selbst zerkaut und vor ihren Augen auf seine Hand gespuckt hatte, durfte sie nicht denken, sonst würde ihr übel.

«Du wirst mir noch dankbar sein», sagte er spöttisch und setzte sich wieder an die Ruderpinne, um die *Maria Lionza* zurück auf Kurs zu bringen.

Das Zeug war unangenehm auf der Haut. Aber sie musste ihm recht geben: Die Moskitos, die wie üblich unter dem Bananenblätterdach versammelt mitfuhren, ließen sie in Ruhe. Inbrünstig ersehnte sie, dass die Plagegeister sich stattdessen auf ihn stürzen würden. Aber für ihn interessierten sie sich nicht. Die Welt war ungerecht.

Es gab noch mehr heruntergekommene Orte, je weiter sie westwärts kamen. Keinen steuerte er mehr an; ja, sie hatte den Eindruck, dass er ihnen aus dem Weg ging.

Mehr als einmal sah Janna eine spanische Festung, ein wuchtiges Bollwerk aus Ziegeln und Stein, die Kanonen zwischen den Zinnen flussabwärts ausgerichtet. «Sie entstanden zum Schutz gegen einfallende Piraten», erklärte Arturo auf ihre Frage.

Diese Festungen wirkten mit ihren von Moos und Flechten und den Schmutzlinien vergangener Hochwasser überzogenen Mauern wie Relikte alter Zeiten. Würde nicht Spaniens Flagge über den Festungstürmen wehen, hätte sie geglaubt, dort sei kein Mensch.

Der Fluss verbreiterte sich zu einem riesigen, von Sandbänken durchzogenen See. Janna entdeckte große Segler, Einmastsegler, Fischkutter bis hinunter zu Einbäumen. Sie alle flirrten in der Hitze wie Fata Morganen. Keinem kam Arturo nahe genug, dass sie um Hilfe hätte rufen können. Aber sie hielt es nun vier Tage mit dem Drachenherrn aus – da würde sie den Rest auch noch schaffen. Einmal, als der Fluss wieder schmaler wurde, erblickte sie am südlichen Ufer sogar eine Stadt, eine richtige diesmal, mit einem langen Kai und einer Kirche. Sie versuchte sich die Karte des Landes in Erinnerung zu rufen. Rechts des Flusses erstreckte sich die Provinz Cumaná bis zur nördlichen Küste, links das Hochland von Spanisch-Guayana. Bei der Stadt musste es sich um San Félix handeln. Auf ihre Frage, weshalb er sie dort nicht einfach an Land ließ, antwortete er nur mit einem Knurren. Nun, er segelte immer in der Nähe des nördlichen Ufers, und den Fluss zu überqueren wäre gewiss ein Kraftakt. Aber lag Angostura nicht auch auf der anderen Seite?

Bei Windstille ankerte er am Ufer, beschäftigte sich mit dem Pflegen seiner Ausrüstung, angelte oder bereitete eine

Mahlzeit zu. Sein Geschick, seine Sicherheit, bei allem, was er tat, beeindruckte Janna nach wie vor. Zur Mittagszeit legte er sich schlafen. Und sie sann darüber nach, wie es wäre, wenn sie an seiner Statt segelte, sodass sie keine Zeit verlieren mussten. Sie hatte ihm vorgeschlagen, es ihr zu zeigen. Als Hamburger Deern käme sie damit gewiss zurecht. Doch er hatte ihr Ansinnen mit üblicher Ruppigkeit abgewiesen. Stattdessen ließ er sie einen Riss im Segel nähen.

Der Fluss wurde zusehends belebter. Dörfchen und Haziendas waren hier und da zu sehen. Nach drei weiteren Tagen kam an einem schmalen Abschnitt die nächste Stadt in Sicht.

Angostura. Es konnte nur Angostura sein. Winzig im Vergleich zu Hamburg. Hierzulande die größte Stadt weit und breit.

Jannas Brust wurde heiß, und eine Faust schien von innen gegen ihre Rippen zu drücken. Vorfreude fühlte sich so an. Angst ebenso. Diesmal jedoch war es regelrecht Hitze.

*Wenn sie nur alle am Leben und dort sind,* flehte sie inbrünstig. *Frau Wellhorn, Pater Jensen … Reinmar.*

Er war es. Ja. Es fühlte sich ganz untrüglich an.

Arturo hatte sich auf dem Deck ausgestreckt. Auf ihm lag Pizarro und genoss mit halbgeschlossenen Augen das Heben und Senken der menschlichen Brust. Ab und zu blinzelte der Leguan, wenn wieder einmal eine besonders lästige Mücke seinen Kopf umschwirrte. Janna blätterte eine Seite ihrer Lektüre um. Ob Arturo sie wohl heimlich beobachtete, wie sie es einmal getan hatte? Dachte er über sie nach, so wie sie über ihn? Sie vermied es, auf seine Lider zu blicken, ob sie wirklich ganz geschlossen waren.

Sogar entspannt vermittelte sein Körper ungezügelte Wildheit. Das lag nicht nur an seiner Größe, an der Sehnigkeit und den Muskeln, sondern auch an den Bartstoppeln, die inzwischen seine untere Gesichtshälfte bedeckten. Eigentlich schade, dass eine so prachtvolle Kreatur, eher ein Tier als ein Mensch, im Gefängnis enden würde.

Die baldige Rückkehr in Reinmars Arme machte sie so froh, dass sie erwog, diesen Mann sogar zu belohnen, statt ihn verfolgen zu lassen. Vielleicht mit einer niederen Arbeit auf dem Gestüt. *Dann könnte sogar noch ein anständiger Bursche aus ihm werden*, überlegte sie. Welch ein absonderlicher Gedanke! Diesen Mann musste man sein seltsames Leben leben lassen; er war für die Gesellschaft verloren.

«Dort drüben ist Angostura», sagte sie laut.

Er öffnete die Augen. Sein wacher Blick verriet, dass sie sich nicht getäuscht hatte: Er hatte nicht geschlafen. Gemächlich schob er Pizarro herunter und hockte sich wieder an seinen gewohnten Platz. Als hätte er geahnt, dass sie über seinen Bart nachsann, holte er aus einem Lederetui ein Rasiermesser und ein bröckeliges Stück Seife. Seife? Die musste er bei diesen Leuten eingetauscht haben; zuvor hatte er sich immer nur gewaschen, indem er mitsamt Kleidern in den Fluss gesprungen war. Er verrieb die angefeuchtete Seife zwischen den Händen, schmierte sich das Gesicht ein und schabte die Bartstoppeln herunter. Dass Janna ihn dabei sehnsüchtig beobachtete, kümmerte ihn nicht. Keinesfalls würde sie um dieses Stück Seife bitten. Sie hätte es ohnehin nicht über sich gebracht, die vor Schmutz und Schweiß starrenden Stoffschichten abzulegen. Schlimm genug, dass sie einen Topf unter sich halten musste, wenn ein Bedürfnis sie plagte. Wenigstens blieb ihr die Schande erspart, sich auf diesem Boot mit den monatlichen Vapeurs herumplagen zu müssen – die würden erst in einer Woche so weit sein. Oder doch heute schon? Janna presste eine Hand in ihr schmerzendes Kreuz und reckte sich. Aber ihr tat auch der Kopf weh. Und ihr war noch heißer als ohnehin schon. Plötzlich war ihr alles egal. Sie zerrte den engen Spenzer von den Schultern und schob das Kleid bis zu den Knien herauf.

Der Hitze war Kälte gefolgt. Sie lag in eine Decke gehüllt und schlotterte. Der Geruch des Erbrochenen in einer Schüssel, die neben ihr stand, stach ihr unangenehm in die Nase. Eine raue Hand legte sich auf ihre Stirn. Die Kraft, sie fortzustoßen, hatte sie nicht. Sie wollte nur schlafen. Oder sterben. Ja, zu sterben war besser, als sich hilflos unter den Augen dieses Halunken zu winden. Er hob ihren Kopf an und wollte ihr etwas Bitteres einflößen. Sie spuckte es aus. Er überschüttete sie mit zornigen Worten. Dann war mit einem Mal Reinmar hinter ihm, packte ihn an der Schulter und zerrte ihn hoch. Arturo zog seinen Säbel, Reinmar einen Degen. Die Klingen klirrten; das Hemd des Drachenherrn färbte sich rot. Reinmar stieß den Sterbenden von sich und beugte sich über sie. *Bedauerlicherweise bilde ich mir das nur ein,* dachte sie. Natürlich war es der Mann mit den blauschwarzen Zöpfen, die über seine Schultern nach vorne fielen und sie zu berühren drohten. Sie nahm schwachen Seifenduft wahr.

# 6. KAPITEL

Reinmar griff nach dem Vatermörderkragen, legte ihn sich um den Hals und knöpfte ihn am Hemd an. Er musste sich sputen, denn der vorige Besitzer der Hazienda war zum Mittagessen eingeladen. Sein Magen knurrte, denn er hatte das Frühstück, das man hierzulande zu nachtschlafender Zeit einnahm, ausfallen lassen. An den anderen Tagesablauf, der ihm nicht wie sonst erlaubte, bis um neun Uhr zu schlafen, würde er sich erst gewöhnen müssen. Hier ging immer die Sonne am frühen Morgen auf und am frühen Abend unter. Außerdem mutete es die Leute befremdlich an, wenn ein Mann zwei Stunden für seine Morgentoilette benötigte.

Was waren schon zwei Stunden? Früher hatte er es gelegentlich auf vier gebracht – eine Frau wie Johanna Sievers war es schließlich wert, dass man bestmöglich gekleidet und duftend vor sie trat.

Es erschien ihm wie Hohn, dass Janna verloren war, er jedoch seinen Kleiderkoffer gerettet hatte. Vielmehr Kapitän Vesterbrock; der hatte ihn am Strand gefunden. Einiges war vom Salzwasser ruiniert gewesen, doch einige seiner Lieblingsstücke hatten das Unglück überstanden. So auch das blütenweiße Tuch, das er sich nun um den Hals legte. Ebenso seine Sammlung kostspieliger Brokatwesten. Er wählte eine dunkelrote mit chinesischem Muster. Sie saß nicht zu fest auf seinem straffen Bauch, wie es sich gehörte – auf das Korsett, das er zwar besaß, aber noch nie benutzt hatte, würde er noch lange verzichten können. Dann schlüpfte er in den samtenen schwarzen Überrock und nahm sich Zeit, alles zu ordnen. Derweil betrachtete er sich in dem mannshohen Spiegel seines neuen Schlafzimmers.

Das Ritual des Aufputzens kam ihm schal vor. Früher hatte er es in dem Bewusstsein getan, einer schönen Frau zu begegnen: Janna. Auch an den Tagen, da er sie nicht sah. Denn ein Mann, ein Dandy, wie sie ihn verliebt genannt hatte, musste stets gerüstet sein, einer Frau zu gefallen. Und konnte sie nicht heute zur Tür hereinkommen? Er war darauf vorbereitet. Es half ihm, den Glauben, dass sie überlebt hatte, nicht zu verlieren. Jeden Tag, jede Stunde sagte er sich, dass sie lebte, wohlauf und auf dem Weg zu ihm war. Er sagte es mit der gleichen Entschlossenheit, die ihn hierher nach Venezuela geführt hatte.

Nur: Wo mochte sie jetzt sein? Frau Wellhorn hatten sie am Strand gefunden; auf einem dicken, vermoderten Ast hatte sie gesessen, ihre Schuhe mit beiden Händen umklammert, als stürme noch der Wind, und Luthers Lied von der festen Burg gesungen. Weder hatte sie gewusst, wie sie dorthin gekommen, noch was aus Janna geworden war. Irgendwo war die Jolle an Land getrieben, so viel war gewiss. So leicht ging ein Boot nicht unter; davon abgesehen hatte er sich entschieden, es zu glauben. Auch dass sie dann wie er auf Indios gestoßen war, die auf schwimmenden Plattformen in erbärmlichen Hütten wohnten und allesamt zwar wunderlich, doch auch gastfreundlich gewesen waren. Außerdem waren der Pastor und die Matrosen hoffentlich noch bei ihr. Reinmars Versuche, sie zu finden, waren bereits im Ansatz gescheitert. Niemand hatte sich auf eine so aussichtslose Suche einlassen wollen – nur einer, aber der war mit der Anzahlung der Belohnung einfach verschwunden …

Es klopfte. Ein Junge rief auf Spanisch, dass Señor del Morales y Rofes eingetroffen sei. Reinmar warf noch einen Blick auf die polierten Messingsporen an seinen Stiefeln – ein unverzichtbares Beiwerk für einen Herrn wie ihn. Dann setzte er sich einen Strohhut auf und machte sich auf den Weg durch die zweistöckige luftige Villa ins Esszimmer.

Don Carlos del Morales y Rofes erhob sich bei seinem Eintreten von einem Korbsessel. Reinmar legte grüßend den Strohhut wieder ab, reichte ihm die Hand und empfing ein joviales Schulterklopfen, wie es hier unter Männern üblich war. Auch del Morales war in englischem Stil gekleidet, sogar mit einem Degen. Ein Accessoire, das sich Reinmar unbedingt zulegen musste; in diesem Land passte das, auch wenn er weder adlig noch Offizier war. Ein Korsett hätte der Bauch des Mannes jedoch dringend vonnöten gehabt. Seine Weste spannte sich drohend, während er sich an den Esstisch setzte. Hier warteten bereits gebratene Bananen in Maisteigtaschen, schwarze Bohnen, gebratener Fisch, Karamellgebäck und Kokospudding. Während del Morales zulangte, ließ er sich von Hamburg und von der Reise erzählen. Zum Abschluss öffnete Reinmar ein teures Zigarrenkästchen und das Etui mit dem Zubehör zum Anzünden.

«Ich möchte mich verabschieden und Ihnen alles Gute wünschen», sagte der Mann, an dessen Seite er in den letzten Tagen das Gestüt und die dazugehörigen Weiden erkundet hatte. «Es wird mir schwerfallen, diese schöne

Gegend hinter mir zu lassen.» Del Morales spuckte das Ende seiner Zigarre auf den Boden und sah erwartungsvoll zu, wie Reinmar das Döschen mit dem Schwefel öffnete und ein Zündholz eintauchte, das beim schnellen Herausziehen sofort Funken sprühte und zu brennen begann. «Aber ich weiß es in guten, kundigen Händen, wenn ich in Caracas bin. Ihr Deutschen geltet ja als zuverlässig und arbeitsam.»

Er beugte sich vor, um seine Zigarre anzuzünden. Versonnen rauchend sah er aus dem Fenster. Ausgiebig hatte er sich über seine Zipperlein beklagt, die ihn zwangen, sein Anwesen zu verpachten und an die Nordküste zu ziehen, wo das Klima milder war. Auch dort besaß er ausgedehnte Landgüter. «Caracas ist leider nicht so schön wie Angostura. Überall sind noch Ruinen des Erdbebens von vor vier Jahren, und es ist schmutzig und laut, und die Spanier herrschen dort wieder, nachdem der Libertador von ihnen besiegt wurde, der Teufel möge auf sie spucken! Aber ich will Sie nicht mit der hiesigen Politik langweilen, Señor Götz. Zumal Sie hier davon wenig mitbekommen werden. Wenn ich nun um die Pacht bitten dürfte?»

Reinmar holte aus dem Sekretär den bereits unterzeichneten Wechsel, den del Morales zufrieden in seine Brieftasche steckte. Er gehörte zu den Mantuanos, der edelsten Spitze der Criollo-Elite. Es waren Abkömmlinge der spanischen Konquistadoren und ersten Siedler. Die Mantuanos, vor allem die aus Caracas, sahen sich als die wahren Herren des Landes, und Reinmar nahm an, dass das der eigentliche Grund für del Morales' Fortgang war: Er wollte zugegen sein, wenn der Libertador endlich das Joch der spanischen Herrschaft abschüttelte und in Caracas die Republik ausrief. Das wäre dann der dritte Versuch, oder doch schon der vierte? Reinmar wusste es nicht mehr. Er hatte aber läuten hören, dass diese Lichtgestalt des venezolanischen Befreiungsstrebens ihr Exil auf Jamaika verlassen hatte, um zum nächsten Schlag auszuholen. Nein, mit alldem wollte er nichts zu tun haben. Kriege, Feldzüge, Eroberungen, Repressalien, all das hatte es in Europa bis vor kurzem so reichlich gegeben, dass man satt war bis ans Lebensende.

«Mir erschien die spanische Besatzung leider auch hier etwas unruhig», sagte er. Um nicht zu sagen, desorganisiert. «Ich hatte wegen des Verlusts des Reisepasses und der Einreiseerlaubnis einige Laufereien zu bewältigen ...»

Del Morales winkte gestenreich ab. «Angostura *ist* ruhig! Seien Sie unbesorgt. Von der Politik werden Sie hier nichts merken, und langsam sind die Amtsmühlen immer. Der Libertador ist übrigens ein Pferdenarr wie Sie.»

Seine Augen leuchteten, wenn er ihn erwähnte. Reinmar hatte gelesen, dass der Libertador ebenfalls dem Mantuano-Adel entstammte, in jungen Jahren ein reicher Lebemann gewesen war, der in den Hauptstädten Europas sein Geld vertändelt und sogar der Krönung Napoleon Bonapartes beigewohnt hatte, bevor ihn irgendein Erweckungserlebnis dazu berufen hatte, Südamerika unter einer einzigen Flagge zu einen und von der spanischen Kolonialherrschaft zu befreien. *Freiheit oder Tod*. Ja, und seine Uniformknöpfe waren angeblich aus dem Gold des Inkakönigs Atahualpa geschmiedet; dieses bemerkenswerte Detail hatte sich Reinmar ebenfalls gemerkt. Aber wie hieß der Kerl noch gleich? Es wäre ein Fauxpas, nachzufragen. Der Mann war schließlich ein Held.

«Es wird Zeit für mich», del Morales y Rofes erhob sich. «Es war mir eine Freude. Ihr Spanisch ist übrigens hervorragend. Darf ich noch ein Wort des Bedauerns über den Verlust Ihrer Verlobten äußern?»

«Sie ist nicht verloren.»

«Verzeihen Sie. Sicher haben Sie recht. Ich darf mich empfehlen.» Del Morales streckte die Hand vor, Reinmar schlug ein; dann marschierte sein Verpächter in einem wiegenden Gang, der ein Leben im Sattel verriet, aus dem Raum. Unwillkürlich sah Reinmar an sich hinunter. Seine Beine waren kräftig, lang und gerade.

Er trat ans Fenster. Vor ihm breitete sich sanft gewelltes Weideland aus, dahinter die Ausläufer des Guayana-Hochlandes. Würde er vor den Eingang seines Hauses treten, könnte er den Fluss flirren sehen. Die Stadt hingegen lag einige Meilen östlich. Gleich würde er wie jeden Tag hinreiten, sich nach Neuigkeiten erkundigen und der Einladung des Bürgermeisters folgen, die ihm del Morales vermittelt hatte. Als neuer Besitzer des Gestüts *La Jirara* war es wichtig, bei den richtigen Leuten Eindruck zu hinterlassen.

Auf dem saftig grünen Land grasten graugescheckte Pferde – wie alle Pferde auf dem Kontinent waren sie die Nachkommen jener Tiere, welche die Konquistadoren vor Hunderten von Jahren auf ihren Schiffen mitgeführt hatten. Genau wie die menschlichen Nachkommen der Einwanderer nannte man sie Criollos. Es waren sehr kräftige, ausdauernde Tiere mit äußerst harten Hufen, mit denen er schon Bekanntschaft gemacht hatte. Pizarro, sein englisches Vollblut, hätte sich unter ihnen wie ein Gentleman ausgemacht wie er selbst unter den Venezolanern. Er hob die Hand zum Gruß, als ein Llanero-Cowboy vorüberritt. Der Mann sah mit seinem langen Bart und dem zerfransten Poncho wie ein Wilder aus. Er erwiderte den Gruß: Reinmar hatte sich seinen Respekt bei einem harten Ausritt erarbeitet.

Seine Gedanken wanderten von seinem verlorenen Lieblingspferd zurück zu Janna. Er hätte gerne gewusst, was ihr Aguinaldo, ihr Weihnachtsgeschenk, gewesen war. Der romantische Gedanke, dass das Schicksal sie nicht auf ewig getrennt lassen würde, da sie es ihm noch geben musste, hätte ihr gefallen. Ebenso ein gemeinsamer Ausritt über diese herrlichen Weiden.

Immer wieder sah er sie vor sich, kurz bevor das Unglück begonnen hatte: wie sie im Eingang ihrer Kabine gestanden und ihm kokett zugelächelt hatte.

*Kiek mol wedder in.*

*Aber gern, Liebste.*

Er dachte an ihren zierlichen Mund und die feine Röte auf den Wangen. Die hellgrauen Augen und …

Ein Klopfen riss ihn aus seinen Gedanken. Auf sein «Herein» kam Frau Wellhorn und begann den Tisch abzuräumen. Es gab zwei Hausmädchen, doch mit denen tat sie sich schwer, weil ihr Spanisch schlecht war und sie die hiesige Mentalität nicht durchschaute. So erledigte sie niedere Arbeiten lieber selbst. Wohl auch, um sich abzulenken.

«Haben Sie etwas Neues gehört?», fragte sie, die beiden Teller auf dem Arm.

«Nein.»

Ergeben nickte sie und ging wieder hinaus. Reinmar zündete sich eine Zigarre an und trat erneut ans Fenster.

Dass Frau Wellhorn mit gesenktem Kopf herumlief, statt wie früher zu zetern, gefiel ihm durchaus nicht. Insgeheim hatte sie Janna aufgegeben. Er sagte sich, dass es vernünftig war. Aber er sah keinen Grund, es ebenso zu halten.

* * *

Tabakrauch drang in ihre Kehle und ließ sie husten. Eine kupferhäutige Gestalt hatte sich über sie gebeugt. Im lächelnden Mund steckte eine lange Pfeife. Schnüre hingen dem Mann aus den Nasenlöchern und endeten an den Ohren. Seine Züge waren so glatt wie die einer Frau. Er stimmte einen Singsang an, und mit jedem Ton geriet Rauch in Jannas Gesicht. Sie konnte sich nicht abwenden. Ihr Körper war eine formlose Masse aus Schmerzen, Hitze, Kälte und Übelkeit. Eine Frau hockte sich an seine Seite und reichte ihm eine Schale. Er griff hinein. An seinem Finger klebte eine grünliche, entsetzlich stinkende Paste. Allen Ernstes wollte er sie Janna auf die Lippen schmieren. Mit aller Willensanstrengung gelang es ihr, eine Hand zu heben. Doch statt dem Mann mit einer Geste klarzumachen, dass er verschwinden solle, sackte ihre Hand schwer auf die Brust. Sie ertastete schweißfeuchte Haut. Das Entsetzen, dass man sie ausgezogen hatte, dass sie offensichtlich krank, hilflos und nackt unter Wilden war, ließ die Hitze wieder aufwallen.

Schlimmer noch: *Er* kauerte an ihrer anderen Seite. Der Drachenherr.

Um sich sah sie weitere Gestalten, Frauen wie Männer. Sie alle sangen und tanzten in langsamen, wiegenden Schritten. Der Drachenherr bewegte sich nicht. Sein

Blick ruhte auf ihr. Besorgt. Ja, besorgt. Nicht diese seltsamen Gestalten waren der Beweis, dass sie träumte. Sondern dieser Blick. Niemals würde er sie in Wirklichkeit so ansehen.

Janna fand sich in einer Hängematte wieder, über sich ein breites Dach aus Palmenblättern. Um sie war nur Wildnis – ein schmaler Wasserlauf, lianenumschlungene Bäume. Vögel trillerten und schrien manchmal mit markanten Lauten. Auch unter dem Dach brummte und summte es. Eidechsen huschten an den Stützbalken hinauf, um nach Mücken und Spinnen zu schnappen. Auch das plätschernde Wasser verriet Leben. Und doch erschien ihr das alles wie Stille. Sie war allein.

Darüber war sie froh. Und doch auch nicht. Hatte sie wirklich nur geträumt, dass Indianer um sie gewesen waren? Sie fasste sich an die Brust. Nein, sie war nicht nackt. Doch ihr Empirekleid saß viel zu locker – es war im Rücken aufgeschnürt. Gott im Himmel! Ruckartig setzte sie sich auf.

Sofort begann ihr Kopf heftig zu pochen. Sie kämpfte sich von der Hängematte herunter und landete auf den Knien auf einer schwimmenden Holzplattform. Das Kleid drohte an ihr hinunterzurutschen. Die Versuche, es im Rücken zu schnüren, scheiterten kläglich.

Der Boden schwankte unter schweren Schritten. Arturo kam auf sie zu.

«Was ist passiert?» Sie hielt den Stoff mit gekreuzten Armen auf den Schultern fest. «Warum bin ich nicht in Angostura?»

«Du hattest Fieber.»

«Fieber? Ein Tropenfieber? O Gott.»

«Dank der Micayo hast du es gut überstanden. Sie haben dir Medizin aus der Galle eines Nagetiers verabreicht. Und dich mit Tabakrauch eingenebelt, um dir den Fiebergeist auszutreiben.»

Fassungslos starrte sie zu ihm hoch. Ein Fiebergeist! Glaubte er etwa an solche Spökenkiekerei? Von der Galle konnte sie sich wenigstens vorstellen, dass sie geholfen hatte. Wenngleich es scheußlich klang. «Micayo, so hießen diese Leute? Wo sind sie hin? Ich würde mich gerne bedanken.»

Er schüttelte den Kopf. «Sie werden erst wiederkommen, wenn wir fort sind. Dann werden sie hier alles verbrennen, weil sie glauben, dass der Geist irgendwo hier zwischen den Ritzen sitzt.»

Was es nicht alles gab!

«Aber weshalb haben Sie mich nicht nach Angostura gebracht?»

«Wie hätte ich es tun sollen?», knurrte er. «Du warst nicht imstande, mir zu sagen, wohin ich dich hätte bringen müssen. Oder wärst du damit zufrieden gewesen, dass ich dich bewusstlos am Kai ablege?»

Was war denn das für ein Unsinn? «Sie hätten mich zu einem Arzt bringen können. Notfalls in eine Kirche.»

Er ging vor ihr in die Hocke. Seine schwarzen Augen schienen ihr Innerstes nach außen zu kehren. «Mädchen», er stieß ihr den Finger vor die Brust. Es tat weh! Leider konnte sie ihm nicht ins Gesicht hauen, da sie keine Hand frei hatte. «In Angostura wärst du möglicherweise gestorben. Die reichen Criollos dort mögen die herrschende Kaste sein, wie überall in den Städten, aber auf das Behandeln von Krankheiten verstehen sich ihre Ärzte längst nicht so gut wie die Indios.»

«Das – das sind doch nur Ausreden», empörte sie sich. «Sie hatten nie die Absicht, Angostura anzufahren!»

Er fuhr sich über die streng im Nacken gebundenen Haare und stöhnte ungeduldig. Plötzlich zeigte er seine hellen, kräftigen Zähne. Es war ein boshaftes Lächeln. «Du hast recht, Mädchen. Ich habe dich nicht nach Angostura gebracht, weil du mich dann wegen Diebstahls hättest verfolgen lassen. Habe ich nicht recht? Und jetzt lass uns weiterfahren. Steig ins Boot.»

Er nickte zu seiner Piroge, die am Ende der Plattform festgemacht war.

«Ich kann nicht», sagte sie mit bebenden Lippen.

«Warum nicht?»

Sah dieser Unmensch das denn nicht? Ihr war nach Heulen zumute. Anschaulich kämpfte sie mit dem Stoff. Endlich begriff er. Er kauerte sich hinter sie und begann das Kleid zuzuschnüren. Es war ihr schrecklich zuwider, von ihm berührt zu werden, noch dazu auf eine solche Art.

«Wer …»

«Ja, ich habe dein Kleid geöffnet!», fauchte er. «Die Indios halten es nämlich für unsinnig, sich zu bedecken, und der Heilung nicht zuträglich. Wenn es nach ihnen gegangen wäre, hätte ich dich vollständig ausgezogen.»

Sie biss die Zähne zusammen. Keine Träne würde ihr entschlüpfen. Keine! Diese Blöße würde sie sich nicht auch noch geben. Ihr Oberkörper ruckte hin und her, so fest zog er die Schnüre stramm.

«Warum sind Sie so wütend?», schrie sie.

Die Frage fachte seine Wut nur mehr an. Statt einer

Antwort riss er sie hoch und stieß sie in Richtung des Bootes. Sie stolperte. Er packte sie wie einen Sack und warf sie wie einen solchen hinein. Warum hatte er ihr geholfen, wenn er sie am liebsten gleich danach umbrächte? Ihr Kopf begann wieder zu hämmern, und die Übelkeit kehrte zurück. Aber eher hätte sie sich die Zunge abgebissen, als ihm das zu sagen. Sie kauerte sich auf ihrem Platz am Bug zusammen. Pizarro kam angekrochen und bettelte, als sei sie schon eine alte Freundin. Sie schubste ihn mit der Schuhspitze fort.

Arturo löste das Tau, setzte das Segel und fierte es auf, denn der Wind kam von achtern. Mit einem Ruck schoss die Piroge vorwärts. Wie jeden Tag brannte die Sonne auf der Haut; Janna zog sich das Ersatzsegel über den Kopf und kauerte sich zusammen. Keinesfalls wollte sie in seine Nähe unter das Dach. Ihre Gedanken kreisten. Was hatte das Fieber ausgelöst? Eine Mücke oder irgendein anderes Getier? Böse Miasmen? Bestimmt war sie krank geworden, weil er sie einmal zu oft durchs Wasser gezogen hatte.

Hätte sie nur nicht gesagt, dass er seinen Diebstahl bereuen würde! Doch so sehr sie sich den Kopf zermarterte, sie begriff nicht, weshalb er sie nicht einfach an dem Fieber hatte sterben lassen oder ertränkte.

Nein, es gab durchaus einen Grund, weshalb er sie noch am Leben lassen wollte. Er wollte sie als Sicherheit behalten, falls die Suche nach dem Gold misslang, und dann ein Lösegeld für sie fordern – dass sie aus einem wohlhabenden Haus stammte, wusste er ja. Das erklärte auch, weshalb er sich die Mühe gemacht hatte, sie in die fürsorglichen Hände dieses Indianerstamms zu geben. Und diese Wilden hatten von seiner wahren Absicht natürlich nichts geahnt!

Sie sah sich schon in einem Käfig tief im Urwald, wehrlos einem Heer von Insekten ausgesetzt, das über sie herfiel und sie bis aufs Gerippe abnagte. Mehr noch quälte sie der Gedanke, sich mit jeder Minute wieder von Reinmar zu entfernen. Sie stopfte sich das schwere Tuch zwischen die Zähne, um nicht zu schreien und zu heulen und vor Entsetzen um sich zu schlagen. Nicht dass der Drachenherr doch noch auf den Gedanken kam, dass es besser war, sie zu ersäufen. Oder wenigstens zu fesseln.

Sie gab sich friedlich. Sie rang sich sogar ein Lächeln ab, als er ihr eine Schale mit gebratenem Fisch gab, den er am Tag gefangen hatte. Seine Frage, wie es ihr gehe, beantwortete sie höflich mit «Gut». Er sollte glauben, dass sie sich in ihr Schicksal ergab. Oder besser noch, dass sie gar nicht recht begriff, was er plante. Wie in jeder Nacht band er für sie eine Hängematte knapp über dem Erdboden fest, in die sie sich wie in einen Kokon einhüllen konnte, oder warf das Moskitonetz über einige Äste. Er schürte ein Feuer, das wilde Tiere abhielt, und legte sich jenseits davon schlafen, die Hand am Säbel.

So dumm, in der Nacht flüchten zu wollen, war Janna nicht. Sie würde sich nur verirren. Aber flüchten würde sie. Als sie nach Einbruch der Dunkelheit ein Stück landeinwärts gegangen war, um einem Bedürfnis nachzugehen, hatte sie Lichter gesehen. Die Lampen eines Hauses.

Und kurz bevor Arturo gekommen war, nach ihr zu rufen, waren die Lichter erloschen.

Er war ahnungslos.

Ihr war, als habe sie die ganze Nacht kein Auge zugetan. Spätestens beim Einsetzen des morgendlichen Vogelkonzertes war sie hellwach. Einer Eingebung zufolge hatte sie am Abend ihren Koffer von Bord geholt, um eine Lektüre auszuwählen und Gelassenheit zu bekunden. Leise öffnete sie den Deckel und entnahm die Rolle mit Reinmars Weihnachtsgeschenk. Es tat ihr in der Seele weh, alles andere zurücklassen zu müssen. Doch es ging um ihr Leben, und da wäre der Koffer unnötiger Ballast.

Sobald es im Osten zu dämmern begann, kroch sie aus ihrer Hängematte und schlich so leise wie möglich über Steine und feste Erde. Erst als sie ein ganzes Stück vom Lagerplatz fort war, wagte sie sich durch raschelndes Gestrüpp die endlos steile Böschung hinauf. Der Tag brach schnell heran, das wusste sie ja. Trotzdem erschreckte es sie, plötzlich im Hellen zu stehen.

Wahrhaftig, in der Ferne erhob sich über den Spitzen hoher Gräser ein Haus: das große, weiß gestrichene Anwesen einer Hazienda, auf der Mais angebaut wurde. Janna machte ein paar vorsichtige Schritte. Das Knacken und Rascheln unter ihren Füßen kam ihr jetzt überaus laut vor.

«Mädchen! Bleib stehen!»

Sie prägte sich das Haus ein. Sie sagte sich, dass sie nur geradeaus laufen musste. Und rannte in das Maisfeld.

Die scharfen Blätter prallten gegen ihre erhobenen Arme. Die Pflanzen standen so dicht, dass sie Mühe hatte, sich hindurchzuzwängen. Ihr Kleid riss. Aber das war gleichgültig. Nur weiter, weiter! Ein Maisfeld besaß sicherlich Wege für die Erntearbeiter; sie musste nur vorwärts, dann würde sie schon auf einen Pfad stoßen. Leider sah der Mais nicht so aus, als sei jetzt Erntezeit. Hier war niemand, der ihr zu Hilfe eilen konnte. Sie musste es bis zum Haus schaffen. Erleichtert atmete sie auf, als sie auf einen schmalen Weg stieß.

«Bleib stehen!», schrie Arturo.

Aus welcher Richtung war sein Ruf gekommen? Sie wusste es nicht. Sie war sich plötzlich nicht mehr sicher, wo das Haus war. Diese Pflanzen standen dicht an dicht wie grüne Mauern und wuchsen sicherlich an die zehn Fuß in die Höhe. Das Herz schien schmerzhaft in ihrem Hals zu pochen, während sie weiterlief. Die Sonne! Die Sonne würde ihr den rechten Weg weisen. Doch sie war viel zu aufgeregt, um sich darauf zu besinnen, in welcher Himmelsrichtung das Anwesen stand. Sie lief hin und her und hastete dann einen Pfad entlang, von dem sie hoffte, dass er sie nicht zurück in Arturos Arme lenkte.

«Bleib stehen.»

Er klang leiser. Näher. Janna unterdrückte einen Laut maßlosen Ärgers. Sie machte kehrt und rannte den Weg zurück. Doch das erschien ihr auch nicht richtig. Schließlich blieb sie stehen, um Atem zu schöpfen. Ihr Keuchen dröhnte in ihren Ohren. Konnte er sie hören? Das Maisfeld war belebt von Insekten, die allerlei Lärm veranstalteten. Sie entdeckte Grashüpfer, Falter, Spinnen; und dieses riesige rote Ding auf einem Blatt dicht vor ihren Augen sah aus wie eine Heuschrecke.

«Mädchen, du wirst darin umkommen.»

Er war erschreckend nah.

Es konnte nicht sein, dass sie scheiterte. Sie war doch Janna Sievers, die Tochter eines reichen Kaufmanns, der sie behütet durch schwere Zeiten gebracht hatte. Die mit ihrem Verlobten glücklichen Zeiten entgegengegangen war. Und die ein Schiffsunglück überlebt hatte. Dass sie nun in der Wildnis das Opfer eines Banditen wurde, konnte einfach nicht geschehen.

«Mädchen, hast du in deinen klugen Büchern nicht gelernt, dass ein Maisfeld gefährlich ist? Es gibt hier tödliche Skorpione.»

Er war ein Lügner. Darauf würde sie nicht hereinfallen.

Sie rannte einige Schritte weiter und schob sich dann zurück zwischen die dichtwachsenden Gräser, die grässlichen Insekten missachtend. Die Geräusche machten ihr nun Angst. Wenn sie sich noch einmal ein solches Fieber einfing? Oder Schlimmeres? Plötzlich fühlte sie sich wie gelähmt. Da half es auch nicht, sich zu sagen, dass er es genau darauf abgesehen hatte.

Die Maispflanzen bebten. Jemand schlug sich mit einer Machete zu ihr durch. Ein Arbeiter? Sie wagte es nicht zu hoffen. Die riesigen Stängel fielen einer nach dem anderen. Und dann stand er vor ihr.

«Du hättest sterben können, Mädchen.»

«Ich glaube Ihnen kein Wort.»

«Und was ist das hier?» Er hob den Säbel, an dessen Klinge Pflanzensaft klebte. Die Spitze näherte sich ihrer Schulter. Als er sie zurückzog, zappelte auf ihr ein riesiger Skorpion. Er drehte die Klinge, damit Janna das Vieh betrachten konnte. Aus allen ihren Poren brach kalter Schweiß hervor.

«Wir sollten hier verschwinden», sagte er ruhig.

«Natürlich.» Janna fasste sich und reckte das Kinn. «Nicht weil es hier gefährlich ist. Sondern weil Sie befürchten, dass jemand auf den Tumult aufmerksam wurde.» Warum hatte sie nicht wenigstens geschrien? Aber bei ihrem Pech hätte das auch nichts genutzt.

«Komm», er nahm ihre schlaffe Hand in seine Linke, während er den Säbel über einen Maisstängel zog, um den Skorpion abzustreifen. Mit wackligen Knien tapste sie hinter ihm her.

«Meine Zeichnung! Ich habe sie verloren! Ich muss sie holen.»

Seine Zöpfe flogen, als er den Kopf zu ihr umwandte. Sein finsterer Blick sagte ihr, was er davon hielt.

«Ohne die Zeichnung gehe ich nicht.»

«Mädchen!»

Sie deutete in eine Richtung. «Dort drüben. Dort habe ich sie verloren. Es ist eine Lederrolle.»

Zu ihrem Erstaunen ließ er sie los und bahnte sich einen Weg dorthin. Er wusste, dass sie nicht wegrennen würde. Alle Entschlusskraft war aus ihr geflossen wie Wasser aus einer brüchigen Kalebasse. Hoffentlich befand sich Reinmars Bild wirklich dort – der Drachenherr würde sie mit seinem Säbel entzweihacken, wenn er sich genarrt fühlte. Er kehrte zurück und stieß ihr die Rolle vor die Brust. Sie wehrte sich nicht, als er sie hochhob und halb über die Schulter legte. Mit dem rechten Arm umfasste sie seinen Nacken. Er stank nach Schmutz und Schweiß wie sie. Eigentlich sollte sie sich davor ekeln. Doch so war es nicht. Ihr Arm, wo sie ihn berührte, prickelte. Seine Haut war heiß, als litte auch er an einem Fieber. Vielleicht täuschte sie sich; vielleicht war es ihre Haut, die so glühte. Angefacht von ihrer grenzenlosen Verwirrung.

Auf dem Boot fühlte sie sich wieder wie zuvor: wie eine hilflose Frau, die erdulden musste, dass ein verhasster

Fremder über ihr Schicksal entschied. Arturo legte ab wie jeden Morgen, nur dass er es dieses Mal noch schneller tat. Rasch glitt das Boot in den Wind, hüpfte über die Wellenkämme, die Strömung unter dem Kiel missachtend. Janna blickte zurück. Das Ufer sah aus wie so viele zuvor: gottverlassen, wild, betörend schön. Nichts verriet die Anwesenheit dieser Hazienda, die ihre Rettung hätte sein können.

Bald schon steuerte Arturo einen aus dem Wasser ragenden Stamm einer Weide an. Erst bei näherem Hinsehen entdeckte Janna eine armdicke Schlange, die gemächlich den Platz räumte und im trüben Wasser verschwand. Süßlicher Modergeruch stieg von grüner Algenschmiere zwischen den Ästen auf.

«Was wollen Sie hier?» Wollte er sie strafen, auf die übliche Art? Mit einer so riesigen Schlange wollte sie nicht gemeinsam baden müssen, bei Gott nicht.

«Deine Wunde versorgen.»

Sie sah an sich hinunter und entdeckte einen langen Schnitt auf der Innenseite ihres Unterarms. Und mehrere kleine, die jedoch nicht mehr bluteten. Nun erst erinnerte sie sich, dass die Maisblätter scharfkantig gewesen waren. Wie töricht von ihr, dort hineinzulaufen! Blutflecken waren auf ihrem Kleid, doch die konnten es auch nicht mehr ruinieren. Sie wollte sich bücken, um mit dem Saum das Blut zu stillen.

«Das hilft nicht.» Er band einen der vielen Beutel von der Bordwand los und holte denselben Lederbeutel heraus, dem er in der Küche der Mission eine Nadel entnommen hatte, um den Schnitt in seiner Hand zu nähen.

«Sie wollen nicht allen Ernstes mit dieser Nadel in meinem Arm herumstochern?»

«Es ist notwendig, glaub mir.»

«Aber doch nicht ohne Betäubung? Was ist mit dem Laudanum?»

«Das werde ich für so eine Kleinigkeit nicht verschwenden.»

«Kleinigkeit!» Es machte ihm Freude, sie zu schikanieren, das war alles! Sie schob sich so weit zurück, bis die Bordwand in ihr Kreuz drückte. Unerbittlich folgte er ihr.

«Warum sind Sie, wie Sie sind? Sie wurden von Franziskanern aufgezogen; dort hätten Sie etwas mehr Verständnis für die Nöte anderer lernen müssen.»

Seine Stirn krauste sich, als er verächtlich die Brauen hob. «Dort, wo du herkommst, hast du nichts vom wahren Leben gelernt, nicht wahr? Und jetzt hör auf zu zappeln.»

Er setzte sich neben sie, zog ihren Arm auf seinen Schoß und wusch ihn mit dem Essig aus den Vorräten der Mönche. Dann wartete er, bis das Boot ruhig lag. Janna entdeckte einen auffälligen Vogel im Geäst, mit rötlichbraunen Schwingen und einer stacheligen Haube auf dem Kopf.

«Was ist ...»

Die Nadel stach in ihre Haut. «Die Indios nennen ihn Hoatzin.»

Janna keuchte. «Und ... und was heißt das?»

Tapsig schob sich der Vogel näher, um die Störenfriede in Augenschein zu nehmen, und gab dabei grunzende Laute von sich. Ein übler Geruch stach in Jannas Nase.

«Stinkvogel», antwortete Arturo.

Die Schlange war wieder da und kroch den Ast hinauf. Statt zu flüchten, hopste der Vogel auf sie zu und kehrte ihr den Schwanz zu. Als wolle er sagen: *Vor dir hab ich keine Angst*. Unbeirrt kam sie näher. Plötzlich ließ er sich ins Wasser plumpsen und schwamm davon.

«Fertig.»

«Oh.» Sie zählte fünf Stiche. Hatte der interessante Vogel sie so gut abgelenkt? Oder war Arturo so sanft vorgegangen? Er holte einen Baumwollstreifen aus dem Beutel und wand ihn behutsam um ihren Arm.

«Sie können auch anders sein, nicht wahr?» Sie betrachtete sein Gesicht, das ihr ungewöhnlich entspannt erschien. Fast friedlich.

«Ich bin, wie ich bin, Mädchen.»

«Und Sie sind verletzt.»

Er warf einen flüchtigen Blick auf seine Arme. «Das sind nur Kratzer.»

«Die haben Sie sich auch redlich verdient.»

Täuschte sie sich, oder sah sie tatsächlich die Ahnung eines Lächelns auf seinen Lippen? Sein Mund lud zum Hinsehen ein, das musste sie zugeben. Es war ein vollendet gezeichneter Mund. Noch immer lag ihr Unterarm auf seinen Schenkeln, und seine linke Hand hielt ihr Gelenk. Janna schluckte. Wenn sie den Arm erst jetzt zurückzog, müsste er dann nicht glauben, sie hätte die Berührung genossen? Also war sie gezwungen, so zu tun, als hätte sie es vergessen. Aber das war ja dumm. Sie riss sich mit einem Ruck los und verschränkte die Arme, den Schmerz missachtend.

«Hör zu, Mädchen: Es war nicht meine Absicht, dich auf diese Reise mitzunehmen. Aber ich wusste nicht, dass sie mir bevorsteht, als ich dich leider vom Strand auflas …»

«Leider, ja!»

«Und jetzt habe ich dich am Hals.»

«Sie könnten mich einfach gehen lassen.»

«Du weißt, warum ich das nicht kann: Du wirst mich ans Messer liefern. Ich werde dir einen kleinen Teil des Goldes geben. Als Entschädigung. Im Gegenzug wirst du mir versprechen, danach zu vergessen, dass es mich gibt.»

Das waren ja ganz neue Töne. Aber irgendetwas an dieser Sache erschien ihr faul. Und das nicht etwa, weil sie seinem Wort nicht traute. *Du wirst mich ans Messer liefern …* Wegen des gestohlenen Schmucks und weil er sie aufs gröbste gepiesackt hatte und es sicherlich noch tun würde? Nein, das klang nach etwas anderem. Etwas Schlimmerem.

Sie hatte vergessen, dass man ihn den Kannibalen nannte. Jetzt fiel es ihr wieder ein.

«Gib mir dein Wort», verlangte er.

«Sie haben es.»

Er löste das Tau; der Bug drehte sich in den Wind. Dann zog er das Segel hoch und fierte es auf. Geschmeidig glitt die *Maria Lionza* über die Wellen. Am liebsten hätte Janna gesagt: *Töten Sie mich doch, dann sind Sie dieses Problems ledig*. Aber das brachte sie nicht über die Lippen, aus Furcht, dass er sagte: *Gute Idee.*

## 7. KAPITEL

Die meisten jener besessenen Abenteurer des sechzehnten Jahrhunderts waren umgekommen, die wenigsten mit Gold zurückgekehrt. Und von diesem war nur ein Bruchteil in die Alte Welt gelangt. Das wusste Janna von einem Abendessen im Kapitänssalon der *Seuten Deern,* als sich Pastor Jensen und Kapitän Vesterbrock darüber unterhalten hatten. Die beiden hatten leidenschaftlich über die Zahl der Goldschiffe spekuliert, die in Stürmen untergegangen oder von Piraten und englischen Freibeutern aufgebracht worden waren.

Die Gier hatte damit begonnen, dass die Eingeborenen der Westindischen Inseln Christoph Kolumbus die Geschichte von einer goldenen Insel hinter dem Horizont aufgetischt hatten, nur um ihn loszuwerden, und sollte also vorläufig mit einem starrsinnigen, ungehobelten, räuberischen Pirogenbesitzer ein Ende finden.

Janna war sich bewusst, dass sie wie jede junge Dame aus gutem Haus wenig von Männern verstand. Trotzdem würde sie keinen Taler und keinen Piaster darauf verwetten, dass Arturo später zu den wenigen zählte, denen das eroberte Gold Glück brachte.

Er fuhr mit prallem Segel, und wenn der Wind von vorne kam, kreuzte er davor im Zickzackkurs. Die indianischen Palafitos ließ er links liegen, und auch um gelegentlich auftauchende Dörfer mit Mulatten und Schwarzen, Sklaven vielleicht, machte er weiterhin einen großen Bogen. Das Land zog vorüber: ein hohes Gebirge in der Ferne, hügelige Weiden, auf denen Rinder grasten, durchbrochen von Felsgestein, und gepflegte Pflanzungen. Der Anblick der dicken gelben Kakaofrüchte versetzte ihr einen heftigen Stich. Sie dachte an den Vater, wie er ihr, die Hand auf ihrer Schulter, die Zeichnungen in seinen Handelsbüchern gezeigt hatte. … *den aus Venezuela nennt man Criollo; er ist besonders aromatisch. Aber nicht sehr widerstandsfähig. Daher hat man Kakao aus dem Amazonasgebiet eingekreuzt, den Forastero, das bedeutet: ‹Fremdling›.*

Was gäbe sie darum, jetzt an seiner Seite zu sein, in seinen Büchern zu blättern und herrliche Schokolade zu trinken … Stattdessen kaute sie Tabak, um sich den bräunlichen Speichel auf die Haut zu schmieren. Zumeist wirkte das Land, als sei es noch nie von einem Menschen betreten worden. Es war eine grüne Wand wirrer Muster, aus der es summte, trillerte, kreischte und krachte. Hinter einer Insel tauchte eine Fregatte auf. Sie war zu weit entfernt, um ihre Flagge erkennen zu können. Dennoch lenkte Arturo seine Piroge in einen schützenden Seitenarm.

Ein Schlund aus sumpfigen Wasserwegen und lianenüberwuchertem Geäst nahm das Boot in sich auf. Das Segel hing schlaff. Libellen, Schmetterlinge und fliegende Fische stoben umher, gejagt von Eisvögeln, die elegant ins Wasser tauchten. So dicht standen die Bäume, dass ihre von Schlingpflanzen und betörend schönen Orchideen überwucherten Kronen ein einziges Dach bildeten. Ein Affe röhrte aus weiter Ferne. Andere antworteten. Ein riesiger Raubvogel stürzte durch die Kronen, Laub rieselte, und schon war er mit seiner pelzigen Beute in den Lüften verschwunden. Danach schien die Zeit stillzustehen: Der Wald schwieg. Bis irgendwann der Vorsänger der Affen wieder sein schauriges Lied anstimmte.

Arturo ließ das Boot auf eine Sandbank laufen. Zu Jannas Verwunderung begann er im brackigen Wasser seine Pfanne zu putzen. Als er blitzschnell nach einem angespitzten Ast griff, den er sich zuvor zurechtgelegt hatte, begriff sie seine wahre Absicht. Ein dicker Fisch zappelte auf dem Spieß, angelockt von dem ausgespülten Bratfett. Sie versuchte sich vorzustellen, wie er Derartiges mit seiner alten Armbrust bewerkstelligt hatte.

«Willst du ihn ausnehmen?»

Kein Befehl, eine Frage. Überrascht nickte sie. Wie man das machte, wusste sie von Oma Ineke. Die hatte niemals die Finger der Küchenmägde an ihre geliebten Finkenwerder Schollen gelassen.

Er gab ihr ein Messer und verschwand mit einem Netz im Unterholz. Nach einiger Zeit kehrte er mit drei Eidechsen, einer Schlange und zwei Kokosnüssen zurück. Die Nüsse hackte er mit seinem Säbel auf. Janna trank ihre Nuss gierig aus. Dann machte er sich ans Kochen. Was er bisher aufgetischt hatte, war genießbar, aber selten wohlschmeckend gewesen.

Ein pelziges Wesen schwamm durchs Wasser und rannte das schlammige Ufer hinauf. «Ein Capybara», beantwortete Arturo ihren fragenden Blick. Flüchtig lächelte er. «Harmlos.»

Janna kramte in ihrem Koffer. Die Aquarellfarben waren längst verdorben. Aber im hintersten Eck fand sich ein Kohlestummel. Sie legte sich ein fleckiges, an den Rändern gewelltes Blatt auf den Kofferdeckel und begann eine schwarze Schildkröte mit hellen Höckern zu zeichnen. So ähnlich musste es auf der Expedition Alexander von Humboldts gewesen sein. Fast war sie geneigt, ihrer misslichen Lage etwas Schönes abzugewinnen. Wäre doch nur Reinmar hier, damit sie ihm alles erzählen und diese und die anderen Zeichnungen, die sicherlich noch folgen würden, zeigen könnte ...

Sie bekam eine aufgespießte Eidechse, die sie schnell und ohne hinzusehen abnagte, und ein paar Brocken köstliches Kokosfleisch. Der Schlange hatte Arturo die Haut abgezogen. Er zog sie durch die Finger.

Mit einer blutigen, fettglänzenden Hand kam er näher. «Mach den Verband ab.»

Janna gehorchte. Vorsichtig betupfte er den Schnitt. «Das ist gut für deine Schnittwunde.» Auch die eigenen Kratzer schmierte er ein, während er über ihre Schulter hinweg die Zeichnung betrachtete. «Was willst du damit machen?», fragte er.

«Mich später daran erfreuen. Ich hatte auch ein Herbarium. Das heißt, bevor der Atlantik es verschluckt hat. Das ist eine Sammlung getrockneter Pflanzen.»

«Damit also beschäftigen sich Frauen wie du?»

«Ich wusste vorher auch nicht, dass hiesige Männer Schlangen häuten oder mit Küchenabfällen Fische fangen», erwiderte sie spitz. «Wo haben Sie das alles gelernt? Doch wohl kaum von den Franziskanern?»

«Von den Guapoye.»

«Das ist der Stamm, aus dem Sie kommen?»

«Nein. Ich habe einige Stämme kennengelernt. Warum willst du das wissen?»

*Weil ich meinen Feind kennen muss*, dachte sie. «Es interessiert mich eben. So wie diese Schildkröte dort. Wie ein Indianer sehen Sie ja nicht unbedingt aus. Was fließt denn an Blut so alles durch Ihre Adern?»

Der Vergleich mit der Schildkröte brachte ihn dazu, das Gesicht zu verziehen. Sie verspürte den Drang zu lachen. «So ziemlich alles», sagte er.

«Auch spanisches?»

Er ging an ihrer Seite in die Hocke und verdarb die Zeichnung, indem er eine fettige Hand darauflegte. «Wage es nie wieder, mich nach meiner Herkunft zu fragen», raunte er so leise wie gefährlich in ihr Ohr, sodass ihr das Lachen gefror. «Mach deinen Koffer zu; wir fahren weiter.»

Das Schlangenfett stank, tat aber wohl auf der geschundenen Haut. Tabakschmiere, Tierfett – sie würde sich am Ende in eine Wilde verwandeln. Aber zu zeichnen war ein guter Gedanke. Sie beschäftigte sich ausgiebig mit den Versuchen, den gescheckten Rücken eines Delfins oder die Schwänze jagender Kaimane festzuhalten. Auch einen handtellergroßen blauen Schmetterling, der sich unter das Dach verirrt hatte, oder die Formationen fliegender Reiher. Die Schaumkronen auf den Wellen. Die gewaltige Größe des Flusses. Der Gedanke an Flucht wallte auf, wenn die Piroge an einem kleinen Dorf oder gar einer Mission vorbeikam, und sank wieder zurück in schmerzliche Tiefen, sobald sie vorüber waren. Manche dieser Missionen schienen verlassen zu sein – die Häuser und kleinen Kirchen wirkten aus der Ferne zerfallen und überwuchert.

Arturo hatte keine Mühe, sich mit vorbeifahrenden Indios zu verständigen. Manchmal unterhielt er sich mit ihnen sogar auf Spanisch. Er fragte sie nach der Mission des heiligen Vinzenz von Saragossa. Alle schüttelten die Köpfe.

Tagelang fuhren sie an ausgedehnten Savannen vorbei. Weiden, auf denen Hornvieh graste, wechselten sich mit Plantagen ab. Auch das ein oder andere Anwesen erhob sich auf den höchsten Punkten, wo der Fluss sie selbst zur Hochwasserzeit nicht erreichte. Einmal machte sich Arturo zu Fuß auf den beschwerlichen Weg dorthin und kehrte mit einer Landkarte zurück – bezahlt mit Jannas Perlenschmuck. Den Plantagen folgten Wälder, Flussmündungen, Buchten. Brodelnde weiße Wellen kündigten Felsschwellen an, welche die Weiterfahrt unmöglich machten. Doch da lauerten bereits einige Indios und boten sich an, die *Maria* an dem Hindernis vorbeizutragen.

Es war eine neue Erfahrung, mit gerafftem Kleid, den Koffer an einer Schnur auf dem Rücken und einen krummen Wanderstab in der Hand, über glitschige Felsen und Wurzeln zu klettern und durch schmale Bäche zu waten. Janna bestaunte Blätter, groß wie ausgebreitete Mäntel, Lianen dick wie kräftige Männerarme oder Kolonien schlauchförmiger Pflanzen, in denen sich Insekten fingen. Aus kelchartigen Blüten trank sie Wasser, und sie las Nüsse und Früchte auf, von denen Arturo ihr sagte, dass sie essbar seien. Es ging nicht immer gut. Manchmal erbrachen sie sich Seite an Seite. Die Indios lachten.

Die Männer zogen mit einigen Proviantsäcken, die sie als Bezahlung verlangt hatten, davon. Doch nicht alle Stämme waren freundlich. Einmal geschah es sogar, dass die *Maria* von Männern in Einbäumen verfolgt wurde. Janna würde nie vergessen, wie die Blasrohrpfeile dicht am

Heck der Piroge ins Wasser geschossen waren. Auch nicht den in einen treibenden Baumstamm krachenden Blitz. Oder Regengüsse, die das Boot beinahe schneller füllten, als sie es ausschöpfen konnten. Dann wieder ließ die Sonne das Wasser dampfen und die Haut glühen. Auch um ein weiteres Fieber kam Janna nicht herum. Die Moskitoplage nahm zu; da halfen auch der Tabak und das Netz nicht mehr viel. Und doch: Manchmal erschien ihr die Aussicht, dieses erzwungene Leben auf eine unbestimmte Zeit fortsetzen zu müssen, nicht völlig unerträglich. Wenn sie nachts diese unfassliche Fülle der Sterne betrachtete oder tags den Fluss, den die Sonne golden aufleuchten ließ, dankte sie Gott, dass er das alles geschaffen hatte.

* * *

Er hatte ihr befohlen, in der *Maria* zu bleiben. Sie wollte auch keinesfalls dieses Palafito mit seinen düsteren Gestalten betreten. Seit einer geschätzten Stunde hockte Arturo im Schneidersitz bei ihnen, die Karte vor sich auf dem Holzboden ausgebreitet. Die Männer redeten leise und eindringlich. Er wollte wieder irgendeine Auskunft kaufen, die ihm half, die Vinzenz-Mission zu finden. Das Feilschen konnte sich Stunden hinziehen. Den Zweck dieses Brauches würde Janna nie verstehen; kostete er doch nur Zeit. Viel lieber würde sie das Äffchen mit dem auffälligen hellen Gesicht zeichnen, das an einen Totenkopf erinnerte. Aber als sie den Koffer öffnete, um Papier und Kohlestück herauszuholen, hoppelte es davon. Also nahm sie ein Buch zur Hand. Vorsichtig zog sie die verklebten Seiten des *Robinson Crusoe* auseinander.

*… ferner vermisste ich sehr Lichter. Sobald es dunkel wurde, was gewöhnlich um sieben Uhr geschah, musste ich zu Bett gehen.*

Einige von den Gedanken dieses geplagten Schiffbrüchigen konnte sie inzwischen gut nachvollziehen. Diesen eher nicht. Sie war immer froh, wenn sie sich schlafen legen durfte. Laufen über Stock und Stein war anstrengend. Segeln ebenso. Arturo hatte ihr einige Handgriffe gezeigt und erklärt, was man beispielsweise tun musste, wollte man die Fahrt verlangsamen. Er war ein großartiger Segler, der alles aus seiner kleinen Piroge herausholte. Eigentlich gehörte der Mann auf ein Schiff. Nicht nur, um sein Talent zur vollen Entfaltung zu bringen, sondern auch um Zucht und Ordnung zu lernen. Man ohrfeigte keine Dame.

*Das Segel hart anziehen, Mädchen! Sonst verlierst du den Wind! Was machst du da? Pass auf, wenn du nicht willst, dass der Baum gegen unsere Köpfe knallt!*

Es hatte auch erträgliche Momente gegeben. Momente, die sie beinahe als schön empfunden hatte.

*Schließ die Augen, Mädchen. Und nun drehe langsam den Kopf. Ja, so ist es gut. Spürst du, wie der Wind gleichmäßig über deine Wangen streicht? Hörst du ihn mit beiden Ohren gleich laut rauschen? Dann weißt du, aus welcher Richtung er weht.*

Sie betrachtete ihre Hände. Rau und schwielig waren sie geworden. Ebenso ihre Zehen, die aus den aufgerissenen Pantoffelspitzen herausschauten. Allmählich musste sie sich mit dem Gedanken vertraut machen, barfuß zu reisen. Wie Arturo, dessen Füße ähnlich ledrig wie die der Indios beschaffen waren. Was würde Reinmar sagen, wenn er sie so in Empfang nahm? Aber er wusste bestimmt einen Rat.

Beau Brummell, der berühmte Dandy aus England, pflegte wie Kleopatra stundenlang in Eselsmilch zu baden, hatte er erzählt. Zweimal war es ihr vergönnt gewesen, sich an einer klaren Quelle zu entkleiden und zu waschen. Genossen hatte sie es nicht – zu groß war die Furcht, dass in den Büschen ringsum Wilde hockten und glotzten.

Plötzlich einsetzender Regen, der auf das Bootsdach über ihr trommelte, riss sie aus ihren Gedanken. Seufzend versuchte sie sich wieder in ihr Buch zu vertiefen.

*... in solcher Weise lebte ich beinahe zwei Jahre. Mein unseliger Kopf aber, der mir immer wieder bewies, dass er dazu geschaffen war, meine Person unglücklich zu machen, steckte während dieser ganzen Zeit voll von Plänen und Absichten, die Insel zu verlassen.*

O ja, auch das verstand sie. Wieder ließ sie das Buch sinken. Wie lange war sie eigentlich unterwegs? Sie hätte es wie Robinson machen und Kerben in ein Holz schnitzen sollen. Drei Wochen? Vier? Mindestens vier: Den Mond hatte sie bereits zum zweiten Mal voll werden sehen. Und ihr monatliches Malheur hatte sie auch schon hinter sich gebracht.

Im Palafito war man immer noch dabei, sich anzuschweigen. Arturo hielt den Kopf gesenkt. Wie üblich war sein Haar streng zurückgebunden; einige seiner schmalen Zöpfe waren nach vorn über seine Schulter gerutscht. Eigentlich wäre er jetzt ein dankbares Modell für eine Zeichnung – selten pflegten die Tiere ihr den Gefallen zu tun und eine Weile stillzuhalten. In Gedanken fuhr sie sein Profil nach.

Die Sache mit der Monatsblutung war nicht so schrecklich gewesen, wie sie befürchtet hatte. Arturo hatte sich stets sofort abgewendet, wenn sie ihn darum gebeten hatte, damit sie sich notdürftig säubern konnte. Mit Taktgefühl hatte es bei diesem Holzklotz von einem Mann bestimmt nichts zu tun. Eher mit irgendeinem Kariben-Tabu. Andererseits pflegte auch Frau Wellhorn zu sagen, dass man als blutende Frau tunlichst im Zimmer blieb, um nicht die Rosen im Garten zu verderben.

Er war und blieb ein rätselhafter Mensch. *Was werden Sie mit dem Gold tun?*, hatte sie es heute wieder einmal versucht. *Mit Ihrem Anteil, meine ich natürlich.*

*Das geht dich nichts an.*

*Ich ahnte, dass Sie das sagen würden. Trotzdem: Was werden Sie sich dafür kaufen? Ein richtiges Schiff? Eine Hazienda? Ein anständiges Leben?*

Was sie dazu brachte, immer wieder zu sticheln, wusste sie nicht. Anscheinend hatten die ständige Gefahr und die Anstrengungen ihre Furcht vor ihm abgeschliffen.

Wenn sich jedoch dieser finstere, geradezu kalte Ausdruck auf sein Gesicht legte, so wie jetzt, wurde ihr wieder angst und bange.

«Mädchen, komm herauf.»

Jetzt, im Regen? Sie verstaute das Buch und machte einen langen Schritt auf die Plattform. Arturo winkte sie zu sich.

«Setz dich. Dieser Mann weiß, wo die Vinzenz-Mission ist. Alles, was ich von ihm haben will, ist ein Kreuz auf dieser Karte. Aber von dem, was ich ihm dafür zum Tausch anbiete, gefällt ihm nichts. Keins meiner Messer, keine Jagdbeute, nichts. Er will dich.»

Wie von selbst sackte sie neben ihm auf ihr Gesäß. Sie starrte in das faltenlose Gesicht des Mannes jenseits der Karte. Ein dicker Tierzahn steckte quer in seinem Kinn.

Auf seinem kahlen Hinterkopf prangte ein ausgestopfter Specht. Er entblößte kräftige Zähne zu einem harmlos wirkenden Lächeln.

Seine nackte Haut war mit schwarzen Tätowierungen verunstaltet, wie auch die der anderen zwanzig Männer, die dem Handel beiwohnten. Alle zeigten ihr Indianerlächeln, das Janna nicht zu deuten wusste. «Was – was haben Sie geantwortet?», stotterte sie verwirrt.

«Ich überlege noch.»

«Bitte? Sie erwägen das tatsächlich?»

Sie zwang sich, ruhig zu atmen. Zum Donnerwetter, hätte er ihr diesen Vorschlag vor einigen Wochen gemacht, so hätte sie ihm zugeredet! Aber hier, so tief in diesem fremden Land, das mit jedem Tag wilder und verlassener wurde, fände sie nie mehr nach Angostura zurück. Falls diese Leute ihr überhaupt je die Gelegenheit geben würden, wegzulaufen.

«Was will er überhaupt mit mir?»

«Das kannst du dir nicht denken?»

«Nein!»

«Du willst also nicht zu ihm?»

«Sind Sie von Sinnen? Sie haben mir versprochen, mich nach Angostura zu bringen. Mit einem Teil des Goldes, das Sie so besessen suchen!»

«Habe ich das? Ich wüsste nicht. *Du*, Mädchen, hast mir versprochen, mich danach zu vergessen.»

Das – das war doch Wortklauberei! «Na und? Glauben Sie etwa, ich würde mich daran gebunden fühlen, wenn Sie das Ihre nicht einlösen? Natürlich, Sie wissen ganz genau, dass ich auf ewig verschollen bliebe. Warum haben Sie mich nicht schon längst ertränkt, Sie Schuft?»

Bisher war er recht ruhig geblieben. Jetzt jedoch brodelte es in ihm. «Denk nicht, ich hätte darüber noch nicht nachgedacht.»

Ihre Hand war schneller als ihre Gedanken. Nicht schnell genug für ihn. Er fing ihr Handgelenk dicht vor seinem Gesicht ab. Ringsum schlugen sich die Männer vor Vergnügen auf die Schenkel. Nur der Mann mit dem Specht auf dem Haupt schüttelte empört die manierlich geschnittenen Haare. Arturo sprang auf und stieß Janna zum Rand der Plattform. Fast wäre sie auf dem glitschigen Holz ausgerutscht. Sollte er sie halt ins Wasser werfen; als ob ihr das noch etwas ausmachen würde! Sie kletterte zurück ins Boot. Arturo sprang hinein, riss ihren Koffer auf und warf drei Bücher und einen Stapel Zeichnungen über Bord.

«Um Himmels willen, was tun Sie da? Lassen Sie das!»

Janna fiel ihm in den Arm und erkämpfte sich den Koffer zurück. Dabei geriet die Piroge so heftig ins Schaukeln, dass die losen Gegenstände herumkullerten und Pizarro nervös hin und her huschte.

«Fassen Sie nie wieder meine Sachen an!», schrie sie unter Tränen, am ganzen Leib zitternd. Arturo kehrte ins Palafito zurück und setzte sich an seinen Platz.

Die Verhandlungen gingen weiter. Janna erging sich in Mordphantasien und Selbstmitleid, während sie ihren davonschwimmenden Kostbarkeiten hinterherblickte. Die dicken Regentropfen ließen die Blätter spöttisch tanzen. Schließlich kam er mit seiner zusammengefalteten Karte die Leiter hinab, löste das Seil und legte ab. Scheinbar ungerührt hantierte er wie gewohnt mit Pinne und Schot.

«Warum haben Sie das getan?», schluchzte sie.

«Er wollte sich nicht von der Idee abbringen lassen, dich mir abzuschwatzen», erwiderte er ruhig. «Ich habe stundenlang vergeblich dagegen angeredet. Also musste ich ihm zeigen, was er sich einhandelt. Es hat geholfen. Ich habe mein Kreuz.»

Seit Tagen war der Orinoco so breit, dass Janna sich nicht vorstellen konnte, wie er aussähe, wäre er zu voller Größe angeschwollen. Das Kreuz zeigte Arturo, dass er irgendwann auf die andere Flussseite wechseln musste. Stunde um Stunde beobachtete er den Himmel.

«Abendrot mokt Wedder got.»

«Was?»

«Sagte meine Oma. Ist es am Abend rot, ist anderntags gutes Wetter.» *Und ich hab es nur gesagt, weil mir das Schweigen auf die Brust drückt.* Doch wie so häufig ließ er sich auf ihre Versuche einer Konversation nicht ein.

Der Regen ließ nach, kehrte zurück und wuchs sich zu einem Unwetter aus. Sie übernachteten auf der gewohnten Nordseite. Wie üblich nach Regennächten wurden sie auch den folgenden Tag, obschon wieder die Sonne brannte, nicht richtig trocken; zu feucht war die Luft.

Erst nach drei weiteren Tagen fuhr Arturo einen schrägen Kurs, der die *Maria Lionza* weit hinausbrachte.

Hinter dem Wald erhoben sich die hügeligen Ausläufer des südlichen Hochlandes. Auf den abgeflachten Granitfelsen reckten sich Bäume in den Himmel. Wasserfälle stürzten herab, eingehüllt in dunstige Luft; sie wirkten aus der Ferne wie feine Pinselstriche auf einem Gemälde. Auf der anderen Seite ließen Wolken ihre Regenvorhänge auf das Land fallen.

Wind kam auf und blähte das Gaffelsegel. Auf der eben noch glatten Wasserfläche wirbelte weiße Gischt. Arturo blickte zurück – überlegte er, zu wenden? Er wirkte besorgt. Das südliche Ufer war weit. Das nördliche ebenso.

Der Sturm schien wie aus einer anderen Welt zu fallen. Der Himmel wurde zu einer Masse grauer, wabernder Wolken. Blitze leuchteten. Gegen Jannas Gesicht peitschte der Regen, sodass ihre Haut wie Feuer schmerzte. Hohe Wellen schlugen gegen das Boot. Es bäumte sich auf wie ein störrisches Pferd, schoss herum und kippte. Über das Getöse hinweg brüllte Arturo einen Befehl. Janna verstand ihn nicht, doch sie wusste auch so, was er wollte. Gemeinsam mit ihm warf sie sich auf die andere Seite. Eine endlose Zeit verging, bis das Boot gehorchte. Langsam richtete es sich wieder auf.

Ein zweites Mal gelang dieser Kraftakt nicht.

Janna fand sich in dunklem, trübem Wasser wieder. Wie es geschehen war, wusste sie nicht. Der Mast hatte sich mit unheilvollem Knarren geneigt. Die Planken um seinen Fuß waren aufgebrochen; das hatte sie noch gesehen. Wild schlug sie um sich, versuchte irgendetwas zu ergreifen. Da war nichts. Doch, ein Zipfel des Segels, das auf den Wellen hin und her tanzte. Es entglitt ihren Fingern. Gurgelnd schrie sie; Wasser drang in ihren Mund. Sie schaffte es einmal, zweimal, es auszuspucken. Dann schwappte es über ihr zusammen. Das hatte sie schon einmal erlebt, und das Grauen griff nach ihr, weil alles so vertraut war.

Warum? Warum das alles? Um hier zu enden? Sie war müde. Es war genug. Das Wasser erdrückte ihren Zorn, und was blieb, war nur Traurigkeit, dass sie Reinmar nun enttäuschen musste. Sie würde nicht zu ihm zurückkehren.

*Es tut mir leid ...*

Eine Hand krallte sich in ihr Haar und zerrte sie an die Oberfläche. Regentropfen zerplatzten auf ihrem Gesicht, drangen in ihren gierig aufgerissenen Mund.

«Atmen, Mädchen, atmen!»

Sein Kopf war dicht vor ihrem. In Bächen floss das Wasser aus seinem Haar. Der Schreck stand in seinen Augen und nahm ihm die Unnahbarkeit. Sie warf die Arme um seine Schultern.

«Atmen, hörst du?»

Sie schaffte es. Einmal, und er nickte dazu. Zweimal. Tief sog sie die kostbare nasse Luft ein. Unter sich spürte sie seine kräftig atmende Brust.

Der Sturm verebbte so schnell, wie er gekommen war. Nur der Regen blieb und platschte auf das braune Wasser. Ein gleichförmiges Rauschen war um sie herum. Wo war das Boot? Janna sah es nicht mehr. In allen Richtungen war nur eine endlose Fläche; die Ufer blieben in nebligem Dunst verborgen. Erschrocken lockerte sie ihren Griff.

«Halt dich an mir fest.» Seine Stimme war sicher. Beruhigend. Es gelang ihr, das Entsetzen zurückzudrängen. Ein wenig zumindest. Und sie fragte sich zugleich, wie das sein konnte, hier in der Hölle.

«Kannst du schwimmen, Mädchen?»

Ihr schlugen die Zähne aufeinander. Das Wasser war ungewohnt kühl. Vielleicht war es auch nur die Angst, die einen Kälteschauer durch ihren Körper jagte. «Ja ... aber ... aber nicht so gut. Bis zum Ufer schaffe ich es niemals.»

Er gab ihr mit den Armen Halt. «Dann schau, ob du mit den Füßen einen Ast findest.»

Vorsichtig strampelte sie. «Da ist nichts.»

«Ich stehe auf verrottetem Holz und habe einen Ast im Rücken. Das Ganze ist allerdings ziemlich glitschig.»

«Ich bin so müde.»

«Dann mach die Augen zu.»

Schlief sie wahrhaftig in seinen Armen? Mitten auf dem Fluss, in der Strömung, in der Nacht? Das war unmöglich. Doch als sie die Augen öffnete, war sie immer noch hier. Es regnete nicht mehr; die Luft war klar und warm. Tausende kleine Lichtpunkte glitzerten golden auf dem Wasser. Sie meinte, ein Hilfeschrei Arturos habe sie geweckt, doch wen hätte er rufen sollen? Gewiss war das alles nur ein Traum. Manchmal meinte sie den geliebten Vater zu umarmen. Und hinter dem sanften Rauschen des Flusses Oma Inekes Stimme zu hören. *Du weißt doch, min Deern: Immer den Kopf hoch, auch wenn der Hals schietig ist.* Dann nickte sie tapfer und schwor ihnen, nicht aufzugeben. Sie umschlang diese breiten Schultern, die ihr wie der sprichwörtliche Fels in der Brandung erschienen, noch fester.

## 8. KAPITEL

Kräftige Hände zogen sie in einen langen Einbaum. Sie kauerte sich zusammen. Um sie schwirrten Stimmen. Ihr wurde ungewohnt übel, als das fremde Boot Fahrt machte. Aber das war ihr gleich, wie auch alles andere: dass sie nicht wusste, wer diese Leute waren; dass ihre Glieder schmerzten und sie so schlimm fror, wie sie es in diesem heißen Land nie erwartet hätte. Sie schlief ein, bis ein kräftiger Ruck sie weckte. Stimmen schwollen zu lärmendem Geschnatter an. Da waren Frauen und Kinder. Benommen nahm sie wahr, dass man sie aus dem Kanu hob, auf einer Trage festband und eine steile Böschung hinauftrug. Das Geschaukel ließ sie zurück in bleiernen Schlaf gleiten.

Jahre später, so kam es ihr vor, erwachte sie in einer Hängematte. Einen langen Augenblick musste sie sich sammeln. Erleichtert stellte sie fest, dass man sie nicht entkleidet hatte. Sie setzte sich auf und rieb Hände und Füße, die noch immer kalt waren. Ihre Armmuskeln schmerzten von der Anstrengung, sich an Arturo festgehalten zu haben. Liebend gern wäre sie in die Hängematte zurückgesunken. Aber was war das für ein Ort? Eine kleine Schilfrohrhütte mit einem tief herabgezogenen Dach aus Bananenblättern. Bis auf eine Wäscheleine, an der ein paar Tücher hingen, einen Hocker und ein paar hängende Körbe war sie leer.

Draußen herrschte Leben. Neugierig tapste Janna auf wackligen Beinen zu dem Tuch, das den Eingang verhängte, und zog es beiseite. Das dort draußen war ja eine richtige Straße! Hütte an Hütte reihte sich aneinander und gegenüber ebenso. Indios liefen umher, und sie waren zu Jannas Verwunderung gekleidet. Die Frauen trugen kurze Kittel, die Männer Kniehosen oder wenigstens Lendentücher. Viele hatten sich Gesichter und Arme mit Farbe bemalt. Sie schauten neugierig herüber, während Janna die schmale Straße entlangging. Das Gelände war hügelig, der Boden aus festgetretenem Sand. Hinter den Hütten reckten sich Kokospalmen in den Himmel. Im Takt mit dem Geräusch schlagender Macheten erbebten ihre mächtigen Blätter.

Sie gelangte auf einen weitläufigen Platz, von dem mehrere solcher Gassen abgingen. Beherrscht wurde er von einem langgestreckten Gebäude und einer Kirche, wahrhaftig aus Stein errichtet. Diese Kirche besaß keinen kläglichen Turm, wie jene in der Welser-Mission. Auf ihrem Dach thronte eine Mauer, in deren Bogenfenster eine Glocke schwang. Janna musste die Hände auf die Ohren legen, weil der Klang so ungewohnt war. Kinder rannten auf das Klostergebäude zu, wo ein braun gewandeter Mönch sie durch eine Tür lotste. Offenbar war Essenszeit; der Geruch gebackener Bohnen hing in der Luft. Der Ordensbruder hatte Mühe, die Kinder in Reih und Glied zu bringen. Sie stießen sich gegenseitig an, deuteten auf Janna und fassten sich in die Haare, als wollten sie sich überzeugen, dass ihre noch schwarz waren.

Auch die Erwachsenen glotzten. Janna sah an sich hinunter: Mit diesem Kleid und den löchrigen Schuhen musste man auffallen, auch wenn man nicht blond war. Ein hagerer Mönch kam auf sie zu und neigte höflich den Kopf.

«Guten Abend», begrüßte er sie auf Spanisch. «Wie haben Sie geschlafen, Señorita?»

«Danke, sehr gut. Wo bin ich hier?»

Er wies auf die aus Stein gehauene Figur in einer Nische über dem Kirchenportal. «In der Mission des heiligen Vinzenz von Saragossa.»

Irgendwie überraschte sie es nicht, am Ziel zu sein. Nach einem solchen Höllenritt war das nur eine angemessene Belohnung. Allerdings verwirrte sie dieser Gedanke. Schließlich war es Arturos Belohnung, nicht die ihre.

Ein wenig verlegen zeigte er ihr ein zusammengefaltetes Mönchsgewand auf seinem Arm. «Darf ich Ihnen vorschlagen, diese Tunika anzulegen und Ihr Kleid einer der Frauen zum Waschen und Ausbessern zu geben?»

«Gern, vielen Dank.» Sie nahm den aus kastanienbrauner Pflanzenfaser gefertigten Stoff entgegen. Mochte es auch eine Kutte sein – sie freute sich, etwas Sauberes auf den Leib zu bekommen. Der Mönch zauberte noch ein Paar dünne Lederschuhe aus dem Ärmel seines Habits hervor.

«Darf ich mir das ansehen?» Er deutete auf den Schnitt auf ihrem Arm, den sie sich im Maisfeld zugezogen hatte. «Das wurde recht gut vernäht.»

«Der Mann, der bei mir war, hat das gemacht. Arturo heißt er. Wo ist er?»

Sie schluckte. Bis zu diesem Moment hatte sie nicht an ihn gedacht. Hatte er überhaupt überlebt?

«Ich denke, er schläft noch in der Hütte, in die man ihn gebracht hat. Er war sehr erschöpft. Möchten Sie etwas zu essen? Oder bis zur Abendmahlzeit warten? Sie können sich auch gerne in Ihre Hütte zurückziehen; niemand wird

Sie stören. Morgen ist übrigens Sonntag. Wir würden uns freuen, Sie beim Gottesdienst begrüßen zu dürfen.»

Sie bedankte sich. Zurück in ihrer Hütte, zog sie sich aus. Das Empirekleid war ruiniert, das Unterkleid nur noch ein Fetzen. Sie streifte auch das Kurzmieder ab und schlüpfte in die Tunika. Das ungewohnte Kleidungsstück schlackerte um die Schultern. Die Schuhe passten immerhin. Dann eilte sie wieder hinaus. Es war angenehm, nicht mehr gar so sehr aufzufallen.

Die Frauen hockten an Webrahmen, entweder auf den Fersen oder auf Schildkrötenpanzern. Oder sie krümmten die Rücken über flachen Steinen, auf denen sie Mais mahlten. Andere fütterten Hühner und Schweine in kleinen Gattern. Ein paar hatten sich um eine Herdstelle versammelt, wo in einem Kessel irgendetwas brodelte. Sie zerpflückten dicke rote Schoten und warfen sie hinein. Ein scharfer, doch interessanter Duft kitzelte in Jannas Nase. Das Glockengeläut, das die Kinder zum Essen gerufen hatte, schien die Erwachsenen nicht zu interessieren. Verblüfft sah sie einen Indio aus der Kirche kommen, der eine Ziege hinter sich herzog. Was hatte er mit dem Tier dort gewollt? Die meisten Männer und auch Frauen trugen nach Indianerart die Hinterköpfe kahl. Da erschien es nicht weiter verwunderlich, dass ein alter Indio einem Mönch die Tonsur glattschor. Manche dieser Leute trugen Lederschnüre mit kleinen Kreuzanhängern. Manche heidnische Amulette. Es war eine bunte Mischung farbenfroher Tücher, roter Kreise und Kringel auf nackten Gliedern und weißglänzender Knochen in Nasen und Ohren. Ein Gemisch aus Indianisch und Spanisch schwirrte durch die Luft, untermalt vom Hämmern und Sägen einer Werkstatt, dem Gezeter der Ziegen und dem Gekreisch der Papageien. Diese Mission hatte nichts gemein mit jener im Delta oder all den schäbigen oder gar verlassenen, die Janna auf ihrer Reise von fern gesehen hatte. Sie war viel größer, umgeben von gepflegten Feldern, auf denen Mais, Bananen, Bohnen und Maniokstäucher wuchsen. Aus Maniok machte man Brot; sie hatte es unterwegs hin und wieder gegessen. Frauen trugen von irgendwoher Körbe mit dicken farbenfrohen Früchten herbei. Ein Mann hatte Schmuck und Kämme aus Schildpatt vor sich ausgebreitet; mit Hingabe polierte er die Stücke. Ein anderer bearbeitete eine graue Masse, die man Kautschuk nannte. Wie berauscht von all diesen Eindrücken lief Janna umher, bis sie von alldem genug hatte und nur noch einen Wunsch verspürte.

Sie lief auf einen jungen Mönch zu, der soeben vom Stuhl des indianischen Barbiers aufstand und sich prüfend über die noch winzige Tonsur strich.

«Verzeihen Sie, Frater! Ich würde mich gerne waschen. Wo kann ich das?»

Errötend bedeutete er ihr, ihm zu folgen. Er führte sie auf einen Pfad, der aus dem Dorf hinausführte. «Dort hinten ist eine Quelle», erklärte er. Seinen folgenden Ausführungen entnahm sie, dass es getrennte Badetage für Frauen und Männer gab und dass der Sonntag den Ordensbrüdern vorbehalten war. Und dass sie Glück hatte: Heute war ein Frauentag.

Schon von weitem hörte sie lachende Stimmen und wildes Geplätscher. Es klang ein wenig wie das Geschnatter der Damen am Övelgönner Elbstrand, wenn sie aus dem Wasser in die Umkleidekabinen stiegen, die man herangefahren hatte, damit niemand sie in ihren nassen Badekleidern erblickte. Dass die indianischen Frauen keine Scham empfanden, hätte sie sich jedoch denken können: Wie Gott sie geschaffen hatte, tollten sie in dem schenkelhohen Wasser herum und ließen ihre spitzen Brüste hüpfen.

Enttäuscht kehrte sie um. Vor diesen wildfremden Frauen konnte sie sich unmöglich entkleiden.

Sie kam vom Weg ab und fand sich in einem kahlen, hügeligen Gelände wieder. Überall stachen Wurzeln aus dem steil abfallenden Erdreich, das der Fluss ausgewaschen hatte, wie auch die grauen Schmutzlinien an den Bäumen verrieten. Drei Capybaras flüchteten aus einem Schlammloch, in dem sie sich gesuhlt hatten. Janna entdeckte in der Tiefe einen glitzernden Wasserlauf. Indios in kleinen Einbäumen paddelten in Richtung der Mission. In ihren prallgefüllten Netzen glänzten Fischleiber.

Sie folgte dem Bach bis zu einer kleinen Bucht. Auch hier fielen die von Wurzeln überwucherten Erdwände schräg ab. Ja, nun erinnerte sie sich auch, dass man sie diese aus Wurzeln und Brettern gefertigte Treppe hinaufgetragen hatte. Etliche Einbäume waren ordentlich an einem Steg festgemacht.

«Aber das ist ja seine Piroge!», rief sie. Ein Mönch, der am Rand der Bucht stand, drehte sich zu ihr um.

«¿Cómo?»

«Das ist Arturos Boot», wiederholte sie auf Spanisch und deutete auf den übel zugerichteten schwarzen Rumpf mit der roten Schlange. «Die *Maria.*»

«Maria?»

«Er hat es nach Maria Lionza benannt.»

«Ach so.» Er verzog das Gesicht, als hätte er in eine saure Frucht gebissen. «Die Sálipure – so heißt das Indianervolk hier – haben es geborgen. Die Ladung allerdings ist verloren. Die Männer fanden ein paar treibende Säcke mit Vorräten, aber die sind verdorben.»

Also hatte Arturo alles verloren. Und sie? «Mein Koffer! Ich hatte einen kleinen schwarzen Koffer, mit Büchern und … ach, das ist ja nicht so wichtig. Aber was tut denn der Mann dort?»

Mit einer Hand die Kutte gerafft, die andere in die Höhe gereckt, rannte sie zu einem Indio, der mit der linken Hand den langen Schwanz eines Leguans festhielt und mit der rechten eine Axt hob.

«Das ist Pizarro! Lassen Sie ihn los!»

Der Mann ließ die Axt sinken. Grenzenlose Verwirrung machte sich auf seinem Gesicht breit. Andere kamen näher und nahmen Janna in Augenschein. Sie bückte sich nach dem grünen Leguan. Diese Tiere waren zäh und gute Schwimmer. Und sie war sich ganz sicher, dass er es war. Sie hob ihn hoch.

Wie sollte sie das nur erklären? «Der ist nicht zum Essen. Er darf nicht angerührt werden, verstehen Sie?»

Ob er wirklich verstand, wusste sie nicht. Aber er ließ den Schwanz los, und sie lief mit ihrer zappelnden Last in Richtung des Missionsdorfes.

«Wo finde ich Arturo?», fragte sie einen der Mönche, der verwundert das Tier auf ihrem Arm musterte. Er führte sie ans andere Ende des Dorfes und zeigte auf eine Hütte.

Janna fühlte Beklommenheit, als sie darauf zuging. Mit dem Ellbogen schob sie den Vorhang ein Stück beiseite. Sein Logis sah nicht anders aus als ihres. Er lag in der Hängematte, nackt bis auf seine Kniehosen. Sein Kopf war zur Seite gesackt; seine halb aufgelösten Zöpfe lagen auf seiner Brust. Von seinem primitiven Schmuck, den ledernen Schnüren mit den Schneckenhäuschen, hatte nur eine am Fußgelenk die Reise überstanden. Janna räusperte sich. Beim geringsten ungewohnten Geräusch pflegte er sich wachsam aufzusetzen, doch diesmal nicht. Er schlief wie ein Toter.

Die Entkräftung war seinem von Bartstoppeln übersäten Gesicht anzusehen. Wie viele Stunden hatte er sie in den Armen gehalten und sich gegen die Strömung gestemmt, selbst nur von einem versunkenen Baum gestützt, von dem er nicht gewusst hatte, ob er nicht jederzeit wegbrach? Zum dritten Mal hatte er ihr Leben gerettet. Dass sie ohne ihn erst gar nicht in diese Lage geraten wäre, mochte sie ihm jetzt nicht vorwerfen. Diese Leistung war unmenschlich gewesen.

Pizarro zappelte. Janna betrat die Hütte, und endlich hob Arturo die Lider.

Gemächlich drehte er den Kopf in ihre Richtung. Was in seinen Augen aufblitzte, war Freude. Sie trat zu ihm und ließ das Tier auf seinen Bauch gleiten. Seine Hände umfingen es.

«Sie wollten ihn schlachten. Ich konnte es gerade noch verhindern.»

Sein Blick wanderte ihren seltsamen Aufzug hinunter und zurück zu ihrem Gesicht, wo er lange verweilte.

«Danke», sagte er rau.

«Ich – ich bedanke mich auch», murmelte sie, machte auf der Ferse kehrt und hastete hinaus.

* * *

Nach den Wochen des wilden Lebens wirkte das Refektorium mit seinen lehmverputzten Wänden und dem langen Tisch und den Bänken beinahe wie ein Salon. Der Vorsteher der Ordensgemeinschaft hatte sich als Sebastián de Benaocaz vorgestellt. Inzwischen wusste Janna auch, dass es sich um einen Ordenszweig des heiligen Franziskus handelte. Genauer gesagt um einen Orden der Minderen Brüder der Kapuziner, die so hießen, weil vor dreihundert Jahren einige abtrünnige Franziskaner von der Kurie in Rom gezwungen worden waren, als äußerliches Zeichen eine spitze Kapuze zu tragen. Und den Vorsteher nannte man nicht Abt, sondern Guardian. *Papistenunsinn,* hätte ihr Vater zu diesen Ausführungen gesagt.

Der Guardian war ein hagerer Alter mit ergrautem Haarkranz und pockennarbigem Gesicht. Seine schwarze Augenklappe verlieh Sebastián de Benaocaz den eigentümlichen Anstrich eines Piraten, der sich nach einem ereignisreichen Leben zur Ruhe gesetzt hatte. Er goss frische Ziegenmilch in zwei Holzbecher. Arturo nahm einen zögerlichen Schluck, Janna hingegen leerte ihren Becher undamenhaft in einem Zug. Während der Reise hatte sie öfter gehungert und sich vorhin mit Maniokbrot, Bohnen und einer sämigen roten Soße vollgestopft. Sie würde viel essen und trinken müssen, um den Geschmack all der Wurzeln, Kastanien, Nüsse und Eidechsen loszuwerden. Und Fische würde sie wahrscheinlich für den Rest ihres Lebens nicht mehr anrühren.

«Ich hoffe, Sie haben sich ein wenig erholt», sagte der Guardian.

Arturo nickte, und Janna dankte der Nachfrage.

Sie säße gerne sauber vor dem Vorsteher dieser Mission,

aber ein Mönch war alsbald erschienen und hatte sie hergebeten. Hoffentlich besaß Frater Sebastián keine gute Nase.

«Darf ich fragen, woher Sie kommen?»

Er sah dabei Arturo an. «Aus dem Delta», antwortete dieser knapp. Unruhig wippte Janna mit den Zehen. Arturo war nicht der richtige Gegenpart für eine Konversation, und sie als Frau hatte nicht vorlaut zu sein.

«Und Sie, werte Señora …» Frater Sebastiáns Blick bat sie, ihm auszuhelfen.

«Ich bin verlobt, Señor Reverendo», erwiderte sie denn auch lächelnd. Sofort glitt sein Blick zurück zu Arturo, und sie fügte schnell hinzu: «Mit Reinmar Götz. Er ist ein Pferdezüchter. Wir wollen in Venezuela leben. Leider hat uns ein Unglück getrennt: Unser Schiff wurde auf dem offenen Meer leckgeschlagen.»

«Wie schrecklich, das tut mir leid. Ist er wohlauf?»

«Aber ja, ganz gewiss. Wir kommen aus Hamburg, das ist eine freie Stadt im Deutschen Bund …»

Sein Auge weitete sich erfreut. «Sie sind Deutsche? Wir hatten vor einigen Jahren einen deutschen Gast hier.»

«Tatsächlich?»

«Ja», er hob eine Hand, um das Thema zurückzustellen, und versuchte es noch einmal mit Arturo: «Darf ich fragen, wer Sie sind?»

«Arturo.»

Janna seufzte innerlich. Der Guardian wollte natürlich wissen, wie ein großer, kräftiger Mischling in diese Geschichte geraten war. «Der Herr hat mir geholfen und will mich zu Señor Götz bringen», erwiderte sie. An dieser Antwort würde Arturo hoffentlich nichts auszusetzen haben.

«Aber was ist denn Ihr Ziel?», kam die nächste Frage.

Zierlich nippte Janna an ihrem Becher. Das Lügen würde sie nicht auch noch für ihn übernehmen.

«San Fernando de Apure», sagte er.

«Oh. Dann haben Sie ja noch einen weiten Weg vor sich. Selbstverständlich können Sie sich hier ausruhen, so lange Sie meinen, es zu brauchen. Gerne auch bis zur Regenzeit; wenn der Fluss wieder steigt, legt auch ab und zu ein Schiff hier an. Sicherlich würde man Sie mitnehmen. Aber San Fernando am Rio Apure! Es gibt wahrhaftig angenehmere Orte, sich niederzulassen.»

Was immer er damit meinte – Janna wollte dieses Thema keinesfalls vertiefen.

Ein kostbares Stück duftende Seife in der Hand, lief sie den Pfad zur Quelle entlang. Die Frauen saßen um ihre Kochfeuer versammelt und bereiteten das Abendessen zu; es war anzunehmen, dass der Badeplatz in friedlicher Einsamkeit dalag. Doch als sie sich dem verheißungsvollen Plätschern der Quelle näherte, sah sie glänzende Haut aufblitzen. Hatte sich denn alles gegen sie verschworen? *Nimm dir nichts vor, dann schlägt dir nichts fehl.* Vorsichtig schob sie die gebogenen Blätter mannshoher Farne auseinander und stellte fest, dass es noch schlimmer war: Niemand anderer als Arturo wusch sich dort ausgiebig im Stehen.

Hatte man ihm etwa nichts von den Badezeiten gesagt? Wahrscheinlicher war, dass er sich nicht darum scherte. Janna konnte sich lebhaft vorstellen, wie er herangestapft war, sodass die Gräser ringsum gebebt hatten, als stürze sich ein Krokodil auf seine Beute, und die Mädchen schreiend davongestoben waren.

Janna setzte sich auf eine saubere Wurzel, wo er sie nicht

sehen konnte, sobald er ging. Was er sicherlich bald tun würde, denn die Sonne stand tief.

Sie hingegen sah ihn sehr gut. Nackt wie ein urtümliches Wesen, stand er mit dem Gesicht zur Felswand, aus der die Quelle sprudelte. Durch seine offenen Haare rann das Wasser und machte sie glänzend wie schwarzes Glasgestein. Seine gebräunte Haut ließ im Licht der untergehenden Sonne hingegen an glasierten Ton denken. Eine wahrlich vollkommene Skulptur.

*Was denkst du da bloß für Tünkram?*

In irgendeinem vergessenen Winkel regte sich der mahnende Gedanke, die Augen abzuwenden. Aber sie starrte auf Muskeln und Sehnen, auf denen Wasser und Sonne tanzten. Auf die Hände. Auf einen Fuß, als er ihn hob, um die Finger zwischen die Zehen zu bohren. Sie starrte auf die Tätowierung, auf einige schillernde Narben an Armen und Schenkeln und ansonsten auf geschmeidige Glätte. Wen hatten diese Hände je zärtlich berührt? Wen sonst noch geschlagen? Sie wusste es nicht. Sie wusste fast nichts über ihn. Aber sie sah ihn entblößt. Unfasslich.

*Sieh – endlich – weg.*

Er drehte sich leicht. Janna erblickte die eigenartigen länglichen Brandnarben auf seiner Brust, dann zuckte ihr Blick zu Boden. Als sie die Augen, ganz willenlos, wieder hob, atmete sie auf: Er zeigte ihr wieder nur die prächtige Kehrseite. Nur! Hatte sie je gesehen, wie Wasser das Rückgrat eines Mannes hinunter zwischen seine Gesäßbacken rann? Natürlich nicht; außer auf Kopien von französischen Historiengemälden und Kupferstichen der berühmten Ägyptenexpedition Napoleons hatte sie noch nie einen nackten Mann erblickt.

Entsetzt keuchte sie auf, als er sich leicht bückte und mit einer seifigen Hand zwischen die Beine griff. Sie sollte nicht nur wegsehen, sie sollte verschwinden. Aber das ging ja nicht; dann käme sie auch heute nicht zu einem Bad. Eine Spinne seilte sich dicht vor ihren Augen herab. Ungeduldig wischte sie sie beiseite.

Ein Blatt klebte auf seinem Rücken. Wie bei Siegfried, dem Drachentöter. Er war ja auch ein Drachenherr. Ein Glucksen drängte ihre Kehle hinauf. Lachen wollte sie, wie sie es am Elbufer im Sommer getan hatte, wenn das Wetter schön gewesen und sie barfuß und mit gerafftem Rock durch den Sand gelaufen war. Woher kam das? Eigentlich sollte sie nach all dem, was sie erlebt hatte, anderer Stimmung sein. Dass sie beinahe ertrunken war, lag erst einen Tag zurück. Ja, das war vermutlich die Erklärung. Ihre Seele versuchte den Schrecken zu verdrängen.

Als er in seine feuchten Kniehosen stieg und die Lederschnüre über den Knien zusammenband, stellte sie erstaunt fest, wie viel Zeit verflossen war. Er sprang aus dem Teich. Tief duckte sie sich in die Schatten der Farne. Nur wenige Schritte entfernt schritt er an ihr vorüber.

Janna wartete, bis sie sicher war, allein zu sein, und stieg in den Teich. Eigentlich sollte sie erst prüfen, ob sich auch kein Getier auf dem Grund herumtrieb, das ihr schaden könnte. Aber das hatte Arturo längst vertrieben. Das Wasser war glasklar. Welch eine Wohltat! Rasch sah sie sich noch einmal um. Aber er war fort; es würde gleich dunkel sein. Sie streifte Tunika und Schuhe ab und setzte sich auf einen großen flachen Stein. Die Seife zerrieb sie zwischen den Fingern und rieb sich damit ein. Endlich, endlich! Der Länge nach ließ sie sich fallen, schloss die

Augen, bewegte Zehen und Hände und schwebte ganz unbehindert von lästigem Stoff eine Handbreit über dem felsigen Boden.

Was war das nur eben für ein eigenartiges Erlebnis gewesen? Ein schönes. Aber da es Arturo gewesen war, eben auch ein beängstigendes.

Sie erschrak. Es war dunkel geworden. Stockdunkel. Sie stieg aus dem Teich. Wo war die Tunika? Jetzt würde sie sich den Weg zurücktasten müssen. Schon spürte sie einen Mückenstich auf dem Gesäß. Plötzlich hörte sie auch wieder all die Insekten bedrohlich surren. Überall begann es zu stechen und zu jucken. Und diese leuchtenden Augen im Dickicht, gehörten die einer Vogelspinne, einem Kaiman oder noch Schlimmerem?

Leise schimpfte sie mit sich, während sie die Schuhe schnürte. Ohne Arturo und sein unzüchtiges Schauspiel wäre sie längst wieder im Dorf gewesen. «Ich hasse dich», stieß sie zwischen den zusammengepressten Zähnen hervor. «An allem, was mir passiert, bist du schuld.»

«Wer ist schuld?»

Sie hielt den Atem an. Ein Schatten kam von dort, wo sie den Pfad vermutete, und wuchs vor ihr auf. «Arturo?», fragte sie bang.

Eine Hand griff nach ihrer und zog sie auf die Füße.

«Wie oft muss ich dich noch retten?», schalt er sie. Sein Mund roch fruchtig. Er hatte ihn mit einem Pflanzenstängel gereinigt, wie er es ihr auf der Herfahrt gezeigt hatte.

«Nun übertreiben Sie nicht. Wieso sind Sie wieder hier?»

«Mir war so, als hätte ich dich unter den Farnen hocken sehen. Ich dachte, ich hätte mich geirrt. Aber als ich dich im Dorf nicht fand, dachte ich, es könne nicht schaden, noch einmal nachzusehen.»

Ein unverhoffter Blitz zuckte. Für einen Sekundenbruchteil sah sie sein Gesicht. Die Spannung des Gewitters lag in der Luft. Das Krachen war ohrenbetäubend.

«Komm jetzt, Janna.»

An seiner Hand lief sie dicht hinter ihm. Er war langsam, aber sie hätte vermutlich eine Stunde gebraucht oder sich ohnehin verirrt.

Im Dorf waren die Menschen inzwischen in ihre Hütten geflüchtet. Die Lichter von Lampen und Kerzen schimmerten hinter den Vorhängen. Er schob Janna in ihre Hütte. Auf ihr «Vielen Dank und gute Nacht» gab er nur ein unbestimmtes Brummen von sich.

«Arturo?», hielt sie ihn zurück. «Darf ich ... darf ich etwas fragen?»

Er schwieg. Sie nahm das als Zustimmung. Aber sie wusste gar nicht, was sie jetzt fragen sollte. Vielmehr durfte. Nur dass sie das Bedürfnis hatte, nach diesem wunderlichen Erlebnis noch ein Wort mit ihm zu wechseln.

«Was sind das für Brandnarben auf Ihrer Brust? Und die unter Ihrem Auge?»

Schweigen. Was war das auch für eine indiskrete Frage! Andererseits – sie hätte es wirklich gerne gewusst.

«Bitte entschuldigen Sie», sagte sie steif, da außer schwerem Atmen nichts kam. Diese Frage hätte sie nicht ausgerechnet jetzt stellen dürfen, denn hatte sie damit nicht verraten, ihn beobachtet zu haben? Wie peinlich! «Ich hätte Sie so etwas nicht fragen dürfen. Sie wissen von mir schließlich auch nichts.»

«Ich weiß von dir sehr viel.»

«Ach!»

«Du bist in einer wohlhabenden Kaste aufgewachsen. Du hast einen Vater, eine Schwester, die dünkelhaft ist, einen Bruder, der ein Gelehrter sein möchte, und deine Mutter starb bei deiner Geburt. Deshalb ließ dir dein Vater alles durchgehen, was man dir heute anmerkt. Du hast eine Großmutter, die dir eine Sprache beigebracht hat, die kein Mensch versteht.»

*Das* hatte sie alles erzählt? Sie war sich sicher, ihm nur hochmütige Brocken hingeworfen zu haben. Und die hatte er tatsächlich alle aufgesammelt und sich gemerkt?

«Nun … So viel wüsste ich von Ihnen auch gern.»

«Wozu?» Er wandte sich zum Gehen.

«Arturo? Haben Sie eigentlich gemerkt, dass Sie mich eben ‹Janna› genannt haben?»

Er sah über die Schulter. «Du hast doch gesagt, dass du so heißt.»

«Das ist schon lange her.»

«Ich habe mir auch das gemerkt.»

Da war es wieder, sein seltenes Lächeln. Dann hatte ihn auch schon die Nacht verschluckt. Sie berührte ihren Mund. Hatte sie es tatsächlich erwidert?

«Kiek mol wedder in», murmelte sie.

# 9. KAPITEL

Janna konnte sich einer gewissen Schadenfreude nicht erwehren. Arturo, der Geheimnisvolle, dem man gewöhnlich jedes Wort aus der Nase ziehen musste, hatte sich gezwungen gesehen, Frater Sebastián de Benaocaz um ein Gespräch zu bitten.

Der Guardian neigte sich vor und legte die Fingerspitzen aneinander. «Sie suchen also eine Stelle, wo der Fluss – wie sagten Sie? – ‹einem über den Kopf hinwegfließt›. Und wo der Felsen rot gebändert ist?»

Den Brief des Unbekannten hatte Arturo nicht vorgezeigt. So wenig wie er seine wahre Absicht offenbaren wollte. Eher würde er sich die Hand abhacken. Er hatte Janna nicht ins Gebet genommen, damit sie schwieg. Die Gefahr, dass sie von sich aus von dem Schatz redete, bestand nicht. Einen so zornerfüllten Arturo wollte sie nicht erleben.

«Ja», erwiderte er knapp.

Seine Miene, seine ganze Haltung drückten aus, dass er nicht nach dem Zweck gefragt werden wollte. Welche Ausrede hätte auch glaubhaft geklungen? Dem Guardian wiederum war anzusehen, dass er sich seine Gedanken machte. Arturo sah nun einmal nicht wie ein Mann aus, der mit Lupe, Notizblock und Botanisiertrommel vertraut war – die Welt erforschen zu wollen wäre der einzige andere glaubwürdige Grund gewesen.

Der Blick Frater Sebastiáns wanderte von Arturo zu ihr,

und sie fragte sich, ob ihre Anwesenheit ihn daran hinderte, den richtigen Schluss zu ziehen. Denn welcher Schatzsucher würde eine Dame mit sich schleppen? Auch noch eine Europäerin?

Er lehnte sich zurück und verschränkte die Finger. «Etwa fünf Meilen südöstlich, tief im Landesinneren, gibt es Felsen, die solche roten Einschlüsse aufweisen. Frater José Maria kann darüber sicher Genaueres sagen; er war in jungen Jahren voller Forschergeist und ist weit ins Landesinnere vorgedrungen. Aber zu welcher Jahreszeit wurde diese Aussage denn gemacht?»

Hatte der Schreiber erwähnt, wann er dort gewesen war? Sie konnte sich nur an die Jahreszahl erinnern. Arturo ballte eine Faust; seine Kiefer mahlten. Er reckte den nackten Oberkörper, griff in seine Hose und hielt ihr den Brief hin.

«Sieh nach!»

Sie brauchte eine Weile, bis sie begriffen hatte. Es war so anstrengend, sich in Gegenwart des Guardian ständig zu ermahnen, diesen Körper nicht anzusehen. Rasch überflog sie die verblassten Zeilen. «An Romuald», murmelte sie und gab ihn zurück. «Ich weiß nicht, was das für ein Tag ist.»

«Ah, San Romualdo. Der 19. Juni», half Frater Sebastián freundlich aus. «Dann fällt es ja nicht so sehr ins Gewicht, dass Sie auf Frater José Marias Rückkehr warten müssen. Er weilt derzeit am Amazonas.»

«¡Carajo!», fluchte Arturo und schlug mit der Faust gegen den Stützpfosten seiner Hütte. «Dass ich daran nicht gedacht habe!»

«Aber was bedeutet das denn?» Sie stand am Eingang und sah ihm zu, wie er hin- und herlief. Unhöflich, wie er war, war er aus dem Arbeitszimmer des Guardian gestürmt.

«Verstehst du denn nicht?» Er warf die Hände hoch. «Der Ort ist nur zu finden, wenn der Fluss die gleiche Höhe wie damals hat. Heute liegt das Gebiet wahrscheinlich trocken. Wir hätten keine Ahnung, wo wir suchen sollen. Also müssen wir warten, bis der Fluss steigt und sich ausbreitet.»

Ihr fiel das Kinn herab. «Das sind noch mehr als vier Monate!»

«Ja.»

«Bitte? Wir sollen hier vier Monate leben?»

«Du hast es verstanden.»

Nein. Nein, nein! Ihr schwindelte. Sie wankte zu seiner Hängematte und sackte darauf nieder. Pizarro, der dort geschlafen hatte, blinzelte schläfrig neben ihrer Hüfte. Noch vier Monate im Urwald? «Können wir nicht sofort dorthin, wo diese Felsen stehen sollen?»

Arturo gab ihr mit den Fingerknöcheln eine Kopfnuss gegen die Stirn. «Denk nach. Wir können es nicht.»

In Wahrheit musste sie nicht nachdenken, denn es war leicht zu begreifen: Wenn sie jetzt aufbrechen würden, müssten sie sich mit der Machete einen Weg durch trockenes, unwegsames Gelände bahnen, ohne das Ziel genau zu kennen. Im Juni jedoch, wenn sich der Fluss ausgebreitet hatte, konnten sie einfach mit einem Kanu zu den Felsen fahren – wahrscheinlich mit der Wegbeschreibung des Fraters José Maria in der Tasche.

Ihr war, als habe man schwere Steine auf ihre Schultern gelegt. Einen Tag nach dem anderen hinter sich zu bringen, bis sie sich zu Wochen reihten, war eines. Im Voraus zu wissen, dass es Monate sein würden, fühlte sich noch einmal ganz anders an.

*Das schaffst du,* ermahnte sie sich mit dem Tonfall Oma Inekes. *Du bist doch nicht aus Zucker.*

Vielleicht käme es ja anders: Der Fluss stieg schneller. Oder ein Krokodil kam und schnappte sich Arturo.

Er rieb sich nachdenklich über die indigoschwarzen Haare. «Wir werden es hier eben aushalten müssen. Genug Zeit jedenfalls, um das Boot zu überholen. Und vielleicht mehr in Erfahrung zu bringen. Etwas anderes bleibt uns nicht übrig.»

«Sie könnten mich gehen lassen. Ich verzichte auf meinen Anteil.»

«Auf keinen Fall!», donnerte er, dass sie meinte, die Wände der Hütte müssten wackeln. Wie sollte sie auch ohne ihn zurückkehren? Seit langem hatte sie keine Schiffe gesichtet. Nur indianische Einbäume.

Er beugte sich herab und legte eine schwere Hand auf ihre Schulter. «Janna, ich traue dir nicht.»

«Warum sind Sie so versessen auf dieses Gold?»

«Ich habe meine Gründe.»

Seine Hand glitt an ihrem Arm hinunter und nahm ihr das Pergament ab. Ihre Haut fühlte sich, da er sie nicht mehr berührte, seltsam kühl an. «Ich wünschte wirklich, Sie würden öfter den Mund auftun.» *Zumal es ein so schöner Mund ist,* dachte sie. Dass bei diesem Mann das Äußere und das Innere aber auch so weit auseinanderklaffen mussten …

«Noch öfter? Seit ich dich am Hals habe, komme ich mir vor wie ein alter Indio, der ständig am Lagerfeuer irgendetwas zum Besten geben muss.»

Sie schwang sich auf die Füße. «Ich bitte Sie! Was weiß ich denn von Ihnen? Dass Sie bei Mönchen aufgewachsen sind, aber erstaunlich wenig von ihnen gelernt haben. Und was noch? Sehen Sie, jetzt muss ich schon überlegen. Ich weiß nicht einmal, ob Sie als Säugling zu ihnen kamen oder als zwölfjähriger Junge. Sollte mich jemals jemand nach Ihnen fragen, würde ich Sie sicher nicht als Geschichtenerzähler bezeichnen. Ein Geheimniskrämer, *das* sind Sie.»

«Du wirst niemals jemandem von mir erzählen.» Wieder dieses bedrohliche Augenfunkeln. Sie trat zwei Schritte zurück.

«Ich habe es nicht vor.»

Er senkte den Kopf und betrachtete das Pergament. «Ich war sieben. Und gelernt habe ich so wenig, weil mir die Mönche wenig beibrachten. Es kam ihnen darauf an, dass man arbeitete, Kleidung trug und sonntags in die Kirche ging. Sie waren sich auch nicht zu schade, mich und die anderen Indios zu schlagen, wenn wir nicht spurten.» Flüchtig hob er den Blick von dem Blatt, in dem er nicht las. «Man nennt das, glaube ich, Sklaverei.»

«Diese Narben stammen also von einer … Bestrafung?» Jedes Wort kam ihr nur zögerlich über die Lippen. Janna hatte das Gefühl, als laufe sie auf knisterndem Eis.

«Eine Bestrafung? Vielleicht kann man es so nennen … Aber es waren nicht die Mönche.»

*Sondern?* Nein, das wäre jetzt zu viel. «Hätten die Indios nicht weglaufen können?»

«Sind sie ja. Oder hast du noch einen gesehen dort? Aber es gab Zeiten, da konnten sie es nicht. Karibische Sklavenjäger hatten sie eingefangen. Aber den Kariben erging es dann ja auch nicht besser. Die Warao hatten Glück, dass das Delta sie vor dem Schlimmsten bewahrte. Dort kann man schlecht mit Soldaten aufmarschieren oder Gefangenenwärter anwerben.»

Er sagte es so … kalt. «Aber Bruder Christoph?», fragte sie. «Ihn haben Sie gemocht.»

«Ja, wie ein Hund, der seinen Herrn liebt, auch wenn er ihn schlägt. Ich war sieben! Ich hatte sonst niemanden!»

«Und Ihre Familie? Ist sie … tot?»

Er schien zu vergessen, dass er den Brief noch in der Hand hielt, und ballte die Faust. Sie glaubte das Eis nun krachen zu hören.

«Sie ist … ich habe …» Aufstöhnend wandte er sich ab. Sein Unterarm stieß gegen den Stützpfosten, und er senkte den Kopf. Dann hob er ihn wieder. Er wirkte ausgelaugt. «Lass es gut sein. Komme ich deiner Vorstellung von einem Geschichtenerzähler jetzt wenigstens *etwas* näher?»

* * *

Hier gab es keine Kariben. Keine Wärter und schon gar keine Soldaten. Trotzdem lief Janna mit neuen Augen durch die Mission. Mit *seinen* Augen. Wie mochte er sich fühlen, wenn, so wie jetzt, ein Mönch schnellen Schrittes auf sie zukam? Sein gänzlich kahler Schädel verlieh dem Kapuziner ein altersloses Aussehen. Sein rechter Arm hing schlaff und verdreht an ihm herunter. Vermutlich war auch diese Behinderung ein Tribut an den Dschungel. Im anderen trug er etwas, das entfernt an ein Buch erinnerte. Er neigte den Kopf und stellte sich als Frater Domingo vor.

«Ein Fischer hat das hier drei Meilen flussabwärts gefunden, Señorita. Der Mann – Arturo – sagte, das müsse Ihnen gehören.»

Sie nahm das Buch entgegen. Es war vollkommen ruiniert; nur noch wenige Seiten ließen sich aufschlagen, und auch die waren nicht mehr leserlich. Sie kratzte mit dem Fingernagel die Erdschicht vom Einband, um wenigstens nachzulesen, was sie da verloren hatte.

«Oh. Mein Spanisch-Wörterbuch.»

«Seien Sie nicht traurig über den Verlust. Ihr Spanisch ist hervorragend.»

«Wenn es nur dieses wäre! Ich habe im Lauf meiner Reise sechs Bücher verloren.»

«Dann wird es Sie gewiss freuen zu hören, dass es hier eine Bibliothek gibt.»

Ihre Verblüffung ließ ihn freudig lächeln. Mit einer Geste seines gesunden Arms bat er sie, ihm in das Langhaus zu folgen. Die Bibliothek entpuppte sich als ein Regal voller vergilbter Bände, die einen üblen süßlichen Geruch ausdünsteten. Sämtliche Bücher waren an den Kanten aufgequollen, die Blätter braun und gewellt.

«Das ist ...»

«Ja, ich weiß, kein Schmuckstück.» Der Mönch rieb sich verlegen über die Brust. «Unser Bibliothekar ist oft auf Reisen, deshalb sieht der Bestand etwas wüst aus.»

«Frater José Maria?»

«Ja, genau. Wir anderen sind nicht gerade das, was man ‹bibliómano› nennt.»

Mit geübtem Auge entdeckte sie sofort einen *Robinson Crusoe* und zog ihn heraus.

«Ja, der darf natürlich nicht fehlen», sagte der Frater. «Ansonsten wird unsere Auswahl Sie wahrscheinlich nicht befriedigen, aber sehen Sie nur alles durch. Frater Sebastián wird nichts dagegen haben.»

Er ließ sie allein. Es gab auch einen Tisch, der aussah, als habe schon zu Kolumbus' Zeiten jemand daran gearbeitet. Davor stand eine Bank aus Rohrgeflecht, und die Truhe an der Wand war mit einem rostigen Schloss versehen. Vergebens versuchte Janna den Deckel zu heben.

Ihre Finger wanderten über die Regalreihen. Vieles waren nur lose Blätter, zu Packen gebunden. Als sie ein Buch herauszog, musste sie kräftig husten. Dieses vermoderte Papier war womöglich gesundheitsschädlicher als alle Miasmen der Tropen. Alles, was sie herauszog und öffnete, war schlecht leserlich. Nicht nur, weil die Blätter vergilbt waren. Janna musste tote Larven, Raupen und einige lebende Skorpione herausschütteln.

Nicht nur deshalb erwies sich diese so hochtrabend ‹Bibliothek› genannte Sammlung als Enttäuschung. Es gab viel Lateinisches, viel Aristoteles, einen dicken Katechismus, die Werke *Asia* und *Europa* des Papstes Pius II. und ein Buch Urbans des VIII., dessen lateinischer Titel das ganze erste Blatt einnahm. Aber nichts, was geeignet gewesen wäre, ihr die Zeit zu vertreiben oder sie etwas zu lehren. Vielleicht die Flugschrift *Mundus Novus* des Amerigo Vespucci, in der er die Neue Welt beschrieb? Aber Latein war ihr entschieden zu mühsam.

Sie zog die *Historia del oro* heraus, Verfasser unbekannt. «Geschichte des Goldes ...»

Auch dieses Buch drehte sie erst um und schüttelte es aus. Vorsichtig setzte sie sich auf die knarrende Bank und legte es auf den Tisch. Sie las von Niederländern, die vor mehr als zweihundert Jahren den Orinoco heraufgesegelt und bis zu einer Stadt namens Santo Tomé de Guayana gekommen waren. Ein spanischer Konquistador hatte sie kurz zuvor gegründet. War das nicht ein alter Name Angosturas? Sie las sich fest. Auch die Welser fanden Erwähnung. Ihr Statthalter in Venezuela, Ambrosius Ehinger, fand auf der Suche nach Gold den Tod durch einen vergifteten Pfeil. Auch von der Jagd nach Sklaven war die Rede. Spanien verbot das Töten und Versklaven der Indianer. Menschenfresser jedoch waren davon ausgenommen. Also hatte man einfach alle, die man fing, als *Caraibe* markiert: Kannibale.

*Der Mensch ist des Menschen Wolf,* dachte sie schaudernd.

Als Nächstes versuchte sie es mit einer der losen Blattsammlungen. Die Kordel zerfiel unter ihren Fingern. Sie fand Notizen, alte Flugschriften, Seiten, die aus Büchern herausgerissen worden waren. Dazwischen die ein oder andere Zeitung. Die waren erst wenige Jahre alt, sozusagen noch frisch.

«Was machst du hier?»

Arturo kam kauend herein, eine aufgeschnittene Frucht in der Hand. Er wischte sich mit dem Handrücken roten Saft vom Kinn.

«Willst du nicht zum Essen kommen? Es gibt Affenschinken in Maisfladen.»

«Später. Sieh mal», sie drehte sich und zog den *Robinson* aus dem Regal. «Das hier ist eine englische Ausgabe von 1719. Ich glaube, es ist die Originalausgabe. Ist das nicht unglaublich?»

Davon gänzlich unbeeindruckt, steckte er sich ein weiteres Stück in den Mund. «Und das?»

«Eine Zeitung aus Caracas. Da steht: *Der Libertador auf der Flucht nach Cartagena.* Und hier … Mir kommt da ein Gedanke.»

Sie holte sich drei weitere Packen, öffnete den ersten und begann jedes Blatt zu prüfen und auf die Seite zu legen. Der Staub kitzelte in ihrer Nase.

«Was für einer?», brummte Arturo ungeduldig.

«Wenn unser Unbekannter in der Mission im Delta ein Schriftstück hinterließ, in dem er über den Schatz berichtet, dann hat er das hier an diesem Ort vielleicht auch getan? Oder irgendetwas anderes, das uns weiterhelfen könnte?»

Er hockte sich an ihre Seite. Die schwächliche Bank knarrte bedrohlich. «Hältst du das für möglich?»

Ungerührt blätterte sie weiter. «Es wäre natürlich auch möglich, dass wir das Tagebuch eines Mannes finden, der darin erzählt, dass er den Schatz geborgen hat.»

Sein Knurren verriet, wie sehr ihm diese Aussicht missfiel.

«Arturo, mit dem Lesen ist es bei dir zwar nicht allzu gut bestellt, aber denkst du, du würdest die Schrift wiedererkennen?»

Er zog den Brief hervor, glättete ihn und legte ihn vor sich, damit er ihn gut im Blick hatte. Dass er ihr half, machte die Sache noch einmal so aufregend. Hunger? Jetzt doch nicht! Es genügte ihr vollauf, dass er ihr ein Stück seiner Frucht hinhielt. Seite an Seite arbeiteten sie. Irgendwann erschien Frater Domingo im Eingang, schaute eine Weile zu und ging kopfschüttelnd wieder. Janna nahm kaum wahr, dass draußen geschäftiges Treiben herrschte. Doch Arturos Atmen, sein gelegentliches Seufzen oder auch enttäuschtes Knurren – von alldem entging ihr nichts.

Als der letzte Packen durchgesehen war, stand sie auf und reckte sich. «Nichts. Es wäre ja auch zu schön gewesen.»

«Und das da?» Arturo deutete auf die Truhe.

«Die ist verschlossen.»

Trotzdem ging er hin und rüttelte am Deckel. Janna lag auf der Zunge, dass er fremde Sachen nicht aufbrechen durfte. Was er zweifellos erwog. Zu ihrer Erleichterung ließ er davon ab und setzte sich wieder an ihre Seite.

* * *

Unter ihren Fingern zerbröselten getrocknete Pflanzen. «Schau, das ist ein Herbarium. So wie das, wovon ich dir erzählte. Erinnerst du dich?»

Er sagte nichts, sah aber zu, wie sie behutsam die Bögen öffnete und es vermied, weitere der Kräuter und Blüten anzufassen. Eine Maßnahme, die sinnlos war, denn die Pflanzensammlung war wie alles andere in schlechtem Zustand. Außerdem musste man ja nur ein paar Schritte nach draußen tun, um exotische Pflanzen in all ihrer lebendigen Pracht bewundern zu können. Janna nahm an, dass ein Reisender das Herbarium angelegt hatte, um es in seine Heimat mitzunehmen. Welche Gründe mochten ihn daran gehindert haben, diese Absicht in die Tat umzusetzen?

Sie machte sich daran, einen Stapel beschrifteter Blätter durchzusehen. Zu ihrem Erstaunen erwiesen sie sich als Abschriften der Göttlichen Komödie. Wer die wohl angefertigt hatte? Plötzlich hielt sie inne und ließ sie sinken. *Ist das eigentlich wirklich passiert?*, fragte sie sich.

Natürlich.

Sie hatte Arturo geduzt.

Womöglich hatte sie es gestern schon getan. Und ihm war es nicht aufgefallen. Oder es war ihm keine Erwähnung wert gewesen. Sie versuchte sich wieder in die Lektüre des kleinen Schatzes anderer Art zu vertiefen, den sie da gehoben hatte, und übersetzte in Gedanken die spanischen Verse.

*Der Ort, wo wir zum Niedergang gelangten, war steinig und so graus ob seines Inhalts …*

Sollte sie nun dabei bleiben? Aber nein, er war ein fremder Mann! Andererseits … Sie schüttelte den Kopf. Ihr entging nicht, dass Arturo sie ansah. Sicherlich fragte er sich, ob sie etwas Wichtiges entdeckt hatte. Also rief sie sich zur Vernunft und legte die Blätter für spätere Mußestunden beiseite. Jetzt hatte sie anderes zu tun.

An den nächsten Abenden, kurz bevor die Dämmerung hereinbrach, las sie Arturo aus Dantes Werk vor, während er sich einige Schritte entfernt im Bogenschießen übte. Er wollte zur Jagd gehen, um nicht für Monate ein unnützer Esser zu sein. Ein Indio versorgte ihn mit einem ordentlichen Vorrat an Pfeilen und Gift für die Pfeilspitzen. Niemand hatte großzügiger seinen Leib mit roter Farbe verziert als dieser alte gebeugte Mann. Das wies ihn als Herr der Sálipure aus, erklärte Arturo. An einem der Abende brachte seine Frau das Empirekleid zurück. Janna staunte, wie geschickt es geflickt worden war. Ebenso die Chemise, die Pantoffeln und das kleine Schnürmieder, das ihr die Indianerin mit einem Schwall vorwurfsvoller Worte in den Schoß legte.

«Sie sagt, die Brüste einer Frau brauchen keinen Schildkrötenpanzer.»

Ein Panzer? Das zierliche Ding? «Dann hätte sie mal eines von Frau Wellhorns altmodischen Korsetts sehen sollen», erwiderte Janna, während sie der Frau mit einem strahlenden Lächeln dankte.

Obwohl es immer noch Lumpen waren, beschloss Janna, die Sachen an jenem Tag wieder anzuziehen, wenn sie Angostura betreten würde. Bis dahin musste es eine Mönchskutte tun. Doch einige Tage darauf wurde sie wieder von der Häuptlingsfrau überrascht. Diesmal brachte ihr Guahíta ein buntgestreiftes Kleid. «Eigens für dich gewebt», übersetzte Arturo die gestenreich untermalten Worte.

Es besaß lange Ärmel zum Schutz vor den Moskitos, worüber sich Janna freute. Doch so eng hätte es nicht sein müssen. Nur eine bis zum Knie offene Seitennaht sorgte für eine gewisse Bewegungsfreiheit. Nach all der Zeit in der Wildnis hatte Janna jedoch das zierliche Gehen verlernt, und ständig sprang der Spalt auf. Sie wagte es trotzdem, damit auch in die Kirche zu gehen. Die anderen Frauen sahen ja nicht weniger bunt aus.

Arturo ließ sich dort nicht blicken. Einmal hatte er es getan, und als er wieder herausgekommen war, hatte er nur gemeint: «Karg da drinnen. Es sieht nicht so aus, als hätten die Mönche den Schatz heimlich selbst geborgen.»

Janna bemerkte, dass hin und wieder der missbilligende Blick eines Ordensbruders auf die Tätowierung an seinem Arm fiel. Es musste für sie ein Sakrileg sein, die Mutter Gottes auf einen Arm gestochen zu sehen wie die Meernixen der Seeleute. An seiner oder Jannas Anwesenheit störten sie sich jedoch nicht. Es war, als könne hier jeder, der aus dem Wald gestolpert kam, eine Zuflucht finden. Und niemand fragte, wie lange man bleiben wollte. Die Indiofrauen zeigten Janna, wie man Körbe flocht oder den Onoto herstellte, den Farbstoff, mit dem sie sich bemalten. Dazu weichte man stachlige rote Samenbeutel ein, presste den Saft heraus und vermengte ihn mit Öl. Stunden konnten sie damit zubringen, sich gegenseitig komplizierte Muster auf die Haut zu malen – nur damit der nächste Regenguss alles wieder fortwusch.

Janna kam nicht umhin zu bemerken, dass einige der jungen Frauen Arturo immer wieder interessierte Blicke zuwarfen. Irgendwann würde er einer dieser stummen Einladungen doch sicher folgen? Aber obwohl er durchaus hinsah, ließ er sich kaum dazu herab, auch nur ein Wort mit den Frauen zu wechseln. Ein einziges Mal glaubte sie aus dem Augenwinkel gesehen zu haben, dass er eine küsste. Aber es war abends gewesen, abseits des Lichtscheins der Lampen. Sicherlich hatte sie sich getäuscht. Denn plötzlich war die Frau von ihm weggelaufen, und er hatte eine Axt genommen und das Blatt in eine Bananenstaude gehauen. Als wolle er innerlich etwas abschlagen, das plötzlich da war und ihn störte.

Oyomaco schenkte ihm eine alte Muskete. Anderntags beklagte sich der bucklige Häuptling, dass er damit nicht auf die Jagd ging. «Selbst wenn ich Flintstein, Zündkraut und Kugeln hätte, könnte ich mit dem verzogenen Ding nicht einen Schuss tun», sagte Arturo zu Janna. «Aber wie bringe ich das dem Alten bei?»

Immerhin erfuhr sie beiläufig ein weiteres Detail seines Lebens: Er wusste mit einer Flinte umzugehen.

Das Rauchen einer Zigarre dagegen war ihm neu. Es waren die alten Frauen, die es ihm zeigten, und auch Janna wollten sie mit einer riesigen, mit Maisblättern umwickelten Tabakstange locken. Janna hatte einmal an der Zigarre des Vaters ziehen dürfen; seitdem verstand sie nicht, wie man das mögen konnte. Mit dem Brauch, gebratene Fleischbrocken in Asche zu stippen, erging es ihr ähnlich. Sehr zu ihrer Verwunderung mochte sie es hingegen, im Ufersand vergrabene Schildkröteneier anzustechen und auszusaugen.

Prickelnde Aufregung erfasste das Dorf, als Frater Sebastián zur Eierernte rief. Ein Ereignis, das ihm eine Messe unter freiem Himmel wert war. Danach strömte das ganze Dorf mitsamt den Mönchen zu der kleinen Hafenbucht. Alle bestiegen die Kanus und ruderten den Fluss hinauf. Plötzlich wimmelte der Fluss von Booten. Sie alle strebten zu einer kleinen Inselgruppe, an deren Ufern bereits etliche Einbäume festgemacht hatten. Die Angehörigen anderer Stämme waren bereits damit beschäftigt, Schildkröteneier in ihre Körbe zu füllen. Janna fragte sich, ob es nicht bei so vielen Leuten Streit um die Eier geben müsste. Doch dann sah sie, dass die Indios bis zu den Knien in einer Schicht heller Eier und glänzenden Eigelbs wateten. Knirschend setzte das Kanu, in dem Janna und Arturo saßen, in der Schicht auf, sodass die Eier zerplatzten; die Ruderer sprangen hinaus und begannen die Körbe zu füllen. Arturo legte sein Paddel beiseite und bot Janna eine Hand zum Aussteigen. Ein beißender Geruch hing in der heißen Luft. Spätestens als ihr Fuß in der Masse von Eigelb und zerplatzten ledrigen Schalen versank, bezweifelte sie, dass es ein guter Gedanke gewesen war, diesen Ausflug mitzumachen. Doch all das ausgelassene Geschnatter und Gewimmel und die lustvolle Gier, mit der die Körbe gefüllt wurden, waren ansteckend. Der alte Oyomaco wühlte genauso nach den besten Stücken wie jene Frau, die sich von Arturo eine schmerzhafte Abfuhr eingehandelt hatte. Auch Guahítas Arme waren bis zu den Schultern gelb. Und bei so manchem Kind wusste man gar nicht mehr, ob da noch eine saubere Stelle am Körper war.

Janna suchte festen Stand und begann ihren Korb zu füllen. Tief grub sie die Finger in die warme Masse. In Schlamm und Dreck hatte sie auf dieser Reise schon so oft gestanden, dass sie geglaubt hatte, selbst eine Wilde geworden zu sein. Doch dies hier zu tun, freiwillig und lustvoll, erschien ihr als der Inbegriff der Wildheit. Mit beiden Händen zog sie zwei Eier heraus und legte sie in den Korb. Dann langte sie wieder zu. Diesmal versank sie bis zu den Ellbogen darin. Nur wenige Schritte entfernt las Arturo unbeschädigte Eier auf. Sein Hemd war schon voller gelber Spritzer. Gebückt kam er näher, und als er mit den Händen tief in der Schicht steckte, warf er die Haare zurück und sah auf. Ihre Blicke trafen sich. Sein Gesicht war gänzlich entspannt, als habe er alles, womit er sich das Leben selbst schwer machte, abgeworfen.

Sie leckte Eigelb vom Handrücken. «Probier das auch!», rief sie über den Lärm hinweg. «Es schmeckt wie Hühnchen.»

Kopfschüttelnd zog er eine Grimasse. Er lächelte sie an. Nein, er lachte.

Sie konnte nicht anders, als den Kopf zurückzuwerfen und lauthals in das Johlen ringsum einzustimmen. Eine riesige dunkelgraue Schildkröte bohrte sich zu Arturos Füßen ins Freie. Er wollte auch sie einsammeln, wie es die anderen Männer taten. Doch seine Finger fanden an ihrem glitschigen Panzer keinen Halt. Gemeinsam mit einem kräftigen Indio gelang es ihm, sie in eines der Kanus zu wuchten. Überall hockten die Schildkröten, erschöpft vom Eierlegen, und schienen sich nicht dafür zu interessieren, dass man sie ergriff und forttrug. Bis zum Abend zog sich die Ernte hin, dann sammelte ein über und über bekleckerter Frater Sebastián die Schar zusammen, und zurück ging es in Kanus, deren Last sie fast bis unter die Wasserlinie drückte. Ein Fest mit viel gebratenem Ei, Schildkrötenfleisch, Maniokkuchen, Bananensuppe und den schrillen Tönen von Panflöten und langen, aus Ton gebrannten Trompeten schloss sich an. Jeder hatte sich aufwändig mit Onoto bemalen lassen. Auch Janna kam nicht um ein paar Kreise und Zickzacklinien im Gesicht herum.

Sogar Arturo hatte Schultern und Arme hingehalten. Er trug auch wieder Lederschnüre mit kleinen, schillernden Schneckenhäuschen an den Gelenken. Janna konnte den Blick nicht von ihm lassen. Dass er so ausgelassen gewesen war, kam ihr noch erstaunlicher vor als diese wundersame Landpartie.

*Du nennst mich Janna,* dachte sie beglückt. *Ich nenne dich nicht mehr den Drachenherrn.*

Den Großteil der Beute verarbeiteten die Frauen in den nächsten Tagen zu Öl. Janna beschäftigte sich wieder mit Zeichnen und Arturo mit der Jagd und dem Überholen seiner *Maria*. Doch nicht immer waren die Tage heiter. Ein Erdbeben brachte die Glockenmauer der Kirche zu Fall. Trauer erfasste das Dorf, als ein Kind an Fieber starb. Ein andermal war es ein Spinnenbiss, der einen der Indios das Leben kostete. Von irgendwoher schleppte jemand eine Kalebasse voller Fusel an – das Ergebnis war eine Prügelei, bei der es Tote gab. Auch als sich der Häuptling und seine Frau vor allen Leuten lautstark stritten, dachte Janna, sich in einer üblen Hafenspelunke zu befinden. Doch wenn ein freches Titi-Äffchen mitten in die Essensschalen sprang und ein Ordensbruder sich unter schallendem Gelächter die lebenden Maden aus dem Haar klauben musste und wenn Pizarro einem belaubten Zweig hinterherstelzte, den ein kleines Mädchen jauchzend über ihm schwang, oder Arturo die Panflöte spielte, während hoch über ihm Leuchtkäfer durch die Nacht schwirrten, dann dachte Janna: *Das Leben kann eben doch ein bunter Teller sein.*

# 10. KAPITEL

Wofür die Mission einstmals gegründet worden war, schien niemanden sonderlich zu interessieren. «Es hat keinen Sinn, ihnen die Heilsbotschaft und weiße Sitten einzuprügeln, wie es anderswo getan wird», sagte Frater Sebastián, während er sich vom indianischen Barbier die Tonsur glätten ließ. Janna saß bei ihm, denn auch sie hatte einen Haarschnitt dringend nötig. «Hier war es früher auch so. Dann kam Ihr Landsmann, Alexander von Humboldt, und erzählte von seinen Beobachtungen und Ansichten …»

«Verzeihen Sie, dass ich Sie unterbreche, Señor Reverendo. Aber habe ich das eben richtig gehört?»

«Bedauerlicherweise ja; die Vergangenheit dieser Mission ist so wenig ein Ruhmesblatt wie die vieler anderer.»

«Nein, ich meinte, dass Baron von Humboldt hier war!»

«Oh, ich dachte, ich hätte das schon erwähnt. Sie wissen also, wer Humboldt ist, Señorita Sievers? Aber warum auch nicht, er ist wohl so etwas wie eine Koryphäe. Er hatte mit seinem Begleiter und seinem Tross eine weite Reise hinter sich.» Der Guardian rieb sich über das pockennarbige Kinn. «Wie lange ist das jetzt her? Lassen Sie mich überlegen. Fünfzehn Jahre? Sechzehn? Damals hatte ich gerade meine ewige Profess abgelegt. Nach dem, was er so erzählte, hatte ich den Eindruck, er sei überall am Orinoco gewesen. Hier blieb er einige Tage, um sich die Umgebung anzusehen. Ein sehr angenehmer Mensch.»

Janna war wie vom Donner gerührt. Der berühmte Wissenschaftler war tatsächlich hier gewesen. Hier!

«Ihm verdanken wir, uns wieder auf die Wurzeln unseres Ordens besonnen zu haben. ‹Das Gesetz fordert, die Strafe nimmt, die Gnade gibt›, so sagte Franz von Assisi. Also üben wir uns in Langmut, was unseren Umgang mit den Einheimischen angeht. Und freuen uns, wenn wenigstens ab und zu einer um die Taufe bittet. Wir haben derzeit sogar einen, der mit dem Ordensleben liebäugelt. Franziskus sagte auch: ‹Alle Geschöpfe der Erde fühlen wie wir, alle Geschöpfe streben nach Glück wie wir. Alle Geschöpfe der Erde lieben, leiden und sterben wie wir, also sind sie uns gleichgestellte Werke des allmächtigen Schöpfers – unsere Brüder.›»

Es waren schöne Worte, doch sie schnitten Janna auch ins Herz, denn sie musste an den ständig pfeiferauchenden Pastor Jensen denken, der so gerne in der Wildnis Gottes Wort verkündet hätte. Stattdessen war Humboldt hierhergekommen … «Sie haben Baron von Humboldt tatsächlich gekannt», murmelte sie. «Ich kann das immer noch nicht fassen.»

«Dass Sie das so erstaunt?»

«Wissen Sie, mein Vater hatte ihm nach Paris geschrieben. Er bat ihn, ihm zu berichten, wie Angostura ist und ob man guten Gewissens eine junge Frau dorthin gehen lassen kann. Und der Baron hat wirklich und wahrhaftig geantwortet. Einen von ihm verfassten Brief in Händen zu halten kam mir unglaublich vor. Und jetzt sagen Sie, er sei hier gewesen, und das auch noch so … so …», sie warf die Hände hoch, «en passant!»

«Verzeihen Sie. Hätte ich gewusst, wie sehr Sie das mitnimmt, hätte ich es behutsamer begonnen. Aber die Wege des Herrn, Sie wissen ja, die sind …»

«Unergründlich, wem sagen Sie das.»

«Was schrieb er denn? Humboldt, meine ich.»

«Dass es so ruhig und friedlich in Angostura sei, dass sogar die Moskitos keine Lust verspüren, einen dort zu plagen.»

Frater Sebastián lachte. «Ja, der Mann hatte Humor. Wir haben ihm viel zu verdanken. Und ich dem französischen Arzt, der ihn begleitete, dass ich nicht hieran starb.» Vorsichtig tippte er an seine Augenklappe, und der Barbier hielt inne. Schaudernd zog Janna die Schultern hoch.

* * *

Der mit der Novizenschaft liebäugelnde Indio, der zwar gerne Farbe, aber auch stolz ein Kreuz auf der Brust trug, kam eines Abends in die Bibliothek gestürzt. Seitdem es so oft regnete, hatte es Janna wieder dorthin zurückgezogen. Mit Frater Sebastiáns Erlaubnis hatte sie begonnen, das wilde Durcheinander zu ordnen oder, wenn es unumgänglich war, fortzuwerfen. Man musste sich ja schließlich beschäftigen und den Hunger nach Lektüre irgendwie befriedigen, auch wenn es immer nur die gleichen wenigen Bücher und Zettel und Zeitungen waren. «Du komm. Schnell!», bemühte Picao sein schlechtes Spanisch und machte wieder kehrt.

Grundgütiger! Erschrocken folgte sie ihm. «Was ist passiert?»

«Nicht rede, komme. Arturo!»

War ihm etwas zugestoßen? Zur Mittagszeit war er losgezogen, Fischotter zu jagen. Die zarten, glänzenden Felle waren ein begehrtes Handelsgut. Picao winkte sie die Häusergasse entlang und eilte durch das Maniokfeld, hinter dem das Gelände steil anstieg. Ab und zu sah er sich um, ob sie ihm auf den Fersen blieb. Ihr war es nicht geheuer, so kurz vor der Dämmerung in den Wald zu laufen. Andererseits würde der junge Mann hoffentlich wissen, was er tat. Er stieg eine aus Wurzeln gebildete natürliche Treppe hinauf. Aus dem Erdboden ragten zerklüftete Granitfelsen, bereits schwarz wie die baldige Nacht. Die kräftigen Blätter der Bromelien, die in ihren Spalten nisteten, verloren zusehends ihre Farben. Irgendwo voraus übertönte ein Wasserfall die üblichen abendlichen Geräusche der Tierwelt.

Keuchend blieb Janna stehen. «So sag mir doch, was ...»

«Still!»

Vor ihr erhob sich ein düsterer Vorhang verschlungener Gewächse. Picao winkte sie hinein in diese lebendige grüne Wand. Janna kniff die Augen zu und schob sich in die Schwärze einer Höhle. Beißender Geruch nach faulender Erde stach in ihre Nase. Bevor sie sich noch einmal fragen konnte, warum um alles in der Welt sie das tat, hatte sie die Dunkelheit wieder hinter sich gelassen. Ein Spalt führte auf den Rand einer kleinen Schlucht hinaus, an deren Ende die Gischt des Wasserfalls bis zum Himmel wallte.

«Picao, was ...»

Er legte einen Finger an die Lippen, und diese Geste erschien ihr so eindringlich, dass sie verstummte.

«Arturo, da», wiederholte er leise und deutete schräg nach unten.

Vorsichtig neigte sie sich nach vorne. Dort unten war jemand. Wirklich Arturo? Sie sah den Schimmer und den Rauch eines kleinen Feuers. Leiser, jaulender Gesang ertönte.

Sie warf einen Blick zurück. Picao hatte sich in die Düsternis der Höhle zurückgezogen. Er *wollte,* dass sie das dort unten sah. Sie ging in die Knie und kroch auf einen Baumstamm, der quer über dem Abgrund lag. Lianen hingen von Wand zu Wand und vermittelten ihr die Sicherheit, notfalls danach greifen zu können. Langsam schob sie sich vorwärts, gerade so weit, dass sie die beiden Menschen dort unten am Feuer erkennen konnte.

Arturo, ja. Und Oyomaco. Der dürre Leib des Häuptlings war standesgemäß bemalt. Doch diesmal mit Muschelkalkfarbe. In einer Hand hielt er eine Schale, in der anderen einen Vogelknochen. Beides reichte er Arturo. Auch er trug dicke weiße Striche auf den Schultern und der nackten Brust. Sogar der Felsboden ringsum war bemalt. Kerzen flackerten zwischen den unterbrochenen Linien. Er nahm den gabelförmigen Knochen, steckte ihn in die Schale und sog sich den Inhalt in die Nase. Die Oberkörper beider Männer schwangen leicht vor und zurück.

Was um alles in der Welt …

Niemals hatte Janna etwas Befremdlicheres und Angsteinflößenderes gesehen. Es war, als hätte sie ein altes Buch geöffnet. Einen *Crusoe*, ja. Mit der lebendig gewordenen Illustration, wie der Schiffbrüchige auf einen Baum geklettert war, um die um ein Feuer versammelten Wilden zu beobachten. Nur besaß sie kein Fernglas und keine Flinte. Das hier war kein Buch, es passierte tatsächlich.

Die Nacht war über diese Szenerie gefallen. Es gab nur noch das Licht der Sterne und rötlichen Feuerschein, der sich auf den schweißfeuchten Körpern der Männer spiegelte. Rücklings sank Arturo auf die Kerzen; sein Leib löschte sie aus. Unwillkürlich dachte Janna an seine Brandnarben, die jetzt unter der Farbe verborgen waren. Während der Häuptling sein schauriges Lied sang, wälzte sich Arturo herum und kam schwankend hoch. Er drehte sich. War das ein Tanz? Mit einem Fuß trat er in die Glut, eindeutig absichtlich. Der andere folgte. Spürte er denn keinen Schmerz?

Moskitos und dicke Falter verglühten knackend in den Flammen. Auch Janna sah sich von Insekten gepeinigt. Längst hatte sie gemerkt, dass die Baumrinde unter ihren Handflächen lebendig war. Die schwarzen Schatten von Fledermäusen flogen dicht an ihrem Kopf vorbei. Trotzdem vermochte sie sich nicht abzuwenden, so grausig sie dieses merkwürdige Ritual fand. An Oyomaco vorbei schritt Arturo in die Dunkelheit. Flügel flatterten. Ein ängstliches Fiepen. Ein Krächzen, das abrupt verstummte. Er wankte in den Lichtschein zurück, in einer Hand ein Federvieh, das er in die Schwärze warf. Schwer sackte er zurück ans Feuer, und als er sich vorneigte, ließen die zuckenden Flammen sein in Schweiß getauchtes Gesicht rötlich aufleuchten.

Er entblößte die Zähne. Auch sie waren rot.

Janna schmeckte etwas Grässliches auf der Zunge, das sie liebend gern ausgespuckt hätte. Sie wagte es nicht. Sie schluckte es herunter. Das Stechen und Jucken unter ihren Handflächen wurde unerträglich, und sie kroch zurück, ertastete Wurzeln und Lianen, an denen sie sich hochzog, und hielt nach Picao Ausschau, damit er sie zurückbrächte. Erst sah sie ihn nicht; sie glaubte sich am Ende eines bösen Traums, sodass es nicht nötig wäre, den Weg noch einmal zurückzulegen. Gleich würde sie in ihrer Hütte aufwachen – und dies alles wäre nicht geschehen. Welche andere Erklärung konnte es auch geben? Trotzdem war sie erleichtert, Picao zu sehen, wie er sich aus den tiefschwarzen Schatten der Felswand löste. Sie hatte sich an die Dunkelheit gewöhnt; deutlich sah sie das Weiße seiner Augen und seine hellen Zähne, als er sprach.

«Ist gefährlich, was Mann tut», sagte er leise. Furcht schwang in seiner gedämpften Stimme mit. «Du musst passen auf dein Seele.»

*Auf meine? Nein, auf seine,* dachte sie. Offenbar hielt es der gottesfürchtige Indio für dringend geboten, dass sie Arturo klarmachte, mit welch teuflischem Feuer er da spielte. Oder besser noch, dass sie vor ihm floh. Ihr war danach, ja.

* * *

An seiner Schläfe klebte noch ein Rest der Muschelkalkfarbe. Und ein winziges Bröckchen über der Lippe. Arturo beugte sich zu ihr herab. Sein Lächeln war ein sanfter Tadel.

«Was kriechst du auch im Wald herum, Mädchen?»

«Ich war spazieren.» Das konnte man als Wahrheit gelten lassen. «Und dann habe ich … etwas verloren und gesucht.» Auch das schrammte hart an der Lüge vorbei. «Meinen Schuh.»

Nun ja.

«Dann hattest du Glück, dass am Fuß nichts ist.»

Dafür hatten sich in ihre Hände winzige Zecken gebohrt. Noch in der Nacht war sie heulend und mit prallgeschwollenen und geröteten Händen in die Krankenstation gelaufen. Frater Tomé hatte sie in eine Hängematte verfrachtet und ihr Laudanum eingeflößt. Doch kaum hatte er mit einer Nadel in ihrem Zeigefinger herumgebohrt, um die erste Zecke herauszupulen, war die betäubende Wirkung verflogen.

«Wie viele sind noch drin?», fragte sie zitternd.

«Zwanzig bestimmt noch.» Der Kapuziner rückte die Standlupe zurecht, beugte sich wieder über Jannas Hand und fuhr fort, angestrengt auf der Zunge zu kauen. «Keine Sorge, diese Zecken sind eigentlich harmlos. In ein paar Tagen sind nur noch ein paar schorfige Punkte zu sehen.»

Harmlos? Ihr Gesicht schwamm in Tränen. Hätte sie diesen nächtlichen Unfug nur nicht mitgemacht! Sie wusste nun, dass Arturo bei irgendeinem grässlichen Heidenritual mitgemacht hatte. Sollte er doch! Was ging sie das an? Ihr Kopf ruckte zur Seite, prüfend musterte sie noch einmal sein gesäubertes und frischrasiertes Gesicht. Da war ein rotbrauner Fleck im Augenwinkel. Blut? Es sah so aus.

Wie lange hatte sie schon nicht mehr an die Behauptung gedacht, er sei ein Kannibale?

*Nein, nein … das ist unmöglich.* Sie wandte den benebelten Kopf ab, um ihn nicht länger ansehen zu müssen. Es war gut, dass der bohrende Schmerz der feinen Nadel ihr erlaubte, die Tränen einfach fließen zu lassen. *Nur darum weine ich, wegen nichts anderem. Was Arturo tut, geht mich nichts an und interessiert mich auch nicht.*

«Schlimm, ich weiß.» Dieses Mal beugte sich Frater

Sebastián über sie. «Ähnliches hatte ich mit meinem Auge durchgemacht.»

«Waren das etwa auch Zecken?»

«Nein, aber das müssen Sie ja jetzt nicht hören.»

Der nächste Nadelstich ließ sie verzweifelt wimmern. Ihre andere gepeinigte Hand ballte sich um das Kettchen mit den Holzperlen. Frater Tomé hatte es ihr zu Beginn der Behandlung gegeben. Der Rosenkranz kam ihr befremdlich vor, aber so hatte sie wenigstens etwas, an dem sie sich festhalten konnte.

«Erzählen Sie, Frater», sagte Arturo. «Es wird sie ablenken.»

«Da mögen Sie recht haben. Nun, es waren Ameisen, die Alexander von Humboldt und seinen Begleiter Aimé Bonpland zum Aufbruch zwangen ...»

Janna wollte protestieren, doch die Namen dieser berühmten Männer ließen sie neugierig schweigen.

«Es ist schon ein eigenartiger Anblick, wenn so eine schwarze Horde wie die Heuschrecken über Tisch und Bänke herfällt und einem die Wäsche von der Leine holt und kleinhäckselt. Leider hing auch meine kostbare Stola daran. Ich lief zurück, um sie zu retten, und den Rest können Sie sich sicher ...»

Mit einem spitzen Aufschrei warf Janna den Kopf in den Nacken. «Verdammt!», stieß sie zwischen den zusammengepressten Zähnen hervor. «Verzeihen Sie, Señor Reverendo, aber es tut so weh. Kann ich bitte ... *bitte* noch Laudanum haben?»

Sie bekam es, aber die Wirkung schien mit jedem weiteren Nadelstich wieder zu verpuffen. Ihr entglitt der Rosenkranz. Niemand merkte es. Ihre glühenden Finger ersehnten eine Hand, die die ihre hielt. Frater Sebastián kam bedauerlicherweise nicht auf den Gedanken; die Schaulustigen, die sich im Eingang abwechselten, lenkten ihn ständig ab, und er fuchtelte ärgerlich herum. «Mein ganzer Körper sah so ähnlich aus wie Ihre Hände jetzt», fuhr er fort. «In einem Boot mitten auf dem Fluss hat mir Bonpland dann die Reste meines Auges entfernt und die Wunde vernäht. Und obwohl der Arzt ja selber seit längerem unter einem Fieber litt, waren seine Hände völlig ruhig …»

Die Worte begannen sich aufzulösen, wurden neblig und dunkel. Janna blinzelte, doch alles um sie herum blieb verschwommen. Wo war Arturo? *Du Schuft, kannst du nicht bleiben und mir wenigstens die Schläfen trocknen? Deinetwegen liege ich doch hier …* Da sah sie ihn wieder, er war dicht bei ihr. *Bleib mir vom Leib!*, wollte sie rufen. *Ich will nicht deine Bluthände an mir!* Gott im Himmel, warum hatte er das getan? *Wer bist du? Sag es mir …* Nein, sie wollte es nicht wissen. *Ich muss passen auf mein Seele.* Aber ihre Seele, sie war ihm doch längst verfallen … *Meine Seele, ich muss aufpassen. Meine Seele, ist das nicht auch er? Was, ach, was …* Ihre Finger tasteten nach ihm. Sie wollte ihn spüren. Trotz allem. Ihre Hand griff ins Leere.

## 11. KAPITEL

Das ganze Dorf hatte sich versammelt, um Frater José Maria zu begrüßen. Über den Rio Negro und dann den Cassiquiare war er vom Amazonas zurück hierhergereist. «Señor Humboldt erklärte uns damals, dass es einen Wasserweg gibt», sagte der schmale, fast schwarz gebräunte Mann, und seine Augen leuchteten begeistert, als litte er keineswegs unter einem Fieber, das ihn von dem Boot, auf dem er gereist war, geradewegs in die Krankenstation geführt hatte. «Ich wollte das nicht glauben. Aber irgendwann rief mich Gott, es zu wagen. Seither reise ich jedes Jahr, predige den Leuten am Weg und schaue, wie es ihnen geht. Ein Fieber bringe ich eigentlich jedes Mal mit. Ich fürchte, diesmal ist es ein wenig heftiger geraten.»

So sah er auch aus: ausgezehrt und um zwei Jahrzehnte älter als seine vierzig Jahre. Es erschien Janna schwer vorstellbar, dass er diese Reise im nächsten Jahr wieder unternehmen würde. Und in dem danach und so lange ihn seine Beine trugen.

Er wälzte sich in seiner Hängematte herum, um in seine Faust zu husten. Janna sah sich nach dem Becher Wasser um, der auf einem Tisch stand, doch da sprang schon ein Mädchen vor, um es dem reiselustigen Kapuziner in die Hand zu drücken. Dicht an dicht drängelten sich die Leute. Janna dachte, dass ihr Geschnatter sie wahnsinnig machen würde, läge sie krank in diesem Raum. Doch Frater José Maria schien sich daran nicht zu stören. Nachdem er getrunken hatte, strich er über den Kopf des Mädchens, das lachend unter der Matte hindurchschlüpfte, und ließ sich wieder zurücksinken.

Janna wusste nicht, wie sie das Gespräch auf die Höhle unter dem Fluss lenken sollte. Seine erste Frage wäre sicher, was sie denn dort wolle. Und sie konnte nicht verlegen lachend antworten: *Ach, nichts Besonderes, nur einen Schatz.* Arturo würde ihr die Leviten lesen. Andererseits konnte man diese Frage nicht stellen, ohne mit der Sprache herauszurücken.

Aber was machte sie sich darüber eigentlich Gedanken? Das alles war ja gar nicht ihr Problem.

«Ich danke Ihnen für die nette Unterhaltung, Frater, und will Sie nicht länger vom Schlafen abhalten.» Sie knickste und trat zurück. In der Tat machte er einen müden Eindruck, und sie fragte sich, wie er Ruhe finden wollte, wenn sich anderthalb Dutzend Leute um sein Krankenlager drängelten. Hier und da tätschelte er einen Kopf, schüttelte eine Hand und ließ das Stimmengewirr geduldig über sich ergehen.

«Es war mir eine Freude, Señora», hörte sie ihn noch, aber sie hatte sich bereits zum Ausgang durchgearbeitet. Auf dem Dorfplatz meinte sie Arturo an seinem Boot arbeiten zu sehen; ihr war, als sähe er auf, während sie vorüberging. Ziellos lief sie durchs Dorf, versuchte in ihrer Hütte Ruhe vor den kreisenden Gedanken zu finden, was zum Scheitern verurteilt war, und schwang sich aus der Hängematte, um weiterzulaufen. Schließlich stand sie vor dem hübschen Quellbad. Auch heute lag es verlassen, denn alle waren im Dorf um Frater José Maria versammelt. Sie dachte daran zurück, wie sie die riesigen Blätter der Farne beiseitegeschoben hatte, um Arturos ausgiebiger Körperpflege zuzusehen. Nein, um *ihn* anzusehen. Um in seinem Anblick zu schwelgen. So gerne täte sie es wieder. Noch einmal heimlich, so heimlich wie vor ein paar Tagen, als sie ihn bei diesem verstörenden Ritual gesehen hatte. Ob er danach hier gewesen war, um das Blut abzuwaschen? Nein, so dreist, dazu diesen Ort aufzusuchen, wo ihn jederzeit jemand sehen konnte, wäre nicht einmal er. Andererseits – er war die Dreistigkeit in Person.

Sie raffte ihr Kleid bis zu den Knien hoch und stieg in den Teich. Lichtsterne tanzten auf dem glasklaren Wasser. Langsam ging sie in die Knie. Die milde Kühle, die ihr die Beine hinaufstieg, ließ sie angenehm erschauern. Sie tauchte die geschundenen Hände in das wohltuende Nass. Frater Tomé hatte recht behalten, die Schwellung und die Schmerzen waren zurückgegangen. Nun juckte die Haut. Er sagte, auch das würde bald nachlassen.

*Gott sei Dank. Ich will keine bleibende Erinnerung an diese schreckliche Nacht.*

Hier wollte sie sein, hier, wo Arturo ihre Hand ergriffen und sie im Nachtdunklen geführt hatte. Daran wollte sie sich ewig erinnern.

*Wie oft muss ich dich noch retten, Mädchen …*

Heute kam er nicht.

Wirklich nicht?

Sie drehte sich, weil sie seinen Blick auf dem Rücken zu spüren meinte.

Tünkram.

* * *

Wie lange war es noch hin bis Romuald? Zwei, drei Wochen? Und käme es auf ein paar Tage mehr oder weniger an? Sicher nicht. Wie auch immer, sie konnte nicht einmal mit Gewissheit sagen, welcher Monat jetzt war. Dass sie nicht einmal *das* wusste! Aber die Wildnis sorgte eben auch für Unordnung im Kopf. Sie machte sich auf den Weg zum Guardian, denn der hatte einen Kalender in seinem Arbeitszimmer und würde es wissen. Vergebens klopfte sie an die Tür seines Arbeitszimmers, das als einziger Raum eine solche aufwies. Frater Sebastián war nicht da. War er zu einer der vielen Gebetszeiten gegangen, die den Tag der Mönche einteilten? Auf das Glockengeläut hatte sie nicht geachtet. Hatte die Kirche überhaupt einen Ton von sich gegeben? Das Dorf wirkte so ruhig. Als hätte jemand gesagt: *Seid leise. Frater José Maria ist doch krank.*

So war es ja. Die Gewissheit lenkte ihre Schritte in die Krankenstation. Auf dem Korridor lungerten ein paar Indios herum; eine Mutter wiegte ein herzzerreißend heulendes Kind auf dem Arm, an dessen Schläfe eine Beule prangte. Fast wäre Janna mit Frater Tomé, der von einem der Zimmer in ein anderes überwechseln wollte, zusammengestoßen.

«Gott im Himmel, verzeihen Sie, Señora», murmelte er. «Ich war in Gedanken.»

«Das macht doch nichts. Wie geht es Frater José Maria?»

Er legte die Finger aneinander und schickte ein stummes Gebet an die Schilfrohrdecke. «Das Fieber macht ihm zu schaffen. Er kann jede Fürbitte gebrauchen. Wie geht es Ihren Händen?»

Sie hob und drehte sie. «Gut.»

«Sehr schön. Wenn Sie mich bitte entschuldigen würden?»

«Natürlich.»

Der Frater eilte zu der Frau und lauschte ihren Ausführungen, während er sanft den Kopf des Kleinen umfasste und ins Licht drehte. Die Frau folgte ihm dichtauf in das Behandlungszimmer, in dem Janna so fürchterlich gelitten hatte. Janna überlegte, zu Frater José Maria zu gehen und ihn nach seinem Befinden zu fragen … und nach *dem anderen*. Nur sah es ganz danach aus, als sei sein Zimmer diesmal nicht belagert. Und dann wäre es unschicklich, würde sie es ganz allein betreten. Das allerdings waren Überlegungen, die in eine andere Zeit, in eine andere Welt gehörten. Nicht hierher.

Entschlossen ging sie zu seiner Kammer und hob eine Hand, um an die Zarge zu klopfen. Nicht der Anstand ließ sie erneut zögern. Sondern wiederum die Frage, ob das denn ihre Sache war. Arturo wollte etwas von ihm wissen, also sollte Arturo ihn fragen.

*Was allerdings ungefähr so ist, als spiele man Jeu de Paume in einer Halle aus Glas.*

Besser, sie tat es selbst. Doch bevor sie klopfen konnte, flog der Vorhang zurück.

Fast wäre sie gegen Arturo geprallt. Seine Augen verengten sich; er war so verblüfft wie sie.

«Hast du mit ihm gesprochen?», fragte sie leise, bevor sie sich endlos anschweigen konnten.

«Ja.»

Wollte er es bei dieser Silbe belassen? «Und?»

«Er brachte nur ein paar Wörter heraus. Etwas wie: ‹Humboldt hat den Weg.› Dann ist er eingeschlafen.»

«Humboldt hat den Weg *was?*»

«Keine Ahnung.»

«Gekannt? Beschritten? Beschrieben?» Sie knetete ihr Kleid. «Soll ich warten, bis der Frater wach ist, und ihn noch einmal fragen?»

Kein Muskel in seinem bemerkenswerten Gesicht regte sich. Und doch las sie eine Antwort darin. Eine erschreckende Antwort.

«Das Fieber ist schlimm?»

«Er wird es nicht überstehen.» Arturo hob eine Hand, ließ sie über ihrer Schulter verweilen, als überlege er, ob er sie berühren sollte. Doch dann zog er seine Hand zurück und ging an Janna vorbei hinaus.

* * *

Frater José Maria verschied am selben Tag wie die alte Guahíta, die eines Morgens einfach nicht mehr aufwachte. Das Wehklagen des Dorfes zog sich über Tage hin. Allein die Mönche trauerten still, während sie den Frater und die Häuptlingsfrau mit christlichen Riten unter die Erde brachten, derweil sie von dichtem Qualm eingehüllt wurden. Der Rauch des Tabaks sollte die Geister der Verstorbenen erfreuen, die, so glaubten die Indios, von den Baumkronen auf sie herabsahen. Erst als der Friedhof wieder verlassen dalag, trug Janna einen Strauß Blumen an die beiden Gräber, die bereits von welkender Pracht überhäuft waren, die schwere Blütendüfte ausströmte. Sie stockte in ihrem Schritt, als sie Arturo dort stehen sah. Er hatte ihr den Rücken zugekehrt. Unwillkürlich dachte sie an den lange zurückliegenden Tag, als er, noch ganz von rohem

Zorn erfüllt, die ermordeten Franziskaner im Delta unter die Erde gebracht hatte.

*Ständig erinnert er mich an ein vergangenes Ereignis. Wie muss es sein, ein Leben an seiner Seite verbracht zu haben? Man könnte dann ein Buch schreiben.*

Mit einem sehr hässlichen Kapitel darin.

Er warf einen undeutbaren Blick über die Schulter. Sie konnte regelrecht die Anspannung spüren, die ihn ergriff und fortjagen wollte, fort von ihr. Nicht nur sie war ihm in den letzten Tagen aus dem Weg gegangen, auch er schien ihre Nähe kaum ertragen zu können. Wusste er, dass sie Zeuge des heidnischen Rituals geworden war? Das konnte sie sich nicht vorstellen; er war so sehr in Trance gewesen, dass er um sich herum wohl nichts mehr hatte wahrnehmen können. Zumal er kein einziges Mal hochgeschaut hatte. Es war natürlich möglich, dass Picao etwas hatte verlauten lassen. Aber das erschien ihr ebenso unwahrscheinlich.

Doch musste Arturo davon überhaupt wissen, um den Wunsch zu verspüren, ihr aus dem Weg zu gehen? Sicher nicht. Er wusste auch so, dass er etwas Scheußliches getan hatte, das ihn nun von ihr trennte.

So war es doch, oder?

Damals in der Mission war sie zusammengezuckt, als er sich zu ihr umgewandt hatte, und hätte sich am liebsten irgendwo versteckt. Am liebsten täte sie das auch jetzt. Doch ein anderer Teil von ihr wollte in seine Nähe. Wollte neben ihm sitzen und Palmfasern zu Seilen drehen, während er die reparierte Seitenwand an seinem Boot kalfaterte oder die Säume des neugefertigten Segels nähte. In friedlichem Schweigen hatten sie gearbeitet oder den Geschichten Frater Sebastiáns gelauscht.

Dieses Schweigen jedoch, als sie auf das Grab zuging, war unangenehm.

*Das ist doch albern. So geht es nicht weiter. Sprich einfach mit ihm! Frag ihn, was das war in jener Nacht!*

«Was tust du hier?», begann sie zaghaft.

«Das Gleiche wie jeder», murmelte er.

«Du hast Blüten auf die Gräber geworfen?»

«Ja.»

Warum? Ein letzter Gruß an Guahíta – das verstand sie. Doch Frater José Maria hatte er nicht gekannt. Vielleicht hatte ihn der zähe alte Mönch an Frater Christoph erinnert?

Sie lauschte den nächtlichen Geräuschen, während sie auf ihrer Frage herumkaute.

«Du bist fertig mit der *Maria Lionza?*»

Diese Frage war es nicht.

«Ja.»

«Schau», sie hob den kleinen Strauß. «Passionsblumen. Ich war ganz entzückt, als ich sie gefunden habe. Ich kenne sie von einer Ausstellung kolonialer Gewächse in einem Palmenhaus. Aber so prächtig waren sie dort nicht.»

«Hatten ja auch eine lange Reise hinter sich.»

«Sieh mal», sie deutete auf einen Monolithen, der jenseits des kleinen Friedhofs weit aus dem Baumkronendach ragte. Tiefschwarz hob sich seine abgeflachte Spitze vom geröteten Dunkel des Abendhimmels ab. Dahinter ballten sich die unzähligen, auf Janna immer noch fremdartig wirkenden Sterne zu feinen Nebeln. «Dort oben diese etwas hellere Linie, knapp unterhalb der Kante. Siehst du sie?»

«Ja.»

«Diese Linie bedeutet, dass der Fluss irgendwann vor Urzeiten so hoch gewesen sein muss. Frater Sebastián hat es mir erzählt, und der hat es von Baron von Humboldt. Das sind sicherlich zwanzig Klafter. Unglaublich, nicht wahr?»

Er brummte zustimmend.

Diese Linie gemahnte sie daran, dass der Fluss längst zu steigen begonnen hatte. Noch sah man es nur, wenn man hinunter zur Bootslände ging, wo der Wasserspiegel langsam die steile Böschung heraufkroch. Der Regen kam häufiger und blieb länger. Bald würden wie von Zauberhand Seen aus dem Boden aufsteigen, schmale Seitenarme zu Flüssen anschwellen, und dann im August würde der Orinoco fast bis ans Dorf schwappen. In manchen Jahren, so hatte der Frater ihr erzählt, kam es vor, dass er die Messe in der Kirche in knöcheltiefem Wasser las.

*Frag ihn doch, frag ihn.*

«Arturo?»

Sein Schweigen war ein innerliches Wappnen. Sie konnte es hören. Sein tiefer Atemzug glich dem Versuch, sich gegen einen Stein in der Brust zu stemmen.

Sie hatte sich gefragt, ob das Ritual das raschere Ansteigen des Flusses hatte bezwecken sollen. Oder das Beschwören von Geistern, damit sie halfen, den Schatz zu finden. Irgendetwas, das seine Frustration, tatenlos sein zu müssen, linderte. Aber diese Überlegungen waren nur *ihr* verzweifelter Versuch, eine andere Möglichkeit nicht erwägen zu müssen.

Da Arturo ihr aus dem Weg ging – hatte das Ritual mit ihr zu tun?

Warum sollte es? Ach, dieser Gedankenwirrwarr ließ

ihren Kopf brummen, als hätte sie ein Männergetränk zu sich genommen. Zeit, das Grübeln für heute zu beenden. Sie warf die Blumen auf das Grab und wandte sich ab. «Es wird gleich dunkel. Gute Nacht, Arturo.»

Immer noch konnte sie seinen Atem hören. So tief und kräftig schöpfte man nur Luft, wenn man ein gewichtiges Wort folgen lassen wollte. Langsam setzte sie einen Fuß vor den anderen und lauschte, drei, vier, fünf Schritte lang. Nichts.

Vielleicht war er mit seinen Gedanken bei der Schatzsuche. Bei Frater José Marias Worten. Den letzten Worten ... *Ich sollte auch darüber nachdenken,* überlegte sie. *Das wäre wenigstens etwas Sinnvolles.* Das hatte sie zwar während der letzten Tage recht häufig getan, doch stets ohne irgendein Ergebnis. Zu viel Gedankenwirrwarr ... *Humboldt hat den Weg* ... Doch jetzt, als sie noch einmal hinaufsah zu der Linie am Fels, fiel die mögliche Antwort regelrecht in ihre Arme, als hätte sie sie ausgebreitet.

... *aufgeschrieben.*

* * *

Janna kniete vor der Truhe. Sie wischte Staub, Laubreste und die eingesponnenen Flügel großer Käfer herunter. Es war schwer, den aus schwarzem, wurmstichigem Holz gefertigten Kasten näher heranzuziehen. Steinchen kratzten unter seinem Boden. Er gab sich widerspenstig wie eine Zugbrücke, die seit Jahrzehnten nicht mehr herabgelassen worden war. Der Schlüssel war so rostig wie das Schloss. Sie steckte ihn hinein, und wie erwartet ließ er sich nur mit Mühe drehen. Sie musste die Finger an ihrem Kleid abwischen und mehrmals ansetzen. Kein Klicken, eher ein Krachen verriet den Erfolg ihrer Bemühungen. Auch der Deckel widersetzte sich. *Verflixt.*

Als sie endlich in die Truhe blickte, wünschte sie sich fast, Frater Sebastián hätte ihr den Schlüssel nicht ausgehändigt. Dieser feucht-modrige, von grünlichen Flecken überzogene Papierstapel sah aus, als beherberge er die allerschlimmsten Miasmen.

*Bestimmt stinkt es da drin,* hatte der Guardian gesagt. *Lassen Sie die Truhe eine Weile auslüften.*

Würde er jetzt über ihre Schulter blicken, wäre seine Anweisung sicherlich: *Lassen Sie die Truhe verbrennen.*

Sie zog sie unter das Fenster und wartete eine Weile. Doch lange hielt sie es nicht aus, ihre Neugier zwang sie rasch dazu, die Papiere auf dem Tisch zu stapeln. Die Schrift war noch stärker verblasst als bei den Papieren aus dem Regal, und ständig musste sie mit dem Fingernagel irgendetwas abkratzen. Bestimmt war das Gesuchte ganz unten; so war es immer. Oder völlig unleserlich. Oder sie hatte sich getäuscht, und hier war gar nichts. Es war die Stimme der Vernunft, die sie warnte, sich zu früh zu freuen. Trotzdem rann eine Hitze durch ihre Adern, die sie innerlich zu verbrennen drohte. Wie nannte man das? Goldfieber?

Sie rannte im trommelnden Regen hinunter zur Bootsände. War Arturo bei diesem Heidenwetter immer noch unterwegs? Den ganzen Tag hatte er auf dem Fluss verbringen wollen, um die Tauglichkeit der *Maria* zu prüfen. Nein, er war zurück; die Piroge lag wieder unter der schützenden Schicht der Bananenblätter. Also hastete sie zu seiner Hütte, hämmerte mit der Faust an den Türpfosten neben dem durchnässten Eingangsvorhang und trat ein, kaum dass sie das Knirschen seiner Hängematte vernommen hatte.

Der anstrengende Tag hatte Schatten auf sein Gesicht geworfen. Kurz meinte sie Freude und Schrecken zugleich in seinen Augen aufleuchten zu sehen, als er ihrer angesichtig wurde. Er hob die schlammverkrusteten Füße aus der Hängematte und setzte sich auf.

«Janna, was ist …»

«Ich habe es gefunden!»

«Was, *es?*»

«Was Baron von Humboldt aufgeschrieben hat. Über den Schatz! Er beschreibt ausführlich die Höhle. *Unsere* Höhle! Da steht, dass sie rote Gesteinsbänder aufwies … und Tonscherben … und dass es Juni war!» Sie schrie es fast. Fahrig langte sie in den Ausschnitt ihres Kleides, zerrte das Blatt Papier hervor und faltete es auseinander. «Erst war ich ganz verwundert, eine französische Notiz zu finden. Dann fiel mir ein, dass er ja in Paris lebt und seine Bücher auf Französisch verfasst. Und er hat hier Aimé Bonpland erwähnt, den Arzt und Botaniker, der ihn begleitete. Der Frater Sebastiáns Augenverletzung behandelte.» Noch einmal schüttelte sie das Papier und sah zu Arturo hoch, der sich aus der Hängematte geschwungen und über ihr aufgebaut hatte. «Er muss das am gleichen Tisch geschrieben haben, an dem ich saß. Ist das nicht unglaublich?»

Sein Blick war abweisend. Natürlich, sie hatte es ganz vergessen. Sein Schweigen. Diese Zurückhaltung, die er an den Tag legte, seit … seit … der Eierernte. Plötzlich stand ihr dieser Zusammenhang klar vor Augen; es hatte der Ablenkung dieser Notiz bedurft, um das zu erkennen. Er hatte gelacht. Sich gefreut. Und ertrug das nicht. Nicht ihr gegenüber.

«Arturo …», begann sie hilflos.

«Lies vor!»

«Ja.» Ihr Blick huschte über das dicht und eng beschriebene Blatt. Die blasse Tinte sowie zahlreiche Flecken und durchgestrichene Stellen machten es nicht leicht. Zum Teil war die Schrift zittrig, wie von einer erschöpften Hand geschrieben. «Hier fängt es an, ich muss es übersetzen: ‹Man ersteigt mühsam und nicht ganz gefahrlos einen steilen, völlig kahlen Granitfelsenberg. Man könnte auf der glatten, stark geneigten Fläche fast unmöglich Fuß fassen, wenn nicht große Feldspatkristalle, welche nicht so leicht verwittern, hervorstünden und Anhaltspunkte böten.› Und hier steht: ‹Über einen schmalen Grat gelangten wir auf einen benachbarten Berg, auf dessen abgerundetem Gipfel ungeheure Granitblöcke lagen. Diese Massen haben vierzig bis fünfzig Fuß Durchmesser und sind vollkommen kugelförmig, dass man, da sie nur mit wenigen Punkten den Boden zu berühren schienen, meint, beim geringsten Stoße eines Erdbebens müssten sie in die Tiefe rollen.› Und dann, pass auf, hier kommt *unsere* Stelle: ‹Dieser Ort bot eines der merkwürdigsten Naturschauspiele, die wir am Orinoco gesehen. Über unseren Köpfen rauschte der Strom hinweg, und es brauste, wie wenn das Meer sich an Klippen bricht; aber am Eingang der Höhle konnte man trocken hinter einer breiten Wassermasse stehen, die sich im Bogen über den Steindamm stürzte.›» Noch einmal fragte sie: «Ist das nicht unglaublich?»

«Fass dich kurz.»

«Er beschreibt Einschlüsse von rotem Jaspis in den Granitwänden. Und Tonscherben und intakte Tongefäße, die Überreste von Grabstätten. Es ist wirklich unsere Höhle! Und er erklärt sogar den Weg dorthin. Wie es Frater José Maria gesagt hat.»

«Hervorragend. Dann folgen wir einfach seiner Beschreibung.»

«Aber das ist es ja ...»

Sie ging, vielmehr wankte an ihm vorbei und hockte sich auf seine Hängematte. Am liebsten hätte sie sich hingelegt und geschlafen, so ermattet fühlte sie sich. Was der große Naturforscher jetzt wohl tat? Irgendwann hatte sie im *Hamburgischen Correspondenten* gelesen, dass er eine neue Reise plante. Vielleicht saß er jetzt auf einem verschneiten Berg im Himalaya und kämpfte mit eisigen Winden um seine Notizbücher, oder er ritt auf einem Kamel durch die mongolische Wüste. Oder er stand in diesem Augenblick auf dem Krater eines Vulkans und blickte hinunter in ein brodelndes Lavameer.

«Rede endlich, oder ich lege dich übers Knie.»

Sie tat einen langen Seufzer. «Wir können seiner Beschreibung nicht folgen.»

«Das verstehe ich nicht.»

«Aber das ist ja das Problem! Ich verstehe es nämlich auch nicht.»

Er riss ihr das Blatt aus der Hand und drehte es hin und her, natürlich umsonst. Der Gedanke streifte sie, dass sie die Zeit hätte nutzen können, ihm flüssiges Lesen und sogar Schreiben beizubringen. Dann wäre diese Reise zumindest nicht völlig umsonst gewesen.

«Mädchen, erklär dich.»

«Siehst du, für mich ist das so rätselhaft, wie es für dich der Brief des Unbekannten war. Humboldt redet von Fuß und Toisen, von Bogenminuten und Bogensekunden. Er benutzte einen Sextant mit künstlichem Horizont und einen Inklinometer. Er war mit modernsten Messgeräten ausgestattet!» Sie warf den zerzausten Kopf zurück und lachte lauthals. «Im Gegensatz zu uns. Solche Geräte in einem Indiodorf einzuhandeln dürfte etwas schwierig werden. Da müsstest du schon nach Caracas. Herrgott noch mal – wir wissen ja nicht einmal, was man damit macht und *wie* man es macht! Dabei schreibt er sogar noch … Hier, hier, ich lese es dir vor.» Sie nahm das Blatt wieder an sich. «‹Es war ein Dosensextant von zwei Zoll Halbmesser, dessen Gebrauch übrigens den Reisenden sehr zu empfehlen ist.› Großartig!»

Sie ließ sich fallen und lachte, bis ihre Bauchmuskeln zu schmerzen und ihr Schädel so heftig zu pochen begann, dass sie dachte, sie müsse ohnmächtig werden.

«Er hat das Gold geholt», hörte sie Arturos tonlose Stimme.

«Nein», sie setzte sich wieder auf. «Davon schreibt er nichts. Auf dem Schatz türmt sich ja auch eine Schicht von Tonscherben. Er ist danach weitergegangen und in einem großen Bogen hierher zurückgekehrt.»

Warum geriet er nicht in Rage? Sie hatte geglaubt, er würde toben. Eine Axt holen und seine Hütte zerlegen. Er stand da, die Arme in die Seiten gestützt, eine steile Falte zwischen den geschwungenen Brauen, und starrte ins Leere.

Janna stürzte auf ihn zu und schlug in sein Gesicht. So

schnell, so zornig, dass er ihr Handgelenk nicht mehr zu fassen bekam. Ein roter Streifen erschien auf seiner Wange. Langsam, als könne er nicht begreifen, was eben passiert war, betastete er die schmerzende Stelle. *Hast du es immer noch nicht verstanden?*, wollte sie schreien. Mit den Fäusten schlug sie so fest auf seine Brust ein, wie sie konnte.

«Du hast mich in die tiefste Wildnis gezwungen!», schrie sie. Nein, sie brüllte. «Monate, Monate! Und wofür?»

Ihre Fingerknöchel streiften sein Kinn. Ihr nächster Schlag traf erneut seine Wange. Er wandte den Kopf nicht ab.

«Janna!»

Gleich würde er sie schlagen. Sollte er. Sollte er doch! Dieser Dieb, Entführer, Gewalttäter, er konnte jetzt nicht so tun, als mache ihm das alles nichts aus!

«Janna …» Er krallte eine Hand in ihr Haar. Legte einen Arm um sie und zog sie an sich. So zwang er sie, stillzuhalten. Sie japste erschrocken. Aber es half; die Wut ebbte ab. Wie hatte sie nur jegliche Selbstbeherrschung verlieren können? Das Leben in der Wildnis hatte sie stärker verändert, als sie gedacht hatte. Ihre Finger glitten über seine nackte Haut, die nach erdigem Wasser roch und ein wenig nach Schweiß. Sie wollte sich von ihm wegdrücken. Aber sie besaß keine Kraft und keinen Willen mehr. Sie spürte seine Brandnarben und das kräftige schlagende Herz. Den Druck seiner Finger auf dem Hinterkopf, den warmen Atem auf ihrem Gesicht. Sie wollte, sie *musste* diesen großen kraftstrotzenden Körper umfassen. Mit aller Kraft umschlang sie ihn.

«Ich … ich hätte das Gold so gerne gesehen», flüsterte sie.

Die Tränen liefen weiter, doch still. Sie wartete, dass er sie von sich schob. Doch er zog sie noch fester an sich, sodass sie kaum noch Luft zum Atmen hatte.

«Das wirst du», sagte er ebenso leise.

«Wie denn?»

Jetzt löste er sich von ihr und sorgte für Abstand. Aber nur, um ihr Gesicht mit beiden Händen zu umfassen und ihr tief in die Augen zu blicken. «Ich weiß nicht, was Bogenminuten sind und all das andere Zeug. Aber ich weiß, in welcher Richtung diese Höhle liegt, und ich habe einen Kompass. Morgen brechen wir auf.»

Einen Kompass! Fast hätte sie aufgelacht. So verrückt konnte er doch nicht sein? Und noch immer wusste sie nicht, was er sich erhoffte von diesem Gold.

# 12. KAPITEL

Es wurde Zeit. Janna strich ein letztes Mal über ihre Hängematte, in der sie fast vier Monate geschlafen hatte. Dann nahm sie ihr Bündel auf. Es enthielt wenig: ihre alte Kleidung und Humboldts Notiz, die sie sich von Frater Sebastián erbeten hatte – mit schlechtem Gewissen, da sie nicht gesagt hatte, wofür sie sie benötigte. Sie klemmte sich das Säckchen unter den Arm und machte noch eine letzte Runde durch das Dorf. Es war beschlossene Sache: Egal, ob sie den Schatz fänden oder nicht, in das Dorf würden sie nicht zurückkehren.

Es lag verlassen da, denn alle hatten sich bereits unten an der Bootslände versammelt, um sie zu verabschieden. Janna schlenderte durch die schmalen Gassen. Jede Einzelheit wollte sie mit sich nehmen: die grobbehauene Steinkirche mit ihrer Glockenmauer, den Dorfplatz mit den Kochstellen, wo sie alle beieinandergesessen und gearbeitet hatten; die flatternden Farbflecke der Aras in den Bäumen ringsum, das Rauschen der Kronen, wenn der Wind hindurchfuhr, den süßen Duft der gebratenen Bananen und den schweren erdigen des Flusses, der über allem lag.

*Diese Monate sind mir wie ein Berg erschienen, den ich erklimmen musste. Und jetzt, da ich mich an den Abstieg mache, muss ich feststellen: Es wehte ein rauer Wind da oben, und es war anstrengend und gefährlich und … und es war schön.*

Die Tür des Haupthauses ging auf; Frater Sebastián kam heraus. «Ah, Señorita Sievers, Sie sind ja noch hier», sagte er. «Ich wollte gerade hinuntergehen und dachte schon, ich wäre der Letzte, der zu Ihrem Abschied aufmarschiert.»

«Das macht ja nichts, Señor Reverendo. Nach so langer Zeit kommt es nicht darauf an, ob ich ein paar Minuten früher oder später in Angostura ankomme.»

«Gewiss nicht. Zumal Sie die Rückreise viel schneller zurücklegen werden als die beschwerliche Herfahrt. Bei Hochwasser und flussab sind es keine zehn Tage bis dorthin.»

Janna fragte sich, warum er zufrieden in sich hineinlächelte. Als hätte er sie bei irgendetwas ertappt. Nun, sie hatte den kleinen Umweg nicht erwähnt, den Arturo und sie noch bewältigen mussten. Alle Gedanken daran versuchte sie tunlichst nicht zu vertiefen, denn gemütlich würde dieser Ausflug nicht werden. Andererseits hatte sie so viel hinter sich, dass es auf zwei, drei Tage mehr in der Wildnis gar nicht ankam. Und ja ... insgeheim freute sie sich darauf. Auf die Lust am Entdecken. Auf die Lust, noch ein weiteres Abenteuer an Arturos Seite zu bestehen. Und auf die Lust am Gold ... Plötzlich fiel ihr ein, worüber Frater Sebastián gestolpert war. Sie hatte Angostura als Ziel genannt. Nicht San Fernando de Apure weiter flussaufwärts.

«Sie hatten Angostura schon öfter erwähnt, Señorita. Es ist Ihnen anscheinend nie aufgefallen?»

«Nein.» Verlegen räusperte sie sich. «Was soll ich sagen? Das ist mir jetzt ungeheuer peinlich.»

«Machen Sie sich darüber keine Gedanken mehr. Selbige habe ich mir nämlich schon vom ersten Tag an gemacht. Wer fährt denn mit einer kleinen Piroge so weit und will auch noch bis nach San Fernando den Rio Apure hinauf? Und bleibt dann so lange hier, dass es beim jetzigen Wasserstand nur mehr beschwerlicher werden würde? Außerdem hat es da die meiste Zeit des Jahres an die vierzig Grad; dorthin wandert doch kein Nordeuropäer aus.»

Ihr Gesicht glühte. Vermutlich war es so rot, als hätten die Indios sie mit ihrer Schmuckfarbe bemalt. Dass sie, eine wohlerzogene Frau aus dem gehobenen Bürgertum, einfach mit einem halbwilden Mann durch die Lande zog und damit ihren Leumund kräftig ruinierte, hatte sie vollständig verdrängt.

«Ich geriet an ihn, weil … weil …»

«Ja?»

Krampfhaft suchte sie nach Worten, diesen heiklen Umstand zu erklären. *Er hat mich entführt.* War das nicht ohnehin die Wahrheit? Zumindest in etwa?

«Er hat mich gerettet.»

«Dank sei dem Allmächtigen. Aber da es Ihnen schwerfällt, darüber zu sprechen, will ich auch nicht in Sie dringen. Wozu auch, nach so langer Zeit?» Sein Blick glitt über ihre Schulter hinweg. Sie wandte sich um und sah Arturo von der Bootslände heraufkommen. Seit langem trug er wieder sein altes Hemd und den breiten Gürtel, an den er sein Abschiedsgeschenk geknüpft hatte, ein Messer in einer Scheide aus dem harten Leder eines Kaimans. Er hielt den Schwanz Pizarros, der auf seiner Schulter im Takt der Schritte wippte.

«Wo bleibt ihr?», rief er schon von weitem.

«Jetzt wird es aber Zeit.» Frater Sebastián zog ein Lederbeutelchen aus dem Ärmel seines Habits und überreichte es ihr. «Señorita Sievers, ich möchte Ihnen dies hier zum Abschied geben.»

Unter dem zarten hellen Leder erfühlte sie Härte. Sie schob die Finger in die Öffnung. Was sie dann hervorzog, ließ ihr Herz für einen Moment aussetzen. Ungläubig betrachtete sie die Dreiecke und Rosetten, das kantige Gesicht mit einer herausgestreckten Zunge, ungeschliffenen Smaragden in den Augenhöhlen und über der niedrigen Stirn eine halbkreisförmige Krone. Die einzelnen Glieder waren dick und schwer und golden.

Sie hörte Arturos schweren Atem in ihrem Nacken.

«Also hatte ich recht», sagte er. «Er *hat* ihn geborgen.»

Bittere Enttäuschung schwang in diesen Worten mit. Eben noch mochte er in Gedanken bereits den triumphalen Erfolg genossen haben – und jetzt? So plötzlich? Sie glaubte zu spüren, wie sich sein Körper anspannte, sich danach sehnte, einen gewaltigen Schrei auszustoßen. Nur die Gegenwart des Guardian hielt ihn davon ab.

Sie hörte seine sich entfernenden Schritte und sah ihm hinterher. Er hatte die Arme verschränkt; gewiss waren seine Hände zu Fäusten geballt.

«Das hat Baron von Humboldt gefunden, nicht wahr?» Sie wagte nicht, den Blick von ihm zu wenden.

«So ist es», bestätigte Frater Sebastián. «Er brachte es von einer seiner Exkursionen mit. Und zwar *nur* das, um Ihre nächste Frage vorwegzunehmen. Er hat die Einzelteile auf diese neue Lederschnur gefädelt. Und die übernächste Frage: Nein, er hat es unserer Mission nicht geschenkt. Er verlor es in den Wirren seines Aufbruchs. Die Ameisen, Sie erinnern sich?»

Ameisen? Janna schüttelte den Kopf.

«Ich habe Ihnen die Geschichte erzählt, als Frater Tomé Ihnen die Zecken aus den Händen entfernte. Aber das ist ja verständlich, dass Sie damals nicht zugehört haben. Bonpland plagte ein Fieber, weswegen er und Humboldt schnellstmöglich nach Angostura wollten. Sie waren unruhig, weil tagelanger Regen, vielmehr Wolkenbrüche, den Aufbruch verzögerten. Dann fielen Ameisen über das Dorf her, und es musste sehr schnell gehen. Einige Hütten zerfielen; alles war voller Schlamm, und eine ihrer Kisten versank fast darin. Es war die mit dem Schmuckstück. Ich dachte ja, Humboldt käme deshalb wieder, aber wahrscheinlich hatte er andere Sorgen. Und das Papier ... das fand Frater José Maria später mit noch ein paar anderen in der Bibliothek. Humboldt hatte es wohl vergessen. Vielleicht war es auch nur eine Grobschrift. Ich selbst habe im Lauf der Jahre vergessen, dass es existiert; ich wusste nicht einmal, dass Frater José Maria es in der Truhe verwahrt hatte.»

«Aber Sie haben die ganze Zeit geahnt, dass wir wegen des Schatzes hier sind.»

«Von allen Gründen, die mir so durch den Kopf gingen, war dies der wahrscheinlichste.» Sein Lächeln war entwaffnend.

«Und Sie wissen auch, was wir jetzt vorhaben?»

«Zumindest habe ich einen Verdacht.»

«Es gibt sonst kein Gold, nicht wahr?»

«Nein. So berichtete Humboldt mir. Das war das einzige, was er in der Höhle fand, verborgen in einem der Tonkrüge. Was mit dem anderen Gold geschah, weiß ich nicht. Vielleicht hatte ein Glückssucher die Höhle zuvor entdeckt. Vielleicht hat es aber auch nie existiert.»

«Nun habe ich noch eine letzte Frage, die Sie sicher auch schon vorausahnen.»

Frater Sebastián schob einen Finger unter die Augenklappe und rieb sich das versehrte Auge. «Lassen Sie mich überlegen ... Warum ich Ihnen das Gold gebe, ja? Das war durchaus keine leichte Entscheidung. Der Schmuck lag die ganzen Jahre im hintersten Winkel meines Schreibtisches. Erst als ich mir so meine Gedanken über Sie und Arturo machte, habe ich ihn wieder hervorgekramt. Und ich habe mich gefragt, wo denn der Sinn darin bestünde, ihn noch länger nutzlos zu verwahren. Andererseits fragte ich mich, soll ich die Jagd nach dem Mammon wirklich unterstützen? Am Golde hängt, zum Golde drängt doch alles, wie ein deutscher Dichter so schön sagt. Aber es erschien mir auch wie ein Fingerzeig Gottes, dass ausgerechnet eine Landsmännin Humboldts hier auftaucht. Also ... ja. So war es. Nun stecken Sie es schon ein. Ob Sie es behalten, Humboldt hinterherschicken, Ihrem Begleiter geben oder in den Fluss werfen – das bleibt Ihnen überlassen.»

«Danke», sagte sie. «Ich weiß gar nicht, was ich sagen soll ...» Dass er sie anfangs an einen gewitzten Piraten erinnert und nun diesen Eindruck bestätigt hatte, konnte sie schlecht sagen. «Humboldts Notiz ...», begann sie. Die brauchte sie nun nicht mehr.

«Behalten Sie sie.» Er schritt an ihr vorbei in Richtung der Schiffslände.

Vorsichtig, als sei das Gold zerbrechlich, betastete sie den Schmuck. Er sah nicht alt aus; er glänzte wie von einer fleißigen Hand poliert, und nur bei näherem Hinsehen konnte man feine Kratzer und Druckstellen erkennen. All die Ecken und Kanten und das fratzenartige Gesicht waren für ein europäisches Auge recht gewöhnungsbedürftig – und dennoch wunderschön.

*Verrückt,* dachte sie. *Das ganze Abenteuer hat mich eine Halskette gekostet, nur um am Schluss eine andere Halskette in den Händen zu halten.*

Janna drehte sich um. Wo war Arturo? Sie sah ihn vor der Kirche hin und her schlendern, die Arme nach wie vor verschränkt, den Blick zu Boden geheftet und Pizarro auf der Schulter.

«Arturo!» Sie rannte auf ihn zu. Seine Arme sanken, und er hob den Kopf. «Hier», sie drückte ihm das Gold in die Hand. Bevor er etwas sagen oder sie es sich anders überlegen konnte, machte sie kehrt und lief hinunter zur Bootslände.

* * *

Feierlich überreichte Oyomaco ihr ein Tontöpfchen. «Für wenn du Fest icaya'ti immer ope ist.» Sein Kauderwelsch aus Spanisch und der Sprache seines Stammes war ihr inzwischen vertraut genug, um zumindest eine Ahnung davon zu haben, wofür dieses Geschenk gedacht war. Sie bedankte sich mit einem strahlenden Lächeln. Was wohl die Damen und Herren in Angostura sagen würden, erschiene sie auf einer Festlichkeit mit roten Kreisen und Strichen im Gesicht und auf dem Dekolleté?

Von den Frauen bekam sie noch einen Korb mit all dem, was sie am liebsten gegessen hatte: geröstete Maiskuchen mit eingebackenen Erdnüssen; aus Kokosfleisch, Sago und Honig gerollte Kugeln und natürlich Schildkröteneier. Arturo verstaute den Korb zwischen all den anderen Proviantsäcken und half ihr, in die *Maria Lionza* zu steigen, wo sie unter dem neugebauten Bootsdach Platz nahm. Am neuen Mast flatterte das neue Segel. Zwei Indios beugten sich vor und gaben der Piroge einen kräftigen Stoß.

«Gottes Segen!», rief Frater Sebastián de Benaocaz, und dann riefen Mönche wie Indios durcheinander und hoben die Arme. Janna winkte, während die Piroge sich von den Menschen entfernte, die ihr und Arturo über eine so lange Zeit Gastfreundschaft gewährt hatten. Als sie sich auf der Bank drehte, sah sie ihn aufrecht am Bug stehen und das Boot mit einem langen Paddel in die Strömung bringen. Es war eine mühselige Arbeit. Doch bald schritt er über Packen und Werkzeug hinweg zu seinem alten Platz an der Ruderpinne und ergriff die Schot des Segels.

Der Wind war auf dem Rückweg nicht sein Freund, doch es war wie von Frater Sebastián angekündigt: Die Kraft des Flusses trieb die *Maria* mühelos ostwärts. Arturo konnte sein Boot einfach treiben lassen; dafür erforderte das Anlegen große Aufmerksamkeit, denn am Ufer konnten unverhofft auftreibende Baumstämme zur Gefahr werden. Felsentürme oder Dörfer, die zuvor in weiter Ferne aus dem Dunst geragt hatten, spiegelten sich auf einer glatten, endlosen Wasseroberfläche. Ganze Wälder erinnerten an die durchfluteten Mangrovenküsten am Atlantik, und Flussbiegungen, die Janna an Seen hatten denken lassen, waren zu Meeren geworden. Hier und da kamen sie an einzelnen Bäumen vorbei, und es war ein eigenartiges Gefühl, zu wissen, dass sie bei der Herfahrt Inseln hatten umrunden müssen, auf denen sich solche Bäume auf den Kuppen erhoben hatten. Es waren eintönige Tage. Arturo war zu seiner alten Schweigsamkeit zurückgekehrt. Wenn Janna jeden einzelnen seiner im Wind tanzenden Zöpfe oder die Muskeln unter dem regennassen Hemd betrachtete, dachte sie an jenen Augenblick zurück, da er sie in seinen Armen sanft gewiegt hatte. Und dass vielleicht deshalb der Weg vom Heck zum Bug unüberwindbar schien.

* * *

Janna schälte sich aus ihrer Hängematte. Im Osten schwebte ein noch schwacher Feuerball dicht über dem Horizont des Flusses. Arturo zermahlte mit zwei Steinen den letzten Rest der Kaffeebohnen, die er in einem Dorf eingehandelt hatte, zu Pulver. Weder dieses Gebräu noch das Tasajo, das sie aus einem Vorratsbeutel nahm, würde sie vermissen. Sie hockte sich auf der anderen Seite des Feuers auf die Erde, kaute auf dem ledrigen Fleischstreifen herum und lockte Pizarro mit einem saftig belaubten Zweig auf den Schoß.

«Heute bringe ich dich ans andere Ufer», sagte Arturo, ohne von seiner Arbeit aufzusehen. «Angostura liegt hinter der nächsten Flussbiegung.»

Es wollte nicht zu ihr durchdringen. Erst als sie den ersten ungenießbaren Schluck aus dem Holzbecher nahm, den Arturo ihr reichte, dämmerte es ihr. Heute war sie zum letzten Mal von lärmenden Vögeln aus dem Schlaf gerissen worden, zum letzten Mal hatte die Morgentoilette daraus bestanden, sich mit einem Zweig die Zähne zu kratzen und einen Tausendfüßler oder eine Kakerlake aus dem Haar zu ziehen. Heute ... heute ... Sie musste sich mit den Fingerknöcheln gegen die Stirn schlagen, um weiter vorauszudenken.

*Heute sehe ich das Haus, in dem ich leben werde. Heute sehe ich Reinmar wieder.*

Zu Beginn ihrer Odyssee hatte sie zu spüren geglaubt, dass er lebte. Wenn das nun Unsinn gewesen war?

Ihr wurde schlecht vor Angst, Aufregung, Vorfreude – sie wusste es nicht.

«Dann gehe ich mich jetzt umziehen.»

«Tu das.»

Gleichzeitig hoben sie die Köpfe, sahen sich an. So viel Unausgesprochenes schwirrte in der Luft.

*Wie viel Zeit haben wir nachher noch auf dem Fluss, wenigstens wieder den Mund aufzutun? Eine Stunde? Eine Stunde muss genügen.*

Sie schob Pizarro von sich herunter und holte ihr Bündel aus dem Boot. Dann schlug sie sich durch die Büsche. Überall war der Boden schlammig, und weiter landeinwärts stieß sie auf ein Maisfeld – beides keine geeigneten Orte, sich zu entkleiden. Sie lief an den hoch aufragenden Gräsern mit reifen Kolben entlang. Hier und da spitzte das Gold der Körner aus dem Grün. Sie entdeckte eine niedrige Feldmauer aus verwitterten Steinen, die sich im Zickzack einen Hügel hinaufwand und dahinter im Unterholz verschwand. Weiter oben war ein flaches Ziegeldach zu sehen. Janna ging am Rand der Mauer entlang und lauschte. Das kleine Haus wirkte verlassen. Sie schob sich durch eine verwilderte Hecke und stand vor zerfallenen Wänden. Hier würde sie niemand stören, höchstens das ein oder andere Getier. Laub raschelte unter ihren Schritten, als sie in den Schatten des löchrigen Daches trat. Eidechsen huschten in Mauerspalten, und das Laub bewegte sich in den Ecken. Die einzige «Einrichtung» bestand aus einem heruntergefallenen und verlassenen Vogelnest.

Als Janna den zweiten Raum betrat, stieß sie einen leisen Schrei des Entzückens aus. Den Vogel, der aus der Badewanne hervorflatterte und durch das Dach verschwand, sah sie nur als schwarzen Schatten. Sie setzte sich auf den gerundeten Rand. Wer immer hier gewohnt hatte, hatte sich diesen Luxus gegönnt, nur um die schwere Zinkwanne bei seinem Fortgang zurücklassen zu müssen. Der Wannenboden war schmutzig und voller Laub, und sicherlich gab es hier weder Brunnen noch Eimer. Und wenn, so würde es viel zu lange dauern, die Wanne zu füllen. Trotzdem war es schön, es sich einfach vorzustellen. Bald, sehr bald, ja, heute noch würde sie tatsächlich in einer Wanne liegen. Sie würde es machen wie die berühmten Dandys in England und den Rest des Tages darin verbringen.

Von irgendwo wehten Fetzen männlicher Stimmen heran. Lebten hier doch noch Menschen und kehrten zurück? Janna lauschte bang. Nein, es war wieder still. Sie wartete noch einige lange Minuten. Nichts. Dann zog sie sich das buntgewebte Indiokleid über den Kopf.

Mit dem Zeigefinger strich sie über die Narbe an ihrem Unterarm. Eine ewige Erinnerung an Arturo. In ein solches Maisfeld hatte sie vor ihm flüchten wollen – und jetzt hatte sie das Gefühl, die Kraft zu besitzen, mit ihm noch bis ans Meer zu fahren.

Sie knotete ihr Bündel auf, legte Humboldts Zettel beiseite, faltete die Chemise auseinander und schlüpfte hinein. Den Brüsten mit dem Kurzmieder wieder Halt zu geben fühlte sich ungewohnt an. Dann schüttelte sie ihr Empirekleid auseinander.

Was war das?

Ein goldenes Dreieck war mit einem Klacken auf den Steinboden gefallen. Janna hob es an der durchgezogenen Lederschnur hoch. Verwundert bettete sie es auf ihrer Handfläche und drehte es ins Licht eines einfallenden Sonnenstrahls.

Es war eines der Glieder der Inkakette.

Weshalb hatte Arturo das getan?

… *Mädchen, du weißt, warum ich dich nicht einfach gehen lassen kann: Du wirst mich ans Messer liefern. Ich werde dir einen kleinen Teil des Goldes geben. Als Entschädigung. Im Gegenzug wirst du mir versprechen, danach zu vergessen, dass es mich gibt.*

Er hatte sein Wort gehalten.

Aber konnte sie ihres halten?

Sie wusste nicht, wie lange sie auf dem Wannenrand saß, die Zeit und alles um sich herum vergaß und nur auf dieses Schmuckstück starrte. Ihr Kopf war leer, die Brust umso voller. Schließlich wischte sie eine Träne vom Kinn und streifte die Schnur über den Kopf. Dann folgte das Kleid, das sie im Rücken so weit schnürte, wie es ihr möglich war, das Spenzerjäckchen und die Pantoffeln. Jedes Kleidungsstück war wie ein Schritt zurück in die wirkliche Welt. Wehmütig betrachtete sie das farbenfrohe Kleid; es kam ihr bereits ein wenig fremd vor. Sie klopfte Dreck von den Lederschuhen, packte alles mitsamt dem Zettel in ihr Bündel und verließ das Häuschen.

Jemand marschierte durchs Gras; bestimmt war er das. Sein Name lag auf ihrer Zunge.

Das Erste, was ihr ins Auge stach, war das weiße Kreuzbandelier auf der Brust des Mannes. Dieser Anblick war ihr aus der französischen Besatzungszeit so wohlvertraut, dass sie augenblicklich kehrtmachen und weglaufen wollte. Sie mahnte sich zur Ruhe. Es war natürlich ein spanischer Soldat, der die Anhöhe heraufkam. Er trug ein gesenktes Gewehr nachlässig unter die Achsel geklemmt. Sein Kopf war bloß, seine schwarzen Haare und der lange Oberlippenbart ungepflegt. Er schnäuzte sich in zwei Finger und strich sie an der einstmals weißen Hose ab, deren Flecken verrieten, dass er das schon oft getan hatte.

«Señora?» Überrascht grüßte er mit der Hand an der Schläfe. «Brauchen Sie Hilfe?»

Sein Lächeln war schmierig, und seine Augen ... Janna presste ihr Bündel an die Brust.

«Danke, nein, Señor.»

Er musterte sie von oben bis unten, bis sein Blick schließlich an ihrem Haar hängen blieb. «Von hier sind Sie jedenfalls nicht ... Europa, ja?»

«Das geht Sie nichts an, mit Verlaub.»

Er stieß die Luft durch die Nase, ein scheußliches Geräusch. «Aber was tun Sie hier in dieser entlegenen Gegend?»

«Spazieren gehen?», antwortete sie spitz.

Er gab sich leidlich Mühe, sein heiteres Erstaunen zu verbergen. «Und wo wollen Sie hin?»

«Nach Angostura.»

Das zu sagen war ein Fehler; sie ahnte es, noch während sie es aussprach.

«Dann kommen Sie. Wir bringen Sie hinüber. Meine Einheit will ohnehin gleich übersetzen.»

«Und was tun Soldaten hier?», fragte sie, nur um Zeit zu schinden. Wertvolle Zeit, in der sie überlegen musste, wie sie sich von diesem Mann loseisen konnte. War das nicht verrückt? Vor ein paar Monaten hätte sie Gott auf Knien gedankt, einem Soldaten zu begegnen. Jetzt wollte sie nur in Ruhe gelassen werden.

«Es sollen sich hier Cimarrónes zusammengerottet haben, die sich den Rebellen anschließen wollen. Der Libertador», er betonte das Wort verächtlich und spuckte seitwärts zu Boden, «ist mit einer Armee an der Nordküste gelandet. Wir haben zwar keine entlaufenen Sklaven gefunden, aber das muss ja nichts heißen. Jedenfalls muss ich Sie bitten, jetzt mit mir zu kommen. Wie heißen Sie, Señora?»

Die Art, wie er die Frage stellte, war unhöflich, und sie wollte ihm hinwerfen, dass er sie gefälligst in Ruhe lassen sollte. Im gleichen Augenblick wusste sie, dass sie es nicht tun würde. Auch auf der Rückfahrt war Arturo zivilisierten Orten weitgehend aus dem Weg gegangen – er würde nicht ausgerechnet auf Soldaten treffen wollen. Womöglich beobachtete er diese Männer aus einem sicheren Versteck heraus. Und die *Maria* lag gut verborgen in einer kleinen Bucht; vielleicht hatten sie sie noch nicht entdeckt.

Doch das allein war es nicht.

Er wäre für sie das Wagnis eingegangen, den Hafen von Angostura anzulaufen. Sie konnte ihn von dieser Pflicht entbinden, indem sie jetzt ging.

Allein der Gedanke verursachte eine heftige Übelkeit. Mehrmals musste sie schlucken, um sich nicht augenblicklich vor die Stiefel des Mannes zu erbrechen. *Gott im Himmel, hilf mir doch,* flehte sie und wusste zugleich, dass diese Chance, die sich aufgetan hatte, seine Hilfe war. Es war, seltsamerweise, der junge Indio Picao, der sie aus großen

Augen anzublicken schien wie aus einer anderen Welt, welche die wahre in diesem Augenblick streifte. *Geh. Du musst passen auf sein Seele.*

«Ich …», ihre Stimme krächzte, und sie musste noch einmal ansetzen, während der harte Entschluss sie wanken ließ. «Ich wäre Ihnen sehr verbunden, wenn Sie mich mitnehmen würden, Señor.»

Der Mann deutete einen zackigen Diener an und bat sie mit einer leicht übertriebenen Geste, vorauszugehen. Nach kurzer Zeit, in der Janna wie betäubt marschierte, sah sie weitere patrouillierende Soldaten und unten im Schilf eine Barkasse. Die Flagge Spaniens wehte am Heck.

Ihr Verstand ermahnte sie, sich zu freuen. Doch so abrupt von ihrem Peiniger, dem Halunken, dem Wolf, getrennt zu werden, ganz ohne ein letztes Abschiedswort, eine letzte Berührung – es fühlte sich an, als hacke man ihr eine Hand ab.

# CONQUISTA

# 1. KAPITEL

Reinmar strich der Falbstute über die sandfarbene Flanke. Sie besaß nicht nur das höchste Stockmaß seiner Criollostuten, sondern war mit ihren vollkommenen Linien und kräftigen Muskeln die schönste im Stall. Er strich über die tiefschwarze Mähne, den kurzen Rücken mit dem perfekt gezogenen Aalstrich und den Bogen der Kruppe. Elegant schlug sie mit dem Schweif, um die lästigen Mücken zu vertreiben. Alhambra hieß die temperamentvolle Schönheit. Sie hätte wunderbar zu Pizarro gepasst.

Sein Vorhaben, einen englischen Vollblüter in die hiesigen Criollos einzukreuzen, um ein besonders kräftiges und ausdauerndes Pferd zu schaffen, musste noch warten. Hier besaß niemand ein solches Tier. In Nueva Barcelona oder Caracas, in den höchsten Kreisen der Mantuanos, ja, dort wäre die Suche aussichtsreich. Aber ohne Beziehungen kam man dort schwerlich hinein. Del Morales y Rofes hatte ihm mehrmals geschrieben, dass er sich darum kümmern wollte. Morgen, gleich morgen. Reinmar hatte eine Weile gebraucht, bis er begriffen hatte, dass *mañana* auch nein oder schlicht und einfach gar nichts bedeuten konnte. Also hatte er sich entschlossen, selbst an die Küste zu reisen. Vielleicht würde ein tagelanger Ritt auch helfen, endlich die traurige Wahrheit zu akzeptieren, dass Janna tot war. Das Schiffsunglück lag mehr als ein halbes Jahr zurück. Nur ein Narr konnte so lange die Augen vor den unabänderlichen Tatsachen verschließen.

Er war eben ein Narr. Er wollte sie nicht aufgeben. Nicht heute.

*Mañana.*

Er konnte ohnehin noch nicht weg, denn der ganze Küstenabschnitt befand sich in heller Aufregung: Der Libertador war erneut mit seinen Truppen gelandet. Natürlich wusste Reinmar inzwischen seinen Namen – Simón Bolívar war in aller Munde.

José kam entlang der Einzäunung herangaloppiert, setzte über das Gatter und brachte sein Pferd auf eine ungestüme und zugleich gelangweilte Art zum Stehen, die Reinmar nicht ausstehen konnte. Der Kerl war und blieb ein wilder Steppenbewohner. Er tippte sich gegen den Sombrero.

«Xabier lässt ausrichten, dass Sie kommen sollen, Señor. Da ist eine Frau im Haus, die sagt, sie sei die Ihre.»

José gab seinem Tier mit einem Schrei die Sporen, und es fegte weiter über das saftige Gras. Kopfschüttelnd gab Reinmar der Stute einen Klaps auf die Kruppe, sodass sie davontrottete. Er stieg über den Zaun und schwang sich in den Sattel seines Rappschecken. Zur Eile gab es aller Wahrscheinlichkeit nach keinen Grund. Die ganze Stadt, so klein, wie sie war, wusste von seinem Verlust, und man hatte ihm in den vergangenen Monaten drei verwahrloste Frauen vorgestellt, von denen man vermutet hatte, sie könnten Janna sein. Die Einladung in das Haus eines Kakaohändlers hatte sich sogar als geschmackloser Kuppelversuch entpuppt. Trotzdem legte er die zwei Meilen zu seinem Anwesen in halsbrecherischem Tempo zurück. War es auch nicht Janna, so wollte er diesen quälenden Moment schnellstmöglich hinter sich bringen.

Er ritt durchs Umfassungstor, den palmengesäumten Hof und beinahe noch die Veranda hinauf. An der offenen Tür sprang er ab und überließ den Schecken sich selbst. Die Eingangshalle lag verlassen. Am rückwärtigen Eingang zum Innenhof jedoch kroch der alte Hausdiener auf allen vieren herum.

«Xabier, was machen Sie denn da?»

«Verzeihung, Señor! Mir ist das Riechfläschchen für Señora Wellhorn heruntergefallen.»

Reinmar zog es mit der Stiefelspitze unter einem Fauteuil hervor, half dem klapprigen Mann auf und drückte ihm das Fläschchen in die Hand. «Wozu braucht sie das denn schon wieder?»

«Die Hitze, Señor, die Hitze ... und die Rückkehr Ihrer Gattin.»

Die Rückkehr ... Sollte er das wirklich glauben? Er musste es ja glauben; er konnte nicht anders. «Wo ist sie?»

«Señora Wellhorn liegt oben in ihrem Zimmer.»

«Janna!», schrie Reinmar.

«Im – im Patio.»

Er rannte in den Hof, stieß gegen David, den indianischen Hausburschen, und musste die stämmige Köchin beiseiteschieben, um den Hof überblicken zu können. Da war der eingefasste Teich mit den Seerosen und Wasserhyazinthen. Das üppige Grün verschiedener Palmengewächse und dunkelroter Fuchsschwänze in ihren Terrakottatöpfen. Die weiß lackierten Korbsessel zwischen den Pfeilern der Kolonnaden ringsum.

Er musste zweimal hinsehen, um die schmale Gestalt im größten der Sessel zu entdecken.

«Janna.»

Ungewohnt linkisch umrundete er die Steinmauer des Teiches, stieß sich das Bein an der Ecke und fiel vor ihr auf die Knie.

«Janna!»

Er hob die gespreizten Hände. Endlos vorsichtig streckte er sie ihr entgegen. Nicht dass sie sich bei der leisesten Berührung als Trugbild entpuppte und verschwand … Sie sah so anders aus, geschunden, zerbrechlich. Allein ihr hellblaues Kleid wirkte, als habe sie es niemals abgelegt. Schließlich wagte er es. Seine Hände, die ihr schmales Gesicht umschlossen, kamen ihm wie Pranken vor. Ihr Haar war von der Sonne noch heller geworden, ihr Teint hingegen tief gebräunt, voller Sommersprossen und frischer und alter Mückenstiche, Nase und Wangen waren verbrannt. Aber ihre hellgrauen Augen, die waren dieselben. Auch ihr kleiner Mund. Die Art, wie sie ihn anlächelte.

«Ich hab's doch gewusst, ich hab's doch gewusst …» Wie ein Geisteskranker kam es ihm immer wieder über die Lippen, und er konnte nicht damit aufhören. Trunken vor Glück neigte er sich vor, und da hob sie die Arme und umschlang ihn.

Sie heulte auf wie ein Tier.

«Janna», er küsste ihre Wangen. «Dass ich Sie jemals wiedersehe, das ist … mir fehlen die Worte. Ich bin so froh, dass Sie wieder bei mir sind.»

«Ich auch, Reinmar.»

Ihre Stimme klang erschöpft. Aber dass er diese Stimme wieder vernahm … Er hob eine ihrer rauen, braunen Hände an den Mund.

«Also, Reinmar, nach allem, was wir durchgemacht

haben, wäre es wohl an der Zeit, die Förmlichkeiten zu begraben, findest du nicht auch?»

Er lachte aus vollem Hals, zum ersten Mal seit mehr als einem halben Jahr. «Gern, Liebste. Ich brenne darauf, zu hören, wie es dir ergangen ist und wie du hierhergefunden hast, aber ich will dich damit jetzt nicht überfordern. Sicherlich wirst du erst ein Bad nehmen wollen. Lucila, das ist unser Hausmädchen, wird sich darum kümmern. Sie ist ein bisschen schludrig, aber sehr nett. Hast du eigentlich Frau Wellhorn schon gesehen? Ach ja, natürlich, deshalb brauchte sie ja das Riechsalz ... Während du badest, muss ich Briefe schreiben – die ganze Stadt soll erfahren, dass du hier bist. Und deiner Familie muss ich natürlich auch gleich schreiben ...»

«Reinmar», unterbrach sie ihn matt lächelnd. «Ich bin es gar nicht gewohnt, dass einer so viel mit mir redet.»

«Natürlich.» Er plapperte wie ein Idiot daher. Mit welchen Leuten sie wohl zusammen gewesen war? Und wie mochten sie sie behandelt haben? Er entdeckte eine lange, wulstige Narbe an der Innenseite ihres Unterarms. Was war da passiert? Er mochte sich gar nicht ausmalen, was ihr alles in den langen Monaten zugestoßen sein konnte. «Du bist völlig zerstochen, und das hier ... Ich denke, ich sollte nach Cañellas schicken lassen.»

«Wer ist das?», fragte sie.

«Raúl García Cañellas, ein Arzt. Und ein Freund, seitdem ich sein störrisches Reitpferd in ein lammfrommes Schoßtier verwandelt habe.»

«Er muss sich nicht herbemühen. Mir geht es gut, und die Wunde ist ja längst verheilt. An dem, was geschehen ist, kann er auch nichts mehr ändern.»

Sie hatte ja recht. Dieses elendige Schuldgefühl, nicht an ihrer Seite gewesen zu sein, als sie ihn gebraucht hatte, ließ sich dadurch auch nicht mehr ausmerzen. «Wenn du meinst. Wer hat das vernäht? Ein Arzt war das jedenfalls nicht.»

«Das war der Mann, der ... der ...», sie japste und wischte sich aufschluchzend über das Gesicht. «Er hatte mich an der Küste aufgelesen und mitgenommen, und jetzt hat er mich hierhergebracht. Ich erzähle dir alles später, ja?»

«Wer war er?», fragte er dennoch. Aber sie schüttelte nur den Kopf. Ein eisiger Hauch wehte seinen Rücken hinab. «Janna, Liebste, sag mir, hat er dir weh getan?»

Er nahm ihre Hände in seine und blickte sie so eindringlich an, dass sie hoffentlich verstand, was er meinte. Es auszusprechen war undenkbar, selbst wenn sie allein gewesen wären.

Janna krauste die Stirn, während sie überlegte, was er meinte. Schließlich errötete sie und legte für alle anderen unsichtbar eine Hand auf ihren Schoß. «Nein, es ist nichts passiert, Liebster», sagte sie leise.

Erleichtert atmete er aus. «Wie heißt er?»

«Arturo.»

«Arturo und weiter?»

«Nur Arturo. Bitte frag nicht weiter, ich will ihn einfach nur vergessen!» Sie sagte es so inbrünstig, geradezu beschwörend, dass er sich doch wieder Sorgen machte. Offenbar war sie mit diesem Mann die ganzen Monate zusammen gewesen. Mochte er sie auch nicht geschändet haben, so klang es nicht danach, als habe er sie gut behandelt. Er wollte aufstehen, da warf sie sich ihm entgegen und umschlang ihn. Was er überrascht und glücklich in die Arme schloss, war ein schmaler sehniger Körper, in dem erstaunliche Kraft steckte. Ihr Mund suchte seinen, und er ließ sich nicht zweimal bitten. So leidenschaftlich hatte sie ihn noch nie geküsst. Als sie sich von ihm löste, sann sie dem Kuss mit geschlossenen Augen nach. Er entdeckte einige punktförmige Narben von verheilten Mückenstichen. Weiß Gott, sie war kein Vergleich mehr zu den gepflegten dunkelhäutigen Criollo-Schönheiten, die er in den Häusern der einflussreichen Familien kennengelernt hatte. Trotz allem fand er sie anziehender als jede andere Frau.

Irgendwo hinter sich hörte er Xabiers Räuspern. «Das Bad für die Dame ist bereitet, Señor.»

Reinmar erhob sich und blickte in die Runde. Er hatte vergessen, dass sie nicht allein waren. Andächtig, mit verschränkten Händen, stand auf der Türschwelle die dicke Ana, wie üblich mit verkniffenem Gesicht, aus dem jedoch Tränen rannen. Die gedrungene Lucila verzog im Heulen ihr breites Negergesicht zu einer Grimasse, die an alte Inka-Masken erinnerte. David glotzte nur. Er hatte sich noch nicht von der Stelle bewegt. Erst als Reinmar in die Hände klatschte, rannte er los. Das Laissez-faire war aus dem Indio nicht herauszubekommen.

«Bringen Sie Janna ins Bad, Lucila», befahl Reinmar. Die kleine Schwarze stürzte regelrecht auf Janna zu, half ihr auf und bot ihr den Arm. Was nicht nötig war, denn Janna ging mit kräftigen, undamenhaft langen Schritten ins Haus.

Er zog sich in sein Schreibzimmer zurück, holte Briefpapier und Gänsekiel aus der Schublade des Schreibtisches und setzte einen Brief an Hinrich Sievers auf, in dem er ihm die glückliche Nachricht verkündete, dass die verschollene Tochter wieder zurück unter den Lebenden weilte. Dann einen zweiten an Seine Exzellenz de Uriarte, in dem er ihn und seine Gattin für den nächsten Tag zum Tee einlud. Die Überlegung, ihn zu bitten, er möge sich nach einem Mann umhören, der Arturo hieß, verwarf er. Es war aussichtslos, wenn man dessen Vatersnamen nicht wusste. Reinmar drehte den Kiel zwischen den Fingern. Was wollte er überhaupt tun, sollte dieser Mann ausfindig gemacht werden? Ihm danken? Oder ihm den Hals umdrehen?

* * *

Während Janna auf einem Toilettenstuhl saß und Frau Wellhorn ihre Haare auskämmte, betrachtete sie die sonnengebleichten Papiertapeten, die weiß lackierte Tür, die zur Galerie über den Innenhofkolonnaden führte, den stoffbespannten Paravent und das schlichte Ameublement aus dunklem Holz. Es war ein schönes luftiges Zimmer, in dem, so hatte Lucila erzählt, die junge Tochter des vorigen Besitzers geschlafen hatte. Die erste Nacht war – entgegen Jannas Erwartung, in einem so feinen, weichen Bett gar nicht mehr schlafen zu können – wunderbar erholsam gewesen. Ganz zu schweigen von dem gestrigen Bad in der eigens in der Küche aufgestellten emaillierten Wanne. Ana, die mulattische Köchin, hatte eine ganze Kanne erwärmte Stutenmilch ins Wasser gegossen. Obwohl das fast schon als ein Bad à la Beau Brummell gelten konnte, glaubte Janna immer noch, würzige Flusserde an ihrer Haut wahrzunehmen.

Welche Bilder wohl hier an den Wänden gehangen hatten? Traurige viereckige Schatten erinnerten an vergangene Zeiten. Ihr tat es in der Seele weh, ihre Zeichnungen nicht mehr zu haben. Sie hätte sie alle einrahmen und hier aufhängen lassen.

Oder hätte sie sich damit nur mehr gequält? *Du musst das vergangene halbe Jahr hinter dir lassen,* ermahnte sie sich, nur um sich sogleich trotzig zu fragen: *Warum eigentlich?*

«Wollen Sie das barbarische Ding wirklich heute Abend tragen, Fräulein Janna? Das passt doch nicht, und dann diese speckige Lederschnur! Wo haben Sie das eigentlich her?»

Janna schloss die Finger um das goldene Inka-Dreieck. Es war wohl doch besser, es irgendwo zu verwahren, statt sich damit zu schmücken. Auch der Bürgermeister und seine Frau würden fragen, und sollte sie allen Ernstes verraten, dass dieses Stückchen Gold Teil des Lösegeldes von Atahualpa gewesen war? Man bestürmte sie ja ohnehin von allen Seiten mit Fragen. Man musste das nicht noch herausfordern.

«Ich habe es geschenkt bekommen», antwortete sie. «Von einem … einem Indio.»

Frau Wellhorn japste nach Luft. «Ein Indio! Womöglich noch ein wilder mit Knochen im Gesicht?»

«Nun ja, so ähnlich. Bloß ohne Knochen.»

«Und was war er?»

«Ein Vagabund.»

«Bei Gott!» Frau Wellhorn legte den Kamm beiseite und drehte den Zopf zu einem Chignon, den sie an Jannas Hinterkopf befestigte. Lediglich an den Schläfen behielt sie zwei dicke Strähnen zurück. «Wo bleibt denn das Mädchen mit dem Lockeneisen? Ah, da ist sie ja. Jetzt aber schnell!» Während Lucila die Strähnen in hüpfende Locken verwandelte, kramte Frau Wellhorn in den Tiefen des Kleiderschrankes. Sie war so streng und mäkelig wie zuvor, und doch war sie nicht mehr die Alte. Als sie Janna wiedergesehen hatte, war Frau Wellhorn wie aus einem langen bleiernen Schlaf erwacht. Und die Phase des Aufwachens, wenn man noch in einem bösen Traum gefangen war und verwirrt und wankend die ersten Schritte tat, schien bei der alten Anstandsdame noch anzuhalten.

Aber sie lebte, Gott sei es gedankt, sie lebte. Auf Jannas Frage, ob Reinmar etwas von Pastor Jensen gehört hatte, hatte dieser stumm den Kopf geschüttelt. Kapitän Vesterbrock hingegen hatte es tatsächlich auf die Pinasse und ebenso nach Angostura geschafft. Er war mit finanzieller Unterstützung des Bürgermeisters längst wieder nach Hamburg aufgebrochen. Auch von einigen Leuten des Schwesternschiffes hatte er gehört – alle hatten sich wieder in die Winde zerstreut.

Hamburg … In Janna krampfte sich alles zusammen, wenn sie nur daran dachte, wie es ihrer Familie ergangen war, als sie von Reinmar die schreckliche Nachricht erhalten hatte. Gleich morgen früh würde sie einen langen Brief aufsetzen. Wie viel sie darin von ihren Erlebnissen preisgeben wollte und durfte, wusste sie noch nicht. Sie fühlte sich selbst noch ganz benommen und verwirrt.

Lucila trat vor sie, begutachtete ihr Werk und verabschiedete sich mit einem Knicks und breitem Lächeln. Frau Wellhorn kam mit einer blütenweißen Chemise und einem Korsett, das sie auf dem Bett ausbreitete.

«Kein Kurzmieder?», fragte Janna.

«Eines meiner Korsetts muss es erst einmal tun, Fräulein Janna. Was im Übrigen hierzulande à la mode ist; die spanische Frau mag es gedeckt und züchtig. In Europa soll es auch wieder im Kommen sein. Der Schneider ist für morgen bestellt. Ebenso der Hutmacher, der Schuster … Und dann gibt es in der Stadt ein vorzügliches Geschäft für Accessoires, Réticules, Spitzen und Bänder. Sie brauchen ja eine vollständig neue Garderobe.»

«Wie ist es in Angostura um Buchhändler bestellt?»

«Buchhändler? Ich habe keine Ahnung!»

Janna schlüpfte in die angenehm weiche Baumwollchemise und das starre Korsett. Es war ihr zu groß, aber Frau Wellhorn schnürte es mit kräftiger Hand so fest, dass ihr die Luft wegblieb. Ob sie sich daran je gewöhnen würde? An das dunkelbraune Kleid mit dem breiten schwarzen Spitzenkragen und den ausgepolsterten Ballonärmeln ganz sicher nicht. Und das bei diesem Klima! Sie kam sich vor wie eine steife Puppe.

«So, und jetzt noch der Puder.» Frau Wellhorn begab sich zum Toilettentisch, zog einige verzierte Blechdöschen aus einer Schublade und klappte sie auf. Sie entdeckte das Abschiedsgeschenk des Häuptlings der Sálipure. «Was ist denn das?»

«Indianerschminke. Man nennt es Onoto. Das ist sozusagen ihre Garderobe.»

«Was es nicht alles gibt! Selbst wenn ich mir den grässlichen Gedanken gestatte, dass Sie ebenfalls auf diese Weise gekleidet waren – was wollen Sie jetzt noch damit?»

«Es aufheben. Es ist ein Erinnerungsstück.»

Frau Wellhorn schnaubte. «Jetzt wollen wir aber Ihrer Bräune zu Leibe rücken. Eigentlich sollte man es mit einem Bleichmittel versuchen.»

Janna bekam das Gesicht so großzügig eingepudert, dass eine weiße Wolke vor ihrem Gesicht schwebte, und die Schultern mit kräftiger Hand abgebürstet. Dann folgte aus einem Parfümflakon ein süßer Duftschwall. Sie hustete, bis Lichtpunkte vor ihren Augen tanzten.

«So», Frau Wellhorn schob ihr einen schmalen Goldring auf den Ringfinger der linken Hand. «Das ist zwar mein Ehering, aber als Verlobte können Sie ja nicht mit nackten Händen zum Tee erscheinen. Ich schätze, die Herrschaften werden in einer halben Stunde da sein. Vielleicht auch erst in zwei, hier hat man es nicht so mit der Pünktlichkeit. Sie müssen einen guten Eindruck bei den Leuten machen, Fräulein Janna. Der Herr ist niemand Geringerer als der Bürgermeister von Angostura ...»

«Aber das weiß ich doch.»

«... und der Gouverneur von Spanisch-Guayana.»

«Oh.» Janna sackte auf die Kante des Bettes. Die Fischbeine des Korsetts drückten, und selbst das Kleid erschien ihr wie aus Eisen geschmiedet. Im Ärmel steckte ein Fächer; den zog sie heraus. Doch der schwache Luftzug änderte nichts daran, dass sie wie in Schweiß gebadet war.

«Und das da», mit dem Fuß schob Frau Wellhorn die alten Lumpen mitsamt dem Indiokleid in eine Ecke, «kommt ins Feuer.»

«Nicht das bunte Kleid!»

«Aber ...»

«Keine Widerrede, Frau Wellhorn. Es soll gewaschen und dann in eine Schachtel getan werden. Es ist ein Erinnerungsstück.»

«Noch eins? Wie Sie meinen. Ich hole jetzt meine guten Schuhe. Sie dürften ein bisschen eng für Sie sein, aber es schadet ja gar nichts, wenn Ihre Füße wieder erfahren, was es heißt, stramm eingepackt zu sein. Aber weshalb legen Sie sich denn hin?»

«Es tut mir leid», murmelte Janna. Ihr war übel, heiß und kalt; ihr Kopf dröhnte, und sie begann zu zittern. Was das bedeutete, hatte sie während ihrer Reise zur Genüge erfahren. «Ich fürchte, Sie müssen mich bei den Gästen entschuldigen.»

«Bei Gott, jetzt wird sie auch noch krank!» Frau Wellhorn schlug die Hände über dem Kopf zusammen.

Der Arzt nahm das Ohr von ihrer Brust und richtete sich wieder auf. Dann berührte er ihre Stirn und Wangen und trocknete sich die Hände mit einem Tuch. «Ihr Herz schlägt kräftig, Señorita Sievers. Ihre Temperatur ist erhöht. Sie sagen also, Sie hatten mehrere Male Fieber? Wie oft?»

Er setzte sich auf ihren Toilettenhocker, schlug ein Bein über das andere und zog ein Notizbüchlein und eine Bleifeder aus der Tasche seines Fracks. Doctor Cañellas' Garderobe war ebenso elegant wie die Bewegungen seines langen, schlanken Körpers, und er trug die dunkelbraunen Locken wild. Nicht verwunderlich, dass der modebewusste Reinmar in ihm einen Freund gefunden hatte.

«Vier Mal, wenn ich mich recht entsinne.»

«Gab es Begleiterscheinungen?»

«Schüttelfrost, Übelkeit. Und einmal habe ich mich erbrochen und drei Tage im Gebüsch gehockt, wenn Sie verstehen, was ich meine.»

«Gewiss.» Er lächelte, während er all das notierte. «Diarrhö.»

«Und einmal hat ein Mückenstich am Fuß so heftig gejuckt, dass ich ihn blutig gekratzt habe und der Fuß anschwoll. Der sah zwei Tage lang aus wie aufgeblasen.»

Auf der anderen Seite des Bettes wedelte sich Frau Wellhorn mit einem Fächer Luft zu. Ihr wich die Farbe aus dem Gesicht, und Janna dachte, dass sich der Doctor wohl gleich um sie kümmern müsse, doch der beachtete sie gar nicht.

«Europäer sind nach ihrer Ankunft gewöhnlich recht krankheitsanfällig», sagte er. «Sogar Señor Götz brauchte seine Zeit, sich zu akklimatisieren. Sie haben großes Glück gehabt, Señorita. Dazu einen Schutzengel und eine sehr robuste Natur.»

«Das kommt vom Reiten.» Darauf war Janna auch ein bisschen stolz. «Deshalb dürfen bei uns in der Familie auch die Frauen reiten. Wir sind alle zäh. Sogar meine Großmutter ist bis vor ein paar Jahren noch ausgeritten.» Nur Gisela, die hochnäsige Schwester, hatte irgendwann begonnen, daheim zu sitzen und über ihre Frauenleiden zu klagen, weil das den Mannsleuten angeblich gefiele. Allerdings verzichtete Janna darauf, das auch noch zu erwähnen.

«Damit ist es fürs Erste vorbei.» Doctor Cañellas zwinkerte ihr zu, als sei dies eine gute Nachricht. Dieser Mann gehörte wahrscheinlich zu dem seltenen Menschengeschlecht, an dessen guter Laune nur wenig kratzen konnte.

«Bei Gott, ist es ernst?» Frau Wellhorn schlug sich entsetzt die Hand vor den Mund.

«Aber nein. So ist das manchmal nach Strapazen: Man

hat alle Kräfte mobilisiert, nur um dann hinterher doch noch die Waffen zu strecken. Was die Dame plagt, ist im Grunde nur ein sehr ausgeprägter Erschöpfungszustand. Den soll sie gründlich auskurieren.» Er wandte sich wieder Janna zu. «Essen Sie reichlich, und trinken Sie täglich Kakao, das kräftigt. Ansonsten: einmal am Tag ein kurzer Spaziergang und viel Schlaf. Jemand soll in der Apotheke Rindenextrakt vom Angosturabaum holen, davon nehmen Sie die nächsten Abende einen kleinen Löffel. Es ist ein gutes Fiebermittel. Ich darf mich fürs Erste von den Damen verabschieden. Wenn etwas ist – zögern Sie nicht, mich rufen zu lassen.»

Er erhob sich und reichte Janna die feingliedrige Hand. «Aber was ist mit der Hochzeit?», rief Frau Wellhorn.

«Keine Anstrengungen in der nächsten Zeit!», mahnte er so freundlich wie bestimmt und schritt zur Tür, wo er noch einmal kehrt und einen zackigen Diener machte; dann war er verschwunden, und Frau Wellhorn stöhnte lauthals auf.

«Schlimm genug, dass Sie beide auswanderten, ohne verheiratet zu sein. Aber dass Sie dann auch hier unter einem Dach gemeinsam leben wie die Wilden – so war das aber nicht geplant!»

«Es war so einiges nicht geplant, was dann kam», meinte Janna trocken.

Händeringend lief die Anstandsdame hin und her. «Ihr Leumund sollte nicht weiter leiden. Wenigstens darf Herrn Götz' Schlafzimmer nicht auch auf dieser Etage liegen. Ich werde ihm sagen, dass er am andern Ende des Hauses schlafen soll. Das Beste wäre sowieso, er würde sich in der Stadt eine Wohnung mieten.»

«Frau Wellhorn, nun ist's aber gut! Ich bin müde, bitte gehen Sie.»

Brummelnd verließ Frau Wellhorn das Zimmer. Janna warf sich auf die Seite und schloss die Augen. Sie schob den ungebührlichen Gedanken beiseite, die alte Dame zu Unrecht vermisst zu haben, und verlor sich in der Vorstellung saftiger Weiden, umrahmt von Wäldern und schwarzen Bergen. Pferde preschten über das Grün, vorbei an einer kleinen Hochzeitsgesellschaft, die an weiß gedeckten Tischen tafelte. So hatten Reinmar und sie es sich in den schönsten Farben ausgemalt. Eine Zeremonie in der freien Natur, als lebten sie zur Zeit der ersten Siedler. In Hamburg wäre das undenkbar gewesen. Gisela und der Vater hatten bei der Eröffnung dieser Pläne denn auch die Luft angehalten, und sogar Oma Ineke hatte das greise Haupt geschüttelt und gesagt: *Tünkram*.

Leise ging die Tür auf. Erfreut sah sie Reinmar eintreten. Er stellte ein Tablett auf ihren Nachttisch und setzte sich zu ihr auf die Bettkante.

Janna war nicht danach, um den heißen Brei zu reden. «Dass wir die Hochzeit verschieben müssen, tut mir leid. Hoffentlich werden sich die Leute nicht das Maul zerreißen.»

«Deine Gesundheit ist wichtiger. Und ein bisschen *gossip*, wie die Engländer sagen, stört uns doch nicht, im Gegenteil, je länger wir warten, umso stärker wird das Interesse angeheizt. Und umso prächtiger richten wir dann unsere Hochzeit unter freiem Himmel aus. Mit indianischer Folklore, wie wäre das?»

Sie kicherte. «Frau Wellhorn wird in Ohnmacht fallen!»

«Ein Grund mehr, es so zu machen. Was hältst du also vom Jahresende?»

Das war noch lange hin. Ein Entgegenkommen, damit sie zu sich selbst finden konnte. Dafür war sie ihm dankbar. «Es klingt gut.»

«Die halbe Stadt wird auf den Beinen sein, um einen Blick auf das Spektakel zu ergattern. Bis dahin bist du längst wieder auf dem Damm. Und jetzt trink einen Schluck Kakao.»

Der Gedanke, für ein paar Tage Stadtgespräch zu sein, war durchaus reizvoll. Nach all den Abenteuern sollte das Leben ja nicht langweilig werden. Gehorsam setzte sie sich auf und nahm die Tasse entgegen. Kakao war eine leckere Sache, aber mit Milch und Zucker angerührt? So hatte sie ihn zuletzt als Kind getrunken. Sie nahm einen Schluck und stellte fest, dass ihr die Süße gefiel. Auf die Banane hatte sie jedoch keinen Appetit.

«Na, zwei, drei Häppchen wirst du doch schaffen, hm?» Er setzte eine vergnügte Miene auf, während er die Frucht schälte. Nicht so wie Arturo – der hätte sie ihr in den Schoß geworfen, dazu ein geschnauztes *Iss schon, Mädchen!*.

«Später vielleicht.»

«Also gut», er legte die Banane beiseite und ergriff Jannas Hand. «Probieren wir etwas anderes.»

Er hob ihre Hand und küsste die Innenseite ihres Handgelenks. Sanft glitten seine Lippen ihren Arm entlang und verweilten in ihrer Ellbogenbeuge. Es wollte kein Prickeln auslösen wie früher, wenn er sie berührt hatte. Es kitzelte nur. Was stimmte nicht mit ihr? Sie reckte sich nach seinem Mund, und er küsste sie erst sanft, dann ungestüm. Das beherrschte er wunderbar. Nicht dass sie imstande war, Vergleiche heranzuziehen, dennoch – eine Frau spürte das. Ebenso ungestüm erwiderte sie den Kuss. Seiner frechen Zungenspitze Zugang zu gewähren, musste sie sich jedoch zwingen. Die fühlte sich wie ein Fremdkörper an, und sie wollte sie zurückschieben. Doch das stachelte Reinmar an. Abrupt riss sie sich los und presste sich tief in die Kissen.

«Verzeih.» Er richtete sich auf und prüfte verlegen den Sitz seines Stehkragens und der Schleife des fest darum geschlungenen Halstuchs. «Ich wollte dich nicht überfallen.»

«Es war schön.»

Sie wusste, dass sie log. Sie wusste, dass ihr irgendetwas zu entgleiten drohte.

«Schlaf gut, Liebste», er ergriff ihre Hand und führte sie an die Lippen. Dann schenkte er ihr noch ein Augenzwinkern, das ihr schlechtes Gewissen vergrößerte, und verließ den Raum. Janna warf die Decke über sich und zog sie auch nicht weg, als sie nach drei Atemzügen zu ersticken glaubte.

Arturo, Arturo, Arturo … Sie bekam ihn nicht aus dem Kopf. Nicht sein Indigohaar, nicht seinen düsteren Blick, nicht seine schön geschwungenen Lippen und Züge, die so anders als Reinmars kantige waren und dennoch erschreckend männlich. Arturos Bild hatte sich in ihre Seele gebrannt und etwas zuvor Wunderbares zerstört. Die Erkenntnis wollte sie schier in Panik versetzen. Sie heulte in die Decke und hoffte, dass niemand es hörte. Irgendwie musste sie dieses Sehnen aus sich herausreißen, bevor es noch mehr Schaden anrichtete. Wenn sie nur wüsste, wie das ging.

## 2. KAPITEL

Die Villa mit ihren beiden Etagen und den mehr als zwanzig Zimmern war viel zu groß. In den meisten Räumen waren die Möbel unter Leintüchern begraben. *Das wird ja nicht ewig so bleiben,* hatte Ana, die Köchin mit dem ewig gleichen mürrischen Gesicht, gemeint. *Da gehören Kinder her, ein halbes Dutzend.* Janna versuchte sich mit dem Gedanken zu trösten, dass dann alles so werden würde wie einstmals erhofft. Die bunt getünchten oder mit Blütenmustern tapezierten Wände, die in strahlendem Weiß lackierten Fensterrahmen, das warme, leuchtende Brasilholz der Böden und die geschmackvollen englischen Möbel machten es leicht, sich in das Haus zu verlieben. La Jirara hieß die Hazienda, hatte ihr Reinmar bei ihrem gemeinsamen Rundgang erzählt. Jirara war eine Indiofrau gewesen, die einen Siedler geheiratet und mit ihm hier in einer Hütte gelebt hatte, die es längst nicht mehr gab. Vielleicht hatte es auch Jirara nie gegeben. Aber es war ein schöner Name für ein schönes Haus. Doch nichts liebte Janna so sehr wie den Patio.

Wenn sie im Innenhof auf einem der Korbsessel saß und die purpurfarbenen Blütenketten des Amarants betrachtete, die sechs Fuß hohen Sonnenblumen, die einzelne Bananenstaude, die Rosen oder die Maniokstraucher, die hier als Zierpflanzen dienten, so meinte sie einen Hauch von Wildnis um sich zu haben. Gelegentlich schloss sie die Augen, lauschte dem Summen der Bienen und Mücken, dem Krächzen der fruchtig gelben Sonnensittiche in ihrer Voliere und schalt sich für die Torheit, sich für einige Herzschläge in eine Zeit zurückzuversetzen, von der sie damals gewollt hatte, dass sie endete.

Lucila kam mit einem Tablett und deckte den Frühstückstisch. «Don Reinmar lässt sich um eine halbe Stunde entschuldigen», sagte das Mädchen mit piepsiger Stimme. «Die Wäscherin wird jeden Augenblick sein Lieblingshemd bringen, soll ich ausrichten, Doña Janna.»

An diese Art der Anrede würde sich Janna erst gewöhnen müssen. Sie war doch nicht die Hausherrin einer bedeutenden Familie! Aber sie wusste, dass Reinmar diese gespreizte Anrede gefiel. Auch dass er lieber zu spät kam, statt ein anderes Hemd anzuziehen, passte zu ihrem Verlobten. Aber deshalb war er ja ein Beau. Und deshalb hatte sie sich in ihn verliebt. Sie vertrieb sich die Wartezeit mit warmem gesüßten Kakao. Endlich kam er, die Haare wie üblich hübsch zerzaust, gestiefelt und gespornt und in tadellos sitzender Kleidung. Und bewaffnet.

«Buenos días, meine Liebe.» Er verneigte sich formvollendet und hob ihre Hand zum Kuss.

«Moin moin, Reinmar.» Sie starrte auf seine Hüfte. Allen Ernstes hatte er sich mit einem Galanteriedegen geschmückt. Das fand sie nun doch etwas übertrieben. Was vielleicht daran lag, dass diese kurze und über und über verzierte Waffe den Vergleich mit Arturos Offizierssäbel, an dem sogar Blut geklebt hatte, nicht standhielt.

Reinmar ließ sich auf der anderen Seite des Tisches nieder. «Wo ist denn der faule Boy? David!»

Der Junge kam herangelaufen und machte einen Diener. «Hier», Reinmar zog ein Taschenmesser aus der Tasche seiner Pantalons. «Schneide dort drüben ein Bananenblatt ab und sorge für eine frische Brise für Doña Janna.»

David gehorchte, und Janna fand es geradezu skurril, dass der Junge ihr Luft zufächelte. «Ein wenig wie am Hof des Sonnenkönigs oder in der römischen Antike komme ich mir ja schon vor», sagte sie, während sie Lucila dankend zunickte, die das Frühstück servierte und Kakao nachschenkte. «Ist David auch ein Sklave?»

«Ja.»

«Mir gefällt das nicht.»

Reinmar bestrich einen Toast mit Anchovispaste, lehnte sich zurück und biss genüsslich hinein. «Er bekommt Lohn und kann sich in ein paar Jahren freikaufen. Ich habe von del Morales bereits die Zustimmung eingeholt, die übliche Summe um zehn Prozent heruntersetzen zu dürfen. Wenn David anstellig ist, bekommt er noch einen Nachlass. So wird er sich hoffentlich doch noch irgendwann Mühe geben und nicht wie seine Eltern in den Busch laufen, um zu einem Cimarrón zu werden. Das gilt auch für Lucila.»

«Und Ana?»

«Die ist eine Zambo, die Tochter eines Indios und einer schwarzen Sklavin, und schon unfrei geboren. Sie hat gesagt, dass sie mit Freiheit nichts mehr anfangen kann. Sonst gibt es auf La Jirara keine Sklaven mehr. Der Rest hat sich nämlich im Durcheinander des Auszugs von del Morales und seiner Entourage in die Büsche geschlagen. Die Stallburschen, die ich jetzt habe, stehen alle in Lohn und Brot. Was soll's», er nahm einen Schluck Kaffee aus der Porzellantasse und schlug elegant die Beine übereinander. Das Stiefelleder knarrte. «Wenn der sogenannte

Libertador es tatsächlich schafft, das Land der spanischen Herrschaft zu entreißen, dürfte sich die Sklaverei sowieso überholt haben. Schließlich haben sich Bolívar und seine Anhänger ‹Freiheit› auf die Fahne geschrieben. Aber Liebste, das Thema muss eine Dame doch langweilen? Was hältst du davon, wenn wir über den Hof ein Moskitonetz spannen?»

Janna wollte protestieren; was war denn daran langweilig? Seine Frage verblüffte sie jedoch so sehr, dass sie stattdessen fragte: «Wie stellst du dir vor, wie das gehen soll?»

«Oder ich lasse hier einen Pavillon bauen. Dann stört dich keine Mücke mehr.»

«Und ich komme mir vor wie ein Papagei im Käfig.» Sie lachte. «Meinetwegen musst du nicht solche Umstände machen. Ich hätte auch gar nichts dagegen, wenn dein Hemd einen Fleck hat oder die Sporen nicht gar so glänzen.»

«Janna!» Er wirkte erschrocken, was sie nur mehr zum Lachen reizte. Dabei war ihr eher nach Weinen zumuten. «Wie kommst du nur auf solche Gedanken?»

Sie glaubte die Antwort zu kennen. Nur, wie ließe sich die aussprechen? *Ja, weißt du, der Reinmar, in den ich mich verliebt habe, ist mir irgendwie aus den Händen geglitten. Jetzt brauche ich einen Reinmar, den ich wieder ergreifen kann. Einen, der nicht vor lauter Seife schlüpfrig ist.*

«Verzeih», sagte sie wehmütig lächelnd. «Aber wenn man so lange in Schuhen herumgelaufen ist, aus denen die Zehen herausschauten, kommen einem Sporen und Degen zum Frühstück etwas närrisch vor.»

Das fand er offenbar so entsetzlich, dass er hustete und sich rasch die Serviette an den Mund hielt.

«Es tut mir leid», sagte sie, mühsam um Ernsthaftigkeit ringend. Dieses Gefühl, gleichzeitig lachen und heulen zu wollen, war lästig. Hoffentlich ließ das bald nach. «Du siehst ansonsten natürlich hinreißend aus. Am liebsten würde ich dich malen. Weißt du eigentlich, was dein Aguinaldo gewesen ist?»

«Wie», er wedelte sich mit der Serviette Luft zu, «wie hätte ich das wissen sollen?»

«Ich hatte dich à la Brummell gezeichnet, aber leider die Lederrolle, in der die Zeichnung war, verloren. Meinen Koffer konnte ich ja zunächst retten – nur damit er dann im Fluss versinkt. Und ich hatte so gelungene Zeichnungen darin! Von Schildkröten mit schwarzen Panzern und Riesenzikaden und Hornissennestern, die aussahen wie lange Zöpfe …»

«Hornissen?», keuchte er, und sie winkte ab.

«Die waren noch harmlos.»

«Um Gottes willen, Janna. Aber jetzt fällt mir ein, was ich dich die ganze Zeit schon fragen wollte. Wo ist *dein* Weihnachtsgeschenk?»

Fast hätte auch sie sich an ihrem Kakao verschluckt. An die Granatrose hatte sie gar nicht mehr gedacht. «Das habe ich leider auch verloren.»

Warum sagte sie nicht einfach die Wahrheit? Gab es irgendeinen Grund, Arturo zu schonen?

«Wer war der Mann, der dich gerettet hat? Du hast bisher noch kaum etwas von ihm erzählt.»

Ein dummer Zufall, dass auch Reinmar jetzt an ihn dachte? Oder konnte man das von ihrem Gesicht ablesen? Um sich zu sammeln, aß sie noch einen Happen ihrer mit Kokoscreme gefüllten Teigtasche. «Ein schönes krosses

Rundstück mit Butter und Erdbeermarmelade wäre mir jetzt lieber», sagte sie. «Oder ein Franzbrötchen! Die waren so lecker.»

Er krauste die Stirn. «Na, wenigstens eine schöne Erinnerung an die Franzosenzeit, hm? Ich werde sehen, ob sich das für morgen machen lässt. Wie hieß der Mann noch gleich?»

«Arturo.» Es hatte ja keinen Zweck, dem Thema auszuweichen. «Ich glaube, er war ein Cimarrón, ein umherziehender Sklave. Deshalb lebte er im unzugänglichen Delta, und deshalb ist er Ortschaften aus dem Weg gegangen. Als er mir zum ersten Mal Tasajo gab, das sind steinharte Fleischstreifen, sagte er ganz süffisant: ‹Sklavennahrung.› Und hier», sie schlug sich auf die Brust, «hatte er Narben, ich nehme an, von einer Bestrafung.»

«Und wem gehörte er?»

«Einer Mission im Delta, aber die Mönche leben nicht mehr. Er wollte dann zu einer anderen Mission tief im Westen, nach Gold suchen. Mich schleppte er mit, weil ich ihm dummerweise durch die Blume gedroht hatte, ihn bei den Behörden in Angostura anzuzeigen. Ich … es … es stimmte nicht, was ich eben sagte: dass ich die Rose verloren habe. Er hat sie mir weggenommen. Er war schrecklich! Ungehobelt, herrisch. Ständig hat er mich drangsaliert.»

Sie zerrte ihr Taschentuch aus dem Ausschnitt und presste es an den Mund. Nein, Tränen gab es keine zu verbergen, doch sie musste irgendetwas tun, um ihrer Fassungslosigkeit über sich selbst Herr zu werden. All das war ja nicht gelogen, trotzdem kam es ihr wie eine hässliche Verleumdung vor. Warum tat sie das? *Weil ich sein Bild nicht aus mir herausreißen kann*, erkannte sie mit nüchterner Klarheit. *Also muss ich es wenigstens schwarzmalen. Vielleicht hilft das ja.*

«Was beklage ich mich, immerhin hat er mein Leben gerettet, als er mich vom Strand auflas», fügte sie hinzu, um sich nicht gar so schäbig zu fühlen. «Im Übrigen weiß ich von ihm nichts weiter zu erzählen, als dass er lauter kleine Zöpfe trug und sein Kaffee furchtbar war. Und er war nicht gerade jemand, der gern einen Klönschnack gehalten hat.» Ihr Lachen kam ihr gekünstelt vor. Sie griff nach ihrer Tasse, um ihre nervösen Finger zu beschäftigen.

«Zöpfe? Wie altmodisch», murmelte Reinmar. Nachdenklich rieb er sich das markante Kinn. Dann beugte er sich über den Tisch und ergriff ihre Hand. «Du hast Schlimmes durchgemacht. Aber das nächste Weihnachtsfest kommt bestimmt, und es wird dich für alle Verluste entschädigen.»

Sie musste zurückdenken an die Weihnachtsnacht tief im Bauch des Schiffes, als ihr wie ein Abenteuer vorgekommen war, dort von ihm geküsst zu werden. Aber es hatte sich dann ja herausgestellt, dass es weiß Gott keines gewesen war. Wie sich Reinmar wohl an Arturos Statt ausgemacht hätte? Hätte er die Angreifer im Delta mit seinem albernen Degen besiegt? Hätte er sich eine Nacht gegen die Strömung des Orinoco stemmen können, mit ihr in den Armen? Wüsste er, was zu tun wäre, läge sie verletzt oder fiebernd vor ihm?

Sie legte die andere Hand über seine und strahlte ihn an. Hoffentlich war ihr Lächeln nicht so kläglich, wie es sich anfühlte. «Ich freue mich darauf, Liebster.»

Xabier kam und wartete in angemessenem Abstand, bis

Reinmar ihn herbeiwinkte. Das schmale Männlein verbeugte sich und überreichte eine Zeitung und einen Brief, den Reinmar sogleich öffnete.

«Ah. Die Familie Seiner Exzellenz Don Felipe de Uriarte lädt uns zum Tee ein. Sie möchte dich endlich kennenlernen.»

Janna entwich ein Seufzen. «Das schaffe ich schon.»

«Nein», er gab den Brief Xabier, der sich mit einem erneuten Bückling entfernte. «Du musst dich erst auskurieren.»

«Aber ich kann doch den Gouverneur nicht schon wieder düpieren!»

«O doch.» Er grinste spitzbübisch. «Es steigert die Neugier auf die *catira,* die blonde Ausländerin, wenn die Herrschaften weiter warten müssen. Zwei Wochen mindestens. So lange wird es auch dauern, bis du wieder über eine repräsentative Garderobe verfügst. Besser sogar vier. Allein die Auswahl des neuen Verlobungsringes nimmt viel Zeit in Anspruch. Na, was schreibt denn die hiesige Zeitung?» Mit raumgreifenden Gesten, die seine Zufriedenheit mit sich verrieten, entfaltete er das Journal und begann schweigend zu lesen.

*Der Herr liest, die Dame frühstückt, und unter dem Tisch tollen die Kinder. So soll es wohl sein.* In ihrer Brust ballte sich Ärger. Sie wusste nicht recht, worauf.

«Und?», fragte sie.

«Hier steht, dass Bolívar an der Küste kämpft, mit sage und schreibe dreihundert Mann. Ein paar Banditen haben sich ihm angeschlossen, entlaufene Sklaven und wer sonst noch Grund hat, Spanien zu fürchten. Und hier: ‹Miranda im Gefängnis von Cadíz gestorben› – das war ein Revolutionär, der sich an den Spaniern die Zähne ausbiss. Sozusagen Bolívars Vorgänger und Lehrer. In diesem Blatt gibt's wirklich kein anderes Thema. Nicht dass du dir Sorgen machst, Liebste! Die Sache wird an der Küste entschieden, nicht hier. Außerdem, ein paar hundert Männer, was soll denn daraus werden?»

Sein Blick fiel auf etwas in der schattigen Galerie; er sprang auf, ließ die Zeitung zu Boden fallen und neigte sich über Janna.

«Da oben ist die alte Fregatte. Komm, gib mir schnell einen Kuss, das wird Frau Wellhorns Laune steigern.»

Janna fühlte sich von seinem Mund regelrecht überfallen. Bevor sie sich entscheiden konnte, ob sie es genießen wollte oder nicht, hatte er sich wieder aufgerichtet. Er riss eine Rose vom Strauch und gab sie ihr. Was sollte sein erwartungsvoller Blick?

Erst nach einer endlosen Zeit begriff sie, brach ebenfalls eine Blüte ab und legte sie in seine Hand. Er steckte sie sich ins Revers seines Rocks. «Es wird Zeit für mich, ich muss in den Stall. Der Besitzer eines Gestüts aus San Félix hat sich für nachher angekündigt; er will mir einen seiner Beschäler zeigen.»

Und fort war er.

Janna blickte hoch. Die Galerie war verlassen, von Frau Wellhorn nichts zu sehen. Womöglich war sie gar nicht da gewesen. Er war eben ein Filou, ein großer Junge. Sie befingerte die Rose. Wie anders, ganz ohne Frechheit oder Galanterie, hatte Arturo ihr ein Geschenk gemacht. Er hatte … ah, nein, sie ließ schon wieder zu, dass er sich in ihre Gedanken schlich! Ihre Finger schlossen sich um die Rose, wollten sie regelrecht zerdrücken.

Mit klopfendem Herzen entfaltete Janna den Brief der Familie. Zehn engbeschriebene Seiten. Ihr liefen die Tränen beim Lesen, und eine gewellte Stelle im Papier verriet, dass auch auf der anderen Seite des Atlantiks die Augen beim Schreiben nicht trocken geblieben waren. *Wir sind so glücklich zu hören, dass du lebst, und danken Gott täglich für seine Gnade* … das alte Hamburg gedieh wieder und würde sich bald stolz ‹Freie und Hansestadt› nennen. Oma Ineke erzählte lustige Döntjes vom tapsigen alten Jimmy, vor dem kein Kissen und kein Pantoffel sicher waren, und der hochnäsigen Gisela, die in den Sohn eines Handelspartners verliebt war; der Vater hingegen klagte über Sohnemann Friedhelm, der, kaum dass die furchtbare Nachricht vom Untergang der Schiffe eingetroffen war, den Entschluss gefasst habe, zur See zu fahren. *Nur Grappen im Kopf, der Junge! Aber nun erzähl mal, was hast du erlebt, und wie ist es da drüben in dem fernen Land?* Und Janna berichtete in ihrer Antwort vom berauschenden Erlebnis der Schildkröteneierernte, von dem mit einem Specht geschmückten Indiohäuptling, der sie zu seiner Mätresse hatte machen wollen, von der Moskitoplage und dass hier alles Criollo hieß, nicht nur der Kakao, sondern auch Pferderassen und die Nachkommen der Spanier … *und das Land ist so schön, dass es einem ins Herz schneidet. Die Granitfelsen sehen aus der Ferne aus wie verfallene mittelalterliche Burgen. Im blaugrünen Wasser spiegelt sich tausendfach das Sonnenlicht, und auf den Bäumen wachsen noch hundert andere Pflanzenarten, dass man manchmal das Holz gar nicht sieht. Ich habe in einer Nacht sogar Dutzende von Sternschnuppen gesehen, und der Himmel ist nicht nur anders wegen der Sternbilder, er strahlt auch etwas aus, sodass man sofort erkennt, hier ist man ganz woanders.*

Erstaunt ließ sie den Federkiel sinken. Reinmar gegenüber waren ihre Erzählungen knapp und steif ausgefallen; sie hatte schon geglaubt, sie könne keine schönen Worte mehr finden.

*Ich liebe euch alle so sehr, dass es mir in der Brust wehtut.*

Seufzend ließ sie den Kopf auf die Arme sinken und verharrte gewiss eine Stunde so. Dann faltete sie den Brief zusammen; später würde sie ihn ins Postkörbchen tun. Als sie das Schreibzeug wegpackte, fiel ihr der Zettel des Barons von Humboldt in die Hände. Nicht einmal den hatte sie Reinmar gezeigt. Wozu auch? Sein Französisch hatte sich auch während der Besatzungszeit nicht wesentlich gebessert, und die schnelle, flache Schrift des Gelehrten war eigentlich auch eine Zumutung – das Schriftstück war nie für fremde Augen gedacht gewesen.

Ihre tastenden Finger fanden das Inka-Dreieck. Auch dazu hatte sie nichts gesagt, obwohl es doch eine geschichtliche Sensation war. Ihre Finger schlossen sich darum. Nein, weder der Zettel noch der Schmuck waren einfache Reiseandenken. Sie waren Erinnerungen an Arturo. Deshalb konnte sie das eine nicht vorzeigen und das andere nicht tragen. Und tilgen ließen sich die Erinnerungen auch nicht. Selbst wenn sie das Gold vergraben und den Zettel verbrennen würde.

* * *

Santo Tomé de Guayana an der Verengung – *Angostura* – des Orinoco, so lautete der vollständige Name der Stadt. Janna öffnete das Kutschenfenster und streckte den Kopf hinaus. Auf den ersten Blick erschien ihr Angostura vor allem als ein Wirrwarr niedriger Lehmhäuser mit roten Ziegeldächern, über denen sich die riesigen Blätter der Morichepalmen und die schlankeren der Kokosnusspalmen reckten. Hier unten am Hafen ging es laut und dreckig zu. Johannisbrotbäume hatten ihre harten, braunen Früchte auf den Boden geworfen, wo Frauen und Kinder sie auflasen, und Hunde wühlten in den Pfützen vom letzten Regenguss nach Abfällen. Schmutzlinien an den Häusern verrieten, wie weit der Fluss es zur Hochwasserzeit schaffen konnte. Die teils bunte Tünche war abgeblättert und mit Parolen übermalt. *Für Ferdinand den VII., unseren König! Das Land dem Mutterlande! Tod den Rebellen!* Matrosen bevölkerten die Hafenpromenade ebenso wie Polizisten, Händler und Tavernenbesitzer, die lauthals in ihre düster wirkenden Spelunken lockten, vor deren Eingängen leichtbekleidete Frauen lungerten. Den betuchteren Leuten in ihren Kutschen und von Sklaven getragenen Sänften galt das Interesse der Händler, die in ihren Bauchläden Wunderwässerchen gegen alle Arten von Tropenfieber und bösen Miasmen anboten, und das der zerlumpten Kinder, welche statt der erhofften Münzen zumeist nur Beschimpfungen und Stockpeitschenhiebe ernteten. Überall wurde gebrüllt und gekeift und gelacht; der Lärm war so vielschichtig wie die Gerüche, die in Jannas Nase stachen. Aus dem Trubel eines Marktes wehten die Schärfe und Süße der Waren herüber, ebenso der Gestank von Fisch und Kot. Kleine Areperas, wie man die Garküchen hier nannte, dufteten nach scharfen Gewürzen und gefüllten Maismehlbrötchen.

Es war unvermeidlich, dass auch vor Jannas Fenster ein Pulk bettelnder Halbwüchsiger auftauchte. Bevor sie in ihrem Réticule nach ein paar Reales kramen konnte, waren die Jungen vor der Peitsche des Kutschers weggerannt. Sie setzte sich wieder ordentlich hin, unschlüssig, ob sie das Fenster schließen sollte, um den Gestank auszusperren, oder ob sie in dieser kleinen Kutsche dann nicht alle ersticken würden. Ihr gegenüber saß Frau Wellhorn mit verkniffenem Gesicht; sie hasste Ausflüge in diesen schrecklichen Höllenpfuhl, wie sie die Stadt nannte. *Von wegen ruhig, da hat der Baron von Humboldt doch wohl gelogen!*, hatte sie sich beklagt. *Und Moskitos gibt's hier auch genug!* Nun, der Baron hatte sicher nicht in einer Hafenpinte gewohnt. Und wenn man eine gefährliche und äußerst strapaziöse Reise hinter sich hatte, empfand man manches anders. Geheuer war Janna dieser Trubel jedoch nicht.

Es ging einen Hang hinauf. Hier wirkte die Stadt ruhiger und vertrauter dank einiger Cafés und Geschäfte hinter den Arkaden gediegener Häuser mit kunstvollen Holzfassaden. Unter die Passanten hatten sich Mönche und Nonnen gemischt, die teils in Kontemplation versunken schwiegen oder lauthals wie Waschfrauen schwatzten. Die Kutsche gelangte auf eine gekieste, von Baumreihen beschattete und von Stadtpalais gesäumte Plaza. Janna bestaunte eine lachsfarbene Kirche mit weißen Fensterrahmen, Pfeilern und einem pittoresken achteckigen Kirchturm hinter einem Baugerüst.

«Das ist die Kathedrale Señora de las Nieves», erklärte Reinmar.

Janna riss die Augen auf. «Unserer Lieben Frau vom … Schnee?»

Er lachte. «Ich weiß auch nicht, was es damit auf sich hat. Nur dass es neuerdings eine Sondersteuer auf Zuckerrohrschnaps und Hahnenkämpfe gibt, damit sie fertiggestellt werden kann.»

Frau Wellhorn stieß ein verächtliches Schnauben aus. «Da kriegen mich keine zehn Pferde rein.»

Janna wusste nicht so recht, was sie davon halten sollte, einen katholischen, hierzulande vermutlich erst recht gewöhnungsbedürftigen Gottesdienst zu besuchen. Ihr genügte das stille Kämmerlein zum Gebet. «Ich werde es sicher einmal ausprobieren.»

«Du bist ja auch eine Neugiernase», schmunzelte Reinmar. «Ich als Atheist werde wohl niemals herausfinden, was dieser merkwürdige Name zu bedeuten hat.»

Die Fahrt ging vorbei an der schwerbewachten Casa de los Gobernadores und einer Halle, alles in pastellfarbenen Tönen und Weiß gehalten, was Janna an eine überdimensionierte Puppenstube denken ließ. Einige Straßen weiter hielt die Kutsche vor dem prächtigen Privathaus des Gouverneurs. Der Schlag wurde geöffnet, das Treppchen hinuntergeklappt, und Reinmar sprang hinaus und reichte ihr die Hand zum Aussteigen. Das neue Empirekleid aus zartem hellen Musselin gerafft, schritt sie an seiner Seite an vier aufmarschierten Dienern in roter Livree vorbei, die sie ins Haus geleiteten. *Man könnte sich direkt wichtig vorkommen,* dachte sie erstaunt und beschloss, es einfach zu genießen.

In der großen Eingangshalle voller Gobelins und barocker Sideboards dauerte es noch eine halbe Stunde, bis ihnen die Hausherrin entgegengeeilt kam, eine Bugwelle schweren Parfümdufts vor sich herschiebend. Doña Begoña umarmte Janna wie eine alte Freundin und küsste ihre Wangen. So mache man es hierzulande, sie solle sich über die ganze Gefühlsduselei nicht wundern, hatte Reinmar ihr im Vorfeld des Besuches erklärt. Janna unterdrückte den Wunsch, sich das Gesicht trockenzutupfen, und schenkte der in eine schwarze Pelisse gehüllten und mit einem Turban aufgehübschten Frau ihr bestes Lächeln. Aber das Beste war derzeit nicht gut genug, wie sie am übertrieben traurigen Gesichtsausdruck der Gouverneursgattin erkannte.

«Sie sind eine wunderhübsche Frau, Doña Janna», sagte sie, während sie Jannas Hände umfasst hielt. «Allein solches Haar, heilige Maria Mutter Gottes, wie herrlich! Aber was Sie durchgemacht haben, steht leidvoll in Ihren Augen geschrieben.»

Janna erkämpfte sich mit einem schiefen Lächeln ihre Hand zurück. Für hanseatisch steif und kühl hatte sie sich nie gehalten, doch diese blumige Ausdrucksweise prasselte auf sie nieder wie ein viel zu warmer Regenguss. Der Herr des Hauses, Marqués Felipe de Uriarte, ein kleiner, rundlicher Mann in einer schwarzen Uniform, deren rote Schärpe seinen Bauch kräftig betonte, hob ihre Hand an die unter einem pomadigen Schnauzbart verborgenen Lippen. Auch zwei Söhne und drei puppenhaft ausstaffierte Töchter machten artig ihre Aufwartung, dann wurden sie bis auf die älteste auf ihre Zimmer komplimentiert. Neidisch blickte das Mädchen der Schar hinterher, die eine Wendeltreppe hinaufeilte. Janna erinnerte sich noch gut an ihre Backfischzeit, die ja noch nicht lange zurücklag. Bei gesellschaftlichen Anlässen das Stillsitzen, Lächeln und Parlieren zu üben war eine ungeliebte Aufgabe.

Janna wurde im Teezimmer von der resoluten Marquesa auf einem mit rotem Samt bezogenen Kanapee platziert.

Jaguarfelle bedeckten den Boden. Mit Händeklatschen und einem nicht enden wollenden «Los, los!» dirigierte Doña Begoña die Dienerschaft. Drei Jungen trugen Silbertabletts voller Leckereien auf. In die barocken, mit goldenen Arabesken verzierten Tässchen schenkten sie ein, was das Herz begehrte. Janna war vorgewarnt: Der Kaffee schied aus, denn die Uriartes pflegten ihn mit Nelken zu würzen. Auf Tee hatte sie keine Lust, also hielt sie sich an den Kakao. Sie bekam ein schwarzes Schokoladenstückchen und einen Brocken verdickten Zuckerrohrsaft in ihre Tasse und darüber heiße Milch. Dieser Genuss übertraf alle bisherigen. Janna leerte ihre Tasse in Windeseile.

«Wie schön, dass Sie wieder wohlauf sind! Man sieht Ihrer Figur die Entbehrungen gar nicht mehr an. Aber greifen Sie nur ordentlich zu, eine gewisse Fülle steht Ihnen.»

Janna blickte unauffällig an sich hinunter. Sie war kein bisschen füllig. Man musste wohl so üppig wie die Marquesa gebaut sein, um das so zu empfinden. «Die Häppchen sehen einfach alle wunderbar aus; ich weiß gar nicht, wo ich anfangen soll.»

«Na, am besten der Reihe nach, dann lässt man nichts aus.» Doña Begoña führte ihr sogleich vor, wie man das Sahnegebäck, die mit exotischen Früchten gefüllten Blätterteigtäschchen, die gezuckerten Tamarindenkügelchen und das in Kakao und Krokant gewälzte Marzipan am schnellsten im Mund verschwinden ließ. «Und versuchen Sie das!» Sie nahm eines der Schokoladenbröckchen zwischen ihre behandschuhten Finger, stippte es in den für den Tee gedachten Honig und dann in die Schale mit Schlagsahne. Ihr Kinn, als sie die Pracht genüsslich kaute, ließ Janna an Pizarros wackelnden Hautlappen denken.

Janna langte ordentlich zu. Alles war auf einem Bett aus Eis gut gekühlt. «Das kommt in Sägemehl verpackt aus Kanada», erklärte die Marquesa stolz und schlug mit ihrem Fächer der schmalen Tochter, die nach dem Marzipan greifen wollte, auf die Finger. «Du hast genug, Verónica.» *Ja ja,* dachte Janna mitleidig, *wenn man noch auf dem Parkett des Heiratsmarkts herumsteht, muss man vorsichtig beim Futtern sein.*

Im Rauchsalon nebenan hatten sich die Herren versammelt: Reinmar, Cañellas und de Uriarte mit seinem Ältesten, der als Kadett in der Stadtfestung El Zamuro diente. Aus dem Nebenzimmer duftete es nach Schinkenspeck, Käse und den Eiern der Sandwiches. Zigarrenrauch wallte herüber. Zu Jannas Verblüffung ließ sich auch die Hausherrin eine Zigarre anzünden und lehnte sich genüsslich rauchend in ihren Fauteuil. Verónicas Husten bedachte sie mit einem tadelnden Blick.

«Kind, erzähl doch der Dame ein wenig von unserer Familie», forderte sie das Mädchen auf, das gehorsam den Rücken streckte und sich räusperte. Janna vernahm mit einem Ohr, dass die Familie von einem Konquistador abstammte, der mit Kolumbus gesegelt war. Dass Miguel de la Torre, *general de ejército,* um drei Ecken mit der Familie verwandt war. Und dass sie – Verónica hob errötend den Fächer vor das spitzmäusige Gesicht – von seinem Sohn umworben wurde. Dazu nickte die Marquesa zufrieden, sodass die Pfauenfedern auf ihrem Turban wippten. Janna fragte sich, warum man sich die Mühe machte, indische Federn zu beschaffen, wenn die heimische Vogelwelt doch so bunt war. Mit dem anderen Ohr lauschte sie den Gesprächen im Raucherzimmer. Reinmar schwärmte von seiner Stute Alhambra, die er nächsten Sommer decken lassen wollte. Dann ging es natürlich um Politik: Bolívar hatte seine letzte Schlacht bei Ocumare del Tuy verloren und war nach Haiti geflohen, aber ein Schotte namens MacGregor, der von Bolívar in London angeworben worden war, hatte das versprengte Heer gesammelt und zog nun gegen die Küstenstadt Nueva Barcelona. Dank vieler Gesetzloser war die kleine Armee auf stattliche zweitausend Mann angewachsen. «Und Bolívar – der kommt natürlich wieder», donnerte der Marqués so laut und ärgerlich, dass seine Tochter verstummte.

«Wissen Sie», sagte Doña Begoña in die kurze Stille hinein. «Anders als die Mantuanos in Caracas, die am liebsten selbst über das Land herrschen würden, sind wir hier in Angostura königstreu. Auf welcher Seite steht denn Ihr Zukünftiger?»

Janna kaute lange an ihrem mit Cashew-Nüssen belegten Plätzchen. *Ich denke doch, auf der siegreichen,* wäre ihr beinahe herausgerutscht. «Ach, wir wollen eigentlich nur in Frieden leben ...»

«Heiliger Thomas!» Die Marquesa warf die Hände hoch. «Verzeihen Sie meinen Fauxpas; was fange ich denn an, über Politik zu reden? Verónica, unterhalte die Dame doch weiter!»

Das Mädchen, das in sich zusammengesunken war, ruckte wieder hoch. «Wussten Sie schon, Doña Janna, woher der alte Mantuano-Adel seinen Namen ableitet?»

«Bedauerlicherweise nein.»

«Die Frauen der ersten Siedler hatten allein das Recht, mit dem *manta,* einem mit Gold und Silber bestickten Umhang, in die Kirche zu gehen.»

«Ach, das ist ja interessant.» Im Rauchsalon war man ebenfalls zu einem anderen Thema übergegangen: Reinmar sprach einen Toast aus und lud die Herren zu seiner Hochzeit ein.

«Weiter, Verónica», drängte die Marquesa. «Wir wollen die Dame nicht langweilen.»

«Ja … also … wussten Sie schon, Doña Janna, wer einmal unser Haus mit seinem Besuch beehrte? Ihr Landsmann, der Baron von … Mamá, mir fällt sein Name nicht ein!»

«Kind! Den kennt doch jeder!»

«Ein Fest auf der Weide?», fragte Doctor Cañellas verblüfft.

«Mit einem Rodeo», bestätigte Reinmar.

Don Felipe de Uriarte lachte dröhnend. «Großartig!»

«Verzeihen Sie, Verónica», sagte Janna. «Wer, sagten Sie, hat dieses Haus besucht?»

«Alexander Baron von Humboldt», half die Marquesa aus.

«Tatsächlich? Ich habe das Gefühl, er verfolgt mich auf Schritt und Tritt.»

«Es ist wohl eher so, dass Sie ihm auf Schritt und Tritt folgen. Und dieser Mann ist immerhin hierzulande der berühmteste Europäer. Ah, ich muss natürlich Napoleon Bonaparte davon ausnehmen. Fragen Sie irgendjemanden auf der Straße; er wird den Namen kennen. Da ist es nicht verwunderlich, wenn Sie ab und zu über ihn stolpern. Sie sollten Ihre Geschichte ebenfalls aufschreiben; damit könnten Sie überall auf den Salons glänzen.»

Die Männer ließen die Gläser so laut klirren, dass die Marquesa verstummte. Beide, Mutter und Tochter, neigten sich zur Seite und starrten offenen Mundes in den Rauchsalon. Die Augen des Backfisches glänzten.

«Starr den Herrn nicht so an», zischte die Marquesa. «Was soll denn Doña Janna denken?»

Janna dachte, dass das Mädchen ein inneres Spiegelbild ihrer selbst war – sofern sie sich um ein paar Monate zurückversetzte. Reinmar, der Beau, der Schöne, der Blender.

## 3. KAPITEL

Nicht nur der Nachthimmel war anders. Solch strahlendes Blau hatte Janna daheim nie gesehen, nicht einmal in Kindertagen, als sie barfuß durchs Watt gelaufen war. Während sie auf dem Rücken der töltenden Fuchsstute fast zu schweben meinte, legte sie den Kopf in den Nacken und ließ die Sonne auf ihr Gesicht brennen. Dann meinte sie für einen kurzen Moment, zurück auf dem Fluss zu sein. Die Weizenfelder ringsum ersetzten die Wellen, wenn der Wind die Ähren zum silbrigen Schwingen und Rauschen brachte. *Amerika verdankt der Alten Welt die Zivilisation, die Wissenschaften und den Weizen,* hatte Humboldt in seinem Buch geschrieben. *Und was verdanke ich der Neuen Welt?*, fragte sie sich bitter. *Dass ich heulen und schreien und zur Wilden werden möchte, die sich ihre alten Kleider am liebsten herunterreißen würde?*

Das Humboldt'sche Zitat erinnerte sie an die Frontispizzeichnung, unter der es gestanden hatte, und diese an einen in jenem Buch blätternden Arturo. Es gab nachgerade nichts, das sich nicht in irgendeiner Weise mit ihm verbinden ließe. Dort drüben, auf der Kuppe eines Hügels, die beiden Leute, die um ein Lagerfeuer saßen – erinnerten sie nicht an Arturos heimliche nächtliche Zeremonie? Alles, alles schrie seinen Namen. Am lautesten ihr Inneres. Sie könnte den Goldschmuck in den Fluss werfen, Humboldts Papier zerreißen – es würde nichts helfen. Zurück blieb ohnehin die Narbe an ihrem Unterarm, über die sie allabendlich zärtlich strich oder wütend kratzte. Es blieb die Narbe in ihrem Herzen, und wenn sie das noch so sehr als sentimental oder unsinnig abtat, es war so.

Sie wollte, *musste* schreien, um zu sprengen, was ihr um die Brust lag. Ungeachtet jener zwei Fremden dort brüllte sie Arturos Namen, immer wieder, mit einem tiefen Grollen, das sich nach einem verwundeten Tier anhörte, und trieb zugleich die Stute zu einer schnelleren Gangart an. Sie heulte und schrie in den heißen Wind, der ihr die Tränen von den Schläfen riss. Fast blind stob sie durch den Weizen, zwang das Pferd mal hierhin, mal dorthin und ließ es einen langen Wirtschaftsweg entlangpreschen. Was sie tat, war töricht, aber das kümmerte sie nicht.

Erst nach einiger Zeit fiel ihr auf, dass sich ihr jemand an die Fersen geheftet hatte. Ein Reiter preschte entlang eines anderen Feldwegs auf einem dunkelgrauen Criollohengst und kam auf gleiche Höhe. Was sollte das? Erstaunt erkannte Janna, dass die Gestalt in den engen Lederhosen und dem wehenden Poncho eine hochgewachsene Frau war. Es schien, als lächle sie ihr zu. Ob es aber ein freundliches oder ein höhnisches Lächeln war, konnte sie über die Entfernung hinweg nicht sagen.

Janna holte aus ihrer Stute heraus, was sie vermochte. Die fremde Llanero-Frau hielt mühelos dagegen. Ein langer Zopf schlug im Takt des Galopps auf ihren Rücken. Doch bald kehrte sie in einem großen Bogen zu dem Mann am Lagerfeuer zurück. Winkte sie zum Abschied? Oder war auch das eine verächtliche Geste? Janna ritt weiter. Sie wollte am Fluss entlang, am Ufer rasten, wo sie sich das Reitkostüm schmutzig machen und Moskitos über sie herfallen würden. *Du bist so dumm, hör schon auf damit,* tadelte sie sich und zog so wütend an den Zügeln, dass der Fuchs einen Satz zur Seite machte. Ihre Kraft war aufgebraucht. Sie fand sich auf dem Erdboden wieder.

*Das hat ja so kommen müssen.* Alle Glieder von sich gestreckt, lag sie schwer atmend im Staub. Die Stute kam näher, strich mit samtigen Nüstern über ihr erhitztes Gesicht und wandte sich gelangweilt ab. Ihr Fuß pochte. Na gut, es hätte schlimmer ausgehen können, hätte ihr Vater ihr nicht immer gestattet, auf deutsche Art zu reiten: unschicklich im Herrensattel. Der englische Damensattel sei eine Unsitte und gefährlich, wenn man stürzte. Reinmar sah es ebenso.

Nur hatte sie ihn gar nicht um Erlaubnis für diesen Ausritt gebeten. Aber sie zu tadeln war nicht seine Art. Eher würde er die Dienerschaft anweisen, sie zu umsorgen, und ihr irgendetwas schenken, von dem er dachte, es könne sie über das Malheur hinwegtrösten. Sie wusste, es würde sie nur noch zorniger machen. Aufschreiend schlug sie mit der Faust auf die Erde. Sie war wütend auf sich und wütend auf die sinnlose Wut. Auf Arturo, weil er sie so verändert hatte, und auf Reinmar, weil er nicht imstande war, es rückgängig zu machen.

Janna kämpfte sich auf die Beine. Der linke Fuß hatte ganz eindeutig gelitten. «¡Cajaro!», fluchte sie, humpelte zu der Stute und griff nach dem Sattel. Ohne eine Aufstiegshilfe würde sie niemals hinaufkommen. Irgendwo musste es hier doch einen Baumstumpf oder einen Findling geben?

«Doña Janna?»

Es war der erste Stallknecht, der hoch zu Ross wie aus dem Boden gewachsen vor ihr stand, der Llanero mit dem finsteren Blick und dem geradezu furchteinflößend langen Bart. Grüßend hob er die Hand an den Sombrero.

«Danke, Señor Entrerríos, aber ich komme zurecht», antwortete sie zähneknirschend. Hatte er etwa zugesehen? Natürlich, der Mann am Lagerfeuer, das war er gewesen. Und die Frau? Einen weiblichen Stallknecht gab es auf La Jirara nicht. Zu einer anderen Zeit hätte Janna ihn vielleicht nach der geheimnisvollen Frau gefragt, jetzt jedoch hatte sie weiß Gott andere Sorgen.

«Das glaube ich nicht.» Entrerríos sprang ab. Der Mann übertraf noch Arturo an Größe, war aber schlaksig und krumm, als stemme er sich zeitlebens gegen den Wind. Kurzerhand packte er sie an der Taille und hob sie hoch. Er gab ihr die Zügel, schwang sich wieder aufs eigene Pferd und lenkte es an ihre Seite. «Ich bringe Sie zurück, Señora.»

Janna schwieg verbissen, während sie die wenigen Meilen zur einsam auf den Weidegründen gelegenen Villa zurücklegten. Am Pferdetrog vor der Veranda war der Rappe des Arztes angebunden. *Das trifft sich ja gut,* dachte sie säuerlich. Entrerríos stieß einen Pfiff aus. Die Haustür schwang auf; Xabier trat heraus und machte auf den Ruf des Knechts hin, er solle den Hausherrn holen, wieder kehrt. Kaum hatte Janna mit Entrerríos' Hilfe wieder Boden unter den Füßen, kamen Reinmar und Doctor Cañellas herausgestürmt.

«Ich glaube, mein Fuß ist gebrochen.» Sie reckte Reinmar das Kinn entgegen. In ihr brodelte noch der Ärger. Auf sich selbst und auf die Welt.

* * *

*Da ist nichts gebrochen,* war Raúls Diagnose gewesen. Hochlagern, kühlen – Reinmar hatte in der Stadt für teures Geld Eis besorgt. Was hatte sie zu diesem Husarenritt getrieben, kaum dass sie wieder zu Kräften gekommen war? Was war der Grund für ihre Launen? Warum mochte sie an ihm nicht mehr, was ihr Gesicht früher zu verliebtem Glühen gebracht hatte? Er verzichtete darauf, im Haus gespornt herumzulaufen, und hatte den Degen wieder weggestellt. Er unterließ es sogar, ihr Blumengeschenke zu machen, seitdem sie die Bemerkung fallen gelassen hatte, dass der üppige Strauß voller Passionsblumen und Rosen sie an das Grab einer Indiofrau erinnerte.

Er hatte sich nichts vorzuwerfen. Das alles lag nur an dieser verdammten erzwungenen Reise.

Seit dem Ausritt vor drei Tagen saß sie im Patio und malte Aquarelle. Immer das Gleiche: den Fluss und den Dschungel, doch nie die Weide, die Pferde oder das Haus. *Wenn ich die Pferde nicht sehe, kann ich sie auch nicht malen,* hatte sie auf seine Frage hin gemeint. Gut, aber war der prächtige Amarant kein schönes Motiv? Die Sonnensittiche in ihrem Käfig? Und zum Malen dieses kleinen Bootes mit der schattenhaft schwarzen Gestalt darin brauchte es ja offensichtlich auch kein Modell.

*Was ihr passiert ist, hat sie aus der Bahn geworfen,* hatte Raúl gesagt und die Theorie in den Raum geworfen, dass sie sich mit diesen idyllischen Bildern eine andere Erinnerung aufzuzwingen versuche.

*Da ist bestimmt Schreckliches geschehen,* war Frau Wellhorns Kommentar dazu gewesen.

Reinmar plagte allerdings ein anderer Verdacht …

«O nein! Bei Gott, nein!»

Es war die Stimme der Fregatte, die wie ein gewaltiger Nadelstich durchs Haus schoss. Janna ruckte hoch und sank mit schmerzverzerrter Miene zurück in den Sessel. Beruhigend strich Reinmar ihr über die Schulter und erhob sich. «Wahrscheinlich hat sie nur eine Spinne im Etui ihres Lorgnons gefunden. Aber ich sehe mal nach.»

Das war nicht nötig; Frau Wellhorn kam in unziemlicher Hast in den Innenhof gelaufen. Anklagend deutete sie auf den Mann hinter ihr. Der Mulatte in der Dienstbotenlivree des Uriarte-Hauses machte einen Diener. Zum Sprechen kam er nicht.

«Er sagt, wir müssten die Hazienda räumen!», schrillte Frau Wellhorn. «Weil der Krieg kommt!»

Japsend sackte sie auf einem der Stühle nieder, und Lucila, die neugierig gefolgt war, rannte zurück ins Haus; wahrscheinlich brauchte es wieder eine gehörige Portion Riechsalz. David steckte neugierig den blauschwarzen Kopf heraus, und auch der alte Xabier kam am Stock herangeschlurft. «Ich bin hier alt geworden und bleibe», verkündete er hoheitsvoll. Der Junge plapperte irgendetwas, und auch Lucila konnte, über Frau Wellhorn gebeugt, den Mund nicht halten. Reinmar klatschte in die Hände, und endlich schwiegen sie.

«Bitte», er wies auf den Boten, der sich noch einmal verneigte.

«Bolívar ist an der Küste gelandet», schnarrte der Mann tonlos, die Hände an der Hosennaht.

«Ja, und?», schnaubte Reinmar. «Tut er das nicht ständig?»

«Er verfügt inzwischen über eine schlagkräftige Armee, Señor. Und er ist auf dem Weg nach Angostura. Seine Exzellenz lassen ausrichten, dass Sie sich unverzüglich in den Schutz der Stadt begeben müssen.»

«Wir sollen das Haus aufgeben?», fragte Janna. «Aber …»

Schritte stampften. Entrerríos schob seine lange Gestalt unter dem Türsturz hindurch, tippte sich auf seine übliche beiläufige Art gegen den Hut und streckte einen Brief vor. «Hat mir der Briefträger in die Hand gedrückt», brummte er und verschwand wieder.

«Noch eine schlechte Nachricht», hauchte Frau Wellhorn mit halbgeschlossenen Augen, während Lucila über ihr stand und das Fläschchen so wild hin und her schwenkte, dass sich der scharfe Geruch des Ammoniaks im ganzen Hof verteilte. Reinmar riss den Brief auf und faltete ihn auseinander.

«Von Raúl.» Er wandte sich an Janna, die das Geschehen mit großen Augen verfolgte. «Er weiß schon Bescheid. Er bietet uns an, in seinem Haus zu wohnen.»

Frau Wellhorn stieß das Hausmädchen beiseite und schwang sich hoch. «Das geht nicht! Dass Sie beide immer noch unvermählt hier leben, ist schlimm genug», sie sandte Janna einen vorwurfsvollen Blick, der an dieser einfach abprallte. «Aber der Doctor, der hat doch gar nicht so viel Platz. Am Ende hausen wir da alle in einem Zimmer?»

«Mit Ihnen in der Bettritze wäre der Schicklichkeit ja Genüge getan», brummte Reinmar leise, aber im sicheren Wissen, dass die Dame hören konnte, was sie hören wollte. Sie sackte denn auch erschrocken zurück in ihren Sessel. Was hatte er nur getan, mit diesem Drachen und einer plötzlich so gewandelten Verlobten bestraft zu werden?

Der Bote des Gouverneurs räusperte sich. «Ich war

noch nicht fertig, mit Verlaub. Seine Exzellenz lässt sich bei Señora Sievers für die Unannehmlichkeiten entschuldigen und lädt sie in sein Haus ein. Sie wäre bei Doña Begoña in guten Händen. Dem Herrn würde der Sekretär der Intendanz eine Wohnung zuweisen, natürlich auf Staatskosten.»

«Ich nehme die Einladung dankend an», sagte Janna sofort.

«Liebste, es ist ja nur für kurze Zeit.» Verdammt, warum schien ihr das nichts auszumachen? «Diese ... Angelegenheit ist sicher schnell beigelegt.»

Sie stemmte sich hoch und angelte umständlich nach der Krücke, die sie ins Blattwerk des Amarants gelehnt hatte. «Hör auf damit.» Ungelenk kam sie auf ihn zu, warf den Kopf zurück und funkelte ihn an. *Als würde sie innerlich verbrennen,* dachte er.

«Womit?», fragte er heiser.

«So zu tun, als sei ich aus Zucker und das Leben ein bunter Teller», fauchte sie ihn an. «Ich gehe jetzt packen!»

Sie fand sich nicht nur unausstehlich – sie war auch noch füllig geworden. Kakao, gutes Essen, mangelnde Bewegung; es war nicht weiter verwunderlich. Mit Grausen dachte sie daran, dass ihre Figur im Haus des Statthalters nicht besser werden und die ständige Gegenwart der Hausherrin ihre Nerven vollends ruinieren würde. Könnte sie den Krieg in Hamburg absitzen! Aber sie käme sich noch schäbiger vor, wenn sie Reinmar jetzt im Stich ließe; sie mutete ihm ohnehin genug zu. Zumal eine solche Reise nicht von heute auf morgen zu organisieren war. Bis sie in See stechen könnte, wäre diese politische Krise vielleicht schon vorbei. Frau Wellhorn zeterte, während sie ihr mit aller Gewalt das Korsett schnürte. «So geht das aber nicht weiter, Fräulein Janna. Zu viel Gewicht ist auch nicht gut für Ihren Fuß. Ich werde zukünftig auf Ihren Appetit aufpassen, meine Liebe!»

Janna seufzte. Sie sah sich schon Monate neben der schüchternen Verónica sitzen. Die eine bekäme von der Mutter auf die Finger geklopft, die andere von der Anstandsdame.

In Windeseile packte Lucila die Koffer. Mit einer Mietkutsche ging es in die Stadt. Alles geschah so schnell; für Abschiedsschmerz war keine Zeit. Am befestigten Kai entlang, an dem drei große Kriegsschiffe lagen, ging es in die Stadt. Janna hätte nicht geglaubt, dass das Gedränge am Hafen noch schlimmer als gewöhnlich sein könnte, sähe sie es nicht mit eigenen Augen. Die Menschen eilten hektisch hin und her, schleppten an Körben, trieben Maultiere und Ziegen vor sich her und keiften sich noch wütender an als sonst. Über dem Meer aus Köpfen waberte der Gestank von Schweiß und Angst. Allgegenwärtig war die spanische Gendarmerie. Einem niedergeknüppelten Mann banden zwei Polizisten die Hände auf den Rücken. Janna reckte den Kopf aus dem Kutschenfenster, um zu sehen, was mit ihm geschah, doch die Menschenmenge verschluckte ihn schnell.

«Sieh dir das nicht an, Janna.»

Reinmars Hand ruckte an ihrem Arm. Trommelwirbel erhob sich über dem Getöse. Frau Wellhorns Augen weiteten sich, als sie auf der anderen Fensterseite hinausblickte. Eine Grenadierkompanie, die Gewehre über den Schultern, drängte die Kutsche ab. Kanonendonner ließ

Janna zusammenzucken. Frau Wellhorn brach in Tränen aus.

«Das kann nur ein Salutschuss gewesen sein», sagte Reinmar. Seine Stimme klang belegt. Jeder von ihnen dachte wohl das Gleiche: *Jetzt ist es hier wie früher daheim.*

Wahrhaftig fühlte sich Janna wie in einem Albtraum gefangen. Als liefe man schwerfällig durch einen Sumpf, und der Feind blieb einem im Nacken. Was es bedeutete, in Kriegszeiten ein Gestüt zu besitzen – darüber musste sie sich nichts vormachen. Es wiederholte sich nun alles. In diesem Augenblick hasste sie diese Phantomgestalt Simón Bolívar von ganzem Herzen.

Als die Kutsche endlich vor dem Portal des Palais der Familie de Uriarte hielt, hatte heftiger Regen eingesetzt. Ein Bediensteter öffnete den Schlag, ein anderer hielt einen aufgespannten Regenschirm parat. Janna blickte zu Reinmar zurück. Sie sah wieder den alten Reinmar vor sich. Nein, sie sah ihn mit alten Augen; er hatte sich ja nicht verändert. Sie war es, die nicht mehr dieselbe war. Er wirkte bedrückt, wie sie alle, und sie dachte, dass sie es immer gemocht hatte, wenn er, selten genug, dandyhaft melancholisch war.

«Es tut mir leid», sagte sie so leise, dass es im Getrommel des Regens und der Hektik der Stadt fast unterging. «Sieht so aus, als würde Weihnachten auch dieses Jahr verpatzt.»

Sicherlich wusste er, dass sie nicht das Fest meinte. Er reckte sich nach ihr, und sie wollte rasch hinaus. Doch dann ließ sie zu, dass er eine Hand an ihre Wange legte. Sie schloss die Augen. Eine Träne rollte heraus – den Rest schluckte sie mühsam hinunter.

«Ich wünsche mir von dir ein Aguinaldo», sagte er. «Sei wieder die Alte.»

Sie stieg aus, ließ sich von David, der mit dem Aufsammeln des vom Kutscher abgeladenen Gepäcks hoffnungslos überfordert war, die lästige Krücke reichen, schnappte sich ihre Staffelei und eilte unter dem Schirm hinweg in die Eingangshalle. Frau Wellhorn und Lucila folgten. Dann fuhr die Kutsche wieder an, um Reinmar zu Doctor Cañellas zu bringen. Auch im Haus Uriarte herrschte Hektik, und sie mussten in der Eingangshalle geschlagene zwei Stunden warten. Frau Wellhorn brummelte unentwegt ihre Empörung über südamerikanische Pünktlichkeit in sich hinein. Immerhin versorgte ein Hausmädchen sie mit gekühltem Limonensaft. Schließlich, die Nacht war schon hereingebrochen und das Haus erstrahlte im Licht silberner Kandelaber, kam Doña Begoña die Wendeltreppe heruntergeeilt und begrüßte Janna überschwänglich.

«Ich danke Ihnen für die Einladung», sagte Janna steif. «Es ist ja nicht so, dass wir der Familie nahestehen.»

«Aber Sie sind Landsleute des ehrwürdigen Barons! Und Sie, Doña Janna, sind selbst eine kleine Berühmtheit hier in der Stadt. Betrachten Sie es als netten Anstandsbesuch, und ignorieren Sie einfach das Durcheinander. So lässt es sich doch gut aushalten. Eines der Mädchen zeigt Ihnen Ihr Zimmer.»

Es war eine schmucke kleine Kammer unter dem Dach der Villa, wo sich die aufgeheizte Luft mit dem Messer schneiden ließ. Ein breites Bett für Janna, ein schmales für Frau Wellhorn und eine Matte für Lucila. David durfte im Kutschenhaus schlafen, und Xabier war mit Ana zu deren

Familie gegangen, die unten am Hafen wohnte. Der alte Hausdiener hatte sich im wahrsten Sinne des Wortes mit Händen und Füßen gewehrt; eher wolle er sterben, als La Jirara zu verlassen. Erst eine kräftige Backpfeife der wuchtigen Köchin hatte ihn zur Besinnung gebracht. Sie waren schon eigenartige Leute, diese Venezolaner.

* * *

Das Weihnachtsfest behielt Janna als letztes halbwegs fröhliches Ereignis in Erinnerung, bevor das Elend über die Stadt hereinbrach. Die Zeit wurde zu einer endlosen Abfolge von Stunden und Tagen, die sie am kleinen Dachfenster sitzend verbrachte. Sie sah, wie das Barrio, das Armenviertel am östlichen Stadtrand, mit Feuer und Äxten niedergemacht wurde und einer schlammigen Kraterlandschaft aus Schützengräben und Wällen wich. Fregatten spuckten Kolonnen von Soldaten aus; sie würden sich, nicht anders als in Hamburg, wie Schmarotzer in den besseren Häusern der Bürgerschaft festsetzen. Aber auch in den Straßen wucherten Baracken und Zelte wie die erdrückenden Schlinggewächse im Urwald. Die Stadt schien unter der Last der herbeigeorderten Truppenkontingente und ihres Equipments zu ersticken. Eine nicht enden wollende Kolonne von Matrosen und Packpferden schleppte Mehlsäcke, Pulversäcke, gebündelte Waffen und Munitionskisten vom Hafen herauf. Bald kam auch der Tag, an dem fremde Kriegsschiffe einige Meilen ostwärts ankerten. Ihre Barkassen brachten die gegnerischen Truppen ans Ufer. In der Ferne wuchs eine Zeltstadt. Reiterhorden kamen über Land. In das Lärmen der Vorbereitungen mischte sich das Trommeln und Pfeifen der Militärkapellen, und trotz allem meinte Janna wie aus einem betäubenden Traum zu erwachen, als der Kampf begann.

Tausendfach blitzte die Sonne auf den Bajonettspitzen und Lanzen, um mit der ersten Schlacht, als sie in Blut getaucht wurden und sich der Rauch der Kanonen wie Nebel auf die Stadt senkte, wieder zu erlöschen. Die Luft war vom Donnern und Knallen und den hässlichen Geräuschen erfüllt, wenn Kartätschengeschosse in die Körper schlugen und Männer wie Kinder heulten und heiser gebrüllte Befehle und Parolen erstarben. Und als sei es des Getöses nicht genug, läuteten ständig die Glocken der puppenhaften Kathedrale. Das Klima war anders, der Fluss breiter, doch dieser Irrsinn war offenbar überall gleich.

Die Reitertruppen der Llaneros waren verwegene Haudegen, die mit Lanzen und Macheten kämpften und am lautesten brüllten, wenn sie einen Feind töteten. Mit ihren erdfarbenen Ponchos und den langen gewichsten Schnurrbärten wirkten sie alle wie Entrerríos' Ebenbilder. Vielleicht waren der Stallknecht und die Amazone, mit der sich Janna vor Monaten ein kurzes Wettreiten geliefert hatte, unter ihnen. Andere Truppenteile dieses Bolívarischen Heeres wirkten bunt zusammengewürfelt, ihre Uniformen schlecht sitzend und löchrig, die Waffen veraltet. Das war das Freikorps der Gesetzlosen, der entlaufenen Sklaven und gescheiterten Piraten. Auch Briten, Franzosen und Deutsche kämpften für den Libertador. Er selbst, so berichtete man, pflegte seine Schlachten in vorderster Gefechtslinie zu schlagen, wo er sich gerne mit halsbrecherischen Manövern in tödliche Gefahr brachte. Manchmal, wenn Janna einen verwegenen Kämpfer ausmachen konnte, dessen Uniform einen höheren Rang verriet, fragte sie sich, ob er es war.

Sie fragte sich auch, warum sie sich diesen Anblick antat, statt hinunter in den Salon zu gehen, wo die Damen des Hauses bei Kaffee und Tee saßen, langweilige Geschichten erzählten, stickten und aßen und verzweifelt so taten, als sei das dort draußen nur ein kleines Erdbeben, wie es sie ab und zu nun einmal gab. Manchmal ging Janna hinunter, um der Höflichkeit Genüge zu tun. Dann erfuhr sie, dass der *general de brigada* der Rebellenarmee, Manuel Piar, ein Mulatte und Freund Bolívars war und Miguel de la Torre, der Befehlshaber der spanischen Truppen, seine Meriten in den napoleonischen Kriegen erworben hatte. Nutzloses Wissen. Mittlerweile gab es zum Tee nur noch Gebäck ohne Sahne, und in den Wochen darauf beklagte die Marquesa über ihrem gutgefüllten Teller, dass die armen Leute in der Stadt vom schlechten Essen krank wurden, falls sie nicht ohnehin an Stroh und Leder kauten. Janna trank ihren Kakao mit weniger Zucker und schlechtem Gewissen, und das aufgetischte Pferdefleisch aß sie mit ungewohnter Gier. Danach wälzte sie sich auf ihrem Bett, weil ihr schlecht war. Es war wie damals. Nein, schlimmer – dieses Mal wusste sie nicht, wovon sich ihre Zukunftsträume nähren sollten. Dieses verdammte – ¡Carajo! – Revolutionsheer sollte endlich durch die Straßen stürmten und die Festung El Zamuro nehmen, die über Angostura wachte und ihr Geschützfeuer über die Dächer der Stadt in die feindlichen Linien jagte. Waren nicht Freiheit und Unabhängigkeit, die *independencia*, erstrebenswerte Dinge? Sie ersehnte sich, dass Bolívar auf der Plaza Major einritt, in der hochgereckten Faust die

Flagge der Republik. *Das Gelb ist die Sonne, der Boden, der goldene Fluss. Das Blau ist das Meer, das die neue Nation von Spanien trennt. Das Rot ist das Blut, das für die Unabhängigkeit vergossen wird. Die sieben Sterne sind die sieben Provinzen, die sich dem Kampf angeschlossen haben* – wo hatte sie das gelesen? Richtig, jemand hatte das Pamphlet an die Tür des Hauses genagelt; die Dienerschaft hatte es abgerissen und tuschelnd weitergereicht, bevor der Majordomus es ihnen aus den Händen gerissen und im Küchenherd verbrannt hatte. Beim darauffolgenden Abendessen hatte der Gouverneur verkündet, dass man dem Verfasser an der Mauer der Kathedrale zwölf Kopfschüsse verpasst habe. Das sei, hatte er auf Frau Wellhorns entgleiste Gesichtszüge hin angefügt, nun einmal der bevorzugte Ort für standrechtliche Erschießungen.

Sooft es Reinmar möglich war und die Etikette es zuließ, kündigte er seinen Besuch an. Janna empfing ihn im Patio, der noch schöner und üppiger bepflanzt als ihrer war. Ein buschiger Tamarindenbaum beschattete die Sitzgruppe. Die Familie hielt sich sogar ein paar Kapuzineräffchen, die frei herumtollen durften. Konnte Frau Wellhorn ihrer Berufung als Anstandswauwau nicht gerecht werden, weil sie sich in ihrem Bett liegend bei Gott beklagte, dass er sie vom hamburgischen Regen in die südamerikanische Traufe geführt habe, half Verónica aus. Schüchtern saß das Mädchen daneben, klemmte die Finger zwischen die Schenkel und blickte mit glänzenden Augen zu Reinmar hoch.

Es war April geworden, als Janna erneut auf der kühlen Steinbank neben den marmornen Delfinen saß, aus deren Schnäbeln trübes Wasser sprudelte, und Reinmar sich neben ihr niederließ. Seit einigen Tagen verspürte sie wieder die Lust, zu malen oder zu zeichnen. Noch erschien es ihr mühselig, die Staffelei aufzubauen. Sie fühlte sich seltsam aufgeräumt. Gestern hatte sie sogar mit Verónica gemeinsam gelesen. Das Mädchen war aufgeregt mit dem Hintern hin und her gerutscht, als Janna aus dem *Robinson* vorgelesen und sich hin und wieder unterbrochen hatte, um den Kopf zu wiegen und zu sagen: *Das kenne ich, das habe ich ähnlich erlebt.* Oder: *Also, da wusste der Autor ja gar nicht, wovon er schreibt.* Heute hatte sich Verónica jedoch entschuldigt, ihr sei nicht wohl. Janna vermutete, dass die resolute Mutter sie aufs Zimmer befohlen hatte, da ihre Verliebtheit in den stattlichen *catire* ungesunde Ausmaße anzunehmen begann.

«Liebste Janna», Reinmar legte seinen Strohhut beiseite und ergriff ihre Hand. Wie von selbst hob sie die andere und strich eine blonde Strähne aus seiner Stirn. «Wie geht es dir?»

«Gut. Und dir?»

«Ich lebe, wie du siehst.»

Es klang, als habe er an vorderster Front gekämpft. Hinter seiner wie üblich makellosen Fassade wirkte er ein wenig verhärmt. Die Linien seines eckigen Gesichtes waren schärfer geworden; sogar die Kerbe am Kinn kam ihr ausgeprägter vor.

«Janna», er drückte ihre Hand. «Wir werden es überstehen, wenn auch mit gerupftem Gefieder. La Jirara wurde von den Separatisten besetzt. Ich hörte, sie haben dort ein Lazarett eingerichtet. Von unseren Pferden soll keines mehr da sein.»

«Weißt du, was aus Alhambra geworden ist?»

Er schüttelte den Kopf. «Scheint so, als gehöre es zu unserem abenteuerlichen Leben, ab und zu ein Lieblingspferd zu verlieren. Wenn der Krieg vorbei ist, müssen wir wieder ganz von vorn anfangen: del Morales um Aussetzung der Pacht bitten, ein paar Pferde kaufen, einen Beschäler suchen – wo, weiß ich noch nicht …»

Wie viel Geld besaß er noch? Das war ein Thema, um das sie sich nie Gedanken gemacht hatte. Warum auch, das war Sache des Mannes. Reinmar zog aus der Innentasche seines eleganten Rocks ein Etui. Es war in Seidenpapier gewickelt. Misstrauisch starrte Janna darauf. Geschenke bedeuteten Verpflichtungen.

«Eine Hochzeit auf der Weide, mit den Honoratioren der Stadt, nun ja», begann er, «das müssen wir wohl noch ein bisschen hinausschieben.»

Unwillkürlich musste sie lachen. Der Krieg war noch im Gange; die Stadt ächzte unter der Last des Elends; er war nicht einfach nur pleite, sondern ausgeplündert, und immer noch hing sein Herz an diesem dekadenten Traum? Eigentlich eine Schande – aber so war er, und sie spürte in sich ein leises Aufflackern der alten Zuneigung.

«Das hier soll unser Band erneuern», sagte er feierlich und schob ihr das längliche Kästchen in die Hände. «Betrachte es als vorgezogenes Hochzeitsgeschenk.»

Die Finger stillzuhalten hieße, sich endgültig von ihm zu trennen. Doch das Geschenk anzunehmen war ebenso unmöglich. Bleiern legte sich dieser Zwiespalt auf ihre Schultern. Schließlich zog sie die Schleife auf, riss das zarte Papier herunter und klappte den ledernen Deckel hoch.

Vor ihren Augen begann es zu flirren, als läge, worauf

sie blickte, in weiter, hitzeflirrender Ferne. In ihrem Kopf pochte es, und sie starrte darauf, Ewigkeiten, wie ihr schien.

«Woher …»

Mehr brachte sie nicht heraus.

«Der Marqués gab ihn mir als Entschädigung für die Requisition meiner Pferde.»

«Du – du hast diesen Schmuck schon die ganze Zeit in deinem Besitz?»

«Nein, erst seit ein paar Tagen. Ich habe mich auch gewundert, weshalb er …»

Weiter kam er nicht. Janna schlug den Deckel zu, stieß Reinmar im Aufspringen mit aller Kraft von sich und hastete ins Haus.

# 4. KAPITEL

Don Felipe de Uriarte saß hinter seinem vergoldeten Barockschreibtisch, überragt von der rot-gelb-roten Flagge mit den Wappen Kastiliens und Leóns in ihrem Bronzeständer. Über seiner rechten Schulter schenkte Ferdinand, von Napoleon eingesetzter König von Spanien, dem Eintretenden einen unfreundlichen Blick. Der Statthalter legte das Papier beiseite, in dem er soeben gelesen hatte, und richtete sich in seinem Lehnstuhl auf. «Doña Janna, was kann ich für Sie tun?» Mit einer matten Geste bat er sie, dem Schreibtisch gegenüber Platz zu nehmen.

Janna gehorchte. «Exzellenz, bitte sagen Sie mir, woher Sie das haben.» Mit beiden Händen legte sie das geöffnete Etui vor ihn auf den Tisch.

Er zog es näher heran, hob den Inkaschmuck heraus und ließ die goldenen Kettenglieder, die Dreiecke, Rosetten und das Dämonengesicht mit den beiden Smaragdaugen und der Krone durch die wulstigen Finger gleiten. «Ein schönes Stück, nicht wahr? Ich dachte mir schon, dass Señor Götz es Ihnen zum Geschenk machen wird. Dabei hätte er die Piaster, die ihm das Gold einbringen würde, viel nötiger. Verliebter Kerl. Aber es bleibt ja in der Familie.»

Sein Lachen war rau und unpassend. Sie fragte sich, ob er zu viel getrunken hatte. Eine sündhaft teure und halb geleerte Flasche Vin retour des Indes stand auf dem Tisch. Allerdings vertrug der Mann sehr viel, und er roch auch nur nach Schweiß und schlechten Zähnen. «Bitte, Exzellenz, es ist mir sehr wichtig. Wo ist der Mann, dem das gehörte?»

Grübelnd rieb er sich durch die verschwitzten Haare. Dann sackte er zurück und legte die Arme auf die Lehnen. Schwer hob sich seine Brust. Seine Kleidung saß schlecht und war fleckig, als schlafe er schon seit Tagen darin. Vermutlich hatte er jedoch nächtelang wachgelegen. Janna war auf ihrem Beobachtungsposten unter dem Dach nicht entgangen, dass die letzten Kämpfe zu Ungunsten der Spanier geendet hatten. Das Stöhnen der Verwundeten und das Schreien jener, die unter den Sägen der Feldscher ihr armseliges Leben behielten, drangen Tag und Nacht selbst in die entlegensten Winkel der Villa. Man musste nur wenige Schritte aus dem Haus gehen, um in eine andere Welt zu gelangen, wo die Menschen hungerten und an Ruhr und Fieber krepierten. Zumindest hatte das Reinmar gesagt – sie selbst hatte das Haus seit Ewigkeiten nicht mehr verlassen. All das war zu unfasslich, um es zu begreifen. Als drücke Frau Wellhorn die Hand vor Jannas Augen, so wie früher in den Straßen Hamburgs, damit sie die Kriegsversehrten nicht näher sah, aus deren Stümpfen und leeren Augenhöhlen der Eiter rann. Gestern noch hatte Doña Begoña den Geburtstag des jüngsten Sohnes gefeiert, mit einer Torte, von der sich Janna gar nicht erst gefragt hatte, wie die Köchin an die Zutaten gekommen war. Außer ihrem geliebten Kakao hatte sie nichts hinunterbekommen. Der älteste Sohn, der Offizierskadett, diente auf El Zamuro als ungefährdeter Schreibtischtäter. Das Leben ging weiter im Hause Uriarte.

«Im Gefängnis», antwortete der Marqués.

«Seit … wann?»

«Ein Jahr.»

Ein Jahr? Janna schwankte, suchte Halt an der Kante des Schreibtisches. «Ist sein Name … Arturo?»

Er nickte. Seine Finger glitten über die Erhebungen des Goldes. «Es ist ja wahrhaftig nicht meine Aufgabe, mir zu merken, wie die Arrestanten heißen. Aber an diesen Mann erinnere ich mich gut. Eben wegen dieser Goldkette hier. Wegen des ungewöhnlichen Vergehens, das er verübt hat. Und natürlich, weil er jeden Kerl um einen halben Kopf noch überragt und sich die abscheuliche Maria Lionza auf den Arm tätowiert hat.»

Ihr wurde schlecht, wenn sie nur daran dachte, dass sie seit Monaten im Haus eines Mannes weilte, der die ganze Zeit gewusst hatte, was mit Arturo geschehen war. In dessen Schreibtisch womöglich seit einem Jahr dieser Schmuck lag, bis er anscheinend aus einer Laune heraus beschlossen hatte, ihn großzügig zu verschenken. «Abscheuliche …», keuchte sie. «Wie meinen Sie das? Ist es nicht die Mutter Gottes?»

De Uriarte presste höhnisches Gelächter durch die Nase. «Maria Lionza? Das ist ein übler Schamanenkult. Sie soll die Tochter eines Indiohäuptlings gewesen sein. Unter den Negern, Mulatten, Indios und was es sonst noch an *bunten Rindern* gibt, ist ihr Kult weit verbreitet. Sie ist die Göttin von Sklaven, Banditen, Abschaum. Ja, für die Mutter unseres Heilandes halten diese Leute sie auch. Aber eine Frau, die auf einem Tapir reitet – ich bitte Sie!»

Sie erinnerte sich daran, wie die Mönche der Mission das Bild auf Arturos Arm missbilligend gemustert hatten.

Der Grund war gar nicht das schlichte Eintätowieren gewesen, wie sie geglaubt hatte. Wie dumm sie doch gewesen war … «Gehört Kannibalismus auch zu diesem Kult?» Sie hörte kaum die eigene schwache Stimme. Alles sah sie wieder vor sich: das nächtliche Feuer, um das Arturo gewankt war. Die Bemalungen auf seinem schweißnassen Leib. Die Droge, die er sich in die Nase gesogen hatte. Und das Blut in seinem Gesicht. Sogar den stechenden Geruch der sumpfigen Erde meinte sie zu riechen. Aber es war nur de Uriartes Schweiß.

«Ah, dann wissen Sie also, was man ihm zur Last legt. Sagen Sie, Doña Janna, Sie kennen also diesen Mann?»

Heftig nickte sie, während sie aufsprang. «Ich muss zu ihm, Exzellenz. Bitte sagen Sie nicht, es sei nicht möglich. Ich muss ihn sehen!»

«Er ist ein Mörder! Er hat einen Mann auf abscheulichste Art umgebracht. Einen Mantuano, verstehen Sie? Vier Jahre lang wurde er steckbrieflich gesucht!»

Diese Informationen wollten nicht recht in ihren Kopf vordringen. «Ich muss», beharrte sie.

Er lachte und schüttelte zugleich den Kopf. «Es ist *nicht* möglich.»

«Sie sind der Gouverneur, Exzellenz.»

«An mir liegt es nicht. Aber denken Sie doch an Ihre Reputation.»

«Ich bin die Frau, die ein halbes Jahr im Busch gelebt hat. Und die seit fast einem halbem Jahr zusieht, wie die Stadt zugrunde geht. Mein Ruf ist weiß Gott meine geringste Sorge.» *Und jetzt fragen Sie nicht, was Reinmar davon halten mag. Das ist mir nämlich auch gleichgültig.*

Der Marqués legte das Gold zurück ins Etui und schob

es über den Tisch hinweg ihr zu. Sie verstaute es wieder in ihrem Réticule.

«Kommen Sie morgen wieder», sagte er.

Es brauchte drei Tage ständigen Vorsprechens bei seinem Sekretär, bis sich das *mañana* als ‹heute› erwies. Janna war ein Nervenbündel. Als sie wieder seinen Arbeitsraum betrat, befiel sie jedoch eine eigenartige Ruhe. Don Felipe de Uriarte saß wie zuvor an seinem Schreibtisch. Er trug eine tadellose schwarze Galauniform mit goldenen Verzierungen, wuchtigen Epauletten und die rote Schärpe. Janna sah sogar den Griff eines Degens an seiner Hüfte. Hatte er zuvor schon übernächtigt gewirkt, sah er heute fast geisterhaft aus, obwohl er rasiert war und nicht mehr stank. Sein von tiefen Ringen und trotz der Fülle von Furchen durchzogenes Gesicht sah um zehn Jahre gealtert aus. In den Händen hielt er andächtig ein winziges Tonfläschchen.

«Exzellenz?», sagte sie, da er sie nicht bemerkte. Er schien aus einer Betäubung zu erwachen, als er sich endlich reckte und langsam seine rote Schärpe und den Degen zurechtrückte.

«Ah, Doña Janna», er wies wie zuvor auf den Stuhl vor dem Schreibtisch. «Wie schön, dass Sie mich wieder besuchen.»

Wusste der Mann noch, weswegen sie hatte eintreten dürfen? «Exzellenz, ich …»

«Machen Sie sich keine Sorgen», unterbrach er sie. «Sie haben nichts zu befürchten, wenn es zur Kapitulation kommt. Repressalien wird es nicht geben. Bolívar kommt ja als Befreier und nicht als Eroberer.»

Es ließ sich nicht unterscheiden, ob er die letzte

Äußerung ernst oder verächtlich meinte. «Sie wollen aufgeben?»

«Ich? Ich habe in dieser Sache nichts zu sagen. Ich bin ein Operettengouverneur von de la Torres Gnaden.»

Wäre ihr Anliegen nicht so dringlich, hätte sie sich freundlich verabschiedet, um nicht weiter Zeugin solch despektierlicher Äußerungen zu werden, die er bald bereuen würde. Der Marqués war ganz eindeutig nicht mehr Herr seiner Sinne. War in dem Fläschchen eine Droge?

Sie zuckte zusammen, da er so laut wie Frau Wellhorn aufstöhnte, wenn sie ihrer Klage über die feuchte Hitze Ausdruck verlieh. Der Mann war zweifellos betrunken. Obwohl sie diesmal keinen Alkohol herumstehen sah. Ärger wallte in ihr auf, da er ihre Sache vertändelte.

«Geht es Ihnen gut?», fragte sie dennoch. Wie zur Antwort zog er den Korken aus dem Fläschchen.

«Das ist Curare. Ein Gift, das man aus Lianen gewinnt. Ihr Landsmann, Baron von Humboldt, hat davon erzählt.»

Janna rieb sich die Schläfe. «Natürlich. Wer auch sonst», erwiderte sie trocken.

Er lachte tonlos. «Nun, Sie vielleicht? Meine Frau bedauert, dass Sie in letzter Zeit im Geschichtenerzählen nicht mehr so sehr glänzen.»

War das ein Vorwurf? Aber auf die Goldwaage durfte man bei ihm jetzt nichts legen.

«Das bedaure ich, Exzellenz. Aber irgendwann ist alles erzählt.»

«Humboldt berichtete damals, dass er das Curare im Selbstversuch im Dschungel getestet hatte. Er nahm davon etwas in den Mund, und ihm ist nichts geschehen. Wäre das Gift allerdings mit der kleinsten Wunde in Kontakt gekommen …» Er schnupperte an dem Fläschchen und goss einen Tropfen auf seinen Finger. Lange betrachtete er ihn und zerrieb ihn zwischen Zeigefinger und Daumen.

«Exzellenz, Sie sollten das lassen.» Unter diesen Umständen war es unverfroren, auf ihr Anliegen zu sprechen zu kommen. Bessere Umstände würde es jedoch nicht geben. «Darf ich darauf zurückkommen, weswegen ich …»

Hart stellte er das Fläschchen beiseite und schlug beide Handflächen auf den Tisch. Das kalte Flackern in seinen Augen ließ die gefühlte Temperatur im Zimmer dramatisch fallen. «Haben Sie eigentlich eine Vorstellung davon, was dort draußen los ist? In den Straßen grassieren Fieber, Typhus!»

Sein Blick erschreckte sie dermaßen, dass der Sinn der Frage nicht recht zu ihr durchdrang. Mechanisch antwortete sie: «Das schreckt mich nicht.»

Er knurrte etwas in sich hinein, dass wie ‹burro› klang. Es war das gleiche Wort, das Arturo ihr zuallererst hingeworfen hatte. Ja, sie war ein Dummkopf, dorthin zu wollen. Aber sie wäre auch einer, wollte sie länger hier in diesem Raum verweilen. Sie erhob sich.

Um eine Spur milderte sich die Härte, als er sich zurücklehnte. Er ergriff das Fläschchen und verschloss es wieder. Dann öffnete er eine Schublade und legte es hinein. Janna glaubte zu begreifen, dass er es seit langem darin verwahrte. Für einen Tag wie diesen. Mit ihr hatte das alles nichts zu tun. Don Felipe de Uriarte umkreiste nur noch sich selbst und sein Schicksal. Sie war nur zufällig hier.

«Das Gefängnis dürfte derzeit der schlimmste Ort in dieser Stadt sein.» Matt rieb er sich die Augen. «Ich kann Sie nicht dorthin lassen. Aber ich habe ein Treffen arrangiert. Heute Nachmittag wartet um vier Uhr eine Kutsche auf Sie, die Sie zu ihm bringt.»

Das kam plötzlich. Sie war sprachlos.

«Warum auch nicht ... Wenn es Ihr drängender Wunsch ist ... Und es ist schwer, Ihnen etwas abzuschlagen. Wir haben doch mit Ihnen ... wie sagt man bei Ihnen? Einen Narren gefüttert? Verzeihen Sie, wenn das falsch ist.»

Ihr wollte nicht einfallen, was er meinte. Dann musste sie an eine Bemerkung Frau Wellhorns denken, die sich anfangs gewundert hatte, dass eine fremde Dame mitsamt Anhang im Haus des Statthalters aufgenommen wurde. *Die haben wegen Humboldt einen Narren an Ihnen gefressen, Fräulein Janna,* hatte sie später gemeint. *Unser Landsmann war ja auch hier zu Gast. Und die Gattin findet es anscheinend chic, dass Sie Stadtgespräch sind. Bei Gott, seltsame Leute!*

«Im Übrigen ist es eine Schande für unser Land, dass eine Europäerin darin verlorengehen konnte. Und deshalb bin ich Ihnen etwas schuldig.»

Sie glaubte, dass er meinte, was er sagte. Doch genauso glaubte sie, dass ihn die ganzen näheren Umstände nicht mehr recht interessierten. Wie auch, da er mit seinem eigenen Leben abgeschlossen hatte? Vielleicht war das der wahre Grund, und vielleicht hatte er auch deshalb den Schmuck fortgegeben. Es hatte alles keine Bedeutung mehr.

Nun, da diese Hürde genommen war, taumelte sie innerlich. Vor Angst, Aufregung, Vorfreude – sie wusste es wieder nicht. Hatte Arturo wirklich getan, was man ihm vorwarf? Sie würde es erfahren. Allmächtiger, wollte sie das? Aber sie wollte, sie *musste* ihn sehen. Alles andere würde zu einer anderen Zeit an Bedeutung gewinnen. Doch nicht jetzt. Nicht jetzt … «Danke, Exzellenz.» Rasch machte sie einen Knicks und hastete zur Tür. Als sie die Klinke hinunterdrückte, bellte er ihr hinterher:

«Und seien Sie pünktlich!»

* * *

Als Janna die drei Schritte vom Haus zur Kutsche zurücklegte, fragte sie sich, warum sie nicht wahnsinnig davon geworden war, seit Wochen nicht mehr dieses Haus verlassen zu haben. Aber es war ihr gar nicht recht aufgefallen. Die Mauern hatten Schutz gegen das Elend geboten, das jetzt über sie hinwegbranden wollte. Tief duckte sie sich in den ledernen Sitz, war dankbar für die bewaffnete Eskorte beidseits der Fenster, eben auch, weil die Köpfe mit den Tschakos und die geschulterten Karabiner mit den aufgesteckten Bajonetten ihr ein wenig die Sicht versperrten. Denn ständig auf die Finger im Schoß zu starren, wie sie sich ineinander verkrampften, sodass sie weiß und rot wurden, war sie nicht imstande. Ihr Blick huschte von einem Kutschenfenster zum anderen; ihre Angst ließ den hastenden Zug der Menschen flirren und das Lärmen schrill werden.

Die ganze Welt schien zu fiebern. *Oder mir kommt es so vor, weil ich mich gerade wie ein Holzscheit im Feuerofen fühle.* Wenn die Kutsche ins Stocken geriet, wollte sie laut rufen, damit es weiterging; aber das half ja nichts. So blieb ihr nur, die Faust in den Sitz zu schlagen. Als das Gefährt ewig auf der Stelle verharrte, warf sie sich zur Seite und presste die Handflächen ans Fenster. Das Erste, was sie sah, war ein von zwei Soldaten gezogener Handkarren, aus dem zwei gestiefelte Unterschenkel hingen und grotesk wippten, als die Männer vor einem Zelt anhielten. Sie hoben den Gefallenen heraus und schleppten ihn ins Innere, wo sich Körper an Körper reihte – ob tot oder noch lebendig, ließ sich nicht sagen. Daneben weitere Zelte, eine lange Reihe von Sonnensegeln, unter denen Verwundete kauerten; offenbar warteten sie, dass sie an die Reihe kamen, sich auf einen der Tische zu legen. Es waren einfach gezimmerte Bohlentische ebenso wie solche mit barock verschnörkelten Beinen. Sogar ein Himmelbett hatte man aus einem der Stadtpalais getragen; quer lagen vier Männer darin, und der zarte Stoff des Himmels wurde von anderen heruntergerissen, um schnellstmöglich die schlimmsten Blutungen zu stillen. Frauen schleppten Wassereimer herbei und Bündel blutiger Verbände fort, rissen Bettlaken und Tischtücher in Streifen und hielten bebende Hände. Eine Kolonne von Soldaten, dann zwei andere Kutschen und Reiter drängten und schoben sich in Jannas Blickfeld. Als sie vorbei waren, sah sie drei Soldaten, die sich die Uniformen von den schwitzenden Leibern gerissen hatten; sie hielten einen Kameraden nieder, der sich auf einem Tisch wand, das Bein blutig, zerfetzt und ohne Fuß. Ein Feldarzt setzte die Säge an. *Gott im Himmel.* Die Kutsche ruckte an, und Janna meinte, die Welt dort draußen bewege sich und nicht sie, eine Scheinwelt, denn was sie sah, konnte einfach nicht wahr sein. Eine endlose Reihe solcher Tische schwebte an ihr vorbei, auf denen Feldärzte um das elendige Leben rangen. An einem stand Doctor Cañellas. Zwei Männer hoben einen Leblosen herunter, und er richtete sich auf und sah hoch. In diesem Augenblick, da sein Blick Janna streifte, wischte er sich mit einem Tuch über die glänzende Stirn. Ihr war, als habe er sie gesehen.

Sie schaffte es doch noch: auf ihre Finger zu starren, die blutige Halbmonde in ihre Haut gruben. Der Schrei einer Frau wehte vorüber: *Misericordia!* Waren Stunden oder nur Minuten vergangen, als die Kutsche in einer schmalen Seitenstraße hielt? Dem höflichen Klopfen folgte das Öffnen des Schlags. Janna war sich nicht sicher, ob ihre Beine sie trugen. Ihr Kopf war wie in ätherverseuchte Watte getaucht. Sie musste eine bittende Hand nach dem zu ihrer Bewachung abgestellten Leutnant recken. Er half ihr hinaus.

Sie blickte in den Himmel. Düstere Wolken flossen ineinander. Eine Bö nahm für einen Moment den schlimmsten Gestank und das schlimmste Geschrei mit sich. Oder es war nur das Angstrauschen ihres Blutes in den Ohren, das sie alles gedämpft wahrnehmen ließ. Vorsichtig sah sie sich um. Zehn weiß gekleidete Grenadiere hatten die Kutsche eskortiert, als sei die hungernde, sterbende Stadt der wahre Feind.

Salutierend hob der *teniente coronel* zwei Finger an den schwarzledernen Augenschirm seines hellen Tschakos und bat sie, ihm die schmale Gasse entlang zu folgen. Die Häuser standen so dicht, dass die Schatten den Unrat auf dem gepflasterten Boden gnädig verschluckten. Dicke Tropfen zerplatzten auf Jannas hochgestecktem Haar. An einen Regenschirm hatte sie in der Aufregung nicht gedacht. Sie schlug den Kragen des Spenzerjäckchens hoch und raffte das dunkelrote Kleid aus dichtgewebtem Kattun, das ihr das Gefühl gab, alldem nicht völlig schutzlos ausgeliefert zu sein. Ein großer Wagen, der Form nach wie ein Planwagen, jedoch ganz aus dunkel gestrichenem Holz gezimmert, nahm die Breite der Gasse fast bis zur Gänze ein. Zwei magere Rappen waren davorgespannt. Auf dem

Kutschbock saßen zwei Polizisten, und hinter dem Wagen wachten weitere Grenadiere. Der Leutnant wechselte mit dem Gendarm, der an der Tür des Arrestantenwagens wartete, ein paar knappe Worte.

«Señora», übernahm der Gendarm die Führung. «Sie haben eine Viertelstunde. Bleiben Sie unter allen Umständen am anderen Ende des Wagens. Wenn Sie wieder herauswollen, rufen Sie.»

Ihr Puls trommelte so laut in ihren Ohren, dass sie seine Stimme kaum vernahm. Vielleicht war es auch der Regen. Er schloss den Wagen auf und öffnete die Tür. Das Trittbrett war hoch. Janna wartete nicht, dass er ihr eine hilfreiche Hand darbot, und zog sich an den Seiten der Türöffnung hoch. Welches Ende war das andere? Jede Wand wies zwei kleine vergitterte Öffnungen auf, doch viel Licht drang nicht hindurch. Sie wollte hinter sich nach der Tür greifen, um sie zuzuziehen, und wappnete sich für eine Auseinandersetzung mit dem Gendarm, weil er dies nicht gestatten würde. Stattdessen schloss er sie selbst. Zögernd richtete sie sich auf, unsicher, ob der Wagen hoch genug war, um darin zu stehen. Sie wartete, dass sich aus den Schatten Umrisse schälten, und ängstigte sich davor. Sollte sie nicht besser hoffen, dass das alles ein Irrtum war? Vor einem Jahr war Arturo spurlos verschwunden – und jetzt sollte er hier sein?

Er war es.

Er saß auf einer Bank am hinteren Ende. Das Erste, was sie sofort wiedererkannte, waren seine hellen Kniehosen. Die trug er erstaunlicherweise immer noch, jedoch waren sie dreckig und löchrig. Sein Haar lag offen auf den Schultern. Sein Oberkörper war nackt, sehnig, voller Schrammen und Blutergüsse. Und magerer. Die Hände hatte er im Schoß zu Fäusten geballt. Eisenbänder lagen um die Gelenke. Eine lange Kette führte von der Handfessel zwischen seinen Beinen hindurch zum Boden, wo am letzten Glied eine kürzere hing; sie endete in Eisenfesseln um seine nackten Füße. Janna ahnte, dass sie jede Einzelheit in sich aufsog, um den Augenblick hinauszuzögern, ihm ins Gesicht zu sehen.

Ihr entging nicht, dass er sie ebenfalls einer Musterung unterzog.

Es half nichts, die Zeit war kurz – sie hob die Augen. Sein düsterer Blick verhakte sich in ihrem.

Unbeholfen machte sie zwei langsame Schritte auf ihn zu. Der Boden des Wagens schien zu schwanken. Nein, das meinte sie nur; es war sie selbst, die irgendwo hinsinken wollte, weil sie sich plötzlich zu schwach zum Stehen fühlte. Eine quer in der Mitte festgenagelte Bank, die sie zuvor nicht bemerkt hatte, hielt sie auf. Sie drohte nach vorn zu fallen und musste sich auf der Sitzfläche abstützen. Unsicher, was sie jetzt tun sollte, reckte sie sich und strich sich nervös über das Haar.

«Arturo …», kam es ihr endlich über die trockenen Lippen.

«¡Esfúmate!», fauchte er sie an. Dass er früher mit ihr Deutsch geredet hatte, schien er vergessen zu haben. Seine vertraute Stimme, wenngleich rau und erschöpft, löste den Knoten der Unsicherheit. Sie umrundete die hinderliche Bank.

«Nein, ich verschwinde nicht», erwiderte sie auf Spanisch. Dass sie reden konnte, dazu verständliche Worte und kein Geplapper, das so schwankte wie ihr Inneres, erstaunte sie. «Wir haben eine Viertelstunde.»

«Wozu?» Er neigte sich vor; die Ketten klirrten. Jetzt

sah sie, dass ein dicker Eisengürtel um seine Mitte lag; daran waren seine gekreuzten Hände festgemacht, ebenso eine Kette in seinem Rücken, die ihn an die Wand hinter ihm fesselte. Janna zwang sich, nicht zurückzuweichen. Seine Armmuskeln spannten sich, als wünschte er sich, die Arme recken zu können. Um sie fortzustoßen. Oder zu schlagen.

Sein Haar und seine Hose waren feucht von Wasser. Hatte man es ihm übergeschüttet, damit er nicht ganz so schlimm nach dem Tartaros des Gefängnisses stank? Hatte man ihm überhaupt gesagt, welchem Zweck dieser Ausflug diente? Oder war er in dem Glauben fortgekarrt worden, es ginge zur Hinrichtungsstätte? War der Grund für seine Aufgebrachtheit, dass er nun erkannte, sein Leben fortsetzen zu müssen? Nein, ein solcher Gedanke gehörte eher in das Reich todessehnsüchtiger Literatur. Arturo strotzte vor Leben. Selbst jetzt noch. Der da in Ketten vor ihr saß, war immer noch der Wolf.

Sie verzehrte sich danach, ihn zu berühren. Doch sie wagte nicht, die drei Schritte zurückzulegen, die sie noch von ihm trennten.

*Mörder. Der Mann ist ein Mörder.*

Er sah so aus, weiß Gott.

Sah so ein Kannibale aus?

Nein. Weil es nicht wahr war. Nicht wahr sein konnte. Wozu hatte sie eine Seele, wenn sie die Wahrheit dann nicht spürte?

*Bist du dir ganz sicher …*

*Ja. Ja. Fast.*

«Ich nehme an, du wolltest mich sehen», sagte er eisig. «War es das?»

Ihretwegen hatte man ihn auf erbärmliche Art vorfahren lassen wie ein Schaustück. Aber so hatte sie es nicht gewollt!

«Geh. Geh, vergiss mich, Janna!»

Die Vernunft sagte ihr, es zu tun: den Arrestantenwagen verlassen, bevor sie beide den Rest schöner Erinnerung, die sie aneinander hatten, verloren. Aber er hatte einen Fehler begangen. Er hatte sie bei ihrem Namen genannt.

*Du nennst mich Janna. Ich nenne dich nicht mehr den Drachenherrn.*

«Dich zu vergessen, habe ich die ganze Zeit versucht.» Ihre Stimme war noch da, und sie brach nicht. «Und je inbrünstiger ich das tat, umso mehr hast du dich in meine Gedanken gedrängt. Ich – ich habe jetzt erst erfahren, dass du seit einem Jahr im Gefängnis sitzt.»

Fahrig wischte sie sich eine schweißfeuchte Strähne aus dem Gesicht, während sie nicht davon lassen konnte, seine vertrauten Züge in sich aufzunehmen. Den alten Arturo hinter diesem wütenden Wolf wiederzuentdecken. Sich zu erinnern, dass dieser Mann einmal gelacht hatte. Aber es war schwer. So schwer. Geschlagen, zerschunden, eher einem Tier gleich – und doch wollte alles in ihr auf ihn zu, wollte in sein Indigohaar fassen, in seinen unsauber gestutzten Bart, wollte ihn riechen, schmecken, in seiner Ansehnlichkeit schwelgen, sogar die Tätowierung küssen. Nie war er ihr begehrenswerter erschienen als jetzt.

Die stickige Luft ließ sie nicht mehr atmen; sie sackte auf die Bank und grub die Finger in den Ausschnitt ihres Kleides, während sie tief Luft holte.

«Und da hast du mich holen lassen?», fragte er. Sie hörte eine Spur Interesse heraus.

Sie atmete noch einmal tief durch. «Der Gouverneur hat das arrangiert.»

«Der Gouverneur?»

«Seine Frau hat mich eingeladen, in seinem Haus zu wohnen.» Warum – das zu erklären, ohne die Hazienda und somit Reinmar zu erwähnen, wäre für ihren Kopf jetzt zu viel, also ließ sie es bleiben. Sie hatte ja nur eine Viertelstunde.

«Im Haus des Statthalters hungert man wohl nicht?»

Schwang etwa Spott in seiner Stimme mit? Janna sah an sich hinunter. Die Fülle des Kleides konnte nicht verbergen, dass sie nicht mehr so schlank wie früher war. «Seit ich zurück bin, hänge ich an süßen Sachen», gestand sie. «Die Kriegszeit hat mich einigen Speck wieder verlieren lassen, aber der Rest will nicht verschwinden.» Fast hätte sie gelacht, so sehr hörte sich das nach nettem Geplauder an, als säße sie mit ihm in einem Boot auf einem Fluss, von allen Ketten frei, die sie beide banden. Weil die Wirklichkeit so schwer zu ertragen war. Weil sie bei allem Gieren nicht dieses Detail hatte sehen wollen, das seine Brust verschandelte. Jetzt sah sie es, und er bemerkte, dass sie es sah. Seine Arme ruckten hoch, kreuzten sich vor der Brust. Die Kette hinunter zu dem Eisengürtel spannte sich.

«Arturo, was ist das?»

Er schüttelte den Kopf.

Sie sprang auf, reckte sich nach seinem Arm. Auch er stand plötzlich vor ihr und funkelte auf sie herab. Für seine Länge war der Wagen nicht groß genug; er konnte den Kopf nicht ganz aufrichten. Ihre Nasenflügel weiteten sich, sogen den herben Geruch ein, den er ausströmte. Ihr schwindelte. Sie musste sich festhalten, also berührte sie eine seiner Hände. Langsam ließ er die Arme sinken.

Zunächst sah sie nichts. Die alten Brandnarben. Neue Schrammen, ein verblichener Bluterguss unterhalb seines Schlüsselbeins. Dreck, den das Wasser nicht erwischt hatte. Dann entdeckte sie das Brandzeichen. Es umrahmte seine linke Brustwarze wie eine Zange. C – *Caraibe*. Man hatte ihn markiert wie jene Indios zur Zeit der Konquistadoren, damit man sie hatte versklaven und töten dürfen.

«Also ist es wahr? Du bist ein Kannibale?»

«Nein.»

*Da hast du's: Nein.*

Trotzdem, es musste heraus, was sie seit langem plagte: «Ich habe dich bei dieser seltsamen Zeremonie gesehen.»

Er keuchte auf.

«Ja», bestätigte sie. «Einer der Sálipure brachte mich dorthin.»

«Und?» Sein Hals bewegte sich unter schwerem Schlucken. «Hast du gesehen, dass ich einen Menschen tötete?»

«Nein, aber einen Vogel, und du hast sein Blut in deinem Gesicht gehabt. Du bist mit den Füßen ins Feuer getreten. Und dann mit dem Rücken auf brennende Kerzen gesunken. Es war so … so abscheulich! Warum hast du das getan?»

Ein Muskel zuckte auf seiner Wange. Seine Augen erschienen ihr groß. Zwei schwarze, fremde Welten und doch seit langem vertraut. Sie las in ihnen, dass er bereit war, einen Blick in seine Tiefen zuzulassen. «Janna, weil du etwas in mir tatest, das ich nicht wollte. Ich wollte dich herausreißen, hier», beide Hände hoben sich, eine legte sich an seine Kehle. «Maria Lionza verspricht Hilfe in vielen Angelegenheiten. Ich suchte den Rat beim Häuptling, um dich aus meinem Kopf zu bekommen. Ich kannte niemals zuvor eine Frau wie dich.»

Sie versuchte diese wenigen Sätze zu ordnen. Leicht machte er es ihr nicht, aber dies war nichts, worüber er, der Schweigsame, noch viele Worte verlieren würde. Nur langsam füllte sich ihre Brust mit etwas, das sie noch nicht zu fassen bekam. Erkenntnis, ja, Erkenntnis.

*Ich bedeute ihm etwas.*

Viel.

Fort war das Elend. Sein Leiden. Ihres. Fort dieser Wagen und der Krieg. Was blieb, wenigstens für die Dauer einiger Atemzüge, war das pure Glück. Es war wie eine kleine Kugel in ihrem Herzen, zu der die Welt geschrumpft war. Doch jäh zerplatzte sie wieder, denn Janna begriff, dass er dieses Gefühl, das sie in ihm ausgelöst hatte, nicht hatte ertragen können. Sie erinnerte sich, dass er ihr in den Tagen danach aus dem Weg gegangen war. Und an seine schlechte Laune. Alles nur, weil er von diesen fremden Gefühlen nicht aus der Bahn geworfen werden wollte … Warum war das so? Weil er bei Mönchen aufgewachsen war, die ihm ihre ganz eigene Sicht über das andere Geschlecht dargelegt hatten? Weil er zeit seines Lebens kaum mehr als jene stämmigen, kindlich wirkenden Waraofrauen aus dem Delta gekannt hatte, die ihn nicht zu interessieren schienen?

In ihrer Vorstellung war ein Mann jemand, der alles über das andere Geschlecht wusste, während die Frau nichts wusste. Dass es auch anders sein konnte, zumal bei einem wie Arturo – wie hätte sie das jemals auch nur in Erwägung ziehen können?

«Du, eine Frau, die weißer ist als die weißen Mantuanas.

Ich, ein Pardo auf der Flucht. Wenn ich es wagte, darüber nachzudenken, erfüllte mich nur hilfloser Zorn. Es musste ein Ende haben.» Sein Auflachen war bitter. «Das Ritual brachte allerdings gar nichts.»

«Und weil ich dich verwirrte, warst du auch vorher schon so giftig, als du mich wegen meines Fiebers nicht in Angostura abladen konntest, nicht wahr?»

Sein Mundwinkel hob sich zu der Andeutung eines Lächelns. «Ich hatte mich mit dem Gedanken zu beruhigen versucht, dass du während der Reise sowieso umkommst. Dass es nicht bei dem einen Fieber bleiben würde, hatte ich mir schon gedacht. Allerdings hast du dich als sehr zäh erwiesen.»

«Und ich hatte geglaubt, du schleppst mich mit, weil du Lösegeld für mich willst.»

Sein Kopfschütteln war so verwirrt wie erstaunt. Sein warmer Blick brachte die alte Vertrautheit zurück, die sie in den schönen Tagen in der Mission empfunden hatten. Und plötzlich war es ihr unmöglich, den Abstand länger zu ertragen. Wie hatte sie warten können – sie hatte doch nur eine Viertelstunde! Sie überwand die letzten Schritte, die letzte Hürde. Ihre Finger spreizten sich über dem Brandzeichen, zögerten, warteten auf einen Einwand. Als sie die Hand darauflegte, sanken seine Lider. Seine Brust hob sich zu einem tiefen Atemzug.

Ihre Handfläche begann zu glühen. Von draußen nahm sie das Gemurmel der Wachsoldaten wahr, das Prusten und Schnauben der wartenden Pferde und aus weiter Ferne die Geräusche des Krieges. Ewig hätte sie ihre Haut auf seiner spüren wollen.

Ihre Hand glitt seitwärts; ihre Fingerspitzen berührten

seine alten Narben. Immer noch hielt er still. Stammten auch sie von einem solchen Ritual? Und diese unterhalb seines Auges ... Ihr Zeigefinger strich darüber. Seine Lider sanken herab, und er schien der Berührung zu lauschen. Wie war es zu dieser Narbe gekommen? Viel zu viele Fragen für diese viel zu kurze Zeit! Sie alle drängelten in ihrem Kopf, wollten gleichzeitig heraus. «Wie bist du in die Hände der Miliz geraten? Was ist passiert, damals vor einem Jahr?»

Er löste ihre Hand, indem er zurücktrat und sich auf die Bank hockte. Sein Kopf sackte nieder. «Das musst du nicht wissen.»

«Doch, ganz bestimmt.»

«Wozu?» Seine alte Sturheit! Plötzlich war es ganz selbstverständlich, sich an seine Seite zu setzen und den Arm um seinen Rücken zu legen.

«Bitte mich nicht, Janna!»

Sie legte eine Hand in seine Armbeuge. «Dein Weigern wiegt schwerer, als wenn du es mir sagst. Bitte!»

Es schien, als wolle er beide Hände in einer entnervten Geste hochwerfen, doch die Fessel hinderte ihn daran. «Deine alte Neugier! Es ist deinetwegen geschehen.»

Ihr wurde heiß vor Entsetzen. Ihretwegen? Wie konnte das sein?

«Du hattest dich in die Büsche geschlagen, um dich in einem verfallenen Haus umzuziehen.» Der blauschwarze Vorhang seiner Haare verbarg sein Gesicht. «Mich beschlich bald ein ungutes Gefühl, also bin ich dir gefolgt. Und entdeckte ein paar spanische Soldaten, wie sie sich berieten, ob sie dir nachgehen und über dich herfallen sollen. In deinem bunten Indiokleid hatten sie dich nicht als eine vornehme Europäerin erkannt. Mich bemerkten sie nicht. Mittlerweile hatte ich die Barkassen gesehen und wusste, dass es zu viele wären, um sie zu töten.» Selbst jetzt noch durchfuhr ihn ein wütendes Beben, und seine Kiefer mahlten. «Es war zu spät, um dich zu warnen. Als sie dir ins Haus folgen wollten, blieb mir keine Wahl. Ich habe mich ihnen in den Weg gestellt.»

Die Hitze schwand. Kälte griff nach ihrem Herzen.

«Erst versuchte ich nur, ihnen klarzumachen, dass du kein indianisches Freiwild bist. Das wollten diese geifernden Idioten nicht hören, egal, wie oft ich auf dein Haar hinwies. Also sagte ich ihnen, wer ich bin und dass ich wegen Mordes an einem Mantuano gesucht werde. Und dass ich mich friedlich ergeben würde, wenn sie dich dafür in Ruhe ließen. Ich konnte selbst nicht glauben, dass ich das sagte – es war die Tat eines elenden Dummkopfs. Vier Jahre war ich ihnen entkommen, und irgendwie dachte ich, es müsse so weitergehen, selbst jetzt noch. Plötzlich hatten sie kein Problem mehr, mir zu glauben, dass du eine Weiße bist. Sie hätten mich eigentlich einfach über den Haufen schießen können, aber glücklicherweise waren sie von meiner Geschichte beeindruckt genug, sich auf meine Bedingung einzulassen. Sie brachten mich sofort in einer der Barkassen nach Angostura. Es war mir unerträglich, dich zurücklassen zu müssen, allein auf das Wort ihres *capitán* hin, dass dir nichts geschieht.»

«Er hat es gehalten», warf sie rasch ein. Der schmierige Soldat hatte erstaunt gewirkt, sie zu sehen, erinnerte sie sich. Aber jetzt fiel ihr auf, dass seine Überraschung, zufällig in der Wildnis auf eine *catira* zu stoßen, viel größer hätte sein müssen. Großer Gott. Sie schlug eine Hand vor den Mund. Wie perfide alles gewesen war, und sie hatte nichts geahnt.

«Leider bedachte ich bei der ganzen Sache nicht, dass ich, wenn ich erst einmal in ihren Händen bin, dann auch zum Reden gezwungen werden kann …» Sein Kopf sank tiefer; seine Hände fuhren in den Nacken und rauften das Haar. Was aus seiner Kehle kam, war das Aufheulen eines angeschossenen Wolfes. «¡Carajo! Ich habe sie alle verraten!»

Er schlug die gefesselten Hände vor das Gesicht und warf den Kopf vor und zurück; dabei stöhnte er wie zu Tode verwundet. Wer waren *sie*? Nicht die Soldaten – er meinte andere Menschen, ja, das begriff sie. Man hatte ihn gequält, irgendetwas aus ihm herausgepresst, was anderen zum Schaden gereicht hatte. *Und das nur meinetwegen.* Während sie darüber nachsann, musste sie hilflos zusehen, wie er litt. Nein, ganz hilflos war sie nicht. Sie umfing ihn. Langsam richtete er sich wieder auf und wandte ihr das verhärmte Gesicht zu. Strähnen klebten an seinen feuchten Wangen.

«Also hast du mich schon wieder gerettet, wie oft eigentlich schon?», versuchte sie sich an einem mageren Scherz.

«Ich habe aufgehört zu zählen.»

«Arturo. Arturo, bitte gräm dich nicht.» Sie strich über seine bärtige Wange. «Wenn Bolívar die Stadt erobert, wird er deinen Fall vielleicht ganz anders beurteilen. Vielleicht gibt es eine Amnestie?»

Er stieß einen Laut des Unglaubens aus. Was redete sie auch so altklug daher, da sie so gar keine Ahnung hatte, worum es ging? Trotzdem war es eine berechtigte Hoffnung.

«Bitte halte durch, bitte.» Ihr Daumen fuhr durch seinen Bart. Sein Mund öffnete sich beinahe flehend. Er neigte sich ihr zu. Janna zögerte nicht. Sie schloss die Augen und erspürte raue Lippen, schmeckte etwas Blut und das Salz seiner Tränen. Hatte sie je von einem Kuss geträumt? Von ihm? Ihr war, als hätte sie das schon oft getan. Und stets erwartet, dass dieser Kuss gewaltsam sein müsse. Eben so wie er selbst. Die Wirklichkeit war anders. Seine Lippen waren sanft, zögerlich, beinahe furchtsam. Sie glaubte zu schwanken, in unendliche Tiefe zu fallen. *Misericordia!* Es klopfte. Janna kämpfte sich in die Wirklichkeit zurück. Arturo hatte sich gelöst; er nickte in Richtung der Tür. Doch bevor sie gehen konnte, hob er noch einmal die gefesselten Hände und strich mit den Fingerspitzen der Rechten über ihr Gesicht. Ein Hauch nur. Ihr war, als spüre sie die Berührung am ganzen Leib.

Es war wie ein kalter Guss, als sie aufsprang, ihren Spenzer richtete und auf die sich öffnende Tür zuwankte. Ein letzter Blick zurück – plötzlich war wieder alles dunkel, und sie vermochte ihn nicht mehr richtig zu erkennen. *Mehr Zeit, mehr Zeit!*, schrie sie innerlich, aber ehe sie es sich versah, stand sie nach einem langen Schritt und der hilfreichen Hand des Leutnants wieder im Freien.

Es war hell geworden. Wasser lief in breiten Rinnsalen die Gasse hinunter. Die Uniformen der Männer waren durchnässt. Es musste heftig geregnet haben. Davon hatte sie nichts wahrgenommen, obwohl der Regen auf dem Wagendach nicht leise gewesen sein konnte.

«Wie lange war ich drinnen?» Sie vermochte es nicht einzuschätzen. Eine Stunde oder nur ein paar Augenblicke?

«Zwanzig Minuten, Señora.»

«Danke, Leutnant. Bitte sagen Sie mir, was mit ihm geschieht.»

«Das Urteil lautet Silbermine.»

Was das hieß, konnte sie sich denken: unter unerträglichen Bedingungen schuften bis zum Tod. Wann immer das beginnen und wie lange es dauern würde. Sie ließ sich zu ihrer Kutsche geleiten, stieg hinein und sank in den Sitz. Die Begegnung hatte sie aller Kräfte beraubt. So vieles war ungefragt geblieben. *Warum bist du zum Mörder geworden? Wen hast du getötet? Wer bist du?* Stattdessen hatte sie Zeit mit Unwichtigem vertändelt. Könnte sie die Uhr doch nur um diese zwanzig Minuten zurückdrehen! Aber dann würde sie nur noch an ihn geschmiegt sitzen und schweigen. Sie würde den Gouverneur fragen. Nein. Es war an Arturo, es ihr zu sagen. Und sollte das Schicksal es so schlecht mit ihnen meinen, dass er ihr dieses Geheimnis nicht mehr würde verraten können – nun, dann sollte es so sein.

## 5. KAPITEL

Reinmar hatte das Gefühl, mit einer Messerklinge im Schädel aufzuwachen. Er fuhr sich durch die Haare und wälzte sich im Bett herum, doch das sorgte nur dafür, dass zu den Kopfschmerzen Übelkeit kam. Er vertrug einiges; also hatte er zu viel oder zu schlechten Fusel getrunken. Durch die Lamellen der Balkontür drangen grelles Tageslicht und das Geschrei irgendwelcher Leute. Unten schlug eine Faust gegen die Haustür, und eine Frau jammerte herzzerreißend – wieder einmal jemand, der Raúls Hilfe benötigte. Aber der war wie jeden Tag im Morgengrauen losgezogen, um als freiwilliger Feldarzt zu dienen.

Abends kehrte er dann in der Dunkelheit zurück und versuchte, dem Patientenansturm Herr zu werden. Es gab noch einen anderen Arzt in der Stadt, einen Deutschen, der sich ebenfalls die Seele aus dem Leib schuftete. Es reichte nicht; das Volk pilgerte in die Kathedrale, die nicht, wie damals die Kirchen in Hamburg, zu einem Stall oder Lazarett umfunktioniert worden war. Oder gleich zu den Wunderheilern. Reinmar hatte schon einiges gehört von grässlichen Kulten, in denen eine auf einem Tapir reitende Frau angebetet wurde und die Leute auf glühenden Kohlen tanzten. All dieses dumme Zeug entsprang nur dem Wunsch, Einfluss auf etwas zu nehmen, das sich außer Reichweite der eigenen geringen Macht befand. Da hielt er sich doch besser an Old Tom. Er griff nach der Ginflasche auf dem Nachttisch und trank bis zur Neige. Gott, was gäbe er für ein kühles Glas Bier!

Aber es war sein knurrender Magen, der ihn aus dem Bett zwang. Er urinierte in den Nachttopf, putzte sich die Zähne mit Zahnsalz und schlüpfte in seine Pantalons. Dann stieg er die schmale Treppe hinunter.

Das Haus war klein, verwinkelt und verbaut. Raúl hatte das Nachbarhaus anmieten wollen, um einen Durchbruch zu schaffen und Krankenbetten aufstellen zu können. Der alte Jesús, dem der Lederwarenhandel nebenan gehört hatte, war längst der Ruhr erlegen. Raúl hatte darauf spekuliert, das Haus nach dem Ableben des Alten übernehmen zu können. Doch die Armee hatte das Gebäude konfisziert. Derzeit wurde es nur genutzt, um Schutt abzuladen. In anderen Häusern sah das anders aus: Die spanischen Streitkräfte hatten sich wie ein klebriges Spinnennetz überall festgesetzt. Reinmar war froh, die Einladung des Gouverneurs, ein mietfreies Logis zu beziehen, ausgeschlagen und stattdessen die Raúls angenommen zu haben. Womöglich läge er jetzt gemeinsam mit drei Soldaten im selben Bett … Gähnend begab er sich in die Küche und hob den Tontopf, in dem Raúl die verderblichen Nahrungsmittel aufbewahrte. Er brach sich ein Stück Maisbrot ab und begab sich in den Keller, wo sich der Arzt den Luxus eines Eisschranks leistete. Das Eis entstammte den Lieferungen für den Gouverneurshaushalt – die letzte lag allerdings einige Monate zurück. Verhältnismäßig kühl war es hier dennoch. Reinmar fand gammeliges Gemüse und ein paar Eier; die Naturalien stammten von Patienten, die es sich noch leisten konnten, überhaupt etwas zu bezahlen. Er nahm eine Avocado und kehrte in die Küche zurück, um sich aus dem weichen Fruchtfleisch, Rum und Zucker erfrischenden Abacate zu mischen.

Während er an dem Getränk nippte und der Schmerz in seinem Kopf zu einem erträglichen Bohren schrumpfte, dachte er an den gestrigen Streit. Raúl hatte ihm vorgeworfen, nutzlos herumzusitzen. Dieser Tadel ließ sich schwerlich entkräften. *Was soll ich denn Ihrer Meinung nach tun?*, hatte er gefragt. *Mich aufs Schlachtfeld begeben und für eine Sache sterben, die nicht meine ist?* Mit der Aufgabe La Jiraras und dem Verlust seiner Pferde hatte er immerhin einen Beitrag geleistet, der für drei Kriege reichte. Die Hazienda nutzten die Separatisten, und die Pferde hatten einige spanische Ärsche und Mägen gerettet.

*Sie könnten mir im Feldlazarett zur Hand gehen, Don Reinmar.*

*Und wenn ich spanischen Soldaten nicht helfen will, weil ich lieber die Freiheit wähle, Raúl?*

Der Arzt hatte ärgerlich gesagt: *Sind Sie hergekommen, weil Sie in Deutschland ein Gefangener waren?*, und war mit seinem Arztkoffer gegangen.

«Ja, das war ich», sagte Reinmar laut. «Ein Gefangener des deutschen Muffs. Der deutschen Enge.» Er brauchte ein großes Land. Und saß jetzt fest in einer umklammerten Stadt. Bitter auflachend schüttete er Rum in sein Glas. «Vielleicht hätte ich nach Nordamerika auswandern sollen. Die haben ihren Befreiungskrieg wenigstens schon hinter sich. Aber ich wollte es ja unbedingt exotisch.»

Er hatte von seinem eigenen Eldorado geträumt, von den unendlichen Weiten der Llanos, von den verwilderten Nachkommen der Konquistadorenpferde, die zu Hunderttausenden durch die Prärie zogen. La Jirara hätte nur der Anfang sein sollen. Mit Janna hatte er sich am Fuß einer Treppe großen Glücks gewähnt. Aufwärts hätte es gehen sollen, nur aufwärts … Stattdessen hatte ihn dieser Krieg einen Großteil seines Erbes gekostet; daran hätte auch die Goldkette nicht viel geändert, selbst wenn er sie Janna nicht geschenkt hätte. Das Schlimmste jedoch: Janna war nicht mehr die Frau, die er kannte.

Seit sie ihn unerklärlicherweise fortgestoßen hatte und mit dem Schmuck aus dem Patio des Gouverneurspalasts gelaufen war, hatte er sie nicht wiedergesehen. Fünf Tage lag das zurück. Jeden Tag war er dort erschienen, doch sie hatte sich entschuldigen lassen, ihr sei nicht wohl. Er glaubte das nicht. Da war etwas anderes im Busch.

Er trank den Avocadococktail aus und griff nach der Rumflasche, um sie mit auf sein Zimmer zu nehmen. Eine Stunde Schlaf würde er sich noch gönnen, danach musste er den Herd schüren, um das Plätteisen zu erhitzen. Sein Lieblingshemd hatte er gestern eigenhändig gewaschen. Ein Krieg war kein Grund, sich nachlässig zu kleiden.

An der Haustür klopfte es. Schon wieder ein Kranker, dem er nicht helfen konnte. Er wandte sich der Stiege zu.

«Señor Götz! Señor Götz!»

Hatte das nicht nach David geklungen? Er schloss auf, und als er die Tür öffnete, stand tatsächlich sein indianischer Hausdiener vor ihm, in sauberer Kleidung und mager wie immer. Es tat gut, ein Gesicht zu sehen, das sich nicht verändert hatte. Bei näherer Betrachtung wirkten die Augen des Jungen jedoch freudlos wie die jedes Angosturers.

«Ich glaube, Ihre Verlobte ist krank, Señor. Seit Tagen kam sie nicht mehr die Treppe herunter, und jetzt heulen alle.»

Fluchend warf Reinmar die Tür wieder zu, hastete in sein Zimmer und kleidete sich in Windeseile an. Die Falten in seinem Hemd mussten warten. Er lief hinauf zum Palais des Gouverneurs. Auf den Straßen war es ruhiger geworden – die Leute verkrochen sich in ihren Häusern. Er hielt sich ein Taschentuch vor Mund und Nase, um sich vor bösen Miasmen zu schützen und weil es anders nicht auszuhalten war. Die Wachtposten vor dem Gouverneurshaus kannten ihn; man ließ ihn ungehindert den Messingring gegen das Portal schlagen. Dieses Mal war es eines der Dienstmädchen, dem er sein Anliegen vorbrachte. Im Gegensatz zum alten Majordomus, der den Worten des Mädchens zufolge krank lag, ließ es ihn ohne Federlesens ein und winkte einem Boy, ihn zu Janna zu bringen. Auf der Wendeltreppe ins Obergeschoss kam ihm eine aufgelöste Frau Wellhorn entgegen. Die Fregatte schob sich an ihm vorbei, ohne ihn zu erkennen, denn sie heulte in ihr Spitzentuch. In seiner Brust hatte sich eine Faust geballt; jetzt schien ihm, als verstopfe sie ihm die Kehle. Wo Jannas Zimmer war, wusste er nicht, denn hier oben war er nie gewesen. Er musste jedoch nur dem Schluchzen folgen. Ein Mädchen, eines der Uriarte-Kinder, kam mit geröteten Augen an der Hand einer Zofe aus einem der Zimmer. Reinmar stieß es an, als er an ihm vorbeirannte.

«Janna!»

Sie hob den Kopf. Sie saß an der Seite eines Bettes, in dem die junge Verónica lag. Das Mädchen war unter seinem südamerikanischen Teint bleich wie der Tod.

«Mein Gott, Janna! Ich dachte …»

Er schwieg, als sie den Finger an die Lippen legte.

Irgendjemandem wollte er den Hals umdrehen. Gleichzeitig waren ihm die Knie vor Erleichterung weich.

«Warum bist du hier?», fragte sie so leise wie vorwurfsvoll.

«David sagte mir, du seist krank!»

«Verónica ist krank.» Sie bettete die Hand der jungen Dame auf der Zudecke, erhob sich und beugte sich über sie, um ihr beruhigende Worte zuzuflüstern. Es stand schlimm um das Mädchen, denn der verliebte Blick, den es ihm sonst immer verlegen zugeworfen hatte, blieb aus. Endlich löste sich Janna von der Kranken und kam auf ihn zu.

«Janna, du solltest nicht so nah an sie herangehen ...»

Sie winkte nur ab, fasste ihn beinahe grob am Ellbogen, damit er ihr auf den Korridor folgte. Mit raumgreifenden Schritten marschierte sie voran und öffnete eine der anderen Türen. Verwirrt über dieses Gebaren, betrat er ein Zimmer, das offenbar ihres war. Es war ein typisches Damenzimmer, mit einem zierlichen Schreibtisch auf der einen und einem Bett auf der anderen Seite, dahinter ein Paravent, und wesentlich komfortabler als das, was Raúl ihm bieten konnte. Unter dem Dach hatte sie gewohnt, so hatte sie erzählt. Bis die Marquesa sie hierher umquartiert hatte, damit sie nicht ständig das Kriegsgeschehen beobachten konnte. Neben der Balkontür, die zum Innenhof hinausführte, stand ihre Staffelei. Das Bild darauf war umgedreht.

«Es tut mir leid, dass du dich erschreckt hast», begann sie. Ihre Finger krampften sich in den Stoff ihres Kleides. Fahrig lief sie zwischen Bett und Schreibtisch auf und ab. «David hat das missverstanden, aber du siehst ja, welches Durcheinander hier herrscht. Ich wusste nicht von deinem Kommen; andernfalls hätte ich dich im Patio empfangen.»

«Du hättest mich gar nicht empfangen», entfuhr es ihm. «Du gehst mir aus dem Weg. Sag mir, was mit dir nicht stimmt.»

«Mit mir stimmt alles!» Ihr Blick, ihre ganze Haltung sprühten vor Ärger, aber seinem Eindruck nach nicht auf ihn. Ihr Marsch durch das Zimmer ließ an eine Gefangene im Verlies denken. «Es ist diese ganze … das alles … der Krieg. So viele Verwundete dort draußen! Menschen, die hungern. Hast du eine Vorstellung davon, wie es im hiesigen Gefängnis aussieht? Es muss schrecklich sein. Und ich sitze hier und kann nichts tun.»

«So geht es uns allen.»

«Ich bin feige. Andere Frauen gehen hinaus und helfen.»

«Du willst in eines der Lazarette? Daran solltest du nicht einmal denken.»

Sie winkte ab. «Ich sagte doch, ich bin zu feige. Zu verwöhnt. Anscheinend genügt ein halbes Jahr in der Wildnis nicht, ein verhätscheltes Leben zu vergessen.» Ihr Lachen war höhnisch.

«Janna, Liebste, Bolívar wird bald siegen. Du musst durchhalten, bitte.»

Sie presste eine Hand vor den Mund und heulte gequält auf. Eine Träne löste sich. Ihm schoss durch den Kopf, dass er nach Nachtschweiß und wohl auch Alkohol roch und deshalb seinem Bedürfnis, auf sie zuzustürmen und sie in die Arme zu schließen, nicht nachgeben konnte. Irgendetwas in ihrem Verhalten sagte ihm, dass sie ihn ohnehin wieder zurückstoßen würde. «Was will er überhaupt hier?», rief sie empört. «Angostura ist ja *so* ruhig! Ich habe es noch im Ohr, ja ja. Angostura interessiert niemanden! Ha!»

*Ja, da hat der gute Baron wohl Unsinn geredet,* lag ihm auf der Zunge. Aber für Spott war jetzt nicht der rechte Moment.

«Es ist mir unangenehm, dich um Geld zu bitten», sagte sie. «Aber hättest du ein paar Piaster für mich?»

Er tastete nach der gutgefüllten Geldkatze in der Innentasche seines Gehrocks.

«Nein», plötzlich schüttelte sie den Kopf. «Nein, das kann ich nicht von dir verlangen.»

Natürlich konnte sie – sie war seine Braut; er war für sie verantwortlich, auch wenn sie im Haus des Gouverneurs lebte. Bisher hatte sie auch nicht gezögert, sein Geld anzunehmen. Er fingerte zehn Münzen heraus und legte sie auf den mit Zeichnungen übersäten Schreibtisch. Es waren die üblichen Motive: der Wald, der Fluss, Blumen, Tiere, das Boot mit dem schattenhaften Fremden.

«Nein, Reinmar, bitte steck es wieder ein.»

Was sie redete, ergab keinen Sinn. Allerdings hatte er wie jeder Mann in jungen Jahren, bevor er sich endgültig gebunden hatte, gewisse Erfahrungen in der Damenwelt gesammelt. Daher wusste er, dass eine Frau zur Verwirrung und Hysterie neigte, wenn ihre Gefühlswelt durcheinandergeraten war. Janna hatte er allerdings eher für robust gehalten. Hatte er sich getäuscht?

Sie stand am Fenster, den Rücken ihm zugekehrt. Ihre Hände lagen auf den Schultern, als wolle sie sich selbst Trost schenken. Eine Strähne hatte sich aus ihrem Chignon gelöst und ruhte auf ihrem Nacken als eine Einladung, hinter sie zu treten und das Haar mit den Lippen beiseitezuschieben. Wie gerne würde er die Hände auf ihre weiblich gerundeten Hüften legen …

Ein helles Blitzen lenkte seinen Blick zurück auf den Schreibtisch. Halb unter einem Blatt verborgen lag an einer Lederschnur das goldene Inkadreieck, das sie von ihrer Reise mitgebracht hatte. Er schob das Papier beiseite. Dieser Schmuck hatte ihn inspiriert, ihr die Inkakette zu schenken. Es wäre besser gewesen, sie zu verkaufen und für einen Teil des Erlöses ein anderes Schmuckstück zu erwerben. Was allerdings erst nach dem Krieg möglich gewesen wäre. Und solche Altertümer gefielen ihr ja. Er hatte geglaubt, sie würde ihm dafür um den Hals fallen. Stattdessen hatte sie ihn weggestoßen. Weshalb war er so blind gewesen? Ihr Kleinod und jene Kette – sie gehörten zusammen. Sie hatte sich nicht über das hässliche Fratzengesicht echauffiert, wie er im ersten verblüfften Moment geglaubt hatte. Sie hatte es *wiedererkannt*.

«Reinmar», sie fuhr zu ihm herum. Er schaffte es noch rechtzeitig, seine Finger zurückzuziehen. «Ich habe es mir überlegt. Ich nehme das Geld doch.»

Sie machte zwei Schritte auf ihn zu. Vielmehr auf den Schreibtisch. Als sei er eine lauernde Spinne, wagte sie sich nicht näher.

«Wofür brauchst du das Geld?», fragte er.

Schwer schluckte sie; ihr Blick irrte umher. «Arturo», stieß sie schließlich hervor und atmete tief ein, als habe allein das Aussprechen des Namens viel Kraft gekostet. «Er ist im Gefängnis, und es ergeht ihm dort schlecht.»

Er wartete, dass sie weitersprach. Aber während sie ihn auf ihre altbekannte trotzige Art anschwieg, die er wie alles an ihr liebte, hob sie den Blick nicht höher als bis zu seiner Brust. «Du willst ihm Hafterleichterungen erkaufen», half er ihr schließlich aus.

«Ja.»

«Weißt du überhaupt, wie man da vorgeht?»

«Ich habe keine Ahnung.»

«Ich werde es tun.»

«Du? Warum?»

Nun, warum? «Weil er mir das Liebste gerettet hat, das ich besitze.»

Unglauben, Zweifel, Ablehnung – alles zugleich blitzte in ihren Augen auf, die sich flüchtig weiteten. «Versprich mir, dass du ihm wirklich hilfst.»

«Ja. Gewiss.»

Sie stürzte auf den Schreibtisch zu, fegte einige Blätter beiseite und langte nach dem goldenen Anhänger. «Hier, nimm das mit! Ich brauche es nicht. Nimm es!»

Er steckte ihn in die Rocktasche. Janna floh zurück ans Fenster. Ihre Schultern bebten in dem krampfhaften Versuch, jetzt nicht vor ihm zu weinen. Er murmelte einen Abschiedsgruß, den sie vermutlich nicht hörte, und ging hinaus.

Endlich würde er den Kerl sehen, der ihr den Kopf verdreht hatte.

* * *

«Bitte, Mamá, es geht mir doch schon viel besser.» Unbeholfen strich Verónica über die Wange ihrer weinenden Mutter. Die Marquesa hatte die Finger um einen Rosenkranz geschlungen und wisperte Gebete, während dicke Tränen Furchen durch den Gesichtspuder zogen.

«Ja, der heiligen Jungfrau sei Dank», schluchzte sie auf. «Was machen deine Bauchschmerzen?»

«Sie sind fast weg.»

«Und dein Stuhlgang?»

«Heute hatte ich keinen Durchfall mehr.»

«Trotzdem, ich lasse noch einmal unseren Hausarzt rufen.» Die Marquesa schnäuzte in ihr Spitzentaschentuch, erhob sich schwerfällig und angelte nach ihrem Gehstock mit dem goldenen Knauf, den sie seit einigen Tagen benutzte. Einen sichtbaren Grund gab es dafür nicht; sie war so gut auf den Beinen wie sonst auch. Janna nahm an, dass sie ihn benötigte, weil die Sorgen so schwer auf ihrem Kreuz lasteten.

Janna sprang auf, um ihr zu helfen, unter dem Moskitonetz hervorzukommen, das über dem Bett von der Decke hing. «Ich danke Ihnen für Ihre Fürsorge, Doña Janna», sagte die Gouverneursgattin freundlich. Als sie sich umwandte und zur Tür schritt, knurrte sie wütend in sich hinein: «Fluch den Rebellen! Die sind an allem schuld, Gott möge sie für ihre Taten strafen!»

Janna und Verónica atmeten gemeinsam auf, als sich die Tür hinter ihr schloss.

«Bitte erzählen Sie weiter», bat das Mädchen. Sie kuschelte sich in die Kissen und blickte erwartungsvoll zu Janna hoch. «Hat er Sie wirklich ins Wasser geworfen?»

«Aber ja. Mehrmals.» Janna schlüpfte wieder unter das Netz und setzte sich auf den Stuhl neben dem Bett. «Ich hatte dann immer furchtbare Angst, dass Schlangen, Piranhas oder Krokodile in der Nähe sein könnten. Oder diese Würmer, die einem in die Körperöffnungen kriechen.»

Verónica zog die Decke bis zum Kinn und quiekte.

«Jedenfalls zog er mich einmal sehr schnell wieder

heraus, und er machte auch einen etwas erschrockenen Eindruck. Zumindest war sein Gesicht einen Hauch weniger verschlossen als sonst. Ich sah dann eine kleine Herde Capybaras im Wasser und einen sicherlich sechs Fuß langen Fisch mitten unter ihnen. Er zappelte hin und her, und das Wasser schien zu kochen. Die Wasserschweine versuchten das Ufer zu erreichen, aber drei trieben tot auf den Wellen.»

«Ein elektrischer Aal», konstatierte Verónica. «Ich habe einmal einen in Caracas gesehen, in einem großen Becken auf dem Jahrmarkt. Erst wurden Hühner ins Wasser geworfen und danach die Leute aufgefordert, die Hände hineinzustecken. Man hätte einen Piaster dafür bekommen. Es wagte aber niemand.»

«Ähnliche Vorführungen gibt es in Europa. Allerdings ohne Zitteraale, sondern mit Elektrisiermaschinen. Damit kann man auf Salons den Damen die Haare zu Berge stehen oder Funken springen lassen.»

Verónica kicherte. «Standen Ihre Haare auch einmal zu Berge?»

Janna schüttelte den Kopf. «Ich habe mich nicht getraut.»

«Hat der Drachenherr sich wenigstens entschuldigt?»

«Bitte? Entschuldigt? So etwas kannte er nicht.» Janna rollte mit den Augen. So über Arturo zu reden war etwas ganz anderes, als ihn Reinmar gegenüber schlechtzumachen. Das hier war Vergnügen, eine Märchenstunde mit einem Märchenhelden für ein junges Mädchen. Dass die Geschichten der Wahrheit entsprachen, war nur ein kleiner, feiner Unterschied. Verónica bat um ein weiteres Kapitel des Buches, in dem sie gerade lasen. Also schlug Janna es auf und las von El Cid Campeador, der seine letzte Schlacht als Leichnam festgebunden auf seinem Hengst schlug, das Schwert in der erstarrten Hand. Die Lider des Mädchens sanken, und Jannas Gedanken wanderten zurück zu Arturo. Ob es Reinmar gelungen war, etwas für ihn zu tun? Was konnte man in diesen Zeiten mit ein paar Piastern und ein bisschen Gold erreichen? Vielleicht nur eine Schale Maisbrei mehr am Tag? Das wäre besser als nichts. Sie blickte zur Schreibtischschublade, in deren Tiefen die Inkakette ruhte. Noch mehr Gold. Wesentlich mehr Gold. Sie wäre ohne weiteres bereit, es zu opfern. Doch dass Reinmar es ihr gegeben hatte, änderte nichts daran, dass es Arturo gehörte. Und er würde es nicht für ein paar Vergünstigungen seinen Wärtern in den Rachen werfen wollen.

Verónicas Kopf sackte herab, als sie fest einschlief. Leise legte Janna das Buch auf den Nachttisch. Als sie aufstehen wollte, öffnete sich die Tür, und Lucila schob sich ins Zimmer. Janna legte einen Finger auf den Mund.

«Ich soll von Señora Wellhorn sagen, dass Sie nicht so lange bleiben sollen», flüsterte das Mädchen. «Damit Sie sich nicht bei der Señorita anstecken. Wegen der … der …»

«Miasmen. Mir passiert schon nichts. Was ist denn, Lucila?»

Lucila rieb sich die breite Nase. «Mir ist Doña Begoña unheimlich. Sie hat sich einen Stuhl neben das Arbeitszimmer vom Gouverneur stellen lassen; jetzt hockt sie da und betet.»

Janna nickte. De Uriarte verließ den Raum seit Tagen nicht mehr. Er öffnete nur noch, um das Essenstablett entgegenzunehmen, und hatte sich für die anderen körperlichen Bedürfnisse einen Leibstuhl bringen lassen. «Frag sie, ob sie etwas zu trinken möchte. Ansonsten ist Beten sicher nicht das Schlechteste. Was können wir auch sonst tun?»

«Ich bete ja.» Etwas Helles schimmerte zwischen den wie dunkles Holz wirkenden Fingern des Mädchens. Es war die grobgeschnitzte Figur einer Frau. «Maria Lionza hilft bestimmt.»

Solche Bildnisse hatte Janna hin und wieder unter der Dienerschaft gesehen. Einer der Hausburschen hatte eine ähnliche Tätowierung wie Arturo, nur war seine Maria Lionza nackt wie die Sünde.

«Geh, Lucila», sagte Janna schroffer als beabsichtigt. «Ich will davon nichts hören.»

«Ja, Doña Janna.» Lucila drehte sich um und kam dann doch ans Bett. Aus der Tasche ihrer Schürze zog sie einen Brief. Sie lächelte schief. «Den hätte ich fast vergessen. Eins der Hausmädchen hat ihn mir eben in die Hand gedrückt, und die hat ihn von Señor Götz.»

Sie huschte hinaus. Janna riss den Brief auf und entfaltete ihn. Was mochte Reinmar im Gefängnis erreicht haben? Selbst wenn es wenig oder nichts war – dass er es überhaupt versucht hatte, war ihm hoch anzurechnen. Hastig überflog sie die Zeilen. Kein Wort von Arturo. Stattdessen bat er sie, nächsten Sonntag mit ihr zum Gottesdienst zu gehen. Kopfschüttelnd ließ sie das Blatt sinken. Offenbar waren alle um sie herum nicht mehr bei Sinnen. Frau Wellhorn schlurfte wie ein Geist durchs Haus; Lucila und, soweit Janna wusste, auch David drückten sich in düsteren Ecken herum, um zu dieser schrecklichen Maria Lionza zu beten; Doña Begoña und ihr Gatte waren vollends mit den Nerven am Ende, und nun wollte Reinmar, der Atheist, in die Kirche?

* * *

Verónica hatte ihr erzählt, was es mit der Lieben Frau vom Schnee auf sich hatte. Einer Heiligenlegende zufolge sei in der Spätantike einem römischen Ehepaar die Jungfrau Maria im Traum erschienen. Sie habe um den Bau einer Kirche gebeten, an einem Ort, der bald von Schnee bedeckt sein solle. An einem heißen Sommertag sei tatsächlich einer der sieben Hügel Roms verschneit gewesen. Und die Kirche wurde natürlich errichtet. Janna fragte sich, ob das strahlende Weiß des marmornen Altars von Nuestra Señora de las Nieves daran erinnern sollte. Die vielen Simse waren mit welkenden Blumen überhäuft, und auf Wandpodesten standen etliche Figuren von Maria und dem Stadtheiligen Thomas in bunten Gewändern. Es roch nach Kerzenwachs und Weihrauch und dem Schweiß all der Menschen, die sich im Kirchenraum drängelten. Früher war dauernd geschwätzt worden, doch je länger der Krieg andauerte, desto andächtiger lauschte man der Predigt des Bischofs und dem Gesang des Knabenchors.

Janna ließ sich hin und wieder blicken. Nicht nur um des guten Rufs willen. Sie hatte sich für ein Leben in Venezuela entschieden; dazu gehörte eben auch, sich den hiesigen religiösen Gepflogenheiten ein wenig zu öffnen. Allerdings würde es wohl ein halbes Leben dauern, bis sie all den bunten südamerikanischen Flitter und die Heiligenverehrung nicht mehr befremdlich finden würde. Einmal hatte der Bischof höchstselbst sie nach der Messe beiseitegenommen und freundlich gefragt, ob sie nicht konvertieren wolle. Gott im Himmel, das nun nicht!

Sitzplätze waren rar, wenn man nicht frühzeitig kam, und so stand sie zwischen Reinmar und Lucila hinter der letzten Reihe. Die stickige Luft lag wie eine schwere Decke auf ihr. Ständig musste sie ihr Taschentuch aus dem Ausschnitt ziehen und das Gesicht abtupfen. Wenigstens hatte sie darauf verzichtet, es zu pudern. Sie trat von einem Fuß auf den anderen und hoffte, die Zeit möge vorübergehen. Bischof Cabello predigte vom Ausharren in schlimmen Zeiten, und wie der Herrgott und Mose durch die Qualen der Wüste gegangen seien und niemals den Glauben verloren hätten, so solle man es halten wie sie. Danach breche eine bessere Zeit an.

«Ob er wohl merkt, dass es klingt, als ersehne er sich Bolívar herbei?», raunte Reinmar ihr zu. Sie dachte, dass sich vermutlich die ganze Stadt nach Bolívar sehnte – denn sein Einreiten würde das Ende des Krieges bedeuten. Die Kämpfe hatten sich in Richtung San Félix verlagert. Von einer großen Schlacht dort war die Rede, zu der Bolívar und sein *general de brigade*, der Mulatte Manuel Piar, gegen die Truppen de la Torres aufmarschierten. Zunächst jedoch ersehnte sich Janna nur das Ende des Gottesdienstes. Sie kämpfte um eine aufrechte Haltung. Sicherlich glänzte ihr Gesicht ebenso wie das von Lucila. Endlich sprach Cabello das Schlussgebet und den Segen. Unter Glockengeläut begann der Auszug der kirchlichen Würdenträger. Schwarz gekleidete Frauen schoben sich nach vorne, um vor dem Altar auf die Knie zu fallen und ihrer Trauer um verstorbene Männer und Söhne lauthals freien Lauf zu lassen.

Reinmar legte ihre Hand in seine Armbeuge und führte sie durch das Gedränge zum Portal. Mit der anderen ergriff sie Lucilas, die schluchzte, obwohl sie niemanden verloren hatte. Janna hoffte auf eine stille Minute, in der Reinmar ihr endlich erzählte, was er für Arturo getan hatte. Auf der kurzen Herfahrt war er schweigsam gewesen, und sie hatte nicht drängen wollen. Denn ein wenig plagte sie das schlechte Gewissen, ihn um Hilfe für einen Mann gebeten zu haben, der gewissermaßen zu seinem Rivalen geworden war. Aber war das nicht unsinnig? Reinmar würde ihn nie als Rivalen ansehen. Für ihn war Arturo fast ein Wilder, und wäre er keiner, so doch ein Strafgefangener. Ein Verbrecher. Die Welten der beiden Männer hatten nichts gemein.

Janna blinzelte gegen die Sonne, als sie endlich im Freien waren. Sie überlegte, ob sie das kurze Stück zum Palais zu Fuß zurücklegen sollte. Ihr Körper sehnte sich nach erschöpfender Bewegung. Nach einem langen Spaziergang am Fluss. Nach einem Ausritt. Alles Träume derzeit. Trotz der Menschenmenge schien ihr die Luft ungewöhnlich frisch. Ein sanfter Wind wehte.

Die Illusion, dieser Tag wäre einer aus Friedenszeiten, zerstob mit einem Salutschuss. Irgendwo erklang das laute Rasseln einer schnell geschlagenen Militärtrommel.

«Was bedeutet das?», rief sie. Reinmar schüttelte nur den Kopf; er schien es nicht zu wissen. Das Getöse kam von der Westseite der Kathedrale. Janna wollte in die andere Richtung – sie ahnte, ohne dass sie den Gedanken zu fassen bekam, was diese Trommel ankündigte. Doch jeder wollte dorthin; wie von einer starken Flussströmung wurde sie mitgezogen. Die weißen federbuschbekrönten

Tschakos des Erschießungskommandos überragten die Sonntagshüte. Die Läufe geschulterter Gewehre blitzten. Ein *commandante* zu Pferd verlas ein Urteil – Janna verstand nichts, denn die Umstehenden redeten erregt miteinander. Der nächste Trommelwirbel brachte Stille. Janna bemerkte, dass sie Reinmars Hand losgelassen hatte. Sie blickte um sich. Dicht hinter ihr war Lucila. Das Mädchen hatte die Augen geschlossen, die Finger in die Ohren gesteckt und bewegte die Lippen; vielleicht betete es zu Maria Lionza, zu der Jungfrau vom Schnee oder sprach mit sich selbst, um nichts wahrzunehmen.

Wie viele andere Männer hatte Reinmar den Strohhut abgenommen. Sein Blick traf flüchtig ihren. Dann wandte er sich wieder nach vorne, als wolle er sagen: *Sieh hin.*

Aber dieser Aufforderung bedurfte es gar nicht. Janna wollte nun wissen, wer der Delinquent war. Es war eine unbestimmte Ahnung, die sie dazu trieb, sich zwischen den Zuschauern hindurchzudrängen, die ärgerlich knurrten und sie in die Seite stießen. Weit schaffte sie es nicht. Sie stellte sich auf die Zehenspitzen.

Indigofarbenes Haar wehte im Wind. Der Verurteilte war groß. Sauber rasiert, das Gesicht düster und beherrscht, die Augen jedoch unter einer Binde verborgen. Er trug ein ordentliches Hemd, zwar geflickt, doch ohne Flecken. All das sah Janna für die Dauer eines harten Herzschlags, dann schloss sich vor ihr die Reihe der Zuschauer. *Nein, das hast du nicht gesehen. Nein, das ist nicht wahr.* Sie schrie und schlug einem Mann gegen die Schulter, doch er stieß sie zurück. Sie kämpfte sich seitwärts. Eine Lücke tat sich auf; sie warf sich mit aller Kraft hindurch. Plötzlich stand sie allein in vorderster Front. Ein

Gewehrkolben wurde so heftig gegen ihre Brust gestoßen, dass sie sich atemlos krümmte. Jemand packte sie an den Schultern und zerrte sie zurück in die Menge. Wieder wollte sie schreien, doch es kam nur ein verzweifeltes Krächzen aus ihrer Kehle. Vor ihren Augen tanzten zahllose winzige Sterne, wegen des Schlags oder ihres Entsetzens – sie vermochte es nicht zu unterscheiden. Zugleich explodierte der Donner aus einem Dutzend Karabiner in ihrem Schädel. Sie sah den kräftigen Leib erbeben, bevor sie selbst zitternd niedersank. Über der Schulter Arturos, auf dem zarten Rosa der Kirchenwand, erschienen wie ein Menetekel zwei lange rote Striche. Dass sich auch sein Hemd rot färbte, konnte sie nur noch erahnen, während Dunkelheit sie packte.

## 6. KAPITEL

Sie tauchte den Pinsel ins Wasser, drehte ihn im Gelb des Tuschkastens und trug die Farbe mit einer schnellen Bewegung aufs Papier. Viel zu nass; zwei Tropfen bildeten hässliche Schlieren. Aber das störte sie nicht. Sie zog Kreise und Wellen auf dem goldenen Fluss; die Bäume bogen sich umbrafarben im Wind, und von düsterem Blaugrau waren die sich auftürmenden Wolken. Der Pinsel fuhr durch ein Gewirr von immer schmutziger werdenden Farben und dunklen Linien. Ein Gewitter tobte jetzt auf dem Fluss. Bald glaubte sie das erdige Wasser zu riechen. Die würzige Luft. Den Moder der Wurzeln und den schweren Duft der Blüten. *Ich will zurück, ich will zurück ...*

«Schön ist das aber nicht.»

Janna legte den Pinsel in den Kasten. Ihr Kleid hatte ein paar Spritzer abbekommen, und auf den Fingerspitzen klebten getrocknete Pigmente. Die Wirklichkeit war so schwer zu atmen wie die Luft nach einem Tropenregen. Tief atmete sie ein und aus und ein. Sie konnte atmen. Sie konnte leben. Es erstaunte sie immer wieder, dass sie noch die Kraft dazu besaß.

Auf dem Stuhl drehte sie sich zu Lucila um. Das Mädchen hielt ein Tablett mit Kakao bereit. Janna ergriff die bereitgestellte Flasche Laudanum und träufelte sich etwas davon in die Tasse. Nicht zu viel, um den süßen Geschmack und den Verstand nicht zu beeinträchtigen. Aber auch nicht zu wenig – sie mochte es, müde zu sein. Im Bett und im Schlaf war alles erträglicher.

«Nein, schön ist das wirklich nicht. Deshalb kannst du alles, was ich nach dem Malen auf den Boden lege, im Küchenherd verbrennen.»

Lucila stellte das Tablett auf den Schreibtisch und bückte sich nach den verworfenen Bildern. Janna war es unangenehm, dass sich jemand diese Sachen ansah, aber protestieren wollte sie auch nicht. Lucilas Finger wanderte über das schattenhafte Abbild Arturos. Welche Gedanken sich ein Betrachter zu ihm wohl machte? Man mochte annehmen, dass sie es nicht gewagt hatte, ihn deutlich zu malen, weil sie es nicht ertrug oder ihn niemand erkennen sollte. Der wahre Grund war banal: Seine Gestalt wollte ihr nicht zufriedenstellend gelingen. Unbekleidete Männerkörper waren so unglaublich schwer zu malen. Erst recht nur aus der Erinnerung.

Das Blutmuster an der Kirchenwand sah sie jedoch in jeder Einzelheit vor sich. Mühelos könnte sie es aufs genaueste wiedergeben.

Ihr Inneres fühlte sich an wie mit einem exakt zurechtgehauenen Stein ausgefüllt, der bis dicht unter ihre Haut reichte. Das Laudanum vermochte die Härte ein wenig zu lösen, und das Malen half ihr, nicht verrückt zu werden. Zwei Tage lag Arturos Tod zurück. Janna wusste, dass es geschehen war. Dennoch fühlte sich alles noch unwahr an. Sie konnte es nicht begreifen. Ihr Verstand, ja, der vermochte die Ereignisse zu ordnen: Arturos Urteil war, warum auch immer, vielleicht wegen des Krieges, in ein Todesurteil umgewandelt und sofort vollstreckt worden. Die Verurteilten wurden nach dem Gottesdienst füsiliert, wenn viele Zuschauer da waren, auch das wusste sie. Nur, warum sie ausgerechnet an diesem Sonntag dort gewesen war, das wusste sie nicht.

Ihre Lider wurden angenehm schwer. Sie stemmte sich vom Stuhl hoch und streckte die Hand nach Lucila aus, die sofort die Blätter zurücklegte und aufsprang, um sie zum Bett zu geleiten. «Bitte lockere das Korsett, Lucila.»

Das Mädchen betastete die Schnürung im Rücken. «Es ist schon ganz locker, Doña Janna.»

Janna schlüpfte unter dem Moskitovorhang hindurch und ließ sich der Länge nach auf die weichen Decken sinken. Eine Stunde Schlaf musste genügen. Danach würde sie zu Verónica hinübergehen, die nach wie vor das Bett hütete. Mit dem Mädchen zu plaudern und gemeinsam zu lesen half ebenfalls, sich abzulenken. «Was macht Doña Begoña?», fragte sie mit schwerer Zunge.

Lucila stellte das Tablett griffbereit auf den Nachttisch und ordnete das Netz. «Sie sitzt immer noch den ganzen Tag neben der Bürotür ihres Gatten. Manchmal lässt sie sich eine Zeitung reichen und schimpft in sich hinein; dann denken alle, sie würde ihre Mahnwache aufgeben. Aber dann macht sie doch damit weiter, vor sich hin zu brüten.»

«Und Don Felipe?»

«Einer der Hausdiener meinte, der Gouverneur kommt nachts heraus. Angeblich lässt er seine Frau dann links liegen. Aber ich weiß es nicht, ich schlafe ja.»

«Und Frau Wellhorn?»

«Oh.» Das Mädchen rieb sich verlegen die breite Nase. «Der muss ich ja auch noch Laudanum bringen. Sie liegt oben in der Dachkammer. Ich soll Sie grüßen.»

Grüßen! Janna lachte. Hier war ja wirklich keiner mehr normal. *Das macht das Sterben ringsum. Man erträgt es nur, wenn man meint, sich wie gewöhnlich zu benehmen, und in Wahrheit machen wir nur noch Unfug.* «Lass mich schlafen, Lucila.»

«Ja, Doña Janna.» Lucila machte einen Knicks, steckte das braune Arzneifläschchen in die Schürzentasche und verschwand.

Janna wälzte sich auf die Seite. Die harten Fischbeinstäbe des Korsetts hinderten sie am Einschlafen. Sie sehnte sich nach ihrem alten bequemen Kurzmieder. Sollte die Mode wirklich so hochgeschlossen und steif werden, wie Frau Wellhorn es gerne sähe? Nur weil der luftige französische Empirestil an Bonapartes Herrschaft erinnerte? Frauen mussten eben überall für die Taten der Männer büßen. Im Krieg und in der Mode.

Der Kakao hatte heute nicht so süß wie sonst geschmeckt. Ob der Zuckervorrat zur Neige ging? Oder die Köchin bunkerte ihn für die bevorstehende Fiesta de Nuestra Señora de las Nieves. Anfang August, wenn der Fluss gestiegen war, feierte die ganze Stadt am Ufer und in den Straßen ein rauschendes Fest, mit Musik, Tänzen, Spielen und Prozessionen. Voriges Jahr hatte Janna draußen auf La Jirara davon nichts mitbekommen – sie war betäubt von der langen Reise und Arturos Verlust gewesen und hatte ihre Tage erschöpft im Bett oder im Patio zugebracht. Wie es schien, würde es dieses Jahr nicht anders sein. Sie konnte sich gar nicht recht vorstellen, wie die Leute feiern wollten. Was eigentlich? Ihr Leiden?

Sie rollte wieder auf den Rücken und rieb sich über die schweißfeuchte Stirn. Dieses Kreiseln um Unwichtiges bewahrte sie nicht davor, sich der grausigen Wahrheit zu stellen, dass sie Arturo hatte sterben sehen. *Er ist tot, tot, tot, o mein Gott …* Das Entsetzen brandete über sie wie eine Springflut; sie konnte sich nicht länger dagegen wehren. Aufheulend presste sie die Hände vor das Gesicht. Ihr Körper erbebte wie von Hieben getroffen. Hastig zerrte sie eine Decke über sich und schrie hinein. Die Tränen flossen eine Stunde lang, so schien es ihr. Es war schrecklich schmerzhaft, aber tat auch gut, weil all die sinnlosen Gedanken und quälenden Bilder aus ihr herausströmten.

Ermattet schlief sie ein. Nur um das Grübeln wiederaufzunehmen, kaum dass sie erwachte.

Sie konnte sich immer noch nicht erklären, weshalb sie der Erschießung beigewohnt hatte. Sollte das wirklich ein grausamer Zufall gewesen sein?

Zuvor hatte sie den Gottesdienst einige Wochen nicht besucht. Reinmar war noch nie dort gewesen. Und jetzt, ausgerechnet an diesem Tag, sie beide? Und warum waren sie um die Ecke gelaufen und nicht zu der wartenden Kutsche? Reinmar hätte sich gegen den Strom stemmen können, wenn er gewollt hätte. Und sein Blick, war der nicht geradezu begierig gewesen? Aber er hatte sie nicht aufgefordert, sich nach vorne zu drängen.

*Er wusste natürlich, dass ich die letzten Schritte von allein zurücklege*, überlegte sie.

Es klopfte; Lucila schlüpfte herein. «Doña Janna», sagte sie hastig und machte einen ungelenken Knicks. «Draußen wartet Don Reinmar.»

Janna setzte sich so schnell auf, dass ihr schwindelte. «Lass ihn um Gottes willen nicht herein, ich sehe völlig indiskutabel aus.» In diesem Haus ging ja wirklich alles drunter und drüber, wenn man neuerdings ständig befürchten musste, dass ein Gast plötzlich auf der Schwelle der Schlafgemächer stand. «Sag ihm, er soll im Patio warten.»

Lucila huschte hinaus, und Janna stemmte sich aus dem Bett hoch. Alle Glieder fühlten sich an wie aus Blei. Allein der Gedanke, sich die Treppe hinunterzuquälen, wollte sie zurück aufs Bett zwingen. Sie straffte sich mit aller verbliebenen Kraft, schlüpfte in den Morgenmantel und strich sich über die Haare. Dann öffnete sie die doppelflügelige Lamellentür, die zum Balkon hinausführte. Unten wartete Reinmar bereits. Elegant wie immer, heute sogar mit einem blauen Paris-Beau-Hut und einem Spazierstock, dessen Messingknauf wie Gold glänzte, marschierte er im Schatten des Tamarindenbaums auf und ab. Eines der Kapuzineräffchen hoppelte auf ihn zu und bettelte um eine Leckerei; er schob es mit dem Stock beiseite. Janna beobachtete ihn eine Weile. Seine Kleidung war tadellos und eines Gentlemans würdig, das konnte auch der Krieg nicht verhindern. Sie suchte in sich den freudigen Stolz auf ihn. Die leichte Erregung. Die Wonne, in seinem Anblick zu schwelgen. So wie früher. Doch diese Gefühle waren seit ihrer Rückkehr erkaltet und nun, stellte sie sachlich fest, mit Arturos Tod gänzlich erloschen. Es war ihr völlig gleichgültig, wie Reinmar aussah und wie er daherkam. *Wie hatte mir das je so wichtig sein können?*

Sie legte die Hände auf das weiß lackierte Geländer der Galerie. «Reinmar, ich bin hier oben.»

Abrupt blieb er stehen, schob den Hut in den Nacken und sah auf. «Janna! Magst du nicht herunterkommen?»

Sie schluckte. Ihr lag auf der Zunge, dass ihr nicht wohl sei. Dass sie müde sei. Dass sie … zum Teufel. «Du warst im Gefängnis und hast erfahren, dass er füsiliert wird, nicht wahr? Du hast mich mit Absicht zur Kathedrale gelockt, damit ich seinen Tod sehe.»

Zum ersten Mal seit zwei Tagen dachte sie an das, was danach geschehen war: Er hatte sie auf die Arme gehoben und durch die drängelnde Menschenmenge zur Kutsche getragen. Irgendwie hatte sie es mitbekommen; sie wusste sogar noch, dass sie hilfesuchend eine Hand auf seine Brust gelegt und gleichzeitig den Wunsch verspürt hatte, ihn zu schlagen. Als hätte sie sofort begriffen, dass er verantwortlich für ihre Anwesenheit war. In der Kutschenkabine hatte er ein Riechfläschchen aus dem Gehrock gezogen. Weshalb hatte er es bei sich gehabt, wenn nicht wegen der Vermutung, dass sie es benötigen würde? Der scharfe Gestank des Ammoniaks hatte sie jedoch nicht mehr vor der endgültigen Ohnmacht bewahrt …

Reinmar senkte den Kopf und schob den Hut wieder in die Stirn. Nach einer Weile offenbarte er ihr wieder sein Gesicht. «Ich gebe es zu», sagte er gefasst. «Es geschah zu deinem Besten.»

«Zu meinem Besten!», echote sie verblüfft.

«Ich wollte, dass du zur Vernunft kommst. Du hängst etwas nach, das in einem anderen Leben geschah, verstehst du? Deine Reise …», er breitete die Arme aus. «Die war im Grunde nur ein besonders langer Traum. Ich will doch nur, dass es zwischen uns ist wie früher. Ich liebe dich, Janna.»

Er klang ein wenig kläglich, was nicht zu seiner markanten Erscheinung passte. Sie wusste nicht, ob sie von seinem Geständnis gerührt oder abgestoßen sein sollte.

«Ein Traum, ja», erwiderte sie langsam. Sie zuckte zusammen, als das Kapuzineräffchen von einem Ast des Tamarindenbaums neben sie auf das Geländer sprang und gackernd die Galerie entlangrannte, verfolgt von einem zweiten. «Ein schöner Traum. Aber das jetzt kommt mir wie ein grässlicher Albtraum vor. Und damit meine ich nicht den Krieg. Ich habe Arturo geliebt.»

Während unten Reinmar die Luft einsog, sann sie dem Klang der Worte nach. Auch sie schienen nicht der Wirklichkeit zu entspringen. *Ich habe dich geliebt, Arturo.* Es tat so gut, sich diese Wahrheit zu gestehen. Und es tat so weh, es zu spät zu tun. *Aber nein, es war nicht zu spät. Ich habe ihn geküsst. Er wusste es.* Es war ein tröstlicher Gedanke, wenngleich nicht minder schmerzhaft.

«Ich habe ihn geliebt», wiederholte sie. Ihr Verstand mahnte sie, sich nicht alles zu verbauen. Arturo war verloren. Was half es ihr, wenn sie noch Reinmar von sich stieß? Doch alles in ihr sträubte sich gegen den Gedanken, zurückzukehren in das Leben, das sie sich einst so sehr erträumt hatte. «Ich kann dich nicht heiraten.»

Mit beiden Händen hielt er seinen Stock so fest, dass seine Knöchel weiß wurden und aussahen, als müssten sie brechen. «Du hast *mich* geliebt», sagte er kehlig.

«Es tut mir leid, das sagen zu müssen.» Tat es das? «Aber das ist vorbei.»

«Janna, Liebste.» Sein Lächeln wirkte gequält. «Der Krieg wird nicht mehr lange dauern. Dann können wir von vorne beginnen. Es ist eine Zäsur für das Land und für uns. Sei vernünftig und versuche die Zeit zu nutzen, um diese Sache zu überwinden. Betrachte es als einen vergangenen Lebensabschnitt. Viele Männer sind im Krieg gestorben. Auch für deren Frauen muss es weitergehen.»

Diese … Sache. *¡Carajo!* Ihr Leid war keine Sache, die man sich eine Weile ansah und dann wegstellte. Der Appell an die Vernunft passte so gar nicht zu ihm. Aber sie lernte ihn ja ohnehin neu kennen. Er rief noch irgendein Abschiedswort herauf, dann drehte er sich um und verschwand in den Schatten der Kolonnaden.

Janna kehrte in ihr Zimmer zurück. Die Wirkung des Laudanums war verpufft. Auf dem Nachttischchen lockte die Messingglocke, nach Lucila zu rufen, damit sie das Fläschchen zurückbrachte. Janna legte die Finger um den Griff. Mit einem Mal fühlte sie sich stark genug, die Trauer ohne die Hilfe der Arznei zu ertragen. Ein wenig müde war sie noch; sie würde sich noch einmal kurz hinlegen und dann …

«Doña Janna!»

Lucila kam ins Zimmer gestürmt. Unwillkürlich fragte sich Janna, ob sie nicht doch geläutet hatte. Das Mädchen stolperte in seiner Hast, einen Knicks zu machen.

«Ist etwas passiert?», fragte Janna.

«Das kann man wohl sagen!» Lucila strahlte über das ganze schwarz polierte Gesicht. «Als ich oben bei der Señora Wellhorn war, habe ich mich aus dem Fenster gelehnt, um zur Festung hinaufzusehen.» Sie zappelte vor Aufregung. «Ich weiß eigentlich gar nicht, warum ich das gemacht habe. Nur so! Die Señora wollte, dass ich lüfte, und ich wollte erst gar nicht; ich sagte, ich täte das besser am Abend, wenn es dunkel …»

«Lucila, was hast du gesehen?»

Sie fuchtelte mit den Armen. Ihre runden Augen glänzten. «Eine weiße Fahne! Ich habe eine weiße Fahne über den Zinnen von El Zamuro gesehen!»

# INDEPENDENCIA

# 1. KAPITEL

Die ganze Zeit hatte im Vestibül des Hauses ein Kommen und Gehen der Dienerschaft geherrscht. Plötzlich lag es still und verlassen. Stattdessen war die Straße vor dem Portal voller Leben. Janna drängte es hinaus. Das war nicht ungefährlich für eine Dame, doch hier drinnen hin und her zu marschieren, wo ihre Stiefeletten über den marmornen Boden hallten, war auch nicht auszuhalten. Irgendetwas stimmte nicht – die Tür zum Arbeitszimmer des Marqués war nur angelehnt, und der Stuhl daneben, auf dem die Marquesa so oft gesessen hatte, war verwaist. Janna ahnte den Grund für die Stille, und das war nicht nur die Kapitulation.

Über diesem Haus lag der Tod. Und über Janna schwebte ein neuer Lebensabschnitt. Der Krieg war vorbei, die Spanier hatten kapituliert. Bis auf ein Restkontingent hatte de la Torre seine stark dezimierten Truppen abgezogen. Jannas Gedanken flogen voraus, zurück in die Weiten eines schönen Landes.

Sie musste hinaus, musste sehen, was draußen vor sich ging. Rasch holte sie ihr Réticule, einen Sonnenhut und ein Cape, auch wenn es dafür viel zu warm war. Aber wenn man ohne Begleitung auf die Straße ging, musste man sich wappnen. Sie lief zu der riesigen Flügeltür. Gewöhnlich saß auf dem gedrechselten Brasilholzstuhl der Majordomus, um höchstselbst Besucher zu empfangen oder abzuweisen. Doch auch er kämpfte noch mit den Folgen des

Krieges und litt an der Ruhr. Der Schlüssel steckte. Janna entdeckte Lucila auf der Galerie im oberen Stockwerk und winkte sie herbei. «Ich sehe mich draußen ein bisschen um. Schließ bitte hinter mir ab.» Lucila schien protestieren zu wollen, doch Janna achtete nicht weiter auf sie, zog die schwere Tür auf und schlüpfte hinaus.

Tief atmete sie die warme, feuchte, nach Fäulnis stinkende Luft ein. Alles war besser, als die verbrauchte Luft des Hauses zu riechen, wo alle dank ihrer Gefangenschaft langsam überschnappten. Die Gendarmerie, die das Privathaus des Gouverneurs bewachte, widmete ihr keinen Blick. Hier war es ruhig, doch schon die nächste Querstraße war voller Menschen. Es war ähnlich wie am letzten Sonntag; sie alle strebten wie von Schnüren gezogen vorwärts. Janna mischte sich unter ein Grüppchen Frauen jeglichen Alters, die aufgeregt schnatterten. Weiter voraus flogen einer Kutsche, die in die andere Richtung wollte, wüste Beschimpfungen entgegen. Je näher es zur Plaza Major ging, desto mehr feine Kutschen und Sänften blockierten den Weg, weil sie anders als das Volk fort von dem Ort wollten, an dem die Sieger gewiss bald erscheinen würden. Geschrei erhob sich, als ein Kutscher mit seinem Ziemer in die Menge schlug, um seinem Gefährt den Weg zu bahnen. «Wieso stehen deren Pferde noch so gut im Futter?», schrie eine alte, ganz in Schwarz gehüllte Frau dicht neben Janna und reckte die knorrige Faust.

«Janna!»

Jemand packte sie am Arm. Erschrocken drehte sie sich und blickte in Reinmars Gesicht.

«Was tust du hier?», herrschte er sie an.

Eine seltsame Frage! Doch wohl nichts anderes als er und all die Leute hier. Bevor sie auch nur irgendein Wort sagen konnte, zerrte er sie mit sich die Straße hinauf und bog in eine Gasse ein. Sie stemmte die Fersen in den Boden. «Was soll das? Wo willst du hin?»

Er blieb stehen, ohne sie loszulassen, und schob das Gesicht dicht vor ihres. «Zu Raúl. Bei ihm können wir für ein paar Tage unterkommen, bis sich die größte Aufregung gelegt hat, und komm mir bitte nicht damit, dass es unschicklich sei – darum schert sich jetzt wirklich niemand mehr. Ich wollte zum Gouverneurspalais, um dich zu holen.»

«Hattest du nicht gesagt, du wolltest mir Zeit zum Nachdenken geben? Und jetzt entführst du mich regelrecht?»

«Janna! Für jeden, den die Rebellen bei den Uriartes vorfinden, könnte es schlecht ausgehen.»

«Wir sind doch Ausländer. Warum sollte man uns etwas tun? In Bolívars Heer haben ja sogar Deutsche mitgekämpft.»

«Wir sollten uns nicht darauf verlassen, dass man uns deshalb wohlwollend behandelt. Krieg ist Krieg, und Freunde der Gouverneursfamilie sind im Zweifelsfall Feinde.»

Schmerzhaft bohrten sich seine Finger in ihren Arm. Sie hegte den Verdacht, dass ihm dieser Anlass sehr gelegen kam, sie zu sich zu zwingen. «Lass mich los, Reinmar.»

«Es ist jetzt nicht der rechte Zeitpunkt, das Gefieder zu sträuben. Wir müssen zusehen, dass wir ohne Blessuren aus dieser Sache herauskommen.»

Mit einem resoluten Ruck riss sie sich los und machte so heftig kehrt, dass ihr Cape flatterte und ihr fast der Sonnenhut vom Kopf fiel. Die Hand am Hut, hastete sie den Weg zurück. Wenn er sie noch einmal so grob anfasste, würde sie ihm eine Backpfeife verpassen müssen. Doch sie sah und hörte nichts mehr von ihm; sie tauchte ein in das Gewirr und ließ sich zur Plaza mittreiben.

Sie staunte, dass so viel einfaches Volk unterwegs war – sie hatte geglaubt, dass es jenen, deren Kampf ums tägliche Brot am härtesten war, zugleich am unwichtigsten war, wer in der Casa de los Gobernadores herrschte. *¡Vamos, vamos!*, schrie es allerorten, wenn es den Leuten nicht schnell genug ging, und: *¡Madre de Dios!*, als rhythmisches Trommeln, Pfeifen und das Klappern von Hufen auf dem Pflaster den Einzug der Sieger ankündigten.

All das erinnerte sie an Arturos Tod, trotzdem kämpfte sie sich nach vorne. Eine Vorhut abgekämpfter Grenadiere in dunkelblauer, schweißfleckiger Kleidung kam vom Hafen herauf, die Karabiner mit den Bajonetten geschultert. An ihren Feldtornistern baumelten Gürtel, Kordeln, Medaillons und andere Trophäen. Dahinter die Regimentskapelle und acht Reiter in pelzverbrämten Husarenregimentsuniformen und langen roten Stutzen auf den Tschakos. In den behandschuhten Fäusten hielten sie ihre Kavalleriedegen gereckt, an deren Klingen getrocknetes Blut klebte. Ihnen folgten hintereinander drei Reiter in prächtigen Galauniformen. Zwei Soldaten liefen nebenher; einer trug die gelb-blau-rote Fahne der Republik. Sie war so gewaltig, dass er Mühe hatte, die Stange aufrecht zu halten und sich nicht im Stoff zu verheddern. Ihre ausgebleichten Farben und rissigen Säume verrieten, dass sie während des lange Jahre währenden Freiheitskampfes oft im Wind geflattert hatte. Der andere reckte eine Pistole in den Himmel. Als der Salutschuss kam, ging es Janna durch Mark und Bein, und ihr brach kalter Schweiß aus. Sie hasste diesen Geruch verbrannten Pulvers, der noch wie eine Schicht alten Drecks über der Stadt lag. Infanteristen und Kavallerie verteilten sich in den Straßen, sodass sich das Volk auf der kleinen baumbestandenen Plaza wie eingekesselt zusammenschob. Vor dem Regierungspalais hatten einige Frauen unruhig Aufstellung genommen und hoben Bögen aus spärlichen, verwelkten Blütengebinden. Und in der zierlichen Glockenmauer der Kathedrale begannen die Bronzeglocken zu läuten.

Die drei Reiter hielten auf den Regierungspalast zu. Der hintere trug ein schottisches Plaid, unter dem nackte, dichtbehaarte Knie herausschauten. Das konnte niemand anderer als Gregor MacGregor sein, der für Bolívar die Küstenstadt Nueva Barcelona erobert hatte. Seine wohlbeleibte Gestalt und sein gemütlicher Backenbart wollten so gar nicht zu seinem Ruf als Abenteurer passen. Auch der zweite Reiter wirkte nicht, als habe er eigenhändig seinen Degen in der Schlacht geschwungen. Eher wie ein Mann, der seine Tage hinter einem Schreibtisch zubrachte; es fehlten nur die Ärmelschoner über seinem schlichten Rock. Der vordere jedoch, schlank und hochgewachsen, die Gesichtszüge von aristokratischer Schönheit, wirkte in seiner schwarzen Uniformjacke mit den goldenen Stickereien auf dem breiten Kragen wie ein Kriegsheld. Eine goldene Schärpe lag um seine straffe Mitte. Sein Teint war europäisch, seine Haare glatt. Und doch erahnte man den Mulatten. Er ritt bis dicht an das Portal. Es stand offen.

«Ich bin *general de brigada* Manuel Carlos Piar Gómez», sagte er laut, und sofort wurde es still. «Wo ist Felipe de Uriarte, der Bürgermeister dieser Stadt und Gouverneur von Guayana?»

Das also war Piar, der Freund des Libertadors und seine rechte Hand. Janna fragte sich, ob Simón Bolívar vielleicht doch nur eine Phantomgestalt war. Sie war zornig auf diesen Mann und wusste nicht so recht, weshalb. Für seine Sache hegte sie durchaus Sympathien. Jemand wie Arturo hätte in seinem Land vielleicht eine größere Chance auf ein ehrbares Leben gehabt. Aber hätte sich Bolívar nicht ein wenig beeilen können? Vor zwölf Jahren, so hieß es, hatte er auf dem Monte Sacro in Rom geschworen, sein Vaterland von Spanien zu befreien. Und jetzt war er für Arturo nur um ein paar Tage zu spät gekommen. Verflucht sollte er sein. Falls es ihn gab.

Die Reiter saßen ab und versammelten sich vor der geöffneten Tür. Sie unterhielten sich, und bald machte der Name des Unscheinbaren die Runde, Fernando Peñalver, der offenbar als neuer Gouverneur einziehen sollte.

«Worauf warten die denn?», krähte es neben Janna.

«Lucila! Was machst du denn hier?»

«Na, das Gleiche wie Sie, Doña Janna», kiekste das Mädchen. Es grinste so breit, dass das Lächeln fast von Ohr zu Ohr reichte.

«Auf den Libertador warten sie», warf jemand ein. «Dort kommt er!»

Wie auf ein Kommando neigten sich die Wartenden nach vorne, um die Straße zu überblicken, die vom Hafen heraufkommend in die Plaza mündete. Noch ein Husarentrupp ritt ein. Noch eine zerfledderte Fahne, noch eine

Militärkapelle. Wo wollten die alle hin? Es war kaum Platz zum Atmen. Grenadiere sorgten dafür, dass die Straße zum Regierungspalais frei blieb. Eine Salve von Salutschüssen begleitete den Einzug der Sagengestalt; jeder Schuss ließ Janna schmerzvoll zusammenzucken. Die drei Glocken der Jungfrau vom Schnee gaben ihr Bestes.

«Bolívar!», schrie eine Frau und warf die Arme hoch. Andere stimmten ein, bis der ganze Platz jubelte. Janna hatte recht wenig über die Gedanken der Angosturer gewusst, und auch jetzt fragte sie sich, ob sie alle die Unabhängigkeit begrüßten oder einfach nur das Ende des Krieges. Zugegeben, der Mann, der auf seinem Schimmel hinter der Kapelle und weiteren Getreuen zu Pferd die Straße entlangritt, wirkte beeindruckend in seiner prächtigen Uniform, welche die Farben der Republik widerspiegelte: blau die Uniformjacke, rot die Ärmelaufschläge und das Plastron auf der Brust und golden die Stickereien, Epauletten und die Knöpfe aus dem Gold Atahualpas.

«Er sieht wirklich aus wie ein Held», schwärmte Lucila und stampfte mit dem Fuß auf: «Tod den Royalisten!»

Staunend musterte Janna die glänzenden Augen der Sklavin. So unbedarft, wie sie immer geglaubt hatte, war das Mädchen gar nicht. Allerdings wirkte Bolívar nicht wie ein strahlender Krieger. Die Linien seines Gesichts unter der hohen Stirn waren tief eingegraben, die dichten Brauen gesenkt. Wie alt war er, Mitte dreißig? In jungen Jahren, hieß es, sei er ein Frauenheld gewesen; keine Dame in den Salons von Paris und Rom sei vor ihm sicher gewesen. Eine gewisse Attraktivität war ihm nicht abzusprechen. Eitelkeit wohl auch nicht, angesichts seiner Aufmachung – anscheinend liebte auch er prächtige Degen und glänzende Sporen; die seinen waren sogar vergoldet. Doch jetzt wirkte er verhärmt und abgekämpft. Einige Frauen und auch Männer rannten zu ihm und griffen nach dem Pferdehalfter. Es schien, als wollten sie ihn anflehen oder sogar anbeten, und er wechselte mit jedem einige Worte, sodass sie glücklich wieder zurücktraten. Lucila zappelte, als triebe es sie ebenfalls zu ihm. Eine schrille Stimme ließ ihn den Kopf heben. Vor dem Regierungspalast stand die Marquesa, ganz in ein schwarzes Cape mit rotem Futter gehüllt, die Frisur unter einer schwarzen Haube verborgen. Sie stand leicht zur Seite geneigt auf ihren Gehstock gestützt.

«Vivat Ferdinand! Vivat España!»

Sie schrie es immer wieder, schlug dabei mit dem Stock aufs Pflaster; langsam verstummte die Menge und starrte sie an. Ihr Cape war voller kostbarer Stickereien in Gold und Silber: der *manta* der ersten Siedlerinnen, das Zeichen der Zugehörigkeit zur höchsten Kaste. Das Reitergrüppchen um Piar schien nicht recht zu wissen, was es tun sollte. Schließlich schnalzte Bolívar mit der Zunge, und sein andalusischer Atlasschimmel schritt auf die aufgelöste Frau zu. Je näher er kam, desto unsicherer wurde ihre Haltung. Ihr Kinn zuckte seitwärts, während sie sich zu straffen versuchte. Gott im Himmel, die Frau war krank – warum hatte sie das auf sich genommen? Janna löste sich aus der Reihe, hastete ungehindert an Bolívars Pferd vorbei, das entsetzlich nach Schweiß stank, und streckte die Hände im gleichen Moment nach Doña Begoña aus, als diese zu fallen drohte. Die Mantuana klammerte sich an ihrem Arm fest. Doch sie schien Janna kaum wahrzunehmen.

«Ihretwegen hat sich mein Gatte das Leben genommen», sagte sie mit Grabesstimme. «Ihretwegen ist eine meiner Töchter schwer krank.» Sie spuckte in Bolívars Richtung, der sich davon unbeeindruckt zeigte.

«Señora, das bedaure ich. Jedoch kann ich nicht sagen, es hätte nicht in meiner Absicht gelegen. Opfer sind unumgänglich. Jedes einzelne habe ich in Kauf genommen.»

Also war es wahr: Don Felipe de Uriarte hatte nur noch die offizielle Kapitulation de la Torres abgewartet und sich umgebracht. Ein Akt unsäglichen Stolzes? Oder Zeichen von Feigheit? Immerhin ließ er eine Familie und eine ganze Stadt zurück.

«Ich bete, dass irgendeiner Sie aufhält.» Voller Inbrunst betonte die Marquesa jedes Wort. Mit dem freien Arm klammerte sie sich an Janna.

«Kommen Sie, Doña Begoña», sagte Janna. «Ich bringe Sie zurück.» Wie war sie überhaupt hergekommen? Doch nicht etwa zu Fuß und allein? Unweit entdeckte Janna eine Sänfte mit vier wartenden Trägern in der roten Livree des Uriarte-Hauses, und von einer Messingspitze über dem Baldachin hing eine schmale Fahne in den Farben Spaniens und darunter das Familienwappen.

«Sie sind Deutsche?», fragte Bolívar.

Janna wandte sich zu ihm um.

«Ihr Haar, Señora», erklärte er. «Und Ihr Akzent. Der ist mir wohlvertraut, denn ich habe schon einige Deutsche in meinem Leben kennengelernt. Was tun Sie hier?»

«Ich lebe hier.» Eine dünne Antwort, die ungewollt ruppig klang, denn er hob fragend eine Braue. «Mein Verlobter und ich sind eingewandert, um Pferde zu züchten. Er heißt Reinmar Götz ...»

«Ein Pferdezüchter?» Beiläufig strich er seinem Atlasschimmel über den Hals. Janna meinte sich zu erinnern, dass von ihm gesagt wurde, er sei ein Pferdenarr. «Und wie ist Ihr Name, werte Dame?»

«Janna Sievers.»

Erstmals zeigte sich ein Lächeln auf diesen strengen Zügen. Es ließ erahnen, weshalb er Schlag bei den Frauen hatte. «Also kenne ich jetzt zwei Deutsche persönlich, die schon einmal ihren Fuß auf unser schönes Land gesetzt haben.»

«Ja, Señor Götz ist …» Sie stockte. Persönlich? Er kannte Reinmar ja gar nicht. «Wen meinen Sie?»

«Alexander von Humboldt.»

«Oh, natürlich.» Wie konnte sie auch so dumm fragen? «Wenn Sie mich jetzt bitte entschuldigen würden.»

Sie kehrte ihm den Rücken zu, um die Marquesa zu ihrer Sänfte zu bringen. Doch dann kam ihr ein Gedanke. Sie blickte über die Schulter, sah noch den pikierten Ausdruck auf seinen feinen Zügen. «Señor Bolívar …»

«Exzellenz!», zischte ihr irgendein Kerl in Husarenuniform zu. Bolívar gebot ihm mit einer Handbewegung, den Mund zu halten.

«Ihre Truppen haben das Gut meines Verlobten besetzt. So viel ich weiß, wurde dort ein Lazarett eingerichtet. Ich nehme an, dass es bald nicht mehr gebraucht wird. Ich wäre Ihnen sehr verbunden, wenn Sie ihm La Jirara wieder zurückgeben würden.»

Ihm – nicht *uns*. Sie hatte es nicht über die Lippen gebracht. Für sie gab es dort keine Zukunft mehr. Aber den Gefallen, diese Gelegenheit zu nutzen, damit es wieder in seine Hände fiel, wollte sie ihm tun.

Simón Bolívar nickte. «Gewährt.»

*So viel zu der von Reinmar heraufbeschworenen Gefahr,* dachte sie befriedigt. «Ich danke Ihnen – Exzellenz.»

* * *

Doña Begoña umarmte Janna so stürmisch, wie sie sie anfangs begrüßt hatte. «Leben Sie wohl, Doña Janna. Sie haben meinem Heim einen feinen Glanz verliehen, der jetzt leider verblassen muss. Sollten Sie und Ihr Zukünftiger je nach Caracas kommen – ich wäre zutiefst gekränkt, kämen Sie mich nicht besuchen. Gott behüte Sie.»

Janna wurde in eine Wolke schweren Pariser Parfüms getaucht, dann in die Nässe dicker Lippen. Schließlich wandte sich die Marquesa dem Schlag des geschlossenen Landauers zu und ließ sich von einem Bediensteten hineinhelfen. Die Kutsche ächzte, als sie sich in den Polstern niederließ. Ihre Söhne und Töchter saßen ordentlich nach dem Alter aufgereiht. Sie alle wirkten müde, die kleinen Gesichter steif und ernst. Nur Verónica, die der Mutter gegenüber am Fenster saß, versuchte sich an einem Lächeln. Es geriet schwach. Sie wirkte noch spitzmäusiger als sonst und zugleich viel zu alt. Unter dem südamerikanischen Teint lag gräuliche Blässe. Als die Kutsche anfuhr, hob sie die Hand zu einem matten Winken. Janna traten die Tränen in die Augen. Sie rannte noch einmal zu dem Gefährt und ergriff Verónicas Hand.

«Ich schreibe dir.»

«Ich Ihnen auch.»

Janna ließ los und wartete, bis der Landauer und drei weitere Kutschen mitsamt dem Gepäck und der Entourage um die nächste Straßenbiegung verschwanden. Am Hafen würde eine Fähre die Familie über den Fluss bringen, und dann würde es über Land hinauf nach Nueva Barcelona und von dort mit dem Schiff nach Caracas gehen, wo die Marquesa herstammte. Keine bequeme Reise – angeblich waren die Straßen kaum mehr als Schlammpfade, die ständig von umgestürzten Baumstämmen blockiert wurden. Janna hoffte, dass Verónica die Reise überstand. Wenigstens hatte man der Familie erlaubt, mit all ihrem Besitz zu gehen, wenn man von den wuchtigsten Möbeln absah. Auch das Privathaus war dem neuen Gouverneur übergeben worden. Bolívar und seine Generäle hatten sich in der Halle an der Plaza gegenüber der Kirche einquartiert; es wurde nun die Kongresshalle genannt. Auf sämtlichen öffentlichen Gebäuden wehte die neue Flagge Venezuelas, die nach dem Willen des Libertadors dereinst ganz Südamerika repräsentieren sollte.

«Und jetzt?», fragte Frau Wellhorn.

Janna blickte um sich. Da stand die Anstandsdame, schmal, gebeugt und sicherlich um zehn Jahre gealtert. David, der verträumt wie eh und je wirkte, als habe es weder Krieg noch Hunger gegeben, und Lucila, die um einen Kopf gewachsen zu sein schien und selbstbewusst dreinschaute. Alle drei trugen in den Händen und unter den Achseln verteilt Taschen und Koffer und Bündel.

«Ich weiß nicht … Irgendwo müssen wir uns einquartieren. Vielleicht sollte ich Doctor Cañellas fragen, ob er uns die Kammer zur Verfügung stellt, in der Reinmar gewohnt hat.»

«Und warum machen wir es nicht auch wie Señor Götz und gehen zurück nach La Jirara?», wollte Lucila wissen.

Janna verzog das Gesicht. Genau das wollte sie keinesfalls.

«Einen wildfremden Arzt fragen!», schnaubte Frau Wellhorn. «Bei Gott, denken Sie an Ihren Leumund!»

«Also, der ist doch …»

«Und sagen Sie nicht wieder, dass der in Kriegszeiten unwichtig wäre. Wir haben jetzt Frieden. Es ist dringend an der Zeit, sich wieder an Ordnung und Anstand zu gewöhnen, so schwierig das in diesem Land auch sein mag.»

«Was schlagen Sie vor?»

«Dass wir uns eine Mietkutsche nehmen und nach La Jirara fahren.»

Lucila nickte bekräftigend. Der Junge zuckte nur mit den Achseln, vorsichtig, damit er Jannas Necessaire nicht verlor. Was so viel hieß, dass auch er zurück wollte. Janna drehte sich mitsamt der Staffelei unter dem Arm um ihre Achse, als könne sich ringsum eine Lösung auftun. Zu Doctor Cañellas zu gehen wäre jedenfalls keine – länger als ein paar Tage konnten sie ihm unmöglich zur Last fallen.

*Ich könnte nach Hause. Nach Hamburg.*

Sie versuchte sich das vorzustellen. Sicher, die erste Wiedersehensfreude wäre groß. Aber dann? Auf den Schultern des Vaters läge die schwierige Aufgabe, sie – nun mit einem tatsächlich irreparabel beschädigten Ruf – unter eine andere Haube zu bringen. Schwierig in den Kreisen steifer, reservierter Pfeffersäcke, die sich als die wahren Herren Hamburgs sahen. Und fände sich eine akzeptable Partie, wäre das keinesfalls eine Liebesheirat, denn sie hatte ihre wahre Liebe gelebt, wenn auch nur für einen Kuss. Eine zweite würde es niemals geben. Gisela würde noch hochnäsiger werden. Friedhelm wäre das ganze Thema fürchterlich egal. Nein, ihnen allen wollte sie nicht so beschämt gegenübertreten. Nur Oma Ineke, ja, in deren Arme sich zu werfen, ersehnte sie heftig. Oma Ineke wüsste vielleicht keinen Rat, aber Trost. Und wenn sie ihr nur einen kräftigen Schluck Rum in den Tee schütten und augenzwinkernd sagen würde: *Wat mutt, dat mutt, min Deern.*

Blinzelnd sah Janna in den gleißend blauen Himmel, den keine Wolke trübte. Er war anders hier. Die Sonne war anders. Die Sterne. Aufregender, schöner, verheißungsvoller, trotz aller Niederlagen, trotz des schlimmsten aller Verluste. Nein, das kalte, graue Hamburg zu betreten wäre für die Dauer eines Besuches sicher ein Vergnügen. Aber leben konnte sie dort nicht mehr. Allein der Gedanke an die hanseatischen Bürgerhäuser mit ihren kleinen Fenstern, den schweren dunklen Möbeln und dem angegrauten Stuck ließ sie frösteln. Die Elbe war nicht der Orinoco, die Elbmarschen waren nicht die voll von buntem Leben überwucherten Landstriche hierzulande. Aber vor allem die Erinnerung an Arturo machte Venezuela zu dem schönsten Land der Welt.

Gott, Arturo … Wann hörte dieses schmerzhafte Brennen in der Brust auf? Würde es je aufhören? Und wollte sie das überhaupt? Oder war es nicht auch, als trüge sie einen schweren, harten, kostbaren Schatz in sich?

«Fräulein Janna!»

«Ich kann nicht zu Reinmar zurück.»

«O doch, Sie können. Eine Vernunftehe einzugehen ist das Schicksal fast aller Frauen. Warum denken Sie, dass Sie es besser treffen sollte? Ja, ich weiß schon, weil Ihr Herr

Vater Ihnen vermittelt hat, Sie seien etwas Besonderes. Das sind Sie ja auch, ich will's mal zugeben. Aber nicht in dieser Hinsicht.» Für Frau Wellhorns Verhältnisse klang es erstaunlich sachlich und beinahe verständnisvoll. «Herr Götz hält an Ihnen fest, obwohl Sie ihn dauernd vor den Kopf stoßen. Welcher Mann würde so um seine Frau kämpfen?»

«Kämpfen?» Mit verborgenen Eisennägeln unter den Handschuhen, so, wie er es getan hatte?

«Duellieren», bestätigte Lucila. Ihre Augen flackerten leidenschaftlich, wie angesteckt vom Anblick der einreitenden Armee.

Janna schnaubte. Er hätte Arturo nicht für satisfaktionsfähig gehalten, weil er in seinen Augen nur ein heruntergekommener Halunke war. Doch da irrte er sich. Reinmar selbst war es, der nicht satisfaktionsfähig war. Er versuchte sich Ehre auf den Leib zu schneidern. Nur in sich, da hatte er sie nicht.

«Welche Frau kündigt die Hochzeit auf, nur weil sie den Auserwählten nicht liebt?», versuchte sich Frau Wellhorn an einem anderen Argument. O ja, solche hatte sich Janna selbst oft einzuprügeln versucht: Welche Frau kündigte die Hochzeit auf, nur weil sie an die Liebe glaubte? Seit wann musste man für die Ehe lieben? War irgendeine der Europäerinnen, die zuvor ihren Fuß in ein fremdes Land gesetzt hatten, so fahrlässig wie sie?

Sogleich kam von der Anstandsdame wieder das altvertraute Stöhnen und Klagen. «Mir tun von dem Gewicht schon die Arme weh. Da drüben, das sieht mir ganz nach einer Mietkutsche aus!» Und schon hastete sie mit ihrem Köfferchen und zwei Taschen über den Schultern zu einer

Droschke, aus der soeben ein Pärchen ausgestiegen war und dem Kutscher Geld in die Hand gedrückt hatte. Sie stellte ihre Sachen ab und begann auf Spanisch zu radebrechen, was dem Mann nur ein fragendes Schulterzucken entlockte. Lucila und David wirkten unruhig wie junge Hunde, die nur darauf warteten, dass sie von der Leine durften. Janna seufzte. Es sah ganz danach aus, als sei sie überstimmt.

*Ich kann ihn nicht heiraten. Gott, steh mir bei, ich kann nicht.*

Aber ihr blieb keine andere Wahl, als erst einmal nach La Jirara zu gehen, bis sich eine andere Lösung fand.

Mañana.

Ein Wutschrei wollte aus ihrer Kehle, und sie flehte um Contenance. Was für eine Niederlage! «Also los, ihr beiden, bevor ich es mir anders überlege.» Was sie nicht konnte. Sie packte ihre Staffelei und ihren Koffer fester und marschierte auf die Kutsche zu.

## 2. KAPITEL

«Warum lassen Sie die Fahne nicht hängen, Doña Janna? Wir haben doch jetzt die Republik.»

«Ach, Unsinn. Nur weil Bolívar Angostura erobert hat, haben wir die Republik noch lange nicht. Und zu Zeiten der Monarchie hing hier ja auch keine spanische Flagge. Schon gar keine so große; sie erschreckt die Vögel. Gib mir das Messer.»

Lucila händigte ihr ein rostiges Brotmesser aus. Janna ging auf der Galerie in die Knie und säbelte an den Schnüren herum, an denen die Fahne bis fast hinunter zum Patio hing. Misstrauisch beäugten die drei Sonnensittiche, was sie tat. Sie wunderte sich, dass die Tierchen wohlauf und noch in ihrer Schilfrohrvoliere waren, die sogar an derselben gewohnten Stelle auf einem gusseisernen Ständer im Schatten der Kolonnaden stand. Ansonsten war die Hazienda kaum wiederzuerkennen; die Rebellentruppen hatten hier wie die Vandalen gehaust. So viel Unordnung, so viel Unrat und Schmutz hatte Janna selbst in den Straßen der Stadt nicht oft erblickt. Im steinernen Teich schwammen ein irgendwo heruntergerissener Fadenvorhang und blutige Verbände in einer rotbraunen Brühe. Die weiß lackierten Korbmöbel sahen aus, als hätten sich Soldaten über Jahrhunderte hinweg darauf gelümmelt. Der wunderschöne Amarant war zerrupft und verblüht, und die Maniokstraücher und die Bananenstaude waren zerhackt worden – aus Langeweile oder purer Lust am Zerstören.

Oder aus hilfloser Wut, wie sie es Arturo einmal hatte tun sehen in der Plantage des Missionsdorfes. Die drei unversehrten und sogar gut im Futter stehenden Vögel wirkten wie kleine, gelbfleckige Wunder. Offenbar war unter den Soldaten ein fürsorglicher Tierfreund gewesen.

Die venezolanische Flagge fiel. Janna raffte ihr Kleid, winkte Lucila, mit ihr zu kommen, und marschierte ins Haus. Das Zimmer, durch das sie kam, war früher ihr Schlafzimmer gewesen. Jetzt stand es leer. Sie lief die Treppe hinunter in die Eingangshalle. Dass die Treppe noch existierte, erschien ihr als zweites Wunder, war doch die Wand neben der Haustür eingestürzt, dazu das halbe Dach. Mannshoch lagen die Schichten aus Ziegeln, Schindeln, Holz und Stroh. Die Haustür hing schief in einer frei stehenden Zarge. So schlimm zugerichtet das Haus war, so schlimm roch es auch nach menschlichem Urin und Pferdedung.

Janna malte sich aus, noch einmal vor Simón Bolívar zu stehen und ihm für seine Großzügigkeit ins Gesicht zu hauen.

Sie lief hinaus in den Patio und raffte den Stoff auf. Die Fahne war wirklich riesig. Mit Lucilas Hilfe breitete sie sie auf dem Boden aus, nahm ein langes Holzstück und fischte damit die Binden aus dem Teich und warf sie auf den Stoff. Mit einem Reisigbesen fegte sie allen erreichbaren Schmutz auf die Fahne; dann nahm sie die Enden auf und zog das schwere Bündel hinter sich her durch die Halle hinaus ins Freie. Nachdem sie das dreimal getan hatte, musste sie sich auf einen der Korbsessel setzen und sich den Schweiß von der Stirn wischen. Als sie sich umsah, hatte sie nicht den Eindruck, viel getan zu haben. Derweil schleppte Lucila größere Stücke nach draußen. Fast hätte sie den Bananenstrunk fallen lassen, als Frau Wellhorn gebückt in den Patio kam, eine Kanonenkugel vor sich herrollend.

«Sehen Sie sich das an, Fräulein Janna! Beinahe wäre ich über dieses Ding gestolpert.»

Lucila ließ den Strunk fallen und versuchte die Kugel zu heben. Sie schaffte nur eine Handbreit.

Stöhnend ließ sich Frau Wellhorn in einen der anderen Sessel fallen, schnappte sich ein herumliegendes Bananenblatt und wedelte sich damit vor dem Gesicht herum. «Es wird Jahre dauern, dieses Haus wieder wohnlich zu machen. Eigentlich sollte man es abtragen und neu aufbauen.»

«Wenn erst einmal der Schutt fort ist, werden wir sicher feststellen, dass es nicht so schlimm ist.»

«Nicht so schlimm, bei Gott!» Die Anstandsdame japste empört. «Nicht nur, dass es halb zerstört ist – in den Wänden, die noch stehen, sind überall Einschusslöcher! Als hätte hier eine richtige Schlacht stattgefunden! Wer weiß, wie viele Tote wir finden werden, wenn der Schutt erst einmal fort ist. Das überstehe ich nicht.»

Janna lag auf der Zunge, dass man das durchaus überstand. Sie musste es wissen, denn sie hatte Ähnliches in der Franziskanermission im Delta erlebt. «Ich denke doch, keinen. Sonst wüssten wir das ja schon.»

«So? Und wieso?»

«Weil wir sie längst riechen würden», beantwortete Lucila die Frage, während sie immer noch mit der Kanonenkugel spielte.

Frau Wellhorn verdrehte die Augen und klopfte sich auf die heftig bebende Brust. Es bedurfte keiner Aufforderung; Lucila rannte schon los und kam bald darauf mit dem Riechfläschchen zurück. Janna fragte sich, was sie eigentlich an Arzneien dahatten. An Vorräten? An nötigen Dingen wie Zunderbüchse, Kerzen, Geschirr oder Fässern? Sie stattete der Küche einen ersten Besuch ab. Auch hier regierte das Chaos. Die Fliesen am gemauerten Herd waren beschädigt, und auf der eisernen Herdplatte stapelten sich verkrustete Töpfe und Pfannen. In einem Kessel schwammen weitere blutige Binden. Und eine tote Ratte. Janna hütete sich, ihn jetzt auszukippen – der Gestank wäre unerträglich. Überall schwirrten Fliegen, und auf dem Boden huschten Kakerlaken. Das alles schreckte sie kaum noch. Nicht nach allem, was sie erlebt hatte, seit sie an der Küste dieses Landes im Sand aufgewacht war. Im fast leeren Schrank fand sie wahrhaftig noch ein Riechfläschchen. Es war voll; anscheinend hatte eine marodierende Soldateska dafür keinen Bedarf. In den Ritzen einer Schublade entdeckte sie Sonnenblumenkörner. Jedes einzelne Korn pulte sie heraus, und zurück im Patio, streute sie die Körner in den Käfig. Die Vögel umflatterten ihre Hand und schimpften.

«Vielleicht müssen wir die braten», meinte David. Er hatte inzwischen Lucila an der Kanonenkugel abgelöst, sich daraufgesetzt und rollte hin und her.

«Auf keinen Fall.» Janna zog die Hand heraus und schloss den Käfig. «Geht es Ihnen besser, Frau Wellhorn?»

«Ich glaube nicht!»

«Helfen Sie uns doch ein bisschen beim Aufräumen. Bewegung tut Ihnen gut.»

Ein schnaubender Laut beantwortete, was Frau Wellhorn davon hielt. «Womöglich finde ich doch eine Leiche. Die kann ja gar nicht mehr stinken; bei der Bruthitze hier ist die längst verdorrt.»

«Das wäre möglich», befand David. «Ich habe einmal einen toten Wasserbüffel gefunden. Er muss ertrunken sein. Dann ging das Wasser zurück, und er lag in der Sonne, bis …»

«Nun ist's aber gut», rief Janna. «Du schaust nach dem Brunnen. Lucila, versuch hier noch ein bisschen Ordnung zu machen und pass auf Frau Wellhorn auf.»

Sie selbst würde einen anderen Berg von Arbeit abtragen: Sie würde zu Reinmar gehen und ihm sagen, dass sie bliebe, aber nur vorerst und nicht als seine Braut. Als sie mit ihrem kleinen Tross zur heißesten Mittagszeit angekommen war, hatte sie ihn herausrufen müssen, damit er den Kutscher bezahlte. Er hatte ihre Hand berührt, sie steif willkommen geheißen und war dann wortlos im Haus verschwunden. Das mochte nun anderthalb Stunden her sein – die Standuhr im Salon gab keinen Laut mehr von sich. Seitdem hatte er sich nicht wieder blicken lassen. Janna ging noch einmal ins obere Stockwerk, da sie ihn in seinem Schlafzimmer vermutete. Dort war er nicht. Auch nicht im Ankleidezimmer mit den aufgerissenen und gähnend leeren Schränken und Truhen. Also lief sie wieder die Treppe hinab und begab sich in den Salon. Hier hatten die Separatisten sämtliche Tische und Betten nebeneinandergereiht und, wo es möglich war, Hängematten aufgehängt. Geruch von Blut, Wundbrand und Eiter klebte an allem. Die Matten und Strohmatratzen würde man verbrennen, die Tische abschleifen müssen. Auch die Seidentapeten waren nicht mehr zu retten; überall klebten dunkle Flecken. Janna stutzte. An einer Wand hatte man ihre Aquarelle und Zeichnungen angenagelt. Sie blieb eine Weile davor stehen und versuchte sich vorzustellen, dass hier Männer gelegen hatten, die angesichts des Todes nach ihrer Mutter geweint und zugleich den golden gemalten Fluss betrachtet hatten, um vielleicht ein wenig Trost darin zu finden.

Er saß im Teezimmer. Es war ein kleiner Raum mit chinesischen Tapeten in Schwarz, ein wenig Rot und Blattgold. Die zierlichen Fauteuils waren ebenfalls düster gepolstert und der kleine runde Tisch schwarz gebeizt. Ausgerechnet diesen scheußlichen Raum, in den Janna kaum mehr als dreimal ihren Fuß gesetzt hatte, hatten die Soldaten verschont. Und ausgerechnet hier hockte Reinmar in einem kleinen Damensessel. In einer Hand hielt er ein fast geleertes Sherryglas. Die andere ruhte auf einem Hufeisen, das er sich auf den Schenkel gelegt hatte.

Sie räusperte sich.

Er stellte das Glas auf den Tisch und versuchte den Rücken zu straffen. In seinem Gesicht stand noch der Schock. Er musste La Jirara wirklich geliebt haben. «Ich bin froh, dass du da bist», sagte er.

*Ich bin es nicht.* «Wie sieht es im Stall aus?», fragte sie, nur um einen Anfang zu finden.

«So schlimm wie hier. Es steht sogar ein Pferd darin: ein alter Kavalleriegaul, der anscheinend als Packpferd gedient hat. Und ein Maultier. Wahrlich eine nette Entschädigung.» Er trank zur Neige, stemmte sich hoch und kam auf sie zu. Janna zwang sich, nicht vor ihm zurückzuweichen, als sei er ein Soldat, der zurückgeblieben war, weil er zu viel getrunken hatte. Dicht bei ihr blieb er stehen, sah sie so warm wie verzweifelt an und ging dann hinüber ins Esszimmer.

«Hier habe ich damals Don Carlos del Morales y Rofes

zum Frühstück empfangen.» Seine Finger glitten über die Lehne des einzigen Stuhls, der hier noch stand. Der Boden war mit Asche und verkohltem Holz bedeckt. Knochen, die eindeutig von Pferden stammten, lagen sorgfältig abgenagt auf einem Haufen. Langsam schritt er zum Fenster, das auf die Weiden und das graublaue Band des Guayana-Hochlandes am Horizont hinausging. Wenigstens dieser Anblick war derselbe wie früher: ein Fest der Schönheit, eine Verheißung. «Weißt du noch, damals auf dem Schiff? Wir hatten ausgemacht, dort draußen den ganzen Tag unterwegs zu sein, damit wir abends zu müde waren, um uns an den Strafpredigten der Fregatte zu stören.»

«Ich weiß es noch.» *Er will, dass ich sage: ‹Unsere Zeit wird noch kommen. Es wird alles wahr werden, was wir uns erträumten.›*

Unangenehmes Schweigen breitete sich aus. Rastlos tanzten seine Finger auf dem Fensterbrett. «Meine Reise nach Caracas, wegen des englischen Vollblüters, muss noch eine Weile warten. Ich werde versuchen, in den Llanos einige Pferde zu kaufen, robuste Criollos. Aber erst wenn die Gegend wirklich ruhig ist. Erst einmal muss La Jirara wieder instandgesetzt werden.»

«Ist denn keiner der Pferdeknechte mehr da? Ich habe niemanden gesehen.»

Er schüttelte den Kopf. «Die sind alle weg. Von Entrerríos habe ich auch keinen Bartzipfel mehr gesehen. Die haben sich wahrscheinlich allesamt von den Rebellen anwerben lassen.»

«Und Xabier und Ana?»

«Von denen habe ich nichts mehr gehört. Ich will den alten Hausdiener und die störrische Köchin auch gar nicht bezahlen müssen. Im Stall steht ein Karren, den spanne ich vor das Maultier und fahre nachher in die Stadt – irgendetwas wird inzwischen hoffentlich auf den Märkten zu kaufen sein. David kann mit einem Gewehr umgehen; er soll auf euch aufpassen.»

«Hast du denn noch Geld?»

«Langsam wird es knapp. Ich werde del Morales um die Aussetzung der Pacht bitten müssen.»

Dass er sie nicht um den Inkaschmuck bat, den sie die ganze Zeit in ihrem Korsett verborgen trug, musste sie ihm zugute halten. Wäre es nicht an der Zeit, ihm das Schmuckstück zu geben? Der wahre Besitzer war tot. Doch selbst wenn Arturo wegen seiner Taten in der Hölle schmorte, so würde er dort toben, wüsste er, dass sie Reinmar den Schmuck gab. Nein, diesen Schmuck fortzugeben, würde sie erst über sich bringen, wenn sie mit einer Bettelschale im Rinnstein saß.

Während sie auf Reinmar zuschritt, zerrte sie ihren Verlobungsring vom Finger. «Hier, nimm ihn. Er war teuer.»

«Das kannst du nicht machen.»

«Ich kann, wie du siehst.» Sie legte den Ring auf das Tischchen.

Er hob den Ring mit zwei Fingern hoch, betrachtete das glänzende Gold und den Diamanten. Weitere Erklärungen waren nicht nötig. Sie sah in seiner erstarrten Miene, dass er die wahre Bedeutung der Geste erkannt hatte.

Dankend nickte Janna, als Lucila ihr einen Teller mit schwarzen Bohnen, ein wenig Reis und kleingehacktem Bananenstrunk gab. Den hatte auch Arturo gelegentlich gekocht; er war erstaunlich wohlschmeckend. Trotzdem kam Janna nicht umhin, an Puddings, Omeletts, Hamburger Kartoffeleintopf und rote Grütze zu denken. Sogar ein Streifen Tasajo käme ihr jetzt recht. Vor allem jedoch Kakao. Mit viel, viel Zucker.

«Im Küchenkeller habe ich auch Schiffszwieback gefunden», verkündete Lucila. «Den haben die Soldaten zurückgelassen.»

«Und was noch?»

«Ein bisschen Maismehl, allerdings ist es feucht geworden, und ich weiß nicht so recht, mit was. Ich habe Kaffeebohnen zusammengeklaubt, da ist ein kleines Säckchen zusammengekommen. Und altes Maismehlbrot ist da; wenn man den Schimmel wegschneidet ...»

Frau Wellhorn stöhnte in ihren Teller. «Schimmliges Brot und Zwieback, wahrscheinlich mit Käfern! Was ging es uns mit den Franzosen in Hamburg doch gut.» Sie aß ein paar Bissen, dann stellte sie den Teller auf dem Schoß ab und sank in den Korbsessel. Dumpf brütete sie vor sich hin. Janna tat die alte Dame leid – dieser Situation war sie nicht gewachsen. Reinmar, der neben ihr saß, schaute ebenso stumpf in unsichtbare Fernen. Lucila und David schienen das Ganze als eine Art Abenteuer zu betrachten. Für Janna hingegen war es ein Ausflug in die Vergangenheit. Nachdem sie ihren Teller undamenhaft leergeschaufelt hatte, erhob sie sich, um ein wenig durch den Patio zu spazieren. Es war stockdunkle Nacht, die nur das Lagerfeuer am Steinteich ein wenig erhellte. Sie legte den Kopf in den Nacken. Ja, ganz ähnlich war es während der Reise auf dem Orinoco gewesen. Mücken hatten sie geplagt, wie auch jetzt. Glühwürmchen waren wie lebendige Funken durch die warme Luft gehuscht. Das sternenübersäte Firmament mit dem Kreuz des Südens, das sich strahlend über allen erhob.

*... wir sahen das südliche Kreuz; es war geneigt und erschien gelegentlich zwischen den Wolken, die, wenn das Wetterleuchten durch sie hindurchzuckte, wie Silberlicht aufflammten. Wenn es einem Reisenden gestattet ist, von seinen Empfindungen zu sprechen, so möchte ich sagen, dass ich in dieser Nacht einen der Träume meiner frühesten Jugend in Erfüllung gehen sah.* Solche oder ähnliche Worte hatte Baron von Humboldt in seinem Buch gebraucht, und Janna fühlte sich auf eine unerklärliche Weise ebenso inmitten eines Traumes. Sie versuchte sich vorzustellen, Arturo säße dort am knisternden Lagerfeuer. Je länger sie in den Himmel starrte, desto leichter fiel es ihr. Deshalb gefiel ihr dieses karge Leben. Während ihrer Zeit im Haus des Gouverneurs war ihr gar nicht bewusst gewesen, wie sehr sie es vermisst hatte. Zum ersten Mal seit langer Zeit, so glaubte sie, würde es ihr gelingen, mit einem Gefühl der Zufriedenheit im Bauch einzuschlafen – nicht mit Tränen, wie sonst.

Sie umarmte sich, suchte in sich die Erinnerung an *seine* Tränen, den Beweis des schweigsamen Wolfs, dass sie seines Vertrauens wert gewesen war. Wenn sie nur wüsste, um wen er geweint hatte. Wen er um ihretwillen verraten hatte ... Diese Grübeleien würden wohl niemals enden.

«Ich gehe Wasser holen.» Sie marschierte in eine Ecke, wo der Eimer stand.

«Sie sollten nicht so raumgreifende Schritte machen», warf Frau Wellhorn dumpf ein. «Hat das Aufputzgeschäft eigentlich wieder geöffnet, Herr Götz? Sie haben doch bestimmt nachgesehen, als Sie in der Stadt waren.»

«Ja, das habe ich. Aber da ist man auch noch am Aufräumen.»

Janna lachte. Die beiden hatten Sorgen! «Und die Buchhandlung?»

«Die hat schon geöffnet. Die Druckerei daneben auch. Bolívar will eine neue Zeitung herausgeben, hat man mir erzählt.»

«Und der Schneider?», fragte Frau Wellhorn.

Janna hörte nicht länger hin. Sollten sie sich um solchen Tünkram die Köpfe zerbrechen! Stattdessen würde sie sich daranmachen, einen Kaffee à la Arturo zu brauen: kräftig und fast ungenießbar. Sie lief durch die Halle nach draußen. Hier war die Luft frisch und ließ mit ihrer warmen Erdigkeit die Nähe des Flusses erahnen. Das schmiedeeiserne Tor stand halb offen – die Armee hatte das Schloss beschädigt. Was sprach eigentlich dagegen, zum Ufer zu laufen, sich der Kleider zu entledigen und zu baden? Nun, vieles, vor allem die Gefahr der wilden Natur. Jetzt genoss sie es erst einmal, sich einen Eimer frisches Brunnenwasser heraufzuziehen und das Gesicht zu nässen. Mit den Händen hob sie das Wasser an den Mund und trank gierig.

Als sie in die Küche kam, meinte sie kurz einen großen Schatten zu sehen, der dort nicht hingehörte. Sicherlich täuschte sie sich; der ganze Raum war voller Schatten, denn im spärlich durchs Fenster fallenden Sternenlicht konnte man kaum mehr als die Hand vor Augen sehen. Sie tastete sich zum Herd vor und öffnete die Klappe, wo Reinmar mit Hilfe eines Tunkhölzchens eine Glut entfacht hatte. Die fütterte sie mit Stofffetzen und Reisig und setzte das Wasser auf. Im rötlichen Schimmer fand sie die von Lucila sauber aufgereihten Säckchen und Beutel. Da waren die Kaffeebohnen. Eine Kaffeemühle hatte sich beim Aufräumen gefunden. Janna befüllte sie und drehte gemächlich die Kurbel. In einem Korb lag ein Häuflein Tabakblätter. Ihr fiel auf, dass sie nicht mehr so häufig gestochen wurde und dass es weniger juckte. Aber vielleicht sollte sie die Blätter zerkauen und Frau Wellhorn zum Einschmieren geben. Sie musste kichern. Als ob die alte Dame sich je dazu herabließe ... Vorhin hatte David das Stück eines Moskitonetzes gefunden. Dringend musste der Schutt abgetragen werden; wer mochte wissen, welche Dinge sich darunter befanden, die jetzt so wertvoll wie Schätze waren?

Ihre Augen bemerkten den lebendigen Schatten einige Herzschläge früher als ihr Verstand. Ein Eindringling befand sich in der Küche – und kam auf sie zu. Janna wusste sich nicht anders zu helfen, als die Mühle an der Kurbel hochzureißen. Das Schublädchen flog heraus. Vor Ärger, dass das Pulver verloren war, schnellte sie hoch und schlug die Mühle nach vorne, wo sie das Gesicht des Mannes vermutete. Sie traf es. Doch das Aufstöhnen klang nicht männlich.

Eine Klinge blitzte im schwachen Schein der Glut auf. Janna schlug danach; das Holz der Mühle glitt daran ab. Klirrend fiel das Messer zu Boden. Überrascht von ihrem Erfolg, zögerte Janna einen Augenblick zu lange, es an sich zu bringen. Schon funkelte es wieder dicht vor ihren Augen. Die Frau, die es in der geballten Faust hielt, entblößte die Zähne zu einem deftigen Fluch. Dann packte sie einen Sack und rannte lautlos hinaus. Janna verzichtete darauf zu schreien, damit Reinmar sie aufhielt – die Diebin war viel zu schnell. Außerdem musste sie erst verdauen, dass sie jene Frau erkannt zu haben glaubte, mit der sie sich voriges Jahr einen kleinen Wettstreit im Reiten geliefert hatte.

* * *

Auch in den nächsten Wochen verzichtete Janna darauf, von ihrer Begegnung zu erzählen. Frau Wellhorn würde nur überschnappen vor Furcht, und Reinmar würde das Ausreiten auf dem Maultier verbieten und womöglich irgendwelche Kerle anheuern, um die Hazienda zu bewachen. Oder selbst ständig mit dem Gewehr umherstreifen. Janna war froh, wenn er in der Stadt war. Dann konnte sie aufatmen, und auch die Arbeit ging ihr leichter von der Hand. Ach, La Jirara war trotz allem ein so wunderbarer Ort. Unter ihren unermüdlich arbeitenden Händen würde er auch wieder wunderschön werden. Aber eine lieblose Ehe aufwiegen konnte La Jirara niemals, und so sah sie sich wieder einmal in Gedanken in Hamburg auftauchen und ihren Ausflug in die Neue Welt für gescheitert erklären. Oder bei Bolívar, um dessen Amtsräume zu putzen. Oder sogar in Caracas, um sich bei den reichen Mantuanos als Gesellschafterin oder Zofe anzudienen.

Keine schöne Aussicht, als alte, verarmte Jungfer zu enden. Und ein verdammt hoher Preis für einen Kuss.

Vernünftig betrachtet, war es Irrsinn gewesen, Reinmar zurückzustoßen. Dennoch, stünde sie noch einmal vor dieser Entscheidung, würde sie es wieder tun.

Sauber getrennt, stapelte sich der Schutt vorm Haus. Alles Holz lag auf einem Haufen. Die Ziegel auf einem anderen, ebenso die Schindeln. Der Müll war inzwischen verbrannt. Den Pferdedung hatte David flachgeklopft und zum Trocknen ausgebreitet. Einen Leichnam hatten sie nicht gefunden, jedoch etliche Mäuse- und Vogelkadaver. Und Katzendreck. Ständig ließ Lucila ihre Arbeit fallen, um kläglichem Miauen nachzugehen. Bisher ohne Erfolg.

Reinmar heuerte zwei schwarze Arbeiter an, ehemalige Sklaven, die mit dem Schutt eine neue Hauswand hochzogen. Für die Reparatur des Daches reichten ihre Fertigkeiten nicht aus, und so zogen sie wieder ab. Da Regenzeit war, mussten Janna oder Lucila ständig mit einem Besen die Nässe hinauskehren. Aber wenigstens konnten Hinz und Kunz nicht mehr hereinspazieren. Reinmar arbeitete den halben Tag im Stall; nachmittags ritt er auf dem Kavalleriegaul in die Stadt. Niemals verzichtete er auf die einem Gentleman angemessene Kleidung. Und jedes Mal brachte er irgendeinen Aufputz für Janna mit. Sie lehnte freundlich ab. Einmal versuchte er sie auf äußerst zaghafte Weise zu küssen. Sie schob ihn zurück. Die brodelnde Ungeduld, die sie hinter der Fassade des Galans spürte, ängstigte sie mehr, als wäre er grob gewesen. Ständig fragte sie sich, ob ihr Verhalten richtig war. Vermutlich war es das nicht – Klarschiff zu machen wäre so mutig wie anständig.

Hin und wieder brachte er ihr eines der wöchentlich erscheinenden Journale. Die *correo del orinoco* besaß einen Modeteil. Das läge, so munkelte man, an Bolívar selbst, der ein eitler Mann war und dem die Frauen auch in Angostura zu Füßen lagen. So erfuhr Janna, dass sich die Damen gegen die neue biedere Mode sträubten und sich lieber französisch luftig kleideten. Der Handel mit der Alten Welt kam wieder in Gang; Schiffe brachten feine Stoffe und kleine Annehmlichkeiten, wie einen Argandbrenner und Lampenöl.

«Du solltest dein Geld nicht für Kleider ausgeben», meinte sie zu Reinmar. «Wenigstens nicht für mich.»

Das cremefarbene Empirekleid mit den eingestickten Ähren an dem handbreiten Fußsaum und dem Spitzenbesatz an den Ärmeln und dem tiefen Ausschnitt musste, für seine jetzigen Verhältnisse, ein kleines Vermögen gekostet haben. Dank seines guten Augenmaßes sah es aus, als würde es ihren immer noch zu üppigen Formen wie angegossen passen. Sie hatte jedoch nicht die Absicht, es anzuprobieren.

«Ich hatte noch ein paar Barockperlen, die ich verkaufen konnte.»

Sein Atem roch nach teurem Wein. Sie sah, dass er versuchte, so warmherzig und verschmitzt wie früher zu blicken. Doch unter der Haut seines ansehnlichen Gesichts schien sich die Enttäuschung wie eine ehemals flüssige und nun erstarrte Schicht aus Erz eingegraben zu haben. Sie fragte sich, ob es nicht besser wäre, wenigstens dieses Geschenk anzunehmen. Sie würde das Kleid wohldosiert tragen müssen – nicht zu häufig, um ihm keine falschen Signale zu geben; nicht zu selten, um das andere, das in ihm lauerte, nicht zu wecken. *Und da sage einer, Frauen seien nicht fähig für die Politik.*

Zumeist trug sie das ordentliche dunkelrote Kattunkleid, auch wenn sie darin schwitzte. Als David in irgendeiner Ecke das alte, aus bunten Streifen gewebte Missionskleid fand, hätte sie vor Freude weinen mögen. Sie hatte es völlig vergessen. Nun war es löchrig und mit einigen Flecken versehen, über deren Herkunft sie nichts wissen wollte. Seiner altklugen Meinung nach hatte es eine Frau getragen, die zum Soldatentross gehört hatte. Eine Marketenderin. Janna schrubbte es eine Stunde lang, ließ es trocknen und besserte die schadhaften Stellen aus, wenngleich sie darin nicht so gut wie jene Sálipure-Frauen in der Mission des heiligen Vinzenz war. Aus dem Leder eines Soldatenstiefels schnitt sie Schnüre, an denen sie kleine Muscheln und Schnecken befestigte, die sie auf ihren Ausritten gefunden hatte. Als Frau Wellhorn ihre nackten Füße mit dem barbarischen Schmuck sah, schlug sie die Hände über dem Kopf zusammen. *Bei Gott! Wenn Ihr Herr Vater diesen indianischen Firlefanz sähe!*

Und Janna lachte.

Der August brach an. Das Haus war immer noch eine Baustelle, nur der Patio und einige Zimmer sahen mittlerweile wohnlich aus. Immer öfter zog es Janna nach getaner Arbeit hinaus ins Land. Sie lief zu Fuß, oft sogar barfuß und mit den gescholtenen langen Schritten, sodass der Schlitz ihres Kleides aufsprang. Manchmal nahm sie auch das Maultier, aber es war ihr zu bockig. Stets hatte sie einen Korb bei sich, um Früchte und Nüsse aufzusammeln, oder sogar ein keimendes Paranussbäumchen, das sie in die vernachlässigten Blumenbeete vorm Haus einsetzte. Oder sie sammelte in brackigen Gewässern Seerosen und Wasserhyazinthen, um dem steinernen Teich im Patio wieder zu altem Glanz zu verhelfen. Sie versuchte sich auch am Pflanzen von Maniok und Avocados und fand, dass sie als Siedlerin in früheren Zeiten keine so schlechte Figur abgegeben hätte.

* * *

«Janna. Janna!» Eine kräftige Hand rüttelte sie aus dem Schlaf. Sie fuhr hoch. Reinmar hatte sich unter das Moskitonetz geschoben. Im fahlen Mondlicht sah sie, dass sein Oberkörper nackt war. Hatte sie ihn je derart entblößt gesehen? Rasch warf sie die Decke über sich, die sie wie gewohnt des Nachts heruntergestrampelt hatte, weil die Hitze sonst nicht zu ertragen war.

«Ist etwas passiert?»

«Nein.» Wieder diese Ahnung von Alkohol, die sie in letzter Zeit öfter an ihm wahrnahm. «Außer dass ich Geld beim Rocambor verloren habe.»

Sofort war sie hellwach. «Was ist denn das?»

«Ein Kartenspiel. Beim Hahnenkampf hatte ich etwas mehr Glück. Heute allerdings …»

«Gott im Himmel, Reinmar!» Glücksspiele! Gehörten die zum Dandytum? Sie wusste es nicht. Aber dass es ein Fauxpas war, seiner Dame – für die er sie leider immer noch hielt – davon zu erzählen, noch dazu mitten in der Nacht, das wusste sie. Morgen würde er es bereuen. Sie musste ihn loswerden, bevor er noch mehr preisgab. «Reden wir am Tag darüber, ja? Jetzt bin ich müde, und du sicher auch.»

Neben dem Bett sackte er auf die Knie und legte die Hände um ihre Taille. «Janna, Liebste. Wie lange willst du mich noch hinhalten? Lass uns endlich heiraten. Du hast doch noch den Inkaschmuck? Gib ihn mir; ich versetze ihn in Caracas. Dann wird alles besser. Ich schwöre dir, ich bringe ihn dir wieder zurück, wenn er dir so viel bedeutet. Ich werde …»

«Reinmar, bitte, du tust mir weh.» Seine Finger bohrten sich in ihr Fleisch. Vergeblich presste sie die Handflächen gegen seine Brust, und auch der Versuch, aus seinem Griff zu rollen und auf der anderen Seite aus dem Bett zu flüchten, schlug fehl. War dieser Mann, der sich gerade selbst kompromittierte, der Reinmar, den sie kannte? «Reinmar! Lassen Sie das!»

Die Überraschung war ihr gelungen. Abrupt richtete er sich auf. «Wieso siezt du mich?»

«Ich könnte jetzt sagen, weil wir nicht verheiratet sind, Herr Götz. Du hast es ja eben selbst gesagt. Bitte sei vernünftig und lass mich jetzt allein. Morgen reden wir.»

«Morgen? Du meinst *mañana*, ja? Hinhalten willst du mich! Aber das lasse ich nicht zu!» Erneut wollte er nach ihr greifen, doch sie entschlüpfte ihm und flüchtete hinter den Paravent. In Windeseile zog sie das erstbeste Kleid, das ihr in die Finger kam, über ihre Chemise.

«Janna.» Himmel, er schluchzte. Anders als Arturos Weinen klang seines nur erbärmlich. Sie setzte sich auf den Kleiderhocker, um die Stiefeletten zu schnüren. Im Dunkeln war es mühselig, aber schließlich hatte sie es geschafft. Sie warf sich ihr Cape über und schnappte sich ihr Réticule. Sicherheitshalber hob sie die lose Diele an, unter der sie den Schmuck seit dem Einbruch der fremden Frau versteckte, und stopfte ihn ins Handtäschchen.

Als sie zur Tür wollte, sprang Reinmar auf und packte ihre Hand. «Weißt du noch …»

«Ich hasse Fragen, die so beginnen.»

«… als wir unter Deck vor deiner Kabine standen? Und du zu mir gesagt hast: ‹Kiek mol wedder in.› Das würde ich heute auch gerne von dir hören. Wir gehören zusammen. Ich verzeihe dir deine Eskapaden.»

Ach, welche denn? Dass sie so schäbig gewesen war, dieses Kleid, das sie jetzt trug, anzunehmen? Dass sie sich einige feige Monate gegeben hatte, weil sie sich nicht allein in die Welt hinaustraute? «Ich verzeihe dir *nicht*, dass du Arturos Tod benutzen wolltest, mich in deine Arme zurückzutreiben», sagte sie kalt, obwohl ihr Inneres vor Verzweiflung glühte.

«Arturo!» Eine Faust fuhr hoch und ging auf dem Damenschreibtisch nieder. «Wie kannst du mir einen Halbindianer vorziehen? Einen Verbrecher? Verdammt soll er sein!»

«Lass mich gehen.»

«Janna!», schrie er.

«Sei still! Oder willst du, dass meine Anstandsdame Zeuge wird, wie du dir die Maske des Gentlemans vom Gesicht reißt?»

Jedes Wort war ein Peitschenschlag, der ihr selbst das Fleisch aufriss. Dieser Mann hatte ihr einmal etwas bedeutet; sie spürte es mit jedem Hieb. Kopfschüttelnd ließ er sie los, blieb jedoch neben dem Bett stehen. Auf dem Flur erklangen Schritte in weichen Pantoffeln – gleich würde Frau Wellhorn hereinplatzen.

«Wo willst du hin?»

«Nirgendwohin. Nur erst einmal hier heraus, bevor Schlimmeres geschieht. Es ist besser für uns beide, das wirst du morgen einsehen, glaub mir.»

Sie eilte hinaus, an Frau Wellhorn vorbei, die sofort einen Regen von Tadeln auf sie niedergehen lassen wollte, und hastete die Treppe hinunter.

# 3. KAPITEL

Die beiden Hähne tänzelten umeinander. Ihre Köpfe ruckten vor und zurück; die aufgestellten Kämme wackelten. Wie sie dann aufeinander zugingen, wirkte nicht so spektakulär, wie Janna sich das vorgestellt hatte. Sie sprangen sich an, hackten mit den Schnäbeln und versuchten sich mit den Krallen, auf die man eiserne Dornen geschnallt hatte, zu verletzen. Wild flatterten sie mit den Flügeln, sodass die schwarz glänzenden Federn flogen. Dass um das niedrige Gehege ein Dutzend Männer und Frauen standen, mit den Fäusten fuchtelten und schrien, schienen sie nicht wahrzunehmen. Als Blut zu fließen begann, ging Janna weiter. Seltsamerweise verspürte sie Hunger. Sie kramte in ihrem Réticule nach einem Real und kaufte sich in einem der Areperas ein mit Hack gefülltes Maismehlbrötchen. Undamenhaft verschlang sie es im Gehen. Draußen auf La Jirara war ihr entgangen, dass heute Nacht die Fiesta de Nuestra Señora de las Nieves begonnen hatte. Aber jetzt fiel ihr wieder ein, weshalb David und Lucila um Ausgang gebeten hatten. Die ganze Stadt erstrahlte im Licht von Laternen und Fackeln. Überall wurde getanzt, gelacht, gesungen, als wollte man mit aller Macht das Elend des Krieges aus den Köpfen bekommen. Janna erschien es unmöglich, denn die Spuren, die er an Häusern und Menschen hinterlassen hatte, waren längst nicht getilgt. An jeder Straßenecke hockten Versehrte und hoben ihre Mützen. In den gealterten Gesichtern, den tiefen Falten, den glasigen Augen und den unkontrolliert bebenden Gliedern gab es keinen Unterschied zu den Erbarmungswürdigen in Hamburg. Plötzlich schmeckte das Brötchen nicht mehr. Als sie nach ihren Münzen kramte, wollte jemand schnell wie der Blitz nach ihrem Täschchen greifen. Sie presste es an sich und hastete weiter, eine enge Straße hinauf, die in die feinere Gegend führte. Das Aufputzgeschäft war tatsächlich geöffnet. Eine feine Dame, das reichgepuffte Kleid über und über mit Schleifen und Litzen verziert, kam soeben heraus, auf dem Kopf ihre Neuerwerbung, einen überaus hohen Kastorhut. Sie ließ sich zu einer Chaise geleiten und in Richtung der Plaza Major fahren. Vielleicht war sie ja die derzeitige Liebschaft des Libertadors? War er überhaupt verheiratet?

Janna lief weiter und geriet in einen Strom von Menschen, die zur Kathedrale drängten. Glocken läuteten. Eine Militärkapelle marschierte vorbei; ihr Gepfeife und Getrommel war so laut, dass sie sich die Ohren zuhalten musste. Es folgte eine Prozession von Nonnen und Mönchen, säuberlich nach Geschlechtern getrennt, die Kirchengesänge anstimmten. Hinter ihnen kam der Bischof, umringt von vier Trägern mit einem Baldachin, als brenne die Sonne vom Nachthimmel herab. Er trug eine Figur der Schneejungfrau in den erhobenen Händen, und ein weiterer Kirchenmann präsentierte den heiligen Thomas. Janna schob sich hinter den Zuschauern vorbei und betrat die Plaza. Auch hier wurde getanzt; Poloklänge wehten durch die aufgeheizte Luft. Vor der Kongresshalle sang ein Mann inbrünstig von der Freiheit und spielte dazu auf einer schmalen Gitarre. Janna wanderte weiter zum Gouverneurspalais, schwer bewacht wie eh und je, und dann zur Seitenwand der Kapelle.

Natürlich waren die Blutspritzer abgewaschen und übertüncht. Wenn man genau hinsah, konnte man unterschiedliche Rosatöne erkennen. Nur für einen Herzschlag hatte sie das Blutmenetekel gesehen, und doch hatte sie das Muster genau vor Augen.

Zu dem Sänger vor der Casa del congreso hatte sich eine Frau gesellt, die ihren Körper schwang und mit Kastagnetten klapperte. Seine Serenade, die er da anscheinend für Bolívar sang, klang schaurig. Nieselregen setzte ein, der die beiden nicht störte. Janna ging zu einer schmiedeeisernen Bank unterhalb eines Tamarindenbaums und setzte sich. Unter einem anderen saß ein Pärchen. Die Dame war hübsch mit ihren gedrehten Locken, der roten Blüte im Haar und den schmalgliedrigen Fingern, die um die Hand eines jungen Mannes lagen. Auch im Knopfloch seines schlichten Gehrocks steckte eine Begonie. Eine Krücke lehnte neben ihm an der Bank. Sein Körper zitterte unentwegt; sein Kopf ruckte wild hin und her.

Der Regen hatte wieder aufgehört. Janna lief weiter und gelangte zum Privatpalais, in dem sie die letzten Monate gewohnt hatte. Auch hier waren die anderen Farben auf den Flaggen die einzige sichtbare Veränderung. Wie es den Uriartes in Caracas wohl erging? Wie versprochen hatte sie Verónica geschrieben, doch bisher keine Antwort erhalten. Ob man einer gescheiterten Existenz dort wohl unter die Arme greifen würde? Aber vielleicht wäre sie in einer Stadt wie Caracas nicht exotisch genug, um in der Marquesa den Wunsch zu wecken, sich weiterhin mit ihrer Gegenwart zu schmücken.

Nein, damit tat sie Doña Begoña sicher unrecht. Die Marquesa hatte ihr Schutz gewährt; dafür war Janna ihr ewig dankbar. Doch wäre der Weg nach Caracas der richtige? Sie könnte sich wie die Cimarrónes in die Büsche schlagen, um sich Gesetzlosen anzuschließen. Dort würde sie sich dann zu einer Pistolenheldin aufschwingen, um nicht das andere tun zu müssen, wozu Frauen in einer Gesellschaft von Halunken gezwungen waren. Nun, diese amüsante Überlegung dürfte an ihren nicht vorhandenen Fähigkeiten scheitern, mit einer Feuerwaffe umzugehen. Sie könnte es auch wie die Lady Jane Austen machen, von der es neulich in der neugegründeten Separatistenzeitung anlässlich ihres Todes geheißen hatte, sie habe nie einen Heiratsantrag angenommen. Aber würde irgendjemand *Abenteuer auf dem goldenen Fluss* lesen wollen? Verdiente man damit überhaupt Geld? Nein, dann lieber in die Fußspuren William Turners treten. Auf einem lärmenden Markt sitzen, Vorüberkommende porträtieren und all die schönen Landschaften, die sie in ihren Aquarellen festgehalten hatte, auf dem Pflaster ausbreiten, das wäre eine schöne Verdienstmöglichkeit – zumindest bis der nächste Regenguss alles zunichte machte.

Sie rieb sich die Schläfen, um den Druck, der diese wilden Gedanken auslöste, zu mildern. Existenzängste waren eine schlimme Sache; man kam auf die absonderlichsten Ideen.

Sie kehrte zur Plaza zurück, wo der Versehrte mittlerweile mit angezogenen Beinen auf der Bank und sein Kopf ruhig im Schoß der Angebeteten lag. Janna setzte sich auf ihren alten Platz. So war es auch mit ihren Gedanken: ein Herumlaufen im Kreis. Betrachtete man die Angelegenheit mit aller gebotenen Vernunft, besaß sie nur zwei Möglichkeiten: zurück nach Hamburg oder zurück zu Reinmar.

Plötzlich flossen die Tränen. Sie weinte um ihr zerstörtes Leben. Um Arturo und um La Jirara. Um das Leid dieses Pärchens dort drüben. Und über die Ungerechtigkeit der Welt.

«¡Carajo!», stöhnte sie laut. Die Tänzerin geriet kurz aus dem Takt und sah herüber. Dann drehte sie sich wieder so schnell, dass ihre nackten Waden unter dem schwingenden Kleid aufblitzten. Auch sie trug Schnüre mit kleinen Steinchen um die Fußfesseln. Janna hob ihr Kleid gerade so weit, dass ihr eigener Fußschmuck, der über die Stiefeletten gerutscht war, sichtbar wurde. Er schien ihr wie ein kleiner, freundlicher Wink, den Glauben zu bewahren, dass sie ein Teil dieses Landes werden konnte …

«Doña Janna, was tun Sie hier?»

Erschrocken sah sie auf. Dieser schlaksige, krumme Kerl mit dem langen, eingefetteten Schnauzbart, das war doch Reinmars ehemaliger Stallknecht? Er trat ins Licht der nächsten Laterne. Die Art, wie er sich an den Hut tippte, vertrieb ihre letzten Zweifel: José Astarloa Entrerríos stand vor ihr.

«Wo ist Señor Götz?», fragte er.

«Ich bin allein.»

Er verengte die Augen. Sicherlich waren die Gedanken, die er sich soeben machte, die richtigen. Ihre Eskapaden, wie Reinmar es nennen würde, kannte er ja, schließlich hatte er sie aufgelesen, als sie nach ihrem Höllenritt vom Pferd gefallen war. Wie lange war das nun schon her? Ein Jahr?

«Ich bringe Sie nach La Jirara, Doña Janna.»

«Danke, aber Sie stehen nicht mehr in unseren Diensten, daher ist es nicht nötig, dass Sie sich um mich kümmern. Sie waren im Krieg, oder?»

Als Antwort schob er den linken Arm unter seinem Poncho hervor. Wo die Hand hätte sein sollen, war ein Stumpf. «Ich bringe Sie trotzdem zurück.»

«Ihre Hartnäckigkeit in allen Ehren, aber ich möchte Ihnen nicht zur Last fallen.»

Nachdenklich befingerte er seinen geölten Bart. Hatte er vorher schon graue Strähnen darin gehabt? Oder hatte der Krieg das gemacht? «Das ist feines Damengerede, ja? ‹Nicht zur Last fallen›! Das tun Sie bereits.»

«Wenn es Ihnen unbedingt unter den Nägeln brennt, dann begleiten Sie mich zu Doctor Cañellas.» Der Arzt war zwar ein Freund Reinmars; ihn aufzusuchen erschien ihr jedoch von allen schlechten Möglichkeiten die sinnvollste zu sein. Sie vergab sich nichts, wenn sie ihn um eine Schlafmöglichkeit für diese Nacht bat. Sie hatte ja nichts mehr zu vergeben. «Seine Praxis ist in der Straße unterhalb von El Zamuro.»

«Gut.» Sofort machte er sich auf den Weg, und sie marschierte ihm hinterher. Nötig fand sie das nicht – von La Jirara bis hierher hatte sie es ja auch allein geschafft. Auf ihr Klopfen an der Tür der Praxis rührte sich nichts. Auch hinter den Lamellenläden schimmerte kein Licht. Verflixt! Gewiss wollte sich auch ein Doctor auf dem Fest amüsieren.

«Es scheint so, als hätte sich alles gegen mich verschworen, also heißt es wohl, zurück nach La Jirara. Die Taverne, wo ich mein Maultier angebunden habe, heißt …», sie rieb sich über das Kinn. «Ich fürchte, ich habe den Namen in der Aufregung vergessen.»

«Haben Sie denn jemanden bezahlt, dass er auf das Tier aufpasst?» Auf ihren verwirrten Blick hin fügte er an: «Wenn nicht, ist es weg.»

Auch das noch. Wenn sie sich dumm anstellte, nur weil ihr Leben aus den Fugen geriet, würde es schwierig werden, sich auf die Beine zu stellen. Sie sehnte sich nach einer kräftigen Hand, die sie hielt. Einem muskulösen Arm mit der Maria Lionza darauf, an dem sie sich einhaken konnte. Wäre Arturo am Leben und frei, so könnte sie einfach … ja, wohin dann?

Entrerríos führte sie die steilen Straßen zurück in Richtung des Hafens. Der Trubel hatte sogar noch zugenommen. An der langen Kaimauer, an einer Stelle, wo jetzt, zu Zeiten des höchsten Pegels, die Kuppen ansonsten hoher Felsen aus dem Wasser ragten, hatte die Prozession haltgemacht. Weihrauch, vom Licht zahlloser Laternen angestrahlt, kräuselte sich über der golden schimmernden Mitra des Bischofs. Feierlicher Gesang wehte herüber. Ganz in der Nähe tanzten wilde Gestalten durch überschwemmte Gassen; ihre Füße spritzten schlammiges Wasser auf. Eine barbusige, gekrönte Frau führte eine andere Prozession an – sie hockte auf einem kleinen Karren, der mit Fellen bezogen war. Janna nahm an, dass sie die heidnische Königin Maria Lionza darstellte. Es war eine Mulattin, mit dunkler, geölter Haut und rot geschminkten Brüsten. An ihren Haaren schaukelten Glasfläschchen, in denen Leuchtkäfer flatterten, und im Mund hatte sie eine dicke Zigarre. Janna war danach, sich die Augen zu reiben, ob diese seltsame Erscheinung tatsächlich soeben an ihr vorüberfuhr. Doch dann wurde ihre Aufmerksamkeit von dem Wasser abgelenkt, das knöchelhoch stand. Sie musste mit gerafftem Kleid hindurchstaksen. Wieder setzte Regen ein. Niemand störte sich daran, weder der Feuerschlucker mit seinen brennenden Stöcken noch das Männerquartett, das auf Panflöten schrille Weisen zum Besten gab. Plötzlich fand sich Janna am Hahnenkampfplatz wieder. Dicht an dicht standen die Zuschauer am niedrigen Zaun der Arena und feuerten die Tiere an. Entrerríos langte nach einer Schulter. Zu Jannas Verwunderung war es eine Frau, die widerstrebend seiner Aufforderung, sich ihm anzuschließen, folgte.

«Ich hatte eine Glückssträhne!», empörte sie sich.

«Nach Glück folgt Pech. Wie viel hast du gewonnen?»

«Drei Piaster und zwei Pesos.»

Er hielt die Hand auf. Murrend griff sie in die Tasche ihrer weitgeschnittenen Beinkleider und zählte die Münzen auf seine schwielige Handfläche. Diese hochgeschossene Gestalt, dieser lange Zopf, das leidenschaftliche Gesicht von herber Schönheit …

«Sie waren in unserem Haus!», erkannte Janna. «Sie sind eine Einbrecherin und …»

«Diebin?» Hochmütig strich sich die Frau eine gelöste Strähne aus der Stirn und musterte Janna aus schwarzen Glutaugen. Erkennen blitzte darin auf. «Ich habe doch nur einen Beutel mit ein paar Streifen Tasajo gestohlen. Sonst war ja nichts da.»

«Unerhört! Sie können doch nicht …» Weiter kam Janna nicht, denn Entrerríos verpasste der Frau eine so deftige Ohrfeige, dass ihr Kopf zur Seite flog. Der Blick, den sie daraufhin versprühte, war zwar reines Feuer, doch sonderlich beschämt wirkte sie nicht.

«Wage das nicht noch einmal, Romina.»

«Pfff. Ich war unterwegs und hatte Hunger.»

«Und deshalb brichst du irgendwo ein?»

Er marschierte weiter, und sie schloss sich ihm an. «Ich wusste, dass es die Leute waren, für die du gearbeitet hattest. Der *catire*, der Geck, der sich den Mantuanos andient. Ich habe ihn ja gesehen, als er von Rodriguez Pferde gekauft hat. Von Gäulen versteht er etwas, aber zum Handeln sind diese Europäer alle zu blöd.»

Die Llanera warf Janna einen weiteren verächtlichen Blick zu. Janna missfiel es, hinter diesen beiden Menschen herstolpern zu müssen. Aber noch einmal allein durch die Nacht? Ohne ihr Maultier hatte sie gar keine andere Wahl, und nun musste sie halt für ihren Leichtsinn büßen. Sie bereute den Ausflug jedoch nicht; er war aufregend gewesen und hatte sie von den Sorgen abgelenkt. Sie bemühte sich, Schritt zu halten. Leicht war es nicht – in der Eile hatte sie nicht überlegt, was die bessere Wahl war, und nach dem zarten neuen Empirekleid gegriffen, das für undamenhaftes Laufen zu eng geschnitten war. Fast wäre sie gestrauchelt, als sie in ein Straßenloch stolperte, das unter dem dreckigen Wasser verborgen war. Nach diesem Ausflug dürften ihre Stiefeletten ruiniert sein.

Allmählich schmerzte ihr Rücken. Daran war nur das Tragen des Korsetts schuld, und nun, da sie es in der Eile nicht hatte anlegen können, fehlte es ihren schlaffen Muskeln. Sie tastete zwischen ihren hüpfenden Brüsten nach ihrem Taschentuch. Aber sie hatte es ja nicht einstecken können. In ihrem Réticule fand sich auch nichts. So musste sie die Hand vor die Nase drücken, denn inzwischen stank es fürchterlich. Verkaufsstände reihten sich an der Kaimauer aneinander. Silbrig glänzende Sapoarafische lagen in dicken Stapeln, und in Töpfen brodelte Fischsuppe. Unter Rominas Poncho schaute plötzlich eine Flosse heraus. Entrerríos bemerkte, dass sie lange Finger gemacht hatte – und es setzte eine weitere Ohrfeige. Diesmal jedoch fiel sie etwas sanfter aus, und er lachte nachsichtig.

Die Ähnlichkeit zwischen den beiden war unverkennbar. Entrerríos war um einiges älter als Romina, doch nicht alt genug, um ihr Vater zu sein. Vor einer gutbesuchten Arepera machten sie halt. Er pfiff einen indianischen Jungen herbei, der in einen Schuppen rannte und zwei Pferde herausführte. Entrerríos warf ihm eine Münze zu und schwang sich auf seinen Criollohengst, Romina auf die kleinere Stute. Ganz offensichtlich war Jannas Platz hinter der Frau.

«Worauf wartest du?», fragte Romina.

*Ziege!* Vergebens sah sich Janna nach einer Aufstiegsmöglichkeit um. Der Indio kam ihr mit einer Räuberleiter zu Hilfe. Dass ihre gespreizten Beine den Kleidsaum bis auf die Oberschenkel zwangen, daran durfte sie jetzt nicht denken. Kaum hatte sie die Arme um Rominas Taille gelegt, gab diese dem Pferd auch schon die Sporen. Rücksichtslos trieben die beiden Llaneros ihre Tiere durch die Menge. In Jannas Gesicht schlug der geölte Zopf, der streng roch. Was sie notgedrungen umarmte, war eine schmale Gestalt voller Kraft.

La Jirara lag in tiefster Dunkelheit, bis auf ein einsames, von dem Argandbrenner erhelltes Viereck im oberen Stockwerk. Mitternacht musste längst vorüber sein. Entrerríos und Romina zügelten ihre Pferde vor dem Tor.

Janna befürchtete, gleich Reinmars Schatten am Fenster auftauchen zu sehen. Kaum stand Rominas Stute, rutschte sie hinunter. «Vielen Dank», sagte sie schnell zu Entrerríos. «Ab hier komme ich allein zurecht.»

«Wie Sie meinen.» Er hob die Finger an den Hut und wendete sein Pferd auf der Hinterhand. Janna gab der Llanera keine Gelegenheit für einen spöttischen Abschiedsblick; sie kehrte ihr den Rücken zu und marschierte um die Schutthaufen herum auf das Haus zu. Das Hufgetrappel draußen verklang, und als sie sich allein wusste, hockte sie sich auf die Stufen der Veranda.

Angenehme Stille senkte sich herab. Der Alkohol schien Reinmar in Tiefschlaf versetzt zu haben. Gut. Sie hatte nicht vor, so bald hineinzugehen. Sie lehnte die Schulter an einen Pfosten der Veranda und schloss die Augen.

Helligkeit weckte sie. Die Sonne, dicht über dem Horizont stehend, fast so machtvoll wie zu Mittag, trieb ihr den Schweiß aus den Poren. Im Haus war alles ruhig. Sie stand auf und reckte sich. Bevor Reinmar oder Frau Wellhorn sie entdecken und das Hin und Her weitergehen konnte, eilte sie zum Stall. Sie befürchtete, Reinmar könne das Tor verrammelt haben, damit niemand die wenigen neuerworbenen Pferde stahl. Doch zu ihrer Erleichterung ließ es sich öffnen. Die vier neuen Pferde waren allesamt Braunschecken, dunkle Tiere mit großen weißen Flecken, als sei auf sie Schnee gefallen und zum Teil wieder getaut. Friedlich verdösten sie den Morgen in ihren Boxen. Janna lief zu der kleinsten der Stuten, sattelte sie und führte sie zu einem Hackklotz, um hinaufzukommen. Dann ritt sie langsam ins Freie.

Ein Tag in der Stadt war eine schöne Ablenkung, doch

einer draußen in der Wildnis war das, was sie brauchte. Reiten, das Gesicht in den Wind halten – schreien. Es würde hoffentlich ihren Kopf klären. Und wenn nicht, wäre wenigstens noch ein Tag gewonnen.

* * *

Unverkennbar war es Romina, die auf der Kuppe des Hügels auf ihrer Criollostute thronte, eine Faust stolz in die Seite gestemmt. Janna war erschöpft. Wahrhaftig hatte sie sich den ganzen Tag verausgabt, war über Felder geritten oder an angeschwollenen Bächen entlanggewandert, hatte Wasser aus den Händen getrunken und ihren knurrenden Magen missachtet. Ihre Gedanken hatten sich durchaus nicht geklärt – sie waren einfach davongeweht. Ein angenehmer Zustand. Irgendwann hatte sich die mahnende Stimme der Pflicht erhoben: Sie konnte nicht länger fortbleiben. Mit einem Pferd, das zu nutzen sie nicht um Erlaubnis gebeten hatte. Gott, dieser Tag war so schön gewesen, so schön … War das Leben dieser Llanera nicht beneidenswert? Ein Leben im Sattel, frei und ohne Zwang. Was vermutlich eine romantische Träumerei war, die mit der Wirklichkeit wenig gemein hatte, denn erst recht unter den rauen Llaneros musste es schwierig sein, sich als Frau zu behaupten.

Romina galoppierte den Hang herunter und zügelte ihre Stute dicht vor Janna, die müde, aber hoch aufgerichtet im Sattel saß. Ihr Blick, den sie an Jannas zerzauster Aufmachung herunterwandern ließ, war gewohnt spöttisch. Doch meinte Janna auch eine Spur Anerkennung darin zu lesen.

«Du bist gar nicht im Haus gewesen, stimmt's, *catira?*»

«Nein.»

«Stattdessen bist du den ganzen Tag herumgeirrt wie eine frischgeschlüpfte Schildkröte, die einfach das Wasser nicht finden will. Sicher, dass du ganz und gar eine Weiße bist? Vielleicht hat ja dein Großvater indianisches Blut in eure Familie geträufelt, und das macht dich jetzt so ruhelos.»

Schwer vorstellbar, wie in eine Familie steifer Hamburger Pfeffersäcke eine indianische Geliebte gekommen sein sollte. Janna musste lachen. Romina trieb mit einem Fauchen ihr Pferd an.

«Komm schon, komm!», schrie sie. Janna verstand die Aufforderung. Ein Wettlauf wie voriges Jahr. Sie konnte nicht widerstehen; sie jagte ihre kräftige, ausdauernde Criollostute der anderen hinterher. Es ging in südliche Richtung, über bucklige Weiden, über Wasserläufe hinweg, sodass ihr Kleid bis zu den Knien feucht wurde, durch rauschendes Getreide, Palmenwäldchen und sirrende Mückenschwärme. Bald ritten sie fast Seite an Seite.

In einer Senke tauchten drei Lagerfeuer auf, um die ein gutes Dutzend Zelte gruppiert war. Es mochten an die hundert Männer sein, die darumsaßen.

«Hier leben Sie?», fragte Janna.

«Das ist meine Familie. Na los, du hast Hunger; ich höre deinen Magen bis hierher.»

Janna sah keinen Grund, diese barsch ausgesprochene Einladung abzulehnen. Sie war nicht mehr das zarte Gesellschaftspflänzchen, das davor zurückgeschreckt wäre, sich diesem wild aussehenden Volk zu nähern. Der Duft von Stockbrot und geröstetem Fleisch ließ in der Tat ihren

Magen schmerzen. Romina sprang von ihrem Pferd und band es an einem verkrüppelten Baum fest; Janna tat es ihr nach. Entrerríos kam herangestiefelt, betrachtete beide und schüttelte den Kopf.

«Das nächste Mal bringe ich Sie bis an die Tür, Doña Janna.»

«Ich fürchte, das würde immer noch nicht genügen, Señor Entrerríos», erwiderte Janna freundlich.

Sie ließ es zu, dass er sie herunterhob. Dann führte er sie mitten unter die Leute. *Una catira!*, ging augenblicklich ein Raunen durch die Reihen. Er platzierte sie auf einem umgestürzten Baumstamm. In angemessenem Abstand hockte er sich neben sie und erklärte der Runde knapp, wer sie war und dass sie bald wieder fort sein würde.

«Eine Deutsche?», sprach ein alter Mann sie an. Seine Haut schien von einer Echse zu stammen, so faltig war sie unter der Sonne geworden. Seine Zähne jedoch waren überraschend gut, was die Frage aufwarf, ob er wirklich schon ein Greis war. «Ich habe mal einen Deutschen getroffen, mitten in der Wildnis.»

Dankend nickte Janna Romina zu, die ihr einen Fleischspieß reichte. «Ich glaube, ich ahne, wen Sie meinen.»

«Ach ja?» Der Ledrige kicherte. «Er war ein Schneider und nannte sich Zimmermann. Oder war's umgekehrt? War ein ziemlich unangenehmer Kerl, wollte mit einem Trupp Sklaven Diamanten suchen. So viel ich weiß, endete er mit dem Gesicht voraus im Uferschlick.»

«Oh. Nein, den kenne ich nicht.»

Die Männer lachten und schlugen sich auf die in ledernen Beinkleidern steckenden Schenkel. Janna erfuhr, dass sie alle von Cimarrónes abstammten. Auf einige waren

Kopfgelder ausgesetzt. Es erschien ihr schwer vorstellbar, unter Verbrechern und Mördern zu sitzen. Andererseits auch nicht; schließlich hatte sie mit einem solchen Mann Monate zugebracht ... Sie hörte, dass die Llaneros planten, morgen die Zelte abzubrechen und weiterzuziehen. Diese Männer hatten im Krieg gekämpft; nun wollten sie sich zerstreuen. Manche wollten in ihre angestammten Weidegebiete, manche zurück auf die Haziendas, auf denen sie früher gearbeitet hatten. Die meisten jedoch bekräftigten mit einem Schluck eines vergorenen Getränks, das sauer roch, dass sie weiterhin für Bolívar kämpfen wollten. Ein Hochruf auf die *independencia*. Ein Fluch auf die Mantuanos. Bekräftigendes Gelächter. Jemand ergriff eine kleine Gitarre; ein anderer schlug eine hölzerne Rassel in die Handfläche, und plötzlich war die Luft von rauen Klängen erfüllt.

Entrerríos brachte Janna einen weiteren Pferdefleischspieß, dazu einen ledernen Becher mit Stutenmilch, deren Geschmack unangenehm war. Er wechselte ein paar Worte mit seiner Schwester, wobei er zur tiefstehenden Sonne deutete. So spät schon? Janna wusste, dass es Zeit für den Rückzug war, wollte sie noch im Hellen zurück. Aber ihr war es so viel lieber, hier zu sitzen statt auf den Stufen der Veranda.

*Morgen*, dachte sie. Morgen würde sie ihre Koffer packen und es noch einmal bei Doctor Cañellas versuchen. Vielleicht fände sie mit seiner Hilfe auch ein Logis und eine Anstellung bei einer Familie mit gutem Ruf. Doch an diesem Abend legten sich die Gedanken nicht wie sonst wie eine Steinplatte auf ihre Brust. Hier in der Abgeschiedenheit, bei diesen wilden Leuten, erschien ihr das alles fern, als gehöre es nicht zu ihrem Leben. Das laute Surren, Knistern und Atmen der Natur ringsum, *das* war ihr viel vertrauter.

Romina stapfte auf sie zu und deutete auf das kleinste der Zelte. «Das ist meins. Falls eine Nacht in der Wildnis die feine Dame nicht abschreckt, kannst du darin schlafen.»

*Wenn du wüsstest, wie viele solche Nächte ich hinter mir habe,* dachte Janna beinahe vergnügt.

Die Llanera schnappte sich einen der Männer, einen jungen Burschen, der recht schüchtern wirkte, und begann zu tanzen. Sofort stieg die Stimmung. Die Männer sangen vom ‹großen grünen Meer›, dem riesigen Llanos jenseits des Flusses im Westen. Sie sangen von Kämpfen gegen die weiße Oberschicht und von den Brandzeichen, mit denen sich die gierigen Mantuanos zu Eigentümern der wilden Herden machten.

Ein Mann tauchte vor Janna auf und bot ihr die Hand. «Willst du nicht auch tanzen, Mädchen?» Entrerríos gab ihm mit einem Knurren zu verstehen, dass er verschwinden solle. «Dann her mit der *negrita*!», johlte er und wankte mit gekrümmten Beinen, die ein Leben im Sattel verrieten, auf eines der Zelte zu.

Verblüfft sah Janna keine andere als Lucila an seiner Hand herausstolpern.

«Señor Entrerríos, wie kommt sie her?» Bevor er antworten konnte, sprang sie auf, eilte mit gerafftem Kleid zu der Dienstmagd und hielt sie an der Schulter auf. «Lucila! Du entwickelst in letzter Zeit das Talent, wie ein Kastenteufel überall aufzutauchen. Aber wie kommst du ausgerechnet hierher?»

Lucila rüttelte sich von dem Mann frei, der einige zotige Worte schnaubte und sich trollte. Janna zerrte das Mädchen ein Stück vom Lagerfeuer und dem Gesang fort.

«Ich habe mich gefragt, wieso ich freiwillig dort bleiben soll, wo ich nur eine Sklavin bin», rief Lucila mit ihrer kieksigen Stimme, die keinerlei Aufregung verriet. «Ihretwegen war's ja noch auszuhalten auf La Jirara. Aber Señor Götz ist so merkwürdig geworden. Und dann bin ich abgehauen.»

«Ist David etwa auch hier?»

Das Mädchen schüttelte den Lockenkopf. «Der ist noch dort. Aber ich bleibe hier und kämpfe für die Freiheit.»

Erstaunlich! Romina mochte für ein solches Leben geschaffen sein, aber dieses unbedarfte Mädchen, das fast noch ein Kind war? «Du hättest Frau Wellhorn und David nicht im Stich lassen dürfen.»

«Haben Sie doch auch gemacht, Doña Janna.»

«Ja.» Janna stieß einen langen Atemzug aus. «Da hast du allerdings nicht unrecht. Trotzdem …»

«Keiner bestimmt mehr über mich. Ich bin jetzt frei.» Lucila reckte die breite Nase.

Sie war noch zu jung, um zu begreifen, dass sie im falschen Körper steckte, um wirklich allein über sich bestimmen zu können. Nicht nur die Hautfarbe war das Problem, sondern auch das Geschlecht. «Ich wünsche dir, dass du glücklich wirst, Lucila», sagte Janna in versöhnlichem Ton. «Aber bitte pass auf dich auf.»

«Gewiss, Doña Janna.»

Janna ließ sie in Ruhe und wanderte am Rand des Zeltlagers entlang, um eine Stelle zu finden, wo sie sich erleichtern konnte. Danach beschloss sie, sich alsbald in das ihr zugewiesene Zelt zurückzuziehen. Wie sie bei dem Trubel würde schlafen können, war eine andere Frage. Ein kleiner Spaziergang würde ihr hoffentlich zur nötigen Bettschwere verhelfen. Sie lief ein Stück aufs Geratewohl und ließ sich dann von der kegelförmigen Spitze des nächsten Hügels locken. Dahinter erstreckte sich weithin eine Ebene. Der Mond schien so hell, dass vereinzelte Bäume scharfe Schatten warfen. Die fernen Tafelberge des Guayana-Hochlandes wirkten, als brauchte man ein Jahr, um dorthin zu gelangen. Wunder über Wunder sollte es dort geben: Wasserfälle, die über Treppen aus Jaspis in endlose Tiefen stürzten, fremdartige Tiere und Völker. Sie bedauerte, die gewaltige Schönheit dieses Landes niemals in ihrer Gänze kennenlernen zu können – es war zu groß, und ihre Möglichkeiten waren zu klein. Wie erdrückend musste es für einen Forscher wie Humboldt sein, dass selbst ein abenteuerliches und reiches Leben wie seines nicht genügte, auch nur einen Teil der Sehnsucht zu stillen? Aber sie sollte nicht klagen. Sie hatte mehr gesehen und erlebt, als es gewöhnlichen Frauen vergönnt war.

*Schließ die Augen, Mädchen. Und nun drehe langsam den Kopf. Ja, so ist es gut. Spürst du, wie der Wind gleichmäßig über deine Wangen streicht? Hörst du ihn mit beiden Ohren gleich laut rauschen? Dann weißt du, aus welcher Richtung er weht.*

Sie hörte ihn rauschen, und sie hörte Arturos Stimme in ihrem Kopf. Der Wind streichelte ihr Gesicht, brachte eine weitere betörende Erinnerung. Solange sie solche Momente in sich sammeln konnte, fühlte sie sich nicht gänzlich verlassen. In jedem Rauschen konnte sie ihre Liebe hören, wenn sie nur wollte.

«Geh nicht weiter, *catira*.»

Janna erschrak. Entrerríos' Schwester bewegte sich lautlos wie eine Katze.

«Es gibt hier Spinnen und Schlangen und wovor sich eine feine Dame sonst noch fürchtet. Schon gar nicht darfst du in das Maisfeld da drüben laufen. Da gibt's nämlich …»

«Ach, seien Sie still», unterbrach Janna sie. Gefahren in einem Maisfeld – das waren Erinnerungen, die sie mit Arturos Seele teilte; und in denen hatte die lose Zunge dieses Flintenweibs nicht das Geringste zu suchen. «Ich will mir nur die Beine vertreten.»

«Und ich halt's für besser, auf die herumirrende Schildkröte aufzupassen.»

«Danke, aber Sie müssten inzwischen gemerkt haben, dass ich nicht aus Zucker bin.»

«Lucila sagte, sie sei deine Sklavin gewesen.»

Janna schwieg, da sie nicht wusste, ob es eine Frage oder ein Vorwurf war.

«Bestimmt wirst du eines Tages deinen *manta* eigenhändig einer Sklavin um die Schulter legen müssen.»

Aha, ein Vorwurf. «Solch ein Kleidungsstück besitze ich nicht, und ich bin auch keine Mantuana. Wenn Sie mich jetzt bitte allein lassen würden.»

Das Flintenweib blieb. Sie musterte Janna abfällig, und die fragte sich, was gleich eine weitere spitze Bemerkung auslösen würde: ihre wohlgenährte Figur oder ihr für diese Exkursion gänzlich unpassendes Empirekleid. Doch etwas anderes weckte die Aufmerksamkeit der Llanera. Janna drehte sich in die Richtung, in die Romina blickte. In der Ferne sah sie ein Licht aufblitzen und wieder verschwinden.

Auf dem Orinoco hatte sie hin und wieder den Eindruck gewonnen, die Plateaus der Tafelfelsen seien alten Burgen nachempfunden. Diese Felsformation dort hinten sah wahrhaftig zu regelmäßig aus, um natürlichen Ursprungs zu sein.

«Es ist eine spanische Festung», sagte Romina.

«Ich wusste gar nicht, dass es so nah an der Stadt noch eine Festung gibt.»

«Sie wurde von einem englischen Seefahrer gegründet, der hier in der Gegend Eldorado suchte …»

«Walter Raleigh.» Auf Rominas verwundertes Stirnrunzeln fügte Janna hinzu: «Ich habe viel über Goldsucher gelesen.» Was die Llanera wohl sagen würde, wüsste sie, was die verhätschelte Dame im Handtäschchen mit sich trug? Unwillkürlich legte Janna eine schützende Hand auf die Henkel in ihrer Ellbogenbeuge. «Was hat es mit dieser Festung auf sich?»

«Sie ist noch in spanischer Hand. De la Torre soll sich dorthin geflüchtet haben. José meinte, Bolívar hätte jetzt anderes zu tun, als diese Festung zu stürmen und ein paar Gefangene zu befreien.»

«Gefangene?»

«Kriegsgefangene. *Bunte Rinder*. Bedeutungslose. Jetzt komm zurück ins Lager, *catira*; ich mag nicht hier herumstehen.»

Es hatte ja keinen Zweck; diese Wildkatze wurde sie nicht los. Also machte sich Janna auf den Rückweg. Sie hatte das Gefühl, an ihrer Seite liefe eine hochgewachsene Tanne, jedoch mit den Stacheln eines Kaktus. Rominas

Haar roch stärker als die Bärte der Männer nach ranzigem Öl, als müsse sie beweisen, dass sie mehr als jeder andere ihrer Hosenrolle gewachsen war. An den drei Lagerfeuern war die Stimmung von gelöster Mattigkeit. Die Männer sangen nicht mehr, plapperten dafür schnell wie die sprichwörtlichen Waschweiber. Becher, Kalebassen und Zigarren gingen von Hand zu Hand, und in den langen Schnauzbärten glänzte der Schaum vergorener Getränke.

«Lassen Sie mich wenigstens hier noch eine Weile sitzen.» Janna hockte sich auf einen Felsbrocken, der aus dem Gras ragte. «Hier sind nur die Zikaden laut.»

«Meinetwegen.» Romina umrundete den Felsen, stieß mit den Stiefeln etwas an, das eine Schlange hätte sein können, sich aber als Ast erwies, und hockte sich dann breitbeinig neben sie. Ein Wachtposten mit einem Karabiner unter der Achsel schlenderte vorüber; Romina grüßte ihn grunzend. Wenn sie friedlich in die Sterne blickte und den hochmütigen Mund hielt, so wie jetzt, war sie durchaus erträglich.

Nach einiger Zeit des Schweigens siegte Jannas Neugier.

«Wie kommt es, dass Sie … so sind, wie Sie sind? Ich meine, ein …», *ein Mannweib,* hätte sie fast gesagt. «Eine Amazone.»

«Eine Indiofrau vom Amazonas?», fragte Romina erstaunt.

«Eine Frau, die kämpft.» Das war auch nicht der rechte Ausdruck. Die meisten Frauen kämpften, wenn auch nicht mit einem Gewehr. Janna kämpfte auf ihre Weise ebenso, wenngleich es sich die meiste Zeit anfühlte, als würde sie sich in einem Netz winden.

«Unser Vater besaß viele Rinder», begann die Llanera unvermittelt. Ihr Arm beschrieb eine weitreichende Geste, als zöge die Herde soeben vor ihren Augen durch das hohe Gras. «In einem Jahr starben sie alle. Da, wo wir herkommen, drei Tagesritte von hier, hatte der Fluss die ganze Gegend überschwemmt. Vater konnte die Rinder nicht mehr retten, denn er lag im Sterben – die Kugel eines anderen Llaneros, eines Mannes, der auf einer großen Hazienda reichen Mantuanos diente, steckte in seiner Brust. Der meinte nämlich, die drei Reitpferde unseres Vaters gehörten seinem Herrn, und wollte sie brandmarken. Er starb mit einem Messer im Bauch, und zwar wesentlich qualvoller. Ich war damals acht.» Der Schmerz dieses lange zurückliegenden Ereignisses schwang in ihrer gepressten Stimme mit. «José konnte nicht verhindern, dass man uns die Pferde wegtrieb; und es war zu spät, um die Rinder fortzuführen. Sie hatten versucht, sich auf höher gelegene Gebiete zu retten, aber das Wasser stieg ihnen trotzdem bis an die Knie. José und ich sahen von einem Boot aus zu, wie sie erst die Spitzen der Gräser abweideten, dann nach den Kälbern schrien und schließlich von Krokodilen angefallen und von Geiern zerrupft wurden. Danach gingen wir in ein Dorf voller rauer Männer wie die dort – ich wuchs auf wie ein Junge. Dem ersten Mann, der mich anfassen wollte, nagelte ich die Hand fest.»

*Ich hätte wissen müssen, dass eine Geschichte, weshalb eine Frau so wird, grässlich ist,* dachte Janna.

«Ich weiß, was du denkst.» Romina klang recht friedlich. «Dass eine wie ich sowieso nie einen Kerl abbekommen wird, richtig? Man lehrt eine feine Dame, wie man eine Gabel hält, wie man einen Knicks hier und einen

Augenaufschlag da macht, und sie muss Gedichte aufsagen und musizieren können, und all das nur, damit sie einem Mann gefällt. So ist es bei dir doch auch, oder?»

«Nun ja.» Das ließ sich schwerlich entkräften. «Musizieren kann ich allerdings nicht.»

Romina stieß sie so ruppig mit dem Ellbogen an, dass es wehtat. «Den Mann, den ich will, gibt es hier sowieso nicht.»

Schon wieder musste Janna über diese Frau staunen. Ein leidenschaftliches Glitzern lag in ihren Augen, das nichts mit der Lust am Kämpfen oder Stehlen zu tun hatte. Es war jenes Leuchten, das man überall sah, ganz gleich, zu welcher gesellschaftlichen Kaste ein Mensch gehörte. «Welchen Mann wollen Sie denn?»

«Bolívar.»

«Bitte? Kennen Sie ihn denn?»

Die Llanera lachte kehlig. «Allerdings! Ich habe eine Nacht mit ihm das Zelt geteilt. Das war vor ein paar Monaten, als er kam, um uns für seine Sache zu gewinnen.»

Unglaublich.

Plötzlich war Romina wieder die fauchende Wildkatze. «Ich liebte ihn vom ersten Augenblick an! Weißt du denn, was das ist? Zu lieben?» Sie meinte wohl, *hoffnungslos* zu lieben, aber ihr Stolz verbot es ihr, es so zu nennen.

«Ich weiß das, ja», erwiderte Janna hoheitsvoll.

«Wie heißt er?»

«Warum wollen Sie das wissen?»

«Sag schon!»

«Das geht Sie nichts an.» Janna erhob sich, strich das Kleid glatt und machte sich auf den Weg zurück zu den Zelten.

«Du bist dumm, *catira*!», schrie Romina hinter ihr her. «Dumm wie das Stroh, das du ja auf dem Kopf hast!»

*Ziege!*

Das Einschlafen in der fremden Hängematte fiel Janna schwer. Eigentlich, so dachte sie, konnte der Morgen nicht mehr fern sein. Das Zelt stank so fürchterlich nach Leder, Pferd und Schweiß, dass sie flach atmete. Draußen waren die Männer endlich verstummt; einige flüsterten noch miteinander, andere ließen das Gras unter den Stiefeln rascheln, während sie herumliefen – Wachtposten oder welche, die sich in die Büsche schlugen, um all das Gesöff wieder loszuwerden. Trotz allem war Janna froh, einen Schlafplatz zu haben.

Die Llanera kam mit einem brennenden Span ins Zelt, den sie in den Erdboden steckte. Unter halbgeschlossenen Lidern sah Janna zu, wie sie sich mit geschmeidigen Bewegungen entkleidete. Ihr Körper war mager; jede Rippe ließ sich zählen. Die Brüste klein und spitz. Über einer Wasserschale wusch sie sich notdürftig, dann kleidete sie sich wieder in ihr Männerhemd und die Pantalons. Nur die stinkenden Fußlappen und die Stiefel ließ sie unter ihrer Hängematte liegen. Janna versuchte sich vorzustellen, wie sie in Bolívars Zelt geschlichen war und ihn verführt hatte. Vielleicht war es ja auch andersherum gewesen, er war zu ihr gekommen. So oder so – ihre Phantasie reichte nicht aus, sich das auszumalen. Aber sie spürte den schmerzhaften Stachel des Neids. Diese Frau hatte sich einfach genommen, was sie begehrte. Und für eine Nacht Erfüllung gefunden. Janna hingegen war überzeugt, dass sie nie mehr erleben würde, wie sich das anfühlte.

## 4. KAPITEL

Sie war doch noch eingenickt und hatte wie ein Stein geschlafen. Erst als Romina aufsprang und gegen ihre Hängematte stieß, wachte Janna auf. Ein Lichtstreifen fiel durch den Schlitz der Eingangsplane auf Romina, die in ihre Stiefel schlüpfte, nach irgendetwas schnappte – einer Pistole – und hinausstürzte. Kampflärm drang in Jannas Ohren und weckte sie vollends. Schüsse knallten. Gott im Himmel, der Krieg war zurückgekehrt! Zappelnd versuchte sie aus der Hängematte zu kommen. Eine Gestalt stürzte ins Zelt – ein Llanero, eine Hand auf eine klaffende Bauchwunde gepresst. Er taumelte auf Janna zu. In dem Versuch, von ihm fortzukommen, verlor sie das Gleichgewicht und fiel zu Boden. Neben ihr stürzte der Sterbende der Länge nach hin. Weitere Gewehrsalven donnerten. Zornige Rufe, verzweifelte Schmerzensschreie – alles war zu vertraut. Nur dass sich Janna diesmal auf dem Schlachtfeld befand und nicht weitab in der schützenden Stadt. Oder war es doch ein Traum? Eine lächerliche Hoffnung.

Was sollte sie nur tun? Kaum hatte sie einen Gedanken gefasst, zerstob er mit dem nächsten Knall. Dort draußen tobte ein Kampf, und sie war zur Salzsäule erstarrt. Irgendwann gelang es ihr, sich zu bewegen und nach der Pistole zu greifen, die neben ihr lag. Der Tote musste sie fallen gelassen haben. Janna verstand von Feuerwaffen wenig, aber dass der Hahn gespannt und der Schuss somit noch nicht abgegeben worden war, konnte sie erkennen. Sie stopfte sie in ihr Réticule, hängte es sich an den Arm und kroch zur Rückwand des Zeltes. Gott sei Dank war sie zu müde gewesen, um ihre Stiefeletten abzulegen. Lediglich die Goldkette hatte sie noch schnell aus ihrem Handtäschchen geholt und in den Ausschnitt ihres Kleides gesteckt, da sie den diebischen Fingern der Llanera nicht traute.

Mühselig schob sie sich unter der Zeltwand hindurch ins Freie. Es war hell; die Sonne stand bereits hoch und brannte wie gewohnt mit erbarmungsloser Hitze. Was nun? Zu ihrem Pferd laufen? Aber es war nicht gesattelt, und ohne Hilfe käme sie nicht hinauf. Sich mit der Pistole in den Kampf einmischen? Gott, sie war keine Amazone! Aber nachsehen, was da vor sich ging, das musste sie; also schlich sie um das Zelt herum.

Stinkender Pulverdampf waberte über dem Schlachtfeld. Das Massaker war so schnell vorbei, wie es begonnen hatte. Um die erloschenen Lagerfeuer lagen die Llaneros in ihrem noch frischen Blut. Keiner schien überlebt zu haben. Einem hing der Zipfel einer republikanischen Flagge aus dem Mund, als hätte man ihm damit das Maul gestopft. Schon im Leben hatten die Schwarzhaarigen mit ihren geölten Schnurrbärten und sonnenverbrannten Gesichtern für Janna alle gleich ausgesehen, doch jetzt war es ihr unmöglich, in den erschlafften Zügen Entrerríos zu erkennen. Die spanischen Soldaten, offenbar jene aus der Festung, stapften mit müde hängenden Gewehren zwischen den Leibern hindurch und prüften, ob sie noch lebten. Janna hörte sie jetzt auch im Zelt rumoren. Es war ein wahnwitziger Zufall, dass sie hier stand und noch nicht entdeckt worden war. Was sich jeden Augenblick ändern würde.

Ein schriller Zornesschrei schraubte sich in die erhitzten Lüfte. Es war Romina, die einen Schwall deftiger Flüche ausstieß. Quer und mit dem Gesicht nach unten lag sie auf dem Baumstamm, auf dem Janna gestern Abend gesessen hatte. Man hatte ihr die Hände im Rücken gebunden; ihre Ellbogen ruderten in der Luft wie zwei gebrochene Flügel. Ihre Pantalons hingen in den Kniekehlen. Zwischen ihren Schenkeln klebte Blut. Ein Mann hielt sie im Nacken nieder, und irgendetwas an ihm, das Janna nicht benennen konnte, verriet, dass er sich bereits über die Hilflose hergemacht hatte. Ein anderer schlug mit dem Ladestock eines Gewehrs auf ihr mageres Hinterteil, damit sie stillhielt. Wie betäubt hörte Janna die eigenartig tiefen Stimmen zwei weiterer Männer, in denen tierische Erregung vibrierte. Unschwer war die Bedeutung ihrer hastig gewechselten Worte zu erahnen – *erst du oder ich oder wir beide zusammen?* –, selbst für Jannas wohlbehütete Ohren. Auch das hatte es in der Franzosenzeit gegeben, wie wohl überall auf der Welt, wenn das Töten die niedersten Instinkte in den Menschen weckte. Mit eigenen Augen gesehen hatte sie es jedoch nie.

Dass sie aus dem Schutz der Zeltwand trat, bemerkte sie erst, als sie bereits mit gezückter Pistole einige Schritte ins Lager machte.

«Lassen Sie die Frau gehen», sagte sie. Und fragte sich zugleich, ob sie das wirklich tat. Anscheinend befahl ihr eigener Instinkt soeben, selbst ein Flintenweib zu werden. Ihr war, als hätte sich ihre Seele von ihrem Körper gespalten, liefe neben ihm her und schüttelte über sein närrisches Verhalten den Kopf.

Und wieder hieß es: *Una catira!*

Einer nach dem anderen drehte sich um und starrte sie an. Auch die beiden, die sich über Romina hermachen wollten und schon ihre mit Patronentaschen und der Seitenwehr beschwerten Bandeliere abgeworfen hatten, damit sie nicht störten. Janna sah sich schon neben Romina auf dem Baum liegen. Doch die Überraschung, falls sie dergleichen überhaupt beabsichtigt hatte, war ihr gelungen. Hier und da bröckelten die mordlüsternen Masken, und zurück blieben müde und angeekelte Gesichter.

«Wer sind Sie?», fragte ein Soldat. Nichts an seiner Uniform wies ihn als Höhergestellten aus. Im Arm trug er noch immer ein Gewehr mit blutigem Bajonett.

«Janna Sievers.» Mit beiden Händen hielt sie die Pistole auf den Mann gerichtet, der mit halb aufgeknöpften Pantalons vor Romina stand. «Binden Sie sie bitte los, Señor.» Ihn höflich zu ersuchen war vielleicht das Absurdeste an dieser Situation. Unschwer konnte der Mann erkennen, dass sie mit dieser Waffe nicht umzugehen verstand. Zumal sie gar nicht auf ihn schießen konnte, da sie damit rechnen musste, statt seiner die Llanera zu treffen. Sie wusste, dass der Rückstoß selbst einer kräftigen Männerhand zu schaffen machte und sie vermutlich umwerfen würde, und das wusste der Mann zweifellos auch. Trotz allem war er so verblüfft, dass er ein kleines Messer aus der Tasche zog und den Lederriemen zwischen Rominas Handgelenken durchschnitt.

Sofort zerrte sie die Beinkleider hoch. Noch blieb sie auf den Knien, wohl um nicht noch mehr Aufmerksamkeit auf sich zu ziehen. Doch sie blickte über die Schulter – an ihrer Lippe klebte Blut, und in den schwarzen Augen loderte die Gier, die Zähne in die Kehle eines Mannes zu schlagen.

«Señora, händigen Sie mir die Pistole aus. Ansonsten …» Der mit dem Bajonett kam auf sie zu.

«Ich wäre Ihnen sehr verbunden, wenn Sie mir nicht drohen würden, Señor», erwiderte Janna. Die Höflichkeit half ihr, nicht überzuschnappen. Nur, was sollte sie jetzt tun, selbst wenn der Mann ihr nicht die Waffe entreißen würde, was er zweifellos plante?

«Ich heiße Janna Sievers», wiederholte sie und fügte hinzu: «Aus Deutschland. Wo auch Baron von Humboldt herkommt.» Irgendwie hoffte sie, er möge jetzt wie Bolívar reagieren. *Ach, Humboldt. Ich kenne ihn. Selbstverständlich können Sie gehen.*

Aber so viel Glück konnte man nicht immer haben, und diesem Mann schien der Name nichts zu sagen. Ihr hoheitsvolles Gebaren wirkte nicht länger. «Na, komm schon, *catira*», er streckte eine Hand aus, wie man sich einem verschreckten Tier nähert, das man zu erschlagen gedenkt.

«Bleiben Sie, wo Sie sind.» Sie verfluchte sich, dass sie es nicht schaffte, ihre Stimme sowie ihren Griff um die Waffe zu festigen. Noch einen Schritt, und sie würde zittern wie ein Palmwedel im Tropengewitter.

«Weib, du kannst nicht …»

«Diego, lass sie in Ruhe», rief einer der Soldaten, die sich über Romina hatten hermachen wollen. «An der verbrennen wir uns die Finger.»

Mit einem gewaltigen Aufschrei sprang Romina hoch, stürzte auf Janna zu und riss ihr die Pistole aus der Hand. Auf den Stiefelabsätzen drehte sie sich in Richtung des Mannes namens Diego und zielte auf ihn. Der andere hatte ihr nachgesetzt und schlug ihr seinen Ladestock in die Kniekehlen. Sie sackte hin, warf sich aber im Fallen herum und hieb ihm den Pistolenlauf ins Gesicht. Vor Wut brüllend schlug er nach ihr.

Irgendeiner – Janna hätte nicht sagen können, ob es Diego war – warf sich auf sie, sodass sie rücklings in den Schmutz fiel, und packte mit beiden Händen den Ausschnittsaum ihres Kleides. Sie wusste nicht, was sie mehr entsetzte: dass er gleich ihre Brüste entblößen oder den Schmuck finden würde. Doch jemand packte ihn am Uniformkragen.

«Hör auf damit, du Narr! Das ist kein Pardo-Flittchen, begreif's doch. Willst du ihretwegen hingerichtet werden?»

Es entspann sich ein Disput, inwiefern das Schänden einer Europäerin ein größeres Wagnis darstelle als das eines *bunten Rindes,* da doch in beiden Fällen kein Kläger anwesend sei. Janna setzte sich auf und betastete ihr Kleid. Die bestickte Ausschnittborte hatte dem Angriff standgehalten.

«Lauf schon.»

Es war Romina, die plötzlich auf den Fersen neben ihr kauerte. Von nahem betrachtet, sah sie übel zugerichtet aus. Eines ihrer Augen war blau und geschwollen. An ihrem Kinn klebte Blut, und es sah aus, als fehlte ihr ein Schneidezahn.

«Nur mit Ihnen», sagte Janna.

Die Llanera verdrehte die Augen über so viel Dummheit. «*Catira*. Mich haben sie schon getötet.» Sie ergriff Jannas Hand und drückte sie mit aller Kraft. «Der Mann in der Festung ... der, der einen Kakao umgebracht hat.» Sie schob die Finger in den rechten Stiefelschaft.

«Einen Kakao umgebracht? Ich verstehe kein Wort.»

«Genug geschwätzt, ihr da!», rief einer der Spanier. Offenbar waren sie zu einem Ergebnis gekommen. «Du», er deutete auf Janna. «Du verschwindest. Die andere wird noch gebraucht.» Anschaulich fingerte er am Hosenstall seiner verdreckten Pantalons herum.

«Du hast einen Namen gerufen, damals auf den Weiden, als ich dich traf.» Romina schien sich nicht um ihn zu scheren. Doch ihre gedämpfte Stimme wurde drängender. «Du warst vom Pferd gefallen …» Die Finger mit den blutigen Nägeln zogen einen schmalen Dolch aus dem Schaft. «Mein Bruder hat dich dann fortgebracht.»

«Hast du nicht gehört, *catira?*»

Fieberhaft überlegte Janna, wovon sie sprach. Es wollte ihr nicht einfallen; ihr Kopf fühlte sich an wie mit einem scharfen Messer ausgehöhlt. «Ja, jetzt erinnere ich mich.» An jenem Tag hatte sie verzweifelt und wie von Sinnen wieder und wieder Arturos Namen gerufen. «Arturo.»

«Ja. Arturo.» Von ihrem Rücken beschirmt, umschloss Rominas Faust den Messergriff. Ihre Augen glänzten vor fiebriger Kampfeslust. *Hätte sie die Waffe doch früher ziehen können,* ging es Janna durch den Kopf. *Der Tod wäre ihr nicht erspart geblieben, wohl aber das andere …* «Einer der Gefangenen soll so heißen. Ein großgewachsener Pardo mit der Maria Lionza auf dem Arm. Ist er's?»

Janna starrte sie nur an. Aber irgendetwas musste ihr Staunen wohl aussagen, denn Romina zeigte wieder ihr vertrautes arrogantes Lächeln.

«Also doch. Wie kommt's, dass die feine Dame so einen liebt?»

«Woher wissen Sie, dass ich ihn geliebt habe?»

«So, wie du geschrien hast …»

Nun war der Mann so nahe, dass er die Hand nach Romina ausstrecken konnte. Janna stob im Hochspringen herum und rannte, das Kleid bis über die Knie gerafft. Ihre Stiefeletten trommelten über den Boden; die Gräser kratzten über ihre Unterschenkel. Ihre Criollostute war nicht da. Sie hörte den Spanier röcheln und die anderen überrascht aufschreien. Über den brodelnden Tumult hinweg erklang Rominas gellender und dann schlagartig absterbender Schrei.

Nicht die Angst ließ Janna über die Grasflur fliegen. Allein das Entsetzen. Was vor ihr lag, nahm sie kaum wahr. Obwohl sie sich nicht umwandte, sah sie doch nichts anderes als den dürren, entblößten Leib der Llanera vor sich, durchgeschüttelt von entfesselter Männerkraft. Wind und Sonne prallten auf ihr Gesicht; ihre gelösten Haare flatterten, ihre Brust pumpte schmerzhaft. Ein Ruf drang zu ihr durch. Der wimmernde Ruf eines klagenden Kätzchens. Sie blieb stehen, versuchte durch ihr Schnaufen zu hören, von wo er kam.

«Hier bin ich, Doña Janna!»

Ringsum nur hohe, blühende Gräser, satt von der Feuchtigkeit der Regenzeit. Handtellergroße Schmetterlinge flirrten wie Fetzen von verwehten Spitzentaschentüchern. Grillen machten einen Heidenlärm, sodass Janna vergebens lauschte. Doch dann sah sie im Gras eine schwarze Gestalt.

«Nein, du nicht auch noch!» Janna ließ sich neben Lucila auf die Knie fallen. Das Mädchen sah unverändert aus, doch in dem jungen, breiten Gesicht stand nur zu deutlich geschrieben, welche Qualen das Mädchen hatte erleiden müssen …

«Nein, das war ja heute Nacht schon.» Lucila hob sich auf einen Ellbogen. «Es war einer der Llaneros. Ich wollte danach zurück zur Hazienda. Aber … es tut so weh.»

So also endete der Traum vom Rebellendasein. Egal, ob Spanier oder Llanero oder sonst irgendein Mann; man sollte als Frau nicht in der Nähe sein, wenn der Krieg oder was es sonst sein mochte sämtliche Hemmungen niederriss. «Komm, steh auf. Wir müssen hier weg.»

Sie half dem Hausmädchen auf die Füße. Lucilas Ebenholzgesicht war verklebt; nicht von Blut, aber von vielen vergossenen Tränen. Ein Schuh fehlte ihr, und sie trat breitbeinig auf – sie würden ewig brauchen, um La Jirara zu erreichen. In welcher Richtung lag die Hazienda überhaupt? Janna blinzelte in die Sonne. Irgendetwas musste sie doch in ihrer Zeit auf dem Fluss gelernt haben, und wenn es nur war, die Himmelsrichtung zu bestimmen, verdammt! Wie auch immer; sie würden ewig brauchen. Viel Zeit, um wieder und wieder Rominas blutiges, gequältes, zu allem entschlossenes Gesicht zu sehen. Ihren letzten Schrei zu hören. Und über ihre Worte nachzudenken.

Arturo lebte.

* * *

Janna mochte es nicht glauben. Sie hatte ihn sterben sehen. Und er war gewiss nicht der Einzige, der diesen Namen trug.

Aber vermutlich gab es weit und breit keinen zweiten Arturo mit einem eintätowierten Maria-Lionza-Bild.

*Er hat einen Kakao umgebracht.*

Was sollte das heißen? Gouverneur de Uriarte hatte von einem Mantuano gesprochen.

Hätte sie sich dazu herabgelassen, Rominas Frage nach dem Namen jenes Mannes zu beantworten, den sie liebte, wüsste sie die Antwort. Aber sie hatte ja weggehen müssen, weil die Neugier der Frau sie empört hatte. Nun, sie musste die Antwort nicht wissen. Weil Arturo tot war. Weil es wahrscheinlicher war, dass Romina sich einen Spaß mit ihr erlaubt hatte.

*Und woher wusste sie dann von der Tätowierung?*

Nein, er war tot. Sie hatte ihn sterben sehen.

Als sie völlig erschöpft, mit einer wankenden Lucila im Arm, die Umfassungsmauer von La Jirara erreichte, war sie tausendmal zu dem Schluss gekommen, dass er tot war. Nur um sich einige Sekunden später wieder zaghaft zu gestatten, die Möglichkeit des Gegenteils in Erwägung zu ziehen. Sie wusste noch, dass sie das Geschrei und Gedrängel der Menschenmenge verwirrt hatten, und die Sicht auf den Delinquenten vor der Mauer war schlecht gewesen. Sie hatte ihn nur für den Bruchteil eines Herzschlags gesehen. Wenn es nun ein anderer gewesen war? Dennoch wagte sie nicht, es wirklich und wahrhaftig zu hoffen. Wenn die Hoffnung endgültig zerstob, weil sich herausstellte, dass jener Arturo, von dem Romina gesprochen hatte, nicht der richtige war, wäre das bösartige Tier des Schmerzes wieder frei. Jetzt steckte es noch in seinem Käfig. Wenngleich es ständig daran rüttelte und sie erinnerte, wie quälend ihr Verlust war.

Arm in Arm wankten sie durch das Tor und über den von Schuttbergen vollgestopften Hof. Janna schaffte es noch, den herumliegenden Steinen und Brettern auszuweichen, doch die Stufen der Veranda stellten eine nicht mehr zu bewältigende Hürde dar. Gemeinsam mit Lucila sackte sie zu Boden. Die kurzen Schatten verrieten, dass Mittagszeit war; Stunden waren sie gelaufen, und Jannas Zunge fühlte sich dick und trocken an, so trocken wie ihre rissigen Lippen.

«Lucila, glaubst du ... du schaffst es ... zur Tür und ... anzuklopfen?», schnaufte sie schwer atmend. «Ich ... kann nicht mehr.»

«Ich versuch's.» Das Mädchen rappelte sich hoch und wankte, vielmehr kroch, zur Tür und reckte sich nach dem Messingschlegel. Das Klopfen klang unnatürlich laut. Janna versuchte nicht daran zu denken, welch einen Eindruck sie auf Reinmar machen würde, sobald er herauskäme. Sie konnte sich nicht einmal mehr besinnen, wie und unter welchen Umständen sie ihn verlassen hatte. Allein dass Entrerríos und seine kämpferische Schwester sie in der Stadt aufgelesen hatten, ja, daran erinnerte sie sich; doch selbst dafür musste sie sich große Mühe geben. Beide lagen irgendwo dort draußen in der Wildnis in ihrem Blut – das Entsetzen über das grausame Ende der beiden Menschen, die ihr immerhin geholfen hatten, hatte sich zu einem eiseskalten Klumpen in ihrem Magen geballt.

Ihr Wunsch, Reinmar möge gar nicht erscheinen, wurde erfüllt. Niemand öffnete die Tür; nichts rührte sich im Innern. Das Zirpen der Grillen in der Mittagshitze vermittelte ihr den Eindruck einer seit Jahrzehnten verlassenen Hazienda. Aber es war Siesta, wahrscheinlich schlief er. Ebenso Frau Wellhorn und David.

Hinter ihr schluchzte Lucila. Janna kroch an ihre Seite und strich ihr über die Schulter. Das schlichte graue Kleid war dreckig und voller Laub und Dornen. In Schoßhöhe klebten ein paar dunkle Flecken. «Wir müssen in die Stadt, Lucila», sagte sie schleppend. «Du solltest besser zu einem Arzt …»

«Was soll der machen?», schnaubte das Mädchen trotzig.

«Hier können wir sowieso nicht bleiben. Es ist zu gefährlich.»

«Ich steige durch ein Fenster.»

«Nein, du kommst mit.» Janna stemmte sich hoch und zog sie mit sich zum Brunnen. Der Wassereimer, den sie heraufzog, kam ihr doppelt so schwer vor wie sonst. Sie schob ihn auf dem Rand zu Lucila hin, und gemeinsam löschten sie mit den hohlen Händen ihren Durst und bespritzten sich die staubigen Gesichter. Dann zog Janna das Mädchen mit sich zum Stall. Ein zweites Mal würde sie sich ein Pferd nehmen müssen. Dieses Mal aus purer Not. Sie strich über das dichte, leicht gewellte Fell der Criollostute und die dicke Mähne.

«Lucila, meinst du, dass du rittlings sitzen kannst?» In Anbetracht der Umstände war dies eine peinliche Frage, aber sie musste ja gestellt werden. «Lucila?»

Das Mädchen stand an die Wand gepresst, mit hängenden Schultern, den Blick auf die Schuhspitzen gerichtet. Janna hatte nicht gehört, dass Reinmar hereingekommen war, doch nun stand er am Eingang der Box, ein Gewehr in den Händen.

«Was soll das, Janna?»

Der Schreck ging ihr durch Mark und Bein. «Ich will mit Lucila in die Stadt reiten.»

Sein verschleierter Blick erinnerte sie an ihr letztes unangenehmes Beisammensein: an sein Geständnis, Geld beim Glücksspiel verloren zu haben. Und dass er sie gewaltsam umarmt hatte und ihr Gold wollte ... Ihre Hand zuckte, wollte sich auf ihre Brust legen, wo es noch immer mehr schlecht als recht verwahrt war; doch es gelang ihr, die verräterische Handbewegung nicht zu tun. Was war an ihm anders? Er sah übernächtigt aus, ja, und sein Haar war zerzaust. Richtig zerzaust, nicht mit Bedacht wie seine Sturmfrisur, auf die er immer so viel Zeit verwendet hatte. Er trug sein Lieblingshemd, doch ohne angeknöpften Stehkragen und Halstuch ... Jetzt fiel es ihr auf: Er war unrasiert. Hatte sie ihn je bartstoppelig gesehen? Sie konnte sich nicht erinnern. Diese Blöße hätte er sich früher niemals gegeben.

«Komm, Lucila.» Sie stieg auf den Hackklotz.

«Das Mädchen bleibt hier.»

«Sie muss zum Arzt. Lucila – komm jetzt!»

Janna stellte einen Fuß in den Steigbügel und schwang sich hoch. Das Kleid rutschte ihr bis über die Waden; Reinmars Blick glitt flüchtig an ihren Unterschenkeln hinunter und wieder herauf. Er schien sich zu fragen, was in sie gefahren war. Lucila löste sich von der Stallwand, kletterte auf den Klotz und hinter ihr aufs Pferd. Janna drückte mit den Schenkeln und schnalzte mit der Zunge; langsam trottete die Stute aus der Box, vorbei an Reinmar, der müde das Gewehr sinken ließ. Lucilas Stöhnen gemahnte sie zum langsamen Schritt, wenngleich sie liebend gerne losgeprescht wäre.

Dieses Mal war sie klüger und gab dem Wirt der Taverne, wo sie das Pferd festband, einen Real. Allerdings erst, nachdem ihr Lucila beim Herunterhandeln geholfen hatte, andernfalls wäre sie das Achtfache, ihren letzten Piaster, losgeworden. Bis zur Praxis von Doctor Cañellas waren es nur noch ein paar Schritte.

Erst auf Jannas drittes Klopfen hin öffnete eine alte, in Schwarz gehüllte Frau, die ihr kaum bis zur Brust reichte und ein greinendes Kind auf dem Arm trug.

«Der Doctor hat keine Zeit zum Öffnen», nuschelte sie mit zahnlosem Mund und musterte die beiden Neuankömmlinge von oben bis unten, als frage sie sich, ob sie es wagen konnte, sie einzulassen. Janna sah fünf oder sechs Leute auf Bänken herumsitzen; die meisten waren Mütter mit schlafenden oder weinenden Kindern auf dem Schoß. Zu ihren Füßen hatten sie Körbe mit Gemüse und sogar einen Schilfrohrkäfig mit einem mageren Huhn.

«Hinein mit dir», Janna schob die sich sträubende Lucila durch die Tür.

«Ich kann den Doctor doch nicht bezahlen!» Fast schien es, als wolle Lucila in Tränen ausbrechen. Von einer Rebellenheldin, oder was immer sie sich zu werden erträumt hatte, war sie weit entfernt.

«Sag ihm einen netten Gruß und dass ich das später regeln werde. Ich komme bald wieder.»

Janna drückte sie kurz an sich, schob sie ins Innere und zog die Tür zu; dann machte sie sich auf den Weg zur Plaza Major. Hier weilte, so Gott wollte, der einzige Mann, der Arturo helfen konnte.

Oben auf El Zamuro wehte die venezolanische Flagge, und das Läuten der Schneejungfrau schien einen sonnigen, friedfertigen Nachmittag zu versprechen. Hier und da hörte Janna, wie man sich über die nächtliche Fiesta unterhielt. Offenbar hatte es kurz vor dem Morgengrauen ein prächtiges Feuerwerk gegeben, das man unbedingt gesehen haben musste. Der neue Gouverneur ließ sich nicht lumpen. Niemand dieser Leute, die an ihr vorüberkamen, konnte ahnen, dass sie ein Feuerwerk ganz anderer Art erlebt hatte. Sie musste an Entrerríos und Romina denken, und ihr wurde das Herz schwer.

Doch dafür blieb keine Zeit. Sie kramte in ihrem Réticule – ein Piaster, fünf Reales. Für Cañellas' Dienste würde es vielleicht noch genügen, doch danach wäre sie bettelarm. Der Rest würde nicht einmal mehr für einen Brief an den Vater reichen, in dem sie ihm alles erklären und ihn um Geld bitten konnte.

Aber dieses Problem war jetzt nicht wichtig. Erst musste sie Arturo helfen. Falls es Arturo war. Noch immer erlaubte sie sich nicht, daran zu glauben. Es war so unwahrscheinlich, dass er lebte, und doch, sie musste, *musste* es versuchen …

Trotz Siesta-Zeit war die Plaza voller Leute. Sie hatten sich rund um die Seitenwand der Kirche versammelt. Eine Militärtrommel kündigte etwas an, das Janna bereits gesehen hatte und um nichts auf der Welt noch einmal sehen wollte. Die Bajonette des Erschießungspelotons tanzten gut poliert über den Köpfen der Angosturer. Janna versuchte nichts davon zu sehen und zu hören, dennoch entging ihr der in ein weißes Hemd gekleidete Delinquent nicht, denn er stand erhöht auf einem Karren. Seine Hände sah sie nicht, doch es schien, als seien sie an die niedrigen Seitenwände gekettet. Irgendwo begann das Heulen und Wehklagen.

Wo hatte sie diesen Mann schon einmal gesehen? *Ich will's nicht wissen.* Dicht an der Häuserzeile schob sie sich entlang, bis sie die Casa de los Gobernadores erreicht hatte. Zwei Gendarmen mit Lanze, Seitenwehr und Pistole am Bandelier bewachten die Flügeltür. Janna betätigte den löwenförmigen Türklopfer. Ein Mann in einem feinen Anzug, wohl der Majordomus, öffnete. Sie machte einen Knicks und brachte ihr Anliegen vor.

«Gnädige Señora, der Libertador weilt nicht im Haus.»

«Wo kann ich ihn finden?»

Er betrachtete sie angewidert, als sei sie ein Hündchen, das es wagte, an dieser Hausmauer zu schnüffeln. «Señora, er bedarf Ihrer Dienste nicht. Au revoir.»

Und damit war die Tür wieder zu. Unschlüssig lief Janna weiter, fort von der Plaza, wo der Trommelwirbel lauter und drängender wurde. Sie presste die Hände an die Ohren. Nicht daran denken, was dort geschah! Von welchen Diensten hatte er gesprochen? Meinte er etwa ... Nein, das konnte sie sich nicht vorstellen. *So* sah sie doch nicht aus! Oder doch? Sie blickte an sich hinunter. Das kostbare Kleid war fleckig und an einigen Stellen gerissen. Allein dieses Loch an ihrem Ausschnitt war indiskutabel. Auch ihre Frisur verdiente kaum diese Bezeichnung, und sie roch nach ihrem Schweiß und dem des Pferdes. Nicht verwunderlich, dass er sie für eine Frau aus der Gosse gehalten hatte, die auf krummen Wegen zu diesem Kleid gekommen war. Aber ändern ließ sich das jetzt nicht. Sie rannte, um dem Donner der Gewehrsalve zu entgehen, zum Privatpalais des Gouverneurs. Natürlich hatte sie die Schüsse dennoch gehört. Ihr schwindelte von dem Krach und der bisher ausgestandenen Anstrengung. Dass der alte Majordomus öffnete, freute sie. Also hatte er seine schwere

Krankheit überstanden, wenngleich er sehr ausgezehrt wirkte.

Doch der Libertador war auch in diesem Haus nicht.

Sie lief wieder die Straße hinunter und versuchte ihr Glück an der Kongresshalle. Seine Zuckergusstünche wetteiferte mit der der Kathedrale, und sie dachte wieder an das Blutmenetekel auf der rosafarbenen Wand. Himmel, sie musste endlich wissen, was geschehen war, sonst würde sie noch verrückt. Dieses Mal hämmerte sie mit der Faust gegen die von Pfeilern und einem Dreiecksgiebel umrahmte Tür, sodass einer der beiden Wachtposten nach ihrer Hand griff.

«Ich muss zu Bolívar!», rief sie und funkelte den Mann verzweifelt und gereizt an.

Einer der beiden Türflügel ging auf. Eine Frau, vom Türhüter mit einem tiefen Diener verabschiedet, tat einen Schritt heraus, öffnete ihren weißen Spitzensonnenschirm, raffte mit einer spitzenbehandschuhten Hand ihr nach neuer Mode ausladendes Kleid und schaute verwundert auf den Menschenauflauf drüben bei der Kirche. Dann lief sie in Richtung einer wartenden Kutsche. Mit zierlichen und dennoch geschickten Bewegungen stieg sie in den offenen Landauer und setzte sich. Ein Junge zog die Bremskeile fort, und die Hufe klapperten die abschüssige Straße hinunter. Im Vorbeifahren drehte die mondäne Schönheit den Kopf. Ihr verächtlicher Blick auf Jannas zerrupfte Aufmachung sprach Bände.

«In welcher Angelegenheit?», fragte der elegante Kammerdiener im französischen Frack. Mit einer Handbewegung hielt er den Gendarmen an, sie loszulassen.

«Es geht um Leben und Tod!»

«Tatsächlich?»

Sie rieb sich das Handgelenk. Sollte sie so tun, als würde sie Bolívar auf eine Art kennen, wie Romina ihn gekannt hatte? Aber dann würde dieser Kettenhund von einem Gendarm sie womöglich erst recht fortjagen.

«Ich weiß, wo sich de la Torre aufhält.»

Es war das Einzige, was ihr einfiel, womit sie vor Bolívar treten konnte. Im Grunde nur ein Verzweiflungsschuss, denn da Romina es gewusst hatte, war es wohl auch ihm kein Geheimnis.

«So? Dann sagen Sie es mir.» Der Diener nahm sie nicht ernst. Nicht verwunderlich! Dass sie blond war, entlockte ihm nicht einmal ein Stirnrunzeln.

«Ich muss ihn selbst sprechen.»

«Werte Señora ...»

«Bitte! Sagen Sie ihm, dass ich ... die Landsmännin Baron von Humboldts bin.»

Er krauste die Stirn. «Ich werde fragen, ob er sie empfängt. Aber rechnen Sie nicht mit einem günstigen Ausgang. Er ist nicht in der Stimmung, mit einer Dame zu plaudern.»

Und was hatte er eben mit der anderen gemacht? Diese Femme fatale hatte er sicherlich empfangen.

Immerhin, der Diener ließ sie eintreten. Es ging durch breite, weiß getünchte Gänge, an deren Wänden die Flagge der Republik und die Porträts finster dreinblickender Politiker hingen. Der Patio, in den sie geführt wurde, erwies sich gottlob als freundlicher; um einen Springbrunnen gruppierten sich Bänke und sorgfältig gestutztes Gebüsch. Alles war hell und sauber; kein Laubblättchen störte. Janna wurde allein gelassen, und kurz darauf sah sie den

Bediensteten die Galerie des oberen Stockwerks entlanglaufen und an eine Tür klopfen.

Eine halbe Ewigkeit geschah nichts. Eine halbe Ewigkeit, in der ihre Gedanken um Arturo kreisten. Sie starrte auf das plätschernde Wasser, wie sie es oft im Innenhof bei den Uriartes getan hatte, in der Hoffnung, es würde sie beruhigen. Mit einem Mal, ohne dass sie hätte sagen können, wie sie darauf kam, wusste sie, woher sie das Gesicht des Delinquenten kannte. Es war der *general de brigada* Manuel Carlos Piar Gómez, Bolívars rechte Hand. Sein Freund, hatte man von ihm gesagt.

Ein gequälter Schrei kam aus dem Zimmer. «Ich habe mein Blut vergossen!»

Janna lief unter die Galerie; ihr war danach, sich zu verbergen. Oben flog die Tür auf. Schritte ließen das Holz knarren. O nein, unter diesen Umständen wollte sie ihn nicht sehen. Aber falls dies eine Höhle des Löwen war, sollte sie froh sein, es bis hierhin geschafft zu haben. Die Schritte verklangen. Lange Zeit geschah nichts. Dann kehrten sie wieder. Über die rotbraunen Fliesen des Patio schob sich der Schatten eines Oberkörpers.

«Mademoiselle Sievers?»

Tief atmete sie ein und trat zurück ins Sonnenlicht. Oben stand niemand anderer als Simón Bolívar, die Hände, voller Sehnen und Schwielen, welche seine Kampferprobtheit verrieten, auf die schwarz lackierte Balustrade gelegt. Nach seinem Einzug in die Stadt hatte sie ihm ihren Namen genannt, und wahrhaftig, er erinnerte sich daran.

Sie schluckte. Ihr Knicks geriet umständlich. «Señor Bolívar ...» Schon falsch – *Exzellenz*. «Es tut mir leid, dass ich Ihre Zeit stehle ...»

Dass er von der Galerie auf sie herabblickte, erinnerte sie unangenehm daran, wie sie Reinmar im Haus des Gouverneurs empfangen hatte. Damals hatte er im Patio gestanden, und sie ahnte, wie er sich gefühlt haben musste. Mochte dieser Mann dort oben auch ihren Namen kennen und sich feiner französischer Anreden bedienen, wie er es aus Paris kannte, so hatte sie dennoch nicht den Eindruck, willkommen zu sein.

«Es geht um das Fort im Süden», versuchte sie es mit Sachlichkeit. «Leider weiß ich nicht, wie es heißt, aber …»

«La Fidelidad.»

*Die Treue.* Nun ja. «Ich weiß, dass de la Torre sich dort aufhält.»

«Deshalb kommen Sie?» Hatte er sich zuvor leicht vorgeneigt, so löste er jetzt die Hände und richtete sich auf. Sein Blick glitt seitwärts – er war mit den Gedanken bereits woanders. Er pflegte mehrere Briefe gleichzeitig zu diktieren, hatte sie über ihn gehört. Vielleicht dachte er in diesem Augenblick darüber nach, dass Politik keine Frauensache war. Und dass man für Zeitdiebstahl ebenfalls füsiliert werden sollte. «Amerika ist ein halber Globus, der verrückt spielt», sagte er schließlich. «Da kommt es nicht darauf an, wo sich ein geschlagener spanischer General derzeit aufhält. Mir war es wichtig, Angostura zu befreien, denn wer Angostura hat, beherrscht auch den Orinoco.»

Tatsächlich? Und da hatte es immer geheißen, Angostura sei unbedeutend.

«Dennoch danke ich Ihnen für diese Information, Mademoiselle.»

Die er längst kannte, wie sie es sich schon gedacht hatte. Das war offensichtlich.

«Exzellenz, seine Leute haben die Llaneros angegriffen und getötet, die an Ihrer Seite kämpften.»

«Das ist bedauerlich.»

«Unter ihnen war Romina, die Schwester von José Astarloa Entrerríos.»

Er erstarrte. Langsam wandte sich sein scharfgeschnittenes Gesicht ihr wieder zu. Allein der Blick dieser Augen vermochte seine Gegner zu entwaffnen, so schien es ihr. «Warten Sie, ich komme herunter.»

Einige Augenblicke später kam er durch den Schatten der Kolonnaden auf sie zu. Ein schneidig ausschreitender Mann in einer tadellos sitzenden Uniformjacke mit breitem, goldbesticktem Fasson, einem Galanteriedegen, blütenweißen Pantalons und polierten Schnallenschuhen. Sein schmales Oberlippenbärtchen und die ausgeprägten Koteletten waren mit Pomade gebändigt. An dieser Aufmachung hätte Reinmar seine wahre Freude gehabt.

Er verbeugte sich knapp. «Woher wissen Sie davon, Mademoiselle Sievers?»

«Ich war dort und habe es gesehen.»

Seine scharfgemeißelten Züge waren beherrscht. Nur seine fest zusammengepressten Lippen und ein zuckender Wangenmuskel verrieten seinen inneren Aufruhr. Hatte er Romina geliebt? Das konnte sie sich nicht vorstellen. Bevor sich dieser Mann zum Befreier Südamerikas aufgeschwungen hatte, war er, von Haus aus schwerreich, durch die literarischen Salons europäischer Hauptstädte gereist, um die Frauen und das leichte Leben kennenzulernen. Reihenweise mussten sie ihm zu Füßen gesunken sein, wenn man den Erzählungen glauben durfte.

Vielleicht hatte er sie ja deshalb geliebt. Weil sie anders als alle Salondamen gewesen war.

Janna spürte ihre Tränen erst, als sie ihr Kinn kitzelten. Sie weinte um das furchtbare Ende der Amazone und um ihren eigenen Verlust.

«Wie ist sie gestorben?», fragte er.

«Im Kampf, stolz, ganz, wie es zu ihr gepasst hat.»

Es war ja die reine Wahrheit. Was davor geschehen war, musste er nicht wissen. Kurz schloss er die schweren Lider und machte einen schwankenden Schritt seitwärts. Seine Finger krampften sich um das goldbestickte Portepee seines Degens.

Das Schicksal Rominas war ihm in jedem Fall nicht gleichgültig. Das musste sich doch für ihre Sache nutzen lassen! Eine andere Möglichkeit sah Janna nicht. Sie musste ihr Glück versuchen, auch auf die Gefahr hin, dass er sie unverschämt finden und hinauswerfen lassen würde. «Sie müssen diese Festung erobern, Exzellenz! Die Soldaten, die Romina getötet haben, dürfen nicht ungestraft bleiben!»

Bolívar warf ihr einen prüfenden Blick zu. «Und was, Mademoiselle, verbindet Sie mit einer Llanera wie Romina? Warum ist es Ihnen so wichtig, dass sie gerächt wird? Was ist Ihr Interesse an der ganzen Sache?»

Janna schluckte. Es blieb ihr keine andere Wahl, als die Wahrheit zu sagen. Oder zumindest einen Teil davon. «Unter den Gefangenen ist jemand … jemand, der mir viel bedeutet. Ich hatte meine ganze Hoffnung darauf gesetzt, dass Sie die Stadt erobern und befreien; doch Sie kamen zu spät, kurz zuvor wurde er in die Festung gebracht.»

«Weswegen saß er ein?»

Vor dieser Frage hatte sie sich gefürchtet. Sie schlug die Hände vors Gesicht und schüttelte den Kopf. Musste ausgerechnet in diesem Moment aus ihr herausbrechen, dass sie fast wahnsinnig darüber wurde, ihn lebend zu wissen – vielleicht! – und trotzdem so fern, als wäre er tot? Mit all ihrer verbliebenen Kraft zwang sie sich, wieder Fassung zu erlangen. Sie versuchte sich an einer Antwort, doch sie konnte nur schlucken, wieder und wieder.

«Wir alle haben Verluste zu beklagen, Mademoiselle. Ich habe vorhin einen guten Freund in den Tod geschickt ...»

Zerfahren kramte sie in ihrem Réticule nach einem Taschentuch und fand keines. Er griff in die Seitentasche seiner Jacke und reichte ihr ein sauberes, unbenutztes Tuch.

«Wieso eigentlich?», entfuhr es ihr, während sie in ihrem nassen Gesicht herumwischte.

«Insubordination.»

Verwirrt hielt sie inne und sah ihn an.

«Große Opfer sind unumgänglich – Einheit oder Tod. Er wollte ein Land namens Venezuela, ich aber will einen ganzen befreiten Kontinent mit einem Großkolumbien als dem Herzen der Welt.»

*Mein Gott.* Dieser Mann dachte in anderen Sphären. Beim besten Willen wusste sie nicht, mit welchen Worten sie an seine Hilfsbereitschaft appellieren sollte. Sie steckte das Taschentuch in ihr Täschchen. Ihre Finger berührten den lose in den Falten liegenden Goldschmuck. Ihr war plötzlich, als habe sie ihn eigens für diesen Augenblick aufbewahrt. Er gehörte Arturo – und musste Arturo jetzt retten. Sie zog ihn heraus und streckte ihn vor.

«Dieses Gold gehörte zu dem großen Schatz, der Atahualpa retten sollte. Ich lege Ihnen ein andermal mit Freuden dar, wie ich an ihn gekommen bin. Jetzt aber, Exzellenz, bitte ich Sie einfach, es zu glauben. Helfen Sie mir, und nehmen Sie dafür dieses Gold.» Sie seufzte. «Es ist sowieso nur eine Frage der Zeit, bis ich es verliere oder mir jemand meine Handtasche stiehlt.»

Er nahm es und breitete es auf der schwieligen Handfläche aus. Sein Daumen fuhr über die Erhebungen und die Smaragde. Was in seinen Augen aufblitzte, war eindeutig die Lust, dieses Gold zu besitzen. Vielleicht, nein, hoffentlich, überlegte er bereits, ob er zu seinen aus Atahualpas Gold gefertigten Uniformknöpfen nun auch passende Sporen schmieden lassen konnte.

«Sie wollen mich kaufen», konstatierte er.

«Nennen Sie es, wie Sie wollen, Exzellenz. Nur helfen Sie mir.»

«Betrachten Sie es als der Republik gegeben, nicht mir, denn einen Kontinent zu befreien ist teuer.»

«Sie sind der Kontinent, Exzellenz. Eines Tages wird man Städte nach Ihnen benennen.»

Diese freche Schmeichelei ließ eine gewisse Eitelkeit in seinen Augen aufblitzen. «Ich traf Baron von Humboldt in Paris, als ich der Kaiserkrönung Napoleons beiwohnte. Damals sagte er zu mir, dass Venezuela bereit sei für die Unabhängigkeit. Nur sähe er weit und breit keinen Mann, der sie erringen könnte. Ich würde gerne mit ihm über sein damaliges Fehlurteil sprechen. Vielleicht ergibt es sich ja eines Tages.» Er betrachtete noch einmal das Geschmeide und schob es in die Innentasche seiner Jacke. «Um Rominas und Ihretwillen werde ich mich um diese Festung kümmern. Wie heißt der Mann, um den es geht?»

«Arturo. Nur Arturo.»

«Und was wirft man ihm vor?»

Tief holte sie Atem. «Mord – an einem Kakao. Was immer das heißt.»

Er lächelte. «Es heißt, dass es für mich keine Rolle spielt. Denn wir sind ja im Krieg, nicht wahr? Ich werde Ihnen eine Nachricht zukommen lassen. Die Adresse war La Jirara, wenn ich mich recht entsinne.»

«Nein, bei – bei Doctor Cañellas», stotterte sie verlegen. Hoffentlich irrte sie sich nicht, was die Hilfsbereitschaft des Arztes betraf.

Bolívar hob flüchtig eine Braue. Aber er sagte zu diesem seltsamen Umstand nichts.

# 5. KAPITEL

*Ach, Janna, warum bist du vor mir weggerannt? Warum ist alles so gekommen?* Er ahnte, dass er noch im Halbschlaf war, denn tagsüber und bei vollem Bewusstsein verbot er sich diese Fragen. Sie führten ja zu nichts. Aber dass er ständig Janna vor sich sah, wie sie ihn giftig ansah und auf einer seiner Stuten davonritt, das konnte er nicht in der Nacht und nicht am Tag verhindern. Und wenn er noch so oft Old Tom um Hilfe bat. Ein fetter Moskito hatte sich unter das Netz verirrt und raubte ihm vollends den Schlaf. Vergeblich schlug er nach dem Vieh. Nun war er wach; er tastete nach der Flasche auf dem Nachttisch.

Ihr Poltern, als er sie hinunterstieß, und das Gebrumm der Mücke waren nicht die einzigen auffälligen Geräusche. Er setzte sich auf, schluckte den sauren Geschmack, der in seiner Brust aufstieg, wieder herunter und lauschte. Pferdegetrappel, Männerstimmen. Auf dem Hof! Allmählich sollte er über die Anschaffung eines Hofhundes nachdenken. Er schob sich unter dem Netz hindurch, angelte nach seinen Stiefeln, schüttelte sie aus und schlüpfte barfuß hinein. Dann schnappte er sich die Büchse, die er griffbereit neben dem Bett deponierte, seitdem er das Gefühl hatte, dass La Jirara einsam und gottverlassen war. Bisher hatte er noch keine Waffe gebraucht. Einmal war ein spanischer Soldat an der Tür erschienen, doch der hatte nur um ein wenig Proviant gebeten und war danach seines Weges gezogen. Doch was sich dort im Hof einfand, war niemand, der von seiner Truppe getrennt worden oder desertiert war. Das klang nach einer Kavallerie.

Er lief auf den Korridor und von dort aus in eines der Zimmer, die zum Hof hinausführten. Das Fenster war nur eine klaffende Öffnung in der neu hochgezogenen Mauer. Langsam näherte er sich. Die Waffe war geladen. Er schob den Lauf ins Freie und spannte das Schloss.

Jenseits der Umfassungsmauer glommen Dutzende Lichtpunkte: die Lagerfeuer eines großen Biwaks. Welches Heer lagerte dort? War der Krieg nicht vorbei, jedenfalls in dieser Gegend? Und was wollten die zehn Reiter, die sich in seinem Hof tummelten? Im Licht ihrer Blendlaternen sah er, dass sie dunkelblaue Uniformjacken mit roten Ärmelaufschlägen und weiße Pantalons trugen: Sie gehörten zur Befreiungsarmee. Das machte es für ihn nicht besser oder schlechter; aber dieses Mal würde er nicht zulassen, dass man ihm die Hazienda requirierte und wieder in Schutt und Asche legte.

«Verschwinden Sie von meinem Hof!», brüllte er.

Aus der Kavalkade löste sich der vorderste Reiter und ließ das Pferd in seine Richtung schreiten. In der hochgereckten Hand hielt er eine Fackel. «Señor Götz ...»

«Verschwinden Sie! Verdammte Soldatenbrut.» Reinmar gab einen Warnschuss in die Luft ab. Augenblicklich warfen drei der Reiter ihre Fackeln in den Staub und griffen nach ihren Karabinern. Einer nach dem anderen spannte sein Steinschloss – *klack, klack, klack.*

«Señor Götz», der Mann hob seinen Zweispitz. «Ich bin Simón José Antonio de la Santísima Trinidad Bolívar y Palacios. Sicher haben Sie schon von mir gehört. Ich brauche Ihre Hilfe.»

Wofür, sah Reinmar erst, als er die Haustür öffnete. Die Dragoner waren abgesessen und führten einen Mann herein. Reinmar ballte eine Faust. Diese hochgewachsene Gestalt, jetzt vorgebeugt und mit schleppendem Gang; die Hände in Ketten und gekreuzt. Diese langen, blauschwarzen Haare … Arturo. Sie hatten Arturo befreit. Dieser Mann war zu lebenslanger Arbeit in einer Silbermine verurteilt worden; das wusste er. Hatte sich diese Mine etwa in der Nähe befunden? Oder hatte man Arturo auf dem Weg dorthin befreit? Wie auch immer – am liebsten hätte er vom Gürtel eines der Soldaten den Pallasch gerissen und dem Pardo ins Herz gestoßen. Stattdessen führten sie ihn zu dem feinen englischen Fauteuil, einem der wenigen Möbelstücke, die die Besatzung überstanden hatten, und hießen ihn, sich zu setzen. Der Kerl starrte vor Schmutz!

«Ich bedaure die Unannehmlichkeiten, Señor Götz.» Simón Bolívar trat vor ihn, nahm den Hut ab und schob ihn unter die Achsel. Dann zog er sich die weißen Lederhandschuhe von den Fingern. «Ich bin Ihnen eine Erklärung schuldig: Wir haben diesen Mann aus La Fidelidad befreit, das ist ein spanisches Fort etwa fünf Meilen von hier. Ihr Anwesen liegt auf dem Weg. Haben Sie Verbandsmaterial? Und Werkzeug, um die Ketten zu öffnen?»

«Im Stall.»

Der Mann wusste, wer er war? Wahrscheinlich musste man sich darüber nicht wundern; er war ein Heerführer und als solcher natürlich gut über die Umgebung informiert. Er wandte sich seinen Leuten zu und gab knappe, sachliche Befehle. Eine resolute Erscheinung, die ohne große Gesten, aber mit gewandten Bewegungen die Aufmerksamkeit auf sich zwang. Seine weißen Beinkleider und seine zweifellos teure Uniformjacke waren nicht weniger in Mitleidenschaft gezogen worden als die seiner Dragoner. Man sagte ja von ihm, dass er seine Schlachten nie in einem Feldherrnzelt absaß, sondern in vorderster Front schlug. An seinem schweren Kavalleriesäbel klebte Blut.

«Señor Götz?»

Reinmar versuchte sein Erstaunen abzuschütteln und lief in die Küche. Hier hatte Janna von allem Tuch, das sie gefunden hatte, saubere Stücke und Streifen abgeschnitten und in eine Kiste gelegt; die zog er unter der Küchenbank hervor und eilte zurück in die Eingangshalle. Mittlerweile hatten die Soldaten ihre Laternen verteilt. Die Halle war in warmes Licht getaucht. Ein Mann schleppte den Brunneneimer herein. Andere hatten ihre Tornister abgelegt und kramten nach Bechern und Zwieback. Zwei Soldaten brachten den schweren Eisenhammer und das Brecheisen.

Von oben kam heiseres Krächzen. Reinmar wandte sich um. Die Fregatte, in einen Morgenmantel gehüllt, die Haare unter einer Schlafhaube verborgen, stand an der Treppe. Wie ein Gespenst, in das sie sich ja auch zusehends verwandelte. «Wer sind diese Leute?»

«Separatisten.» In seinem Rücken wurde gehämmert und geflucht; die Sache schien sich schwierig zu gestalten. «Gehen Sie wieder schlafen, Frau Wellhorn.»

«Schlafen? Bei dem Krach?»

Aber sie ging. Gott sei es gedankt, sie ging. Hätte sie weiterhin gezetert, so hätte ihn das alles vollends überfordert. Er fühlte sich übermüdet und hellwach zugleich; hinter seinen Augen hämmerte es im Takt mit den Schlägen der Soldaten, und übel war ihm zu alledem. Als er sich wieder dem Geschehen zuwandte, war der verhasste Arturo hinter einem Pulk Männer verborgen. Nur seine nackten Füße, an denen die Eisenbänder bereits fehlten, waren zwischen den Reiterstiefeln zu sehen. Klirrend fiel eine schwere Kette und sorgte für einen weiteren Sprung in den Bodenfliesen. Verdammtes Vandalenpack. Hatte La Jirara, Jannas Heim, nicht genug gelitten?

Hinter der Wand der Männer stöhnte Arturo auf. Als sie zurücktraten, sah Reinmar, dass er aufzustehen versuchte. Gott, diese Fetzen um seine Hüfte, die einmal Kniehosen gewesen waren, starrten vor Dreck.

«Arturo!», rief Bolívar. «Sind Sie klaren Sinnes?»

Der elende Pardo knurrte etwas Unverständliches. Es klang eher wie ein Tierlaut.

«Arturo, ich biete Ihnen die Gelegenheit, Ihrem missglückten Leben eine Wende zu geben: Dienen Sie mir. Für die Freiheit! Ein Mann wie Sie gehört in die Armee.»

Bolívar trat beiseite, als Arturo zwei wankende Schritte machte. Rötliches Lampenlicht spiegelte sich auf geschundenen, aber kräftigen Muskeln. «Tut mir leid.» Seine Stimme war rau, als hätte er sich während seiner Zeit in der Gefangenschaft die Seele aus dem Leib geflucht. «Das hätten Sie Ángel fragen müssen. Aber nicht mich.»

«Wer ist Ángel?», fragte Bolívar.

Arturo griff sich an den Kopf. Blut sickerte durch seine Finger. Ihm knickten die Knie ein; zwei Männer fingen ihn auf und schleppten ihn zurück in den ruinierten Sessel. Einer der Soldaten kramte in der Verbandskiste und machte sich daran, einen Streifen – einen blauen, der von der Republikflagge stammte – um Arturos Kopf zu wickeln.

«Der Mann gehört in die Hände eines Arztes», bemerkte Bolívar.

*In meine gehört er eigentlich,* dachte Reinmar. *Ich sollte ihn erledigen. Dann wäre Janna ein für alle Mal von ihren Flausen befreit.*

Allerdings musste er sich eingestehen, dass sein Manöver, sie glauben zu machen, der Halunke sei tot, nicht zur erwünschten Reaktion geführt hatte. Als sie nach La Jirara zurückgekehrt war, hatte er eine Zeitlang geglaubt, es könne so werden, wie sie beide es sich erträumt hatten. Stattdessen hatte sie ihn in der vorletzten Nacht wutschnaubend verlassen. Wegen eines kleinen Fauxpas seinerseits. Wo sie seitdem gewesen war, wusste er nicht. Heute war sie gekommen, um sich ein Pferd zu nehmen. Zu stehlen. Er würde es ihr doch schenken, wenn sie nur bereit wäre, wieder mit sich reden zu lassen! Dass ausgerechnet jetzt Arturo auftauchte, war gewiss kein Zufall. Sie wusste davon. Womöglich wartete sie nur irgendwo darauf, diesen Verbrecher in die Arme schließen zu können.

Nein, dem würde er nicht tatenlos zusehen.

Er wusste, wer Ángel war. Gewesen war. Ángel war tot, hingerichtet an der Mauer von Nuestra Señora de las Nieves. Um Janna zu gefallen, war Reinmar ins Gefängnis gegangen. Und vor allem, um Arturo endlich sehen zu können, den Mann, der alles verändert, der ihn sein Glück gekostet hatte. Ob er tatsächlich Hafterleichterungen für ihn erkaufen wollte, wie sie es von ihm erbeten hatte, dessen war er sich nicht so sicher gewesen; er hatte geschwankt zwischen der Pflicht seines Versprechens und seiner Wut auf diesen Unbekannten. Höchst verblüfft war er gewesen, dort zu erfahren, dass es *zwei* Arturos gab, gewissermaßen. Drei Piaster, eine derzeit horrende Summe, hatten den Gefängniswärter, der Dienst tat, redselig werden lassen. Was man den Brüdern vorwarf, erfuhr Reinmar indes nicht. Wohl aber, dass sie, obschon keine Zwillinge, sich aufs Haar glichen. Und dass der eine in eine Silbermine verbracht werden sollte, sobald der Krieg vorüber war, und der andere füsiliert.

*Der eine weiß vom andern gar nicht, dass er hier ist,* hatte der alte bucklige Wärter in sich hineingekichert, während sich Reinmar gefragt hatte, mit welchen Zähnen er eigentlich gerade die Echtheit der Münzen prüfte. *Und der andere wird nächsten Sonntag an die Wand gestellt. Nach dem Gottesdienst! Man stelle sich das vor!*

Reinmar holte seine Büchse, die er am Treppengeländer angelehnt hatte, und eilte in die Küche. Rasch nahm er die Munitionstasche aus dem Schrank, gab Schwarzpulver in den Lauf, platzierte das Schusspflaster und die Kugel und stopfte alles fest. Dann gab er Zündkraut auf die Pfanne und spannte das Schloss.

Draußen sagte Bolívar: «Sie sind ein niederer Pardo, ein *buntes Rind* – was wollen Sie aus sich machen?»

«Das geht Sie einen Dreck an.»

Solche despektierlichen Worte war die Lichtgestalt sicher nicht gewohnt. Reinmar ersehnte sich, diesem Halunken an Bolívars Statt eine passende Antwort zu geben. Mit einem gezielten Schuss Janna nicht nur die dummen Flausen auszutreiben. Nein, ihn vielmehr aus ihrem Gedächtnis zu tilgen …

Wenn es doch so einfach wäre.

*Das ist es. Er wäre fort, und sie könnte mich wieder lieben.*

Er verdrängte den Gedanken, dass sein Versuch, sie glauben zu machen, Arturo sei hingerichtet, bereits missglückt war. Seine Art, um sie zu kämpfen, war nicht die eines Ehrenmannes, das begriff er wohl. Aber wenn er diesen Kampf für sich entschieden hatte, wenn alles vorbei war und alle Tränen getrocknet waren, würde sie erkennen, dass alles nur zu ihrem Wohl geschehen war.

«Erschießen Sie Bolívar nicht, Don Reinmar!»

Mit der Waffe in den Händen wirbelte er herum. Der Lauf erzeugte einen hässlichen dumpfen Ton, als er gegen Davids Kopf knallte. Der Blick des Jungen rollte zur Küchendecke, bis nur noch das Weiße zu sehen war. Wie eine fallen gelassene Puppe sackte er auf den fettigen Steinboden. Reinmar legte die Büchse beiseite und kniete sich neben ihn.

«David! Tut mir leid, Junge. Komm, steh auf.» Eine dicke Schwellung begann sich an der Schläfe zu erheben und zu röten. Wenigstens floss kein Blut. Er schüttelte den Indio, und als das nichts half, zog er seinen Oberkörper so weit hoch, dass er am Küchenschrank anlehnte. «Wieso springst du für Bolívar in die Bresche, he? Meinst du, du erlebst noch das Ende der Sklaverei? So alt kannst du gar nicht werden. Außerdem wollte ich ihn ja gar nicht umbringen. Den anderen will ich in die Hölle schicken!»

Jetzt hätte er diesen lästigen und sowieso meistens nutzlosen Sklavenjungen am liebsten geohrfeigt. Er raffte sein Gewehr auf und rannte in die Halle zurück. Sie war verlassen. Fast wäre er über die herumliegenden Ketten gestolpert, als er zur Haustür und hinaus auf die Veranda stürzte. Einer nach dem anderen saßen die Soldaten auf. Arturo, dessen nackter Oberkörper inzwischen mit einer engsitzenden Uniformjacke bedeckt war, ritt mitten unter ihnen zum Tor. Im Wenden meinte Reinmar noch, ein verächtlicher Blick dieser düsteren Augen streife ihn. Er wollte die Büchse hochreißen.

«Ich danke Ihnen für Ihre Kooperation, Señor Götz», sagte Bolívar, der auf seinem Atlasschimmel thronend in Reinmars Schussfeld ritt. Er rückte seinen Zweispitz zurecht. «Die Gegend ist derzeit nicht sicher. Das Fort war leicht zu erobern, da es schlecht befestigt war, aber wir haben nicht alle Spanier erwischt. Sie sollten sich in den Schutz der Stadt begeben.»

«Danke, aber ich komme zurecht», presste Reinmar zwischen den knirschenden Zähnen hervor.

«Wie Sie meinen, Señor.»

Der Schweif des Schimmels schlug so elegant aus, wie sich der Libertador im Sattel hielt, als er gemächlich, seinen Leuten folgend, vom Hof ritt. Dass Reinmar eine schussbereite Büchse hochhielt, schien ihn nicht zu bekümmern. Fluchend sicherte Reinmar die Waffe und kehrte ins Haus zurück. Wenigstens hatte Gott ein Einsehen: Die Augen des Jungen waren wieder klar.

* * *

Sie kochte Kakao und brachte Lucila eine Tasse ans Krankenbett. Das Mädchen schlief noch; unruhig zuckten seine schweren Lider im Schlaf. Janna berührte seine Hand und meinte eine schwache Erwiderung des Händedrucks zu spüren. Nach eingehender Untersuchung hatte

Doctor Cañellas Lucila in diesen Raum hier verfrachtet, dessen drei Betten den Frauen ohne ansteckende Krankheiten vorbehalten waren. Das Mädchen müsse sich ausruhen und brauche Ruhe; ansonsten könne man nichts tun, außer ein wenig Laudanum und gutes Essen zu verabreichen.

Für seine Fürsorge würde Janna ihm ewig dankbar sein. Ohne irgendeine Erklärung zu verlangen, hatte er ihr eine Kammer im Obergeschoss überlassen, ebenjene, in der Reinmar während des Krieges gewohnt hatte.

Auch sich füllte sie einen Becher mit Kakao und trank ihn in langen, genüsslichen Schlucken. Dann brachte sie dem Arzt einen Becher mit Kaffee, stark und schwarz wie eine tropische Nacht. Raúl García Cañellas saß auf einer Bank im Patio, der mit Tonkübeln voller Kräuter und Gemüse vollgestellt war. Der kleine, wie eine Muschel geformte Springbrunnen verriet, dass dieses Haus einmal bessere Zeiten gesehen hatte.

Er bedankte sich mit einem Nicken. Unter den Augen hatte er tiefe Ringe. War er schon immer so hager gewesen?

«Ich mache gleich ein Frühstück», sagte sie.

«Das wäre wunderbar; morgens knurrt mir immer schnell der Magen.» Er schob einen Finger unter seinen Zwicker und rieb sich ein Auge. «Wie haben Sie geschlafen?»

«Danke der Nachfrage, sehr gut.»

«Mit anderen Worten, Sie haben kein Auge zugetan.»

«Doch. Gelegentlich.»

Er legte ein Lesezeichen in den Folianten auf seinem Schoß. Im Zuklappen sah sie anatomische Zeichnungen und eine verwirrende Fülle lateinischer Beschriftungen, die auch noch überaus winzig waren. Dass er hier darin las und nicht an seinem Sekretär, verwunderte sie nicht; dort herrschte ein heilloses Durcheinander von Papieren, Pergamenten und Büchern. Tief atmete sie ein. «Ich weiß, dass Sie gut mit Reinmar befreundet sind und meine Anwesenheit eigentlich eine Zumutung ist. Leider weiß ich so schnell nicht, wohin mit mir. Es tut mir leid.»

«Sie müssen sich nicht entschuldigen. Ich gestehe, mir ist bei der Angelegenheit auch nicht wohl. Aber das muss es ja nicht. Sie haben an meine Tür geklopft und um Hilfe gebeten, und ich pflege niemanden abzuweisen. Es ist nicht an mir, die näheren Umstände zu hinterfragen oder Ihren Leumund zu beurteilen.»

«Ach, der!» Sie winkte ab. Wenn sie sich um etwas keine Sorgen machen musste, dann um ihren Ruf – der dürfte hinüber sein. Wie es um seinen stand, wusste sie nicht. Er trug einen Ring, aber eine Frau hatte hier weit und breit keine Spuren hinterlassen. Sie wusste über ihn nur, dass er aus dem fernen Madrid stammte – im Gegensatz zu den hier geborenen Criollos, die sich gerne amerikanische Spanier nannten, war er ein waschechter. Die Schönheit und Weite des Landes hatten ihn hergelockt, wie so viele, so hatte Reinmar einmal erzählt. Und nun verbrachte der Doctor seine Tage in diesem stickigen Haus. *Wir haben uns eben alle verschätzt*, dachte Janna. «Trotzdem wundert mich, dass Sie mich nicht nach La Jirara zurückschicken.»

Cañellas nahm einen tiefen Schluck und rollte den heißen Kaffee auf der Zunge. «Ich heiße nicht alles gut, was Reinmar tut, nur weil ich ihn meinen Freund nenne. Er hat sich verändert ...» Mehr sagte er nicht. Nun ja,

Männer sprachen wohl nicht gerne über Männerfreundschaften.

«Also schön», sie erhob sich von der Bank, auf der sie kurz Platz genommen hatte. «Dann werde ich mich ums Frühstück kümmern.»

«Sie müssen das wirklich nicht tun, Señorita Sievers. Sie haben gestern schon viel zu viel getan.»

Zu viel? Chaotische Räumlichkeiten auf Vordermann zu bringen hatte sich bereits auf La Jirara als probates Mittel der Ablenkung erwiesen. Die beständig in ihrem Hinterkopf kreisende Frage, was sich derzeit in La Fidelidad zutrug, machte sie fast wahnsinnig. Außerdem schrie hier alles nach einer helfenden Hand. Sie hatte gebrauchte Verbände im Küchenherd verfeuert und einige, die noch brauchbar waren, ausgekocht; sie hatte neue zurechtgeschnitten, leere Flaschen, Gläser und Karaffen geputzt und sogar entgegen Cañellas' Protest blutige Sägen und Zangen gesäubert.

«Mit Ihrer Erlaubnis würde ich gleich gerne der Staubschicht auf den Porzellandosen zu Leibe rücken. Denen mit den merkwürdigen Aufschriften wie *aqua benedicta rulandi* oder *spiritus aethereus*. Was ist das eigentlich?»

«Brechwein und Ätherweingeist, hilfreich bei Frauenleiden. Und die Gläser mit den eingelegten Echsen und Käfern dienen der Gewinnung von Antidots.»

«Und dieser … Affenkopf?»

«Affenkopf?»

«Ja, in der Vitrine.»

«Das ist ein Schrumpfkopf. Das Geschenk eines Landsmanns von Ihnen.»

«Lassen Sie mich raten … Baron von Humboldt?»

Doctor Cañellas zog ein Taschentuch aus seiner Weste und begann seine Brille zu polieren. «Nicht ganz. Es war Aimé Bonpland, sein Begleiter, der Arzt und Botaniker, von dem mein Praxisvorgänger diese sonderbare Aufmerksamkeit erhielt, zum Dank für seine Hilfe. Bonpland litt an einem schweren Fieber. Wenn Sie das wirklich interessiert: Der alte Doctor hinterließ einen Stapel Aufzeichnungen; Sie können sich gerne in der Bibliothek bedienen.» Er zwinkerte ihr zu. «Da gibt es auch ein paar Romane. Ich habe zum Beispiel eine schöne spanische Ausgabe von *Robinson Crusoe*. Wenn Sie mögen.»

Heftig nickte sie. Auch dafür liebte sie dieses Land: dass es sie ständig auf diese Art überraschte. «Aber erst die Arbeit. Was möchten Sie frühstücken?»

«Hat Señor Götz jemals erwähnt, wie wir uns kennenlernten?», fragte er statt einer Antwort.

«Ja. Sie hatten ihn aufgesucht und gebeten, Ihr Reitpferd zu zähmen.»

«Compinche war entgegen seinem Namen der leibhaftige Teufel. Von seinem Schinken liegt noch einiges gepökelt unten im Eiskeller. Freundlicherweise beliefert mich die Gouverneursküche wieder mit Eisblöcken. Wenn es Ihnen nicht zu viel Mühe bereitet, so hätte ich sehr gerne ein kaltes Stück auf einer Scheibe Roggenbrot.»

Sie nickte, erfreut, ihm einen Gefallen tun zu können, und wollte gehen. Ein Donnern kam von der Haustür, und das ganze Haus schien unter dem Getrampel von Stiefeln zu erzittern. So heftig sprang Cañellas von der Bank hoch, dass sein Foliant zu Boden rutschte. Er rannte ins Haus. Janna folgte ihm in den Korridor. Weit kam sie nicht – rücklings kehrte er zurück, getrieben von einem Grenadier und zwei weiteren, die einen halb Bewusstlosen mit sich schleiften.

«Auf Befehl Bolívars!», schrie einer der Soldaten. «Dieser Mann braucht Hilfe!»

Unter der Stimme, die es gewohnt war, sich im Schlachtengetümmel verständlich zu machen, zuckte Cañellas zusammen. «Hier entlang, meine Herren», er wies auf einen Durchgang, der zum Nachbarhaus führte, wo es ein paar Krankenbetten und Hängematten gab. Janna war wie erstarrt. Die Arme über den Schultern der Männer, wankte Arturo an ihr vorbei. Er bemerkte sie nicht. *Arturo, ich bin hier.* Die Stimme versagte ihr. Sie wollte die Hände nach ihm ausstrecken; ein vierter Soldat schob sie beiseite, und so krallte sie die Finger in die eigenen Haare, weil sie irgendetwas ergreifen musste. Das Glück, Arturo wiederzusehen, prallte gegen das Entsetzen über seinen Zustand. Sie zitterte, wankte, und als sie fast stolperte, erinnerte sie sich wieder daran, Füße zu haben. Sie hastete hinter den Soldaten her.

«Señorita Sievers, nein.» Der Doctor hielt sie am Arm zurück. «Ich habe Ihnen doch verboten, diesen Trakt zu betreten.»

«Das weiß ich nicht mehr, tut mir leid.»

«Dort liegen die Männer», erklärte er.

«Bitte. Ich … ich kenne ihn.» *Und bitte,* so flehte sie ihn in Gedanken an, *ziehen Sie jetzt nicht die richtigen Schlüsse.*

Dazu war er nicht imstande oder vielleicht nur zu erschöpft. «Also gut. Aber warten Sie; ich muss die Platzwunde an seinem Kopf nähen.»

Die Soldaten stapften an ihm vorbei Richtung Ausgang. Wie an der Schnur gezogen, folgte Janna dem Doctor. Die

Männer hatten Arturo in ein Bett verfrachtet. Ein blauer, stellenweise dunkelvioletter Verband lag um seinen Kopf. Vorsichtig entfernte Cañellas den Stoff und tupfte eine Tinktur auf die Platzwunde, was Arturo aufstöhnen ließ.

«Nadel und Faden.» Der Doctor blickte zu einem Tisch. «Bitte.»

Janna eilte, das Etui mit dem Gewünschten zu holen. Beim ersten Stich kniff sie die Augen zusammen; beim zweiten hörte sie Arturo deftig fluchen. Beim dritten kam sie auf den wohltuenden Gedanken, etwas Nützlicheres zu tun. Sie lief in die Küche, wo sie vorhin frisches Wasser in eine Reihe von Krügen gefüllt hatte, goss etwas in eine Schüssel, ließ ein Stück Seife hineingleiten und legte sich saubere Tücher und Verbände über den Arm. Neben dem Bett, in das Arturo verfrachtet worden war, stellte der Doctor einen Paravent auf, um die anderen drei oder vier Kranken vor ihren weiblichen Blicken zu schützen. Nun gut.

«Ich lasse die Tür einen Spalt auf», sagte Cañellas. «Wenn etwas ist, rufen Sie mich.»

Dankend nickte sie ihm zu. Nun, sie musste zugeben, dass Arturo nicht wie ein Mann aussah, den man so ohne weiteres mit einer Dame allein lassen mochte. Sie stellte die Schüssel auf einem Hocker ab, tränkte ein Tuch und zog die dünne Decke, die Cañellas über ihm ausgebreitet hatte, bis zur Mitte hinunter. Da waren die alten Brandnarben und das neue Brandmal um seine linke Brustwarze, das ihn als Kannibalen verhöhnte. Einige alte und frische Blutergüsse und Narben von Peitschenhieben. Neu war ein rötliches Mal um seinen Hals, wie ein Ring, als habe man ihn mit irgendetwas erwürgen wollen. Er war immer noch der Wolf, aber ein niedergestreckter. Die Tränen unterdrückend, tupfte sie ihm den schmutzigen Schweiß vom Gesicht. Bolívar hatte sein Wort gehalten und Arturo befreit. Befreit! Es würde Tage dauern, bis diese überwältigende Wahrheit in ihrem Kopf angekommen war.

«Mädchen …»

«Janna. Ich heiße Janna, hast du das vergessen?»

«Wie könnte ich. Gib mir das.» Seine Hand, die fast schwarz vor Dreck und altem Blut war, entwand ihr den Lappen; er wälzte sich auf die Seite, tauchte ihn ins Wasser und klatschte ihn sich ins Gesicht, sodass alles, das Kissen und das Laken darunter, sofort nass war. «So macht man das. Sonst stehst du morgen noch da. Wie hast du gesagt? Du bist nicht aus Salz?»

«Zucker.»

«Also: Ich bin nicht aus Zucker, Mädchen. Janna.» Er tränkte den geballten Stoff noch einmal und ließ sich das Wasser über das Gesicht fließen. In Bächen rann es ihm aus dem Bart. Dann wollte er allen Ernstes das Seifenwasser trinken. Natürlich, er musste schrecklichen Durst haben. Sie eilte in die Küche und füllte einen großen Holzbecher. Als sie zurückkehrte, hatte er die Decke fortgezogen und sich aufgesetzt. Immer noch trug er die alte Kniehose, die sich mittlerweile in Fetzen verwandelt hatte. Er trank nicht, er soff. Und kaum hatte er den Durst gelöscht, versuchte er aufzustehen.

«Um Himmels willen, leg dich wieder hin!»

Breitbeinig stand er auf den Füßen. Sein Blick war glasig. «Lass mich … hinaus.» Er wankte und setzte sich unfreiwillig aufs Bett; trotzdem versuchte er sie beiseitezuschieben, um wieder hochzukommen.

«Arturo! Du bist hier nicht in Gefahr, und mit dem Kopf durch die Wand zu wollen ist nicht immer eine Lösung.»

«Mit … dem Kopf … durch die Wand?»

«Ja, mit deinem Sturkopf!»

Der Länge nach sackte er hin.

«Arturo?»

Er schlief. Sie wuchtete seine Beine ins Bett und deckte ihn bis zur Hüfte zu. Lange betrachtete sie seine sich hebende und senkende Brust. Diesen ganzen mächtigen Körper. Immer noch mächtig, ja, auch wenn er magerer geworden war. Und trotz all der Blessuren und des Drecks – sie genoss es, den Blick darübergleiten zu lassen. Ihr wurde so warm, dass sie die Neige, die er im Becher gelassen hatte, selbst austrinken musste. Ein tiefes Seufzen und im Schlaf gestöhnte Worte jenseits des Paravents gemahnten sie, weswegen sie hier war. Sie fuhr fort, ihn zu waschen, diesmal etwas forscher. Eigentlich gehörte er untergetaucht.

An seinen Gelenken hatten die Eisenfesseln die Haut wundgescheuert. Janna holte einen Salbentiegel und goss das schmutzige Wasser vor der Haustür aus. Als sie zurück war, hatte Arturo sich auf den Bauch gewälzt. Sie wollte seinen Rücken waschen, doch dann sackte sie auf den Hocker. Mit einem Mal fühlte sie sich völlig erschöpft.

Er drehte den Kopf, hob langsam die Lider. Seine schwarzen Augen sprachen von dem ausgestandenen Schmerz und, als ein noch schwaches Funkeln, als könne er es selbst noch nicht glauben, von der Freude, sie wiederzusehen. Im Liegen streckte er den Arm aus. Seine Fingerspitzen, rau wie Holz, strichen sacht über ihre tränennasse Wange, als wollten sie sagen: *Begreif's endlich. Ich bin hier.*

Langsam schloss er wieder die Augen. Noch eine lange Weile beobachtete sie seinen unruhigen Schlaf. Er wälzte sich herum und murmelte manchmal etwas in sich hinein. Als er wieder auf dem Rücken lag, beugte sie sich über ihn. Sie legte beide Hände an seine Wangen, und ihr schien, als beruhigte er sich. Sie blies eine Haarsträhne aus seinem Gesicht. *Spürst du, wie der Wind gleichmäßig über deine Wangen streicht? Ich bin das. Ich bin hier.*

## 6. KAPITEL

Ihr erging es nicht anders: Sie konnte nicht richtig schlafen. Ständig erwachte sie, nur um die Gedanken kreisen zu lassen. Da war das noch gänzlich unfassbare Glück, Arturo am Leben zu wissen. Die Sorge um das, was werden würde. Die Hitze der Nacht. Und der Durst. In ihrem Humpen war kaum noch Wasser. Nun, dem ließ sich abhelfen. Barfuß tappte sie im Dunkeln die Stiege hinunter und in die Küche. Im Zwielicht der Nacht tastete sie sich zu den Krügen vor, deckte einen ab und trank gierig. In einem anderen fand sich noch ein Rest Kakao. Angenehm füllte die Süße ihren Mund. Von draußen, vom Patio, hörte sie Plätschern. Sie trat ans Fenster. Arturo stand am Brunnen. Sie sah kaum mehr als den Glanz der Nässe in seinem Haar und auf seiner Haut. Er warf den Kopf zurück; die langen Haare klatschten ihm auf den Rücken, und Janna war wieder zurück in der Mission des heiligen Vinzenz, an der Quelle, wo sie ihn heimlich beim Waschen beobachtet hatte. Dann hörte sie seine tastenden Schritte auf dem Korridor ... Ein Schloss klackte. Sie legte wieder die Tücher über die Krüge und folgte ihm. Wahrhaftig, die Haustür stand einen Spalt offen.

Ihr Herz machte einen erschrockenen Satz. Wollte er etwa fort? Sie glitt hinaus in die Wärme der Tropennacht.

Ein sanfter Wind ließ die Kokospalmen am Straßenrand rascheln. Drüben quietschte das Emailleschild von der Panaderia, wo sie gestern leckeren Tamarindenkuchen besorgt hatte. Eine Katze, schwarz wie ein lebendiger Schatten, strich an der Hauswand entlang und maunzte, als sie heraustrat. Eine andere rannte vor Arturo davon. Offenbar hatte er sich die Binden von seinen Gelenken gerissen. Er lief durch den Lichtschein einer Hauslaterne. Und blieb stehen, als lausche er dem Gelächter und der Gitarrenmusik vom Ende der Straße.

Plötzlich warf er den Kopf in den Nacken. Sein Schrei zerriss die Musik.

«Ángel!»

Janna wusste nicht, woher sie die Gewissheit nahm, dass es der Name jenes Mannes war, den sie an der Kathedrale hatte sterben sehen. Aber es fühlte sich untrüglich an.

*Lauf nicht weg. Ich will deinen Schmerz teilen.*

Und als hätte er ihren flehenden Gedanken vernommen, machte er kehrt.

Er stockte, schien zu überlegen, wer die Gestalt in der hellen Chemise war.

«Ich bin's», rief sie leise. Sie lief auf ihn zu, zögerte dann.

«Komm schon her.» Rasch legte er die letzten Schritte zurück und schloss sie in die Arme.

«Ich habe dich rufen hören.» Es war eine Frage, eine Bitte: Erzähl mir alles. Seine Antwort war ein gepeinigtes Aufseufzen dicht an ihrem Ohr. *Sei nicht so ungeduldig,* ermahnte sie sich. Ihre Nase wurde von seinen feuchten Haaren gekitzelt, die nach Seife rochen, so wie er. Darunter erahnte sie den Duft, der ihm eigen war: nach dem Nebel auf dem Fluss, nach warmem Regen und kalten Wasserfällen, nach der ganzen urtümlichen Wildnis. Kein Gefängnis, kein Jahr vermochten das auszulöschen. Erinnerungen durchzuckten sie, betörende, gefahrvolle, schöne. Tief sog sie den Duft ein, um darin zu versinken. Fast hätte sie vergessen, wo sie war. Erst sein Räuspern brachte sie auf die nächtliche Straße zurück.

«Wo wolltest du hin?», fragte sie.

«Nur hinaus. Ausprobieren, wie es sich frei und ohne Ketten läuft. Außerdem habe ich Hunger, und die anderen schnarchen mir zu laut.»

«Dem Hunger kann man abhelfen.» Sie führte ihn in die Küche. Diesmal entzündete sie an der Herdglut in der Küche eine Kerze, um sich schneller zurechtzufinden. Vom Pferdeschinken war noch ein Stück da, ebenso vom Brot. Arturo entdeckte eine Flasche jamaikanischen Rum und ein kaltes Stück Cachapa, mit Ziegenkäse belegten Maispfannkuchen, den er sofort herunterschlang. Janna schlich die Treppe in ihr Zimmer hinauf, und er folgte ihr dichtauf. Es war ganz selbstverständlich, dass sie unter das Moskitonetz schlüpften und sich im Schneidersitz auf dem Bett niederließen, das Tablett mit dem Essen und der tropfenden Kerze zwischen sich. Es war nicht gerade manierlich. Arturo aß schnell.

«Weizenbrot habe ich früher schon selten gegessen. Geschweige denn im letzten Jahr. Und dies hier …» Er goss von dem Rum in einen Becher, nahm einen Schluck und rollte ihn genüsslich auf der Zunge. Dann hielt er ihr den Becher hin. «Ich wette, die feine Dame hat noch nie Rum genossen.»

«Von wegen. Den gibt's bei uns daheim in den Tee. Meine Oma trinkt ihn sogar pur. Und zwar so», sie hob den Becher und sagte feierlich: «Nicht lang schnacken, Kopp in'n Nacken!»

«Ich muss noch viel lernen über dich und dein Land. Mädchen, ich fürchte, ich habe das nicht verstanden.»

«Wir können auch Spanisch reden.»

«Mädchen ...»

«Nein, sag: Min Deern.» Sie kicherte.

«Ich fürchte, dir bekommt schon ein Schluck nicht.» Er nahm ihr den Becher wieder aus der Hand.

Nein, der eine Schluck machte ihr nichts aus. Sie war trunken vor Glück, das war alles. Deshalb war ihr danach, zu lachen und dummes Zeug zu schwätzen. «Weißt du noch ... oh, ich liebe Sätze, die so beginnen ... weißt du noch, wie ich dir hieraus vorgelesen habe?»

Unter dem Kopfkissen zog sie das Buch hervor, das sie sich aus Doctor Cañellas' bescheidener Bibliothek geliehen hatte. Irgendwo schlug sie es auf. «Die Göttliche Komödie ...: ‹Als ich auf halbem Weg stand unsres Lebens, fand ich mich einst in einem dunklen Walde, weil ich vom rechten Weg verirrt mich hatte; gar hart zu sagen ist's, wie er gewesen, der wilde Wald, so rauh und dicht verwachsen ...› Siehst du, wie das passt? Weißt du, was Bibelstechen ist? Wir machen das an Silvester. Man schlägt die Bibel auf und tippt blind auf einen Vers. Vielleicht geht das ja auch hiermit? Warte ...: ‹Und in der Tat fand ich mich an dem Rande der schmerzensreichen Niederung des Abgrunds, endlosen Jammers Donnertön' umschließend ...› Ach nein, das ist Tünkram. Ich glaube, mir ist etwas schwummrig.» Sie schlug das Buch zu und klopfte sich gegen die Brust, denn ein plötzlicher Schluckauf plagte sie. «Weißt du noch, wie du mich durchs Wasser gezogen hast? Das wäre mir jetzt auch lieb, denn es ist so warm. Lass uns hinunterlaufen zum Fluss.

Na gut, nicht jetzt. Aber morgen! Ach, lass mich noch einmal nippen.»

Er gab den Becher her. Ihre Zappeligkeit ließ ihn lächeln. «Ich weiß alles noch, min Deern.»

Einen Schluck gestattete er ihr noch. Dann stellte er den Becher beiseite. Sie dachte noch, dass er kippen und die Neige das Bett nässen würde. Vielleicht tat er das auch, sie wusste es nicht. Sie sah nur noch Arturo. Seine Hände, die sich ihrem Gesicht näherten. Seine Finger, die darüberstrichen. Die Kuppe seines Zeigefingers berührte ihre Lippen, während er die andere Hand sanft unter den Stoff ihrer Chemise schob und ihre Schulter befreite.

Sollte sie nicht zittern? Er war es, der zitterte. Zögerte, sich vortastete in unbekanntes Gelände. Sie zerrte an der Schnur ihres Halsausschnittes, um es ihm zu erleichtern. Er berührte mit den Lippen ihre Schulter, dann ihren Arm, die Innenseite mit ihrer alten Narbe. Sie küsste die seinen auf der Brust, unter dem Auge, auch die Tätowierung und wo ihn das Leben sonst noch gezeichnet hatte. Er löste sich. Sah sie an, als müsse er sich vergewissern, dass sie nicht zu schwach war für das, was er zu tun beabsichtigte, und dessen Kräfte, die er entfesseln, aber nicht richtig einschätzen konnte.

*Komm her,* flehte sie. *Ich halte alles aus. Selbst dich. Vor allem dich.*

So sehr hatte sie noch nie geschwitzt, nicht einmal im hellsten Sonnenglast. Benommen öffnete Janna die Augen. Durch die Lamellen des geschlossenen Fensterladens schimmerte noch kein Tageslicht, und die Kerze war zu einem kleinen Stummel mit winziger Flamme heruntergebrannt. Das Zimmer war geschwängert von tierischer, würziger Luft.

Sie fuhr sich durch offene, zerwühlte, im Nacken nasse Haare. Im Herumwälzen klebte das Laken an ihren Gliedern. Als sie es abzupfte, bemerkte sie, dass sie ihre Chemise nicht mehr trug. Ihre Finger glitten über ihre Haut, die eigentlich dampfen müsste, so erhitzt war sie. Es war keine Tropenhitze; es war eine andere, erzeugt aus Lust. Gier. Ein Teil ihres Selbst wusste genau, wo all diese Eindrücke herrührten. Ein anderer war so benommen, dass er es noch leugnete. Ihre Brustspitzen waren wund, ihre Schenkel … Sie griff sich in ihre Nässe. Was da geschehen war, hatte nicht sein dürfen, sagte der eine Teil. Der andere rief: *Ich will es gleich noch einmal.* Aufseufzend räkelte sie sich. Die andere Hand fand den Leib, der über sie gekommen war mit einer Wucht, die sie in eine andere Welt geschleudert hatte, zurück in den Urwald.

Erst jetzt begriff sie das Geschehene in seinem ganzen Ausmaß. Über die Hitze schwappte eine weitere Feuerwelle, da sie sich so erschrak.

Sie drehte sich auf die Seite. Das schwache Kerzenlicht zauberte rötlichen Schimmer auf seine ebenso schweißfeuchte Haut. Voller Genuss fuhr sie mit den Augen die hellschimmernden Linien nach, wie von einem von Farbe und Leben triefenden Malerpinsel hingeworfen. Sie neigte sich vor, drückte die Lippen auf seinen Arm, leckte den Schweiß auf und grub sich in die Innenseite. Mehr, mehr … *davon werde ich nie mehr satt.* Grunzend erwachte er und regte sich. Ihre Nase, ihr ganzes Gesicht badeten in seinem Duft, der jetzt nicht nur an rauschende Wellen und

Blattwerk erinnerte, sondern an das Spiel von Leben und Tod, das dort stattfand.

*Ich träume nicht. All das ist geschehen und wahr. Denn von Gerüchen träumt man nicht.*

Als sie fürs Erste genug hatte, bettete sie die Wange auf seinem Bauch. Ein Bein hatte er aufgestellt; sie sah das, was eine Dame bestenfalls die Unaussprechlichkeit genannt hätte, und das auch nur in ihren geheimsten Gedanken.

*Und ich habe … o Gott.* Sie fühlte sich herrlich wollüstig. Sie hielt alles aus. Und noch viel mehr. Ihr Leben wollte sie hergeben, um alles, alles, zu erfahren, was dieser Mann, dieser Körper für sie bereithielten.

Seine Finger spielten mit ihren Haaren. Sie nickte ein, und als sie wieder erwachte, lag seine Hand schlaff an ihrem Rücken. Vorsichtig, um ihn nicht zu wecken, setzte sie sich auf und schlang die Arme um die Knie. Zwischen den Beinen spürte sie immer noch eine wohlige nasse Wärme. Gisela, es war Gisela gewesen, die irgendwann einmal erwähnt hatte, dass es beim ersten Mal wehtat. Aus eigener Erfahrung wusste die noble Schwester das natürlich nicht; ihr war es von irgendwoher zugetragen worden. Stille Post nannte man das, und offenbar bewahrheitete sich, dass am Ende etwas Falsches dabei herauskam. Jedenfalls hatte Janna nichts wehgetan. Im Gegenteil.

Sie erinnerte sich, einmal aufgeschrien zu haben. Aber nicht wegen eines Schmerzes. Hoffentlich hatte es niemand gehört. Oder wenn, dann nur gedacht, sie habe einen Albtraum.

*Und wennschon …* Hatte sie noch einen Zweifel gehegt, dass eine Frau wie sie sich nicht auf einen Mann wie ihn einlassen durfte, ja, konnte – so war der nun hinfällig. Sie war ein gefallenes Mädchen; so nannte man das. Eine von denen, welche die sichere Zukunft eines gutbürgerlichen Lebens gegen den Wahnsinn eintauschten, einmal glücklich gewesen zu sein. *Ich habe mich in die Arme eines Wilden geworfen. Aber das hier ist ein wildes Land, und das alles passt zu mir. Wenn etwas falsch war, dann war es die Haut, in der ich vorher steckte.*

Es war völlig richtig, bei ihm zu sein und in seiner Nacktheit zu schwelgen. Sie dachte daran zurück, wie sie ihn am Quellbad in der Mission beobachtet hatte. Noch ganz verängstigt und verwirrt von ihren widerstreitenden Gefühlen.

Vielleicht wäre alles anders gekommen, wären sie beide imstande gewesen, beizeiten aufeinander zuzugehen. Sie hätte sich nicht in die Büsche geschlagen, um sich umzuziehen. Er wäre nicht länger das stille Wasser gewesen und hätte sie nicht angeschwiegen – weshalb eigentlich, sie wusste es nicht mehr –, und sie wären gemeinsam der Soldatenpatrouille entkommen …

Vielleicht, vielleicht, vielleicht. Das war nun Pott wie Deckel.

Sie streckte sich nach ihm und berührte seine Hand. Am äußeren Finger hatte er ein Glied verloren. *Ist bei den Schanzarbeiten passiert, zu denen man die Insassen zwingt,* hatte er gesagt, als interessiere es ihn nicht. Und das Wundmal um seinen Hals? *Das war die Garotte, die man mir schon umgelegt hatte, kurz bevor Bolívar kam.* Statt ihn in die Silbermine zu verbringen, hatte man sich seiner nun entledigen wollen.

Janna verbot sich die Gedanken, was geschehen wäre,

wäre der Libertador – im wahrsten Sinne des Wortes der Befreier – zu spät gekommen. *Ich habe ihm dein Gold gegeben,* hatte sie Arturo gebeichtet. Und er hatte gesagt: *Es war deines.*

Die Matratze raschelte, als er sich aufsetzte und einen Arm um sie legte. Sie wandte ihm den Kopf zu. Was sie sah, erstaunte sie fast mehr als das, was sie getan hatten. Er lächelte. Nicht dass er dessen zuvor nie fähig gewesen wäre – doch jetzt, da sie diese Freude in seinen Augen sah, wusste sie, dass es vorher nur Versuche gewesen waren. Manchmal waren sie recht erfolgreich gewesen: damals bei der Schildkröteneierernte, sein ausgelassenes Lachen. Dies hier jedoch … Die Handspanne, die ihre Gesichter noch trennte, war schnell zurückgelegt. Sie genoss den festen Druck seiner Lippen auf ihren. Seine tastende Zunge, der sie ganz selbstverständlich den Weg öffnete. Zu küssen verstand er. Er hatte keine Erfahrung mit Frauen und sie nicht mit Männern, aber das waren Instinkte, die nur geweckt werden mussten.

«Na, Mädchen, bist du erschrocken?»

Rasch legte sie einen Finger auf seine Lippen. «Wir sollten leise sein.»

«Bin ich laut?»

«Wie jemand, den es nicht interessiert, dass es Nacht ist.»

Auch dieses Lächeln – diesmal spitzbübisch – ließ ihm ihr Herz zufliegen.

«Ach, ist schon gut. Bei uns sagt man: Wenn uns der Pastor man nicht gesehen hat – mit unserem Herrgott werden wir schon fertig.»

Fragend runzelte er die Brauen. «Ah, ich verstehe»,

sagte er dann. «Bei den Caruáque – dem Stamm, in den ich hineingeboren bin – nannte man es: ‹Der Mond sieht es, wenn man den Sternen nachjagt.› Aber was damit gemeint war, wusste ich nicht so recht. Ich war ja noch viel zu jung.»

«Ich weiß noch so wenig über dich.» Sie ergriff seine Hand, berührte sacht die geröteten Stellen. Einer Eingebung folgend, knüpfte sie eine der beiden Schnüre mit den daran befestigten Schneckenhäuschen von ihrem Fuß und wand es um sein Handgelenk. «So. Das ist immerhin ein Anfang.» Und sie dachte daran, wie sie ihn zum ersten Mal erblickt hatte; wie ein Pirat hatte er ausgesehen, mit dem offenen Hemd, den bauschigen Kniehosen, dem Säbel und dem Leguan auf der Schulter. Eine Gestalt aus Abenteuergeschichten. Schließlich legte sie die Arme um ihn und ließ sich umfangen. An ihren nackten Brüsten spürte sie sein kräftig schlagendes Herz. Auch er erkundete aufs Neue ihren Körper, mit Berührungen, die so erregend wie wohltuend waren.

«Wo kommt das alles her?», fragte er, und da er in ihre Hüfte kniff, meinte er wohl ihre Rundungen.

«Wohl zu viel gesüßter Kakao.» Sie zuckte die Achseln. Die mageren Zeiten des Krieges hatten nicht mehr viel daran ändern können. Es schien, als habe die entbehrungsreiche Reise auf dem Fluss etwas in ihrem Körper aus dem Takt gebracht. «Gefällt es dir nicht?»

«O doch, das tut es.»

Gemeinsam ließen sie sich auf das Bett fallen; sie kam auf ihm zu liegen und küsste die alten Narben und das Brandzeichen.

Was hatte sie alles aufgegeben seinetwegen? Im Grunde

ihr ganzes Leben. Und was hatte sie gewonnen … ein ganzes Leben.

«Arturo … Erzähl mir von dir. Wie bist du geworden, was du bist? Wer waren die Dämonen deines alten Lebens? Wer war Ángel?»

Unwillkürlich hielt sie den Atem an, spürte die Anspannung der Muskeln unter sich, und sie wartete darauf, dass er sich wie früher verschloss. Er hatte ihren Kopf gekrault, doch nun hielt er inne. Das neugewonnene Lächeln erstarb unter der Erinnerung. Sie hob das Kinn von seiner Brust, sah das gequälte Sinken seiner Lider. Eine Träne glänzte an seiner Schläfe, lief langsam daran herab. Er schob Janna herunter, schwang sich hoch und blieb unschlüssig in dem kleinen Raum stehen.

«Erzähl es mir», flehte sie. Und wappnete sich gegen den Donner, wenn er aufschrie oder die Faust gegen die Wand schlug und das ganze Haus aufweckte.

«Ja.»

Ein Wort wie ein Mühlstein, der sich endlich bewegte.

# 7. KAPITEL

Er war sieben. Das wusste er von seinem Bruder. Ángel war neun und konnte zählen. Er selbst konnte sich unter ‹siete› nichts vorstellen. Der weiße Mann in dem braunen Kleid schon, denn er sagte: «Sieben! Genau das richtige Alter, mit einem wohlgefälligen, arbeitsamen Leben zu beginnen. Wie heißt er?»

«Aryqeatuaro», antwortete die Mutter.

Der Mann, der wirkte, als habe er versucht, sich als Affe zu verkleiden, schien der Name zu missfallen. «Ary…»

«Aryqeatuaro.»

«Nun. Und der andere?»

«Ángel.»

«Heilige Maria, wie seltsam. Wieso Ángel?»

«Sein Vater nannte ihn so. Er ist Spanier.»

«Soso, Spanier. Den Jüngeren da hast du dir also von einem anderen machen lassen, Weib?»

«Nein, der ist auch von ihm. Die zwei anderen dazwischen auch, aber die sind tot.»

«Aha.»

Er wirkte verwirrt. Das war es ja auch: Der Vater war ein Mischling, der Sohn von Mischlingen. Ein *buntes Rind*, was immer das genau hieß. Er nannte sich Spanier, weil sein Großvater einer gewesen war. Er nannte sich weiß, weil er nicht rot war. Rot wie die Mutter, die er sich zur Frau genommen hatte. So hatte sie es den Söhnen erklärt. Mal war er ein Fischer, mal ein Räuber, dann wieder ein

Fischer und dann ein Sklavenhändler. Sehen tat man ihn selten. *Dir, Aryqeatuaro, habe ich einen Namen unseres Volkes gegeben,* sagte die Mutter. Er ahnte, dass sich der Vater für ihn nicht mehr genügend interessiert hatte, um selbst einen Namen auszuwählen. Dafür klang ‹Jäger großer Krokodile› verheißungsvoll. Die Mutter war eine große Karibin, eine Frau des Stammes der Caruáque. Und der Vater, dessen Namen er nie gehört hatte, hatte sie genommen, weil sie schön gewesen war. So hatte sie erzählt.

Aber das musste lange her sein. *Er* kannte die Mutter nur mager, zahnlos und mit vor Hunger aufgequollenem Bauch.

Der Mann gab ihr einen großen, erdigen Stein, von dem er sagte, es sei Brot, und ein paar Münzen. «Lass deinen Jüngeren hier. Er kann hier einiges lernen und als richtiger Mensch aufwachsen.»

Er kehrte ihnen den Rücken zu und stapfte die Bretter hinauf, die in die Böschung als Treppe eingeschlagen waren. Die Mutter brach zwei Stücke von dem Brot ab und verteilte sie. Dann kniete sie vor Aryqeatuaro und nahm ihn in die Arme. «Geh hin. Er hat bezahlt für dich.»

Er schüttelte den Kopf, weil er es nicht wollte und nicht verstand.

«Dort hast du immer zu essen.»

Das war ihm egal. Auch wenn das Brot schmeckte. Er hatte es so schnell hinuntergeschlungen, dass ihm der Klumpen irgendwo in der Brust steckte.

«Geh schon, geh!» Grob stieß sie ihn in Richtung der Treppe, riss ihn noch einmal zurück, schlang die Arme um seine Schultern und schob ihn wieder fort. Stumm bat er den Bruder um Hilfe, denn der hatte im Gegensatz zu ihm ein großes Mundwerk. Der hätte sich auch mit Händen und Füßen gewehrt und ein großes Geschrei gemacht. Wahrscheinlich hatte der Affenmensch das geahnt und sich gegen Ángel entschieden.

«Der Tag wird kommen, an dem du mir dankbar sein wirst.» Die Mutter schob Ángel zum Kanu. Der Bruder stieg hinein, und sie stieß es ab und sprang hinterher. So schnell bewegte sie das Paddel, dass Aryqeatuaro dachte, es sei ein Feind hinter ihr her. Sie sah nicht über die Schulter. Ángel schon. Aber da war das Boot bereits so weit draußen, dass sein Gesicht nicht mehr erkennbar war.

Der Affenmensch sagte, er hieße Christoph und wolle Frater genannt werden. Das hieße Bruder. Auch die anderen Braungekleideten nannten sich Brüder. Aryqeatuaro hatte einen Bruder verloren und einige alte und auch jüngere Männer als Brüder gewonnen. Es war also eine ziemlich unverständliche Welt, die er da betrat. Erst recht, als Christoph ihm beiläufig sagte, dass er seinen Namen ablegen müsse.

«Ary-und-den-Rest-habe-ich-vergessen, hör zu, du wirst anders heißen. Arturo. Das wird dir gefallen; so heißt ein berühmter Sagenheld, ein König Britanniens. Und diese Deltainsel ist dein Avalon, haha! Gefällt dir das? Äpfel haben wir hier nicht, dafür jede Menge Bananen.»

Christoph war dürr, sonnenverbrannt und faltig, sein Haar bis auf einen Kranz abstehender Haare geschoren, wie es auch einige Indianerstämme taten, um Läuse abzuhalten. Er wirkte alt, aber sicher konnte man nicht sein, ob er nicht doch jünger war. Er führte Arturo herum, zeigte ihm fünf fremdartige Häuser und ein noch seltsameres, da es eine Spitze trug wie den in den Himmel gereckten Schnabel eines Reihers.

«Dies ist die Mission des heiligen Franz von Assisi, und wir sind der Orden der Franziskaner. Hierher kam der Welser Ambrosius Ehinger, der Venezuela als Lehen bekommen hatte vom Kaiser des Heiligen Römischen Reiches, Karl dem Fünften, in dessen weltumspannenden Reich die Sonne niemals untergeht. Die Welser waren ein deutsches Handelsgeschlecht. Sie wollten an der Küste von *terra firma* eine Stadt gründen, Neu-Augsburg. Die heißt heute Coro. Hier vor dieser Flussinsel ankerte ihre Karavelle, und hier wurde Ehinger von Indios bewirtet. Deshalb verfügte er, dass Mönche auf diesem Flecken eine Mission gründen sollten. Franziskaner sollten es sein, denn Franziskus liebte die wilde Natur. Hast du das alles verstanden, Junge?»

Arturo war noch dabei, seinen neuen Namen zu verdauen. Diese Welle weiterer Namen schwappte über ihn hinweg und war fort.

In einem der Häuser, über einem Tisch, dessen Beine in wassergefüllten Eimern standen, hing ein Tuch mit eingestickten Mustern, die aussahen, als habe man den Weg eines torkelnden Käfers nachgezogen.

«Ein Zitat des heiligen Franziskus», erklärte Frater Christoph. «Du wirst es bald lesen können.»

Lesen – Arturo hatte keine Ahnung, wovon er sprach. Dann bekam er noch zu hören, dass er alle sieben Tage in die Kirche gehen solle, dass er täglich Unterricht bekäme und auf der Plantage arbeiten würde wie die anderen Indios und Mestizen. Er dürfe reichlich essen, eine eigene Hängematte in einer der Hütten besitzen, und wenn er anstellig sei, sich eine Angel machen und fischen gehen.

«Nun sag doch mal einen Ton. Ist dir das alles egal? Oder bist du stumm?»

«Ich will zu meiner Mutter.»

«Ah.» Unbeholfen strich ihm Christoph über die Haare. «Der Tag wird kommen, an dem du sie nicht mehr so vermissen wirst. Nun schau nicht so traurig!»

«Ich bin nicht traurig», behauptete Arturo. Er war wütend. Einfach nur wütend auf sie und den Bruder, der nicht den Mund aufgetan hatte.

Der Tag kam nicht. Auch nicht der, an dem er der Mutter dankbar sein würde. In den ersten Nächten lag er wach, weinte still und lauschte den tiefen Atemzügen der Jungen in den anderen Hängematten. Warum sie nicht weinten, begriff er schnell. Sie waren zu müde. Auch ihm ging es bald so. Das Tagwerk war anstrengend. Bei den Caruáque musste kein Kind arbeiten. Seine Tage hatte er auf seinem Einbaum zugebracht. Er hatte gefischt, Schlingen ausgelegt, sogar ganze Dämme errichtet, mit einer Öffnung darin, in der sich Schlangen, Fische, sogar Otter verfangen hatten auf der Suche nach einem Durchkommen. Hier musste er Bananen ernten, Strünke kleinhacken, die großen Blätter schichten, Maniokwurzeln zu Brei pressen, trocknen und mahlen.

Nicht nur an das Arbeiten musste er sich gewöhnen. Auch daran, sich zu bedecken. Was Kleidung war, wusste er. Fremde Männer hatten gelegentlich Hemden und Beinkleider ins Caruáque-Dorf gebracht, dafür Fische und Früchte gewollt und so getan, als könne man ohne Stoff am Leib nicht leben. Und so mancher Mann der Caruáque hatte ausprobiert, was für die Alten noch undenkbar gewesen war. Nicht-Wilde, so bezeichnete man spöttisch die Fremden. Weil sie Wert darauf legten, sich zu bedecken und nicht, wie sie es nannten, ‹wild› zu sein. So wie der Vater, der ihm und Ángel die hellere Haut vermacht hatte. Und der Mutter ein buntes Kleid. Sie hatte sich immer geschämt, damit gesehen zu werden.

Die Hose störte im Schritt, und das Hemd kratzte auf dem Rücken. So schlimm wie der Warao-Junge, der den ganzen Tag schrie und heulte, als bereite ihm der Stoff körperliche Schmerzen, fand Arturo es jedoch nicht. Bei dem Jungen halfen dann auch keine Prügel mehr.

«Sie sind nicht nur Kinder der Natur. Sie sind *Tiere*», sagte Frater Christoph im Vorbeigehen, den Rohrstock unter die Achsel geklemmt. «Du bist anders, Arturo, du stammst von den Kariben ab. Von den Kannibalen.»

Dieses Wort hörte Arturo zum ersten Mal.

«Inzwischen solltest du das Zitat gut lesen können, Arturo. Also versuchen wir's.» Frater Christoph nahm ein Schilfrohr zur Hand und klopfte auf den Rahmen, in den das Tuch eingespannt war.

«Alle.» Das war noch recht einfach. Das nächste Wort jedoch war ein unüberwindliches Gestrüpp. Arturo ließ es aus und nahm die niedrige Hürde des nächsten. «Dar.»

«Dar?»

«Der? Der Arge … Erga …» Bei jedem Versuch beäugte er den Stock.

Der Frater rollte mit den Augen. «Das ist alles Mögliche, was du da plapperst, aber kein Deutsch.»

Die Buchstaben waren das Problem, nicht die neue Sprache. Die flog Arturo einfach zu. Nur schien *das* keinem der Mönche aufzufallen und ein Lob wert zu sein. Er hatte sie nacheinander gefragt, was auf dem Tuch stand, um beim nächsten Mal aus dem Gedächtnis antworten zu können. Sie hatten ihn alle ausgelacht oder geohrfeigt. Die anderen – Sklaven, Arbeiter, Waisen, er wusste nicht so recht, was sie waren – hatten gar nicht reagiert. Nur einer hatte gesagt: *Dann lern's halt. Mach sie zufrieden.* Aber er wusste die Spur des torkelnden Käfers nicht richtig zu deuten. Irgendwann hatte er festgestellt, dass es ihm genauso schwerfiel, sich an seinen alten Namen zu erinnern. Oder an den seines Stammes. Er war zu Tode erschrocken.

«Alle ... der ... Arde ... le ...»

Das Rohr schlug auf seinen Handrücken. «Hör auf, du quälst ja meine Ohren. Wir müssen deiner Begriffsstutzigkeit anders beikommen.» Damit meinte Christoph kräftigere Hiebe als diesen. Danach entschuldigte er sich und meinte, dass es ihm selbst früher auf die Sprünge geholfen habe. Und dass er weniger kräftig zuschlug als andere Brüder. Das stimmte allerdings. Die Härte der Strafe, als er einmal einen Einbaum gestohlen hatte, um zu seinem Stamm zurückzupaddeln, würde Arturo nie vergessen. Weit war er nicht gekommen. Er hatte schnell gemerkt, dass er keine Ahnung hatte, wohin, und war zurückgekehrt.

Der Junge lag tot vor seiner Hütte. Arturo ging hin und beugte sich über ihn, um ihn zu betrachten. Auch sein Stamm hielt nichts von den kleingewachsenen Warao. Jede Gemütsbewegung ließen sie aus ihren gedrungenen Körpern heraus, die immer so weich aussahen, als könnten sie keinen Stein drei Schritte schleppen. Man konnte sie auch schlecht gefangen halten – entweder machten sie dauernd irgendeinen Unsinn, versuchten zu fliehen oder verendeten an einer Krankheit. Deshalb taugten Warao-Männer nichts. Und ließen ihre Frauen über sich herrschen.

Kariben sah er nur, wenn sie wieder einmal einen geflohenen Warao zurückbrachten oder frisch eingefangen hatten und Werkzeuge dafür haben wollten, die nur die Mönche besaßen. Im Unterricht, wie Frater Christoph die quälenden Stunden aus Belehrungen, Stockhieben und dem Kampf gegen die schweren Lider nannte, erfuhr Arturo, dass es früher einen regen Handel mit Menschen gegeben hatte. Auch mit versklavten Kariben; die wiederum waren von Mischlingen eingefangen worden oder auch von Weißen. Gelegentlich kam das auch heute noch vor.

«Ich verurteile die Sklaverei», sagte Frater Christoph. «Aber besser eine durch Gewalt gerettete Seele als gar keine.»

Arturo musste eine neue Arbeit lernen: den Jungen hinter dem Schnabelhaus, der Kirche, zu begraben. Dabei fragte er sich, ob es möglich wäre, dass er hier irgendwann seinen Vater zu Gesicht bekam, nämlich wenn dieser sich wieder einmal als Sklavenhändler betätigte. Doch nach einem Überfall weißer Männer, welche die halbe Mission zerstörten und drei Mönche und einige Arbeiter umbrachten, fragte er sich das nicht mehr.

Es war ein Warao-Mädchen, das ihn fragte, ob er denn nie ans Weglaufen dachte. Sie nannte es Wegpaddeln – Warao benutzten ihre Füße kaum. Sie saßen beieinander, denn sie flocht einen Korb und er eine Angelschnur. Ihr

Interesse galt seinem Körper, der mit den Jahren groß, sehnig und kräftig geworden war. Mit ihrem wusste er jedoch nichts anzufangen. Mir ihr selbst auch nicht – sie lachte und keckerte wie ein Papagei und heulte und jauchzte, und ständig schaukelte sie dabei auf den Fersen. So waren sie alle, eben merkwürdig. Die Frauen seines Stammes waren nicht so gewesen. Allerdings mochten ihn seine zusehends blasser werdenden Erinnerungen trügen.

«Also, was ist?», fragte sie. «Willst du ewig hierbleiben?»

«Ich würde gern in mein Dorf zurück», antwortete er. Der Tag, an dem er seiner Mutter dankbar sein sollte, war nie gekommen. Schon gar nicht würde der Tag jemals anbrechen, an dem sie oder der Vater ihn holen käme. Er war in diesem Teil des riesigen Orinocodeltas zu einem neuen Leben geboren worden, um unter Mönchen, Warao, Sklavenjägern, Händlern und Schlangen und Krokodilen groß zu werden. Aber da war noch immer der Traum, der Mutter und dem Bruder ihren Verrat an den Kopf zu werfen. Er hegte ihn wie einen unsichtbaren Schatz.

Was Ángel wohl tat? Bestimmt war er ein großer Jäger geworden. Ein Krieger. Er war mutig und dreist. Deshalb war Arturo ja so wütend auf ihn. Weil er der Mutter stumm zugesehen hatte.

«Ich laufe weg», sagte das Warao-Mädchen.

Das tat sie. Drei Tage später brachte jemand ihre von einem Krokodil angenagte Leiche zurück. Arturo hob ihr Grab aus.

«Sie war wie ein Tier und ist wie ein Tier gestorben», sagte Frater Christoph. «Du bist wenigstens gehorsam.»

Das änderte sich mit der Zeit. Arturo flüchtete, um zu jagen und die Gegend zu erkunden. Aber er kehrte immer zurück und nahm die Prügelstrafen hin. Einmal fing ihn ein fremder Karibe, ein großer Krieger, und brachte ihn zurück, nachdem er ihn halb totgeschlagen hatte – Arturo war es nicht gelungen, ihm begreiflich zu machen, dass er gar nicht vorhatte, auf immer wegzulaufen. Ein andermal brachte er Tage in einem Piratennest zu, unter Weißen, weil er es zufällig auf seinen heimlichen Streifzügen mit einem gestohlenen Kanu entdeckt hatte. Aber ihr erbärmlicher Gestank, ihre Sauferei, ihre Schlägereien untereinander und dass sie ihn dort ebenfalls zum Arbeiten gezwungen hatten, hatten ihn schnell wieder das Weite suchen lassen. Seine Befürchtung, dieser Ausflug würde die schlimmste aller Prügel nach sich ziehen, bewahrheitete sich nicht. Er glaubte etwas wie Furcht in Frater Christophs Augen zu lesen. Es gefiel ihm. Er hatte etwas, worauf er stolz sein konnte: woanders als hier überleben zu können. An einem schlimmeren Ort, und wenn es nur für ein paar Tage war.

«Diese Leute, sie kommen um Gold hierher», erklärte Frater Christoph. «Seit Jahrhunderten laufen sie der Sage von El Dorado, dem goldenen Mann, hinterher. Der war der Herrscher eines Indiovolkes weit im Osten in den Anden. Er fuhr auf einem mit Gold beladenen Floß auf einen Bergsee, und sein Körper war mit Goldstaub überzogen. Als Opfer für einen heidnischen Götzen warf er alle Schätze ins Wasser und badete selbst darin. Alles Gold sank auf den Grund.»

Es war eine der seltenen Unterrichtsstunden, in denen Arturo nicht müde oder lustlos war. Eine der wenigen, in denen er den Mund aufbekam.

«Wo ist dieser See?»

«Niemand weiß, wo das sein soll, dieses Eldorado. Niemand hat es je gefunden. Aber Tausende sind bei dem Versuch ins Verderben gestürzt. Sie glauben, Gold bedeute Macht. Glück. Ein Leben ohne Sorgen.»

«Ist das so?»

Der Frater wiegte den kahlen Kopf. «Nein. Höchstens in den Händen von Männern, die wirklich damit umzugehen wissen. Die Kirche hat viel Gold, die Herrschenden im spanischen Mutterland auch. Aber ansonsten sind verständige Männer rar gesät. Den Wunsch nach Gold zu verspüren ist noch nicht verwerflich. Aber sobald man versucht, ihn zu erfüllen, führt einen der Weg leicht in die Hölle. Man soll nicht begehren Gold und Silber, sagt die Schrift. Sie sagt aber auch, der Grund ist der himmlische Herr, und ob einer darauf Gold, Silber, Edelsteine, Holz oder Stroh baut – alles muss am Tag des Jüngsten Gerichts durchs Feuer. Bleibt sein Werk bestehen, so empfängt er Lohn. Es kann aber auch alles verbrannt werden. Du bist neugierig, ja?»

Arturo war unruhig. «Ja, Frater.»

«Dass ich dich mal zum Zappeln bringe ...» Frater Christoph lachte und tätschelte ihm den Hinterkopf. «Pass auf, ich erzähle dir noch etwas. Vor zweihundertsiebzig Jahren kam ein Mann hierher. Kannst du dir unter dieser Zahl etwas vorstellen?»

Arturo nickte. Ungefähr.

«Er war der letzte Überlebende einer Gruppe, die Gold gesucht und gefunden hatte. Die anderen hatten bereits den Lohn für ihr Streben geerntet, nämlich den Tod. Er hatte es irgendwo versteckt und kämpfte mit einem Fieber.

Hier schrieb er einen Brief an die Welser. Und starb danach. Es ist schon viele Jahre her, da fand ich diesen Brief in einem alten Eisenkasten verwahrt.»

«Was ist ein Brief?»

«Eine Notiz an jemand anderen.»

«Was ist eine Notiz?»

«Eine Botschaft.»

Ah. Arturo war nicht dumm. Er wusste, was der Frater jetzt sagen würde.

«Eine Botschaft, in der er verriet, wo das Gold zu finden sei.»

«Wo?»

«Weit im Osten, irgendwo am Fluss … Mein Junge, da liegt es sicher heute noch, weil es unmöglich ist, es zu finden.»

«Kann ich den … Brief sehen?»

Frater Christoph lachte. «Du? Mit deinen spärlichen Lesekünsten? Aber ich zeige dir etwas anderes.» Er ging in das Haus, in dem er schlief, rumorte herum und kam mit einem Gegenstand zurück, der in ein Tuch aus löchrigem Pflanzenfasergewebe eingewickelt war. Er legte es auf den Küchentisch, schnitt ein paar Schnüre durch und schlug den Stoff auseinander. «Hast du eine Ahnung, was das ist?»

«Ein Vogel aus Holz?»

Der Frater runzelte die Stirn in dem Versuch, seinem Gedankengang zu folgen. Arturo deutete auf die ausgebreiteten Schwingen.

«Ach so. Ja, so falsch ist das gar nicht. Aber nicht dieser Gegenstand soll fliegen, sondern der Pfeil, vielmehr der Bolzen, den man darin einspannt. Es ist eine Waffe. Eine

Armbrust. Der Mann hatte sie bei sich.» Er hob das Ding hoch, um das Tuch darunter hervorzuziehen. «Eines der Mädchen müsste eine neue Stoffumhüllung anfertigen. Diese hier ist ja völlig zerschlissen.»

«Wie benutzt man die Waffe?»

«Man spannt den Bolzen ein, und dann muss man diese Kurbel drehen ... ich weiß es nicht so genau. Die Eisenteile sind leider völlig verrostet, und das Holz ist morsch.»

«Ich will es ausprobieren.»

Dafür setzte es eine Kopfnuss. Der Frater legte den Stoff zusammen. «Hier, bring das zu dem Mädchen und sag ihr, sie soll ein Tuch in dieser Größe weben. Du weißt, welche ich meine – mir fällt ihr Name nicht ein. Wir sollten ihr einen einfacheren geben, wie dir.»

Sie war die einzige von all den Warao-Mädchen, von der er überlegt hatte, wie sie wohl hieß. So ausgeprägt war der Wunsch jedoch nicht, dass er sie gefragt hätte. Sie war stämmig und besaß schmale Schultern und kleine Brüste. Die Mönche klagten, die Gesichter der Indios sähen alle wie eines aus. Die Indios hingegen sagten über die der Mönche das Gleiche und dass die braunen Kleider noch erschwerten, sie zu unterscheiden. Mit den Gesichtern der wenigen Mädchen und Frauen erging es Arturo nicht anders.

Nur bei dieser war es leicht: Ihr blauschwarzes Haar war gekraust. Offenbar das Erbe eines schwarzhäutigen Vorfahren. Auch deshalb fiel sie auf, weil sie sich lieber schlagen ließ, als ihr gelocktes Schamhaar zu bedecken. Dabei gab sie nie einen Laut von sich. Das gefiel ihm.

Ihm gefiel auch ihr verächtlicher Ausdruck in den Augen, wenn sie arbeiten sollte.

«So eins soll ich weben? Ich kann das doch gar nicht.»

Es klang ein bisschen, als wolle sie, dass man sagte, sie könne es doch.

«Ich werde Wochen dafür brauchen.» Trotzig schob sie das Kinn vor. «Ich hatte gehofft, du kämst einmal wegen etwas anderem in meine Hütte.»

«Weswegen?»

Sie seufzte. Es ärgerte sie, dass er es nicht wusste. «Meinetwegen», gab sie schließlich zu.

Diese Hütte war nicht ihre allein; sie teilte sie mit drei älteren Frauen. Eine von denen lag schnarchend in ihrer Hängematte.

Das Mädchen warf den Stoff beiseite und kroch auf allen Vieren auf ihn zu. Er hatte sich auf die Fersen gehockt, da er zu groß war, um in dieser Hütte stehen zu können. Halb gebückt mit ihr zu reden wäre ihm unangenehm gewesen.

«Es stimmt, was die anderen sagen. Die Kleider, die du trägst, machen es, dass du keine Lust verspürst.»

«Meinst du?»

«Sieh dir die eingehüllten Affenmänner an, dann weißt du, dass ich recht habe.»

Ganz sicher war er sich nicht. Dazu hatte er zu oft eine Frau in die Häuser der Mönche schlüpfen sehen und dann eindeutige Geräusche gehört. Aber die ganze Sache war ihm im Grunde gleichgültig. Zumindest glaubte er das.

«Komm schon», lockte sie ihn. Gewöhnlich reagierte er nicht auf den Anblick unbedeckter Frauenkörper. Aber die Art, wie sie sich ihm näherte, und der eigenartige tierische Duft, den sie ausströmte, ebenso ihr geöffneter Mund – all das bewirkte, dass ihn die Gier packte. Sie stieg in ihre

Hängematte, und er legte sich auf sie. Ihr Keuchen an seinem Ohr störte ihn; dann vergaß er es und überließ sich dem eigenen Rausch. Er dauerte nur ein paar Herzschläge. Plötzlich stieß sie ihn von sich und trat nach ihm. Sie fauchte und zeterte und sprang von der Matte, um fahrig mit einem Stück Stoff zwischen ihren Beinen herumzuwischen.

Er ging. Dass er nie wieder ein Wort mit ihr sprach, lag nicht allein am unrühmlichen Ende dieses Erlebnisses. Er konnte mit ihr so wenig anfangen wie mit all den anderen. Einige Zeit später knallte sie ihm das neue Tuch vor die Füße, und er brachte es Frater Christoph. Es war der Tag, an dem ihm der Frater feierlich eröffnete, es sei nun zehn Jahre her, dass die Mutter ihn hergebracht hatte. Diese Tatsache war den Mönchen einen Kuchen mit einer Kerze darauf wert.

«Weißt du noch, wie du geheißen hast?», fragte Frater Christoph.

Arturo dachte darüber nach. Er wusste es nicht mehr.

«Ich mache dir ein Geschenk», sagte der Frater.

Es war die Armbrust.

«Warum nun doch?»

Er winkte ab. «Ich habe es mir eben anders überlegt. Im Lernen bist du schlecht, im Jagen gut. Und du arbeitest ja sowieso nur noch, wann du willst. Für diese Nachlässigkeiten gehörst du eigentlich bestraft, aber dazu bist du zu groß und ich zu alt. Warum sollte diese Waffe weiter vermodern und nicht genutzt werden? Falls man sie noch benutzen kann. Finde es heraus.»

Arturo dachte bereits darüber nach. Als Erstes würde er eine Sehne anfertigen. Dann Pfeile – nein, Bolzen schnitzen. «Danke», sagte er. Er hatte sich noch nie für irgendetwas bedankt, fiel ihm auf. Das Tuch bekam er ebenfalls und tat es zu seinen wenigen Besitztümern, die aus kaum mehr als ein paar Holzstücken, in die er Gesichter geschnitzt hatte, und selbstgefertigtem Schmuck aus Schneckenhäusern und Muscheln bestanden.

Kurz darauf kam ein Unwetter, das sämtliche Häuser und Hütten überschwemmte, und danach fand man das Mädchen nicht mehr.

«Ich gebe dir noch etwas», sagte Frater Christoph. «Vielleicht hilft es ja, deiner Leseschwäche ein wenig abzuhelfen.» Er zeigte ihm ein fleckiges, modrig riechendes Buch. «Kannst du den Titel entziffern?»

Arturo versuchte es und scheiterte.

«Hier steht ‹Eldorado. Die Legenden des Goldenen Mannes und der Abenteurer, die ihn suchten und dabei ihr Leben und ihre Seelen ließen.› Ihre Seelen, hörst du? Das ist eine Warnung, mein Junge. Aber du sollst das Buch bekommen. Es sind schöne Abbildungen von Kriegern und Inkas darin; sie würden dir gefallen. Aber du bekommst es erst, wenn du endlich den Spruch da an der Wand lesen kannst.»

Arturo seufzte. Das würde ewig dauern.

Er war nun ein fast erwachsener Mann mit einer furchterregenden Waffe. Hätte Frater Christoph geahnt, dass er mit ihr seine Kreise erweiterte, bis er schließlich wieder auf Piratennester oder verborgene Siedlungen von Cimarrónes stieß, er hätte sie ihm niemals gegeben. Wieder traf er auf einen Mann seines Volkes. Dieses Mal ließ er sich nicht einfangen – der Karibe versank sterbend im Fluss. Wochenlang blieb Arturo fort. Er lernte sich unter Männern zu bewegen, die fluchten, tranken, sich prügelten und töteten. Er verkaufte ihnen seine Jagdbeute für wenige Münzen: Reales, hin und wieder einen Piaster, englische Pennys und französische Centimes. Dort hörte er von den gewaltigen Schlachten in der Alten Welt. Er hörte auch vom Krieg hierzulande, bei dem es um andere Dinge ging. Um *independencia*. Das war ein Begriff, der in der Mission nicht fiel, denn dort interessierte sich niemand für Politik. Ein Mann, der aus Caracas gekommen war, erzählte, ein Mann namens Simón Bolívar habe die Stadt erobert und die Zweite Venezolanische Republik ausgerufen – eine erste hatte es für kurze Zeit gegeben, und sie war gescheitert; Bolívar hatte flüchten müssen. Jetzt war er wieder da und nannte sich El Libertador. Das alles stand auf wackligen Füßen; das Kampfglück wogte hin und her, und es nähme nicht Wunder, wenn er wieder flüchten müsse und dieser Versuch einer Republik erneut scheitern würde. Arturo interessierte das alles nur am Rande. Ihn interessierten die Münzen, die er einhandelte, und die Geschichten über Eldorado. Auch in den Piratennestern gab es Männer, die ins Landesinnere wollten, um Reichtümer zu finden. Oder um sich Bolívar anzuschließen – ebenfalls, um Reichtum zu finden. Solche kamen sogar aus Europa.

«Wenn du reich bist, gehört dir die ganze Welt. Überall nimmt man dich mit offenen Armen auf, und keiner fragt nach deiner schmierigen Herkunft», sagte der Caraqueño, der sich hochtrabend Konquistador nannte, Eroberer, obwohl deren Zeit lange zurücklag.

Solche Worte klangen verlockend.

«Mit Gold kann man Frauen kaufen, die nett zu dir sind und dich verwöhnen.»

Auch diese.

Arturo sah ihn bald darauf in den Hütten sterben, die im Schatten eines aufgelaufenen Schiffswracks errichtet worden waren. Keine Prügelei, kein Messer in der Kehle hatten ihn zu Fall gebracht. Nur ein Fieber.

Zu lesen lernte er dort nicht. Aber dass Geld hilfreich war. Er bot einem der jüngeren Mönche eine Münze, und der verriet ihm nach langem Hin und Her den Spruch des heiligen Franziskus. Arturo erfuhr, dass alle Geschöpfe der Erde liebten, litten und starben wie Menschen und somit gleichgestellte Werke des allmächtigen Schöpfers und Brüder waren. Mit allem hätte er gerechnet, nur nicht damit.

In den Siedlungen der Piraten und Cimarrónes gab es keine Frauen. Gelegentlich geriet eine Indianerin in ihre Hände und musste ihnen zu willen sein. Solche Frauen waren anders als jene in der Mission: Weder kicherten noch zappelten sie, sondern waren wie im Tod erstarrt. Als Arturo kam, um dem Koch einen Alligator zu verkaufen, sah er einen Mulatten mit schwerem Goldgehänge im Ohr eine Indianerin besteigen. Derweil erzählte der Mann unter Schnaufen und Stöhnen den Umstehenden, dass er bei seiner Flucht aus einem Sklavenpferch drei Aufpasser getötet habe.

«Er hat sich zum Herrn des Dorfes aufgeschwungen», raunte der Koch in Arturos Ohr. «Hat geklautes Geld verteilt – das genügte schon, um die Idioten für sich zu gewinnen.»

Ob es die Mantuanos da oben in Caracas ähnlich machten? Vermutlich.

«Fünf Bluthunde habe ich erstochen!»

«Und Naldo treibt gerade mit dem Hinterkopf nach oben im Fluss.»

«Und ein Pferd gestohlen!» Der Mulatte, der Naldo von seinem schäbigen Thron gestoßen hatte, stieß einen kehligen Schrei aus, stand auf und gab der Frau einen Tritt in den Hintern, sodass sie der Länge nach hinschlug. «Wer will sie jetzt?»

Einige wollten. Arturo hingegen wollte mit dem Koch gehen, um ihm zu helfen, den Krokodilschwanz zu häuten und zu zerkleinern.

«Du», sagte der Mulatte. «Wieso kehrst du mir den Rücken zu, wenn ich etwas frage?»

Arturo blieb stehen. «Ich kann nichts dafür, dass du da hinten stehst, während ich zur Tür hinaus will.»

«Stehst du auf Kerle?» Der Mulatte griff nach seinem Messer am Gürtel, zog es nach einiger Überlegung jedoch nicht. Stattdessen forderte er einen anderen auf, die Frau zu besteigen, und der sprang auf sie wie ein Hund, den man von der Leine gelassen hatte. Dann wandte er sich noch einmal Arturo zu. «Um dich, den Arsch deiner Mutter, kümmere ich mich später.»

Die Beleidigung scherte Arturo nicht – hier hörte man ständig solche Dinge. Daher wusste er nicht so recht, warum er zu seinem Einbaum ging und seine Armbrust holte. Vielleicht tatsächlich, weil ihn der gebrochene Blick der Frau dauerte. Vielleicht, weil ihn alle diese Männer plötzlich anwiderten. Vielleicht, weil er sich selbst anwiderte, da er sich hier aufhielt. Er legte einen der Bolzen ein, die er sich aus hartem Algarroboholz geschnitzt hatte, drehte die Kurbel, um die Armbrust zu spannen, und ging zum Eingang des Hauses. Kurz überlegte er, wem er den Garaus machen sollte, und entschied sich für den Mulatten. Der hechelnde Hund würde dann von allein von der Frau herunterspringen.

Einen Augenblick später fiel der Mulatte wie ein morscher Baum, der vom letzten Regenguss zu viel Wasser trug, auf den schmutzigen Boden. Arturo ging zu ihm und riss den Ohrring an sich. Dann hob er die Frau wie ein erlegtes Krokodil auf die Schultern und schleppte sie in sein Boot. Niemand hielt ihn auf, als er es ins Wasser schob und ablegte. Nur der Koch rief: «Schade! Ich schätze, du kommst nicht mehr her.»

Er vermied es, die Frau anzusehen. Er wusste nicht, wohin mit ihr. Sie war verendendes Vieh, und als solches sollte er sie ins Wasser zu den Piranhas gleiten lassen. Ihre Scham blutete, und ihre Schenkel waren mit Wunden und Blutergüssen überzogen.

«Bring mich zum Schamanen», bat sie ihn mit brüchiger Stimme.

Ihr Sterben währte einen Tag. Mit letzter Kraft zeigte sie ihm die Richtung. Ein Palafito tauchte im Ufergestrüpp auf, eine der schwimmenden Behausungen der Warao. Unter dem Palmblattdach saß ein einzelner Mann und rauchte Tabak oder irgendein Kraut. Arturo band das Boot fest, nahm die Frau auf die Arme und trug sie auf die wacklige Plattform. Der Mann hatte sich erhoben. Er nahm sie entgegen; seine schmalen Beine gaben unter ihrem Gewicht fast nach. Taumelnd sank er auf seine geflochtene Matte.

«Meine Tochter.»

Er barg das Gesicht an ihrem Hals. Arturo war sich nicht sicher, doch er meinte, sie tat ihren letzten Atemzug im gleichen Augenblick, da ihr der Vater diese Worte ins Ohr raunte. Über ihre Schulter hinweg blickte der Mann ihn an.

«Komm morgen wieder», bat er.

Wozu? Arturo fand, er habe anderes zu tun. Trotzdem fuhr er anderntags noch einmal hin. Die Plattform erbebte unter dem Gewicht von an die hundert Menschen. Es waren viele Mischlinge darunter, und auch einige der Warao trugen Stoff um die Hüften. Jemand hatte sogar ein ungeladenes Gewehr und fuchtelte damit herum, um Totengeister zu vertreiben. Mit heller, klagender Stimme rief der Schamane, dass er, Arturo, seine Tochter gebracht habe. Arturo bekam zu essen, Brei aus Sago, Bananensuppe und Stücke von Wasserschlingpflanzen, um sie auszusaugen. Er fragte sich, ob sein eigener Stamm so war wie dieser. Seit langer Zeit gestattete er sich Bruchstücke von Erinnerungen an eine Mutter und an einen Vater. Er erinnerte sich auch, nicht richtig dazugehört zu haben, da seine Haut nur von der Sonne gebräunt war, ohne den rötlicherdigen Ton der anderen aufzuweisen. Auch diese Leute hier sahen staunend zu ihm auf, vor allem jedoch wegen seiner Größe.

Ihr Heulen und Wehklagen zog sich den ganzen Tag hin. Er wäre längst fortgepaddelt, hätte der Schamane ihn nicht immer wieder gebeten, noch zu bleiben. In Gedanken war er bei den Dingen, die er für den erbeuteten Ohrring eintauschen wollte. Eine gute Axt, denn in der Mission waren sie alle abgenutzt und wacklig; man musste immer damit rechnen, dass einem die Klingen um die Ohren flogen. Er wollte seinen Einbaum zu einer Piroge aufbauen. Dann einen Mast schlagen. Tuch für ein Segel besorgen, das er anzufertigen gedachte. Die Kraft des Windes machte die Wege auf dem Fluss leichter. Und weiter. Bisher war er noch nie am Küstensaum gewesen. Er wollte endlich Gewissheit haben, einmal das Meer zu erblicken. Vielleicht hatte er das längst, ohne es zu wissen – wo der Fluss endete und das Delta begann, war schwer zu sagen.

Da die Sonne tief stand, blieb er noch eine Nacht. Als die Vögel, Frösche und Zikaden den nächsten Morgen ankündigten, brachen die Indios auf.

«Bleib noch», sagte Gaúpe.

Wie zuvor saß der Schamane auf seiner Matte und sog den Qualm von Tabakblättern ein, die in einer Schale verglühten.

«Willst du etwas über deine Zukunft hören?», fragte er.

«Nur wenn Gold darin vorkommt.»

«Was willst du mit Gold?»

«Ein anderes Leben.»

«Ein anderes willst du? Genügt dir das eine nicht?» Über dieses Ansinnen schüttelte Gaúpe den Kopf, atmete den Rauch ein und versank in Schweigen. Arturo ging nicht, da er wusste, dass er sowieso wieder aufgehalten werden würde.

«Ich schulde dir etwas», kam der Alte endlich zur Sache. «Ich werde für dich Maria Lionza anrufen, die Königin der Wildnis, die im Feuer die Zukunft zeigt und die Krankheiten der Menschen heilt, wenn man sie darum bittet. Kennst du sie?»

Natürlich. In den Dörfern der Cimarrónes und Banditen hatte Arturo von ihr gehört und auch Rauch ihr zu Ehren verbrannt. Schließlich war sie die Göttin der Armen und der Verlorenen.

«Willst du hören, was sie dir zu sagen hat?»

Arturo nickte zögernd. Er deutete auf die Tätowierung auf dem Unterarm des Alten. Dort war sie als nackte Häuptlingstochter mit wehendem Haar und auf einem Tapir reitend dargestellt. Die Arme und Schultern der Männer in den Siedlungen zierten viele solche Bilder, doch waren sie zumeist schlampig ausgeführt. Dieses jedoch war von beeindruckender Wirklichkeitstreue. «Wer hat das gemacht?»

«Ich selbst.»

«Mach mir das auch. Hier», Arturo berührte seinen rechten Oberarm. «Aber mach sie als Mutter Gottes, bekleidet und mit Krone.»

Gaúpe nickte. Ihn schien dieser Wunsch zu freuen. «Komm morgen wieder. Bis dahin bereite ich alles vor. Und danach rufe ich sie für dich.»

Arturo lag auf der Seite. Gaúpe hatte sich über ihn gebeugt, die Lippen zwischen die Zähne geklemmt, und schlug mit einem Aststück auf den Kopf eines angefeilten Nagels, machte Schnitte mit einem Klingenstück und rieb mit Asche vermengten Saft einer schwarzen Wurzel in die Wunden. Der Schmerz war erträglich. Arturo dachte an das, was Frater Christoph dazu sagen würde: *Das hättest du nicht tun dürfen. Du kommst in die Hölle!* Er war jetzt zwanzig Jahre alt. Dieser Schritt machte ihn endgültig zu einem erwachsenen Mann. Den Gott der Mönche würde er damit ebenso erzürnen wie Frater Christoph, das wusste er. Aber dieser Gott wollte nicht, dass er Gold fand. Maria Lionza, so hoffte er, würde es ihm gönnen.

Ständig wurde Gaúpe von Leuten unterbrochen, die kamen, um ihm zu sagen, dass seine Tochter eine gute Frau gewesen sei. Andere erbaten seinen Rat, und wieder andere brachten ihm zu essen oder kleine Geschenke. Die Sonne stand tief, als er seine Arbeit beendete und Arturos Arm mit Schildkrötenöl einrieb.

«Bald ist es dunkel. Zeit für das Ritual.» Auf dem Holz der Plattform zog er mit weißer Farbe einen großen Kreis dicker Striche, entzündete an seinem Herdfeuer Kerzen und verteilte sie am Rand des Kreises. «Du musst ein Tier fangen», verlangte er von Arturo.

Das war schnell getan. Arturo brachte einen verletzten Reiher, den der Schamane in einen Käfig steckte. Dann vermischte er Niopo, ein Gift aus Pflanzensamen, in einer Schale mit ein wenig Öl, nahm einen gegabelten Vogelknochen zur Hand und beugte sich darüber.

Es kam noch ein Störenfried. Gaúpe legte den Knochen wieder beiseite.

Dieser Mann war groß, ein Karibe mit einem blauschwarzen Zopf und sehnigen Körper in einer Weste und Beinkleidern. Gaúpe winkte ihn herbei, und er machte einen langen Schritt aus seinem Einbaum auf die Plattform. Das Fell eines Capybaras und das Horn eines Wasserbüffels wechselten den Besitzer, und Gaúpe strahlte über die Gaben wie ein Kind. Es entspann sich ein Gespräch, das sich einige Zeit hinzog. Gaúpe hatte es nicht eilig, das war fast allen Indios eigen, erst recht solch alten; daher bezähmte Arturo seine wachsende Ungeduld. Die hatte er von den Mönchen gelernt, denen immer alles schnell und beizeiten gehen musste. Er beschäftigte sich damit, weiterhin kühlendes Öl auf seinen Arm aufzutragen und den Kariben unverhohlen zu mustern. Doch auch der starrte immer wieder herüber.

Nach einer Weile stemmte sich der Mann hoch, kam näher und ging in angemessener Entfernung in die Hocke.

«Aryqeatuaro?»

Düster erwiderte Arturo den fragenden Blick. Tief in ihm rührte dieses Wort etwas an, und er wusste nicht, was.

«Aryqeatuaro, bist du es?»

Nein, es war besser, es nicht zu wissen.

Jedoch begann er es zu ahnen; das war nicht zu verhindern. Sein Name. Ja, sein alter indianischer Name. Jäger großer Krokodile.

Noch wollte er es leugnen. «Ich heiße Arturo.»

Der andere entblößte zu große und schiefe Zähne zu einem spöttischen Lächeln. «Das ist ein weißer Name.»

«Ich bin weiß. Siehst du es nicht?» Wer nicht ganz rot war, war weiß; das zu behaupten, hatte er sich von den anderen *bunten Rindern* abgeschaut. Warum, wusste er eigentlich nicht so recht. Er hörte Gaúpe, der neugierig lauschte, kichern.

Beschwichtigend hob der Karibe die Hände. «Schon gut. Arturo, weißer Mann mit dem blauschwarzen Haar eines Indios – es ändert ja nichts daran, dass ich dich als Aryqeatuaro kennenlernte. Dich und deinen Bruder, der tatsächlich von Geburt an einen spanischen Namen trug. Erkennst du mich denn nicht wieder?»

War dieser Mann aus seinem Stamm, den Caruáque? Er mochte ein paar Jahre älter sein und war demnach damals ein halbwüchsiger Junge gewesen. Die Hand auf der Brust, nannte er seinen Namen, der Arturo nichts sagte. Arturo stand auf und trat aus dem Kreis der Kerzen, wobei er einige versehentlich umstieß. Geriete die Plattform in Brand, so würde dies von seinem inneren Aufruhr ablenken. Die Flämmchen verweigerten ihm auf dem feuchten Holz den Gefallen und erloschen. In seinem Rücken hörte er, wie der Karibe sich von Gaúpe verabschiedete und in seinen Einbaum stieg. Arturo blickte über die Schulter. Der Mann paddelte aus dem rot schimmernden Lichtkreis und verwandelte sich in einen düsteren Schemen.

«Warte! Komm zurück!»

Arturos Herz schlug unangenehm. Wenn der Fremde ihn für seine Schroffheit strafte und verschwand, würde sich ihm vielleicht nie wieder die Möglichkeit bieten, etwas über die Schatten seiner Vergangenheit zu erfahren. Doch der Mann kehrte in einem großen Bogen zurück und warf das Halteseil wieder auf die Plattform.

Arturo kauerte auf den Fersen und ergriff es. «Wie ist es heute dort in dem Dorf?», fragte er.

«Da sind nur noch ein paar heruntergekommene Hütten», erwiderte der Fremde bereitwillig. «Nach dem Überfall eines anderen Stammes sind die meisten gegangen. So wie ich.»

«Dann weißt du nicht, was aus meiner Mutter und meinem Bruder wurde?» Irgendwie hoffte Arturo, der andere würde nichts wissen. Er hielt den Atem an.

«Dein Vater, der Spanier, wurde nie wieder gesehen. So viel ich weiß. Und deine Mutter und Ángel … Sie leben auf einer Hazienda. Gerüchten zufolge sind sie deinem Vater gefolgt; der lebt da auch.»

«Gehört sie ihm etwa?» War der Vater zu Geld gekommen? Unmöglich war das nicht – er musste nur den richtigen Mann ausgeraubt haben. «Wo ist sie?»

«Am Río Mañano, am Rand einer kleinen Stadt. Sie heißt … lass mich nachdenken …»

Arturo hoffte, es fiele ihm nicht ein. Er schalt sich einen Dummkopf, da er dennoch ersehnte, es zu erfahren.

«El Azor.»

Der Río Mañano war der westlichste Fluss des Orinocodeltas. Mit einem Einbaum, noch ohne seitliche Aufbauten, Mast und Segel, und einigen unfreiwilligen Umwegen, die zu berücksichtigen waren, würde Arturo mehrere Wochen benötigen, El Azor zu erreichen. Das machte nichts; er wünschte, die Reise würde ein Jahr dauern. Andererseits drängte es ihn so sehr, dass er sofort aufgebrochen war, kaum dass der Karibe zum zweiten Mal abgelegt hatte. Erst als Gaúpe hinter ihm hergerufen hatte, war ihm das Ritual wieder eingefallen. Er war nicht zurückgekehrt. Er trug Maria Lionzas Bildnis für immer auf seinem Körper – entweder es genügte, sie für sich einzunehmen, oder nicht. Und was die Zukunft betraf, war es vielleicht besser, nicht zu erfahren, ob er bald mit einem Messer im Rücken endete oder zur falschen Zeit ins Wasser und einem Krokodil oder mit langen Zähnen bewaffneten Payarafischen zum Opfer fiel. Falls man dergleichen überhaupt in den Flammen lesen konnte.

Er verirrte sich öfter als erwartet. Ansonsten war die Fahrt nicht viel anders als seine sonstigen Streifzüge: Er hatte einige Auseinandersetzungen mit seinesgleichen, den *bunten Rindern,* und der ewig feindlichen Natur. Ein Insektenstich lähmte ihn einige Tage, während denen er in seinem Einbaum liegend unter Schmerzen durch fremde Wasserläufe dümpelte. Er kämpfte mit treibenden Baumstämmen, mit Regen, der sein Boot fast unter Wasser drückte, und Wind, der die Wellen aufbauschte und es mehrmals kentern ließ. All das half ihm, seine Gedanken im Zaum zu halten. Als er den Río Mañano erreicht hatte, ging es leichter und schneller. Dieser Mündungsarm war belebter als alles, was er im Delta bisher gesehen hatte. Dorf reihte sich an Dorf; überall kam er Fischkuttern und Pirogen in die Quere. An beeindruckenden Kriegsschiffen kam er vorüber, an deren Hecks Flaggen wehten, die ihm nichts sagten. Hier und da legte er an steinernen Kais an und fragte sich durch.

Irgendwann, er glaubte, ein Monat sei vergangen, rief man ihm von einem Schiff herunter zu, dass dies der Hafen von El Azor sei.

Dicht an dem gewaltigen Rumpf glitt sein Boot entlang. Er bewunderte die Schnitzereien rund um die schräggestellten Heckfenster, den Wald aus vollkommen gedrehtem und glattem Tauwerk, die gerefften Segel, deren Größe, wären sie erst entfaltet, erstaunlich sein musste. Er bestaunte die bunt bemalte Holzfigur einer Frau am Bug – eine ähnliche hatte in Naldos Dorf gestanden, und man hatte einige wunderliche Dinge über sie zu erzählen gewusst. Sein Einbaum nahm sich wie eine Nussschale aus, als er ihn zwischen den größeren Schiffen festmachte. An der Straße am Kai gab es eine Garküche, aus der andere Düfte strömten als die nach gekochten, gebackenen oder gerösteten Bananen. Zum ersten Mal sah Arturo, wie die Kleidung der Weißen tatsächlich beschaffen war: nicht zerrissen, nicht in der Sonne gebleicht und auch nicht bunt zusammengewürfelt.

Eine Stadt war dies indes nicht, lediglich eine lange Reihe von Hütten und Steinhäusern. Er fragte nach einer Hazienda und dem Weg dorthin. Als er einen von Wildwuchs gesäuberten Hang hinaufstieg, sah er über den Baumwipfeln El Azor, den Habicht, thronen. Wie El Halcón, der Falke, auf einer der Inseln im Orinoco. Oder wie El Zamuro, der Geier, in Angostura.

Er hätte ahnen müssen, dass es keine Stadt, sondern eine spanische Festung war.

Im Schatten hoch aufragender Kokospalmen und Bananenstauden schlugen Männer, hauptsächlich Schwarze, doch auch Pardos, mit Macheten auf niedrigere Bäume ein. Arturo brauchte eine Weile, bis er erkannt hatte, dass es die kleineren Kakaobäume waren, von denen sie dicke dunkelgelbe Früchte schnitten. Gleichförmig und schweigend arbeiteten sie, und der Schweiß rann über rötliche Stellen auf der ansonsten tiefbraunen Haut. Mancher bemerkte ihn und hob einen ermatteten Blick, ohne in seiner Tätigkeit innezuhalten. Mit einem Mal wusste Arturo, dass er sich mit der Überlegung, der Vater und somit auch die Mutter und Ángel könnten zu Wohlstand gekommen sein, etwas vorgemacht hatte. Etwas höchst Unsinniges. Sie waren versklavt.

Er ging zu einem der Männer, der ein wenig neugieriger wirkte. «Ich suche einen Mann namens Ángel», kam Arturo ohne Umschweife zur Sache. Doch er wurde enttäuscht: Der Schwarze machte sich wieder an die Arbeit, als sei Arturo nicht da. Vielleicht lag es an dem Reiter, der soeben am Ende des Wirtschaftsweges auf einem Maultier auftauchte. Arturo verbarg sich im Schatten der dicht mit prallen Früchten behängten Bäume. Es war ein Weißer, der gemütlich vorüberritt, eine Flinte im Arm und am Sattel eine zusammengerollte Peitsche.

«Ich suche Ángel», versuchte es Arturo noch einmal, sobald der Aufseher außer Sicht war. Diesmal wagte der Sklave immerhin, ihm zu antworten: Es war ein Kopfschütteln. Arturo ging weiter, diesmal mit äußerster Wachsamkeit. Die meisten der Sklaven verfügten über Macheten, keiner trug Ketten. Falls sie diese Vorteile je für sich zu nutzen versucht hatten, so war es ihnen mit harter Hand ausgetrieben worden, wie die alten und frischen Striemen auf ihren schweißglänzenden, von harter Arbeit sehnigen und karger Kost mageren Körpern verrieten. Keiner gab ihm eine Antwort. Aber es hielt ihn auch niemand auf.

Er gelangte in den Hitzeglast einer gerodeten Lichtung. Auf Gestellen, auf denen Matten gespannt waren, staksten breitbeinig einige Arbeiter herum und schichteten mit Forken Kakaobohnen um, offenbar um sie in der Sonne zu trocknen. Ein weiterer Aufseher ritt vorüber, bemerkte auch Arturo, widmete ihm jedoch keinen zweiten Blick, da die Männer oben auf den Gestellen seine Aufmerksamkeit erforderten. Arturo atmete durch. Er hatte sich seines Hemdes entledigt und unterschied sich somit kaum von den Pardos unter den Sklaven. Man mochte sich lediglich darüber wundern, dass seine Haut nicht gar so tief gebräunt und von Peitschenhieben bisher verschont geblieben und seine Kniehose ein wenig ordentlicher war. Vielleicht kam es auch vor, dass Fremde die Pflanzung durchquerten, um zu dem Anwesen zu gelangen, das unterhalb der Festung an den Berghang gebaut worden war, als wolle der Besitzer bequem von seiner Veranda aus dem Treiben hier unten zusehen können.

Er ging zu einer Reihe von Hütten. Die meisten standen offen; nur wenige hatten Matten vor den Eingängen. In einer sah er von Fliegen umschwirrte Leiber liegen – waren sie krank oder tot? In einer anderen hockten zwei Frauen vor einem Berg gelber Früchte. Eine schlug sie mit einer Machete auf und schob die Hälften der anderen zu, die ihre Finger hineingrub und das weiße Fruchtfleisch mitsamt den Bohnen herauspulte und auf Bananenblättern ausbreitete. Sie hoben bei seinem Eintreten die Köpfe, ohne in ihrer Arbeit innezuhalten.

«Ich suche Ángel. Wisst ihr, wen ich meine?»

Sie hielten die Köpfe gesenkt. Bisher hatte er es auf Spanisch und zwei, drei indianischen Dialekten versucht. In seiner Enttäuschung versuchte er es mit ein paar Brocken Englisch.

Die Frau mit der Machete hob erstaunt die Brauen. «Wir kennen keinen Ángel», sagte die andere in einer kruden Sprachenmischung, die sogar seinem Ohr alles abverlangte. Ihr nackter, hochschwangerer Leib schwang hin und her, während sie die Bohnen auf den Blättern verteilte. Er machte kehrt, und sie rief ihm nach: «Aber einen, der so aussieht wie du. Der wohnt in der Hütte, auf der eine Kokospalme liegt.»

Er wandte sich ihr noch einmal zu. «Danke.»

«Es ist nicht gut, mit ihm zu reden», murmelte sie und tat wieder so, als sei er nicht anwesend.

Die Hütte war leicht zu finden: Die Palme war gebrochen, wohl bei einem Unwetter, und hatte sich wie eine

Machetenklinge in das Bananenblattdach der Hütte gegraben. Man hatte es offenbar nicht für nötig gehalten, sie abzuhauen, und es musste lange her sein; Schlinggewächs hatte den Stamm mit dem Hüttendach verwachsen lassen. Ansonsten unterschied sich die Hütte nicht von den anderen. Arturo mochte noch nicht glauben, dass er am Ende seiner Reise angekommen war. Sicherlich war Ángel gar nicht hier, sondern irgendwo auf der Plantage. Oder tot unter der Erde. Und das rhythmische Hacken der Machete, das aus der Hütte drang, kam nicht von ihm.

Doch er täuschte sich, das sah er sofort, als er den aus grobem Bastgewebe gefertigten Vorhang hob. Vor einem hinteren Riss in der Wand, der als Fenster diente, saß sein Bruder, den Rücken dem Eingang zugekehrt, als wolle er zeigen, dass er nichts fürchtete. Er schlug auf die Kakaofrüchte ein und warf die Hälften neben sich, wo sie sich von Mücken umschwirrt häuften, denn hier war keine helfende Hand, die Bohnen herauszuholen. Wahrscheinlich musste er das selbst tun, sobald er mit dem Zerteilen fertig war.

Sein Rücken, so hell wie der Arturos, war vernarbt.

«Ángel», sagte Arturo. «Bruder.»

Die Hand mit der Machete hielt in der Bewegung inne.

«Ary?»

Ary. So lange hatte er die Kurzform seines alten Namens nicht mehr gehört, dass es ihm schwerfiel, sich angesprochen zu fühlen. «Ja, ich bin es.»

Zu seinem Erstaunen fuhr Ángel mit seiner Arbeit fort. «Hat man dich also auch gefangen genommen und versklavt?»

«Nein. Ich bin einfach hergekommen», antwortete

Arturo steif. «Bisher hatte ich Glück und bin niemandem aufgefallen.» Oder Maria Lionza hatte ihm geholfen. Allerdings hatte er nicht den Eindruck, als wolle die göttliche Häuptlingstochter ihm auch jetzt beistehen. Wie seltsam war diese Situation ... Sie hatten sich zuletzt vor dreizehn Jahren gesehen. Niemand hatte gewusst, was aus dem andern geworden war – und ob es je ein Wiedersehen geben würde. Arturos tief und lange gehegter Zorn darüber, von Ángel im Stich gelassen worden zu sein, hockte wie ein längst zu Stein erstarrter Klumpen unterhalb seiner Kehle. Schlucken konnte er ihn nicht. Herauswürgen auch nicht. «Warum ... bist du ...»

Er stockte. Er war schon früher der Schweigsamere gewesen, erinnerte er sich.

«Wie gerät man in die Sklaverei?», schnaubte Ángel. «Ist das wichtig? Hast du überhaupt aufgepasst, dass niemand dich sieht? Oder hat Don Valero Garciá de Villaverde y Saénz dir erlaubt, hier herumzulaufen?»

«Wer ist das?»

«Der Kakao, der da oben in seiner Hazienda sitzt und gelegentlich von der Veranda aus auf Sklaven schießt oder durch die Hütten geht, um sie auszupeitschen.»

«Hat er dich so zugerichtet? Und, verdammt, kehrst du mir den Rücken zu, damit ich deine Narben sehe?»

Ángel legte die Machete beiseite, presste eine Hand auf den vom Fruchtfleisch nassen Boden und schob sich herum. «Wenn ich dich mit meinen Narben beeindrucken wollte, dann mit diesen.»

Im ersten Moment glaubte Arturo, sich geirrt zu haben. Dieser Mann dort war nicht sein Bruder. Denn er besaß nicht Ángels große, dunkle, ständig aufsässig dreinschauenden Augen. Stattdessen waren die Augenhöhlen mit gerötetem, nässendem, narbigem Fleisch gefüllt.

Warum? Arturo brachte das Wort nicht über die Lippen. Der Klumpen war immer noch da und drohte ihn zu ersticken.

Ruckartig drehte sich Ángel wieder um und fuhr fort, nach den Kakaofrüchten zu greifen, sie, soweit Arturo erkennen konnte, in Brusthöhe vor sich zu halten und die obere Hälfte mit der Machete abzuschlagen. «Komm heute Nacht wieder, Bruder», sagte er etwas freundlicher. «Jetzt ist es zu gefährlich für dich.»

Tatsächlich war es in der Nacht, wie es schien, ungefährlich. Denn mit dem Einbruch der Dunkelheit geriet Leben in die tags so stillen Sklaven. Aus den Hütten drangen Gesänge, deren träge Melodien von der Traurigkeit des Daseins und der ständigen Erschöpfung erzählten. Gelegentlich mischten sich Trommeln oder der helle Ton einer Knochenflöte darunter. Ebenso die Geräusche sich paarender Körper. Die Möglichkeiten, sich zu erfreuen, waren gering.

Arturo hatte sich im dichten Gehölz verborgen und dem eintönigen *Tack-Tack* der Macheten gelauscht. Eine Wache war vorübergeschlendert; eine einzige, die nicht zurückgekehrt war. Jetzt stand er wieder in der Hütte seines Bruders. Der hockte an eine Wand gelehnt und schaufelte mit den Fingern Maisbrei in sich hinein. «Willst du auch?», fragte er, kaum dass sich Arturo auf den nackten Erdboden gesetzt hatte, und beugte sich zu dem kleinen Feuer hinüber, das unter einem Kessel prasselte. Der Qualm störte nicht, denn ein Luftzug kam durch die fensterähnliche Öffnung und trug ihn durch die Maschen des Türvorhangs wieder hinaus. Ángel füllte eine zweite Kokosnussschale und reichte sie ihm.

Der Brei war fast geschmacklos. Nach ein paar Schlucken stellte Arturo die Schale beiseite.

«Was anderes gibt's hier nicht», sagte Ángel. «Nie. Außer Schiffszwieback an besonderen Tagen. Die sind aber selten. Glaub mir, eintöniges Essen zermürbt einen auf die Dauer mehr als eintönige Arbeit. Oder eintönige Hiebe. Hier, damit kannst du es hinunterschlucken.» Er schob ihm einen klobigen Tonkrug zu, in dem Wasser schwappte.

Er hatte sich, wohl um Arturo einen Gefallen zu tun, einen Stoffstreifen um die Augen gebunden. Arturo wäre es lieber, er hätte ihn weggelassen; so hatte er den Eindruck, sein Bruder besäße sein Augenlicht und verberge es aus einem seltsamen Grund. Im zitternden Feuerschein wirkten seine Züge fremdartig. Sein Lächeln, ja, an das erinnerte sich Arturo am besten. Der Bruder hatte oft so gelächelt. So spöttisch. So wie jetzt.

«Du bist so ernst und still wie früher, Ary.»

Arturo trank einen Schluck des schalen Wassers und stellte den Krug beiseite. Sollte er seinen anderen Namen verraten, den er längst als den wahren empfand? Aber Ángel hätte darüber womöglich gelacht. «Wo ist unsere Mutter? Auch hier?»

«Ja.»

«Und wie geht es ihr?»

«Wie soll es einem hier schon gehen? Aber sie hat ihr Augenlicht noch.»

Keine beruhigende Antwort.

«Bist du sicher, dass hier niemand hereinschaut, Ángel?»

«Wenn wir nicht auffallen, geschieht nichts.»

Einen zermürbten Eindruck machte Ángel nicht. Aber er hatte früher auch gelacht, wenn der Vater ihn geschlagen oder er sich verletzt hatte. «Wie lange bist du hier?», fragte Arturo mit gedämpfter Stimme, wenngleich seine Worte im Krach der Musik unterzugehen drohten. «Wie geschah es überhaupt?»

Ángel winkte ab. «Wie geschieht so etwas? Man wird eingefangen und verschleppt. Und wie lange – ach, viel zu lange, was denkst du denn? Lass uns nicht mit mir deine kostbare Zeit vergeuden. Was ist mit dir? Wie lebst du, Bruder? Immer noch in der Mission?»

Arturo passte es nicht, dass Ángel das eigene Schicksal abtat, als sei es nichts. Und was sollte er sagen? Er hatte zeigen wollen, was aus ihm, dem kleinen Bruder, den Ángel im Stich gelassen hatte, geworden war: ein Herumtreiber, ein Mann ohne Geld und Zukunft. Nun zeigte Ángel ihm, dass er alles besaß, was ein Mann brauchte: seine Gesundheit und seine Freiheit.

*Der Tag wird kommen, an dem du mir dankbar sein wirst, mein Sohn …*

«So ist es.»

«Du scheinst es nicht schlecht in der Mission zu haben, da du immer noch dort bist, kleiner Bruder», erwiderte Ángel lächelnd. Es war ein steifes Lächeln. Als sei er sich jeder Handbewegung und jedes Schrittes sicher, nur nicht dessen, was sein Gesicht tat. «Denn inzwischen könntest du ja vermutlich gehen, wohin du willst.»

Arturo verzichtete darauf zu erklären, dass er das im Grunde längst tat. Nur endgültig verlassen hatte er die

Mission noch nicht. «Warum flüchten die Sklaven nicht? So schwierig scheint es nicht zu sein. Keine Ketten, wenige Aufseher ...»

«Dafür umso härtere Strafen. Jeder, der außerhalb des Geländes angetroffen wird, wird erschossen. Und dann war es ein gnädiger Tod. Ich musste selbst einmal zwei Frauen aneinanderbinden – sie wurden in den Fluss geworfen. Manchmal legt man einen Flüchtigen gefesselt auf Ameisenhügel im Wald. Und glaube nicht, der verdammte Kakao da oben sei grausamer als andere Herren.»

Kakao – so nannte man jene Mantuanos, die über die größten Kakaoplantagen herrschten und den Handel mit der Alten Welt kontrollierten. Nicht in seinen kühnsten Träumen vermochte sich Arturo auszumalen, wie groß ihr Reichtum war.

«Don Valero ist nicht nur der hiesige Kakao. Er ist der Befehlshaber der Festung. Ein Royalist. Obwohl er seine Pardoherkunft nicht verleugnen kann, der verdammte Hund; er ist so wenig Spanier wie du und ich. Seine Mutter soll ein Dienstmädchen gewesen sein. Aber als einzigem Erben gehörte die Plantage samt Anwesen irgendwann ihm. Er war dabei, als ich geblendet wurde.»

«Wie kam es dazu?»

«Ich hatte einen Aufstand angezettelt.» Ángel lachte heiser. «Weil ich anfangs wie du dachte: Wieso hauen die Sklaven nicht ab? Ich hätte abwarten und es herausfinden sollen, dann wäre mir das Elend erspart geblieben.»

Anfangs ... Offenbar ertrug Ángel das Los der Blindheit schon sehr lange.

«Ja, und warum endete ich nicht im Wald oder im Fluss?», stellte er eine Frage, die Arturo noch nicht in den

Sinn gekommen war. «Weil der Kakao nicht ohne Blessuren aus der Sache herauskam und deshalb fand, dass es an der Zeit für eine schlimmere Bestrafung war. Seitdem sind alle brav. Aber nun sag schon, weshalb bist du hergekommen?»

Verdammt. Verdammt! Arturo ballte eine Faust, weil er es kaum ertrug, den Bruder so zu sehen. So verletzt. Geschändet. Vergessen waren die Jahre, die sie getrennt hatten. Vorbei war seine Wut; sie war verraucht, und er hatte wieder den alten Bruder vor sich, den er damals geliebt und verehrt hatte. Er überlegte, einem Sklaven die Machete zu entwenden und sinnlos auf die Bäume dort draußen einzuhacken, bis er erschöpft und sein Kopf leer war … Er fuhr sich durch die nachlässig im Nacken gebundenen Haare. «Seit unsere Mutter mich in der Mission abgab, träume ich davon, dir zu sagen, was ich davon hielt, dass du dazu geschwiegen hattest …»

«Und das kannst du jetzt nicht, was?» Ángel neigte sich vor und schlug ihm zielsicher auf den Schenkel. «Kannst einem Blinden nicht sagen, dass du wütend bist. Ary! Ich war viel zu erschrocken damals, um Mutter aufzuhalten. Während der Rückfahrt bettelte ich, sie solle umkehren und dich holen. Wir kamen nach Hause; Vater war wieder einmal da, und dem war es sowieso egal. Ich wollte zu dir, aber ich wusste, ich würde den Weg nie finden. Gott allein weiß, wie Mutter ihn gefunden hatte. Es war eine weite Reise, entsinnst du dich?»

«Deine Erinnerungen sind besser als meine, fürchte ich. Du bist der Ältere.»

Ángel lehnte sich wieder zurück. «Weißt du, wovon *ich* träumte? Später? Hier?»

«Dass ich an deiner Statt hier bin?»

Wieder lachte Ángel auf. «Gelegentlich. Nein, ich träumte, dass du herkämst, alles hier niederbrennst und mich und alle befreist. Dass es hier ein zweites Haiti gibt. Dort haben sich die Sklaven erhoben und zu Herren gemacht. Hast du nie daran gedacht, dich Bolívar anzuschließen?»

Nach allem, was Arturo über diesen Befreiungskrieg wusste, hörte es sich nicht so an, als käme mit einem Sieg Bolívars schlagartig das Ende der Sklaverei. Wie sollte das auch gehen? Haiti war eine Insel. Dies hier war ein Kontinent. Aber im Grunde interessierte ihn das alles nicht. «Nein, habe ich nicht. Ich will meine Ruhe.»

«Ruhe! Im Delta zwischen Seekühen und Wasserpflanzen!»

Es war nicht seine Absicht, dort sein Leben auch zu beschließen. Doch von seinen Gedanken, irgendwann nach Eldorado aufzubrechen, sagte er nichts. Ángel lachte für seinen Geschmack schon zu häufig.

Doch Ángel war ernst. «Du bist mein Bruder. Mein Bruder, von dem ich glaubte, er wäre mir für immer verloren. Ich wollte mich nach meiner erfolgreichen Flucht Bolívars Befreiungsarmee anschließen. Du siehst ja – jetzt ist es damit vorbei, selbst wenn ich frei wäre! Tu du es für mich.»

Arturo konnte sich lebhaft vorstellen, wie die Augen unter der Binde leidenschaftlich flackerten, gäbe es sie noch. Eine Spannung hatte Ángels sehnigen Körper erfasst. Zerfahren wischte er sich mit dem Handrücken über den Mund. Er kam auf den Knien näher und ertastete Arturos Schulter. Arturo staunte erneut, wie sicher Ángel seine Umgebung wahrnahm, und er dachte, dass er in dieser Armee womöglich nicht schlechter als andere Soldaten schießen würde.

«Ary …» Die Finger bohrten sich in seine Schulter. Es war ein gequälter Laut. Arturo wusste nicht recht, wie ihm geschah; mit einem Mal hielt er den Bruder in den Armen und drückte einen Körper, stark wie lebendiges Metall, an sich. Ein Laut der Verzweiflung drang an sein Ohr. Er selbst verspürte einen ihm sonst fremden Druck hinter den Augen. Als Kind, ja, da hatte er geweint. Als er einsam und verlassen die ersten Nächte in der Mission durchgestanden hatte. Seitdem nie mehr. Nicht bei den härtesten Schlägen. Verdammt, Tränen waren lästig. Mit der freien Hand wischte er sie weg.

«Nein», presste er hervor. Er zog es vor, sich irgendwann ein besseres Leben zu erkaufen, statt es sich zu erkämpfen. Er kämpfte schon lange genug. «Verzeih mir. Aber – nein. Ich tue es nicht.»

Behutsam löste er den Bruder von sich, und der nickte langsam. «Ich wusste, dass ich es nicht von dir verlangen kann.»

«Das nicht. Aber ich kann etwas anderes tun. Ich werde Don Valero für dich töten.»

«Morgen ist Sonntag, da geht er jagen. Gewöhnlich hat er zwei Leibwächter bei sich – sind die für dich ein Problem? Du könntest aber auch ein Gewehr stehlen und ihn von seiner Veranda herunterschießen. Dort frühstückt er immer. Zum Gottesdienst geht er nie. Ich wette, bei ihm am Tisch sitzt der böse Geist des Krokodils oder der Teufel höchstpersönlich.»

Arturo dachte an die Armbrust, wohlverwahrt in seinem Einbaum. Nein, er würde den Kakao nicht abknallen wie den Mulatten. Er würde ihn von seinen Leuten trennen und an einem abgelegenen Ort stellen. Und ihm eine Waffe überlassen. Dieser Mann sollte dem Tod ins Auge blicken. Er sollte wissen, weshalb er um sein Leben kämpfen und verlieren musste.

«Du könntest auch …»

Sein Kopf ruckte hoch. Weshalb schwieg sein Bruder? Er konnte den Eingang nicht überblicken, da er an der gleichen Wand in der Ecke hockte, abseits des schwachen Scheins der heruntergebrannten Glut. Hier an dieser Seite war die Hütte ein einziges Durcheinander: Körbe, Rindenbretter, dreckige Töpfe und Kakaofruchtschalen, Kokosnüsse und dazu die Palmwedel des auf das Dach gekrachten Baums. Wer nicht näher hinsah, würde ihn hinter den Wedeln kaum entdecken. Und falls doch, so hatten sie ausgemacht, würde er durch das Fenster in den Wald hechten. Seine Bedenken, dass Ángel dann schutzlos einer neuerlichen Bestrafung ausgesetzt wäre, hatte dieser mit einer ungeduldigen Handbewegung beiseitegewischt. Der Bruder war sicher, dass nichts passieren könne. Außerdem redete er öfter mit sich selbst; etwas anderes blieb ihm an den Abenden in seiner Hütte nicht übrig. Also hätte nicht einmal ihre Unterhaltung für Aufmerksamkeit sorgen sollen. Zumal Arturo nicht viel dazu beitrug.

Ángel scherte sich nicht mehr um Gefahren. Mochte er für zwei reden – Arturo würde für zwei aufpassen müssen.

Eine kleine gebeugte Gestalt erschien im Eingang. Arturo beugte sich vor. Sofort wusste er, es war die Mutter. Plötzlich war ihr seit langem vergessener Name wieder da. Jaiquinché.

Sie war nur noch ein Schatten ihrer selbst. Ein mageres Skelett unter einem schlackernden, mottenzerfressenen Kittel. Statt der einstigen blauschwarzen Haare wuchsen auf ihrem Kopf ein paar weiße Strähnen. War sie es wirklich?

Er erhob sich, unsicher, ob sein Anblick ihr nicht den sanften Stoß versetzen würde, der sie endgültig auf die Schwelle des Todes beförderte. Vergebens suchte er nach Worten. Ángel half ihm aus.

«Mutter, Ary ist hier.»

Unsicheren Schrittes ging Arturo auf sie zu. Er wunderte sich, dass sie nicht hereintrat. Dieses Haus schien unter einem Geisterbann zu stehen. Erleichtert erkannte er, dass ihre Augen dieselben waren. Ihr wacher Blick schickte ihn um die fehlenden dreizehn Jahre zurück, und er hatte ihre Stimme im Ohr, noch bevor sie sprach.

«Aryqeatuaro. Du bist es wirklich.»

«Ja.»

Sie stolperte einen Schritt ins Innere und reckte die Arme. Er musste sich bücken, damit sie ihm um den Hals fallen konnte. Was er umfing, war ein dürrer Ast. Als sie ihm über das Gesicht strich, spürte er es kaum. Konnte ein Mensch so schnell altern? Er umfing sie, wagte jedoch nicht, sie an sich zu drücken, da er befürchtete, sie könne unter seinem Griff zerbröseln. Äußerst behutsam küsste er sie auf die Wange.

In seinen Armen begann sie zu zittern und zu weinen. «Du musst wieder gehen», hauchte sie. «Nicht dass auch du versklavt wirst. Er tut das einfach, der Kakao, und niemand fragt, wer du bist. Hier gibt es kein Recht.»

Das hatte er auch nicht erwartet. Wo er herkam, gab es ebenso wenig Gerechtigkeit.

«Ángel. Ist unser Vater etwa auch hier?»

«Nein.»

Über ihren greisenhaften Kopf hinweg hob er den Vorhang an und spähte in die Nacht. Nebenan war die Musik ein wenig leiser geworden und hatte sich mit dem Schnarchen der Erschöpften und den schnarrenden Lauten der Grillen gemischt. Jenseits des schwachen Lichtscheins breitete sich die Lichtung wie ein schwarzer See vor ihm aus. Es war stockdunkel; kein Mond schien, und die Sterne waren hinter Wolken verborgen. Er sah die Palmwipfel in der Ferne sich wiegen und spürte den Luftzug eines aufziehenden Gewitters.

Und aufziehende Gefahr. Flackernde Leuchtpunkte tanzten am Rand der Lichtung.

Er hob die Mutter hoch und zog sie ganz ins Innere. Sie fing an zu zappeln und zu wimmern. «Nicht! Mein Sohn, tu das nicht!»

Was hatte sie nur? Die Lichter – zwei Laternen – kamen schnell näher. Arturo gab die Mutter frei und wich zurück. «Ángel», sagte er. «Es kommt jemand.»

«Ja, ich höre Schritte.»

Arturo hörte sie nicht; für ihn waren die Geräusche aus den anderen Sklavenhütten zu laut. Er konnte sich nicht entschließen, allein in seine geschützte Ecke zurückzukehren, denn hier am Eingang kam ihm seine Mutter allzu verletzlich vor.

«Lauf doch weg», flehte sie, sich umschlingend, als wolle sie seine Umarmung auf ewig bewahren.

«Verschwinde.» Sein Bruder sagte es leise und ruhig. «Jetzt!»

Arturo blickte zum Fenster. Zu spät. Ein Mann schob

den Vorhang beiseite und machte einen Schritt herein, wobei er Jaiquinché beiseiteschob. Die Machete, die er halb hob, diente zweifellos anderen Zwecken, als Kakaofrüchte von den Bäumen zu hauen. «Was ist das hier für eine Versammlung?», rief er mit hartem Bellen, das erahnen ließ, dass er sich auf eine andere Weise niemals mit den Sklaven unterhielt. «Du weißt doch, Ángel: Es ist dir verboten, in andere Hütten zu gehen oder jemanden in deine zu lassen. Nicht einmal diesen Reisigbesen, der sich deine Mutter nennt. Gott sei mein Zeuge – wenn's nach mir ginge, hätte ich dir längst die Gurgel umgedreht. Wer ist der Kerl da, der dir so verdammt ähnlich sieht?»

Arturos Hand zuckte hinter seinen Rücken, wo ein Messer im Bund seiner Kniehose steckte. Den Mann zu erledigen wäre nicht schwer, aber was käme danach? Vielleicht ließ sich mit Reden dieser Lage entkommen. Allerdings gehörte es nicht zu seinen herausragenden Talenten.

Und Ángel, der es vielleicht vermocht hätte, zog es vor, den Mann zu reizen. «Sehen Sie noch mal genau hin, Luiz. Ich kann's für Sie leider nicht tun.»

Arturo verwünschte Ángels lose Zunge. Seine Finger fanden den Messergriff, legten sich darum. Der Sklavenaufseher bemerkte seine Absicht; er riss Jaiquinché an der Schulter zu sich und legte ihr die Klinge an den Hals.

«Ich hab's schon begriffen, Ángel: Das muss ein Bruder von dir sein. Du», er drehte die Mutter in Arturos Richtung. «Messer weg und hinsetzen!»

Was andernfalls geschähe, bedurfte keiner Erklärung. Sie stand starr, und ihr faltiges Gesicht war ihm noch so fremd, dass Arturo nicht herauslesen konnte, ob sie sich der Gefahr bewusst war. Er warf das Messer in nicht allzu weiter Entfernung zu Boden und ging in die Knie.

«Ángel, fessle ihn.»

«Womit, Luiz?»

Luiz wühlte mit der freien Hand in der Hosentasche und holte eine säuberlich aufgerollte Lederschnur heraus, die er Ángel hinwarf. Vermutlich trug er sie für genau solche Zwecke bei sich. «Damit, und jetzt sag nicht, du siehst nichts. Ich kenne dich, Ángel; du weißt, wo die Schnur liegt.»

Tatsächlich griff Ángel zu und kauerte sich hinter Arturo, der spürte, wie er einen äußerst nachlässigen Knoten knüpfte.

«Mich legst du nicht aufs Kreuz, Ángel. Fest anziehen! Ich schlage ihr den Schädel ab, wenn du schlampst.» Der Aufseher ließ die Mutter los und kam herangestapft, die Machete hoch erhoben. Arturo wollte aufspringen. Doch der lose Knoten zog sich zu, als er die Arme vorzuziehen versuchte. Er machte die Beine lang, um den Mann von den Füßen zu holen. Es gelang; Luiz knickten die Knie ein. Ein nutzloses Manöver. Arturo erwartete den Moment, da der Mann ihm den Kopf vom Rumpf holen würde. Doch es war nur der Krug mit dem Rest des Wassers, mit dem Luiz ihm den Schädel einschlug.

Seinem Empfinden nach war er nur kurze Zeit weggetreten. Er blinzelte gegen den Schmerz und das Blut an, das ihm in die Augen geflossen war. Nein, dem Brennen nach war es nur Schweiß. Und sein Schädel hatte standgehalten. Er erspürte die Lederschnur um seine Handgelenke im Rücken. Den mit Unrat übersäten Boden, auf dem er lag. Eine weitere Schlinge um seinen Hals, die ihm das Atmen erschwerte. Als er sich um eine Winzigkeit bewegte, zog jemand die Schlinge stramm. Der Aufseher, erkannte er, kniete neben ihm, bereit, ihn vollends zu erwürgen, sollte er eine falsche Bewegung machen. Er versuchte sich an einem tiefen Atemzug, soweit es ihm möglich war. Wieder straffte sich die Schnur.

Er dachte nach. Seine Hände befanden sich genau dort, wo sein Messer saß. Er tastete danach. Dann fiel ihm wieder ein, dass er es hatte fortwerfen müssen. Wo war die Mutter, wo war Jaiquinché? Unfähig, den Kopf zu heben, sah er sie aus den Augenwinkeln am Boden kauern. Sie hielt sich den blutenden Hinterkopf und wiegte sich wie unter großen Schmerzen, ohne einen Laut zu tun. Tränen der ohnmächtigen Wut traten ihm in die Augen.

«Ángel?»

«Ich bin hier, Bruder», kam die Antwort in seinem Rücken. «Gefesselt.»

«Maul zu, Ángel!», knurrte Luiz. Arturo fragte sich, worauf sie hier alle warteten. Draußen gab es Unruhe; es klang, als hätten sich sämtliche Sklaven vor der Hütte versammelt. Steckte tatsächlich noch Leben in ihnen, dass sie das wagten? Aber es musste ja so sein – freie Menschen hätten sich lautstark über die Ereignisse die neugierigen Köpfe heißgeredet. Diese Leute murmelten nur verhalten. Das scharfe Knallen einer Peitsche bestätigte seine Vermutung.

Der Vorhang knisterte. Stiefel marschierten in Arturos Blickfeld. Er spürte, dass Luiz ein Stück Leine gab, und hob eine Handbreit den Kopf. Es musste der Kakao sein, Valero García de Villaverde und Was-auch-immer. Zum

Teufel, war das überhaupt ein Mensch – in solch seltsamer Kleidung? Kompliziert geschnitten, der Gehrock mit goldenen Löwenknöpfen und dreifach gezacktem Kragen verziert; dazu hatte er ein Tuch in einem völlig unmöglichen Weiß um den Hals geschlungen und vorne wie eine Blüte geknotet. So also sahen die feinen Mantuano-Herren aus. Aber tatsächlich musste ein *buntes Rind* in seine Ahnenreihe gepinkelt haben. Für einen echten Spanier oder Criollo war seine Haut zu dunkel und sein Haar zu lockig.

Sogar die Hände steckten in weißem Leder. Der Mann musste unerträglich schwitzen. Eine mit glänzenden Steinen – Diamanten? – besetzte Lederklappe bedeckte sein linkes Auge. Mit einer Hand spielte er an der Griffschlaufe eines Armeesäbels, der tief an seiner schmalen Hüfte hing. An der anderen Seite steckte eine silbern verzierte Pistole in ihrem Halfter.

Er trat zu Arturo und blickte auf ihn herab.

«Wer bist du?»

Arturo antwortete nicht. In der Ferne grollte das nahende Gewitter.

«Warum bist du hier? Um ihn und womöglich noch andere Sklaven zu befreien?» Die Finger trommelten auf dem Griff. «Ramon, Luiz, bringt ihn zum Reden. Und dann sorgt dafür, dass sie beide nach El Azor kommen, wo sie dann vermodern dürfen.»

Eine Bemerkung, die seine Zunge lösen sollte, das begriff Arturo mühelos. Nur, was sollte er sagen, was nicht offensichtlich war? Ein Mann hinter dem Kakao, den er bisher nicht bemerkt hatte, machte kehrt und lief aus der Hütte. Arturo versuchte Kräfte zu sammeln. Sein Kopf pochte noch immer fürchterlich und hinderte ihn am

Nachdenken. Aufzuspringen, sich Luiz' Schlinge zu entreißen wäre selbst jetzt möglich. Doch was nützte das, wenn er danach mit gefesselten Händen einem Mann gegenüberstand, der so schwer bewaffnet war?

Er rollte die Gedanken hin und her. Dem Plantagenherrn schien das Warten nichts auszumachen. Mit einem bestickten Taschentuch, das er aus seinem Ärmel zog, wedelte de Villaverde einen Moskito von seinem sauber gestutzten Oberlippenbart. Draußen schrie Ramon die Sklaven an, dass sie aus dem Weg gehen sollten, und stapfte herein, eine Eisenstange mit rötlich glühender Spitze vor sich haltend.

Ángel keuchte. Er schien die zunehmende Hitze zu spüren. Und genau zu wissen, was nun kam.

«Gib mir das.» Vorsichtig übernahm der Kakao die Stange am dick mit Leder umwickelten Griff. Er trat vor Arturo. «Fangen wir an. Wer bist du?»

Arturo schwieg.

«Das ist mein Bruder», bemerkte Ángel bissig. Seine Stimme war eine Spur heller – Angst. «Sind Sie blind?»

Der Kakao drehte sich und zog die Spitze in einem Rückwärtsschwung über Ángels Kopf. Der fiel aufstöhnend auf die Seite.

«Sein Bruder, aha. Er kann selbst reden, oder ist er stumm? Wie ist dein Name?»

Noch immer schwieg Arturo. Dies alles verwirrte ihn. War Ángel der Grund, weswegen diesem Mann ein Auge fehlte?

«Dein Name, Bastard!»

Arturo entblößte die Zähne zu einem wütenden Fauchen. «Das geht dich nichts an, Sohn einer Hure.»

Das Eisen in de Villaverdes Hand zitterte, als gierte es danach, sich in schutzloses Fleisch zu bohren. «Warum bist du hergekommen?»

«Wenn er Ihnen schon nicht seinen Namen verrät …», warf Ángel verächtlich ein.

«Bei allen Heiligen, wir finden schon noch heraus, was dir das lästerliche Maul stopft und seines aufmacht!», schrie de Villaverde. Er schnappte nach Luft, als Jaiquinché ihm vor die Füße kroch. Flehentlich hob sie die knorrigen Hände, versuchte etwas zu sagen. Es war nur ein verzweifeltes Wimmern. Er stieß sie mit dem Stiefel beiseite. In ihr knirschte etwas und brach. Arturo glaubte es zu hören, zu spüren, obwohl das unmöglich war. Dass er hochschnellte, merkte er erst an der sich straffenden Schlingenschnur. Mit einem Ruck war er frei. De Villaverde schlug mit dem Eisen nach ihm; Luiz knüppelte ihn mit einem harten Gegenstand nieder, sodass er zu Boden ging und fast die Besinnung verlor. Als er wieder klar sehen konnte, stand der Kakao breitbeinig über ihm und hielt die Eisenspitze an seine Brust. Ein nie gekannter Schmerz fraß sich in sein Inneres. Schreien konnte er nicht; noch war er zu benommen. Er wollte auch nicht. Nicht noch diese Blöße. So fest biss er die Zähne aufeinander, dass er meinte, sie müssten splittern. Was ihm in die Nase stach, war der Gestank seines eigenen brennenden Fleisches.

Der Druck lockerte sich. Der Mann hob einen Stiefel über ihn hinweg und trat zu Ramon, der wieder das Eisen übernahm.

«Passt sein Augenlicht dem seines Bruders an. Ich warte solange draußen.»

Arturo hörte ihn hinausstapfen. Hart sog er den Atem

ein, als sich Ramon mit seinem ganzen Gewicht auf ihm niederließ. Er verschloss die Augen vor der sich nähernden Spitze. Irgendwo fluchte Ángel, doch er verstand ihn nicht. Seine pelzigen Finger ertasteten einen scharfkantigen Gegenstand – eine der Scherben des Kruges, den Luiz auf seinem Kopf zerschlagen hatte. Er mühte sich, sie zu ergreifen und so zu platzieren, dass er die Fessel daran reiben konnte. Sie entglitt seinen tauben Fingern.

«Sieht aus, als sei er nicht mehr ganz bei Sinnen. Das ist schade, macht die Sache allerdings einfacher.»

«Der Schmerz wird ihn schon aufwecken.»

«Halt ihn gut fest, Luiz. Nichts zu sagen, Ángel?»

Ángel gab keinen Laut von sich.

Vor Arturos Lidern wurde es beängstigend hell. Er konnte nicht mehr atmen; Luiz drohte ihn zu ersticken, bevor er sein Augenlicht verlor. *So viele Menschen habe ich in meinem Leben sterben sehen,* ging es ihm durch den Kopf. *Bin ich jetzt an der Reihe?* Die Helligkeit pulsierte im Takt seines schnellen Herzschlags. Verdammt, so schwach war er doch sonst nicht. *Es sind nur zwei Männer … zwei Männer …* Er schrie, sog so viel Luft ein, wie er nur konnte, drehte den Kopf unter der Eisenspitze weg, die seine Wange streifte – diesen Schmerz nahm er kaum noch wahr. Mit aller verbliebenen Kraft warf er sich herum und schüttelte Ramon ab, der von ihm heruntersackte, sich jedoch sofort wieder auf ihn zu werfen versuchte. *Das war dein Fehler.* Mit dem Oberkörper schnellte Arturo hoch. Das Gesicht Ramons – bärtig, mit einem Höcker auf der Nase – schwebte für den Bruchteil eines Lidschlags dicht vor seinem.

Er biss zu.

Er wusste nicht, wo er ihn erwischte. Am Mund wohl; unter seinen Zähnen zerplatzten weiche Lippen. Ein Stück der Zunge. Oder die ganze. Er schluckte das Blut, schluckte den Schrei Ramons, der sich über ihm in dem vergeblichen Versuch wand, von ihm loszukommen. Luiz schlug auf ihn ein, doch auch das spürte er kaum. Auch nicht, dass sich der Zug um seinen Hals entspannte. Aber er sah den Grund dafür: Luiz rannte an ihm vorbei ins Freie.

Jetzt hatte er alle Kraft, die er brauchte. Er spannte die Fessel, und sie riss. Er sah den Kakao hereinstürmen, sah den Pistolenlauf auf sich gerichtet. Nichts davon hielt ihn zurück. Ramon, den er von sich schob, war nur noch ein erbärmlich heulender Elendshaufen. Arturo bekam im Aufspringen das Eisen zu fassen, das er dem Kakao entgegenschleuderte. Der verschoss seine Kugel in den Erdboden. Beißender Geruch nach Pulverdampf breitete sich aus. Bevor de Villaverde den Offizierssäbel ziehen konnte, war Arturo bei ihm, riss die Waffe heraus und stieß sie ihm von unten nach oben in den Bauch.

Jetzt, *jetzt,* während de Villaverde auf die Knie sackte und nach der Klinge griff, gestattete er sich einen Augenblick des Atemholens.

«Bruder», sagte Ángel. «Das war erstaunlich.»

Arturo zerrte die Klinge aus dem Sterbenden und Ángel auf die Füße. Die Zeit, ihm die Fessel durchzuschneiden, nahm er sich nicht. Nur die, einen letzten Blick auf den Leichnam der Mutter zu werfen. Er lief aus der Hütte, den Bruder vor sich herschiebend.

Im Licht einer weiteren Laterne, die jemand fallen gelassen hatte, die aber nicht erloschen war, sah er Dutzende schwarzglänzender Leiber. Die Sklaven starrten ihn an. Ihn, nicht den blutigen Säbel in seiner Hand. Den Grund begriff er erst, als er sich mit dem Handrücken über den Mund wischte. Das verdammte Blut des verdammten Aufsehers, er hatte es geschluckt. Er spuckte aus, und die Männer wichen zurück. Mit Ángel im Arm wankte er durch die Gasse, die sie ihm bildeten. Dann zwang er den Bruder und sich zum Laufen. Der beginnende Regen klatschte ihm ins Gesicht. Krachende Blitze erhellten den Weg. Hinter sich hörte er weitere Aufseher, hörte sie brüllen und ihre Peitschen niederknallen. Er hörte auch ihre Angstschreie, als die Gier nach Leben und Freiheit in die erstarrten Elendsgestalten zurückkehrte.

# 8. KAPITEL

Fast ohne Schwierigkeiten, so erzählte er, war er mit Ángel zu seinem Boot gelangt. Einige der Sklaven waren zu ihnen gestoßen. Sie stahlen Kanus, und gemeinsam flüchteten sie ins Delta. So entstand eine weitere wilde Siedlung von Cimarrónes. Die Sklaven erzählten, was sie gesehen hatten, und die Warao verbreiteten die Geschichte vom weißen Kannibalen, um Fremde fernzuhalten. Oder auch, um Reisenden nützliche Dinge aus der Tasche zu ziehen, wie jener Lotse an Bord der *Seuten Deern,* der die Besatzung vor der vermeintlichen Gefahr gewarnt hatte.

«Das Gold, das ich zu finden hoffte – es sollte nicht nur mir zu einem angenehmeren Leben verhelfen. Vor allem Ángel. Seines zu erleichtern, hatte ich immer viel zu wenig Geld. Wäre ich zu Größerem imstande gewesen, so hätte ich mir meine eigene kleine Armee gekauft. Dazu eine von aller Welt unbehelligte Hazienda. Für Ángel und mich. So hatte ich es mir vorgestellt. Ja, man kann diesen Traum einfach und falsch nennen. Aber es war der einzige, den ich mir vorstellen konnte.»

Sie legte das Kinn auf seine Schulter und strich ihm über den Arm. Sie dachte, dass sein Leben ein verschlungenes mit einer seltsamen Wendung und dass der Mensch des Menschen Wolf war.

«Als du sagtest, du hättest ‹sie alle› an die Spanier verraten – damals, als wir uns vor Angostura trennen mussten … Ángel und das Dorf hattest du also gemeint.»

«Ja.»

So vieles fügte sich jetzt an seinen Platz. Der Offizierssäbel, den er besessen hatte, hatte de Villaverde gehört. Die Narben auf seiner Brust ... Ihre Lippen liebkosten seine Schulter, erspürten eine der vielen anderen kleineren Narben. Das Leben an der Seite eines solchen Mannes – war es denkbar?

*Auch mir hat diese neue Welt Narben beschert. Alles ist denkbar. Alles.*

«Sag mir noch einmal deinen Namen.»

«Aryqeatuaro.»

Krokodiljäger. Armbrustschütze. Drachenherr. Wolf. Sie umfasste sein Kinn, wandte sein Gesicht ihr zu, um in seinen Zügen zu schwelgen. Ihr Daumen strich über seinen schönen Mund.

*Lächle. Zeig mir, dass du es kannst.*

Sein rechter Mundwinkel hob sich leicht. Seine Hand legte sich auf ihren Hinterkopf, zog sie näher an ihn heran. Ihre Lippen schmeckten Wildheit und eine neugefundene Ruhe. Sie fuhr durch sein Indigohaar, entsann sich der schmalen, langen Zöpfe, die er früher getragen hatte und es hoffentlich bald wieder tun würde. Ein früher Sonnenstrahl fiel durch den Laden; Staub funkelte wie ein Sternenhaufen, wie ein kleines Universum, das sie allein besaßen. Unten lief jemand durchs Haus und klapperte mit Geschirr, und auf der Straße begrüßten sich die ersten Angosturer und riefen fröhlich ihre Stadtheiligen an.

Sie löste sich von ihm. «Du solltest besser gehen, bevor jemand kommt.»

Er nickte, strich noch einmal über ihre Wange; dann

glitt er aus dem Bett und verschwand. Lautlos schloss sich die Tür.

Janna legte eine Wange auf ihr angezogenes Knie. «Kiek mol wedder in», seufzte sie.

* * *

Das Kind heulte vor Angst. «Es ist gleich vorbei», sagte Doctor Cañellas munter. Mit einem Finger strich er beiläufig über die tränennasse Wange, dann hob er die Pinzette. Ein Skorpionstich hatte ein Auge böse anschwellen lassen. Man konnte den Stachel im unteren Lid stecken sehen. Das herzzerreißende Wimmern wurde immer lauter, sodass es Janna durch Mark und Bein ging. Doch wie er es versprochen hatte, war es rasch getan. Mit einem Augenzwinkern zeigte er dem Jungen die Ausbeute, betupfte die Schwellung mit einer Tinktur und widmete sich dem nächsten Patienten, während die Mutter mit dem Lütten auf dem Arm die Praxis verließ. War der Mann, den er nun in Augenschein nahm, nicht der zitternde Versehrte, den Janna in der Nacht des Festes auf der Plaza Major gesehen hatte? Aber es gab viele solche Männer, und in ihrem Leid ähnelten sie sich.

Janna schleppte die riesige Wassermelone, mit der die Frau bezahlt hatte, hinunter in den Eiskeller. Wie schaffte es Cañellas nur, immer wie aus dem Ei gepellt auszusehen und guter Dinge zu sein? Lediglich die Hemdsärmel hatte er, natürlich akkurat, bis über die Ellbogen hochgeschlagen. Beim heutigen Frühstück – kalter Pferdeschinken auf Brot schmeckte hervorragend – hatte er ihr erzählt, dass seine Gattin in Maracaibo lebte, einer Stadt im Osten, die von Ambrosius Ehinger gegründet worden war, jenem Augsburger Welser, der zu Zeiten der Konquistadoren als Statthalter über Venezuela geherrscht hatte. Die Frau mit dem klangvollen Namen Xalvadora lebte von Cañellas getrennt, da sie weder sein aufopferungsvolles Leben noch die Enge des Hauses und die Gefahr der Krankheitsmiasmen ertragen wollte.

Das Haus war voll davon. Er hatte von *animaculi* gesprochen, winzigen Tierchen, die mit bloßem Auge nicht zu sehen waren, aber überall herumschwirrten und Menschen schaden konnten. Daher legte er trotz der Unordnung, der er allein nicht Herr wurde, Wert auf Sauberkeit. «Ich bin froh, dass Sie hier sind», sagte er während einer Kaffeepause. Es erschien ihr wie die unausgesprochene Frage, ob sie sich vorstellen könne, noch länger hier zu sein. «Ich habe viel zu lange geglaubt, ohne eine helfende Hand auszukommen.»

«Wäre ich ein Mädchen wie Lucila, nämlich allein und ohne jede Aussicht auf ein anderes Leben, so würde ich meinen Aufenthalt gerne verlängern», versuchte sie das Gespräch in die naheliegendere Richtung zu lenken. «Sie ist anstellig und eine treue Seele.»

«Nun, Lucila. Ich würde sie gerne beschäftigen. Aber sie muss zurück nach La Jirara. Sie gehört zu Reinmars Besitz.»

Natürlich. Fast hätte sie es vergessen. Bedauerlich, dass sie in dieser Sache nichts zu sagen hatte.

«Und Sie? Sie sind nicht gebunden, nur …»

«Nur eine Frau mit einem zerrütteten Leumund», half sie ihm matt lächelnd aus.

«Werden Sie nach La Jirara zurückgehen?»

«Nein.»

Die ganze Angelegenheit war eine schöne Tasse Tee, wie ihre Großmutter zu einem so großen Malheur zu sagen pflegte. Janna brachte den geleerten Becher in die Küche, wo Lucila Sancocho kochte, einen Eintopf aus Sapoarafisch, Pferdefleisch und Gemüse. Das Mädchen schien sich an Arturo ein Beispiel genommen zu haben, denn es war schweigsam und in sich gekehrt. Nicht verwunderlich bei dem, was es durchgemacht hatte.

«Wo würdest du gerne hin, Lucila?»

«Mich fragt doch keiner.»

«Ich schon, du hörst's ja.»

Trotzig warf Lucila ihre Locken in den Nacken und rührte wild im Kessel. «Maria Lionza hat mich dafür bestraft, dass ich weggelaufen bin. Glaube ich jedenfalls.»

Janna seufzte. «Ach, Lucila! So ein Unsinn.»

«Ich gehe zurück nach La Jirara.» So heftig schlug Lucila die Kelle gegen den Kesselrand, dass die Soße spritzte. «Etwas anderes bleibt mir ja nicht übrig.»

«Doña Janna?» Doctor Cañellas kam in die Küche, sich ein müdes Auge unter der Brille reibend. «Ich glaube, ich hätte noch gerne etwas Kaffee. Und das hier hat mir eben der Postbote gegeben.» Er streckte einen Brief vor.

Janna nahm ihn entgegen. Kein Absender. Nur die geschwungenen Buchstaben *R.G.* Unter den tastenden Fingern erspürte sie eine feste Erhebung.

Lucila half ihr aus, dem Doctor noch einen Becher des tiefschwarzen Gebräus zu geben, und er dankte höflich und ging wieder. Sie riss den Brief auf und entfaltete ihn. Ihr fiel das goldene Inkadreieck an seiner Lederschnur entgegen.

*Janna, Liebste, wie du siehst, habe ich das Schmuckstück nicht dazu verwendet, damit einen Gefängniswärter zu bestechen. Ich brachte es nicht über mich. Es soll dein bleiben. Komm nach La Jirara zurück. Die Hazienda wird wieder so schön werden wie zuvor. Wenn du nur da bist. Ich brauche dich.*

Kopfschüttelnd ließ sie das Blatt sinken und schloss die Augen.

«Doña Janna?», fragte Lucila.

«Augenblick.» Sie las weiter, erfuhr jedoch nur noch, dass er über Frau Wellhorn, die ‹Fregatte›, klagte, die wie ein Geist durch die Zimmer wanderte und jammerte, dass sie nach Hamburg zurück wolle. Und dann, höchst melodramatisch: *Ich werde dich gegen jeden schützen, der sich unserem Glück in den Weg stellt. In unvergänglicher Liebe, dein Reinmar. Postscriptum: Ein Brief deiner Familie ist gekommen.*

Sie faltete die Nachricht zusammen, und weil sie nicht wusste, wohin damit, warf sie sie ins Herdfeuer. «Ich fahre nach La Jirara.» Ihre wenigen Münzen reichten noch für eine Mietkutsche. Es war ja unumgänglich; sie musste zu ihm, um ihm noch einmal begreiflich zu machen, dass er an einem Wolkenkuckucksheim herumbaute. Er *musste* es begreifen.

«Du kommst mit, Lucila. Es ist unumgänglich, denn wir wollen den Doctor nicht kompromittieren. Aber ich werde Reinmar bitten, dass er dich ihm überlässt und du deine Freiheit hier abarbeiten kannst.» Ihre Position, etwas zu erbitten, wenn sie das, was er von ihr wollte, gleichzeitig abschlagen musste, war nicht die beste. Nun, man würde sehen.

Sie fand den Doctor an seinem Schreibtisch. Er hatte ein Bein über das andere geschlagen und drehte in seinen feingliedrigen Händen eines der Gläser, in dem eine kleine zitronengelbe Schlange schwamm. Er starrte ins Leere. Als hätte er vor all der Arbeit kapituliert. Für ihn, der Reinmar eine Zeitlang näher gestanden hatte, musste die ganze Angelegenheit sehr verdrießlich sein.

«Doctor, ich weiß, es ist eine Zumutung, Sie um einen weiteren Gefallen zu bitten …»

Er straffte sich und stellte das Glas zurück. «Immer heraus mit der Sprache.»

Sie zeigte ihm den Anhänger. «Könnten Sie dieses Gold auf der Bank zu Geld machen? Ich habe die Befürchtung, dass man versuchen würde, eine alleinstehende *catira* übers Ohr zu hauen.»

«Das ist ein ganz vernünftiger Vorschlag. Ich werde mich nachher darum kümmern.»

«Vielen Dank.» Sie reichte ihm das Schmuckstück. Es schmerzte sie, dass nach der Goldkette nun auch dieser kleine Teil davon den Weg des Nimmerwiedersehens gehen würde. Aber damit konnte sie Frau Wellhorn eine Schiffspassage nach Hamburg bezahlen. Zwar würde sich das mit Hilfe des Vaters auch ohne Kosten regeln lassen, doch dann würde es viele Wochen dauern, bis die Anstandsdame aufbrechen konnte. «Und ich muss mich für heute entschuldigen.»

«Wie Sie wünschen.»

Sie ging hinauf in ihr Zimmer, um sich die Stiefeletten anzuziehen und den Strohhut zu holen, den ihr eine zahnkranke Frau geschenkt hatte. Arturo war nicht da – ihn drängte es hinaus; wahrscheinlich hatte er schon jede

Straße und Gasse Angosturas dreimal abgelaufen. Gestern hatte er am Hafen gearbeitet und war mit einer sauberen Seemannshose zurückgekommen. Der karge Lohn, so hatte er gemeint, würde bald auch für ein Hemd reichen. Nachts schlief er wie ein Stein – all das erschöpfte ihn noch sehr.

Sie sehnte sich, ihm von ihrem Vorhaben zu erzählen. Aber genau das durfte sie nicht. Er würde mitkommen wollen, und dann? Dann würde dieser Besuch in einer Katastrophe enden.

* * *

Die Mietkutsche rumpelte über den unbefestigten Weg entlang des geschwollenen Flusses. Es war eine Schlammpiste, und Janna und Lucila wurden kräftig durchgeschüttelt. Ein in einen Poncho gehülltes Männlein, das ein Maultier antrieb, schob seinen ausgefransten Sombrero in den Nacken und fragte sich zweifellos, ob eine solche Fahrt nicht zu gewagt war. Janna fragte sich das auch. Doch nicht das Wasser hielt die Kutsche letztlich auf, sondern ein angeschwemmter Baumstamm. Nun, bis La Jirara war es nicht mehr weit. Sie und Lucila marschierten unverdrossen zu Fuß weiter, und bald waren ihre Kleider bis zu den Knien mit trübem Wasser vollgesogen; es lohnte die Mühe nicht, den Stoff zu raffen. Die Sonne indes brannte heiß. Janna war froh um ihren Strohhut. Das rostfarbene, schlicht geschnittene und an den Ellbogen geflickte Kleid hatte sie auf dem Markt für einen winzigen Betrag erstanden. Es fehlte nur noch die Kiepe auf dem Rücken, um sie in eine venezolanische Bäuerin zu verwandeln. Eine

Schlange glitt vor ihr durchs Wasser, und nur ein paar Schritte landeinwärts tänzelte ein schwarzer Geier mit rotfarbenem Kopf, als habe er ihn in Blut getaucht, vor einem frischgeschlüpften Krokodil. Das kleine Biest wusste sich zu wehren; es hob sich auf die Hinterbeine und riss das Maul weit auf. Lucila bückte sich nach einer schwarzen Feder und steckte sie sich ins Haar. Hatte dies etwas mit Maria Lionza zu tun? Janna beschloss, nicht zu fragen.

Rasch buk die Sonne die nasse Erde zu harten Schollen. So manche Pfütze, die in der Ferne glänzte, erwies sich beim Näherkommen als Illusion. Nach einem Marsch von einer geschätzten Stunde hatten sie die Umfassungsmauer von La Jirara erreicht. Das Tor stand weit offen. Janna blieb stehen und lauschte. Die Hazienda lag in vollkommener Stille. Der Hof sah nicht anders aus als vor einigen Tagen, als sie, ebenfalls mit Lucila an der Seite, hierhergeflüchtet war, nur dass die Schuttberge verrutscht waren, als habe sich der Wind entschlossen, sie abzutragen, da es sonst niemand tat.

Die Stille machte Angst. Sie war anders als sonst, mit Händen zu greifen, wie eine Vorwegnahme von Gefahr. Woran lag das? Am einzigen Geräusch, dem unruhigen Schnauben der Criollos im Stall? Janna ergriff Lucilas Hand. Gemeinsam stiegen sie die Stufen der Veranda hoch, und Janna umschloss den Messingschlegel, doch ohne ihn gegen die Tür zu schlagen. Aus dem Haus drangen Schritte. Aber sie klangen nicht vertraut. Eine Bewegung an einem der Fenster ließ ihren Kopf hochrucken. Aber da war nichts. Nur ein fetter Moskito, der sich durch die heiße Luft kämpfte.

Die Schritte wurden lauter, näherten sich. Sie krampfte die Finger in ihr Kleid. «Lucila, wir sollten verschwinden.»

«Ja.»

Die Tür ging auf. Noch bevor Janna den Soldaten in staubiger und nachlässig geöffneter Uniformjacke in seiner Gänze sah, fuhr sie auf dem Absatz herum. «Lucila, lauf!»

Rücklings machte das Mädchen ein paar unschlüssige Schritte. Ihr nasses Kleid raffend, drehte sie sich, stolperte über den schweren Saum und schaffte es endlich, loszulaufen. Janna hörte den Mann die Treppe herunterstiefeln. Sie drehte sich, sah, dass er ein Gewehr hob. Sie riss die Hände nach oben, stieß den Lauf hoch. Nah an ihrem Kopf knallte ein Schuss. Sie meinte, ihr Schädel müsse in Stücken durch die Luft fliegen. Taumelnd presste sie die Hände an die Ohren und sackte nieder.

* * *

Dumpfe Geräusche drangen an ihr geschundenes Ohr, als sei sie unter Wasser. Es waren Stimmen, erkannte sie nach einer Weile angestrengten Lauschens. Janna war sich nicht sicher, ob sie wirklich die Lider heben und sehen wollte, was die Wirklichkeit für sie bereithielt. Schatten wanderten um sie herum; sie verdichteten sich, wurden zu zwei Menschen, die sie kannte. Reinmar. Frau Wellhorn. Gott im Himmel, die beiden lebten. Ihr Kopf protestierte mit einem lauten Pfeifen, als sie sich aufrichtete. Sie bohrte mit dem Finger im Ohr, um dieses lästige Geräusch wieder loszuwerden. Was war das hier für ein düsterer Raum? Sie erblickte rote Rosen und goldene Ranken auf schwarzem

Grund: das kleine Teezimmer mit den chinesischen Tapeten, die sie nicht mochte. Sie lag in einem der dunklen Sesselchen. Es stand in einer Ecke, damit sie nicht seitlich hinunterfiel. Plötzlich wuchs eine Gestalt über ihr auf. Sie starrte auf Frau Wellhorns Mund, der auf sie einredete.

«... hier in ... sind.»

Verzweifelt bohrte Janna in ihrem Ohr. Allmählich wurde das wattige Dröhnen heller und klarer.

«... haben ... Sorgen gemacht. Wie geht es Ihnen?»

Frau Wellhorn neigte sich über sie, mit dem Lorgnon vor den Augen. Ein prüfender Blick, untermalt mit dem üblichen Vorwurf, was sie denn wieder angestellt haben mochte. Janna war so froh, diese vertraute Geste zu sehen, dass sie sich reckte und die Arme um sie schlang.

«Was ist passiert?», rief sie. «Wo ist Lucila?»

Unbeholfen tätschelte Frau Wellhorn ihren Rücken. Der Muff des dunklen altdeutschen Kleides, das seit langer Zeit nur ausgebürstet worden war, drang in Jannas Nase. Die Erkenntnis durchfuhr sie wie der feurige Stich einer riesigen Nadel. Sie – wer immer *sie* waren – hatten Lucila einfach über den Haufen schießen wollen. Ihre Finger krallten sich in den Kleidstoff, zerrten daran; ihre Kehle krächzte in dem vergeblichen Versuch, zu schreien.

Die Nägel der Anstandsdame bohrten sich in ihre Schultern und rüttelten sie. «Fassen Sie sich, Fräulein Janna! Lucila ist hier.»

«Sie ist hier!», rief auch Reinmar. Fuchtelnd verschaffte sich Janna Platz und sah das Mädchen an der Wand sitzen, die Arme fest um die Unterschenkel geschlungen. Janna sprang auf und ging vor ihr in die Knie.

«Du bist unverletzt?»

Lucila nickte. Unter der Ebenholzschwärze wirkte ihre Haut grau und dünn. Mochte der Soldat auch danebengeschossen haben, es war alles zu viel für sie. Janna strich ihr über die Wange. Worte des Trostes oder der Aufmunterung – vergebens, dergleichen fand sie jetzt nicht. Sie wandelte selbst am Rand eines Abgrunds, ohne zu wissen, welche Kraft sie die ganze Zeit aufrecht hielt.

Ihre Hände sackten herab und ruhten schwer auf dem Schoß. Tief atmete sie ein. Ein und aus. Immer wieder. Atmen bedeutete Leben, Kraft zum Weitermachen. Sie hockte sich neben Lucila und nahm sie in den Arm. Frau Wellhorn hatte sich wieder in einen der Fauteuils gesetzt und die Finger um die Lehnen gekrallt. Ihre Hände wirkten noch dünner und altersfleckiger als sonst. Sämtliche Sesselpolster waren aufgeschlitzt. Das Fenster war von außen so dicht mit Brettern vernagelt, dass nur schmale Lichtstreifen hindurchfielen. Geöffnet war es nicht – die Scheibe war zertrümmert, die Scherben notdürftig in eine Ecke geschoben, wo auch die Einzelteile des Teetischs lagen, den offenbar ein kräftiger Stiefeltritt zerstört hatte. Reinmar marschierte in dem kleinen Raum auf und ab. Er trug hellbraune Reitbreeches, gewichste Stiefel und ein Hemd mit angeknöpftem Stehkragen. Der Schal, der gewöhnlich darumgehörte, lag geballt in seiner Hand, und er wischte sich ständig damit übers Gesicht. Die Luft hier in diesem kleinen Raum war zum Schneiden dick. Unablässig floss ihm der Schweiß in den Nacken.

«Was ist passiert?», fragte sie in die Runde. Er ging vor ihr in die Hocke; das Stiefelleder knirschte. Sein Lächeln fiel bemüht aus.

«Mach dir keine Sorgen, Liebste.»

«Reinmar – *was* ist passiert?»

Er wollte nach ihrer Hand greifen, doch sie entzog sich ihm, und so stemmte er sich wieder hoch und nahm seinen Rundgang wieder auf. «Am Morgen sind spanische Soldaten gekommen. Erst hat mich einer gefragt, ob ich etwas zu essen hätte, und noch bevor ich etwas sagen konnte, sind sie an mir vorbei ins Haus gestürmt. Sie haben La Jirara, nun ja … erobert. Einer ließ sich immerhin dazu herab, mir zu erklären, dass sie von La Fidelidad kommen. Das ist eine Festung irgendwo südlich …»

Es fiel ihr schwer, zuzuhören. Zu sehr pfiff und dröhnte es noch in ihrem Ohr, aber nicht mehr so schlimm wie zuvor. Seinen fahrigen Worten entnahm sie, dass die Männer dem Kampf mit Bolívars Trupp entkommen waren. Deserteure sogar, die sich vom Restkontingent des flüchtenden de la Torre abgesetzt hatten und sich allein durchschlugen. Mit jedem Wort und jedem Schritt, den Reinmar tat, kroch die Angst wie ein giftiges Insekt ihre Kehle hinauf. Diese Männer hatten nichts mehr zu verlieren. Sie würden ohne viel Federlesen töten, was ihnen bedrohlich erschien.

«… sie wollten Essen, Geld, Schmuck. Dass der Krieg auch mir zugesetzt hat, interessierte sie nicht. Sie haben alles durchwühlt, und dann …» Er zog eine Grimasse, die andeutete, dass ihm das Folgende peinlich war. «Dann haben sie mich und Frau Wellhorn hier eingesperrt. Mir war gar nicht möglich, irgendetwas zu tun.»

«Sicher töten sie uns», schnaufte Frau Wellhorn mit einem tiefen Atemzug.

«Sie werden uns alle erschießen!» Das war Lucilas unverkennbar hohe Stimme.

«Rede kein dummes Zeug, *negrita*.» Er hockte sich in

einen der Sessel, legte die Arme auf die gespreizten Knie und rang die Hände. «Janna, ich mache mir Vorwürfe, dir diesen Brief geschickt zu haben. Hätte ich nur geahnt, was geschieht!»

In hilflosem Zorn mahlte er mit den Kiefern. *Er meint nicht nur das hier,* dachte sie. *Er meint – alles.*

Er hob den Kopf und wischte sich wieder den Schweiß herunter. Sein kantiges Gesicht wirkte wie aus Stein gemeißelt, über den Wasser geflossen war. «Es wird alles wieder gut. Wenn du nur hierbleibst. Sobald diese Leute weg sind, mache ich mich an die Arbeit. Ich bitte wieder Señor Maqueda López mit seinem Beschäler hierher; erinnerst du dich? Das ist der Besitzer des Gestüts in San Félix. Und die Unordnung ist auch schnell beseitigt: Ich heuere ein paar Leute in der Stadt an, und dann sieht es schnell manierlich aus. Es wird wieder ein wunderbares Zuhause werden.»

Begriff er nicht, was dort draußen vor sich ging? Man konnte sie doch hören, diese Männer, wie sie herumstapften, miteinander redeten, im Haus rumorten und Gott weiß was taten! Jeden Augenblick konnte die Tür aufgehen und eine Gewehrsalve sie alle hier drinnen niedermähen. Frau Wellhorn begriff es; sie wiegte sich vor und zurück und verkrampfte die Finger vor dem von tiefen Falten durchzogenen Gesicht zum Gebet. Das Lorgnon baumelte vor ihrer Brust.

Janna suchte nach Worten, so fassungslos war sie. Entweder er leugnete die Gefahr, um ihr La Jirara schönzureden. Oder er war über die Ereignisse verrückt geworden. Inzwischen hatte sie ja einiges über die Theorie der Tropenmiasmen gelernt. Vielleicht bekamen ihm die atmosphärischen Gifte nicht?

Lucila quiekte wie eine getretene Maus, als aus Richtung des Salons ein Schlag und dann ein Klirren kamen. Es hatte sich angehört, als sei ein Schrank umgestoßen worden. Frau Wellhorn stimmte *Eine feste Burg ist unser Gott* an. Dasselbe Lied, das sie auch auf dem Rettungsboot gesungen hatte. Hatte sie damals auch schon wie eine sterbende Krähe geklungen?

«Der Brief deiner Familie», fiel es Reinmar plötzlich ein. «Er liegt in meinem Schreibzimmer.» Er starrte zur Tür, als fiele ihm erst in diesem Augenblick ein, dass er ihn nicht holen konnte. «Es ist mir sehr unangenehm, das zu sagen, aber … ob du wohl deinen Vater um Geld bitten könntest, Janna, Liebste? Nächstes Jahr kann ich alles zurückzahlen.»

«Reinmar!» Janna rappelte sich hoch, strich das Kleid glatt und baute sich vor ihm auf. «Bitte, sieh doch ein, dass es kein ‹nächstes Jahr› geben wird. Hast du das vergessen?»

Kläglich sah er zu ihr auf. Was sollte sie tun, damit er es verstand?

«Reinmar …», sie streckte sich nach seiner Schulter. So wollte man ein trotziges Kind trösten, und so fühlte sie sich fast: nicht wie eine ebenbürtige Frau, sondern wie eine Mutter, die im Gegensatz zu ihm noch alle Sinne beieinander hatte. «Es tut mir leid, aber …»

«Ich schaffe es auch ohne sein Geld, wenn es dir unangenehm ist, ihn zu bitten. Ich brauche nur ein bisschen Zeit und Glück.»

Er *war* verrückt geworden, da er davon nicht lassen konnte und so tat, als säßen sie beim Tee beisammen. «Mir ist das alles ernst, Liebste.»

*Dich macht die Liebe blind.*

Wie sollte sie ihm das vorwerfen? Sie wusste selbst, dass man davon trunken werden konnte. Sie presste die Fingerspitzen an die Schläfen, schüttelte den Kopf und versuchte sich einzureden, verständig sein zu müssen. Er hatte es schwer gehabt, seit er im verheißenen Land angekommen war. Erst hatte er sie an den Fluss verloren. Dann hatte er geglaubt, sie unversehrt wiedergefunden zu haben. Doch sie war es nicht gewesen; nicht in ihrem Herzen. Und den Traum, ein Gestüt zu besitzen, das unter seiner kundigen Hände Arbeit gedieh, machten ihm Soldaten wieder und wieder zunichte.

*Ich kann nicht klar denken. Sein Starren und die schlechte Luft machen mich selber ganz irr.*

«Wo ist eigentlich David?», fiel ihr siedendheiß ein.

«Weggelaufen, weil ich ihn geschlagen habe.»

«Bitte?»

«Es war ein Versehen!» Er reckte sich, wollte ihre Hände ergreifen. Rasch machte sie drei Schritte zurück. Ihre Kniekehlen stießen an einen der verschandelten Sessel und schoben ihn mit einem hässlichen Geräusch über die Bodenfliesen. «Bleib bei mir, Janna. Warum bist du gekommen, wenn du dich mir entziehst?»

Zum Donnerwetter, wenn er doch nur damit aufhören würde! War ihm gar nicht peinlich, all das vor Frau Wellhorn und Lucila auszubreiten? Gut, wenn es sein musste … «Weil es richtig ist. Ich werde dich verlassen. Nein, ich habe es ja schon; ich bin nur hergekommen, um dir das noch einmal in aller Deutlichkeit zu sagen, denn ich will nicht vor dir fortlaufen müssen, ohne dass du es begriffen hast. Ich weise dich nicht einfach zurück, Reinmar – ich gebe dich frei.»

«Das ist doch Wortklauberei.»

«Nein. Denk darüber nach, dann musst du es verstehen.»

Seine Faust ging auf die Lehne nieder. «An deiner Verbohrtheit ist nur dieser Kerl schuld. Arturo! Ein Gangster, ein *malandro*. Ein Herumtreiber. Wie kannst du seinetwegen *mich* zurückweisen?» Abfällig machte er eine Geste in Richtung der Tür. «Er könnte dir nicht einmal ein Haus bieten, das so ramponiert ist wie dieses!»

«Er muss mir nichts bieten. Mir hast du so viel geboten, aber du siehst ja, nichts davon ist übrig geblieben.»

«La Jirara ist noch da.»

«La Jirara ist tot!»

In die einsetzende peinliche Stille hinein sagte Frau Wellhorn: «Vielleicht gehen die Spanier ja und lassen uns in Ruhe.»

«Ja, und dann verdursten wir hier drinnen!», schrie Janna. Ihr Ärger galt Reinmar, den sie anfunkelte, und es tat ihr leid. Sie ging zu der alten Dame, wusste nicht, wie sie Trost schenken konnte, und ließ sich wieder neben Lucila auf dem Boden nieder. Eine raue schwarze Hand stahl sich in ihre.

Reinmar fuhr mit seiner Herumstiefelei fort. Vier Schritte hin, vier Schritte zurück. «Die haben es nicht eilig.» Mit einem Mal klang er wieder geschäftig, als hätte es seine Gefühlsentgleisungen nicht gegeben. «Sie haben eine spanische Flagge von der Galerie gehängt, oben neben der Treppe. Haben sie von La Fidelidad gerettet; das haben sie erwähnt. Es sind Desperados, Flüchtige, die keine Ahnung haben, wohin es gehen soll. Sie wissen, dass Bolívar sie töten würde.»

«Hätten wir doch bloß Arturo mitgenommen», entfuhr es Lucila. Jannas Händedruck, dass sie nicht noch Öl ins Feuer gießen solle, kam zu spät. Angewidert starrte Reinmar das Mädchen an, und es duckte sich.

«Es sind fünf oder sechs», knurrte er und lief weiter. «Vielleicht noch mehr. Mit so vielen würde kein Mann fertig.»

Janna fragte sich, ob sie sich die Hoffnung gestatten durfte, dass Doctor Cañellas Arturo gesagt hatte, wohin sie gefahren war. Und dass Arturo sich auf den Weg machte … Doch selbst wenn, er war noch nicht der alte und darüber hinaus von seiner Arbeit am Hafen erschöpft. Was sollte er hier ausrichten? Oder würde er zu Bolívar gehen und ihn um Hilfe bitten? Nein. Auf einen solchen Gedanken käme er nicht.

*Kopf hoch, auch wenn der Hals schietig ist.* Oma Ineke kniff die Augen zusammen und studierte das Etikett der Rumflasche. Sie zog den Korken ab und goss sich einen reichlichen Schluck in den Tee. Dann rührte sie mit einer Zimtstange ausgiebig darin herum.

*Du solltest auch ein Tässchen trinken, min Lütten. Dann sieht alles nicht mehr so schlimm aus.*

Janna hob eine matte Hand und winkte ab. *Hilft doch nichts. Ach, Steuermann, lass mich an Land.*

*Nein, nein, aufgegeben wird jetzt nicht. Du bist doch keine von den zartbesaiteten Fruunslüüd, die quieken, wenn der Fensterladen ein bisschen rappelt. Also hoch mit dir.*

*Ach, Oma …*

*Hoch mit dir!*

Janna gehorchte und stand auf, auch wenn es schwerfiel,

denn was sie durch ihre Lungen zwang, schien von fester Konsistenz zu sein und sich wie schweres Blei in ihren Gliedern abzulagern. Durch die Ritzen des zugenagelten Fensters drang noch Licht, aber man konnte erkennen, dass es auf die Nacht zuging. Irgendwann zur Mittagszeit war sie gekommen; demnach harrte sie seit fünf oder sechs Stunden hier aus. Frau Wellhorn döste in ihrem Sessel, die dünnen Lippen fest zusammengepresst – wahrscheinlich würde sie später leugnen, auch nur ein Auge zugetan zu haben. Lucila brütete vor sich hin. Ebenso Reinmar. Sein finsterer Blick war angetan, einem Angst einzujagen. Aber dachte er wirklich über die spanischen Soldaten nach?

«Haben die uns vergessen?» Janna stapfte zur Tür und rüttelte an der Klinke. «He! Ihr da draußen! Habt ihr uns vergessen?»

«Janna!» Er riss sie zurück.

Ungehalten schüttelte sie ihn ab. «Ich habe solchen Durst, dass es mir langsam egal ist, ob sie mich erschießen.»

«Du redest Unsinn, und das weißt du. Setz dich wieder hin.»

Weshalb unternahm er nichts? Aber wahrscheinlich hatte er Dutzende Male an dieser Tür gerüttelt. Er setzte sich wieder. Sein Halstuch, mit dem er sich wieder und wieder über das Gesicht fuhr, war nass.

Janna gab Ruhe; die Soldaten kümmerte ihr Aufbegehren ohnehin nicht. Noch einmal versuchte sie sachlich über diese verfahrene Situation nachzudenken. Vielleicht würden die Soldaten im Schutz der Nacht verschwinden; länger würden sie so nah bei der Stadt gewiss nicht bleiben wollen. Wie groß war die Gefahr, dass die Befreiungsarmee sie aufstöberte? Das war nicht einzuschätzen.

Diese Desperados würden ihre Gefangenen einfach töten oder vergessen …

«Es muss doch möglich sein, diese Tür …»

Ein Schuss fiel. Ein Schrei. Das Getrampel mehrerer Füße. Rettung? Oder brachten sie sich gegenseitig um?

Es folgte Stille. Eine lange, unerträgliche Stille. Was war geschehen?

*Arturo. Bist du es?*

Janna hob eine flache Hand, wollte gegen die Tür schlagen. Sie wagte es nicht.

«Er ist es nicht», sagte Reinmar in ihrem Rücken.

*Du willst nur nicht, dass er es ist.*

«Er kann niemals mit denen fertig werden.»

*Du willst es nur nicht …*

Sie schluckte, krächzte: «Er kann.» Wunschdenken? Vorhin hatte sie es bezweifelt. Sie dachte daran zurück, wie Arturo die Banditen im Delta niedergestreckt hatte. Zerlumpte Gestalten, ja, aber er war so schnell gewesen … Ganz zu schweigen von dem, was er in der vorigen Nacht erzählt hatte. «Er kann!»

Ein heftiger Schlag ließ die Tür erzittern. Mit hochgerissenen Händen sprang Janna zurück. Reinmar wollte sie fortziehen; auch Lucila griff nach ihrem Arm, und ihr gelang es erst, sich ihnen zu entwinden, als wieder alles ruhig war. Reinmars heißer Atem strich über ihren Nacken. Jeder, sogar Frau Wellhorn, war bemüht, möglichst leise zu atmen.

Es war still.

«Ich halte das nicht mehr aus», wisperte Janna. Sie drehte sich um die eigene Achse – irgendetwas musste es doch geben, das diese Tür öffnete! Sie stürzte auf die Ecke zu, wo Holzsplitter und Scherben lagen. Hier war nichts, gar nichts! Was hoffte sie auch zu finden? Einen Schlüssel? Glas schnitt in ihre Hand, als sie es beiseitefegte. Eine Zigarrenkiste, bis auf ein paar dunkle Krümel leer ... Eine Ausgabe der von Bolívar neu gegründeten Zeitung. Ein Buch, noch ein Buch ... Sogar die deutsche *Zeitung für die elegante Welt,* erst ein paar Wochen alt. Himmel, wie war Reinmar denn daran gekommen? Fast hätte sie aufgelacht. Hätte sie nur früher nachgesehen, so hätte sie sich wenigstens die Zeit vertreiben können. Dieses grün lackierte Döschen, das kannte sie doch? Fauliger Schwefelgeruch stach in ihre Nase, als sie es öffnete. Und dort lag ein einsames Tunkhölzchen. Sie raffte beides auf und wandte sich der Tür zu.

«Bei Gott, Fräulein Janna, was haben Sie vor?»

«Doña Janna, nicht!»

«Janna, bist du wahnsinnig?» Reinmar umschloss ihr Handgelenk. «Bis wir durch eine brennende Tür hinauskommen, sind wir alle erstickt!»

«*Du* bist wahnsinnig, weil du nichts tust», fauchte sie. Zugleich dämmerte ihr, dass er recht hatte. Mit dem Kopf durch die Wand zu wollen war keine Lösung.

Täuschte sie sich, oder knackte das Schloss? Die Tür öffnete sich um eine Handbreit. Janna schwindelte vor Schreck. Was kam jetzt? Mattes Zwielicht schimmerte in der Halle; die schnelle Tropendämmerung war angebrochen. Draußen – Keuchen, der Schlag einer Faust. Dann ein Geräusch, wie wenn ein Messer in Fleisch drang.

Arturo ...?

Janna schrie sich zu: *Geh hin! Sieh nach!* Sie schaffte einen Schritt. Reinmars Griff um ihre Hand wurde fester.

Ihr Herz schlug so heftig gegen ihre Kehle, dass sie zu ersticken meinte. Als die Tür zurückschwang, glaubte sie sich dem Tod nah. *Gott, lass es Arturo sein.*

Ein spanischer Soldat stand vor der Tür, das Gewehr noch gesenkt, doch schussbereit. Er machte drei langsame Schritte ins Innere. Mordlust stand in seinem Gesicht. Reinmar fluchte leise, und was die anderen taten, entzog sich Janna. Plötzlich war sie ganz ruhig. Alle Gedanken flohen. Lediglich eine Hand zu umfassen täte ihr jetzt wohl. So musste sie einsam sterben. Sie straffte sich.

Ein Blutstropfen quoll aus dem Mundwinkel des Mannes, rann langsam das bartstoppelige Kinn hinab und fiel auf das weiße Bandelier. Sein Blick brach. Der Karabiner entglitt seinen erschlaffenden Händen und schlug hart auf dem Boden auf. Ihm gaben die Knie nach. Eigenartig langsam sank er nieder. Hinter ihm stand Arturo. Auch er hatte ein Gewehr; er hielt es mit beiden Händen, ruckte es vor, als gäbe er dem Mann einen Stoß, und drehte es. Ein Stöhnen, so verhalten wie triumphal, entglitt seiner Kehle.

Der Länge nach fiel der Soldat ins Teezimmer.

Arturo hob das Gewehr mit dem blutigen Bajonett und machte wieder einen langen Schritt hinaus. Er griff nach der Tür, wollte sie zuwerfen.

Sie sog seinen rettenden Anblick auf. Suchte seinen Blick, doch der war kalt, als nähme er sie nicht recht wahr. *Gut, kämpfe, ich bete derweil,* dachte sie. *Ich bete.* Dann sah sie doch ein Erkennen. Und atmete erleichtert auf.

Sie staunte, dass Blut so schnell fließen konnte; es breitete sich wie der rote Schatten eines Tieres auf dem Rücken des Mannes aus. In einem Winkel ihres Kopfes ahnte sie, dass es mehr als töricht wäre, jetzt hinauszustürmen.

Dem Drang, fort von diesem blutigen Leib zu ihren Füßen zu laufen, hin zu Arturo, durfte sie nicht nachgeben. Keinesfalls. Sie war wie in einem Eiswind erstarrt. Es war Lucila, die aufschluchzte und an ihr vorbeidrängte, einen riesigen Schritt über den Toten machte, wobei sich ihr Kleidsaum mit seinem Blut vollsaugte, und nach draußen lief, vorbei auch an Arturo, der vergebens eine Hand von der Waffe nahm, um nach ihr zu greifen.

Ein Schuss dröhnte, dann schlug sie polternd der Länge nach hin.

*Gott im Himmel, nein!*

Arturo konnte die Tür nicht mehr schließen; der Körper des Mädchens war im Weg. Janna stürzte über den Toten hinweg auf die Schwelle und fiel vor Lucila auf die Knie. Den mittlerweile vertrauten Geruch des Pulverdampfs nahm sie kaum wahr. Es war erschreckend, wie schnell sich die Züge eines Menschen ändern konnten, aus dem das Leben gewichen war. Die Geierfeder war auf ihr Gesicht gefallen. Janna nahm sie herunter. Ein schmerzhafter Druck ballte sich hinter ihren Lidern. Doch zu weinen vermochte sie jetzt nicht. Es war alles zu viel für sie; das Pfeifen kam zurück, und die Konturen Arturos, zu dem sie verzweifelt aufsah, schienen zu flirren. Und doch nahm sie Einzelheiten mit erstaunlicher Klarheit wahr: die Blutschlieren auf seiner Kniehose, die feinen Spritzer auf seinem nackten Oberkörper. Eine feuchte Haarsträhne, die auf seiner Schulter auflag. Das Wegblinzeln des Schweißes aus seinen umschatteten Augen.

Dann sah sie einen Soldaten.

Er musste auf Lucila geschossen haben, denn er warf sein Gewehr weg; in seiner anderen Hand hielt er eine Pistole. Der kurze Lauf zuckte zwischen ihr und Arturo hin und her.

«Waffen weg!»

Janna war sich sicher, dass Arturo diesem Befehl niemals gehorchen würde, wäre sie nicht hier. Er war in einem Rausch; seine Brust pumpte wie erregt die rauchgeschwängerte Luft in seine Lungen. So musste es gewesen sein, als er damals seinen und Ángels Peinigern den Garaus gemacht hatte. Mit eigenartig abgehackten Bewegungen zog er die fremde Pistole, die er sich in den Bund seiner Kniehosen gesteckt hatte, und ließ sie fallen. Auch den leeren Karabiner.

Flüchtig sah sie um sich und meinte vier Leichen zu zählen. Leergeschossene Gewehre, die aufgepflanzten Bajonette blutig, lagen verstreut. Hinter einer langen Flagge Spaniens, welche die Soldaten an die Balustrade des Obergeschosses gebunden hatten, kam eine zweite Gestalt hervor. Himmel, wie viele von denen gab es noch? Janna wartete, dass noch weitere kämen, aber es blieb bei diesen beiden, in deren geweiteten Augen der Schrecken sowie die Entschlossenheit standen, jeden mit sich in den Tod zu reißen.

Der andere ging an seinem Kameraden vorbei und griff nach ihr. Arturos Finger bewegten sich, doch er hielt still, als der Mann sie hochzerrte und hinter sich stieß. Auf allen Vieren kauernd, sah sie Reinmar dort stehen, wo sie eben noch gekniet hatte. Der Spanier zielte mit seiner Pistole auf ihn.

«Töten Sie nicht mich.» Reinmar deutete auf Arturo. «*Das* ist doch der Mann, der auf La Fidelidad hingerichtet werden sollte; seinetwegen hat Bolívar die Festung erobert. Seinetwegen haben Sie jetzt dieses Problem!»

Janna glaubte ihren Ohren nicht zu trauen. Er forderte den Spanier auf, Arturo zu erschießen! Der Soldat ließ jedoch nicht ab, mit dem Lauf, der zusehends zitterte, nacheinander auf beide Männer zu zielen. Der andere raunte ihm etwas zu. Doch eingreifen wollte er nicht; offenbar war alles, was hier herumlag, nicht mehr geladen.

Reinmar machte einen Schritt zurück ins Teezimmer; Janna sah nur noch seinen Schatten auf der Schwelle. Jäh stürzte er wieder hervor, das Gewehr des Toten im Anschlag. Ihr gellender Schrei ging unter im Knall des Schusses; das Mündungsfeuer erhellte die Halle. Er ließ für eine Sekunde ein Bild aufblitzen: Arturo im strömenden Regen, im Wasser; er hielt sie, rettete sie vor dem Ertrinken. Sie hätte ihr Leben lassen sollen in jener Nacht. Dann müsste er jetzt nicht seines verlieren.

Doch Reinmar hatte ihn verfehlt. Janna schrie ein zweites Mal, als sich Arturo nach seinem fallen gelassenen Karabiner bückte und ihn hochriss. Wie Schwerterklingen schlugen die Läufe aneinander. Zugleich schoss der Spanier. Arturo zuckte. Eine blutige Kerbe zog sich quer über seinen Arm, wo eben noch keine gewesen war. Fast im gleichen Augenblick schlug der Lauf des Gewehrs, von Reinmar geschwungen, gegen seinen Kopf. Arturo entglitt der Karabiner. Er sackte nieder und blieb regungslos liegen.

Reinmar baute sich schwer atmend über ihm auf und zielte mit der Spitze des Bajonetts auf Arturos geschlossene Augen.

*Nein, das kann nicht sein,* dachte Janna. Ihr Körper, ihre Gedanken flatterten wie wild. *Es ist wie damals. Wie er es erzählt hat. Genau so.*

«Lass ihn in Ruhe!» Sie sprang auf, wollte zu Arturo laufen, doch der zweite Soldat stieß sie zurück.

«Janna!», schrie Reinmar. Die Spitze berührte ein Lid. «Siehst du das? Siehst du, an wessen Seite du gehörst?»

*Nein. Nicht wieder. Nicht wieder!*

Im Fallen spürte sie, dass ihr etwas zu entgleiten drohte. Die Dose mit der Schwefelsäure; sie hielt sie immer noch in der Hand. Bis auf einen Rest war alles herausgeschwappt. Auch das Tunkhölzchen hatte sie noch. Sie steckte es in die ölige Säure und zog es mit einer schnellen Bewegung heraus. Sofort entzündete es sich mit einem Zischen. Funken bissen in ihre Haut.

Sie hielt es an den ausgefransten Saum der Flagge. «Lass ihn in Ruhe, Reinmar, oder ich fackele La Jirara ab.»

Um eine Winzigkeit lockerte er den Druck. «Das wagst du nicht.»

Sie war entschlossen, es zu wagen, und das sollte er sehen. Doch der dicht und fest gewebte Stoff wollte nicht Feuer fangen. Stattdessen brannte das Hölzchen munter sich selbst ab, und sie musste es fallen lassen.

¡Carajo! Sie kroch an dem Soldaten vorbei, der sich jetzt nicht mehr um sie scherte, zu Arturo, griff in die blutige Bajonettklinge und schob sie zurück. Sie umfasste Arturos Gesicht. «Du kannst tun, was du willst, Reinmar … Ich liebe ihn und nicht dich, das ist so. Wenn du das nicht ertragen kannst, dann musst du das Bajonett auch in mein Gesicht stoßen.»

Endlich, endlich, im drängendsten Augenblick, da um sie der Tod herrschte, war Begreifen in seinen Augen zu lesen. Er verzog das Gesicht zu einer Grimasse des Schmerzes.

«Janna, ich …»

«¡Basta ya!» Der zweite Spanier stapfte auf ihn zu, raffte im Vorbeigehen einen der Karabiner auf und rannte los. Janna wurde zurückgestoßen, sah Arturos Oberkörper hochschnellen; er entriss Reinmar die Waffe, drehte sie und rammte sie dem Heranstürmenden in den Bauch. Er sackte wieder hin und musste sich mit den Händen abstützen. Seine Zähne knirschten von der Anstrengung, nicht gänzlich zu fallen. Das Blut, das ihm aus der Streifwunde am Arm floss, quoll warm in ihr Kleid, als sie ihn zu stützen versuchte. Das Sterben des Spaniers, der mit den Fersen gegen den Boden schlug und heulte, nahm sie nur aus den Augenwinkeln wahr.

Reinmar raffte die Waffe wieder an sich. Sie schien doppelt so schwer geworden zu sein, da er Mühe hatte, sie hochzuhalten. Wo war der andere Soldat? Er hatte seine Pistole fallen lassen und gab Fersengeld.

«Wie hat er das gemacht?», fragte Reinmar kopfschüttelnd, als sei Arturo nicht anwesend und wach. «Er war so schnell.»

«Wie, weiß ich nicht», erwiderte sie an Arturos Statt, und das voller Stolz. «Aber *dass* er es tut, hätte ich dir sagen können.»

Beide Männer zugleich wischten sich mit den Handrücken den Schweiß aus den Augen. Während Arturo noch mit sich selbst kämpfte, starrte Reinmar dem davonlaufenden Desperado nach. Wirklich wahrzunehmen schien er ihn nicht. Auch er focht einen inneren Kampf aus, doch den anderer Art.

«Du kannst diesen Kampf nicht gewinnen», sagte sie noch einmal. Und staunte über die Ruhe, die sich in ihrem

Körper ausbreitete, als wüsste er, dass es anders nicht zu ertragen war.

Reinmar ließ die Waffe fallen, wankte rückwärts zur Wand, stieß dagegen und sank an ihr nieder. Er legte die Arme auf die angezogenen Knie und verbarg sein Gesicht. Janna umschlang den keuchenden Arturo. Seine zittrige Hand tastete nach ihrer.

Ein Zischen und der Gestank nach Verbranntem ließen sie aufmerken. Erschrocken hielt sie den Atem an. Eine der Ecken der Flagge fehlte, als habe ein Riese hineingebissen und einen schwarz verkohlten Rand hinterlassen, von dem Wasser troff. Daneben stand Frau Wellhorn mit einem Eimer. «Ich will nach Hause!», jammerte sie. «Bei Gott!»

# Epilog

Die Schaufelräder gruben sich ins Wasser, rissen es hoch und ließen es in Bächen über die Kanten der Bretter fließen. Ein dumpfer Höllenton dröhnte aus dem riesigen Schornstein. Entgegen der Strömung, ohne Segel, wenngleich es über eine Takelage verfügte, bewegte sich das Dampfschiff den Orinoco hinauf. Am Heck wehte die farbenfrohe Flagge der *independencia*.

«Bei Gott, was bin ich froh, ein richtiges Schiff zu besteigen, nicht so eines mit Mühlrädern an den Seiten», empörte sich Frau Wellhorn. «Seit Menschengedenken waren Segel gut genug. Warum muss man daran etwas ändern? Aber es passt zu diesem – wie sagte der Herr Bolívar? –, zu diesem halben Globus, der verrückt spielt. Hoffentlich ist die andere Hälfte friedlich.»

Das war sie, zumindest im Deutschen Bund; so stand es in dem Brief aus Hamburg, den Janna von Reinmar ausgehändigt bekommen hatte. Ein wenig beneidete sie Frau Wellhorn, die bald den Vater wiedersehen würde. Gisela, deren Hand Hinrich Sievers dem Sohn eines seiner Handelspartner gegeben hatte, sehr zur Freude seiner Tochter. Friedhelm, der seine ‹Grappen›, zur See fahren zu wollen, aufgegeben hatte und nun, wie es alle Söhne hanseatischer Geschäftsleute taten, durch die Kontore der Kaufmannschaft tingeln musste, sehr zu seinem Verdruss. Oma Ineke, die nach wie vor am Gartenteich saß, ihren Rum im Tee genoss und den alten Jimmy hinter den Schlappohren kraulte. Dort würden sich bald die Blätter ringsum bunt färben und fallen, die Kastanien den Rasen übersäen, und der nächste Schietwetterwinter würde Einzug halten.

«Dort dürfte so viel Frieden sein, dass es kaum auszuhalten ist», erwiderte Janna. «Man ist das ja gar nicht mehr gewohnt.»

«Na, na, über so etwas spottet man nicht.»

«Verzeihen Sie. Bitte grüßen Sie meine Familie von mir.»

«Natürlich.» Frau Wellhorn blickte über die Schulter zu der Dreimastbark, die sie über den Atlantik bringen würde. Eine Dame mit Sonnenschirm und einem leuchtend roten Spenzer schritt über die Laufplanke, das Kleid galant gerafft. Ein Herr folgte ihr mit ihrer Hutschachtel unter dem Arm. An Passagieren, die helfen würden, mit netter Konversation die Zeit zu vertreiben, mangelte es also nicht. Die Seeleute hingegen warfen die üblichen Zoten und ihr *¡venga, venga!* hin und her, während sie Säcke und Kisten die Niedergänge hinunterschleppten, in die Wanten stiegen, um die Takelage zu prüfen, und, an Strickleitern hängend, letzte Hand an den Rumpf legten. «Jetzt wird es wohl langsam Zeit», seufzte Frau Wellhorn.

«Wat mutt, dat mutt.»

«So ist es. Ich hoffe, ich höre von Ihnen. Wollen Sie denn wirklich Ihre Abenteuer niederschreiben? Unter männlichem Pseudonym, wie es ja angeblich einige Frauen tun?»

«Mal sehen», erwiderte Janna. Lohnen würde es sich gewiss. Das Leben war ein bunter Teller, und ihrer war besonders bunt geraten. Sollte sie es jemals tun und dieses Werk das Licht der Öffentlichkeit erblicken, würde sie Baron von Humboldt ein Exemplar schicken. Was der große

Forscher wohl zu den zierlichen Füßen in seinen großen Fußstapfen sagen würde? Sie umarmte Frau Wellhorn und drückte sie so fest an sich, dass der alten Dame ein Schmerzenslaut entwich. Fast wäre Janna herausgerutscht, dass sie ihre Leidensbittermiene vermissen würde, aber sie schaffte es gerade noch, diese Unverfrorenheit herunterzuschlucken.

«Schon gut.» Frau Wellhorn rückte ihre Schute zurecht.

«Sind Sie mir böse?» Janna setzte ihren allerunschuldigsten Gesichtsausdruck auf.

«Warum? Weil Sie mich völlig umsonst in diesen Teil der Welt mitgeschleppt haben?»

«Umsonst? Nicht doch! Nein, weil ich Sie enttäuschen muss, was die Ehrbarkeit meines Curriculum Vitae betrifft.»

«Nun ja, was Sie vorhaben, ist ja auch ziemlich hanebüchen, und, Gott sei's gedankt, habe ich einige Wochen Zeit, mir zu überlegen, wie ich *das* Ihrer Familie beibringen soll.»

«Die wird alle nacheinander der Schlag treffen», sagte Janna kläglich.

«Allerdings. An Ihrer Stelle hätte ich erst einmal die Einladung von den de Uriartes angenommen. Das sind wenigstens ordentliche Leute, wenn auch etwas verschroben. Und Caracas soll ja halbwegs zivilisiert sein. Jedenfalls ein brauchbarer Ort, um ein paar Wochen über Ihren weiteren Weg nachzudenken.» Der Blick des Anstandswauwaus war auf angenehm vertraute Weise pikiert. «Aber es soll ja jeder nach seiner Façon selig werden, wie schon der Alte Fritz sagte.»

Die Tage hatte Janna ein Brief Verónicas und ihrer Mutter, der Marquesa, erreicht. Das Mädchen war gottlob wieder auf dem Damm, und Janna hätte gerne eine Zeitlang bei ihm in einem schönen Patio gesessen und in Büchern gelesen. Aber das war nicht ihr Weg. Auch nicht der, in Doctor Cañellas' Praxis auszuhelfen, wie er ihr freundlicherweise angeboten hatte.

«Sagen Sie meiner Familie bitte, dass ich sie besuchen werde. Ich verspreche es.»

«Aber dann doch nicht mit *ihm?*» Frau Wellhorn, die Hand an ihrer ausladenden Kopfbedeckung, da ein Windstoß gekommen war, sah erst einer in der Luft schaukelnden Möwe nach, dann zu Arturo, der ein paar Schritte entfernt wartete. «Bei Gott! Das möchte ich nicht erleben müssen.»

Janna prustete. Der Gedanke, Arturo würde eines Tages in bauschigen Kniehosen, mit zerschlissenem Hemd, langen, so wie jetzt wieder zu schmalen Zöpfen geflochtenen Haaren und womöglich einem Säbel und zwei Messern an der Hüfte durch die Zimmer der elterlichen Villa schreiten, war hinreißend. Gisela würde augenblicklich in Ohnmacht fallen. Friedhelm ihm versonnen hinterherstarren. Den Vater noch einmal der Schlag treffen. Die Vorstellung eines Arturos in den Kleidern eines Gentlemans war jedoch gänzlich zum Scheitern verurteilt.

Dank des Erlöses für das Inka-Schmuckstück hatte Frau Wellhorn für einige Tage in einem anständigen Zimmer in Doctor Cañellas' Nachbarschaft unterkommen können. Daher war sie Arturo kaum begegnet. Heute jedoch war sie nicht darum herumgekommen, ihn in ihre Nähe zu lassen, denn er hatte ihren schweren Koffer zum

Hafen getragen. Die ganze Zeit hatte sie ihn angesehen, als könne er sich doch noch als mordlüsterner Kannibale erweisen. Sehnsüchtig starrte sie auf ihren Koffer, der neben ihm stand.

«Ich …», sie hüstelte in ihren Handrücken. «Ich denke, ich würde jetzt gerne an Bord gehen, Herr …»

Tief einatmend ging sie auf ihn zu und streckte sich nach ihrem Koffer. Arturo ergriff ihre Hand und drückte sie fest.

«¡Hasta la vista!»

Sie schluckte. «Ich … hoffe … nicht so bald», murmelte sie, entriss sich ihm und wollte erneut mit langem Arm nach dem Koffer schnappen. Arturo trug ihn mit dem unverletzten Arm zur Laufplanke, wo ihn ein Matrose übernahm und aufs Schiff brachte. Wackligen Schrittes folgte sie ihm, und kaum stand sie an Deck, klammerte sie sich an die Reling, als herrsche bereits schlimmer Seegang. Janna hoffte für sie, dass sie die Erinnerung an das schreckliche Ende der Herfahrt und auch die Seekrankheit nicht zu sehr peinigen würde.

Geduldig wartete Arturo an ihrer Seite, bis das Schiff abgelegt hatte. Sie winkte Frau Wellhorn mit einem Taschentuch, das sie aus ihrem Réticule geholt hatte. «Sie ist ein bisschen friedlicher geworden in der ganzen Zeit», meinte sie. «Früher hätte sie dir die Augen ausgekratzt.»

Kopfschüttelnd wandte er sich ab und der brodelnden Hafenstraße zu. «Warte», Janna kramte in ihrem Handtäschchen, denn sie hatte eine Panaderia gesehen. «Ich habe entsetzliche Lust auf etwas Süßes. Du auch?»

Längst konnte sie sein Schweigen deuten. Es war ein

Nein. Rasch kaufte sie sich in der Bäckerei ein dickes Gebäckstück und biss hinein. Köstlicher Ananasgeschmack kroch in alle Winkel ihres Mundes. Das hatte sie gebraucht, aber sie musste mit dem Geld sparsam sein. Doctor Cañellas hatte Arturo einen kleinen Kredit für ein Boot gegeben. Aber dass sie beide eines Tages Eldorado fanden, um ihn zurückzahlen zu können – nun, das war wohl mehr als fraglich. Wie und wann sich diese Schuld anders begleichen ließ, würde sich finden.

«Weißt du, worauf ich mich freue?», fragte sie, als sie an seiner Seite Richtung Stadt hinaufschlenderte. Oben hörte sie die Glocken von Nuestra Señora de las Nieves.

«Sag schon.»

«Schildkröteneier. Rohe!»

Diesmal sagte sein Schweigen: *Ja, ich auch.*

«Weißt du noch, wie du mir gebratene Eidechse am Spieß gereicht hast?»

«Ja.»

«Übrigens, habe ich dir jemals erzählt, dass das Schiff, mit dem Alexander von Humboldt hierherkam, Pizarro hieß? So wie dein alter Freund, der Leguan?»

«Natürlich, Mädchen, natürlich …»

* * *

Sie waren in der Nacht gekommen. Vier Desperados. Seine Pferde hatten sie nicht interessiert. Auch Geld hatten sie nicht gefordert. Einer der Männer hielt ihm etwas hin. Ängstlich zuckte er zusammen. Doch es war nur sein eigenes Halstuch. Seine zittrigen Finger griffen danach und pressten es gegen die blutende Nase.

Er saß an seinem Schreibtisch. Hierher war er vor den Männern geflüchtet, nachdem er – nutzlos – seine Büchse leergeschossen hatte. Als könne ein Federkiel oder das Tintenfass ihm helfen. Oder der teure Argandbrenner, dessen Glaszylinder in Scherben am Boden lag. Er hustete, spuckte Blut und einen abgebrochenen Zahn.

«So, noch einmal, *hacendado*.» Hinter ihm schritt der Anführer der Bande auf und ab. Ihren knappen Gesprächen hatte Reinmar entnommen, dass sie Kopfgeldjäger waren. Und dass der Preis für Arturos Kopf mehr als beachtlich war. Beinahe ein kleines Vermögen. «Wo ist der Mann, den wir suchen? Arturo. Oder Aryqeatuaro, falls Ihnen dieser Name mehr sagt.»

Ary… wie? Den hatte Reinmar noch nie gehört. Aber es war nicht verwunderlich, dass dieser Pardo einen indianisch klingenden Namen besaß. «Ich muss nachdenken», murmelte er. Seine Nase war verstopft; seine Stimme klang gepresst. «Da drüben, die Flasche … Bitte.»

«Ah. Old Tom.»

Der Mann knallte sie vor ihm auf die Platte des Sekretärs. Reinmar entstöpselte sie und nahm einen Schluck. Der Alkohol linderte den Schmerz. «Arturo, ja. Ich weiß, wer er ist, meine Herren.» Es fühlte sich gut an, den Rücken wieder zu straffen.

«Und Sie wissen auch, wo er ist.» Um seinem Gedächtnis auf die Sprünge zu helfen, drückte ihm der Desperado den Lauf seiner Pistole unters Kinn, sodass er den Kopf in den Nacken legen musste.

Ja, er wusste es. Nicht nur um den Brief ihrer Familie hatte Janna ihn gebeten. Auch um das abgewetzte, in vielen bunten Farben gewebte Indiokleid, das sie von ihrer

Reise mitgebracht hatte – sie hatte es auf ihrem Rundgang durch das Haus nicht mehr gefunden. Irgendwann war es ihm in die Hände gefallen, und er hatte es in einer Kleidertruhe verwahrt. Was war dieses Kleid anderes als der Beweis, dass sie zurück in die Wildnis wollte? Zurück in die Mission des heiligen Vinzenz von Saragossa? Er sah noch ihre leuchtenden Augen, wenn sie von diesem Ort erzählt hatte, als sei er der Garten Eden. Sie wollte ihr Eldorado dort finden. Mit dem Mann, der jetzt an ihrer Seite war, war ein anderes Ziel kaum denkbar.

*Nach all dem Sterben brauche ich einen friedlichen Flecken Erde.*

Das waren ihre Worte an Lucilas Grab gewesen. Danach war sie gegangen. Für immer. Einmal noch hatte sie über die Schulter geblickt.

*Leb wohl, Reinmar. Ich wünsche dir alles Glück. Wenn du kannst – verzeih mir.*

«Ich weiß es nicht, Señor.»

«Dann tut es mir leid. Adiós.»

Reinmar hörte die anderen Männer fluchen. Den Schuss hörte er nicht mehr.

# Nachwort

«Ich glaube, dass Ihr Land schon reif für die Unabhängigkeit ist, aber ich sehe den Mann nicht, der es vollbringen wird» (Alexander von Humboldt zu Simón Bolívar).

Ein Reisender, der sich zur Handlungszeit des Romans in Venezuela bewegte, muss in der Tat oft dem Namen Alexander von Humboldt begegnet sein. Der Naturforscher war beidseits des Atlantiks ein Medienstar. In der Neuen Welt war er berühmt wie Napoleon, und in der Alten begleiteten die Zeitungen seine Aktivitäten und Reisewege. Simón Bolívar wiederum war in Südamerika in aller Munde. Des einen Name ziert heute Schulen und Naturereignisse, des anderen ganze Städte und Länder. Falls sich diese beiden prominenten Männer niemals begegnet waren, um einen bedeutungsschwangeren Dialog zu führen, so hätte man ein solches Treffen zwangsläufig erfinden müssen.

Man geht heute davon aus, dass genau das geschehen ist. Humboldt und Bolívar waren einander wohl Anfang des 19. Jahrhunderts in Paris begegnet, jedoch flüchtig und noch ohne die gegenseitige Wertschätzung späterer Jahre. Beide gelangten auf ihre Art zu Ruhm, und dem Ruhm folgte die Legende. «Die Initiation [Bolívars] durch Humboldt ist … der wichtigste Teil des Bolívar-Mythos, der heute globale Dimension annimmt. Bei jeder Publikation oder Ausstellung über ‹Humboldt und Bolívar› oder auch über ‹Venezuela und Deutschland›, oft sogar über ‹Lateinamerika und Deutschland›, kommen die beiden Mythen bis heute zum Tragen und verstärken sich gegenseitig» («Simón Bolívar», Michael Zeuske, Rotbuch, 2011).

Aber für einen Roman lässt man einen so schönen Mythos natürlich nicht links liegen.

Humboldts Beschreibungen der Schatzhöhle sind Originalzitate, jedoch wurden sie jeweils anderen Zusammenhängen entnommen.

Wahr sind in jedem Fall sämtliche Abläufe von Bolívars Befreiungskampf im Zeitrahmen der Romanhandlung. Lediglich Manuel Piars Hinrichtung wurde um einige Wochen vorgezogen.

Die *Seute Deern* gab (gibt) es wirklich. Allerdings ist es ein anderes, jüngeres Schiff.

Mein Dank geht an Katharina Dornhöfer für die wiederum sehr gute Zusammenarbeit. An meine Agentinnen Natalja und Julia und natürlich und wie immer an das Triumfeminat.

Isabel Beto, August 2012

# Glossar

Argandbrenner – *eine hellbrennende, im Biedermeier häufig genutzte Öllampe*
Bleifeder – *alte Bezeichnung für den Bleistift*
Bibliómano – *Büchernarr*
Bogenminute – *der sechzigste Teil eines Winkelgrads*
Botanisiertrommel – *Blechzylinder zum Transport von Pflanzen*
Breeches – *gebauschte Kniebundhose*
Burro – *Dummkopf*
Carajo – *vulgäres Fluchen, verdammt, scheiße*
Caraqueño – *Einwohner von Caracas*
Chemise – *ein unter dem Korsett oder der Schnürbrust zu tragendes kleidartiges Unterhemd*
Curriculum Vitae – *Lebenslauf*
Fasson – *Kragen und Revers*
Fauteuil – *Lehnsessel*
Galanteriedegen – *aufwändig verzierter, für den Kampf eher ungeeigneter Schmuckdegen*
Guardian – *Vorsteher eines Franziskaner- oder Kapuzinerordens*
Hacendado – *Gutsherr, Besitzer einer Hazienda*
Hasta la vista – *Auf Wiedersehen*
Inklinometer – *Neigungsmesser*
Jeu de Paume – *Vorläufer des Tennis, wurde in Hallen gespielt*
Kastorhut – *ein hoher, zylinderförmiger Hut aus Biberhaar*

Kurzmieder – *ähnelt weitgehend dem BH*
Laudanum – *Opiumtinktur*
Leibstuhl – *Stuhl mit Nachttopf im Sitz*
Pallasch – *Säbel mit gerader Klinge*
Pantalons – *Kniebundhose*
Pelisse – *mantelähnliches Überkleid*
Peloton – *kleine militärische Truppeneinheit*
Plastron – *Brustlatz einer Uniform, meist andersfarbig*
Rotspon – *französischer Rotwein, der durch das Reifen in norddeutschen Hansestädten eine höhere Qualität gewinnt*
Schute – *Haube mit breiter Krempe*
Terra firma – *die nördliche Küste von Südamerika*
Toise – *Klafter, ca. zwei Meter*
Vin retour des Indes – *Bordeaux, der, ähnlich wie der Rotspon, zwecks Veredelung nach Indien und zurück ging*
Zunderbüchse – *Dose zum Aufbewahren des Zubehörs zum Feuermachen*